수영장 도서관

수영장 도서관

The Swimming-Pool Library

앨런 홀링허스트
장편소설

Alan Hollinghurst

전승희 옮김

창비

니컬러스 클라크(1959~84)에게 바친다

"그애는 읽는 속도가 정말 빨라요." 그녀가 불평했다.
"그래서 내가 대체 어디서 배워서 그렇게 빨리 읽느냐고 물었더니,
'영화 보다가'라고 대답하더군요."
─로널드 퍼뱅크 『발밑의 꽃』

일러두기

1. 이 책은 Alan Hollinghurst, *The Swimming-Pool Library* (Vintage International 1989)
   를 번역 저본으로 삼았다.
2. 본문의 주는 옮긴이의 것이다.
3. 본문의 고딕체는 원서에서 대문자나 이탤릭체로 강조한 부분이다. 원문에서 외국어
   로 표기한 부분은 괄호 안에 병기했다.
4. 외국어는 되도록 현지 발음에 가깝게 표기하되, 우리말 표기가 굳어진 것은 관용을 따
   랐다.

차례

1

지하철 막차로 귀가했다. 맞은편 좌석에는 런던교통국에서 일하는 정비사 두명이 앉아 있었는데, 한 사람은 쉰살가량의 체구가 작고 노쇠해 보이는 남자였고, 또 한 사람은 꽤나 잘생긴 흑인으로 서른다섯살가량 되어 보였다. 각자의 발치에 두툼한 캔버스백이 하나씩 놓여 있었고, 지하철 안이 텁텁하고 더운 탓인지 그들의 조끼 위 작업복 단추는 풀린 채였다. 그들은 이제 막 일을 시작할 참이다! 그들의 삶이 전도되어 있다는 사실, 즉 우리가 지하철을 이용하는 데 따라 발생하는 그들의 일이 내가 방금 깨달은 것처럼 우리가 이용하지 않는 시간에만 이루어질 수 있다는 사실에, 나는 술취한 사람답게 멍한 놀라움과 감탄을 담아 그들을 바라보았다. 우리가 귀가해서 무의식에 빠질 때 이런 사람들 무리는 손전등과 블로램프, 손잡이가 긴 래칫 스패너 따위를 들고 터널을 따라 움직이며 일하는 것이다. 그리고 승객용이 아닌, 끔찍할 정도로 실용적인 수레가 지하철 승객에게는 안 보이는 측선에서 땡그랑 소리를 내며 천천히 나아간다. 그들은 레일을 탁탁 치면서 그 모든 터널의 미로를 걷다가 동료들의 불빛이 마침내 나타나고 그들의 친근하고 기술적인 발자국 소리가 들리면 틀림없이 굉장한 안도감을 느낄 것이다. 흑인 사내는 느슨하게 오므린 자신의 손을 내려다보고 있었다. 그 얼굴은 무척 초연하고 침착했는데, 아주 유능하지만 스스로는 그것을 별로 의식하지 않는 사람 같았다. 나는 그에게 존경 이상의 느낌, 어떤 다정함마저 느꼈다. 그가 귀가해서 장화를 벗고, 커튼 주위로 동이 터오며 바깥 거리에서 부산한 소리가 점점 커지는 동안 안도의 한숨을 쉬며 잠자리에 드는 모습을 상상해보았다. 그가 손을 뒤집자 옅은 금빛 결혼반지가 보였다.

역의 출입구는 하나만 남기고 모두 닫혀 있었고, 나는 다른 사람들 두세명과 함께 특별 허가라도 받은 양 서둘러 역을 빠져나왔다. 집에 도착할 때까지 십분을 더 걸었다. 술에 취해서인지 실제보다 가깝게 느껴졌는데, 아마 다음 날이면 그 걸음도 전혀 기억하지 못할 것이었다. 그리고 나중에 떠올릴 때 더 흥미진진해지도록 아서에 대한 생각을 억눌러왔기 때문에 내 걸음이 무척 빨라진 것도 틀림없다.

나는 흑인들의 이름, 서인도제도 사람들의 이름을 꽤 즐기게 되었다. 그 이름들은 일종의 시간여행이었다. 내 할아버지가 젊었을 때 사람들이 베개에 대고 속삭이고, 글씨 연습장 가장자리에 쓰고, 열정적으로 발음해본 말들인 것이다. 나는 에드워드 시대적인 그 이름들이 로맨스를 거부한다고 생각했었다. 아치볼드니 어니스트, 라이어널, 휴버트 같은 이름은 우스꽝스러울 정도로 둔감한 느낌을 준다. 그 이름들은 섹스나 악의 같은 것으로 더럽혀지지 않을 성격을 암시했다. 하지만 내가 올해 들어 그런 고루한 이름을 가진 남자들과 사귀고 보니 그들은 고루한 것과는 거리가 한참 먼 사람들이었다. 아서도 마찬가지였다. 그의 이름은 젊은 시절이라곤 결코 경험해보지 못했을 것 같은 이름이었다. 그 이름이 내게 연상시키는 것은 햇빛이라곤 받아본 적 없는 피부, 눅눅한 옷, 늙어가는 회계장부 기록원의 금속 안경테였다. 아니, 그건 내가 아름답고 오만하고 품행이 난잡한 나의 아서—늙은 모습은 상상할 수 없는—를 만나기 전까지의 이야기다. 커다란 검은 눈과 섹시하게 가늘어지는 턱을 한 부드러운 그의 얼굴에는 항상 불확실성의 빛과 그림자가 교차했다. 그리고 그 얼굴은 다른 사람의 시선을 받을 때 젊은이답게 전혀 근거 없는 자신감에 넘쳤다.

아서는 열일곱살이었고 스트랫퍼드 이스트에 산다. 나는 하루종일 외출했었는데, 가장 오랜 친구인 제임스와 저녁을 먹을 때는 내 집에 이 젊은 애가 있다고 말할 뻔했지만 꾹 참았으며, 혼자만 아는 비밀을 가진 사람다운 회심의 미소를 술에 취해 벌게진 얼굴 뒤에 감추었다. 더욱이 제임스는 신중하고 양식 있는 의사였다. 내가 전혀 모르는 거나 다름없는 녀석을 집에 혼자 두다니 미쳤다고 생각했을 것이다. 하지만 고루하고 편협한 우리 집안에는 타인을 믿는 완고한 전통이 있었고, 나는 하인이나 유리창 청소부를 일부러 유혹에 노출시킨 다음 그들이 얼마나 믿을 만한지 시험해보는 습관을 아마도 어머니한테서 배운 듯하다. 아서가 내 아파트에 혼자 머무르며 아파트에 있는 그림들을 둘러보고 또 물론 화이트헤이븐이 작은 수영복을 입은 내 모습을 찍은 사진—눈 위로 그림자가 드리운—을 주목하면서 그에게는 낯선 풍요로움을 받아들이는 모습을 그려보니 즐거웠다, 약간 징그러운 즐거움일지는 몰라도…… 절도범들이 선호하는 전자제품에 대해 불안감이 들지는 않았다. 게다가 음반들 중에서 값나가는 것(가령 래틀이 지휘한 「트리스탄과 이졸데」)은 전혀 아서의 취향이 아닐 터였다. 그는 핫하고 쿨한 댄스음악을 좋아하니까. 전날 밤 그를 만난 '더 샤프트'의 댄스플로어를 휘젓고 가로지르며 흥얼거릴 그런 종류의 곡 말이다.

귀가해보니 아서는 텔레비전을 보고 있었다. 커튼이 내려져 있었고, 아서가 낡고 반쯤 망가진 전기난로를 꺼내놓아서 방이 후끈후끈했다. 아서는 불안한 미소를 지으며 의자에서 일어났다. "티비를 보고 있었어." 그가 말했다. 나는 재킷을 벗으며 그를 보다가 조금 놀랐다. 아서의 모습에서 한두가지 세부를 자꾸 떠올리다보니 그의 전체적인 모습을 까먹었던 것이다. 그는 머리를 여러갈래로 촘촘히 나눠 이마에서 목까지 빗어내린 뒤 여덟갈래쯤으로 짧게, 겨우 1인치 정도로 땋았는데, 그러느라 얼마만 한 노력이 들었을지 궁금했다. 나는 그에게 키스하며 통통하게 튀어나온 엉덩이 사이를 왼손으로 쓸어내리고 오른손으로는 그의 뒤통수를 어루만졌다. 아, 언제든 살짝 벌어져 있는 검은 입술이 얼마나 부드러운지. 그리고 땋은 머리의 매듭에서 느껴지는 묘하게 건조한 느낌. 손가락 사이로 훑으니 타닥거리던 그 땋은 머리는 죽은 것 같기도, 반쯤은 발기한 것 같기도 했다.

새벽 3시쯤 요의를 느끼며 잠에서 깼다. 멍하니 반쯤밖에 정신이 들지 않았지만, 방에 돌아와 베개 복판을 비추는 부드러운 램프 불빛 속에서 이불 아래 어색하게 삐죽 나온 팔 하나로 눈을 가린 듯 잠든 아서의 모습을 보니 가슴이 쿵쿵 뛰었다. 나는 침대에 앉아 조심스레 그의 얼굴을 바라보고 어린애 같은 숨 냄새를 다시 맡으며 그의 옆으로 미끄러지듯 누웠다. 불을 끄자 아서가 내 쪽으로 돌아누우며 나를 안아서 어디로 데려가기라도 하려는 듯 그의 커다란 손을 내 몸 아래로 밀어넣었다. 나는 아서를 껴안았고 그가 나를 더 꼭 붙잡았는데, 마치 위험에 처한 사람처럼 내게 매달렸다. 그에게 "베이비" 하고 몇번 속삭인 다음에야 나는 아서가 아직 잠들어 있다는 사실을 깨달았다.

그해 여름에 내 삶은 좀 이상하게 돌아갔는데, 아마 그런 여름은 다시 오지 않을 것이다. 나는 섹스와 자부심이라는 면에서 아주 잘 나가고 있었다. 그건 나의 시절, 나의 '아름다운 시절'이었다. 하지만 그런 중에도 줄곧 막연히 뭔가 큰 재앙이 닥칠 것 같은 예감이 들었다, 사진 가장자리로 불길이 날름거리거나 무언가가 힐끗 보이는 듯이. 나는 놀고 있었다. 아, 그렇지만 고생담의 주인공이나 경기침체의 희생자는 아니었고, 짐작으로는 통계에 잡히지조차 못할 것이었다. 나는 일부러, 적어도 그 행위의 의미를 알면서 직장을 그만두었다. 내가 너무 많은 돈을 소유하고 있다는 사실에서 오는 유혹에 굴복한 것이다. 나는 사실 거의 모든 것을 가진 집단, 극소수인 그 집단에 속하는 사람이다. 그러니까 무위도식하는 것이 당연하다는 기대에 굴복한 셈이다. 그렇지만 무위도식하는 것만으로도 충분히 바빴다.

나는 거의 이년 동안 큐빗의 『건축사전』이라는 거창하지만 계속 늘어지는데다 반감도 사서 고전하고 있던 프로젝트에 스태프로 참여했다. 그 사전의 편찬자는 옥스퍼드 시절 내 지도교수의 친구분이었는데, 지도교수가 내가 바와 클럽을 밥 먹듯이 전전하며 제멋대로 불건강한 한량 생활을 하는 것을 보고 소개해주었다. 실은 그저 거기서 일해보면 어떻겠느냐는 정도의 권유였는데, 내 죄의식을 건드리는 바람에 명령이나 마찬가지 효과를 냈던 것이다. 그 결과 나는 매일 세인트제임스 스퀘어로 출근해서 숙취 상태를 일종의 찡그린 표정, 미학적 명상의 표정으로 위장한 채 연구자료의 폴더 상자를 정리하는 일을 하게 되었다.

제1권은 A에서 D까지 다룰 예정이었는데, 나는 가장 관심이 가는 주제 몇가지—애덤[1] 양식, 벌링턴 경卿, 콜린 캠벨—를 다루어도 좋다는 허락을 받았다. 전문가들의 만연체 글을 편집했고, 국립도서관이나 존손박물관으로 파견을 나가서 설계도와 판화 등을 찾기도 했다. 작은 주제는 직접 집필해도 좋다는 허락을 받아 코드스톤 화병에 관해 모범적 설명문도 썼다. 하지만 그 사전은 엉뚱한 일, 잘못 경영한 사업이라서 오래 작업을 하면 할수록 시작은 엘에스꼬리알이었는데 결과는 폰트힐이 되었다.[2] 나는 전화로 사람들을 불러내서 6시에서 8시까지, 혹은 더 나중까지 계속 놀았고, 그런 다음에는 술에 취해 저녁을 먹고 종종 다시 샤프트까지 갔는데, 그러면 결국 오더와 돔과 뽀르띠꼬[3] 따위의 영향력과는 전혀 거리가 먼 짓거리로 이어졌다.

큐빗을 그만둔 뒤에는 교수와 사환의 중간쯤 되는—그의 이름

---

1 Robert Adam(1728~92). 스코틀랜드 출신의 신고전주의 건축가이자 실내장식가, 가구 디자이너.

2 엘에스꼬리알(El Escorial)은 에스빠냐의 황금기인 16세기에 마드리드 인근에 지어진 왕궁과 수도원을 겸한 복합건축물. 후에 프랑스 베르사유궁의 모델이 되었고 유럽에서 화려한 왕궁 건설 경쟁을 불러일으켰다. 폰트힐(Fonthill)은 19세기 초 영국에서 웅장하고 호화롭게 지어진 고딕 양식의 수도원인데 엉성한 설계와 무리한 일정으로 완공되자마자 무너져내렸다.

3 portico, 건물 앞쪽에 기둥을 늘여세우고 지붕을 덮은 건축 형식. 주랑(柱廊)현관.

만큼이나 그 분야에 대한 흥미를 통해 존재를 설명할 수 있는—
사람 노릇을 그만해도 된다는 사실에 정말로 유쾌한 안도감을 느
꼈다. 동시에 엉성한 사무실 생활, 아침에 싸구려 커피를 마시며 전
날 저녁에 내가 누구를 어디로 데려갔고 그 사람이 이러저러했다
는 걸 설명하던 그 생활을 아주 조금 그리워하며 살짝 서글프기도
했다. 그것은 자신을 어떤 인물로 만들어주고, 평생 행복하고 따분
하게 그 인물로 살게 하는 그런 종류의 세계였기 때문이다. 다루던
주제도 마찬가지였다. 오더와 돔과 뽀르띠꼬와 직선과 곡선은 내
게 의미 있는 것이었고, 다른 사람에게보다는 내게 더 의미가 크기
도 했다.

　다음 날 나는 아서를 놔둔 채 아파트를 나와 공원을 산책했다.
아마도 공원의 길들이 그리는 직선의 매력에 나를 진정하는 힘이
있는 게 아닌가 싶었다. 어린 시절 할아버지댁인 마든을 방문할 때
면 나는 시골 언덕 위 담을 두른 도랑이나 높은 곳의 한적한 들판
으로 몇마일씩 구불구불 이어지는 멋진 너도밤나무 길을 걸으며
시간을 보내곤 했다. 조금 떨어진 왼쪽으로는 겨울이면 닭장들이,
그리고 한때 저택에 속해 있던 마을의 옥외화장실들이 희미하게
보였다. 그러면 조부모님의 응석받이였던 우리, 누나와 나는 단연
코 귀족적이고 초연한 태도로 걸음을 돌려 할아버지댁으로 돌아
왔다. 이 귀족 지위가 얼마나 최근에 얻은 인위적인 것인지를 알게
된 것은 오랜 세월이 흐른 뒤였다. 저택 자체도 전쟁 중에는 장교
훈련소로, 나중에는 군병원으로 쓰이는 바람에 반쯤 망가진 것을
전후에 싸게 사들인 것이었다.

　오늘은 4월에 흔히 있는 고요하면서 구름이 자욱한, 뭔가 엄청
난 생각에라도 잠긴 듯한 날이었다. 나는 공원의 끝에서 끝까지 산

책하는 동안 이것이 단순한 침체에 지나지 않고 곧 무슨 일이 일어날 것이라는 느낌이 들었다. 아마 단지 여름이 올 때까지, 날씨가 확연히 따뜻해지면서 온 세상 사람이 모두 야외로 뛰어나와 상쾌한 바깥공기를 마실 때까지만 지속될 침체일지도 몰랐다. 나무들에는 이제 새순이 돋기 시작했고, 공기가 더워지고 사람들이 많이 찾기 시작할 무렵이면 더욱 무성해져서 그늘을 이루는 나무 때문에 공원이 바깥세상의 건물과 차들로부터 차단된다는 묘하게 뒤집힌 논리가 전개되고 있었다. 하지만 내게는 또한 인생에 대한 어떤 각성, 좀 불쾌하기도 하고 아마 당연하기도 할 어떤 각성이 찾아올 것이라는 위기감도 느껴졌다.

별자리 같은 걸 믿는다고는 할 수 없어도 내가 전형적인 쌍둥이자리 성격인 것은 사실이었다. 애매한 초여름에 태어난 나는 스스로의 이중적인 면 사이에 끼어 있었는데, 하나는 쾌락주의자적인 면이고 다른 하나는——요새는 좀 밀려났지만——거의 학자 같은 면으로, 입 주변으로 희미하게 청교도적인 티가 났다. 또 내게는 더 깊은 이중성, 완전히 다른 두가지 이야기도 있었다. 하나는 나에 대한 '설명'으로, 여러달 동안 디스코텍과 술집과 공중화장실의 섹스에 외곬으로 집착하며 다람쥐 쳇바퀴 돌듯 살았다는 것이다. 다른 하나는 나에 대한 '로맨스'로, 이 모든 진부한 일상에 빛나는 보호막으로 덧씌운 것이다. 즉, 사실 내 운명은 아주 어렸을 때부터 마법의 은혜를 받았으며, 워즈워스의 시에 묘사된 것처럼 나는 이 세상에 속해 있되 그것의 힘이 못 미치는 사람, 가슴에 '안 보임'이라고 써붙인 팬터마임의 인물인 것이다.

때때로 친구 제임스가 내 또다른 자아 역할을 맡고 나서서 내게 정신 차리라고, 내 잠재력을 다 발휘하지 못하고 있다고 나를 설득

하려 했다. 나는 정신 차리라는 말은 잘 받아들이지 못하는 사람이었지만, 제임스가 나한테 직업을 구하라거나 심지어 좋은 남자를 만나 정착해야 한다고 고집할 때면 내 속을 너무나 잘 알고 다정하게 말해주기 때문에 진짜로 내 반쪽 하나가 다른 반쪽을 나무라는 것 같았다. 나에 관한 설명을 가장 자주 해주는 사람도 내가 이 세상에서 누구보다 사랑하는 제임스였다. 최근에는 자기 일기에 내가 "배려심이 없다"라고까지 적었는데, 그건 내가 잔인했다는 뜻이었다. 나를 너무 사랑한 나머지 미치도록 짜증나게 한 애를 내가 차버렸기 때문이었다. 하지만 그런 생각은 다시 터무니없는 생각으로까지 이어졌다. 윌이 도대체 다른 사람을 배려하기나 하나, 진짜로 생각을 하긴 하는 건가 등등. "맙소사, 당연하지." 나는 제임스가 거기서 듣고 있지 않는데도 소리 내어 중얼거렸다. 그러자 그는 끔찍한 진단을 내렸다. "윌은 점점 더 잔인해지고 점점 더 감상적이 되어간다."

내가 아서에 대해 감상적인 것은 사실이었다. 몹시 감상적이고 살짝 잔인했다. 어루만지듯 주의를 기울여주다가도 배려심 없이 제멋대로 그를 성적으로 탐했다. 그 관계는 내가 상상할 수 있는 가장 아름다운 것이었다. 우리가 결코 진짜로 함께할 수는 없다는 걸 둘 다 잘 알고 있기 때문에 더욱 그랬다. 나는 공원의 직선들 가운데 있었지만 생각은 직선적이지 못했다. 자꾸만 아서 생각이 났고, 그에 대한 갈망과 숨이 막히게 온화한 날씨 때문에 힘들었다. 공원이란 결국 부자연스러운 시골일 뿐이었다. 그곳의 호수며 나무가 하는 일이란 런던 생활의 성적 직접성 속에서는 느낄 수 없는 조형적 풍경, 요크셔의 골짜기와 윈체스터의 시냇물과 목초지를 어설프게 상기시켜주는 것이었다.

걷다보니 호수 끝의 음울한 이딸리아식 정원이 가까워지고 있었다. 그곳에는 네개의 밋밋한 웅덩이를 둘러싸고 판석을 깐 오솔길과 난간을 두른 테라스, 사문석蛇紋石을 향해 아래로 떨어지는 (지금은 물이 나오지 않는) 반쯤 바로끄식인 분수가 있다. 바깥쪽으로는 잔물결 모양의 빨간 지붕에 여기저기 새똥이 떨어진 벤치가 놓인 정자가 베이스워터 로드로 이어졌다. 영국적인 초록색 공원 안에서 돌처럼 차갑고 위조품처럼 허세를 부린 이 장소는 내겐 항상 치명적으로 나쁜 곳으로 느껴졌지만, 방문객들에게는 꼭 들러야 할 명소였다. 연인들, 오리를 좋아하는 홀로 온 방문자들, 베이스워터와 랭커스터 게이트의 아파트에서 느긋하게 산책을 나온 유럽과 중동의 대가족들 말이다. 나는 다른 어떤 이유보다도 내가 그곳을 싫어한다는 사실을 확인하기 위해 어슬렁어슬렁 그곳을 가로질렀다. 외로운 얼굴의 어린 남자아이들이 재미있어서라기보다 그게 의무라는 듯이 함께 놀고 있었다. 나이 지긋한 동성애자들이 보란 듯이 오락가락하고 있었다. 하늘은 고르게 잿빛이었지만 정자의 허연 장식물에 빛이 비치는 것으로 보아 곧 해가 날 것 같았다.

그곳을 나오려고 돌아서는데 아랍 청년 하나가 파카에 손을 찌르고 서성이는 모습이 눈에 띄었다. 특별해 보이진 않았지만 어떤 분위기 때문에 꼭 함께 자고 싶은 느낌이었다. 그쪽도 나를 주목했다는 확신이 들었고, 집에서 기다리는 다른 애인을 두고 그애랑 한번 한다고 생각하니 군침이 돌며 욕정과 만족감이 차올랐다.

나는 그애가 나한테 관심이 있나 보려고 슬쩍 정자 뒤로 돌아 담쟁이로 덮이고 소나무 그늘이 진 큰길가 둔덕에 박혀 있는, 외로운 중년 남자들이 자주 드나드는 공중화장실로 갔다. 타일 벽 사이로 타일 붙인 계단을 내려가자 청결한 냄새, 놀랄 만큼 향긋한 냄새가 나를 감쌌다. 모든 것이 아주 깨끗했고, (누군가 거기에 자신의 자존심을 모두 건 것처럼) 광택을 낸 동銅파이프 아래 몇개의 소변기 앞에 사내들이 서 있었는데, 자신들의 긴 장난질을 순진한 방문객이나 의심 많은 경찰관으로부터 레인코트로 가리고 있었다. 약간 거부감이 들었다. 그들이 하는 짓이 못마땅해서라기보다 나도 언젠가 그들처럼 될지 모른다는 두려움 때문이었다. 반사적으로 기대에 차서 돌아보는 그들의 머리는 잿빛이었고 얼굴은 애정결핍으로 보였다. 그 하찮은 보답을 위해서 그들은 얼마나 긴 시간을 투자한 것인지…… 그들이, 그 노련한 치들이 지하의 은밀한 편의시설들을 돌면서 자신들이 차지한 어떤 자리에서든, 날이면 날마다 서로의 옆자리에 설 때 고개를 끄떡하며 알은체했을까? 어떤 일이 일어나주긴 했을까? 그들이 찾는 게 무엇이든 절대 섹스일 수는 없는 일, 기껏해야 기억에 남을 만한 무엇을 힐끗 엿보는 데 불과할 그 일이 일어나지 않아 낙심한 나머지 그냥 서로의 존재에 만족했을까? 그럴 리는 없다는 확신이 들었다. 그들은 무언의 동의 속에 결코 가질 수 없는 것을 끝없이 찾고 있었다. 나는 수줍어서라기보다 오만하고 잘난 사람이라 그들 사이에 낄 수는 없었다. 그러지 말자고 결심하는 데는 단 한순간의 망설임 이상이 필요치 않았다.

　나는 세면대가 있는 맨 끝 구역으로 갔는데, 세면대 위의 거울을 보니 내 뒤로 문에서부터 일렬로 놓인 소변기와 화장실 전체가 다 보였다. 나는 그 아랍 아이를 일분 정도만 기다렸다가 안 나타나면 그냥 나가서, 아직 그가 보이면 어디든 그가 가는 곳으로 따라가는 것도 좋겠다고 마음먹었다. 나는 거울 속의 내 모습을 보는 척하며 손으로 짧은 금발을 쓸어내렸는데, 광대뼈 부근의 홍조와 긴장한 입매가 내가 무척이나 흥분했다는 것을 보여주었다. 바깥 계단에서 발자국 소리가 들렸는데, 느리고 무거웠고 숨차게 흥얼거리는 바리톤도 함께 들렸다. 내가 기다리는 애는 아닌 것이 분명했다. 실망스럽기도 했지만 동시에 안도감도 느껴졌다. 나는 무의식적으로 수도꼭지 아래 손을 밀어넣고 재빨리 찬물과 아주 뜨거운 물을 번갈아 틀었다. 내 뒤로 노인이 나타났고, 세상만사 무사태평이라는 태도로 계속 흥얼대며 소변기로 가서 몸을 앞으로 내밀고 균형을 잡기 위해 한 손으로 동파이프를 잡은 채 자기 오른쪽의 불만스러운 표정의 사내에게 사람 좋은 미소를 지어 보였다. 내가 몸을 돌려 타월을 찾아 휙 잡아당기자 그것은 마지못한 듯 찰칵 소리를 냈는데, 바로 그 순간 방금 들어온 노인이 어렴풋이 "어이쿠" 소리를 내면서 파이프를 붙든 채 앞으로 쓰러졌다. 새로운 각도에서 압력을 받은 그의 발이 휙 돌면서 그와 다른 사람들이 서 있던 단 위로 미끄러졌다. 이제 반쯤 나를 향해 몸을 돌린 그는 완전히 균형을 잃고 심하게 미끄러져서 머리를 소변기 옆 사기 받침대에 부딪혔고, 트위드 옷을 입은 그의 육중한 몸은 젖은 타일 바닥을 가로질러 큰대자로 널브러졌다. 그의 바지 앞섶이 열려 있어서 놀랄 만큼 길고 부드러운 성기가 비어져나와 있었다. 그는 방금 뭔가 아주 중요한 일을 잊어버렸구나 하고 깨달은 사람처럼 스스로를 나무라는 듯한 표정이었다. 입가에는 살짝 거품을 물고 있었고, 얼굴은 기묘하게 굳어 있었으며, 볼은 진짜로 시퍼렜다.

그의 옆 소변기에 있던 사내는 "맙소사"라고 말하며 황급히 밖으로 나갔다. 소변기 앞에 늘어서 있던 모든 사내가 서둘러 자신의 지퍼를 잠그고 걱정스러운 한편 들켰다는 표정으로 내 쪽으로 돌아섰다.

그 순간 제임스가 긴 기차여행에서 희망이 사라진 지 오래인 환자를 소생시켜보려고 의사의 명예를 걸고 시체 앞에 무릎을 꿇었던 경험을 묘사하던 것이 기억났다. 또한 푸릇푸릇 잎이 돋아나는 나무들 아래로 아랍 아이가 멀어져가는 모습이 얼핏 떠오르면서, 내가 그런 환상에 굴복하지 않았더라면 지금 같은 딱한 처지에 처하지는 않았을 텐데 하는 생각도 들었다. 그래도 학교 수영장가에서 들었던 구명법 수업이 자동적으로 기억나기도 해서 이런 경우에 내가 무얼 해야 하는지 안다는 생각이 들었고, 나는 즉시 그 노인 옆에 무릎을 꿇고 앉아 그의 가슴을 힘껏 내리쳤다. 다른 사내 셋이 순식간에 수치스러워하며 맴도는 방관자에서 잘되기를 기대하는 응원자로 변모해 우리를 지켜보았다.

"그 친구는 경찰이 자길 보자마자 어떻게 할지 아니까 도망친 거야." 그중 한 사람이 말했다. 재빨리 도망간 다른 사람에 대해 말하는 것이 분명했다.

"목의 단추를 풀어줘야 하지 않을까요?" 다른 사람이 미안해하며 점잖게 말했다.

나는 넥타이의 매듭을 잡아늘이고 뻑뻑한 첫 단추를 힘들게 풀었다.

"혀를 삼키면 안 되는데요." 같은 사람이 계속해서 가슴을 치고 있는 나를 향해 설명했다. 나는 노인의 머리로 몸을 돌려 숱 적은 은발이 흘러내린 무거운 머리통을 조심스레 낮추었다. "기도가 막히지 않게 입안을 살펴보세요." 다시 그 사람이 말했다. 타일 벽에 울리는 그 목소리는 영락없이 학교 선생의 것이었다. 나는 실습 중에 부상자의 입술에 자신의 입술을 대지 않도록 하고 그의 머리 옆에서 숨을 내쉬는 것만 허용했던 것이 기억났다. 그리고 상대에 따라 안도를 느끼거나 실망했던 것도.

"가서 구급차를 부르겠습니다." 꽤 기다리는 동안 여태 한마디도 하지 않고 있던 사내가 말했다.

"맞아, 저 친구가 구급차를 부르면 되겠군." 먼저 말했던 사람이 그가 자리를 뜨자 말했다. 다른 사람의 처신에 대해 어지간히 아는 체를 하는 사람이었다.

환자는 틀니는 없었고 혀는 제자리에 있는 것처럼 보였다. 나는 감각이 없는 그의 어깨에 내 무릎이 닿도록 몸을 숙여 두 손가락으로 그의 코를 잡고, 숨을 깊이 들이쉰 다음 그의 입술을 내 입술로 덮었다. 고개를 돌리자 그의 가슴이 부풀어오르는 것이 보였고, 그가 숨을 내쉼과 동시에 안색도 확실히 변했다. 나는 먼저 그의 심장이 멎었는지 확인해보았어야 한다는 사실을 깨달았다. 이번에는 그냥 무조건 짐작만으로 행동한 것이 들어맞은 거였다. 나는 다시 그의 입안으로 숨을 불어넣었다. 느낌이 묘했다. 아주 친밀하지만 상징적인 행위였다. 그의 입술을 맛보았지만 전혀 개인적이지 않은, 사심 없는 행동이었다. 이어 나는 두 손을 포개 거의 공격적일 정도로 세게 그의 가슴을 마사지해주었다. 그는 살아났다.

그 모든 일이 아주 빠르고 반사적으로 벌어진 터라 나는 고르게 숨을 내쉬는 그를 다른 사람들과 함께 코트 위에 눕히고 바지 지퍼를 올려준 다음에야 뒤늦게 밀려드는 기분 좋은 느낌에 몸을 떨었다. 이어 계단을 뛰어올라 온화한 햇빛 속으로 나가 서성대며 구급차를 기다렸는데, 손이 떨리고 웃음을 그칠 수가 없었다. 하지만 내가 방금 한 일을 충분히 음미하기까지는 시간이 한참 걸릴 것 같았다. 어떤 사람을 죽음의 문턱에서 낚아채 데려왔다고 생각했지만, 그런 설명은 내가 거친 단순한 과정과는 잘 들어맞지 않는 것 같았다. 그것은 열의 대류對流와 소나타 형식, 새들의 라틴어 학명과 프랑스어명처럼 전혀 써먹을 일 없는 더 복잡한 지식과 함께 어린 시절에 배워 간직해온 작지만 핵심적인 지식이었다.

그레이트 러셀 스트리트에 있는 코린시언 클럽은 내가 할아버지댁에서 한번 만난 적이 있는 건축가 프랭크 옴의 걸작이다. 기사 작위를 받은 지 얼마 안 된 탓인지—실수로 받은 것 같기도 하다—그가 지나치게 잘난 체하면서 좀 어색하게 굴었던 것이 기억난다. 어린 시절이었지만 나는 그가 사기꾼에 잡탕이라고 판단했고, 내가 그 클럽의 회원이 된 뒤 그 건물을 그가 설계했다는 사실을 알고 나서는 그의 건축물에서도 그와 똑같은 특징들을 찾아내면서 기분이 좋았다. 그 건물은 야비하고 잘난 체하는 품이 옴과 똑같았다. 그것은 돈은 별로 없으면서 어울리지 않게 도시적 웅장함을 표현하고 싶어했던 1930년대 그 클럽의 상황과 딱 들어맞는 역설이었다. 보도를 걸으면서 난간 사이를 바라보면 탈의실과 주방의 환풍구와 반쯤 열린 환기창 같은 데서 증기가 나오는 것이 보인다. 그리고 큰 시설에서 쓰는 커다란 조리도구들이 탕탕거리는 소리와 샤워실의 물소리, 터무니없이 자신감에 찬 라디오 디제이의 목소리가 들린다. 일층은 포틀랜드석 사이사이에 초록색 페인트를 칠한 철제 창틀의 창문이 있는 엄숙한 스타일이다. 하지만 중앙에는 곡선미 있는 박공벽의 현관이 있고 멋진 인물 두명이 그 위에 얹혀 있다. 하나는 생각에 잠긴 듯한 흑인이고 또 하나는 영감에 사로잡힌 듯한 모습의 백인인데, "세계 만민"이라고 쓰인 현수막을 함께 들고 있다. 모든 사람을 향한 이 부름에 응하기 전에 길을 건너가 이 건물의 윗부분을 올려다보라. 그러면 그것이 강철 골조의 건물로, 적나라한 어떤 사실을 서투르게 위장하듯 벽감과 벽

기둥을 이용해 잔뜩 꾸민 것을 더욱 분명하게 알아볼 수 있다. 먼 구석에는 거대한 미들랜드은행 빌딩처럼 까르뚜슈[4]와 소용돌이 문양이 솟아오르고 그 위에 둥근 지붕이 얹혀 있다. 하지만 그것들과 함께 자금과 영감이 다한 듯, 건물의 주된 돌림띠 위에 이층짜리 망사르드지붕 다락이 얹혀 있고, 그 안에 최대한 싸구려로 지은 건물에 자리 잡은 그 클럽에서도 가장 값싼 시설이 있다. 아래층 다락에서 튀어나온 작은 지붕창들 위에는 위층 다락에서 지내는 사람들이 비둘기의 위험에도 불구하고 우유병을 차게 보관하기 위해 내놓았거나 수영복 따위를 말리려고 펼쳐놓았다.

건물 안을 보자면 클럽은 약간 버려진 것 같은 느낌인데, 어떤 때는 많은 사람들이 와글거리고 어떤 때는 괴기스럽게 한적하다는 점에서 학교와 비슷하다. 현관홀에서는 저녁이면 늘 사람들이 모임을 가거나 나오거나 하고, 아니면 서로서로 배구팀이나 피트니스반에 등록을 해주고 있다. 커다란 현관에서 위층 호텔의 세계와 아래층 클럽의 세계가 만난다. 나는 항상 난간 손잡이가 정전기로 따끔거리는 아래층으로 향한 계단을 이용하는데, 내려간 뒤에는 지하실 복도를 따라 체육관과 체력단련실, 그리고 촌스럽게 웅장한 수영장으로 간다.

그곳은 내가 사랑하는 곳, 생명과 목적의식과 성으로 가득한 우울하면서도 실용적인 지하세계였다. 17세 이상의 청년이면 체력단련실의 고인 듯한 최음적 분위기 속에서 몸을 가꿀 수 있었다. 나이가 많아짐에 따라 비용도 비싸졌지만, 젊었을 때부터 회원이었고 지금은 근사하던 흉근이 늘어져버린 나이 든 사내들이 꽤 많이

---

4 cartouche, 판지의 끝이 말려올라간 것 같은 모양의 무늬. 바로끄 건축의 장식으로 유행했다.

여전히 비싼 돈을 내고 뒤뚱뒤뚱 들어와 샤워 중인 젊은이들을 경탄의 눈으로 바라봤다. "전세계 주요 도시에 있는 형제 클럽들과 함께" 그들의 이름과 설립 일자가 큰 홀의 설립자 흉상 아래 대리석에 새겨져 있으며, 매일 와서 운동하는 대규모 중심 그룹 외에도 수영을 한번 하거나 스쿼시 게임을 한판 하거나 친구를 찾는 손님들이 늘 있었다. 샤워하는 동안 내게 미소를 보낸 남자와 건물 위층의 호텔 침실에 함께 간 일도 한번만은 아니었다.

코리⁵는 대개 미소의 혜택을 입증해주었다. 내가 처음 거기 갔던 날은 다정하면서도 따분해 보이는 어떤 사내가 미소를 지으며 말을 걸고서 내게 그 장소에 대해 안내해주었다. 그때 아직 대학생이었고 두려움과 갈망이 뒤섞인 혼란 상태에 있던 나는 엄숙한 남성다움의 과시와 제도화된 악을 보게 될 것이라 기대하며 좀 불안해하고 있었다. 나중에야 그곳의 터줏대감이라는 것을 알게 된 빌 호킨스는 넓은 허리띠를 차고 중량급 역기를 드는 사람답게 무성적 아랫배를 가진 사십대의 사내였는데, 새내기인 내게 선뜻 동지애를 발휘했다.

"안녕하신가, 월." 내가 탈의실에 들어가자 엄청나게 운동을 한 뒤라 눈이 커지고 끙끙 앓는 소리를 내던 그가 말을 건넸다.

"안녕하세요, 빌." 내가 대답했다. "어떻게 지내세요?" 그건 우리가 꼭 나누는 인사였는데, 보통은 약간의 농담기가 섞여 있었다. 원래 같은 이름이지만 자음 하나를 바꿈으로써 서로를 완전히 다른 애칭으로 부르기 때문이었다.⁶

"그동안 눈에 안 띄더구먼." 그가 말했다.

5 코린시언 클럽의 애칭.
6 윌(Will)과 빌(Bill)은 모두 윌리엄(William)의 애칭.

"그래요, 요새 좀 바빴던 것 같네요." 내가 암시적으로 말했다.

"그래, 좋은 일이지, 뭘." 그가 층층이 쌓인 로커들의 작은 미로로 나를 따라오며 말했다. 나는 빈 로커를 하나 찾아 가방을 던져 넣고 옷을 벗기 시작했다. 빌은 내 옆에 서 있었는데, 다정한 표정에 덩치 큰 몸은 상기되었고 머리와 어깨는 아직 땀에 젖어 있었다. 꽤 잘생긴 편이지만 육중하고 각진 얼굴이 그걸 가리고 있었다. 그는 내가 옷 벗는 모습을 바라보면서 예의 바르게 얘기할 수 있도록 벤치에 앉았다. 조심스럽고 지나치게 색을 밝히지 않는 그의 평소 처신에 잘 어울리는 몸짓이었다. 그는 남자를 좋아하지만 늘 상대방을 존중하고 형제애를 발휘하는 전통적 남성공동체의 정서를 지닌 사람이었다. 나는 그가 사적인 것을 묻는 일은 결코 없으리라는 걸 알고 있었다.

"그 아이, 필의 체격이 아주 훌륭해지고 있어." 그가 말했다. "형체가 아주 훌륭해. 그 자신은 한동안 운동을 안 해서 근육이 좀 풀어졌다고 하지만, 이번주만 해도 1, 2센티미터는 더 커진 것 같더군." 나는 그가 필을 상당히 좋아한다는 것을 알고 있었다. 필이 기계에 올라 운동할 때 옆에 서서 숫자를 세어주는 모습을 본 적도 있었다. 더욱이 필이 진심으로 자신의 몸에 관심이 있었기 때문에 빌은 항상 여러 방법과 결과에 대해 진지하게 분석해줄 수 있었다. 하지만 필이 좀 낯을 가리고 다부진 편이라서 다소 어려운 상대이리라는 것도 알 수 있었다. 사람 많은 샤워실 건너편에서 유쾌하게 아버지같이 떠드는 빌에게 그가 약간 거부감을 느끼는 것도 눈에 띄었다.

"필도 꽤 괜찮지요." 내가 말했다. "하지만 좀 살이 찌는 체질이죠. 운동을 계속해서 열심히 해야만 할걸요." 내가 티셔츠를 벗었고, 빌은 고개를 저었다.

"자네가 운동을 조금 더 하는 걸 보고 싶은데 말이야." 그가 숨을 들이쉬며 말했다. "아주 특별한 체격을 만들 수 있는 조건을 갖추고 있다고." 나는 내 날씬한 상체, 부드럽고 단단한 젖꼭지와 허리까지 이어지는 솜털의 선을 겸손하게 내려다보았다.

코리의 수영장은 탈의실에서 나선형 계단을 내려가면 나온다. 클럽의 맨 아래층이다. 높다란 격자천장이 체육관을 떠받치고 있었다. 네 귀퉁이에 있는 코린트식 기둥은 고대 로마를 암시해서, 원로원의 음모를 모의하는 찰턴 헤스턴과 토니 커티스가 금방이라도 타월을 두른 채 나타날 것 같은 분위기다. 하지만 실제로는 따분한 얼굴의 종업원이 플립플롭을 신고 모자이크로 장식한 수영장 가장자리를 오갈 뿐이다. 물은 한계선에서 1, 2인치 정도 올라와 있고, 물살이 넘쳐 주변 바닥이 빛나고 고르지 못한 바닥 여기저기에는 작고 차가운 웅덩이가 보인다. 짐작건대 종업원에게는 매시간 수영장 주변을 몇바퀴 돌아야 하는지에 대한 규정이 있는 것 같다. 수영장 주변을 도는 일과 구경꾼 자리에서 쉬거나 책을 읽는 일을 함께 하고 있기 때문이다. 그는 한참 쉬면서 책을 읽다가 다시 자신의 할당량을 채우기 위해 일이분 동안 잰걸음으로 수영장 주변을 돌 것이다. 나는 한번도 그의 서비스를 필요로 한 적이 없었고 다른 사람이 그랬다는 말도 들어본 적이 없다.

이 우중충하고 웅장한 지하 수영장의 조명은 다른 실내장식과는 어울리지 않는다. 옛날 사진을 보면 원래 신고전주의식 샹들리에가 물 위를 넓게 비추고 있었고 구석에서는 조개 모양 등잔이 천장의 웅장한 몰딩을 향해 주황색 불빛을 보내고 있었다. 위층 로비에서는 얼마 전까지도 종전 직후의 엽서를 살 수 있었는데, 품이 약간 넉넉하고 살짝 음란해 보이며 탄력성 없는 구식 수영복을 입은 흰 피부의 젊은이들이 막 물속으로 뛰어들려는 모습, 이미 물속에 들어간 사람들의 반질거리는 머리칼이 사람 많은 레인에 떠 있는 모습 같은 것을 볼 수 있었다. 뒷면에는 "코린시언 클럽, 런던: 수영장(25야드). 1864년 설립된 이 훌륭한 건물에는 현재 체육관과 사교실, 그리고 1935년에 도입된 200개의 청년용 침실이 있다"라고 쓰여 있었다.(제임스는 이 설명문은 파테 뉴스의 아나운서처럼 똑 부러지는 낙관적 어투로 읽어야 한다는 것을 즉시 알아차렸다.) 하지만 최근에 갈색 유광 페인트 몇통을 써서 칠을 하고 지반이 지속적으로 조금씩 침하하고 이동하면서 금이 간 곳을 메우면서 수영장의 조명도 재설계했다. 프랭크 경이 원래 구상한 건강하고 밝은 느낌은 사라지고 외설적으로 음침한 분위기가 대신 들어섰고, 황금색으로 빛나는 웅덩이들이 그것을 둘러싼 그늘과 대조를 이뤘다. 천장에 달린 작고 희미한 스포트라이트들이 이제 영화관에서처럼 수영장 주변 보도 위로 빛의 흔적 같은 것을 비춰주었고, 수영장 양쪽 끝에서 어정거리거나 쉬고 있는 인물들을 검은색 실루엣처럼 만들었다. 흑인들은 수영장 안으로 들어서면 거의 안 보일 지경이었고, 한때 유쾌한 느낌을 주던 감색 타일은 이제 물안경을 쓰고 지하 몇피트까지 내려가지 않으면 보이지도 않았다. 전통적인 수영장의 밝은 흰빛은 괴팍스럽다 할 정도로 기피되어 있었다. 수영하는 사람들은 부드럽게 밝은 원뿔형 속을 건너가는 서로를 의식하지 못한 채 오르락내리락했다.

이 모든 것 때문에 수영장이 속세에서 동떨어진 곳처럼 느껴질 정도였지만, 쉴 새 없이 흘러나오는 음악—주중에는 재미없는 팝송, 일요일에는 클래식—을 끊으며 회원에게 전화가 왔다거나 안

내 데스크로 오라고 알리는 장내 방송이 있어서 그런 인상을 누그러뜨렸다. 장내 방송은 보통 마이클의 동성애자 같은 목소리였는데, 그의 목소리를 통해 들으면 손님이나 **투숙객** 같은 단어조차도 아주 엉뚱한 암시로 들렸다. 그의 말투를 아는 사람들은 그의 안내 하나하나를 즐겁게 받아들였고, 그것은 모르는 사람들은 이해할 수 없는 것이었다. 내가 클럽에 간 첫주에는 "안내 데스크에서 남자분이 벡위스 씨를 기다리고 계십니다"라는 조롱조의 안내방송 때문에 내가 얼굴을 붉히며 걸어나가자 여기저기서 실없는 웃음소리가 들렸다.

그런데 이 수영장은 붐비는 곳이다. 좀 서글픈 때—이른 오후나 일요일 저녁 같은—를 빼고는 늘 사람이 많았다. 함께 온 친구들은 시합을 하고, 경험 많은 다이버들은 거의 첨벙 소리도 안 나게 물속으로 뛰어들며, 빠른 사람들은 느린 사람들을 피하고, 많은 사람들은 수영장 가장자리에 앉아 한기에 우스꽝스럽게 쪼그라든 성기의 윤곽이 드러난 수영복을 입고 발장구를 쳐서 물방울의 선을 그리고 있다. 진지하게 수영하는 사람들은 매일 그 25야드 거리를 여러차례 왕복하고 어떤 사람들은 좀 미적거리기도 하지만, 대개는 평영을 하느라 등이 오르락내리락하는 모습이나 자유형을 하는 사람들의 김 서린 물안경과 반쯤 돌린 입, 끊임없이 물을 가르는 팔동작과 그들의 발을 뒤따르는 거품의 자취만 보인다.

나는 거의 매일 거기서 수영을 했고, 때로는 체육관에서 매트운동을 하거나 체력단련실에서 좀 간단한 운동을 한 뒤에 수영을 하기도 했다. 수영은 마음을 비워주면서도 만족감을 주는 특이한 운동이었다. 나는 자유형과 평영을 번갈아 하고 열번에 한번은 접영을 섞어 빠르게 오갔다. 나는 복사기처럼 자동적으로 이제 일과가 된 오십번의 왕복을 헤아렸다. 하지만 동시에 한눈을 팔기도 했다. 생각에 잠기면 전혀 의식하지 못하는 사이에 삼십분 정도가—순수하게 육체적 운동에만 몰두하는 시간이—지나갔다. 오늘 저녁 나는 차고 우울한 물을 가르며 왕복할 때마다 아서와 진짜로 나눴던 대화를 떠올리거나 상상 속에서 이야기를 나누며 한참 동안 아서에 대한 생각에 사로잡혀 있었다. 만난 지 일주일이 됐는데 내내 침대에서만 보냈다. 아니, 침실에서 화장실로, 화장실에서 부엌으로 벌거벗고 오가기만 했다, 아무 때나 자고 술에 취하고 영화나 비디오를 보면서. 나는 그에게 완전히 빠져 있었다.

하지만 그는 아직 내게 낯선 존재였고, 나보다 훨씬 더 예측 불가이기도 했다. 아마 집 안에 갇혀서 숨이 막힐 지경일지도 모르겠다. 몇시간이나 멍하니 늘어져 있다가 벌떡 일어나서 방에서 방으로 돌아다니며 문설주와 의자 등받이 따위를 치고 지나갈지도 모른다. 때때로 하이파이로 이 방송 저 방송을 돌리다가 자기 춤의 배경이 되어줄 음악을 찾아내고 나체로 내 학창 시절의 밀짚모자만 쓴 채 이리저리 몸을 흔들거나 타월을 한장 들고 장난을 치거나 페티시처럼 흔들지도 모른다. 나에겐 그런 춤을 함께 추는 것을 허락하지 않았다. 집을 휘감은 작은 전기회로처럼 그의 춤동작은 비밀스럽고 어린아이 같은 논리를 가지고 있었고, 그에게 가까이 가려면 흔들대는 그의 팔다리에 차이거나 찔릴 위험을 감수해야 한다. 그러다 춤추기를 그치면 그는 소파에 있는 내 몸 위로 거칠게 쓰러져 얼굴에 대고 숨을 헐떡거리며 어설픈 장난기와 갈망을 담뿍 담아 내게 입맞춤할 것이다.

우리가 너무나 가까운 존재가 되어서 나는 아서가 자기만의 세계 속으로 들어갈 때마다 화가 났다. 그가 갑자기 거리를 두고 마법이 풀리면서 그를 완전히 잃게 될까봐 겁이 났던 것이다. 때로아서는 별로 우습지도 않은 것을 보면서 아주 시끄럽게 웃어댔다. 자기 몸을 치면서, 대체 왜 그러는지 궁금해하며 약간 짜증난 듯한 내 표정을 손가락질하며 계속 웃었다. 나는 뭐가 그렇게 우스운지 이해할 수 없었다. 그것은 나는 이미 너무 나이를 먹어 이해할 수 없는, 새롭게 허무주의에 빠진 십대의 행동 같았다. 옥스퍼드 스트리트나 토트넘 코트 로드에서 그런 식으로 냉정하고 고통스럽고 무기력한 웃음을 웃는 애들을 본 적이 있었으니까.

결국 내가 방을 나오고 그러면 몇분 뒤에 아서가 갑자기 말없이 나를 따라나오곤 했다. 그는 아무 데나 내 몸에서 가장 먼저 닿는 곳을 핥아주면서 열심히 나와 가까워지려 했다. 그러면 그는 더이상 오락실이나 바람 부는 길모퉁이의 죽은 영혼이 아니었으며, 나는 그를 낭만적 운명을 찾아 클럽이나 술집으로 미끄러져가는 군중과 상당히 다른 존재라고 느끼며 무한한 감동에 젖었다. 나는 그의 일편단심에 감동했고, 그런 다음엔 섹스와 소유로 그것을 질식시키고 싶어졌다.

아서는 함께 술을 마실 때면 정말 걷잡을 수 없는 상태가 되었다. 나를 만나기 전까지는 콜라 몇잔과 캔맥주 몇개, 혹은 다른 사내들—그가 과거를 돌이키며 하는 묘사를 들으면 아주 끔찍한 인간들이었다—이 접근해 사주는 무엇이든 마시며 저녁시간을 보냈다고 한다. 이제 그는 날마다 나와 함께 질 좋은 포도주, 위스키, 샴페인을 마시는 데 익숙해졌다. 위스키는 미심쩍어하며 조금씩 마셨고 아직 어른스럽게 즐기는 수준은 못 되었다. 하지만 포도주는 사랑했고 샴페인은 맥주나 되는 듯 마실 때마다 끔찍하게 트림을 하고 낄낄거리면서 퍼마셨다. 그럴 때 그가 가장 중요하게 하는 일은 자신의 상태를 나한테 계속해서 알려주는 것이었다. "아주 약간 취하는 것 같은데, 윌리엄." 그는 마시자마자 말하곤 했다. 그런 다음엔 "월? 월? 나 지금 취했다고 해도 될 것 같아"했고 한두잔 더 마신 뒤에는 "아이고, 아주 엉망으로 취해버렸네"했다. 그럴 때는 말수가 적어져서 허공을 보며 "또 취했네"라고 중얼거렸는데, 어머니가 아버지를 향해 태도를 고치지 않으면 안 된다고 나무라는 장면을 떠올리는 듯했다. 껴안고 얼굴을 비비며 뒹구는 동안에는 나를 슬쩍 밀치고 내 눈을 똑바로 바라보며 내 말을 따라하곤 했다. 별것도 아닌 이 말 저 말이 재미있거나 불쾌하거나 한 것 같았다. 내 말을 짓궂게 흉내내기도 했다. "항무―ㄴ," 그는 젠체하는 어조로 말했다. "내 항무―ㄴ에서 나가." 혹은 부엌에서 멍하니 대충 저녁을 차리는 나와 함께 수다를 떨 때면 그는 내 말을 끊고 끼어들어 "아니, 아니, 아니―들어봐, 아니라니까―'음―수―ㄴ경'이라고" 하면서 배를 쥐고 웃어댔다. 때때로 나도 너그러운 태도로 함께 웃으며 그가 따라하는 내 말투를 과장해서 더욱더 젠체하는 어조로 흉내를 내기도 했다, 아무도 듣는 사람이 없다는 것을 알고 있었으니까. 때로는 그의 몸을 붙들고 그가 요구하고 있는 것을 주기도 했다.

그래, 어제 그제는 술과 함께 더 가까워졌고, 아서가 긴장을 풀고서도 아주 제멋대로 굴지는 않아서 더 좋았다. 함께한 시간 중에 최고였다. 그럼에도 불구하고 다시 물속에 있게 되자 느껴지는 안도감은 강렬했다. 아서가 아침에 전화를 해보더니 하루쯤 딴 데 가봐야 한다고 말했을 때는 속으로 '잘됐어!'라는 생각이 들었다. 나는 그에게 셔츠를 빌려주었는데, 아마 줬다고 해야겠지. 핑크색 실크 셔츠였고 내 하얀 피부에만큼이나 그의 검은 피부에도 잘 어울렸다. 나는 그가 옷을 입자 담백하게 입맞춤을 해준 뒤 아무 때나 오고 싶을 때 돌아오라고 말했고, 그가 나간 다음에는 집 안의 창문을 다 열었다.(좀 쌀쌀한 봄날이었다.) 침대에 새로 빤 침대보를 씌우고는 어서 저녁이 와서 나 혼자 숙면을 취했으면 했다. 나는 블레이크의 판화 속 약간 동성애자 같은 분위기의 '아침의 아들들' 중 하나처럼 팔다리를 쭉 펴고 기지개를 켰다.

잠시 뒤에는 한걸음 더 나아가 턱걸이, 팔굽혀펴기, 윗몸일으키기 등을 한바탕하고 났더니 수영장 생각이 간절해졌다. 시리얼이나 통조림, 신문 따위를 사러 오분씩 동네 가게에 나간 것 말고는 한주 내내 집 안에 처박혀 지낸 터라 지하철의 플랫폼을 가득 메운 사람들을 보니 오래 입원했다가 밖에 나온 사람들처럼 두려움과 놀라움이 느껴졌다.

수영장에서 나온 나는 물을 뚝뚝 떨어뜨리며 숨을 헐떡이면서 탈의실로 갔다. 서둘러 드나드는 사람들이 맞은편에서 오는 사람을 넘어뜨리지 않도록 레스토랑에서처럼 작은 창을 낸 수증기 낀 회전문을 밀고 들어가자 사람들로 북적거리는 샤워실의 물 떨어지는 소리가 들려왔고, 그곳 특유의 따뜻하고 자욱한 공기가 목과 피부에 확 끼쳐왔다. 나는 두줄로 늘어선 뜨거운 샤워기들을 지나쳐 느긋하게 걸었다. 샤워기 아래서는 검은색 타일에 부딪혀 물보라가 피어올랐고, 벌거벗거나 수영복을 입은 사내들이 다른 사람들을 피해 움직이며 벽 위에 올린 발에 비누칠을 하거나 자신의 배를 큰 소리가 나도록 철썩 때렸고, 바깥문이 찰카닥 소리와 함께 열리면 어떤 미남이 도착했나 보려고 몸을 돌렸다. 나는 겨우 얼굴만 아는 사람들 한둘과 짧은 인사를 주고받으며, 문신이 팔을 따라 똬리를 틀며 올라간 창백하고 우울한 모습의 젊은이와 2미터는 되어 보이는 키에 아주 둥그스름하고 무거운 몸집, 엄청나게 큰 어린애 같은 얼굴을 한 무척 짙은 갈색 피부의 대머리 사내—사실 나는 곧 그의 몸 전체에 털이라곤 없다는 것을 깨달았다—사이의 빈자리를 택했다. 후자의 매끄럽고 무거운 성기는 단단하고 주름진 음낭을 방석 삼아 지방덩어리 아래 불쑥 튀어나와 있었다. 그는 넓고 부드럽고 통통한 자신의 등과 배에 매끄러운 비누 자국을 남기며 힘차게 비누칠을 하면서 남을 의식하지 않고 명랑하게 콧노래를 흥얼거리고 있었다. 나는 그 순간 그가 꽤 행복해 보인다고 말하듯 그를 향해 고개를 끄덕여주었다. 그러자 그가 다정하고 활기 넘치는 성격을 보여주듯 미소로 화답했다. 나는 그가 자신을 신뢰하는 어린 여자애를 쓰다듬어주는 자동인형처럼 나를 쓰다듬어주거나, 아니면 무의식중에 나를 박살내서 죽일 수도 있을 것 같은 느낌이 들었다. 나는 비눗갑과 샴푸를 내려놓고 어깨 위로 물을 맞으며 주변을 둘러보았다.

코리에서는 다들 로커 앞에서 옷을 벗은 다음 샤워실 끝의 깔개가 놓인 곳으로 타월을 가지고 간다. 방금 수영장에서 나온 사람은 수영복을 입고 있기도 하고, 멋진 체격을 자랑하는 사람들은 느릿느릿 수영복 끈을 푼 뒤 작은 수영복을 벗어내려 세상에서 가장 평범하고도 심장이 멎을 것 같은 순간, 성기와 불알을 드러내기 직전의 우스꽝스러우면서도 긴장된 순간을 허락하기도 했다. 미국인처럼 보이는 한 사내가 그 순간 샤워실 건너편에서 바로 그렇게 하고 있었다. 근육질에 잘 다듬어진 몸매의 그 사내는 샤워기의 물을 맞으며 깊은숨을 들이쉬면서 여유롭게 서 있다가 등을 돌리더니 반짝이는 수영복을 벗고 자신의 단단하고 매끈한 엉덩이를 드러냈다. 등과 허벅지의 햇볕과 일광욕 침대에서 그을지 않은 살결이 우유처럼 하얬다. 나는 아직 터무니없이 작은 검은색 수영복을 벗지 않아서 내 성기가 자신을 가두고 있는 수영복에 저항하며 딱딱하게 서는 것을 느낄 수 있었다. 이미 샤워기 물에 맞은 다음 그런 사태가 벌어지니 통증까지 느껴졌다.

처음에는 샤워 중에 발기하면 당황스럽곤 했다. 하지만 코리에서는 다들 일부러 자극적으로 성기 주변에 비누칠을 했고, 샤워실에서 매일 규칙적으로 발기하는 사람들도 있었다. 내 경우는 그만큼 규칙적이지는 않았지만, 다른 사람들이 그걸 바라고 기대한다는 느낌이 전해졌다. 그런 전시 행위에는 역설적인 힘이 있다. 벌거벗은 사람은 옷을 입은 사람에 비해 사회적으로 우위를 점하는 것이다.(수많은 소극笑劇에서 보듯 벌거벗은 사람이 그 점을 잊을 수도 있지만.) 그리고 샤워를 하는 동안 나는 무모해졌다.

하지만 그런 일이 타인에게 미치는 효과가 꼭 긍정적인 것만은 아니었다. 코리에 오는 사내들이 모두 육체미 잡지의 스타처럼 보이는 체한다면 허망한 일일 것이다. 신이라고 할 만한──적어도 반신이라고 할 만한──사람들도 있긴 했다. 하지만 그렇게 많은 젊고 늙은 사내들의 환상이 모이는 곳에서는 말없는 충성심과 훔쳐보는 시선, 억울해하는 시선, 어색한 몸짓과 굴욕적인 짝사랑 등이 안타까운 그물로 얽히기 마련이다. 클럽 생활에서 제의의 핵심을 이루는 이런 벌거벗은 뒤섞임은 부적절한 관념적 정사를 부추기거나 양복 상의와 넥타이, 자전거 클럽과 더플코트의 세계에서는 살아남을 수 없는 복잡한 애정관계들을 만들어냈다. 그런데 샤워실에서 어떤 사람의 사회적 지위를 알아보기란 얼마나 어려운지. 발기한 내 성기를 보면서 코끼리처럼 반응하고 있는 거구의 아프리카인 이웃에게는 미소를 지으면서 어떻게 옆 샤워기에서 소년처럼 히죽거리고 있는 사내에게는 인상을 쓸 수 있단 말인가?

내가 제임스를 처음 만난 것은 옥스퍼드에서였다. 그는 나에 대해 이야기를 들어 좀 알고 있었지만 나는 그에 대해 아무것도 모르고 있었다. 내 지도교수가 토요일 점심때 백포도주, 적포도주와 견과류를 곁들여 꾸리던 작은 파티 중 하나에서였다. 동성애자 사제들(그러니까 진짜 사제들 말이다)과 더 개방적인 교수들이 능력이나 배경을 고려해 택한 대학생들과 대화를 나누고, 서 있는 손님들 사이로 나이 지긋하고 명망 있는 사람들이 한둘 앉아서 카펫에 술을 쏟아가며 대화하는 그런 파티들 중의 하나 말이다. 그날 나는 특별히 자신감에 넘쳤다. 초여름의 어느 더운 날이었는데, 당시 2학년이던 나는 브레이즈노즈 칼리지에 다니던 프랑스 녀석하고 방금 섹스를 한 뒤였다. 방에 도착해보니 이미 많은 사람들이 모여 있었고, 지도교수의 바로 뒤에 서 있던 내게 대학원생 하나가 지도교수를 향해 "학부생인 백위스도 초대하셨기를 바랍니다. 올해 아주 절정에 달했다고 말하지 않을 수 없으니까요……"라고 말하는 것이 들려왔다. 뒤늦게 내가 거기 있는 것을 보고 어색하게 얼굴을 붉히며 그의 즐거운 기분이 수그러들긴 했지만 말이다. 제임스는 구겨진 리넨 상의에 단추를 푼 에어텍스 셔츠, 헐렁한 적갈색 코듀로이 바지를 입고서 창가에 서 있었다. 무척 앳되고 순진하지만 동시에 성숙해 보였는데, 그의 가는 금발이 이미 빠지기 시작했던 것이다. 그의 눈은 전체적인 색조와는 대조적으로 진한 갈색이었고, 지도교수가 우리를 서로 소개해주자 그는 "아, 안녕하세요?" 하며 기쁘고 놀랍다는 듯이 인사를 했고, 나는 당시에는 아주 멋지다고 착각했던 좀 거만한 태도로 '이 친구 눈이 꽤 아름답군' 하고 생각했다.

당시에 나는 워낙 자기애가 강했던 터라 처음에는 제임스가 나를 좋아하고 있다고 지레짐작했는데, 지금 떠올리자니 얼굴이 붉어진다. 우리는 며칠 후 더 파크스에서 열린 크리켓 시합에서 다시 만났다.(내 프랑스인 애인은 그사이에 우울하고 적대적으로 변했다.) 우리는 오후 내내 함께 맥주를 마셨고 바그너 음악에 귀를 기울이며 늦게까지 앉아 있었다. 그리고 나는 그가 즐긴 것은 나와 함께 있는 것임을, 남자와 음악에 대한 우리의 취향이 같다는 사실을 깨달았다. 우리는 악절 하나하나가 기적 같으면서도 브륀힐데의 분신焚身 장면이 고작 삼십초 정도로 느껴지는 만취 상태에 도달했다. 그가 전축을 끄고 일어서서 "이제 가야 해, 친구야"라고 말했을 때, 나는 그가 내가 머무르기를 원치 않는다는 데 특별한 감동을 받았고 깊은 우정을 느꼈다. 그뒤로 우리는 대학 시절 내내 거의 매일 만나며 지냈다.

오늘밤에는 우리 동네에서 내가 잘 가는 동성애자 전용 술집 볼런티어에서 제임스를 만날 예정이었다. 에칭 기법으로 신비한 느낌을 낸 불투명 창문이 달린 겉모습은 아르누보 겸 메트로폴리탄 양식인데, 실내는 재단장을 한답시고 얼마나 엉망을 만들어놓았는지 실망을 그린 영원한 우화라고 할 만했다. 노인들이 선호하는 안쪽의 작은 바는 옛날 그 시절의 특성을 조금 간직하고 있었지만 나머지 공간은 금요일이나 토요일 밤에 많은 사람들이 북적이며 스쳐가도록 넓고 황량하게 만들어져 있었다. 두들겨 만든 동판을 얹은 원형 탁자들이 벽을 따라 늘어선 가죽 외피의 전차 앞에 줄을 맞춰 놓여 있었다. 조정식 분사구에서 나오는 가스로 인조 장작에 불을 붙일 수는 없기 때문에 제철이 되면 쇠살대 속에서 불길이 타올랐다. 불이 붙으면 손님들이 무심코 던진 담배꽁초 수백개가 모습을 드러냈다.

술집은 초저녁에 제일 시들했다. 참을성 있게 기다리는 꿋꿋한 단골들이 바에서 어슬렁거리거나 『이브닝 스탠더드』지를 읽거나 맥주잔을 조금씩 비우거나 새로 나타난 사람들을 응시하거나 시절이 무척 안 좋다는 듯한 어조로 인사를 나누며 시간을 때웠다. 그들에게 시절이 안 좋은 건 사실이었다. 볼런티어는 동성애자 술집 중에서는 이류였고, 화려하고 유행을 좇는 사람들이 킹스크로스나 세인트마틴스 레인에서 사람들에게 말을 걸고 있을 때 볼런티어에서는 뒤처진 시골 같은 분위기가 자리 잡았다. 내가 기네스 한병을 사들고 구석자리로 가자니 막차가 오려면 한참 남은 작은 역의 대합실에 앉는 느낌이었다.

꽉 끼는 청바지를 입은 깡마른 바텐더 하나가 침울하고 가식적인 태도로 어슬렁어슬렁 문을 향해 가더니 바깥 보도를 내다보며 서 있었다. 술을 마시러 들어올 잠재적 고객에게서 정욕을 제거해버릴 만한 광고 행위였다. "비가 내리기 시작하네." 그가 다시 바로 들어오면서 혼잣말처럼 말했다. 일이분 뒤에 제임스가 물론 우산을 든 아주 점잖은 모습으로 급히 들어섰다. 막 병원에서 오는 길이었다.

"피곤해 보이네." 그가 말했다. "너무 난잡하게 노는 게 틀림없어." 그러고서 내 기네스병을 집어들며 병원인 듯 말했다. "이 약을 하루에 두번 드시고 절대 안정을 취하세요. 곧 괜찮아질 겁니다."

그는 (보람차고 사심 없이 일해서) 피곤해 보이긴 했지만 그래도 그를 만나는 것은 매력적인 일이었다. 나는 피곤해 보인다는 말은 하지 않았다. 그는 그러지 않아도 과로하는데다 응급 대기 시간이 길어서 우울해했고 그래서 실제보다 늙어 보였으니까. 제임스는 자기 술잔을 들고 내 옆에 앉았고, 나는 이제 반쯤 벗어진 그의 머리를 쓰다듬어주었다. 그는 미소를 짓고 내 뺨에 입을 맞췄다.

"환자들은 어때?" 내가 물었다.

"아, 괜찮아." 그가 말했다.

"뭐 흥미로운 경우 있어?" 사람들이 진찰실에서 하는 이상한 말이나 행동은 우리 대화의 단골 메뉴였다.

"별로. 담석이 있는 여자 환자가 다시 왔어. 그리고 오늘 아침에는 세상에서 가장 큰 성기를 가진 친구가 왔었지." 제임스는 큰 성기에 집착하는 편이었다. 그가 직업적 능력을 발휘하는 동안 꽤 많은 큰 성기가 그의 손을 거쳐가는 것 같았다. 짐작하기로 개인적으로는 그런 일이 너무 적은 것 같았지만.

"얼마나 큰데?" 내가 물었다.

"아……" 그가 어부처럼 손짓으로 크기를 보여주었다. "축 늘어졌을 때 그렇다는 말이야. 안타깝게도 정말 참을 수 없을 만큼 끔찍한 녀석이지만. 어디가 잘못되어서 그렇게 크다고 생각하는 모양이었어. 그래서 전문의를 찾아가보라고 했지." 그는 맥주를 한잔 쭉 들이켰다. "하지만 성기만큼은 아주 멋졌어." 그가 서글픈 어조로 덧붙였다.

나는 킬킬거렸다. "어제 내가 뭘 했는지 알면 날 아주 자랑스러워할걸." 내가 말했다. "내가 동성애자 귀족의 목숨을 구한 영웅이 됐거든." 그런 뒤 켄징턴 가든스의 화장실에서 있었던 일에 대해 이야기해주었다. "전부 네 덕분이야, 달링." 내가 말했다. "네가 기차에서 한다는 일이 생각났거든."

"굉장한데, 그리고 자랑스럽다." 제임스가 말했다. "그런데 귀족―남작이나 더 높은 사람인 것 같다고?"

"내가 보기엔 남작 같던데." 내가 말했다―그러고는 실없이 짓궂은 미소를 띠었다. "어쨌든 자작이 동성애자를 찾아 화장실에서 얼쩡거리진 않을 테니까……"

"아직은 아니겠지." 제임스가 신랄하게 맞장구를 쳤다. "그 일 이후로 연락 왔어?"

"아니. 구급차가 도착했을 때 어떤 사내가 펄쩍펄쩍 뛰면서 '아이고, 어르신' 어쩌고 하며 난리를 피우더라고. 그 사람이 누구였는지는 아마 영영 모를 것 같아." 나는 제임스를 바라보았다. "하지만 네가 늘 그런 일을 한다고 생각하니까, 세상에, 그런 일을 해보니 굉장히 기분이 좋더라고……"

"맞아, 하지만 그런 일이 되풀이되면 그런 기분도 사그라들지. 그런데 네가 만나는 녀석은 어때? 나한테 얘기해주는 게 좋을걸."

그동안 나는 내 섹스 상대들에 대해 제임스에게 시시콜콜 무지막지하게 다 이야기해줌으로써 틀림없이 오랫동안 그를 지루하게 했을 것이다. 내가 "간밤에 아주 기막히게 멋진 녀석을 만났어"라고 말하면 제임스는 종종 "고마워, 하지만 안 듣고 싶거든"이라고 하긴 해도, 그렇다고 해서 내가 대강이라도 이야기해주지 않은 적은 없었다. 이제 그런 절차는 장난이었지만 그 배경에는 제임스의 금욕적인 생활, 자기 삶의 사적인 부분에 대해서 비밀을 유지하며 될수록 생각지 않으려 하는 면이 있었다. 그는 의사이기 때문에 신중했고 모험심이 부족한 것조차도 권위 있어 보였다. 또한 제임스가 잠깐 연애를 해서 내가 알게 될 경우에도 그는 그에 대해 언급하지 않으려 했다. 그럼으로써 예외적인 것이 틀림없는 그 단편적 사건들이 자신의 활발한 성생활의 전형으로 해석되기를 바라는 것이다. 어쨌든 제임스에게 대놓고 그의 성생활에 대해 묻는 것은 불가능했다.

"무슨 할 말이 있겠어?" 나는 예외적으로 이렇게 대답했다. "그저 행복의 극치, 끝없는 성교, 빨아주기, 성기뿐이지."

"그러니까 멍청한 녀석이란 뜻이네."

"아인슈타인은 아니지."

"그럼, 서로 무슨 얘길 하는데?"

"잘 몰라. 좀 애기처럼 말하거든, 거친 말도 하긴 하지만. 그리고 많이 킬킬대, 보통은 서로의 외모를 칭찬해주고. 테스튜도에서 저녁을 먹은 날도 있는데 대화는 잘 안 됐어. 그래서 내가 아주 끔찍한 짓을 저질렀지." 나는 당혹스러운 척 눈을 내리깔았다.

"말하지 마." 그가 나를 실눈으로 바라보았다. "마시모는 아니겠지?"

"너무 심했나? 하지만 그 친구하고 꼭 해야 했거든……"

"맙소사!" 제임스가 빽 소리를 질렀다. "너 진짜 나쁜 놈이다. 대체 어떻게 그런 짓을 해? 난 알고 싶지도 않다."

"그냥 뒤로 살짝 빠져나갔어. 화장실이 아니라 실은 상자들이 잔뜩 쌓여 있는 마당 같은 데였지. 아주 빨리 해치웠어."

"하지만 그 불쌍한, 이름이 뭐였지, 그 녀석은 어쩌고?"

"아서? 아, 그 녀석은 졸려서 아무 의심 없이 날 기다리고 있었어. 사실 마시모는 아서하고도 같이 하고 싶다고 했지만 내가 선을 그었지."

"그래서, 늘 상상하던 것하고 같았어?"

"으음, 그랬다고 할 수 있지. 메뉴에 있는 거 전부, 알잖아, 전부다." 내가 어쩔 수 없다는 듯 음흉한 미소를 지었다. "하지만 가끔 그럴 때가 있어. 분명히 그도 아무하고나⋯⋯"

"고맙네!"

"아니, 내 말은, 아무 문제도 없을 거라는 거야."

"그 사람들 다 떠들거든, 웨이터들 말이야⋯⋯" 제임스가 흥분을 억누르며 낮은 소리로 말했다. "아서의⋯⋯ 그건 어때, 참?"

"아주 멋져, 네가 좋아하는 유형은 아닐지도 모르지만. 짧고 다부지고 무자비하게 포경수술이 되어 있고, 믿을 수 없을 만큼 탄력이 좋고 개성 있어."

제임스가 침묵을 지켜서 열을 내며 말하는 내가 좀 당황스러운 느낌이 들 즈음에 그가 말했다. "그래, 그 녀석하고 사랑에 빠졌군?" 나는 익숙한 태도로 기네스를 마셨다.

"사실, 그렇달 수는 없어." 내가 인정했다. "함께 「이도메네오」에 귀를 기울이며 깊은 영적 공감을 하지는 못하니까. 그냥 반했다고 해야겠지. 때때로 나는 내가 그를 알고 있다는 느낌이 전혀 안 들어. 그러니까 오히려 한없이 애틋한 마음이 되더라고. 그리고 또 홀랜드 파크와 내 아파트는 모두 아서에겐 완전히 새로운 세계지. 아서는 가족과 함께 저소득층용 고층 아파트에 살고 있거든. 내가 집에 안 들어가면 어머니가 걱정하시지 않느냐고 그랬더니, 그애가 자기는 집에 안 들어갈 때가 많다고 하더라고. 집에 전화가 없어서 알려드릴 수가 없는 거야. 그렇지만 오늘은 집에 간 것 같아. 수당 신청서에 서명하러 가야 하거든. 하지만," 내가 원래 이야기로 돌아가서 말했다. "정말 네 말이 맞아. 지속할 수 없는 관계지. 사실 내가 원하는 바도 아니고. 그렇지만 아주 천국 같은 일주일이었어."

우리는 제임스의 우산을 받고 웨스트본 그로브 방향으로 걸어갔다. 제임스의 답답한 점 가운데 하나는 그가 채식주의자라는 사실이었다. 그래서 그와 저녁을 먹으러 가려면 주의 깊게 계획을 세워야 했다. 바깥에서 비가 세차게 내리는 동안 거기서 아주 싸고 맛있는 벨푸리를 먹었는데, 제임스가 전에 없이 대담하게 관심을 가지고 바라본 웨이터가 음식을 내왔다. 비 때문이었는지 우리는 옥스퍼드의 동창생들에 대한 기억을 더듬었고, 그들이 은행가가 되거나 살이 쪘거나 결혼을 했다는 등의 소식을 주고받았다.

우리가 식당을 나왔을 때도 비는 계속 내리고 있었다. 그래서 나는 원래 지하철을 좋아함에도 마침 다가온 불 켜진 택시를 잡아탔다. 내가 제임스에게 작별인사를 하면서 다소 눈에 띄게 입맞춤을 해주고 그의 등을 손으로 쓸어내렸는데도 택시기사는 별 반응을 보이지 않았다. 제임스는 아주 사랑스럽고 수줍지만 남성적인 친구라서 나는 그가 왜 더 많이, 혹은 더 자주 사랑을 찾지 못하는지 이해가 안 갔다. 하지만 내가 그와 하지 못한다면 다른 사람에게도 못 할 만한 이유가 있을 수 있다. 제임스는 성적인 분위기를 드러내지 않는 편이었고, 즉흥적인 클럽과 바의 세계에 어울리기에는 취향이 너무 섬세했다. 우리는 한두번 함께 자기도 했지만 서로 너무 어색해서 그냥 키스하고 껴안는 것 이상은 하지 못했다.

"이 모든 일이 다 끝난 다음에 보자, 달링." 내가 그렇게 말하고 재빨리 그의 우산 아래서 택시로 건너갔고, 늘 그렇듯 본능적으로 택시기사의 손가락에 결혼반지가 끼여 있는지 살펴보았다. 나는 택시기사와 좋은 경험을 한 일이 몇번 있었고, 심지어 이성애자 기사들도 택시에 갇힌 채 아무 생각 없이 매일 몇백마일을 운전하며 다니는 데 지쳐서인지 반시간 정도 내 아파트에 들어와 음탕한 소리를 지껄이는 걸 반기는 경우도 있었다. 아니면 그들에게 비디오를 보여주거나 그들의 성기를 빨아줄 때도 있었다. 하지만 이 기사의 경우에는 전혀 나를 유혹하려는 기색이 아니었고, 때 묻고 터질 듯한 자기 자리 안에 접붙이기라도 한 것 같았다.

택시가 사람 많고 가게 불빛들로 휘황한 거리를 뒤로하고 홀랜드 파크의 배타적인 정적 속으로 들어서자 나는 하품을 하며 유쾌한 기분으로 밖을 내다보았다. 가로등 아래로 번쩍이는 한적한 보도, 앞뜰에서 늘어진 새순이 돋은 나뭇가지들, 그 뒤의 부유한 소규모 저택들이 주는 무심한 안정감 등이 눈에 띄었다. 그리고 그 저택들 안에서 칠 필요가 없어 보이는 커튼이 드리워진 창문을 통해 가끔 아치형 천장까지 쌓인 책이나 술잔을 들고 움직이는 사람, 은은한 조명에 비친 칙칙한 금색 액자 속의 그림 들이 보였다.

나는 단지 입구에서 택시기사에게 요금을 내고 불 꺼진 집 옆으로 우리 아파트 계단으로 이어지는 문까지 난 자갈길을 재빨리 뛰어갔다. 길 위로 작은 등이 빛나고 있었고, 들어앉은 현관을 둘러싼 덩굴식물의 아직 잎이 나지 않은 나뭇가지들에서는 빗방울이 뚝뚝 떨어졌다. 그때 그늘진 곳에 누군가가 비를 피해 바닥에 웅크리고 있는 모습이 보여 가슴이 덜컥했다.

불안한 떨림이 금세 유쾌함으로 바뀌며 내가 말했다. "아서, 여기서 대체 뭘 하고 있는 거야?"

"맙소사, 아주 안 오는 줄 알았네." 그가 긴장한 목소리로 말하며 심하게 코를 훌쩍거렸다. "여기서 얼마나 오래 기다렸다고."

"하지만 너 오늘밤에 온다고 말 안 했잖아."

그는 대답 없이 일어서더니 나를 향해 다가왔다. 내 얼굴에 그의 무거운 숨결이 느껴졌고, 그가 그러고 있다는 사실이 좀 짜증스러웠다. 아마 겁이 났기 때문이리라. 아서가 길고 강한 손으로 내 위팔을 잡은 채 나를 향해 자신의 몸을 강하게 밀어붙였다. 머리 위로 비가 내렸고 나는 그를 팔로 껴안으며 그의 온몸이 이미 흠뻑 젖었다는 것을, 옷 때문에 추운 만큼이나 그의 몸이 젖은 옷을 덥히고 있다는 사실을 깨달았다.

"베이비, 흠뻑 젖었네." 내가 현실적인 어조로 말했다. "온다고 말을 하지 그랬어." 나는 포옹을 풀고 열쇠를 더듬더듬 찾았다. "들어가서 옷을 벗어버리자." 나는 그가 돌아왔다는 사실을 받아들이며, 그가 나를 오래 떠나 있지 못했다는 데 약간 감동을 느끼며 소리쳤다. 내가 앞장서서 건물의 문을 열고 불을 켠 뒤 뒤쪽 계단 발치에 있는 현관으로 들어갔다. 아서는 망설이더니 젖은 신발에서 쩍쩍 소리를 내며 따라들어와 문을 닫았다.

나는 돌아서서 어머니 같은 호의를 가득 담은 표정으로 그를 향해 미소지었다. "베이비," 내가 속삭였다…… "대체 무슨 짓을 한 거야." 아서는 코를 훌쩍거리더니 코와 입을 손등으로 닦았다. 밝은 빛에 눈이 부신지 눈살을 찌푸렸다. 오른쪽 뺨이 넓게 찢어져 있었고 피까지 엉겨서 지저분했다. 그의 검은 목은 피 때문에 자줏빛으로 번들거렸다. 낡고 허름한 카디건 아래 내가 준 분홍색 실크 셔츠의 오른쪽 윗부분이 피에 젖어 그 새로운 핏빛이 비에 젖은 천을 통해 배어나오고 있었다. 나는 뜻밖에 뭔가 나쁜 일에 얽힌 게 아닌가 싶어 다시 겁이 났다. 그의 태도, 피에 얼룩진 콧물로 막힌 코와 울다 지친 눈(그는 이 약점을 반항적인 시선으로 감추려 했지만)에 대해 뭔가 거부감이 들었고 경솔하다는 생각도 들었다. 하지만 그가 완전히 무방비 상태인 것도 사실이었다. 그는 몸 전체로 도움이 필요하다고 말하고 있었다.

우리는 위층 내 아파트로 올라갔다. 건물의 중앙부에 아무도 없어서 다행이었다. 아서의 젖은 코듀로이 바지가 다리에 감겼고, 그는 지친 얼굴로 나를 따라왔다. 계단이 휘어지는 곳에서 얼른 내려다보니 카펫에 난 그의 갈색 발자국이 보였다.

내 아파트로 들어간 뒤에 그가 옷 벗는 것을 도와주었다. 내가 셔츠를 벗기기 위해 아서의 팔을 뒤로 당기자 그는 신음소리를 내며 아파했다. "으윽, 망할 놈의 어깨." 그것은 비명에 가까웠다. 내가 떨리는 손가락 끝으로 아서의 등을 부드럽게 쓸어주다가 검은 피부 속에서 신비하게 부풀어오른 멍에 손이 닿자 그가 갑자기 숨을 훅 들이쉬었다. 그는 추운 사람처럼 몸을 마구 떨었고 아랫입술은 비참하게 늘어져 있었다. 이제 나는 더 실제적이 되어 당장 필요한 것만 신경을 쓰며 그의 신발을 당겨 벗겨서 문 앞 매트에 올려놓았다. 반면 아서는 점점 수동적이 되면서 기력을 잃고 있었다. 나는 그의 지퍼를 당겨 내리고 꽉 끼는데다 비 때문에 뻑뻑해진 코듀로이 바지와 작은 속옷을 엉덩이와 허벅지 밑으로 끌어내렸다. 내가 아서의 앞에 무릎을 꿇고 앉아 그의 쪼그라든 성기와 추위와 공포심 때문에 완전히 시들어버린 음낭을 힐끗 보며 축축해서 잘 내려오지 않는 바지를 당기자 그는 한짝씩 발을 들어 협조했다.

나는 아서를 욕실로 데려가 앉히고 상처를 닦고 처치해보려 애썼다. 몹시 아팠을 텐데 아서는 가끔 아야 소리를 내는 것 외에는 아무 말도 하지 않았다. 나는 찬장에서 붕대를 찾아 감고 작은 밴드 몇개로 고정했다. 제임스가 귀가할 때쯤 전화를 하리라. 나는 더운물을 받고 아서를 욕조에 앉힌 뒤 적신 스펀지로 등을 부드럽게 문질러주고, 판판한 근육질의 가슴을 씻어주고, 팔을 들어 겨드랑이와 허리에도 비누칠을 해주었다. 그런 뒤 그의 다리 사이에 살짝 손을 넣어 성기와 음낭을 문질렀다. 그는 긴장을 푸는 듯 길고 깊은 욕조에 푹 잠겨 있었다.

"달링, 무슨 일이 있었던 거야?"

"싸움에 말려들었어." 아서가 화도 나고 미안하기도 한 표정으로 나를 보았다. "여기 오려던 건 아니었는데, 어디로 가야 할지 모르겠는 거야. 자기를 이 모든 일에 말려들게 하려던 건 아니었어."

"누구하고 싸운 건데?"

"형—해럴드. 우리 형이야. 형한테 칼이 있었는데 그걸로 날 찔렀어—그 나쁜 새끼가 날 칼로 찔렀다고." 나를 바라보는 아서는 지치고 화도 난 듯했다. "이제 집엔 갈 수 없어. 형이 날 죽일 테니까. 하지만 내가 어디 있는지는, 여기는 몰라. 여기서 좀 지내야 해—잠시 동안만, 윌." 그는 물속에 손을 담그고 물을 철썩였다. 붕대 안에서 다시 피가 배어나왔다. 그는 평정심을 잃어 우스꽝스러운 모습이었고 무척 고통스러워하는 것 같았다. 눈물이 흘러내리며 그의 얼굴과 밴드의 방수 처리된 분홍색 부분을 흠뻑 적셨다. 내가 스펀지로 꾹꾹 눌러 눈물을 닦아주자 아서는 고개를 저으며 눈을 찡그렸고, 그 때문에 다시 상처가 뒤틀려 눈을 더욱 찡그렸다. 물속에 있는 내 손안에서 아서의 성기가 그의 고통과 비참에도 불구하고 딱딱해졌다. 나는 천천히 수음을 해주었고, 욕조 옆면에 규칙적으로 잔물결이 부딪혔다.

"윌," 그가 내 손동작에 굴복하기 전에 이 말만은 꼭 해야 한다는 듯 입을 열었다. "내가 형의 친구를 죽였어."

2

나는 수영장의 끝에서 끝까지 오십번을 왕복한 뒤, 머리 위로 밀어올려 제2의 눈처럼 보이는 자욱하게 김 서린 물안경을 낀 채 발을 물에 담그고 수영장의 얕은 쪽 끝에 잠시 앉아 있었다. 체육관에서 운동을 마치고 내려온 필이 수영복을 입고 열심히 접영을 하고 있었다. 하지만 결국 지쳤는지 형식적으로만 팔을 젓다가 일어서서 물을 헤치며 수영장 가장자리로 걸어갔다. 나는 그를 향해 고개를 까딱해 보이며 미소를 지었다.

"괜찮아?" 그가 마치 나하고 말하고 싶지 않은 듯, 혹은 어떻게 말해야 좋을지 모르겠다는 듯 말을 건넸다. 나는 그의 옆모습을 바라보았다. 학교를 졸업한 후 중년에 이르기까지 별로 변하지 않을 것 같은 강하고 유쾌한 얼굴, 호기심 없고 믿음직스러워 보이는 얼굴. 하지만 체격은 아주 근사해지고 있었다. 젖꼭지들은 이제 인상적으로 튀어나왔고, 관자놀이께로 손을 들어 젖은 머리를 뒤로 젖힐 때는 그의 이두박근이 교미 중의 동물처럼 매끄럽고도 부드럽게 접혔다. 그는 군인처럼도 보이는 청년이었다. 다만 근력운동을 하는 그를 보면 그가 스스로에 대해 어떤 자신만의 이미지, 타인의 시선과는 무관한 완전성을 얻기 위해 노력한다는 느낌이 들었다. 나는 종종 보통은 무시했을 상대를 다른 사람이 좋아한다는 것을 알면 그가 좋아졌는데, 이번에도 빌이 그를 좋아하기 때문에 나도 그를 원한다는 것을 알았고, 그래서 욕정에 차서 경쟁적인 눈으로 그를 바라보았다.

날이 저물고 있었다. 나는 일부러 체육관에서 운동을 했고, 평행봉 운동을 하던 아주 유연하고 영리하게 생긴 말레이시아 녀석들 몇몇과 어울렸다. 늘 그렇듯 앤드루스가 그들을 지도하고 있었다. 그는 팔다리를 뻣뻣이 한 채 똑바른 자세로 서서 강사 특유의 완고함을 유지하고 있는 사람으로, 코리의 기묘하게 비정상적인 민주적 분위기 속에서 늘 앤드루스라는 이름으로만 알려져 있었다. 앤드루스 자신도 그런 대우를 구식 평등 개념의 배지인 양 여겼다. 하지만 도약하고 균형을 잡으며 말 그대로 그의 손을 거쳐가는 청소년들이 그 이름을 말할 때는 때로 구식 구령처럼 들리기도 했다. 그는 까다롭고 요구가 많은 사람이어서 체육관을 몹시 애용하는 사람들만이 간혹 그에게서 무언의 애정을 얻을 수 있었다. 오늘 저녁 그의 규율은 집에서 한참 걱정을 하다 온 내게 꼭 필요한 것이었다. 동양의 젊은이들이 보여주는 본능적인 공간감각과 균형감각, 공손하고 밝은 미소는 아서에 대해, 관련된 다른 어려움에 대해 잠시나마 해독제가 되어주었다. 그에 이어 사람이 별로 없고 가장자리에는 물살이 찰랑거리는 수영장 덕분에 나는 좀 나른해지면서 기분도 진정되었다. 필이 수영장에서 튀어나오며 나를 흘깃 바라보고 느긋한 걸음걸이로 계단으로 갔는데, 내가 보기에 그의 눈길은 약간 남을 의식하는 듯했지만 기분은 유쾌해 보였다. 그의 엉덩이에 살이 붙으면서 수영복이 작아진 것이 눈에 띄었다.

너무 서둘러서 그를 따라가면 속이 아주 뻔히 보일 터라 나는 일분 정도 더 미적거렸다. 그런데 그러는 동안 머리 하나—늙고 큰 머리—가 물위에 둥둥 떠서 내게로 다가왔다. 옅은 핑크색 물안경과 흰색의 고무 수영모가 약간 공허하고 불길한 느낌을 주었다. 다가오는 속도는 극히 느렸고, 머리가 물위로 올라오면서 두툼한 어깨가 보일 때마다 분명 팔을 쳐들고 발로 물을 찼지만 팔의 움직임은 미약했고 발은 차나 마나였다. 아주 가까이 다가온 그 머리는 몇초 동안 완전히 물속에 잠겼다가 뒤이어 물속에서와 마찬가지로 물위에서도 나를 바라보며 수면으로 올라왔는데, 갑자기 동작을 멈추더니 부드럽고 처진 가슴을 한 살찐 노인이 물을 뚝뚝 떨어뜨리면서 숨을 쌕쌕거리며 휘청하고 모습을 드러냈다. 그가 물안경을 이마 위로 밀어올리자 바로 며칠 전의 그 귀족이 나타났다.

워낙 호기심이 일어서 나는 심장마비를 겪은 지 열흘밖에 안 된 그가 벌써 외출해서 운동한다는 사실에 놀랄 겨를도 없었다. 한편으로 그의 비정상적인 행동을 보니 그의 모든 행동이 예측 불가능하고 모순적일 것 같은 느낌이 들었다. 그는 나를 빤히 바라보았다. 아니, 그저 내 건너편을 멍하니 본 것일 수도 있다. 나는 무슨 말을 해야 할지, 과연 나를 알아보긴 한 것인지 궁금했다. 그는 내가 누군지 모르는구나, 나는 생각했다. 그냥 예쁘장한 젊은 사내를 보고 있는 거야. 나를 기억할 수는 없었을 거다. 그리고 내 느낌을 확인해주기라도 하듯 그는 갑자기 딴생각을 하는 것 같았다, 순간적으로 그 장면에서 빠져나간 것처럼. 그는 몸을 돌려 느릿느릿 수영장

모퉁이의 계단을 향해 걸어갔다. 그가 간신히 노구를 이끌고 무겁고 불안정한 발걸음으로 계단으로 향했지만 종업원 나이절은 책에서 거의 눈도 떼지 않았다. 그가 계단을 올라가는 모습을 지켜보자니 켄징턴 가든스 화장실에서와 같은 사건이 일어나는 장면이 상상되었다.

샤워실은 그날의 마지막 수영객들로 부산했다. 내가 들어가는데 수온이 뜻밖에 갑자기 변했는지 벌거벗은 사내들이 델 정도로 뜨거운 물을 피해 샤워기 밖으로 뛰어나오며 고양이 같은 비명을 질렀다. 곧 수도꼭지를 돌리는 재빠른 손놀림이 뒤따랐고 수증기가 공기를 채우면서 그 속으로 술 취해 상기한 것 같은 핑크빛이 들어찼다. 겨우 참을 만큼 뜨거울 때 앵글로색슨의 살색이 띠는 핑크빛 말이다. 나는 운동으로 몸이 더워진 터라 주로 찬물 샤워를 했고, 신기할 정도로 다양한 형태의 육체들이 깨끗하고 옷으로 가려진 세계로 머뭇거리며 이동하는 모습을 관찰했다.

그 귀족은 샤워의 수온 때문에 화가 난 것처럼 보였고 온도를 조절하려다 마는 듯했다. 기분이 나빠 보였고, 내내 쓰고 있던 고무 수영모 때문에 어린애같이 창백한 그의 살색이 더 두드러졌다. 그는 조심스레 앞뒤로 발을 움직이며 영국식으로(à l'anglaise) 입을 활짝 벌려 아랫니를 드러낸 채 주변을 주의 깊게 둘러보았다. 둥그런 배 밑으로 캔디 같은 줄무늬의 수영복이 축 늘어져 있었다. 전에도 여기서 그를 자주 보았을지 모르는데, 내 시야가 워낙 선택적인 탓에 바로 내 앞에서 쓰러져 돌봄을 받을 권리를 주장하기 전까지는 한번도 그를 눈여겨본 적이 없었던 것 아닌가 하는 생각이 들었다.

이제 그는 샤워실에서는 표준인 발기 시간의 하나와 조우했다.

양옆과 건너편에 있던 동성애자 세명의 성기가 수평을 이루면서 그들이 때로는 그걸 감추고 때로는 자랑하려고 서로에게 눈길도 주지 않고 몸을 돌렸으니 말이다. 그 노인은 그런 일에 전혀 흥미를 보이지 않았다. 아마도 오랜 경험 덕분에 그런 행동이 보통은 아무 의미도 없고 어떤 결과도 맺지 못한다는 것, 단지 샤워실이라는 한정된 공간에서 어쩔 수 없이 잠깐 일어나는 일일 뿐이라는 것을 알기 때문이었을 것이다. 그 발기는 버스비 버클리[1]의 안무처럼 방의 한 끝에서 다른 끝까지 단 몇초 만에 옮겨가며 허망하게 완성될 수도 있었다.

나는 그것이 필에게 미치는 영향을 보고 싶었다. 그는 좀 지나치다 싶을 만큼 구석구석 열심히 몸을 씻고 있었다. 하지만 그 발기의 흐름을 수줍게 흘깃 보았음에도 그의 단순하고 작은 성기는 전혀 움직이지 않았다. 무성한 콧수염에 울퉁불퉁한 근육질 몸매의, 오랜 지기로 보이는 키프로스인 두명이 내 맞은편에서 그리스어로 자기들끼리만 아는 이야기를 시끄럽게 떠들면서 마구 거품을 내며 머리를 감고 있었다. 오로지 샤워만 하기 위해 온 더 나이 든 사람들은 샤워장 반대편 끝에서 허기진 얼굴로 서성였다.

나는 아주 빠르게 샤워를 마치고 그 귀족을 따라 몸을 말리는 구역으로 들어갔다. 그가 가진 것은 거칠고 낡은 타월, 시설에서 세탁하는 회색 타월이었다. 그것을 매듭지은 다음 몸을 툭툭 치며 닦았는데, 숨소리가 거의 휘파람 소리 같았고 익히 아는 모차르트의 곡조가 될 듯 말 듯 했다. 나도 부지런히 몸을 닦은 다음 타월을 폴리네시아인들의 스커트처럼 허리에 둘러 묶었다. 그리고 나도 모르

---

1 Busby Berkeley(1895~1976). 미국의 영화감독이자 뮤지컬 안무가. 복잡한 기하학적 패턴을 이용한 정교한 뮤지컬 안무로 유명하다.

게 한발짝 앞으로 나서며 "이제 좀 나으셨어요?"라고 물어 그의 주의를 끌었다.

"안녕하시오, 안녕하시오?" 그는 전혀 놀라지 않은 채 말했다. "세상에……" 그는 이제 막 다른 곳에서 뭔가 흥미로운 일이 일어나고 있다는 듯 주변을 둘러보았다.

"그…… 사고를 겪고 나서 이렇게 금방 수영하시는 걸 보고 놀랐습니다."

"수영하는 걸 좋아하니까." 그가 즉시 말했다. "멋진 물속, 아주 멋진 물속에서 떠다니는 걸 말이오." 나는 그가 내 말에 함축된 의미를 알아들었는지 기다렸다. 하지만 그는 나를 제대로 보려 하지 않았다. "아시오, 내가 이 수영장에서 사십년도 넘게 수영했다는 걸? 아, 그렇지─대강. 지구 한바퀴는 돌았을걸─그러니까, 지금까지 수영한 거리를 다 합치면 말이오. 첨벙첨벙, 철썩철썩!" 그가 이렇게 무의미한 의성어구를 써서 막연하게 이야기한다는 것을 나는 단박에 알 수 있었다, 마치 무의미로 그 장소와 시간을 채워 이의제기를 못 하게 막으려는 듯이. 하지만 나는 그가 그냥 빠져나가게 두지 않을 작정이었다.

"그러니까, 제가 거기 있었거든요." 내가 별일 아닌 것처럼 말했다. "켄징턴 가든스에요, 어르신께서 쓰러지셨을 때."

그는 갑자기 정신이 난 듯 나를 유심히 바라보았다. "이제 그 고약한 상태에서 완전히 회복되었소." 그가 참을성 있게 말했다.

"사실," 내가 말을 이었다. "그때 돌봐드린 게 저예요……"

그 말에는 좀 놀란 것 같았다. 하지만 그냥 탈의실 쪽으로 어기적거리며 발걸음을 뗐다가 마음을 바꿔 옆걸음으로 내게 되돌아왔다. 그의 눈길이 나를 위아래로 훑어보다가 길고 버긋한 발가락에 이르자 그가 말했다. "자네가 그 헐떡헐떡 쾅쾅…… 했던 친구로군…… 세상에나. 고맙네!" 그는 어쩔 줄 몰라 했다.

"어쨌든," 나는 그가 감사를 표하는 모습에 실망해서 말했다. "회복하신 모습을 보니 다행입니다." 그러고는 한심하기도 하고 조금 화가 나기도 한 상태로 물러섰다.

그해에는 트러블포멘이라는 묘하게 성적 분위기를 풍기는 제습파우더와 애프터셰이브 로션이 유행해서 특별히 광고도 하지 않았는데 몇주 만에 동성애자들 간에 크게 번졌다. 모든 바와 로커룸에 그 향이 진동했고, 지하철에서나 건널목에서 기다리는 동안에도 그 향을 맡을 수 있었다. 공기 중에 떠도는 그 향을 광고했다면 퇴폐적이고 저항할 수 없는 향이라고 했을지도 모른다. 다시 탈의실로 들어갈 때도 그 향내의 구름을 통과해야 했는데, 처음에는 상쾌한 야외의 기분이 느껴졌고 이어서 그 안에 숨은 여리고 푸른 여성성이 다가왔다.

알고 보니 그날 내 로커는 모리스—이마가 훤칠하고 짓궂으면서도 감상적인 표정을 한 마른 몸매의 이성애자 권투선수로, 코리에서 가장 매력적인 사내 중 하나다—옆이었다. 나는 그에게 다음주 시합에 대해 물어보았고, 그는 나를 향해 몇번 주먹질하는 시늉을 하며 말했다. 나도 모르게 1, 2센티미터 정도 움찔하며 복근이 수축했다. "걱정 마," 그가 말했다. "안 때릴 테니까—너무 심하게는." 그러고는 빙그레 웃으며 내 귓등을 살짝 쳤다. 그가 러닝셔츠를 당겨 벗는 동안 나는 인생이 그렇게 단순하기만 하면 얼마나 좋을까 생각했는데, 아까의 그 귀족이 좀 혼란스러운 표정으로 주변을 돌아보며 로커의 열 사이 막다른 끝에서 다시 모습을 드러냈다.

"정말로 너무너무 고맙소." 나를 본 그가 큰 소리로 말했고, 옷을 입던 중인 나는 주변에 앉고 선 모든 사람들이 유심히 지켜보는 가운데 대화를 이어갈 마음의 준비를 했다.

"별것 아닌데요." 나는 다른 사람들이 엉뚱한 지레짐작을 할지도 몰라 당황해서 밝은 목소리로 대꾸했다. 그 귀족이 가까이 왔고, 모리스는 눈썹을 우스꽝스럽게 치켜뜬 채 옆으로 비켜섰다.

"그럼 다음에 또 봐." 모리스가 샤워하러 가면서 말했다.

"성함이 어떻게 되시나?" 그 귀족이 묻더니, 단체나 자선기관에서 행동거지를 배운 사람처럼 마지못해 기독교인다운 솔직한 태도를 보이며 "나는 찰스요" 하고 말했다.

"윌리엄입니다." 내가 대답했다(그렇게 불리는 일은 드물었지만).

"윌리엄, 고맙다는 인사를 하고 싶소. 세상에!" 그는 극적으로 덧붙였다. "다 자네 덕분에 지금 여기 이렇게 있는 거니까."

"정말로 그러실 필요까진 없습니다. 누구라도 할 일을 한 것뿐인데요."

그는 손가락을 하나 들어 내 가슴을 툭툭 쳤다. "점심," 그가 고개를 끄덕이며 말했다. "점심을 함께 합시다──내 클럽에서. 뭐 특별한 건 아니지만, 일단 그렇게 해요."

"아, 굳이 안 그러셔도 되는데……" 나는 그가 흥미로운 사람이고 재미있는 이야깃거리를 가지고 있을지도 모른다 싶어서 점심을 함께 먹는 것도 나쁘지 않겠다고 생각했다. 만일 따분한 사람이라면 다시 보지 않으면 된다. 아서도 있고 가정과 사랑과 죄를 포함한 더 이상한 이야기도 있으니 내가 굳이 새로운 부담을 떠안을 필요는 없었다.

"금요일이 좋겠군." 그가 말했다. 그러더니 "하긴, 금요일이면 내가 죽고 없을 수도 있지. 아무래도 내일로 하는 게 좋겠네. 그때까진 이승 문턱에 걸쳐 있을 테니까" 했다. 그것은 좀 특이한 어법이어서 나는 그의 말뜻을 이해하는 데 일이초쯤 걸렸다. 커다란 마호가니 탁자를 돌아 나를 쫓는 그의 모습이 잠시 떠올랐다.

"글쎄요, 저야 좋지요."

"내가 고맙지, 윌리엄." 그가 굳이 고집했다.

그는 이제 됐다 싶은 것 같았고, 어딘가에 부딪힐지도 모른다고 생각하는 듯 몸 앞으로 타월을 들고 휘청휘청 가버렸다. 옷을 다 입고 나서 나는 어느 클럽의 누구를 찾아가야 하는지 물어보기 위해 그를 찾아나서야 했다.

집은 늘 무척 더웠다. 중앙난방이 들킬까봐 두려워하는 우리처럼 쿵쿵거렸고, 집이 고층인데다 주변에 우리를 내려다볼 수 있는 건물이 없음에도 우리는 낮에도 커튼을 쳐두었다. 바깥에서는 흐릿한 핑크색 빛만 들어왔다. 이런 분위기를 의식적으로 연출했다고는 할 수 없었다. 그저 위기에 처한 사람들이 으레 환경을 변화시키듯, 비참한 사람들은 어둑어둑해질 때까지 불도 켜지 않고 추위 속에 앉아 있고, 아서와 나처럼 위험에 처한 사람들은 장밋빛과 안전을 갈망하듯 저절로 그렇게 된 것이다.

반그늘 상태에 있는 것은 우리가 서로를 피하는 데도 도움이 되었다. 자신의 귀환이 강요한 새로운 조건 속에서는 우리가 함께일 수 없다는 것을 깨달으며 아서도 나만큼이나 가슴 철렁한 실망감을 느꼈을 것이었다. 우리는 새로운 걱정거리 때문에 상대방을 짜증나게 하거나 서로에게 부담을 줄까봐 걱정했다. 아서는 대부분의 시간을 잠을 자거나 의자에 앉은 채 보냈다. 그리고 자주 오래

오래 목욕을 했다. 아직 순진한데다 불안한 아서는 내가 자신에 대해 분개할까봐 두려운 것 같았다. 그래서인지 나를 근심과 존경이 뒤섞인 태도로 대했다. 내가 식탁에서 혼자 책을 읽고 있으면 차 한잔을 들고 와서 내 팔을 쓰다듬곤 했다. 내가 워낙 아서에게 열렬하게 성적으로 반해 있었기에 망정이지 안 그랬더라면 참으로 견디기 힘든 나날이었을 것이다. 하지만 그럼에도 불구하고 때때로 아서에 대해, 그리고 나 자신의 예민함에 대해 혐오감이 치미는 순간들이 있었다. 섹스도 거의 연옥 같은 느낌이었다. 몇시간이고 무기력하게 서로를 회피하다가 갑자기 말없이 강렬하게, 우리가 말하지 않는 공포를 그 행위로 다 불태워버릴 수 있다는 듯 섹스를 했다. 섹스는 아서가 내 집에 있는 이유가 되어주었다. 우리가 운명의 실수로 어쩌다 한집에 함께 갇힌 이방인은 아니라는 사실을 확인시켜주었던 것이다.

그가 돌아온 날 밤, 당장의 걱정거리는 그의 상처를 치료하는 일이었다. 나는 제임스에게 전화를 걸어 거짓말을 했는데, 무슨 음모에 가담한 것 같아서 불현듯 서글픈 느낌이 들었다. 제임스에게 아서와 내가 부엌에서 장난치다가 잘못해서 칼에 베였다고 말한 것이다. 제임스는 즉시 자신의 차를 몰아 달려왔고, 나는 아래층으로 내려가서 그를 데려왔다. 그는 잠깐 어색해했지만 금세 자신의 전문적 역할을 맡았고, 호기심을 완전히 감추지는 못했지만 행동은 사무적이고 실제적이었다. 내 가운을 입은 아서는 의사를 두려워하며 서성거리고 있었다. 두 사람을 소개하며 나는 내가 대충 처치한 뺨의 상처 때문에 아서의 인상이 좀 망가지긴 했어도 제임스에겐 매력적인 상대일 것이라 생각했다.

상처는 꿰매야 했고 제임스는 주사도 놓아주었다. 나는 물러서서 피부 속을 꿰매고 겉피부를 단정하게 만드는 긴 과정, 그 직접적이고 중요한 일에 몰두하고 있는 제임스의 모습을 지켜보았다. 제임스는 그렇게 해놓으면 흉터가 더 작게 남는다고 했다. 그러는 동안 아서는 감동해서 글썽글썽한 눈으로 나를 보았고, 나는 자식이 피할 수 없는 고통을 견디는 모습을 지켜보는 부모처럼 엄격하면서도 격려하는 눈길로 그를 지켜보았다. 나 또한 제임스의 전문가다운 솜씨, 날씬한 손으로 능숙하게 아서의 머리를 잡고 나라면 결코 할 수 없는 일을 열심히 하는 모습에 감동했다. 다 끝났을 때 서글픈 모습에 많이 부은 얼굴의 아서는 최악의 상황을 넘기고 마땅히 들어야 할 꾸지람을 들은 듯한 표정이었다.

제임스가 손을 씻고 나서 말했다. "거기 그 위스키 좀 마시자." 내가 따라주자 그는 믿을 수 없다는 표정으로 고개를 절레절레 흔들었다. "다시는 그러지 마, 윌." 그가 충고했다. "엄청 무섭다." 나는 새삼 이 모든 상황의 불확실성에 대해 생각했다. 제임스는 기본적으로 거짓인 이 상황을 그 나름대로 해석해서 우리가 싸웠다고 생각한 것이 분명했다. 그의 해석이 진실과 얼마나 동떨어진 것인지 생각하면 웃음이 날 지경이었다. "어쩌다 그랬냐고는 묻지 않을게."

"아……" 내가 팔을 내저었다. "다 알잖아." 나는 제임스가 이 상황 전체에 대해 황당해하면서도 제법 감탄하고 있다는 것을 알았다. 나는 터무니없이 열정적인 사람이라는 진실과는 거리가 먼 영예를 받아들기로 했다. 내가 진정하는 것을 보고 제임스가 격정적인 관능의 소용돌이가 잦아드는 것으로 오해하고 있었으니 말이다. 아서는 침실로 갔고, 나는 모든 것을 말하고 당장 누명을 벗고 싶었다. 하지만 그가 해줄 조언, 그에 따라 불가피하게 해야 할 행동이 두려웠다. 나는 선 채로 짧고 피상적인 대화를 이어감으로써 제임스가 내게서 그토록 많은 얘기를 들었던 녀석에 대해 이러쿵 저러쿵하기가 민망하도록 만들었다. 나는 어색하고 겁먹은 태도로 제임스를 보냈다.

하지만 이런 실제적인 조치가 끝나자 아서와 내가 아파트에 갇혀 시간을 보내는 터무니없는 날들이 시작되었다. 할 수 있는 유일한 일은 아무것도 안 하는 것이었다. 이번주의 생활은 지난주 생활의 블랙 패러디였다. 전주에 우리는 쾌락을 위해 실내에서만 지냈다. 이제 우리는 외출이라는 모험을 감행할 수 없는 상태가 되었다. 나는 상관없었지만, 아서는 감히 나갈 수 없었고 혼자 남아 있는 것도 불안해했다. 전화 소리라도 울리면 걱정으로 얼굴이 백지장이 되었다. 멀리 홀랜드 파크 애비뉴에서 들려오는 경찰차 사이렌처럼 평범한 소리마저도 우리 두 사람에게는 응징의 단호함으로 들렸다. 그 소리를 듣고 내 가슴이 마구 뛴다는 사실을 깨닫고 나는 엄청난 충격을 받았다. 그 소리가 사라지자 우리가 교환한 시선에서 아서도 내가 얼마나 두려워하고 있는지 알았을 것이다.

사흘 동안 그렇게 지내다가 코리에 가니 너무 좋았다. 나는 귀가 후 낸트위치 경과 나의 모험에 대해 아서에게 말해주지 않았다. 그것을 비밀로 하는 것이 나한테 중요하다는 것을 단번에 알 수 있었다. 그 일은 내 집을 어쩔 수 없이 공유하는 이런 생활과는 무관한 내 사생활에 대한 권리였다. 집 안의 타는 듯한 열기 속으로 들어서자 초조해하던 아서가 나를 보고 안심하는 것이 눈에 보였다. 아서는 다가와 나를 꼭 껴안았다. 내가 나간 사이에 모습이 바뀌어 있었다. 땋은 머리를 풀었는데, 워낙 단단히 빗질해서 꼬았던 머리라 여전히 꼬불거리는 채로 크게 소용돌이를 그리며 삐죽삐죽 튀어나와 있었다. 얼굴의 부기가 점차 빠지고 다시 아름다워지기 시작해서 볼의 보호용 드레싱이 거의 장식물처럼 보였다. 하지만 내 낡은 빨간색 셔츠와 군복 바지를 입은 모습을 보니 그에 대해, 그가 내 옷을 입고 변장을 해야 한다는 사실에 일종의 혐오감이 치밀었다.

그 결과 나는 삼십분 정도 치미는 화를 주체하지 못했다. 아서에게는 주지도 않고 나 혼자 술을 따라 마셨다. 그런데 아서도 신경쓰지 않는 것 같았다. 그 순간 내가 하고 싶었던 것은 아무거나 막 집어던지고 난장판을 만들어 고여 있는 열기를 떨쳐버리고 내 권리를 주장하는 것뿐이었다. 하지만 나는 그러는 대신 입을 꽉 다문 채 아서 쪽은 쳐다보지도 않고 꼼꼼하게 방을 정돈했다. 아서는 어쩔 줄 몰라서 내 뒤를 쫓아다녔다. 처음에는 텔레비전에서 들은 농담이나 「스타트렉」에 나오는 대화 같은 것을 말해주다가 곧이어 침묵에 잠겼다. 잘 모르긴 해도 내가 원하는 것을 해보려 했지만 나를 더 짜증스럽게만 한다는 것을 깨달은 것이다. 그때 내가 쌓아 둔 신문 뭉치를 방 건너편으로 냅다 집어던지고 아서를 향해 다가갔다. 그리고 단추를 풀거나 지퍼를 내리지도 않은 채 아서의 바지를 그의 좁은 엉덩이 밑으로 끌어내렸고, 나도 모르게 발을 걸어 그를 카펫 위로 넘어뜨렸다. 몇초 정도 난폭하게 더듬다가 성기를 삽입해 마구 찔러댔다. 아서는 짤막짤막하게 고통스러운 신음소리를 냈지만 나는 입 닥치라고 으르렁댔고, 아서는 신음을 삼키며 충실히 복종했다.

볼일을 마친 나는 신음하는 아서를 마룻바닥에 버려두고 침실로 들어갔다. 거울 속의 나를 보니 흥분으로 상기한 채 겁에 질린 모습이었다.

나는 옷을 모두 벗어던지고 몇분 뒤 거실로 나갔다. 아서가 혼란스러운 중에도 내가 하는 것이면 뭐든 기꺼이 받아주겠다고 생각해서인지, 아니면 그를 일으켜세워 소파에 눕히던 순간 내가 그에게 느낀 완벽하게 다정한 기분을 정말로 이해했기 때문인지는 모르겠지만, 아무튼 그는 자신의 곁에 누운 나를 아주 꼭 껴안아주었다. 나는 그가 의지할 수 있는 유일한 사람이었다. 좀 전에는 바로 그런 상황의 멜로드라마 같은 면이 너무나 싫었지만 이제는 잠시나마 받아들일 여유가 생겼다. 그가 나를 필요로 한다는 사실이 너무나 혐오스러웠지만 이제는 감동적이었다. 그래서 그를 정말로 사랑한다고 아서의 귀에 대고 속삭였다. "나도 사랑해―달링." 아서가 말했다. 전에는 감히 한번도 사용한 적이 없는 단어였다. 함께 껴안고 누운 채 이리저리 몸을 흔드는 동안 눈물이 내 얼굴을 훑으며 쏟아져내렸고, 아서의 얼굴도 마구 적셨다.

스스로의 무분별한 색정과 속수무책의 감상성 때문에 내 본색이 드러났을 때 이런 경우가 몇번 있었다. 나는 일부러 매일매일 수영장에 갔고, 거기서 친구들과 이야기하고 운동하고 다른 사내들을 바라보면서 내가 그런 행동을 통해 스스로의 권위를 깎아내렸다는 사실을 더 객관적으로 알 수 있었다. 나는 아서보다 여덟살 위였고, 우리의 연애는 아서의 젊음과 검은 피부에 미친 듯이 반한 내가 잠깐 즐기자고 달려들면서 시작된 것이었다. 이제 우리의 연애는 더 혼탁한 것, 서로가 서로를 이용하는 사람들 사이의 교미가 되어버렸고, 그를 보호해야 한다는 병적인 의무감 때문에 나는 그에게 보호자 역할을 해야 했다. 아서가 점점 더 내 노예이자 장난감이 되어가고 있다는 사실을 나 스스로 감지할 수 있었다. 아서가 자신도 잘 의식하지 못하는 사이에 더 굴종적이 되어간다는 사실에 나는 우울해졌지만 동시에 더 흥분되기도 했다.

요즘의 코리는 내게 명쾌한 간주곡 같은 장소였는데, 집에서 있는 동안은 접할 수 없는 체계적 구조를 갖추고 있어서였다. 나는 코리에서 늦게까지 시간을 보내거나 그곳을 나오면 술집으로 직행했는데, 섹스 상대를 찾기 위해서가 아니라 모르는 사람과 어울리고 스포츠나 음악에 대해 이야기하고 싶어서였다. 열쇠를 찾아 더듬으며 건물 진입로를 걸어가는 동안에는 내 사생활에 다시 뛰어드는 것이 망설여지기까지 했다. 감각이 고양되는 동시에 속화되는 온기, 소독이 안 된 온기 속으로 들어간다는 생각 때문이었다. 하지만 젖은 타월과 수영복을 널어두러 욕실에 가서 아서의 몇가지 물건, 가령 진흙이 말라 뻣뻣해진 코듀로이 바지 같은 것이 건조대에 내 실크 셔츠와 뒤엉켜 있는 모습이 눈에 띄면 뜻밖의 감동을 받아 한숨을 쉬며 그것들이 전하는 파토스에 얼굴을 찡그렸다. 내일 아침에는 저게 내 눈에 안 보이면 얼마나 좋을까, 내가 그냥 혼자 있다면 얼마나 좋을까 하고 바라면서도 말이다. 아마도 그것들을 태워버렸어야 했는지도 모르겠다. 그 바지의 헐렁하고 구깃구깃한 가랑이와 피로 얼룩진 핑크빛 셔츠는 일종의 증거물이었으니까. 우리는 정말이지 초짜 범죄자였다.

코리에서 나는 우리가 서로에게 거의 묻지 않았던 문제, 답은 더욱이 해본 적 없는 문제, 즉 앞으로 어떻게 할 것인가에 대해서도 더 편하게 검토할 수 있었다. 지금처럼 오도 가도 못 하는 상태는 견디기 힘들었고 이것을 어떻게 해결할지도 상상할 수 없었다. 나는 아서에게 대체 무슨 일이 있었던 것인지, 왜 그런 일이 벌어졌는지 캐물었지만, 아무리 물어도 아서는 이상하게 얼버무렸기 때문에 사건은 아귀가 맞지 않았다. 내가 분명히 알게 된 사실은 아서의 형도 아서와 마찬가지로 백수인데 여자친구를 임신시켰고,

형제의 아버지가 아서가 동성애자라는 것을 알게 되었으며, 집 안에서 싸움이 벌어졌다는 것으로, 형 해럴드의 마약 밀매자 친구가 한번 이상 형제의 집에 드나들어 해럴드가 그 일에 연루되었고, 그 친구가 형제가 아직도 함께 쓰고 있는 방의 침대 매트리스 밑에 아서가 조금씩 모아 숨겨둔 돈을 훔쳐놓고도 그 사실을 부인해서 싸움이 일어났는데, 사태가 아주 끔찍하게 돌아가서 해럴드가 누구의 편을 들지 모르는 상태에서 칼을 빼들었고, 상처를 입은 아서가 그 칼을 빼앗아 갑자기 본의 아니게 형 친구의 목을 베는 바람에 돌이킬 수 없는 상황이 벌어졌다는 것이다. 이 모든 일이 이스트엔드의 다 쓰러져가는 집에서 어느 비 오는 날 늦은 오후에 일어났는데, 그 집은 2차대전 중에 공습을 당했지만 아직도 버티고 있다고 했다. 이 마지막 말은 앞뒤가 잘 맞지 않는 이야기에 현실감을 주기 위해서인 듯 덧붙였는데, 전에 그가 학교에서 배운 사실이기도 했다. 그러나 뚱한 태도와 절망적인 태도—비참함을 천박하게 잘 요약하는 태도다—를 오가며 내게 전해주는 다른 정보들은 매일매일 달라졌다. 나는 아서가 가진 표현력의 한계를 넘어서기를 강요하는 듯한 기분이 들었고, 아서는 자신을 보호하기 위한 내 행동을 내가 위험할 정도로 꼬치꼬치 캐묻는다고 받아들이는 듯했다. 그의 생활에 존재하는 사적인 구조, 이전에는 결코 표면에 드러난 적 없는 믿음과 미신 들을 내가 뒤집어엎기나 한다는 듯이 말이다.

내가 묻지 않은 한가지는 아서가 그 토니라는 사람을 죽였다는 말에 대해서였다. 하지만 그것을 사실로 받아들인다는 것은 내가 현실 세계에서 살인이 어떻게 다뤄지는지에 대해 아무것도 모른다는 것을 인정하는 일이었다. 신문에 아무런 보도도 없는데? 라디오에서 속보도 나오지 않는데? 아서는 경험을 통해 왜 그런지 알고 있었다. 토니는 수배자, 경찰이 폭력적으로 다뤄도 되고 전통적 공동체에서는 혐오하는 범죄자였다. 그럼에도 불구하고 흑인에 대한 폭력은 전국 뉴스에서 거의 다뤄지지 않는 사안이고, 라디오의 침묵은 아서가 살던 세계의 비극에 관해서는 얼마든지 있을 수 있는 일이었다. 그 침묵은 오히려 아서의 공포를 강화하기도 했다. 내가 그 사건의 배경에 대해 확신할 수 없는 만큼이나 아서는 그 침묵 때문에 앞으로 일어날 일에 대해 확신할 수 없었던 것이다. 경찰이 아서를 찾는 중일까? 아서의 부모는 어떻게 반응했을까? 그를 내쫓음으로써 무언중에 정의의 실현을 방해한 것일까? 아니면 부모가, 최소한 해럴드라도 그 나름의 정의를 실현하기 위해 경찰과 무관하게 아서를 찾고 있을까?

이런 여러 시나리오를 생각하다보니 그중 어느 경우에도 내게 미칠 결과를 생각하면 걱정스럽지 않을 수 없었다. 우리가 일주일 동안 사랑을 나눈 사이가 아니었다면 나조차도 아서를 두려워했을지 모르겠다. 하지만 나는 그가 저지른 범죄에 대해 비난조차 하지 않았다. 나는 보기 드물고 근거 없는 신뢰감으로 그의 편으로 남아 있었다. 그럼에도 불구하고 창밖에 차가 주차되어 있고 봄의 가로수가 있는 쪽의 길이 눈에 들어오면 불길한 느낌이 들었다. 나는 안경을 끼고 반쯤 희미해진 사진을 자세히 들여다보는 사람처럼 그쪽 길을 유심히 바라보았지만, 그 세속성은 그대로였다. 비가 왔다가 말랐고, 바람이 불어 자잘한 쓰레기를 길 건너편으로 날렸고, 어린아이들이 개를 데리고 산책을 했다. 아이들은 어슬렁대며 주변 집들을 기웃거렸지만 그건 늘 있는 일이었다. 내가 대체 어떤 형태의 위협이 나타날 것이라 예상했는지도 알 수 없었다. 경찰차가 진짜로 건물 밖에 다가와 서고 힘세 보이는 흑인이 진입로로 급히 뛰어들 것이라고? 나는 포위공격을 당하는 꿈을 몇번 꿨는데, 꿈속에서는 집이 부서지기 쉬운 작은 널빤지로 만든 상자였다. 실내는 어둡지만 매우 아름답고, 벽은 온통 금이 가고 하얗게 바랜 미늘 판자로 덮였는데, 뭐가 스치기만 해도 가루가 되었다. 어느날 꾼 꿈에서는 아서와 내가 거기 있고 다른 사람들, 옛날 학교 친구들이며 샤프트에서 본 흑인 애들 무리, 절망적으로 눈물짓는 내 할아버지 등이 함께 보였다. 아서와 나는 우리를 포위한 채 빠르게 다가오는 폭력 앞에서 살아남을 가능성이 없다는 것을 깨달았고 나는 끔찍한 공포에 사로잡혔다. 잠에서 깨기 전까지 나는 곧 죽을 운명을 확신하고 있었다. 침대의 스프링이 내 심장박동의 강렬한 쿵쾅거림에 맞춰 삐걱거리고 있었다. 나는 다시 잘 엄두가 나지 않아 곧 일어나 앉아 책을 읽었는데, 아서는 내 옆에서 깊은 잠에 빠져 있었다. 꿈의 분위기, 그 영향력이 머릿가죽을 찌르는 듯한 느낌을 떨쳐버리기까지 여러날이 걸렸다. 동네는 그런 느낌을 안은 듯 으스스했지만, 그 느낌이 사라지자 마치 선고가 철회되기라도 한 듯 새로운 자신감이 들었다.

목요일에는 약속한 대로 낸트위치 경과 점심을 먹었다. 아서에게 전에 한 약속이 있다고 하자 그는 당연하다는 듯 "괜찮아──자기는 자기 삶을 살아야지. 나는 여기서 잘 있을게"라고 말했다. 나는 어떤 의미에서는 아서에게 사과를 하고 있었다는 사실을 깨달았고, 그가 실제적인 태도로 대답을 해서 마음이 놓였다.

"빵하고 치즈를 좀 먹든지, 냉장고에 있는 차가운 햄은 다 먹어도 돼. 내가 뭐 사다줄까?"

"아니, 고마워." 아서가 일어서서 얼굴을 찡그리며 웃었다. 나는 아서에게 키스하지 않고 엉덩이만 살짝 쳐주고 빠져나왔다.

나는 슈트를 입었는데, 굳이 그렇게까지 차려입을 필요는 없었을 것이다. 하지만 관습에 순응한 그런 옷차림이 쳐주는 보호막이 좋았다. 정장을 입는 일이 드물었고 양복을 입고 직장에 가야 하는 것도 아니라서 그 옷을 옷걸이에서 내리는 일은 거의 없었다. 아버지는 내가 자라는 동안 모닝슈트와 야회복을 신경 써서 맞춰주었고, 나는 항상 짙은 색 정장과 윙칼라 셔츠, 멜빵 위에 갖춰입은 조끼가 주는 멋쟁이의 느낌을 즐겼다. 내가 누이의 결혼식에 참석했을 때 찍힌 사진은 『태틀러』지에 실렸고, 나는 거기 참석한 하객 중에서도 스타처럼 보였다. 하지만 그런 옷차림을 하는 경우는 드물었다. 물론 늘 약간 공작처럼 멋을 부리는 편이긴 했다. 아니, 공작이라기보다는 밝은색 다리를 가진 어떤 동물, 아마도 플라밍고처럼.

조금 늦게 집을 나섰기 때문에 택시를 탔다──그렇게 해서 웍스를 찾는 수고도 해결했다. 아버지는 개릭의 회원이었고 할아버지는 애서니엄의 회원이었지만 나는 그외의 런던 클럽에 대해서는 잘 몰랐다. 리폼과 트래블러스를 곧잘 헷갈렸으니 오늘 아침에도 웍스를 찾아가려면 서너군데쯤 다른 곳을 들락거려야 했을지 모른다. 택시기사들은 실제적이고 속물적이긴 해도 신고전주의식 정문들은 문제없이 잘 구별했다.

"낸트위치 경을 뵈러 왔습니다." 내가 먼지 낀 유리 경비실 안의 수위에게 말했다. "윌리엄 벡위스입니다." 그러자 위층 흡연실로 가라고 했다. 반쯤 낯익은 때 탄 초상화들이 걸린 웅장한 계단을 올라가는데 될 대로 되라는 마음과 약간의 염려가 뒤섞였다. 그와 내가 무슨 이야기를 하게 될지 전혀 예상할 수 없었다.

흡연실로 들어갈 때는 사환을 후려친 다음 그의 옷으로 변장한 채 극비 시설에 들어가는 영화 속 침입자 같은 느낌이었다. 이 경우는 사람들을 인위적으로 계속 살려두는 집인 것이다. 가죽 소파에 깊숙이 몸을 묻고 있거나 터키산 카펫 위로 거의 기척도 못 내고 걷는 꽤나 나이 많은 노인들이 잠에 들었거나 잠들 준비를 하고 있었다. 눈에 띄는 것은 잿빛 구레나룻과 아주 구식인 양복, 차고 신고 있는 사람보다 더 오랜 세월을 견딜 시곗줄과 무거운 수제화 들이었다. 소파에 앉아 있는 사람들 중 몇은 접어올린 바짓단과 양말 밴드 사이로 하얀 종아리가 1, 2인치 정도 드러나 보였다. 다행히도 조심하느라 그런지 실제로 담배를 피우는 사람은 거의 없었다. 하지만 방에서는 시큼한 남자 냄새가 났고, 그 냄새는 난로의 철물과 탁자, 트로피 등에 눈부시게 광택을 낸 왁스의 달콤한 냄새와 섞여 있었다.

낸트위치 경은 방의 맨 끝 창가에 앉아 있었는데, 거기서는 그 클럽의 작고 밋밋한 정원이 내려다보였다. 지난번과는 전혀 다른 이런 환경 속에서 보니 그는 건장하고 볼이 붉어 중년에 가까워 보였다. 나는 좀 어색해하며 그에게 다가갔는데, 실은 그가 나를 알아보기도 전에 그의 의자 앞에 이르렀다. 그의 눈길은 그때까지도 줄곧 천장의 돌림띠와 무릎 위에 펼쳐둔 책 사이를 오락가락하고 있었다.

"아……" 그가 말했다.

"찰스?"

"어이구— 윌리엄— 이런, 참." 그는 앞으로 당겨 앉으며 왼손을 내밀었지만 굳이 일어나려 하지는 않았다. 그래서 약간 이례적인 악수를 나누게 되었다. "그 칩촙 좀 돌려보게." 나는 무얼 말하는 건가 싶어 주변을 둘러보았지만 거듭 손짓하는 것을 보고서야 그의 뒤에 있는 의자를 가리킨다는 것을 알았다. 나는 그 바퀴 달린 의자를 끌어다 그와 비스듬히 마주 보는 자리에 놓은 뒤 털썩 주저앉았다. 사실 점잖게 앉으려 했지만 의자의 반동 때문에 그렇게 되어버렸다.

"편하지, 안 그런가." 그가 잘했다는 듯 그렇게 말했다. "참 편해, 실제로." 나는 의자 앞쪽으로 몸을 당겨 더 예의 바르고 조심스럽게 걸터앉았다. "자네는 몹시 목이 마르겠군. 맙소사! 벌써 1시 십오분 전이네." 그가 오른팔을 들어 크게 휘젓자 흰색 재킷을 입은 집사가 정신 나간 청년 같은 태도로 음료 카트를 밀고 왔다. "나 마실 것 좀 더 주게, 퍼시. 그리고 내 손님에게도. 윌리엄, 무얼 마시겠나?"

나는 막연히 셰리를 마셔야 한다는 압박감을 느꼈지만, 거기 있는 셰리는 얼마나 묽던지. 게다가 낸트위치 경이 거의 희석하지 않은 진을 텀블러 가득 담아 마시는 것을 보고 내 선택을 후회했다. 퍼시는 만족스럽다는 듯이 우리의 잔에 술을 따르더니 작은 메모지에 기록하고 "감사합니다, 어르신"이라고 말한 뒤 카트를 밀며 갔는데, "감사합니다"라는 말은 거의 들리지도 않았다. 나는 그가 그곳에 오는 영감탱이들에 대해 얼마나 많이 알까, 무표정하고 아마도 가식적일 그의 표정 뒤에서 어떤 냉소적 고찰이 진행되고 있을까 궁금했다.

"자, 윌리엄, 자네의 건강을 위해!" 낸트위치는 잔을 자기 입 가까이까지 들어올렸다. "그러니까, 아주 나쁘진 않았지?"

"어르신의 영원한 건강을 위해!" 우리 사이에 있었던 일에 관해 부적절하게 주의를 끄는 질문은 무시하는 게 최선이다 싶어서 그렇게 대꾸했다. 물론 나도 내가 한 일에 대해 약간 자부심을 느끼긴 했지만, 칭찬을 받더라도 영국적인 방식으로 무언중에 받게 되기를 바랐던 것이다.

"이런 식으로 누굴 알게 되다니, 참! 물론 나는 자네에 대해 아무것도 모르네." 그가 덧붙였는데 스스로를 어느정도 위험에 — 이번에는 정신적인 위험이지만 — 노출시키고 있다는 투였다.

"글쎄요, 저도 어르신에 대해 아무것도 모릅니다." 내가 서둘러 그를 안심시켰다.

"책이나 뭐 그런 데서 나를 찾아보지 않았나?"

"그런 책은 안 가지고 있는 것 같습니다만." 아버지라면 당장 찾아봤겠지, 하는 생각이 들었다. 인명사전과 마찬가지로 아버지의 서재에 있는 더브렛 귀족연감을 펼치면 언제나 곧장 벡위스 항목이 있는 면이 나왔다. 아버지가 잊어버릴까봐, 혹은 너무 뛰어나서 쉽게 믿기 힘들기 때문에 자주 찾아본 것 같았다.

"뭐, 그렇담 아주 좋군," 낸트위치가 선언했다. "서로 모든 걸 알아가야 하니까. 정말 얼마나 재미있나. 아, 지금의 나처럼 늙어서 어리바리해지면 전혀 새로운 사람을 알 기회가 좀처럼 안 생기거든!" 그는 진을 한모금 쭉 들이켜면서 술잔에 대고 뭐라고 말했는데, 잘 알아들을 수 없었지만 "게다가 정말 멋진 사람이야"라고 한 것 같았다.

"괜찮은 방이야, 안 그런가." 그가 갑자기 화제를 바꿔서 말했다.

"그러네요." 나는 대충 동의하는 척했다. "저 그림은 흥미롭군요." 신화를 그린 거다 싶은 커다란 그림을 향해 고갯짓을 하며 내가 말했다. 그림의 전경을 뺀 나머지 부분은 두세기가량 제대로 돌보지 않아서 컴컴한 어둠에 잠겨 있었다. 보이는 거라곤 화환을 두른 육중한 나신들뿐이었다.

"맞아, 뿌생의 작품이지." 낸트위치가 시선을 돌리며 단정적으로 말했다. 뿌생의 작품이 아닌 것이 너무나 명백한 그림에 대해 그렇게 말했기 때문에 나는 그 말을 그냥 받아주어야 할지, 그가 알고 하는 말인지, 굳이 그 점에 대해 신경이나 쓰는지 감이 잡히지 않았다. 나를 시험하고 있는 것이거나, 아니면 그 클럽의 속물적인 풍문을 전하는 것뿐인지도 몰랐다.

"좀 닦아주면 좋을 것 같군요." 내가 말했다. "뭔지 모르겠지만 한밤중의 일을 묘사한 것 같네요."

"글쎄, 모든 걸 닦아내버리면 안 되지." 낸트위치가 장담했다. "대부분의 그림은 좀 더러울 때 더 좋아 보이거든." 무슨 소리인지 알 수가 없어 나는 그냥 농담이라 여겼다. "암!" 그가 말을 이었다. "연구원들─대부분 여성인데─이 옛날 그림들을 닦거든. 그런데 닦고 나면 어떤 그림이 나타날지 알 수가 없어. 게다가 닦고 나면 가짜처럼 보인다고."

그의 술잔에서 카펫으로 술이 뚝뚝 떨어지는 게 보였다. 그의 손이 내뻗고 있던 내 손을 살짝 스쳤다. "어이쿠!" 그는 내가 귀찮은 존재라도 되는 양 말했다. 그의 눈길이 어정쩡하게 멀어졌고 나 또한 무슨 말을 해야 할지 몰라 주변을 돌아보았다.

"사실 난 미술을 좋아하네." 그가 말했다. "이다음에 우리가 친해지면 우리 집을 보여주지. 자네도 미술을 좋아하는 것같이 보이는데?"

"미술작품을 즐길 시간이 많으니까요." 내가 인정했다. 그러고는 그가 내 말투를 무례하다고 생각할까봐 모호한 의미를 사실에 대한 진술로 보충했다. "그러니까, 직업이 없거든요. 그래서 미술관에 가서 그림을 감상할 시간이 많죠."

"결혼을 했다거나 한 건 아닐 테지?"

"아니요, 전혀." 내가 확실하게 말했다.

"그러기엔 너무 젊지, 나도 아네. 물론 대학은 졸업했겠지?"

"네, 옥스퍼드를 졸업했습니다. 코퍼스 칼리지예요. 역사를 전공했습니다."

그는 이 정보와 함께 진을 좀더 들이켰다. "여자를 좋아하기는 하나?" 그가 물었다.

"네, 사실 아주 좋아해요." 내가 강조했다.

"여자를 별로 안 좋아하는 치들도 있거든. 그냥 못 참는 거야. 그모습도, 젖꼭지와 커다란 궁둥이, 심지어 냄새까지도 말이야." 그는 노ㅊ 글래드스턴을 놀랍도록 닮은 인물에게 퍼시가 영양제를 건네주고 있는 쪽을 권위적으로 내려다보았다. "가령 앤드루스가 그렇지."

잠시 어리둥절해서 대답할 말을 찾지 못했다. "체육관의 그 사람요?" 내가 물었다. "그렇군요, 놀랍진 않네요. 그 사람은 남자들이 좋아하는 남자라고 할 수 있을 것 같더군요. 그러니까, 어르신도 앤드루스를 아시는군요." 내가 어색하게 말을 맺었다. 하지만 그의 관심은 이미 다른 곳에 가 있었다. 그는 아주 흥분해서 질문했다가 몇초 후엔 관심을 버리곤 했다. 아니면 질문이 그를 버렸을 수도 있다.

"자네가 날 좀 부축해준다면 지금 갈 수도 있을 것 같군. 그러면 좋은 자리를 잡을 수 있어. 여기선 다들 하이에나 같거든. 빨리 안 가면 다 먹어치워버리고 말아." 한쪽 팔꿈치를 짚고 일어서느라 온몸을 마구 떠는 그의 다른 쪽 팔꿈치를 내가 부축해주었다. "서재로 가보세." 그가 뮤지컬 코미디에서처럼 눈을 찡긋하며 귀먹은 사람에게 하듯 큰 소리로 말했다. 그런 다음 "이렇게 말하면 다들 속을 거야"라며 조금 작은 목소리로 설명했다. 이어 문에서 가장 가까운 의자에 앉아서 사나운 개처럼 노려보는 구십대의 시선을 받으며, "우린 사륙판 크기의 자기학대의 역사를 가지고 있지만, 아무래도 지금은 절판됐겠지" 했다.

식당은 훨씬 더 세련된 곳이었다. 가운데에 대학 식당에 흔한 긴 식탁이 있고 벽 주변으로는 이인용이나 사인용 작은 식탁들이 더 개인적인 대화를 나눌 수 있도록 배치되어 있었다. 창문 맞은편에는 호가스[2]의 '난봉꾼의 행각'의 최근 쇄가 두줄로 걸려 있었고, 바또니[3]가 그린 유명한 험프리 클레이 경의 전신 초상화가 끝쪽 벽을 압도하고 있었다. 초상화 속의 귀족 뒤에는 로마 시대 조각상들이 있었고 그의 발치에는 사냥한 짐승들이 화환처럼 늘어져 있었다. 그 아래에서는 식당 직원들이 접시와 큰 그릇들과 치즈를 엄청난 크기의 장례용 찬장에 넣어 정리하는 중이었다. 천장은 중앙이 애덤 양식의 장미꽃 무늬로 장식되고 상당히 정교한 크리스털 샹들리에가 그 아래 드리웠는데, 전깃불로 바꾼 것이 눈에 띄었다. 방의 찬란함이 약간 바래긴 했지만 클럽들의 핵심인 사립학교 같은 면모의 잔재가 전체 분위기를 물들이고 있었다. 양배추와 형편없는 요리의 냄새가 허공에 감돌아 점심이 좀 염려스럽긴 했다.

"여기지, 아주 좋아." 낸트위치 경이 그 방에서 가장 외진 곳, 전

---

2 William Hogarth(1697~1764). 영국의 화가, 판화가로 사회비평적 풍자화로 유명하다.

3 Pompeo Batoni(1708~87). 이딸리아의 화가. 초상화와 알레고리, 신화를 소재로 한 그림을 전문으로 그렸다. 프랑스의 로꼬꼬와 볼로냐 고전주의의 영향을 강하게 받았다.

망이 제일 좋은 구석자리를 선택하고 휘파람을 불었다. "먼저 온 사람이 있긴 하군. 아니면 저이들 아직도 아침식사를 하고 있는 건가? 여기 아침식사가 괜찮아. 콩팥요리가 좋지. 나를 위해서는 블랙푸딩을 만들어준다네, 여기 오는 모든 노인네한테 만들어주는 건 아니네만. 내가 여기 직원들하고 사이가 좋거든. 물론 어렸을 때부터 여기 드나들었으니까. 그래서 여기 사람들하고 아주 잘 지낸다고. 무얼 들겠나?" 전전戰前의 레밍턴 타자기로 인쇄한 듯 대문자가 모두 윗줄을 침범한 메뉴를 가지고 작은 체구의 웨이터가 바쁜 듯이 다가와 서자 그가 물었다.

내가 메뉴를 쓱 훑어보는데 불안한 표정으로 얼굴을 붉히고 있는 웨이터를 낸트위치 경이 빤히, 아니 뚫어지게 바라보는 것이 눈에 띄었다. "데릭이던가?" 마침내 그가 말했다.

"아니요, 어르신, 레이먼드입니다. 실은 데릭은 그만뒀습니다."

"레이먼드! 그렇지—미안하네, 이해해주게." 낸트위치 경이 사교계의 여성에게 사과하듯 용서를 구했다.

"괜찮습니다, 어르신." 웨이터가 주문서를 매만지며 말했고, 낸트위치 경은 잠시 주문서로 관심을 옮겼다. 침묵이 따르자 어색했는지 레이먼드가 덧붙였다. "사실은 이번주에 데릭을 보긴 했습니다, 어르신. 이제 괜찮은 것 같더군요……" 하지만 낸트위치 경이 별로 귀를 기울이지 않는 게 분명해 보이자 말끝을 흐렸다. "감사합니다, 어르신." 그가 얼버무렸다.

"그런데 오늘 우리를 위해 압둘이 준비한 건 뭔가?" 낸트위치 경이 혼잣말을 했다.

"돼지고기가 괜찮을 겁니다, 어르신." 레이먼드가 덤덤하게 말했다.

"돼지고기로 하겠네, 레이먼드, 당근하고. 당근 있나? 그리고 삶은 감자하고, 또 사과 소스를 몽땅."

"최선을 다하겠습니다, 어르신. 그리고 손님께서는요? 전채요리를 좀 가져올까요?"

나는 브라운윈저 수프도 새우칵테일도 멜론도 다 내키지 않았다. "아니, 그냥 송어로 하지요, 콩하고 감자를 곁들여서."

"혹[4]도 한 병 가져오게, 레이먼드." 낸트위치 경이 청했다. "제일 싼 걸로." 그런 뒤 웨이터가 돌아서자마자 덧붙였다. "꽤 괜찮은 아이군. 꼭 마사초[5] 그림 속의 인물 같아, 안 그런가? 데릭하고 비교하면 별로지만. 나는 귀여운 궁둥이를 보면서 음식을 먹는 게 좋거든."

나는 미소를 지었는데, 이상하게 당황스러웠다. 그 웨이터는 아주 평범했다. 또한 초대받은 손님인 이상 내가 매력적으로 굴 필요가 있다는 의무감이 들었고, 하지만 전혀 그런 시늉조차 하지 않고 있다는 사실도 의식되었다. 낯선 사람들이 성적 농담을 하면 얼마나 의미심장해지는지. 이 경우에는 그 두 사람 사이에 어떤 성적 연결이 있다는 것을 암시하는 듯했는데, 그것은 내가 지키고 싶은 장벽을 제거하는 것 같았다.

"항상 런던에서 지내십니까?" 내가 파티에서 흔히 하는 질문을 했다.

그는 생각해보더니 "그렇지, 다른 데 가 있는 적도 많지만—머릿속에서 말이야. 내 나이가 되면 어디 사느냐는 별 상관이 없게

---

4 hock, 독일산 백포도주.
5 Masaccio(1401~28). 피렌쩨파 화가로 15세기 초 이딸리아 르네상스 미술의 기초를 닦은 위대한 화가로 여겨진다.

되지. 날이 가고 주가 가고,[6] 그 프랑스인이 말했듯이 말이야. 멍하게 있을 때가 많지. 자네도 멍할 때가 있나?"

"그러니까, 정신이 흘러가는 대로 내버려둔단 말씀이시죠? 예, 저도 그러는 것 같습니다. 아니면 적어도 마음이 제멋대로 흘러가게 놔두는 걸 즐기죠."

"그렇지. 그러니까 말이야, 난 아주 흥미진진하게 살았는데 이제는 사는 게 너무 지루하고, 또 다들 죽었고, 내가 하던 말도 중간에 잊어버리고, 그런 식이란 말이지." 그는 지금도 자신이 하던 말의 갈피를 잊은 것 같았다.

"대개 무슨 생각을 하세요?"

"아아, 알잖아……" 그가 생각에 잠겨 말했다. 나는 속되게도 그가 섹스 생각을 하나보다 생각했다. "내 나이가 여든셋이거든." 그가 내 물음에 대한 대답이라도 되는 듯 말했다. "그래, 자네 나이는 몇인가?"

"스물다섯입니다." 내가 웃으며 대답했는데, 그는 슬퍼 보였다.

"내가 그 나이 때는," 그가 말했다. "일을 열심히 했어. 내가 은퇴했을 때에도 자넨 태어나지도 않았군." 그의 눈에서 특이한 표정이 사라지며 그가 내 얼굴―혹은 내 머리―을 유심히 보는 것 같았다. 마치 손으로 받치듯 시선으로 내 머리를 받치고 있었다. 그는 전문 감정인 같은 눈길로 뜯어보며 전문가처럼 탐욕스럽게 말했다. "젊음!"

그 순간 나보다 더 젊은 사람이 포도주를 가지고 도착했다. 낸트위치는 아주 신이 나서 마셨지만 술 자체는 무척 질 낮은 것이었

---

6 Passent les jours et passent les semaines, 프랑스 시인 아뽈리네르의 시 「미라보 다리」(Le Pont Mirabeau)의 한 구절이다.

다. 그러다가 그는 "아, 저기 압둘이 있군!" 하고 외쳤다. 주방의 회전문을 통해 피부가 아주 새까만 사람이 수레에 둥근 뚜껑을 덮은 접시를 밀면서 식당으로 들어왔다. 그는 마흔살쯤 되어 보이는 체격 좋은 사내였는데, 움푹 팬 눈은 사나워 보였고 콧수염의 모양 때문에 미묘하게 폭력적으로 보이는 얼굴을 하고 있었다. 가장자리가 거무스레한 두꺼운 입술은 안으로 말려드는 부분이 빨갰다. 통 넓은 주방장용 바지와 앞치마, 반죽이 튄, 잘 다림질된 원뿔형 모자의 하얀 리넨 때문에 피부가 더 까매 보였다.

레이먼드가 그에게 다가가 공손하게 뭐라고 이야기하는 모습이 보였고, 압둘은 우리 쪽으로 눈길을 던지고 우리 자리를 향해 수레를 밀기 시작했다. 다른 손님들이 점심을 먹기 위해 어슬렁어슬렁 들어와 자리를 찾으며 그를 향해 고개를 끄덕였다. 조금 후에는 그와 비슷하게 약간 바람둥이처럼 보이는 금발의 청년이 나타나 레이먼드와 함께 일하기 시작했다.

"안녕하세요, 어르신." 압둘이 공손하게 말했다.

"어이, 압둘," 낸트위치 경이 만족스럽게 대꾸했다. "그대가 우리를 위해 고기와 양념과 포도주를 가지고 오는군."

"저한테야 즐거운 일이지요, 어르신." 압둘이 정중한 미소를 띠고 말했다.

"내 손님인데, 윌리엄이라고 하네, 압둘."

"안녕하세요?" 내가 말했다.

"웍스 클럽에 오신 것을 환영합니다, 윌리엄 선생님." 압둘이 수레 위 접시 뚜껑을 열어 단단히 묶인 기름기 없는 돼지다리를 내보이며 냉소적이면서도 비굴한 태도로 말했다. 그리고 얼른 낸트위치를 건너다보며 말했다. "이분은 돼지고기를 안 드시는군요, 어르신."

그는 존재감이 강했고, 나는 국물이 지르르 흐르는 고기(약간 덜 익은 것처럼 보였다)를 두툼한 조각으로 자르는 그를 무심히 바라보았다. 그의 손은 무척 컸지만 솜씨가 좋았고, 나는 단추를 끄른 그의 유니폼 목 부분에 눈길이 끌렸다. 유니폼 아래 아무것도 안 입은 것 같았다. 자기 일에 집중할 때 그 얼굴에는 주름이 깊게 파였고 핑크빛 혀가 살짝 비어져나왔다.

낸트위치는 식사 예절은 형편없고 음식은 왕성하게 먹는 사람이었다. 입을 반쯤 벌리고 먹어서 질경질경 씹고 있는 돼지고기와 사과 소스가 내 눈에 훤히 보였고, 입술을 닦지 않고 포도주를 마셔서 포도주잔 주변에 사과 소스를 마구 묻혔다. 나는 송어를 다룰 때 외과의사가 느낄 법한 혐오감이 들었다. 약간 열린 이빨 돈친 아가리와 굽는 동안 고름집처럼 반쯤 튀어나온 작고 동그란 눈이 특히 나를 비난하는 것 같았다. 나는 우선 대가리를 잘라 옆의 접시에 놓은 뒤 납작한 칼날 부분을 써서 뼈에서 살을 발라내기 시작했다. 고기는 별맛이 없었고 내장이 완전히 제거되지 않아서 조금 남아 있던 은색 알 때문에 불쾌한 쓴맛도 났다.

"왜 직업을 안 갖고 있는지 말해주게." 우리는 불안할 정도로 한동안 열심히 음식만 먹었고, 다 먹고 나자 낸트위치가 물었다. "누구나 직업이 필요한 건데 말이야. 아이고! 일이 없으면 그냥 미칠 것 같지 않은가?"

"제가 좀 제멋대로라서 그런 것 같네요. 돈이 너무 많아서요. 옥스퍼드에서 공부를 더 하고 싶었는데 일등급을 못 받았어요. 으레 그럴 거라 기대하고 있었는데 말이죠. 이년 동안 출판사에서 일했지만, 결국 그만뒀습니다."

"글쎄, 일자리를 구하기 원한다면 내가 도와줄 수 있는데." 낸트위치가 끼어들었다.

"고마운 말씀입니다만…… 곧 무슨 일인가 하기는 해야겠죠. 아버지가 런던시에 일자리를 구해줄 수 있다고 하셨는데 엄두가 안 나네요, 안타깝지만."

"아버지가?"

"예, 회장으로 계시거든요…… 어, 여러 회사를 거느린 그룹에서요."

"그럼 아버지한테서 돈을 받는군?"

"아니요, 실은 전부 할아버지한테서 나오는 거예요. 짐작하시겠지만 아주 부자시거든요. 할아버지는 저와 제 누이에게 재산을 물려주실 예정이랍니다. 상속세를 피하기 위해서 미리 다 받고 있지요."

"대단하시군," 낸트위치가 말했다. "이를테면." 그는 잠시 우적우적 씹어댔다. "그런데 말해주게, 조부가 누구신가?"

나는 왠지 그가 이미 알고 있을 것이라 생각하고 있었다. 그래서 모른다는 사실을 깨달음과 동시에 생각을 정리하느라 좀 꾸물거리다가 "아—그, 데니스— 벡위스이십니다"라고 서둘러 설명을 붙였다.

낸트위치는 갑자기 다시 흥미를 보였다. "아, 그러니까 이 멋진 젊은 양반이 데니스 벡위스의 손자가 되신다, 그 말이로군?"

"죄송합니다. 아시는 줄 알았어요." 다른 사람들의 통상적인 반응보다 낸트위치는 훨씬 흥분했지만 그의 흥미는 곧 사라졌다. "상원에서 서로 만나셨을 것 같은데요." 내가 과감하게 말했지만, 낸트위치는 반쯤 고개를 돌리고 창밖을 응시했다. 그러다가 다시 고개를 돌리더니 몸을 내 쪽으로 바짝 기울였는데, 그의 입에서 나는 돼지고기 냄새가 나한테까지 풍겼다.

"저 친구는 아주 흥미로운 사진가지, 사실."

"그래요? 그런 건……" 다음 순간 나는 그것이 갑자기 화제를 전환하는 그의 습성의 표현이라는 사실을 깨달았다. 그의 시선을 좇아 방의 건너편을 보니 곱슬곱슬한 금발이 허옇게 세어가는 말쑥한 남자가 가운데 식탁에 앉아 있었다. 낸트위치는 다이빙을 하듯, 혹은 이슬람식 인사를 하듯 손동작을 했고, 그가 고개를 끄덕이며 미소를 지었다.

"로널드 스테인스, 물론 저 친구 작품에 대해 들어봤겠지?"

"저는 모르는 분인 것 같네요." 나는 그가 아주 형편없는 사진가라고 확신했다. "주로 어떤 종류의 사진을 찍으시는 분인가요?"

"아, 아주 특별한 거지. 꼭 만나봐야 해. 아주 좋아하게 될걸." 낸트위치가 멋대로 말했다. 대화 상대에게 뭔가 계획이 있다 싶을 때 느껴지는 압박감이 살짝 느껴졌다.

"사실, 아직 생존해 있는 수많은 사람들을 소개해주고 싶다네. 내 지인들은 모두 끔찍이도 흥미로운 사람들이거든. 물론 다 바스러져가는 중이고, 망령 난 것 같은 때가 안 그런 때보다 더 많고, 완전히 메리앤[7]인 사람이 엄청 많다는 건 인정할 수밖에 없지. 하지만 자네 같은 젊은이들은 노인들을 점점 더 모르지, 그 역도 성립하지만, 물론. 나는 젊은 사람들하고 어울리는 걸 좋아해. 젊은이들은 어여쁘고 무정하지만 난 좋다네." 이렇게 묘한 말을 한참 쏟아내고는 다시 뒤로 기대앉아 멍하니 가끔 "어?"라고 하거나 어깨를

---

7 Mary-Ann, 한 사람에 충실해서 아무리 잘못을 해도 계속 용서하고 받아주는 사람을 가리키는 속어.

으쓱했다. 나는 그가 무슨 병에 걸린 것일까 궁금했다. 그냥 노망은 아닌 게 분명했다, 아주 예리했고 요점을 정확히 짚을 수 있었으니까. 가끔씩 멍해지는 것은 동맥경화나 서서히 진행되는 혈착증 같은 것 때문일까? 그가 자신의 상태를 이용해서 더 자기중심적으로 말을 끊었다 이었다 한다는 느낌이 들긴 했지만, 궁극적으로는 의학적으로 판단해야 할 듯싶었다.

　방을 둘러보니 상태가 비슷한 사람들이 많이 보여서, 특정 상태의 사람들이 자신들을 풍자한 캐리커처가 실은 진짜라고 증명해주기 위해서인 듯 함께 모인 모양이라고 생각했다. 그들의 기이한 버릇이나 약점은 한 사람에게서 보일 때는 별로 눈에 띄지 않지만 여러 사람을 모아놓으면 우스꽝스럽도록 분명해지니까 말이다. 여러 사람이 떨리는 손으로 수저를 들고 수프를 떠서 수염으로 둘러싸인 입술로 가져가고 또 그 손들이 낮은 목소리나 짤막한 말을 듣기 위해 청력을 잃은 커다란 귀를 감싸는 모습을 보고 있자니 그들, 각자의 분야에서 탁월한 사람들, 작위를 가진 사람들—퇴역장군, 은행장, 심지어 작가까지—이 전혀 구별이 되지 않았다. 그들은 익명의 존재, 하나의 유형이었다. 바깥 거리의 소음과 속도에 대처하는 그들을 상상하기도 불가능했다. 그들은 자신들이 지배했던 도시, 그 안에서 그렇게 흠없이 에드워드 시대적인 자신들의 모습을 보존했던 도시의 빈정대기 좋아하는 삶에 대해 얼마나 아는 것일까? 방을 이리저리 살피던 내 시선이 압둘에게 가닿았는데, 그는 나를 고깃덩이라도 되는 양 바라보며 무심히 숫돌에 칼을 갈고 있었다.

　우리는 가족호텔식 트라이플 디저트를 실컷 즐긴 뒤 천천히 흡연실로 돌아갔다. 퍼시가 커피를 따르는 동안 로널드 스테인스가 합석했다. 그는 아주 격식을 갖춘 옷차림을 하고 있었지만 그가 옷을 입은 모습에는 어딘가 불온한 느낌이 있었다. 아름다운 초록색 트위드와 노인들이 입는 헤링본 셔츠를 입고 칼라와 조끼 사이로 살짝 튀어나오게 소박한 실크 넥타이를 맨 그는 스르르 미끄러지듯 걸어다녔다. 손목이 아주 가느다랬고, 권위적인 옷차림에 비하면 체구가 작다는 것을 알 수 있었다. 그는 변장을 하고 있었지만 몸짓과 지나치게 잘 관리된 옆모습, 시트웰[8] 같은 반지 취향 때문에 변장했다는 사실이 금방 눈에 띄었다. 그것은 눈에 확 띄는 이중적인 연기였고, 그는 내게는 매력이 없었지만 그런 환경에서는 꼭 필요한 존재이기도 했다.

"찰스, 손님한테 나를 소개해줘야죠."

"윌리엄이라고 하는 친구야." 내가 손을 내밀었고, 스테인스는 놀랄 만큼 활기차게 내 손을 잡고 흔들었다. "우린 얘기가 아주 잘 통해." 낸트위치가 덧붙였다.

"걱정 말아요, 내가 두 사람 사이를 갈라놓진 않을 테니. 로널드 스테인스요, 참," 그가 내게 말했다. "스테인스에 e자가 들어가지." 그는 합석해도 되냐고 묻지도 않고 멋대로 의자를 당겨 앉았다. "그래, 찰스와는 어떻게 아는 사인가?" 그가 물었다. "찰스한테 아주 굉장한 비결이 있는 게 틀림없어. 라가찌[9]에 대한 성공률이 아주 높단 말이야. 항상 아주아주 잘생긴 젊은이를 데리고 다니신다니까."

나는 그런 말을 들으면 늘 허영심 때문에 우쭐해졌고, 나이 든 사람들이 위협이 담기지 않은 경탄을 표하는 것은 기분 좋은 일이

---

8 Edith Sitwell(1887~1964). 영국의 시인, 비평가.

9 ragazzi, 이딸리아어로 젊은 남성을 뜻한다.

었다.

"저 친구가 사진기를 안 가지고 있을 때 만났으니 아주 운이 좋은 거라네, 윌리엄." 낸트위치가 말했다. "당장 벌거벗겨 베이비오일을 덮어씌웠을걸." 나는 그들이 오랜 친구 사이라 허물없이 흉을 보는구나 하는 인상을 받았다.

"그런데 난 자네 사진을 본 적이 있는데, 윌리엄." 스테인스가 회상하듯 말했다. "분명히 화이트헤이븐이 찍은 사진이 한장 있지. 아니면 내가 틀렸나? 작은 수영복을 입고 그 꿈꾸는 듯한 푸른 눈에 그림자의 띠가 그늘을 짓고 있는 사진? 그 젊은이, 아주 재능이 있어, 작품 중의 어떤 건 좀…… 강렬하지만. 그 작품은 달랐지, 물론. 내가 뉴욕 전시회에서 봤어. 뉴욕에서 전시회를 여러번 했던 건 나도 아는데, 하지만 그건 작년에 소호의 무슨 도살장 같은 곳에서……"

"백위스의 손자라는군." 낸트위치가 스테인스의 설명이 함축한 가능성을 무시하듯이 말했다.

"그렇구나." 스테인스가 묘하게 잘난 체하는 식으로 소리쳤다. "참 신기하군!" 그러면서 갑자기 흥미를 잃었다는 듯 고개를 옆으로 돌렸다. "당신이 좋아할 만한 작품을 몇개 찍었어요. 윌리엄도 마음에 들어한대도 전혀 놀랍지 않을 것 같네요. 나는 확실히 마음에 들거든요. 새로운 작품, 어쨌든 약간은 새롭고, 좀 종교적이고 감정이 충만한 작품이에요. 하나는 성 세바스티아누스[10]와 세례 요한 사이의 성스러운 대화라 할 수 있죠. 세바스티아누스의 모델이

10 Sebastianus(?~288?). 로마의 근위병이었다가 순교한 성인. 르네상스 이래 반라로 기둥에 묶여 화살을 맞고 순교하는 모습으로 많이 그려졌고, 이런 모습은 동성애적 관음증의 대상이 되기도 했다. 귀도 레니(Guido Reni)의 작품(1625)이 유명하다.

된 젊은이는 내가 작품을 보여주니까 눈물까지 글썽거리더라고요, 그렇게 멋져요."

"화살은 어떻게 하셨어요?" 미시마가 자기 자신을 모델로 힘겹게 세바스티아누스의 포즈를 잡았던 것이[11] 기억나서 내가 끼어들었다.

"아, 화살은 없지, 순교 이전이니까. 관통당하기 훨씬 전이야. 하지만 어쩐지 이미 순교할 준비가 되어 있는 것처럼 보여. 내가 찍은 모습으로는 말이야."

"그럼 그게 세바스티아누스인 걸 대체 어떻게 알 수 있지?" 낸트위치가 힘주어 말했다. "그가 세―망할 놈의―바스티아누스라는 걸 알려주는 유일한 것이 똥구멍을 찌르는 그 불그레한 화살들인데 말이야." 그것은 그럴듯한 비판 같았지만 스테인스는 무시했다.

"하지만 세례 요한은 대단하다고 할 거야." 그가 덧붙였다. "이딸리아 애야. 실은 스미스필드의 문지기인데, 흔히 보는 것보다는 더 남성미 넘치는 성자라고 할 수 있지, 아마. 털도 좀 많고 우락부락하고. 사진에 관심이 있는지?"

"꽤 있습니다." 내가 대답했다. "하지만 잘 알지는 못해요. 옥스퍼드에서 사진을 찍곤 했는데, 별건 아니었지요."

"그거 잘 보관하게, 윌리엄, 잘 보관해!" 그가 주의를 주었다. "사진을 절대 없애지 말게, 윌리엄. 그건 영구히 봉인된 삶이라고 할 수 있으니까. 자네가 유명해지면, 꼭 그럴 거라고 장담하는데, 사

---

11 1968년 일본 사진가 시노야마 키신(篠山紀信)은 작가 미시마 유끼오(三島由紀夫)를 피사체로 귀도 레니의 「성 세바스티아누스의 순교」의 모작을 찍었다. 미시마 유끼오는 자전적 소설 『가면의 고백』에서 성적 정체성에 대한 혼란과 함께 귀도 레니의 이 작품에서 받은 강렬한 인상을 기록하고 있다.

람들이 그 사진들을 보고 싶어할 거야. 나도 지금 재발견되고 있는 중이거든. 사람들이 어떤 사진이든 다 사려 들 거라고 내가 장담하지. 솔직히 말해서 최근에 싸구려 작품을 엄청 많이 팔았어. 크리스티에서 그걸 무척 좋아하더라고. 그러니까 난 일종의 시대적 인물인 거야. 자기네 사진 판매 목록에 집어넣으면 나한테서도 유명한 이름들의 광채가 좀 묻어난단 말이지. 거기 카탈로그 담당자는 나를 '전후 영국 남성 사진의 무명의 대가'라고 불러. 이제 난 웬만큼 값이 나가. 하지만 솔직히 말해 난 그 일에 대해 기분이 **정말 끔찍**하고, 그냥 그 사진들을 다 돌려받고 싶어."

"내가 방금 윌리엄에게 자네 스튜디오에 한번 들르라고 말했어." 낸트위치가 선언했다.

"물론 좋지. 단지 약간 정리만 되면 정말 기쁘게 자네를 맞을 거야. 지금 당장은(à ce moment) 큰 작품을 하나 하고 있는데, 그게 끝나면 말이야. 그리고 누가 아나, 내가 자네를 모델로 좀 쓸 수 있을지도 모르지. 당연히 옷 입은 사진이지. 내 생각에 자네는 흥미로운 모델이 될 것 같네. 아주 영국적인 외모거든, 그 핑크빛 얼굴과 금발, 길고 곧은 코하며. 하지만 대가 화이트헤이븐의 익명의 인물 작품 같은 건 아니지. 내가 하고 싶은 건 인물 연구거든." 나는 다시 한번 전문적 평가의 대상이 되었다는 느낌을 받았다.

"글쎄요, 두고 보지요 뭐." 나는 또 모델이 된다는 생각에 기분이 좋긴 했지만 미심쩍은 거래에 섣불리 뛰어들고 싶지는 않았다.

"그 큰 작품이라는 건 어떻게, 잘되고 있나?" 낸트위치가 약간 수상쩍은 태도로 아무렇지도 않은 척 물었다.

"만나서 아주 반가웠네." 스테인스가 낸트위치 못지않은 화제 전환의 솜씨를 발휘하며 말했다. 우리는 다시 악수했고 그는 벌써 자리에서 일어섰다. "몸조심하세요, 찰스." 그가 당부했다.

낸트위치는 잠시 말이 없었다. "좀 비열한 놈이지." 그가 말했다. "하지만 그래도 아주 훌륭해." 이제 낸트위치는 무척 지친 표정이어서 나도 일어설 채비를 했다.

"점심 정말 감사합니다, 찰스. 아주 즐거웠어요."

그는 내게 놀란 눈길을 던졌다. "이 구식 클럽이 괜찮나?" 그가 물었다. "아주 나쁘진 않지?" 머리카락처럼 가는 실핏줄이 그의 핑크빛 뺨에서 즐겁게 가지를 쳤지만, 까만 눈은 푹 꺼졌고 커다란 머리는 졸음으로 무거워 보였다. 그가 화장실 바닥에 죽은 듯 넘어져 있던 모습이 기억났다. 그가 꽤 마음에 들었고, 내가 수다스럽고 불길한 구석이 있는 스테인스가 아니라 그의 손님이라는 사실이 다행스러웠다. "수다를 떨 기회가 곧 또 있기를 바라네." 그가 말했다. "물론 수영장에서 보기야 하겠지." 그가 육체적인 운동을 할 수 있다는 사실이 다시금 신기하게 느껴졌다. 내 생각을 읽기라도 한 듯 그가 설명했다. "내겐 물이 가장…… 치유적이더군. 수영—그걸 수영이라고 부를 수 있다면—만이 내게 젊다는 느낌을 주거든. 물에 떠서 발장구를 치고 팔을 젓고……"

나는 그곳을 떠나려고 다시 아래층으로 내려간 뒤 오줌을 누러 가려고 멈췄다. 화장실은 홀을 지나 크기는 더 작지만 더 밝은 초상화들이 걸린 복도로 가면 있었다. 초상화는 대개 빅토리아 시대 말기와 에드워드 시대의 것이었는데, 화려한 붓질 때문에 모델이 더 나쁜 놈들, 더 심한 벼락부자들(parvenus)처럼 보였다. 내가 들어갈 때 스테인스가 나왔는데, "이런"이라는 말 외에 알은척은 하지 않았다. 내가 멍청한 노인들이 자기 신발에 오줌을 흘리지 않도록 경사진 유리판이 달린 소변기 앞에 서 있는데, "식사 괜찮으셨어요, 선생님?" 하고 묻는 목소리가 들렸다. 우리의 웨이터 레이먼드였는데, 나는 그가 거기 있다는 것도 깨닫지 못했었다. 소리 나는 쪽을 향해 돌아보던 내 눈길과 그의 눈길이 거울 속에서 마주쳤다.

3

내가 가장 많이 이용하는 지하철 노선이 센트럴선인 것은 참으로 안타까운 일이었다. 그 노선엔 즐길 만한 거라곤 전혀 없었다. 디스트릭트선의 경우 지하철이 오기를 기다리는 동안 비가 선로를 뿌옇게 해서 구식 야외선의 기분을 느낄 수 있고, 노던 노선의 경우는 찌든 때가 심오한 느낌마저 자아내며, 피커딜리 노선에서는 정교하고 세련된 연결이 이루어지는 것 같은 기분이 들지만, 센트럴선에는 그중 어떤 것도 없었다. 길디긴 그 노선의 대부분은 거대하고 암울한 배수구 같았고, 홀랜드 파크나 세인트폴스, 베스널 그린 같은 몇몇 정류장은 유서 깊은 장소 같은 느낌을 주었지만 그마저 랭커스터 게이트와 마블 아치 역에서 웅웅거리는 소리의 공허함과 내 하차역인 토트넘 코트 로드의 쓰레기와 소음으로 아무 효과도 없었다. 그 노선 어딘가 폐쇄된 역들이 있다는 사실은 알고 있었지만 난간에 비치는 빛으로 그 역들의 컴컴한 플랫폼과 십년 동안 방치된 간판과 명랑한 광고 들을 알아볼 수는 없었다.

지금 나는 홀랜드 파크 역에서 한참 동안 기다리는 중이었다. 거기서 전형적으로 눈에 띄는 다양한 계층의 사람들에는 너무나 익숙했다. 진주 장신구를 하고 핑크빛 스타킹을 신은 젊은 여자들, 건방져 보이는 이딸리아 청년들이 있었고, 몸집이 크고 살이 처진 노인 한쌍도 지하철을 기다리고 있었다. 하지만 그들이 탈 차에는 액턴에서 타서 웨스트엔드까지 가는 흑인과 인도 사람이 꽤 많이 들어차 있을 거였다. 셰퍼즈 부시와 리버풀 스트리트를 지난 다음에 지선이 두 방향으로 갈리며 런던 북쪽의 외곽으로 나가는 것이 센트럴 노선의 장점이라면 장점이었다. 나는 플랫폼 끝에 발끝을 걸치고 일분 정도 콘크리트 배수구 쪽을 내려다보았는데, 더럽고 불안해 보이는 생쥐 가족이 마치 전기로 작동하는 인형처럼 계속해서 앞뒤를 살피고 있었다. 나는 다시 폐쇄된 대영박물관 역과 우드 그린 역을 생각하며 어슬렁어슬렁 지하철 노선도 앞으로 가서 여행자처럼 들여다보았다. 그 노선도는 모든 노선이 상하좌우나 45도 각도로 뻗어나가도록, 그래서 노선도 전체가 끝부분이 소실되고 교차하는 평행사변형이 되도록 영리하게 그린 지도였다. 센트럴 노선 중에서는 아마도 내가 늘 이용하는 구간만이 지도 속의 곧은 직선에 그대로 일치할 듯싶었다. 셰퍼즈 부시에서 리버풀 스트리트까지는 로마식 직선, 지상에서 보면 아주 멋있고 지하에서는 전철이 엄청나게 빠른 속도로 달릴 수 있게 해주는 쭉 곧은 선이었다. 하지만 러시아워의 혼잡 속에서는 전철이 꼬리에 꼬리를 물기 때문에 터널 속에서 오래오래 멍하니 기다려야 했다. 그런 때는 지하철이 너무 싫었다.

내가 지하철을 좋아하는 것은 사실 어쩔 수 없는 일이기도 하다.

지하철의 역사와 운영에 대한 세세한 관심도 운전을 금지당한 뒤에 내가 약간이라도 미학적 관심을 가미하기 위해 억지로 짜낸 것이었다.(운 나쁘게도 내 차의 거울로 안 보이는 사각지대를 터덜거리며 통과해 추월하려던 낡은 소형차를 잽싸게 앞서보려다가 그 차에 부딪혔는데, 하필이면 그때 나는 핌스를 좀 많이 마시고 운전을 했던 것이다…… 지금은 어머니가 햄프셔의 별장에서 가끔 포딩브리지나 런던에 올 때 내 란치아를 쓰고 있었다.) 그래서 나는 지하철을 최대한 잘 활용해보려고 애썼고, 그러다가 지하철 안에서 거대한 확률 게임에서처럼 때때로 여러 종류의 신기한 사람에게 떠밀리는 섹시하고 신기한 경험을 하게 되었다. 아니면 그것은 모자와 엉덩이와 해변이 나오는 외설적인 엽서의 세계, 일종의 에드워드 버라[1]적인 세계였다. 뭐가 됐든 우리는 항상 그 안에 숨겨진 잠재적 가능성을 봐야 하니까.

코리로 가기 전 나는 소호 광장을 가로질러 프리스 스트리트에 있는 영화관으로 향했다. 영화를 보기 위해서라기보다 컴컴하고 자신의 정체가 드러나지 않는 곳에 앉아서 자신의 정체를 드러내지 않는 일을 하기 위해서였다. 전날 밤 아서와 나는 '병에 담긴 멕시코의 로맨스'라고 광고하는 떼낄라를 마셔 엉망으로 취했다. 최근 들어 저녁시간이 두가지 의미에서 점점 길어지고 있었는데, 아서와 나는 둘 다 각자의 병에 담긴 로맨스를 꺼내는 데 도움이 좀 필요했다. 술을 마신 아서는 자신만만해져서 킬킬대더니 「로열 커맨드 퍼포먼스」[2]가 시작된 지 오분 만에 입을 떡 벌리고 곯아떨어

---

1 Edward Burra(1905~76). 영국의 화가이자 판화가. 대도시의 어두운 세계, 흑인 문화, 1930년대의 할렘을 그린 작품으로 유명하다.
2 Royal Command Performance, 영국에서 매년 열리는 TV쇼. 왕실 고위 구성원이

져 코를 골았다. 나 역시 무척 취해서 비틀거리며 침대로 갔고, 다음 날 아침 9시에 끙끙거리며 더듬더듬 일어났을 때는 전날 저녁에 복도의 거울에 비친 내 모습을 보고 우쭐한 기분이 들어 아리아 「공주는 잠 못 이루고」를 예언이라도 하듯 일고여덟번 불렀던 게 어렴풋이 기억났다.

숙취로 머리가 아플 때면 항상 그렇듯 나는 범죄에 가까운 성적 흥분을 느꼈지만, 내가 일어났을 때 아직도 거실 바닥에 누워 침을 질질 흘리며 자고 있던 아서는 (그로서는 괴롭게도) 오전 내내 설사와 구토를 거듭했고, 아랫입술을 늘어뜨린 채 좀 이상한 표정으로—알고 보니 보통 사람이 창백해질 때 보이는 표정이었다—이쪽저쪽 가구들 사이를 아주 천천히 오갔다.

아주 재미있는 일은 아니었지만 이렇게 숙취에서 깨어난 아침은 우리의 생활에 사소한 드라마를 만들어냈고, 그에 대해 우리는 믿을 수 없다는 듯 고개를 절레절레 흔들고, 과장되게 찡그리고, 헉헉대거나 신음하듯 '맙소사' '아이고' '망할' 같은 말을 내뱉는 것으로 반응했다. 한바탕 그러고 나서 아서는 보이지 않는 상대와 이인삼각 경주라도 뛰는 것처럼 우스꽝스럽고 어색한 모습으로 한번 더 화장실로 뛰어들어갔다. 그뒤에 나는 그를 침대로 보내고 숙취로 여전히 머리가 어질어질한 가운데 섹스클럽 주인들이 특별한 체험이라 부를 만한 기분으로 외출했다.

브루터스 극장은 지상층에 아름다운 캐럴라인식 창문을 유지하고 있는, 오래전 1983년의 봄에는 동성애 생활의 하나의 상징이었을 듯한[3] (더럽고 유쾌한 반지하층 위에 우아한 이층을 얹은) 소호

<hr />

참여해 자선기금을 모금한다.
3 1972년 시작된 '게이 프라이드' 행진이 1983년 3월 '레즈비언 게이 프라이드' 행

의 어떤 집 지하실에 자리 잡고 있었다. 거리에서 들어가려면 흰색으로 칠한 바탕에 가운데에 글자 없이 미켈란젤로의 다비드상 모양을 스텐실한 창문 옆에 난 입구의 지저분한 빨간 커튼을 젖히면 됐다. 커튼과의 이런 몸싸움—오른쪽으로 젖혀야 할지 왼쪽으로 젖혀야 할지 불분명했고, 안에서 나오는 사람과 부딪히기도 했다—은 상징적 행위 같았고, 나는 그 행위에 항상 약간의 자부심을 느꼈다. 안에는 작은 입구가 있고, 포르노 잡지가 놓인 선반과 팔려고 내놓은 번지르르한 비디오 상자들이 있었다. 더불어 클럽 광고나 약 광고도 있었다. 카운터 옆의 자물쇠를 채운 케이스 안에는 가죽 속옷이 성기 고리와 마스크, 사춘기 같은 핑크 손가락에서 길이가 60센티미터에 주먹만큼 두툼한 강력한 검은 것까지 온갖 인조 남근과 함께 진열되어 있었다.

들어가보니 여드름이 잔뜩 난 글래스고 출신의 종업원이 생선과 감자 요리를 먹고 있었고 방에서는 기름과 식초 냄새가 났다. 나는 일분 정도 한가하게 잡지를 뒤적거렸는데, 운 좋게 관리자의 허락을 받아 거기서 손님을 기다리던 남창들이 하도 뒤적여서 잡지 가장자리가 아주 너덜너덜했다. 아래층으로 믿을 수 없을 만큼 신기하게 생긴 성교 장소들, 이동식이나 그 비슷한 다른 것들이 보였다. 나는 극적인 환희를 표현하고 있는 장면들을 무덤덤하게 바라보았다. 직원 카운터 뒤에는 작은 텔레비전이 있었는데 극장에서 상영되고 있는 영화의 모니터였다. 하지만 가게에 손님이 없었기 때문에 그 종업원은 끝없이 돌아가는 비디오 섹스를 좀 쉬고 진짜 티비 프로그램을 보고 있었다. 그는 자기 자리에 앉아 감자튀김

진으로 이름이 바뀌었다.

과 얇게 저민 뒤 반죽을 입혀 튀겨 기름이 뚝뚝 떨어지는 흰 대구 조각을 먹으며 생전 처음 포르노 영화를 실컷 보게 된 사춘기 소년 처럼 화면에 눈을 바짝 붙이고 뚫어져라 들여다보았다. 내가 옆걸음으로 지나가며 그의 어깨 너머를 보니 자연에 관한 프로그램으로, 흰개미 서식지 내부를 고도의 기술을 발휘해 찍은 장면들이 담겨 있었다. 먼저 바깥에서 개미핥기의 길고 탐색적인 주둥이가 보이더니 이어서 무자비하고 면도날처럼 날카로운 집게발이 그 서식지를 마구 헤치고 들어갔다. 개미집 안에서는 가우디 성당의 트리포리움⁴처럼 보이는 터널의 교차로에서 끔찍하게 쑥 내민 개미핥기의 혀가 부지런히 도망치는 흰개미를 벽에서 핥아 먹어치우며 우리를 향해 잽싸게 다가오는 모습을 광섬유의 기적에 힘입어 볼 수 있었다.

그것은 내가 본 영화들 중에서도 가장 놀라운 것 가운데 하나였고, 나는 그렇게 괴상하고 정교한 생물이 폭력적으로 침입하는 모습에 전율을 느꼈으며 그렇게 제멋대로 파괴하는 데 얼떨떨한 기분도 들었다. 그때 마침 종업원이 내가 거기 있다는 사실을 깨닫고 아마도 좀 격려가 필요한 사람이라고 생각했는지 버튼을 꾹 눌러 미국 대학생들이 자신의 성기를 상대방의 항문에 찔러넣는 비교적 진부한 영상으로 바꿔버려서 나를 실망시켰다.

"영화 보시게요?" 그가 말했다. "진짜 화끈한 게 있어요……" 그가 강권하지는 않아서 나는 5파운드짜리 지폐를 주고 그를 그 경이로운 자연의 세계로 돌려보냈다.

나는 음침한 빨간색 전구가 켜진 계단을 내려갔다. 영화관 자체

---

4 triforium, 서양 중세의 성당에서 지붕과 그랜드 아케이드 사이에 설치하는 아케이드의 일종.

는 작은 지하실로, 그곳의 불결한 상태는 새벽이 되어 하루치 상영이 다 끝나고 갑자기 불이 켜질 때에야 제대로 보였다. 불이 켜지면 축축하게 얼룩진 밋밋한 벽과 쓰레기가 널린 바닥과 남은 관객들, 잠이 든 관객이나 어둠 속에 숨어서 하는 게 제일 좋을 짓을 하고 있던 관객이 모습을 드러냈다. 좌석은 열줄 정도 되었는데, 정식 영화관을 개조하면서 버린 것을 가져온 듯했다. 팔걸이가 없는 의자는 관객들끼리 말을 트는 데는 오히려 도움이 되었으며, 좌석이 없는 의자도 있어서 내내 깜깜한 속에서 제일 가까운 자리에 앉으려던 소심한 사람들을 털썩 엉덩방아를 찧게 만들어 당황시키곤 했다.

이번에는 몇달 만에 온 것인데, 문을 밀고 들어가니 그 장소의 특성이 시각과 후각과 청각을 강렬하게 때리며 새삼스럽게 다가왔다. 담배연기와 땀 냄새, 퀴퀴한 남자 냄새가 택시에서 쓰는 싸구려 방향제의 레몬향과 섞여 있었고 간혹 트러블포맨 향수의 흔적도 뒤섞였다. 영화에는 배경음악이 없었지만 느릿한 팝송이 계속해서 되풀이되면서 성욕을 자극하며 분위기를 고조시키고 관객들이 내는 더 낮은 소리를 감춰주었다. 나는 문 바로 안쪽에 서서 칠흑 같은 어둠에 적응될 때까지 기다렸고, 일분쯤 지나자 그 방이 좀 다르게 보였다. 그곳의 유일한 빛은 작은 화면과 흐릿한 노란색 '비상구' 표지에서 나오고 있었다. 나는 한번 그 비상구로 나간 적이 있는데, 악취가 진동하는 계단을 올라가면 꼭대기에 잠긴 문이 있었다. 허공에는 자욱한 담배연기가 프로젝터의 불빛 속에 떠 있었다.

뒷줄에 앉는 것이 제일 어둡고 가능성도 제일 많았지만 진짜로 끔찍한 인간들의 관심에서 벗어나려면 그 자리를 피해야 했다. 그래서 맨 끝에 뚱뚱한 회사원이 앉아 있는 자리 말고는 비어 있는 줄로 거추장스러운 내 가방을 앞세우고 들어갔다. 아주 좋은 곳은 아니어서 영화를 보며 기다려보기로 했다. 가끔씩 여기저기서 담뱃불을 붙이는 모습이 보였고, 자리를 고쳐 앉거나 주변을 둘러보기도 했다. 긴장과 무기력 사이를 오가는 분위기였다.

대학생들이 나오던 영화 다음에는 콧수염을 기른 더 나이 든 사람들—하나는 대머리였다—이 나오는 영화의 짧고 음울한 장면들이 이어졌다. 하지만 갑자기 끊기더니 아무런 도입부도 없이 아주 명랑한 야외 장면을 보여주는 다른 영화가 나왔다. 나는 무지막지하게 도를 넘는 장면들이 나오는 나중의 에피소드도 즐겼지만, 이런 영화를 볼 때 항상 그렇듯이 가장 마음에 와닿는 것은 거리나 해변에서 시간을 죽이고 아령을 들고 운동하면서 우리의 환상이 그들에게 요구할 변화를 기다리는 사람들이 등장하는, 기대로 들뜬 도입부의 장면들이었다.

예를 들어 그때 나온 농가의 마당 장면에서는 청바지에 하얀 조끼를 입은 금발의 청년이 한 발을 헛간 문에 짚고 뒤로 기대어 해바라기를 하고 있다. 햇빛 때문에 얼굴을 찡그린 채 입술 사이로 지푸라기를 홱 잡아당기는 그의 모습이 클로즈업으로 멋지게 잡힌다. 그리고 서서히 이동하는 카메라가 조끼 안의 딱딱해진 젖꼭지를 쓸어내리고 이어서 느슨하지만 기대에 찬 사타구니 주변에 머무는 그의 손길을 따라간다. 마당의 다른 쪽에서는 역시 금발인 또다른 청년이 비료 포대를 옮기고 있다. 우리는 포대를 어깨에 올리는 그의 벌거벗은 근육질의 상체가 움직이는 모습을 지켜보고 목과 등에 흐르는 땀을 따라가다가 그가 몸을 숙이자 눈에 들어오는 청바지 속의 탄탄한 엉덩이를 실컷 감상한다. 두 청년의 눈길이 마주치는데, 한쪽이 클로즈업으로 잡히고 이어 호기심과 욕정을 내

비치는 다른 한쪽이 포착된다. 약간 슬로모션 같은 동작으로 웃통을 벗은 청년이 다른 청년을 향해 어슬렁어슬렁 걸어간다. 가까이 다가선 그들은 둘 다 엄청나게 아름답고 열여덟아홉살쯤 되어 보인다. 둘의 입술이 움직이며 말하고 미소를 짓지만 사운드트랙이 없기 때문에 우리에게 들리는 것은 영화관에서 틀어주는 고동치듯 감상적인 음악뿐이며, 두 청년의 의사소통은 꿈결 같은 침묵 속에서, 혹은 목소리가 닿지 않는 원거리에서 망원경으로 관찰하듯 진행된다. 이미지는 햇살 속에 빛나고, 초점이 아주 약간 빗나가면서 두 청년의 부드러운 윤곽이 금빛 비구름처럼 흐릿해진다. 조끼 입은 청년이 상대방에게 무언가 묻는 것 같더니 두 사람은 옆으로 돌아서며 헛간의 어둠 속으로 삼켜진다.

도대체 어디서 저런 애들을 찾았지, 나는 속으로 생각했다. 그 녀석들은 실생활에서 만나기 힘들 만큼 잘생겼다고 할 만했다. 그러다 문득 캘리포니아에서 배우를 스카우트하는 사람 하나가 이삼십년 동안 모은 삼천명 이상의 사진을 갖고 있었는데, 어떤 청년이 그 스튜디오에서 촬영을 마치고 파일을 뒤적거리다가 아주 오래전에 자기 아버지를 찍은 사진 한장을 발견했다는 이야기를 어디선가 읽은 기억이 났다.

그사이에 영화관에 관객이 더 들어오기는 했지만 모습을 알아보기는 힘들었다. 햇살이 빛나던 도입부는 영화관을 밝히며 앞줄에 띄엄띄엄 앉은 관객들을 희미하게 비춰주었지만, 헛간에서의 섹스 장면은 비교적 어둡게 찍혀서 관객의 비밀을 보장하는 어둠을 허락했다. 나는 바지 지퍼를 내리고 반쯤 딱딱해진 성기를 당겨 자연스럽게 문질렀다.

새로 들어온 사람 하나가 텅 빈 앞줄을 향해 더듬더듬 갔는데,

작은 영화관이라 화면에서 겨우 몇피트 정도 떨어진 자리였다. 종이가 부스럭거리는 소리가 나더니 그가 코트를 벗어 단정히 개어 옆자리에 올려놓는 모습이 비스듬히 보였다. 간헐적으로 부스럭대는 소리가 들렸는데, 내가 브루터스에 처음 왔을 때 본 사람이 틀림없는 것 같았다. 체구는 작지만 원기 왕성해 보이는 예순다섯살가량의 남자로, 낭만적인 영화에 빠진 여학생처럼 영화에 취한 채 사건이 전개되는 동안 딱딱한 사탕 한봉지를 다 먹었다. 그의 연금에서 5파운드 정도를, 그리고 사탕을 위해 30페니를 이 소박한 외출을 위해 매주 따로 떼어두는지도 모를 일이었다. 이 외출을 고대하며 지내는 것이다! 그는 영화 속의 환상적인 세계에 완벽하고도 순진하게 빠져 있었다. 지금 짚더미 속에서 서로의 성기를 빨아주며 껴안고 있는 저 무심히 빛나는 청년들처럼 행동했던 때를 돌아보고 있는 것일까? 아니면 이것은 우리가 만든 새로운 사회, 모든 욕망을 충족해줄 수 있는 사회의 이미지일까?

그 노인은 기침 사탕으로 만족했지만, 내가 원한 것은 다른 종류의 입의 쾌락이었다.(나는 사탕을 가리키는 윈체스터의 속어 '빨기'가 여러가지 뜻을 담은 말이라는 사실을 깨달았다.) 하지만 그 쾌락을 지금 누구를 고를까 하며 뒤에서부터 훑고 있는 그 사람한테서 얻고 싶지는 않았다. 그는 당일 왕복표를 끊는 회사원들이나 꽤 유명한 옥스브리지 교수들과 함께 이런 장소를 찾아와 이 줄 저 줄 희망을 품고 끈질기게 기웃거려서 가끔은 기어코 성공하고야 마는 안경 낀 중국인 청년들 중의 한명이었다.

내 줄의 맨 끝에 앉은 사내가 몸을 비켜 그를 들여보내는 것이 보여서 나는 내가 그 동양인의 다음 접근 대상이 되었음을 깨달았다. 그가 내 옆에 앉았는데, 내가 계속 화면만 쳐다보며 손으로 성기를 가렸는데도 어둠 속에서 내 얼굴을 찬찬히 살펴보고 있다는 것을 알 수 있었고 그의 숨결이 내 뺨에 와닿았다. 이어서 그의 어깨가 내 어깨를 눌러왔다. 나는 단호하게 몸을 빼어 반대편 빈자리 쪽으로 기댔다. 그가 다리를 쫙 벌려 한쪽 다리를 내 쪽으로 밀어 넣으며 허벅지를 슬쩍 눌렀다.

"비키세요." 내가 낮은 소리로 말했다. 이렇게 사무적으로 말하면 그가 갈 것이라고 계산했던 것이다. 그와 동시에 내가 관심이 없다는 것을 강조하기 위해 불알이 눌려 불편한 것도 상관하지 않고 다리를 꼬았다. 비료 포대를 들어올리던 청년은 이제 상대방의 크고 뭉툭한 성기에 침을 뱉어 필연적인 삽입을 준비하며 손가락을 상대방의 항문 쪽으로 미끄러뜨리고 있었다. 야한 클로즈업으로 화면을 거의 가득 채우고 있던 상대방의 번들거리는 괄약근에 대고 그가 자신의 귀두를 누를 때 좌석 등받이를 따라 옆사람의 팔이 움직이는 것이 느껴졌고 바로 다음 순간 손 하나가 내 성기를 향해 곧장 내려왔다. 나는 움직이지는 않았지만, 이 은밀한 무리에서 말이 갖는 위력을 고려해서 크고 단호한 목소리로 "또다시 가까이 오면 모가지를 부러뜨리겠어"라고 말했다. 두어 사람이 뒤를 돌아보았고, 방의 다른 쪽에서 지루한 사람들의 분노가 담긴 동성애자 특유의 어조로 "우우" 하는 소리가 들려왔다. 촉수는 이내 거두어졌고, 그는 황당하게도 아마 그렇게 해야 위신을 지킨다고 생각했는지 조금 후에야 내 옆자리에서 물러났는데, 그 때문에 다시 한번 자리에서 일어나야 했고 그러느라 발기한 자신의 성기를 감춰야 했던 남자가 퍼붓는 저주를 받았다.

그 상황을 잘 처리해서 기분이 좋아진 나는 다시 편안하게 앉았다. 때마침 화면 속의 청년은 상대방의 얼굴 위로 사정했는데, 눈꺼

풀과 코와 반쯤 열린 두툼한 입술 위에 정액이 끈끈한 덩어리를 이루며 늘어진 것이 정말 예뻤다. 그런 다음 갑자기 다른 영화가 나왔다. 여섯명쯤 되는 청년들이 로커룸으로 들어갔고, 그와 동시에 계단 쪽 문이 열리면서 무척 어두운 가운데 아주 괜찮아 보이는 녀석이 들어섰다. 가방 같은 것을 든 운동선수처럼 보이는 젊은 애였다. 그가 어쩔 줄 모르는 것처럼 보여서 내가 그를 향해 텔레파시를 보냈다. 그 딱한 애는 잠시 저항하는 것처럼 보였지만…… 소용없는 일이었다. 그는 더듬거리며 뒤쪽으로 오더니 회사원처럼 보이는 사람을 지나("실례합니다"라고 말하는 소리가 들렸다) 내 옆자리에 가방을 내려놓고 바로 그다음 자리에 앉았다.

나는 시간이 조금 흐르게 내버려두었는데, 화면 속의 청년들이 옷을 벗는 동안 욕정과 감탄 때문인 듯 꼴깍 침을 삼키는 소리가 또렷이 들려왔다. 그런 뒤에는 어디쯤인지 감을 잡기도 전에 젊은이들 중 하나가 샤워를 하며 사정했다. 이유는 모르겠지만 옆자리 애가 이런 장소에 처음 온 것이라는 확신이 들었는데, 내가 포르노 영화를 처음 보았을 때 그게 얼마나 매혹적이었던가가 기억났다. "맙소사! 진짜로 하네." 나는 혼잣말을 했는데, 배우들이 순전히 재미를 위해 진짜로 섹스를 하는 것처럼 보였고, 그 모든 행위가 너무나 노골적으로 순진해 보여서 깊은 인상을 받았던 것이다.

그런 다음 나는 그의 가방을 들어 내 자리 앞의 바닥으로 밀면서 우리 사이의 자리로 옮겨앉았고 잇달아 분명하고 거침없는 몸짓을 했다. 좀 불안하기도 했지만 그는 줄곧 화면을 쳐다보고 있었다. 그래서 나는 그의 좌석 등받이 쪽으로 팔을 밀어넣고, 가만히 있는 그를 향해 내가 그동안 성기를 꺼내 주무르고 있었다는 것을 어둠이 허락하는 한에서 분명히 알렸다. 이어 나는 그에게 더욱 깊숙이 몸을 기울여 손을 그의 가슴으로 가져갔다. 그의 심장이 빠르게 고동치고 있는 것이 느껴졌고, 그의 굳은 자세가 흥분과 두려움 사이의 긴장을 전해주었기 때문에 그에게 내가 원하는 대로 해도 좋다는 확신이 들었다. 그는 항공재킷 비슷한 것을 걸치고 안에는 셔츠를 입고 있었다. 나는 그의 허리 부근을 어루만졌고, 손가락을 셔츠 단추 사이로 밀어넣어 단단하고 굴곡진 그의 배를 감탄하듯 쓰다듬고 매끄러운 피부를 따라 내 손을 쓸어올렸다. 젖꼭지는 작고 차가웠고 아름다운 근육질의 가슴은 털이 별로 없었다. 왼손으로 그의 굵은 목 아래쪽을 부드럽게 문질렀다. 그는 크루커트에 가까운 머리를 해서 뒷부분이 살짝 까칠했다. 나는 그에게 고개를 가져가 혀로 턱을 핥은 다음 귓속으로 밀어넣었다.

이제 그는 더이상 무감각하게 있지 않았다. 침을 꼴깍 삼키며 나를 향해 돌아앉았는데, 그의 손가락 끝이 내 무릎을 향해 수줍게 미끄러지더니 곧바로 내 성기에 닿는 것이 느껴졌다. "아아." 그가 내 성기를 감싸면서 숨죽여 말하는 소리가 들린 것 같았고, 이어서 조심스럽게 몇번 당기는 것이 느껴졌다. 긴장을 풀어줄까 해서 내가 계속 그의 목 뒤를 어루만져줬지만 그는 내 성기를 내내 아주 정중한 태도로 만졌다. 그래서 나는 손에 힘을 주어 그의 머리를 내 무릎 쪽으로 단호하게 내리눌렀다. 좌석의 팔걸이 때문에 그의 다부진 몸을 이 새로운 자세로 바꾸기가 쉽지 않았다. 그러나 일단 자세가 안정되자 그는 내 성기의 귀두 부분을 입속에 넣고 내가 그의 머리를 꼭두각시를 다루듯 위아래로 올렸다 내렸다 하는 동안 좀 빨아주었다.

여기까지는 모두 너무 좋았고, 숙취로 몽롱한 상태라 그런지 나는 감전이라도 된 것처럼 강렬한 느낌이었다. 하지만 그가 좀 꺼림

칙해하는 것이 느껴져서 중단했다. 그는 무경험자라서 흥분 상태이기는 해도 도움이 필요해 보였다. 한동안 그의 어깨에 내 팔을 두른 채 그냥 편히 앉아 있었다. 나는 스스로 이 모든 행위를 그렇게 자신 있게 했다는 사실이 기분 좋았고, 대부분의 무작위 섹스처럼 이 경우도 내가 단호하게만 하면 원하는 것은 무엇이든 이룰 수 있다는 자신감을 주었다. 이제 화면에서는 여섯명의 청년이 모두 흥미로운 짓을 하면서 상당히 복잡한 장면이 벌어지고 있었다. 그리고 나는 그중 한명이 헝클어진 금발의 유명한 십대 스타 킵 파커라는 사실을 깨달았다. 나는 옆자리 친구의 다리 사이로 손을 넣어 약간 끼는 면바지를 마구 밀어대고 있는 성기를 만졌다. 내가 그것을 꺼내려 하자 그가 도왔는데, 그의 성기는 짧고 아주 효과적인 작은 물건으로 내가 부드럽게 만져내려가자 거의 곧바로 절정에 이르렀다. 맙소사, 정말 급했나보다. 잠깐의 충격에서 회복된 뒤 그는 가방을 더듬어 들고 말없이 극장 밖으로 나갔다.

지저분하지만 매력적인 이 작은 에피소드 내내 나는 점점 더 그가 코리의 필이 아닌가 하는 의심이 들기 시작했는데, 그가 문을 열고 나갈 때 조금 더 밝은 빛 속에 드러난 모습을 보니 확실한 것 같았다. 제습 파우더 냄새보다는 땀 냄새가 났고 턱에서 수염이 약간 느껴졌던 것으로 봐서 만일 필이었다면 클럽에서 오는 길이기보다 가는 길인 것 같았다. 내가 아는 한 그는 지나칠 정도로 깔끔한 편이었고 저녁때 샤워하기 전이면 항상 면도를 했기 때문이다. 즉시 그를 뒤따라가 확인하고 싶은 유혹을 느꼈지만, 이내 나중에 만나더라도 쉽게 알아볼 수 있을 것이라는 확신이 들었다. 게다가 아까부터 우리를 유심히 지켜보던 아주 큰 성기를 가진 녀석이 다가와 그가 떠난 자리를 차지하고 다음 영화, 모든 것이 부엌에서 벌어지는 상상을 초월할 정도로 추잡한 영화가 나오는 동안 나를 절정에 이르게 하면서 굉장한 만족감을 주었으니까.

집으로 가는 지하철 안에서는 내내 『밸머스』를 읽었다. 그 책은 제임스가 내게 빌려준 것으로 회색과 흰색 펭귄이 그려진 고전 시리즈 작품 중의 하나였다. 뻣뻣해진 속장은 변색되었고, 잃어버린 시간의 냄새도 살짝 났다. 오거스터스 존이 스케치한 작가의 초상화와 표지의 빨간색 정사각형 가격표에 적힌 3/6이라는 숫자 위에는 젖은 포도주잔 바닥이 남긴 동그란 담자색 자국이 여럿 나 있었다. 그럼에도 불구하고 나는 「껑충거리는 깜둥이」와 「피렐리 추기경의 기벽에 대하여」라는 두 작품도 담겨 있는 그 책을 특별히 잘 간수하라는 엄명을 받았다. 제임스는 퍼뱅크[5]의 마니아였으니, 겉보기에는 하나도 특별할 것이 없지만 속지에 "O. de V. 그린"이라는 황당한 서명이 적힌 그 책을 내게 빌려준 것은 오로지 나와 무척 친한 사이이기 때문이었다. 그는 퍼뱅크의 작품을 좋아하는 평범한 사람들을 경멸했고, 자신이 가장 좋아하는 이 작가에 대해 대단히 진지한 태도를 고수했다. 남들이 진지하게 권하면 권할수록 저항하는 어린애처럼 나는 고집스럽게 그의 작품 읽기를 미뤄왔는데, 그동안 실은 그가 엄청나게 실없고 경망한 작가일 것이라고 상상해왔다. 실제로 읽어보니 상당히 난해하고 기지 넘치며 가차없는 작가라서 깜짝 놀랐다. 등장인물들은 지극히 경박한 망나니였지만 소설 자체가 손톱만큼이나 단단한 것은 부인할 수 없었다.

5 Ronald Firbank(1886~1926). 영국의 혁신적 소설가. 1890년대 런던의 미학주의자들, 특히 오스카 와일드의 영향을 많이 받은 8편의 짧은 소설을 남겼는데, 대개 대화로 이루어져 있고 종교와 출세, 성의 문제를 주로 다루었다.

지금 읽는 작품도 두세번 읽을 때까지는 제대로 이해하지 못하리라는 것을 알았는데, 내가 읽은 데까지에서 분명한 것은 밸머스라는 아늑한 휴양지의 주민들은 워낙 좋은 날씨 덕분에 어마어마하게 오래 산다는 것이었다. 혈기 왕성한 청년 농부 데이비드 톡과 관계를 맺기 원하는 파뷸라 드 판조우스트 부인(제임스가 코리의 회원 중 한 사람에게 그 별명을 붙여줘서 이미 내가 아는 이름이다)은 흑인 마사지사 야즈나발키야 부인의 도움을 구하고 있었다. "엄청 까다롭거든요." 야즈 부인이 백살도 넘은 그 귀부인(grande dame)에게 말했다. 대화의 많은 부분은 과도하게 어미변화를 시킨 헛소리로 보였지만 꼼꼼히 읽어보면 모두 숨은 의미로 가득 차 있을 것 같아서 읽으면서도 불안했다. 야즈 부인은 흑인들이 많이 쓰는 근사한 피진잉글리시[6]로 이색적인 표현으로 더 맵시를 내어 말했다. "오 알라 라 일라하!" 그녀가 불안해하는 파뷸라 부인을 안심시켰다. "야즈나발키야의 방책이 뭔지 말씀드릴까요? 지난 수천년 동안 어떤 거였는지? 그건 비욥티(bjopti)예요. 비욥티! 오, 비욥티가 무슨 뜻이냐고요? 그건 신중함이라는 뜻이죠. 쉬이이이이이잇!" 그 "쉿!"이 어찌나 긴지 나는 그렇게 말하는 것의 효과가 궁금해서 직접 나지막이 소리를 내보았다.

"조용히 해라, 데이미언." 맞은편 여성이 함께 있던 사내아이에게 말했다. "저분이 책을 읽으시는 중이잖니."

집에 도착하니 9시쯤 되었다. 계단이 꺾어지는 층계참의 벽 높이 커튼 없는 유리창을 통해 저물녘의 인광燐光이 들어와 아직 불을 켤 필요까지는 없었다. 나는 정적 속을 천천히 걸어올라가며 그 장

---

6 pidgin English. 다른 나라 말과 섞여 만들어진 영어. 주로 영어에 토착언어가 결합된 단순한 형태의 혼성어를 일컫는다.

소를 소유한 사람만이 느낄 수 있는 은밀한 기분과 어둠이 몰려오는 한적한 장소가 주는 적막한 전율감을 즐겼다. 그런 봄밤에는 어딘지 향수를 자극하는 면이 있었다. 어두운 저녁 꿈처럼 몽롱한 상태로 펀트[7]를 저은 뒤 밀려오는 달콤한 피로감을 느끼며 창문이 모두 열려 있고 처마 밑이 아직 따스한 방으로 돌아오는 것 같은 기분이었다.

평소와는 다르게 아파트 문이 살짝 열려 있었다. 건물 아래층에 사는 사업가가 자주 해외출장을 다녀서 내가 그 건물의 유일한 거주자일 때가 많았고, 그래서 보통 문을 닫아놓는 편이었다. 아서도 복도를 지날 때 그 문을 닫거나 혹은 닫혀 있는지 종종 확인하곤 했다. 문을 슬쩍 밀고 들어가니 내가 아닌—내가 돌아왔다는 것을 알 리는 없었으니까—다른 사람에게 가만가만 말하는 아서의 목소리가 들려와서 가슴이 덜컥 내려앉았다. 거실의 열린 문이 안에서 일어나는 일을 가리고 있었고, 거실에서 나오는 불빛은 복도의 반대편 끝까지 비스듬히 비치고 있었다.

처음에는 아서가 전화를 하고 있나보다 싶었다. 아서가 전화를 무척 싫어한다는 말만 하지 않았더라도 충분히 그럴듯한 짐작이었을 것이다. 잠깐 구토증이 일면서 뭔지는 몰라도 아서가 나를 속이고 있다는 느낌이 들었다. 내가 외출한 동안 아서가 다른 사람들과 통화를 하며 그들과의 관계를 지속해나가고 있다는 생각이 들었던 것이다. 나를 바보로 만드는 어떤 음모가 진행 중이다, 그가 누굴 죽였다는 것은 전혀 사실이 아니다…… 그때 또 하나의 목소리가 들려왔다. 음절이 좀 기묘했고, 약간 고음이라 어린 소녀의 목소리

---

7 punt, 바닥이 평평한 사각형의 작은 배. 펀팅은 옥스퍼드·케임브리지 학생들이 즐기는 놀이다.

같기도 했다. 아서가 "맞아, 곧 돌아올 거야"라고 말하는 소리도 들렸다. 나는 소음을 내며 거실로 들어갔다.

"윌, 아이고, 다행이다." 아서가 무릎에 놓인 무겁고 널따란 내 사진첩 때문에 엉거주춤 일어서며 말했다. 옆에 앉은 작은 소년과 그의 무릎 위에 사진첩이 펼쳐져 있었고 소년은 탁자라도 되는 양 사진첩 위로 몸을 수그리고 있었다. 내 조카 루퍼트였다.

루퍼트는 할 말을 생각할 시간이 나보다는 많았을 테지만 내가 뭐라고 할지 몰라 불안한 표정이 분명했다. 그는 그렇게 불쑥 찾아온 자신을 내가 반겨주기를 무엇보다 바라고 있었다. 입을 살짝 벌리고 주문에 걸린 듯 침묵을 지키며 나를 빤히 올려다보았는데, 아서의 표정도 무척 불안했다. 나는 다시 한번 뜻밖에 다른 사람을 책임져야 하는 상황에 처했다는 것을 깨달았다.

"뜻밖에 와줘서 반가워, 룹스!" 내가 말했다. "아서한테 사진을 보여주고 있었니?" 무언가 크게 잘못됐을지도 모른다는 생각이 들었다.

"네," 루퍼트가 좀 겸연쩍어하며 말했다. "나 가출하기로 했어요."

"와, 신나겠네." 내가 소파로 다가가 사진첩을 챙겨들며 말했다. "엄마한테 어디 간다고 말은 했어?" 나는 엠보싱 가죽으로 된 무거운 사진첩을 팔에 들고 루퍼트를 내려다보았다. 아서와 내 눈이 마주쳤고, 아서가 눈을 살짝 찡그리며 가벼운 한숨을 내쉬었다. "맙소사, 윌." 그가 은근하게 말했다.

루퍼트는 이제 여섯살이었다. 아버지에게서 집중력과 실제적인 사고를 물려받았고, 내 누이인 어머니에게서는 허영심과 침착함, 그리고 로널드 스테인스가 감탄하는 내 면모이기도 한 벡위스 집안 특유의 핑크빛 피부와 금발을 물려받았다. 나는 처음부터 개빈

104

이 마음에 들었다. 항상 정신이 딴 데 팔려 있는 듯했고, 저녁식사를 함께 하는 파티에서조차 그가 열렬히 좋아하는 대상이면서 직업이기도 한 로마 시대 영국 고고학의 자잘한 사항들에 몰두했다. 그리고 자기 아들이 당장이라도 켄징턴 가든스에 굴렁쇠 놀이를 하러 갈 것처럼 밀레 스타일의 보글보글한 곱슬머리를 하고 헐렁한 니커보커스에 수놓은 조끼 차림으로 우리 집에 나타난 일에 대해서도 나 몰라라 할 사람이었다. 자기 자식들(세살배기 어린 딸 폴리도 있었다)에 대한 필리파의 태도는 화려하고 낭만적이었고, 개빈은 자식 교육은 필리파 뜻대로 하라고 방치하다가 가끔씩 느닷없이 선물을 사준다든가 충동적으로 데리고 나가 래드브로크 그로브의 그림책 속에나 나올 법한 완벽한 삶의 리듬을 깨뜨림으로써 당연히 인기를 누렸다.

"쪽지를 써놨어요." 루퍼트가 일어서서 방 안을 돌아다니며 말했다. "엄마한테 걱정하지 말라고 썼어요. 모두를 위해 내가 가출하는 게 좋다는 걸 분명히 아실 거예요."

"글쎄, 애야," 내가 어물어물했다. "그러니까, 네 엄마가 아주 똑똑한 분이긴 해도 지금 꽤 늦었잖아. 엄마가 좀 걱정하신다고 해도 놀랍지 않을 것 같은데. 어디로 간다고 말했어?"

"물론 말 안 했어요. 비밀이니까. 폴리한테도 말 안 했어요. 아주 아주 조심스럽게 계획을 세워야 했거든요." 루퍼트가 해러즈 쇼핑백을 들어 보이며 말했다. "먹을 걸 좀 챙겨왔어요." 그러고는 소파 위에 사과 두알, 펭귄 비스킷 여섯개들이 한봉지, 익혀서 차갑게 식힌 돼지고기 한덩어리를 꺼내놓았다. "그리고 지도도 있어요." 그 애가 조끼 안쪽에서 『A-Z』 지도책을 꺼냈는데, 번쩍거리는 표지에 푸른색 볼펜으로 굵고 동글동글한 글씨로 "루퍼트 크로프트파커"라고 적혀 있었다.

나는 침실로 가서 필리파에게 전화했다. 말투로 보아 에스빠냐 인인 듯한 하녀가 전화를 받았다. 그들은 고용인을 자주 바꾸었는데, 내가 필리파라면 왜 그런 일이 일어나는지 이유를 한번 생각해보았을 것 같다. 하녀가 전화를 받은 것과 거의 동시에 다른 수화기에서 필리파의 목소리가 들렸다.

"여보세요, 누구세요?"

"필리파, 나야. 룹스가 여기 있어."

"월, 도대체 무슨 짓을 하고 있는 거야? 내가 얼마나 걱정할지 생각 못 했어?"

"그럴 거라고 생각했지…… 그래서 지금 전화하는 거고……"

"걔는 괜찮아? 대체 무슨 일이래?"

"가출했다나봐. 쪽지를 남겼다던데?"

"물론 아니지, 월, 무슨 바보 같은 소리야. 쪽지를 남기다니. 여섯 살밖에 안 됐다고."

"나도 여섯살 때 쪽지 정도는 남긴 게 확실한데. 난 루퍼트만큼 똑똑하지도 않았다고."

"월, 지금 내 아이 얘기를 하고 있는 거야We're talking about my baby."(나는 그룹 포 톱스가 그런 노래를 부른 것이 기억났지만 꾹 참았다.) "지금 당장 갈게."

"그래. 아님 일이분 있다 오든지. 난 아직 개랑 얘기도 못 해봤어." 나는 루퍼트가 방에 들어온 것을 알아차렸다.

"엄마랑 얘기하는 거예요?" 루퍼트가 엄숙한 표정으로 물었다. 나는 필리파의 말에 계속 귀를 기울이며 루퍼트를 향해 고개를 끄떡이고 눈을 찡긋해주었다. 내가 침대 가장자리에 앉아 있으려니 루퍼트가 옆으로 와서 기대며 팔을 내 등 뒤에 둘렀다.

"걔하고 얘기하는 거야 아무 때나 할 수 있잖아." 필리파가 말했다. "9시가 넘었네. 잘 시간이 지나도 한참 지났어. 새먼 씨 댁에서 저녁을 먹을 예정이었는데, 이런 일이 생겨서 못 간다고 전화해야 했다고. 죄다 망쳤단 말이야."

"괜찮으면 내가 데리고 갈게." 문득 아서가 있는데 다른 사람이 오는 것은 곤란하다는 사실을 깨닫고 내가 말했다.

"아니야, 그럼 시간이 너무 걸리지. 내가 차로 갈게." 내가 뭐라고 더 말하려는데 누나가 전화를 탁 끊어버렸다.

"엄마가 여기로 온대요?" 그렇게 묻는 루퍼트는 흥미롭게도 시건방지던 표정이 안도감으로 바뀌었다.

"곧 올 거야." 내가 말했다. 실제로 시간이 별로 안 걸릴 터였다. 나는 멍하니 문으로 걸어갔다. 루퍼트는 나를 올려다보며 종종걸음으로 따라왔다.

"엄마 화 많이 났어요?" 루퍼트가 물었다.

"좀 화나신 것 같더라." 내게 아이디어가 하나 떠올랐다. "근데 너 비밀 지킬 수 있지?"

"물론이죠." 루퍼트가 무척 책임감 넘치는 태도로 말했다.

"그래, 그럼. 집을 나선 게 몇시였어?"

"6시쯤."

"그다음엔 뭘 했는데?"

"처음엔 산책을 했어요. 사실 꽤 오래 걸었어요. 아주 가파른 길로 올라갔죠. 알잖아요, 동성애자들이 가는 곳."

"그래, 알지." 내가 나지막이 말했다.

"그런 다음엔 지난번에 롤러스케이트 타러 갔던 곳으로 내려갔어요. 그런 다음 다시 언덕 꼭대기까지 한참 올라갔죠. 그다음에,"(여기야말로 작전의 주요 부분이라는 듯 팔을 들더니) "한참 내려오니까 여기였어요. 초인종을 한참 동안 눌렀어요. 하지만 불빛이 보이더라고요. 그러다가 드디어 저 아프리카 형이 내려왔어요."

"그애한테 네가 누군지 얘기한 거야?"

"물론이죠. 내가 들어가서 외삼촌을 기다려야 한다고 말했어요."

"그런데 말이야, 저 아프리카 애가 자기가 여기 있는 걸 비밀로 하고 싶어하거든. 그러니까 우린 저애를 숨겨놓고 네 엄마가 오면 그런 애는 본 적도 없는 것처럼 할 거야. 너, 할 수 있겠어?"

"물론이죠." 루퍼트가 말했다. "그럼 저 형이 뭐 잘못한 거예요?"

"아니, 아니." 나는 천연덕스럽게 웃었다. "하지만 자기가 여기 있는 걸 자기 어머니한테 비밀로 하고 싶어하거든. 꼭 너처럼 말이야. 그러니까 우리가 아무한테도 말 안 하면 그애 어머니도 절대 모르실 거야."

"좋아요." 루퍼트가 말했다. 불만스러운 게 틀림없었지만.

우리는 거실로 갔다. "침실에 가 있는 게 나을 것 같아." 내가 아서에게 말했다. "애 엄마가 오는 중이거든. 애하고는 다 비밀로 하기로 했어." 아서는 곧장 거실을 나갔고 곧이어 침실 문이 닫히는 소리가 들렸다. "네 엄마가 이제 곧 오실 것 같다." 내가 말했다.

조카는 마음을 굳힌 듯 아무렇지도 않았다. "사진 계속 봐도 돼요?" 그가 물었다.

"그래." 내가 동의했다. 그런 다음 다른 생각이 나서 물었다. "내가 올 때까지 여기 얼마나 있었니?"

"한 이십분쯤 있었어요—외삼촌이 올 때까지."

"그럼 엄마한테는 내가 널 문 앞에서 만났다고 말하는 게 좋겠다. 안 그러면 네가 어떻게 집 안으로 들어왔는지 궁금해하실 거 아냐. 아니면 내가 왜 진작 전화를 안 했나 궁금해하시든지."

루퍼트는 자신이 차고 있던 커다랗고 다소 어른스러운 시계를 내려다보았다. "좋아요, 그렇게 해요." 그가 말했다. 나는 루퍼트와 나란히 앉아 사진첩을 내 무릎 위에 펼쳤다. 그것은 할아버지가 오랜 기간에 걸쳐 찍은 서로 관련 없는 다양한 스냅사진 모음집 중 하나였다. 사진첩을 필요 이상으로 만들어서 내게 한권 주었던 것이다. 에드워드 시대 사진첩답게 가로로 길쭉하고 가장자리에 비단 띠로 매듭지은 폭 넓은 짙은 회색 페이지가 아주 여러장 묶여 있는 것으로, 두꺼운 판지를 초록색 가죽으로 감싼 표지가 보호하고 있었는데, 표지 가장자리에는 꽃무늬 장식이 있고 가운데에는 작은 왕관 무늬 아래 위풍당당한 B자가 새겨져 있었다.

"어디까지 봤어?" 중간쯤을 펼치면서 내가 물었다.

"다시 시작해요." 루퍼트가 주문했다. 우리는 이 사진첩을 한시간 동안 함께 들여다본 적이 있는데, 그때 나는 루퍼트가 사진에 드러난 관계들을 모두 따지며 외우고 있다는 인상을 받았다. 그에게는 일종의 생명의 책이었고, 나는 그 텍스트를 설명할 수 있는 권위자였다.

앞부분은 꽤 무질서했다. 이 가족사진 모음은 단순한 복제품이거나 불발탄들이었기 때문이다. 이에 교정기를 끼고 모자를 쓴 내가 있고, 브르따뉴에서 수영복을 입고 있는 필리파와 나의 사진이 있다.(보아하니 바람 부는 날이었다.) 마튼의 정원에서 반바지를 입고 있는 나, 그 뒤로 접의자에 앉아 있는 좀 화가 나 보이는 할아버지와 어머니. "네 증조할아버지시네, 봐라. 기분이 그리 좋아 보이시진 않네, 그렇지?" 루퍼트가 킬킬대면서 소파 앞을 발꿈치로 탁탁 쳤다. "그리고 이건 윈체스터구나."

"와!" 루퍼트는 독립심 강한 아이였지만 학교 같은 것들에 강한 애착심을 갖고 있었다, 분명 나중에는 도망치려 하겠지만.

"자, 여기서 날 찾을 수 있겠니?" 내가 물었다. 그것은 대학 시절의 내 사진이었다. 나는 루퍼트에게 힌트를 주지 않으려고 이 줄저 줄을 둘러보았다. 그러나 굳이 그럴 필요는 없었다. 그의 손가락이 뒷줄 중간에 서 있던 나를 향해 별로 망설이지 않고 곧장 내려갔던 것이다. 나는 머리가 짧고 꽤 귀여워 보였지만 뭔가 더 고상한 것에 마음에 쏠린 듯 조금 슬픈 표정이었다. 이게 사실이 아니라는 것은 다음에 있는 수영팀 사진에서 분명해졌다. 스프링보드가 콘크리트 바닥에 고정된 수영장 옆에서 찍은 사진인데 세명의 소년이 두줄을 이루어 땅쪽 끄트머리에 서 있었다. 매서슨컵, 그해에 우리 학교가 차지한 무척이나 못생긴 그 트로피를 뒷줄 중앙의 토리아노가 들어올리고 있는 사진이다. 그러나 그 사진에서 가장 눈에 띄는 것은 그때쯤에는 아마 남근이라고 불렸을 내 그것이었다. 나는 옆에 빨간 줄이 간 무척 섹시한 흰색 수영복을 입고 있었는데, 학교 게시판에 주문하고 싶은 사람의 이름을 쓰라고(보통은 팀 구성원도 모두 사진을 주문하지는 않았다) 사진을 게시했을 때 유례 없이 수요가 많았고, 내가 정말 좋아하던 그 수영복은 밤새 건조실에서 사라져 다시는 구경도 하지 못했다. 그때는 지금보다 더 동그랗고 더 섹시했던 내 얼굴에는 충격적일 정도로 공모자 같은 표정이 보였다.

이 사진의 경우에는 루퍼트의 손가락이 조금 망설이며 내 위로 떨어졌다. "여기 있네요." 그가 말했다. "이건 누구예요?"

"그건 에클스야." 나는 벌써 오래된 것처럼 보이는 그 사진을 보며 잠깐 생각에 잠겼다가 말했다. 그 사진은 오래될수록 얼굴이 더 또렷해지는 것처럼 보였다. 다부진 체격과 튀어나온 허벅지는 수영선수한테서는 보기 드문 것이었지만 에클스는 수사슴처럼 집중력 있고 활기차게 움직이곤 했다. 그는 매끄러운 까만 머리와 길고 뾰족한 코, 작고 네모난 이를 보이며 지은 미소로 인해 깜찍한 어린애처럼 보였고, 머리를 한쪽으로 기울인 모습은 그 사진이 존재하는 한 무한히 매력을 풍길 듯했다.

"이름을 바꿨다는 그 사람이에요?"

"맞아, 그랬지."

"왜 그랬어요?"

"아, 본인보다도 아버지, 아니면 할아버지가 원하셔서 그랬다던데. 유대인이었고, 전쟁 전에는 유대인들이 정체를 감추기 위해서 이름을 바꾸곤 했어. 원래는 에클렌도르프였지."

"왜 다른 사람들이 원래 이름을 몰랐으면 한 건데요?"

"설명하자면 길어, 얘야. 다음에 얘기해줄게."

"그래요." 그가 찌푸린 얼굴로 페이지를 넘겼다. 이제 옥스퍼드 사진이었다. 코퍼스 칼리지 앞쪽의 석조 장식이 있는 사각형 안뜰에서 찍은 졸업식 사진. 해시계 꼭대기에 있던 펠리컨이 뒷줄 가운데 가운을 입고 흐느적거리는 포즈를 취한 화학자의 머리 위에 앉아 있는 것처럼 보였다. 그 사진 속의 나는 평범해 보였고, 루퍼트는 일단 나를 찾아내자 와이섬에서의 여름 피크닉 장면을 찍은 컬러 스냅사진 몇장으로 시선을 옮겼다. 나는 푸른색 눈에 갈색으로 그을린 상체를 드러내고 다리를 꼰 채 카펫 위에 앉아 있었는데, 아마 그보다 더 아름다워 보인 때는 없었던 것 같고 앞으로도 없을 듯싶다. "여기 있다." 루퍼트가 경찰서에서 지문을 찍듯 검지로 내 얼굴을 내려찍으며 외쳤다. "그리고 저건 제임스 아저씨! 정말 우습다, 그렇죠?"

"맞아, 엄청 우습네." 제임스는 파나마모자를 쓰고 있었는데 술에 취해서 (실제 생활에서는 전혀 본 적도 없는) 우스운 꼴로 찍혔고, 그래서 호색적으로 보였다.

"그리고 저건 로버트 카슨, 음, 스미스?"

"사실은 스미스카슨이야. 어쨌든 기억력 참 좋구나."

"그 사람 동성애자였어요?"

"물론이지."

"난 그 사람 싫어요."

"그래, 별로 착한 사람은 아니야. 하지만 그를 무척 좋아하는 사람들도 있었어. 제임스랑 아주 친했지."

"제임스도 동성애자예요?"

"너도 잘 알잖아."

"맞아요, 나도 그럴 거라고 생각했어요. 하지만 엄마가 그런 말은 하면 안 된다고 그랬어요."

"하고 싶은 말은 다 해도 돼, 애야, 물론 사실일 경우에만."

"물론이죠. 이 사람도 동성애자예요?" 루퍼트가 사진 속의 다른 사람을 가리키며 동의를 구했다. 콤비 상의를 입고 밀짚모자를 쓴, 산더미만 한 인간. 애슐리 차일드라고 로즈 장학생으로 온 미국인이었는데, 내 기억에 아마 그의 생일잔치였던 것 같다.

"잘 모르겠는데, 아마 그런 것도 같다."

"그러니까," 루퍼트가 생각에 잠긴 표정으로 나를 올려다보며 말했다. "거의 다 동성애자네, 그렇죠? 그러니까 남자들 말예요."

"나도 그렇다는 생각이 들 때가 있긴 해." 내가 얼버무렸다.

"할아버지도 그래요?"

"맙소사, 아니지." 내가 항의조로 말했다.

"나도 그럴까요?" 루퍼트가 골똘히 물었다.

"아직은 그런 말을 할 나이가 아니지, 얘야. 하지만 그럴 수도 있긴 해."

"야호!" 그애가 다시 소파 앞쪽을 발꿈치로 탁탁 치며 신이 나서 외쳤다. "그럼 외삼촌이랑 같이 살 수 있겠다."

"그러고 싶어?" 동성애자여서이기보다 외삼촌으로서 무척 만족감을 느끼며 내가 물었다. 어디서 비롯했는지, 어떤 뜻에서인지는 몰라도 루퍼트가 동성애를 숭배하며 순진하고 긍정적으로 관심을 갖는 모습을 보니 기분이 좋았다.

마침 초인종이 울려서 오스카 와일드 협회 무도회에서 찍은 다음 사진들의 성적 분석을 하지 않아도 되게 되었다.(그해의 복장 규정은 '노예 매매'였는데, 대부분 이성애자인 사내들이 요란하게 분장한 모습을 보면 막 싹트기 시작한 그 아이의 역할극 개념에 큰 혼란을 불러일으킬 수도 있었으니 말이다.)

들어온 것은 필리파가 아니라 개빈이었다. "미안해, 윌." 그가 말했다. "저 녀석이 엄청나게 귀찮게 했지?"

"전혀 아니에요, 개빈. 어서 오세요. 그냥 동성애에 대해 얘기하고 있었어요."

"요새 엄청난 관심을 갖고 있어, 뭔지도 모를 텐데──알 수 있으려나? 제 엄마가 너무 고압적이고 애한테 집착해서 그런가봐. 어린 애들이 그런 생각을 하는 걸 보면 신기해. 난 그 나이에 여자옷을 입는다고 무척 고집을 부렸었지. 하지만 한번 그러고 나니까 시들해지더라고." 그가 얼른 덧붙였다.

"고압적인 엄마가 자형에게 재를 데려오라고 놔둔 게 신기하네요." 내가 말했다.

"좀 두통이 있어서." 개빈의 태도는 그 핑계 잘 알지 않느냐는 뜻을 담고 있었다.

그와 아들의 재결합은 그다지 요란스럽지 않았다. 둘 다 별일 아니라는 태도였고, 개빈과 나는 애를 놔두고 우리끼리 유쾌한 대화를 나눴다. "적어도 이 작은 소동 덕분에 새먼가家에서 저녁 먹는 건 면했네." 개빈이 말했다. "그 친구는 정말 참아주기 힘든 멍청이거든. 필리파한테 전화를 해주는 게 좋을 것 같긴 하네."

"물론이죠." 전화기는 침실에 있었다. "하지만 집으로 곧장 가실 거잖아요." 내가 갑작스러운 태도 전환을 감춰보려 하며 말했다. "물론 꼭 전화를 하셔야 한다면 당연히……"

"고마워. 전화기가 어디 있지?"

"아, 이쪽으로 오세요." 나는 몹시 불안해서 개빈이 나를 따라 복도를 가로지를 때 침실 문 앞에서 돌아서며 부자연스럽게 큰 소리로 말했다. "재 엄마한테 내가 외삼촌답게 책임감 있게 굴었고 마약이나 뭐 다른 위험물의 남용을 부추기지 않았다고 알려주고 싶은 거겠죠."

개빈은 내가 농담을 하는 모양인데 알아듣지는 못하겠다는 표정으로 예의 바른 미소를 지었다. "그런 이유도 있지만, 이 도망자가 집에 가서 산 채로 잡아먹히기 전에 얘기를 좀 해둬야겠거든."

"그러세요, 그런 사태에서 저앨 구해주세요." 내가 수다스러운 어조로 말했다. "그래서 전화로 집에 곧장 안 들어간다고 말하시려는 거군요."

"바로 그거야."

나는 그것을 막을 방법은 절대 없겠다 싶어 말을 그쳤다. "좋아요." 나는 고개를 끄덕여 긍정을 표하며 단호하게 방문을 열고 들어갔다. 그 방에 다른 사람을 들여놓는 것 자체가 마음이 불편했다. 방을 환기한 적도 없었고, 크로프트파커 집안의 티끌 하나 없는 섭정 시대 스타일 침실에서는 용납되지 않을 양말짝이나 정액 냄새 따위도 의식하지 않을 수 없었다. 의자 위와 주변 마루에는 더러운 옷가지가 널려 있었다. 옷장 문도 열려 있었다.

내 상상력으로는 옷장이야말로 아서가 숨었을 만한 유일한 장소인 것 같았기 때문에 열린 옷장 문을 보자 가슴이 철렁했다. 물론 방문을 열고 들어갈 때 아서가 앉아 있거나 서성거리는 모습을 마주칠 각오를 하긴 했다. 설사 그랬다 하더라도 좀 놀랍긴 해도 대단한 사건은 아니었을 것이다. 개빈이 자신한테 미리 말하지 않은 것을 이상하게 여겼겠지만, 미리 말하는 것은 모험이었다. 나는 개빈에게 침대 옆 탁자에 놓인 전화기를 가리켰다. 평소처럼 커튼이 쳐져 있었지만 머리맡의 전등은 내가 켜놓은 그대로였다. 이불이 침대 발치에 마구 뭉쳐져 있어서 얼룩이 지고 함부로 구겨진 초록색 시트와 베개들이 민망한 꼴을 드러내고 있었다. 개빈이 선 자리에서 전화기를 집어들었다.

천천히 다시 복도로 나가보니 루퍼트가 몹시 걱정스러운 표정으로 서 있었다. "그 사람……" 눈썹을 치킨 채 입모양만으로 말하던 루퍼트가 아랫입술을 깨물었다. 내가 그의 입술 위로 손가락을 가로저으며 아무 말 말라는 표시를 했기 때문이다. 침대와 마루 사이 간격은 1, 2인치밖에 되지 않으니 아서는 커튼 뒤에 숨어 있는 것이 틀림없었다.

"고마워, 윌." 약간 놀란 표정으로 나타난 개빈이 말했다.

"별일 없죠?" 내가 아주 자연스러운 태도를 꾸미며 물었다.

"이제 가자, 애야."

나는 아파트 문 앞까지 그들을 배웅했다. "고마워, 윌." 개빈이 다시 말했다. "곧 만나자고. 한번 들르든지……" 그가 형제처럼 내 어깨를 툭툭 쳤다.

"잘 가, 룹스." 평소처럼 루퍼트가 입맞춤할 것을 기대하며 내가 말했다. 하지만 루퍼트는 악수를 하자고 손을 내밀었는데, 그게 오히려 우리 사이가 전보다 더 가까워졌다는 뜻임을 알 수 있었다.

소극은 항상 겪는 사람보다 구경하는 사람에게 더 재미있는 법이다. 나도 아파트 문이 쾅 닫히고 차에 시동이 걸리는 소리가 들릴 때에야 마음이 놓였다. 돌아서 침실로 간 나는 "다 갔어, 이제 괜찮아"라고 말하며 방을 가로질러 창문 쪽으로 향했다. 하지만 커튼을 슬쩍 열고 보니 창문에 비친 것은 한가하게 숨바꼭질하는 사람의 짓궂은 미소를 띤 내 얼굴이었다. "뭐야." 내가 혼잣말을 하자 뒤에서 부스럭거리는 소리가 들렸고, 돌아보니 이불더미가 젖혀지면서 위로 들리더니 조금 더 꿈틀거리다가 아서가 나타났다. 그는 이불 아래 유연한 어린 몸을 말아 거의 알아볼 수 없게 웅크린 채 밀항자처럼 숨어 있었던 것이다. 아서는 당황스러운 가운데에서도 교묘하게 대처한 자신을 자랑스러워하며 허풍을 떨었다. "와, 내가 어디 있는지 진짜 몰랐지!" 그러고는 킬킬대며 뒤로 넘어가더니 아직 숙취에서 덜 깨어 무거운 자기 머리를 부여잡았다.

나는 침대 위 그의 곁에 앉아서 손가락으로 그의 배를 두들겼다. "루퍼트를 들어오게 하다니 놀랐어." 내가 말했다. "절대 밖에 안 나갈 거라고 난리를 치더니."

"계속 초인종을 눌러대더라고, 참 나. 화장실 창문으로 고개를 내밀고 보니까 꼬맹이가 있더란 말이야. 초인종을 열번, 열다섯번은 눌렀을 거야. 그래서 생각했지, 어린아이 정도에 놀랄 건 없다. 그리고 내려갔어. 걔는 아주 자신감이 넘치더라. 올라와서 나한테 누구냐 등등을 묻더라고. 친구라고 그랬지." 그는 고개를 들어 내 눈 속을 들여다보았다. "어쨌든, 자기가 곧 왔잖아."

"얼굴은 좀 어때?" 내가 물었다. "제임스가 내일 실밥을 빼주러 온다고 했어. 그냥 끝부분만 빼면 되나보더라. 나머지는 저절로 흡수된대."

"그런대로 괜찮아."

나는 반쯤 벌어진 그의 입술, 부드러운 담자색 입술을 손으로 애무했다. 아서의 혀가 미끄러져나와 내 손가락을 핥았다. 사랑이라도 이처럼 불편한 사랑에 빠져본 적은 없었다. 그리고 점점 더 이 관계를 끝내고 싶어졌다. 아서가 단순하고 상상력이 결여된 언어로 말할 때조차 그를 향한 욕망과 그에 대한 공감 때문에 거의 통증이 느껴질 정도였다. 사실 그가 언어를 장악하지 못해서 가장 단순한 것을 말할 때조차 애를 쓴다는 점, 그의 목소리가 과장되고 과시적이며 냉소적인 내 언어와 달리 자신의 감정의 힘에 의해서만 추동된다는 점 때문에 나는 더욱더 그를 원했다.

아서를 사랑한다는 것은 모두 해석의 문제였고, 그런 면에서 그 나름 창조적인 일이었다. 우리는 언어를 거의 사용하지 않고 대화했다. 내가 복잡하게 말하면 아서는 무시당한다 싶어 시무룩해졌고, 나는 타협하고 자제해야 한다는 점 때문에 때때로 멍한 느낌이 들었다. 하지만 그런 순간을 넘어가면 모두 추측의 영역에 속했다. 우리는 서로 두 사람 몫의 생각을 했다. 어두워진 아파트 안은 우리의 암시로 가득 찼다. 어리석음과 억울함은 때때로 너무 끔찍했다. 하지만 섹스를 할 때만큼은 아서에게서 어색함이 완전히 사라졌다. 내가 손가락 끝으로 그의 몸을 쓰다듬거나 욕망으로 타오르며 헐떡이는 그의 몸을 지켜볼 때면 변모의 능력을 드러냈다. 그의 옷은 몸 위에서 저절로 오그라들어 사라지는 것 같았고, 그는 누운 채 자기 삶의 유일한 확실성을 향해 노골적인 요구를 했다. 그것은 나를 만나기 전에 그를 찍어 섹스를 하고 데리고 놀던 사내들로부터 배운 것은 아닌 것 같았다. 그것은 선물을 주는 재능이었고, 내가 원하는 것은 뭐든 다 하는 동안 그에게 가장 중요한 것으로 떠오른 것이었다. 그렇기 때문에 내게 억울한 마음이 되살아나서 아서가 떠나주기만을 간절히 바라게 되면 나는 그만큼 더 힘들었다.

제임스가 아서의 실밥을 뺀 뒤에 나는 제임스와 함께 지하철을 타고 코리로 향했다. 아서는──뭘 하든지 혼자 내버려두고.

"대개는 티비를 보는 것 같아." 내가 말했다.

"책을 읽지는 않나?" 제임스가 궁금해했다.

"한번은 워픽처라이브러리 만화 시리즈를 좀 사다달라고 했는데, 우리 동네 가판대에서는 도저히 못 사겠더라."

"『아폴로』나 『태틀러』 『GQ』 같은 잡지하곤 안 어울리겠네. 하지만 동네 가판대는 취향이 묘하게 뒤섞인 사람들에 대해 익숙할 것 같기도 한데. 『멘온리』나 『펜트하우스』 같은 걸 넘겨보던 애들이 『비노』나 벅스피즈 팬 잡지 사는 걸 보잖아. 며칠 전엔 나도 『스팽킹 타임스』와 『아마추어 요트맨』을 같이 사는 사람을 봤거든, 예컨대……"

"그건 별로 이상하지 않지. 스팽커가 무슨 로프 같은 거 아니었나?"

"아마 돛일걸. '꼭대기 로프와 스팽커를 올려라'로 끝나는 오행 희시戱詩에서처럼 말이야."[8]

지하철이 퀸스웨이 역을 지나 몇미터를 가더니 갑자기 멈췄다. "하지만 진짜로 스팽킹 같은 거 할 수 있을 거 같아?" 자의식에 찬 침묵이 이어지다가 제임스가 물었다. 나는 과감하게 대답해줘야 했다.

"진짜로는 못 하지. 가끔 그 친구를 무릎에 올려놓긴 하지만……" 사실 술에 취한 어느날 밤, 언젠가 저녁때 자신의 두꺼운 가죽 벨트를 주면서 엉덩이를 채찍질해달라던 폴란드 사내하고 즉흥적인 섹스를 했던 것이 떠올라 아서를 침대 구석에 반은 무릎 꿇리고 반은 엎드리게 한 다음 내가 학생 때 쓰던 실로 짠 벨트로 엉덩이를 몇번 내려친 적은 있었다. 계속 쳐도 아서가 뭐라고 하지 않을 것은 알고 있었지만 아무리 흥분 상태였다 해도 계속 칠 수는 없었다.

"도대체 이유를 모르겠어." 제임스가 말했다. "진짜로 아서가 그런 걸 좋아해?"

"좀 좋아하는 것 같더라고. 그렇게 하면 발기가 되고 그러는 건 사실이야." 지하철이 다시 출발할 때 제임스 옆에 앉아 있던 남자가 신경이 쓰인다는 표정으로 고개를 들어 우리 쪽을 바라보았다. 제임스와 함께 있을 때면 나는 가끔 옥스퍼드 시절에 하던 장난, 일부러 일탈 행동을 해서 사람들을 놀리는 짓을 하게 되었다. 옥스퍼드 시절에는 콘마켓 쪽으로 가서 보통 사람들(우리는 약간의 냉소를 섞어 그렇게 불렀다) 사이를 누비며 마음에 드는 동네 청년들

---

8 성행위의 엉덩이 때리기(spanking)와 연결해 스팽커(spanker)의 두가지 의미, 엉덩이 때리는 사람과 배의 앞뒤 돛을 이용한 농담을 하고 있다.

을 두고 남들 다 들리는 큰 소리로 장난스럽게 "당장 쫓아가" "네 건 별거 아니다" "그거 괜찮네" 하면서 동성애적인 농담을 하곤 했다. 제임스는 앞니 중에 금니가 있고 기괴할 만큼 커다랗고 축 늘어진 성기를 가진 뚱뚱한 흑인 애에게 완전히 광적으로 몰두한 시늉을 하기도 했다.

"그런데 그 아이, 진짜로 어떤 애야?" 지하철이 요란한 소음과 함께 랭커스터 게이트로 들어서면서 소음이 띄엄띄엄 잦아들 때쯤 그가 물었다. "그러니까, 괜찮은 애야?"

"사실 아주 괜찮아, 내 보기엔." 나는 우리를 이상한 상황으로 몰아넣은 정황을 모두 얘기할 수 없었고, 그래서 아서가 수동적인 존재, 남들에게 소개할 수 없는 존재가 되는 것이 아주 답답했다. "침대에서도 물론 아주 괜찮고."

제임스와 나는 둘 다 그 말이 얼마나 저속한 것인지 알고 있었다. "하지만 네가 외출하면 뭐 해? 둘만 있으면 질려서 술집이나 영화관이나 뭐 그런 데 가긴 할 거 아냐."

나는 제임스를 전적으로 믿기 때문에 자초지종을 다 얘기해주고 싶었지만, 내가 사는 방식이 강요하는 아서에 대한 신의는 절대 저버릴 수 없는 것이었다. 그것은 단순한 수수께끼가 아닌 명예의 문제였다. 나는 그냥 어깨를 으쓱하고 말았다.

"그리고 그 싸움을 좀 생각해봐, 세상에."

나는 다시 어깨를 으쓱했다. 제임스는 진짜로 그 말을 믿을 수 있었을까? "꽤 신기하지?" 내가 말했다. 예측하지 못했고 설명하기도 불가능한 그 상황에 대해 과시하는 기분이 들었고, 고통스럽기도 했다. 내가 아서의 매력의 증거로 제시할 수 있는 것은 아무것도 없었다. "그냥 그 녀석의 어깨에 팔을 두르는데 눈물이 왈칵 쏟아질 때도 더러 있어."

"놀랍지도 않다." 제임스가 한마디 했다.

코리에 가보니 분위기가 묘했다. 황소 목을 한 돌연변이 몇명이 역기를 독차지하고 있었고, 사람들이 우글거렸고, 화난 목소리도 들려왔다. 브래들리가 다음주 시합을 앞두고 훈련을 하고 있었는데, 프레스 운동을 너무 많이 해서 수를 세다 잊을 정도였음에도 얼굴이 시뻘게진 채 몸서리를 치며 계속하겠다고 고집을 부렸다. 그와 달리 평범한 이유로 운동하던 사람들은 우두커니 서서 평소의 형식적인 대화가 아닌 더 긴 대화를 나눠야만 했다. 쇼핑한 물건을 들고 버스를 기다리는 주부들 같았다.

"맞아——그 여자가 그렇게 말했지."

"하지만 그뒤로 또 만났어?"

"그냥 잠깐만. 그리고 그때는 알다시피 아무개가 기다리고 있어서 아무 말도 못 했지."

"사실 그 여자 진짜로 마음에 들던데. 그러니까, 내가 본 걸로만 말하자면."

그것은 그곳에서 전형적인 성전환식 대화였다. 처음에는 나도 헷갈렸고, 불쌍한 제임스는 혼자 좋아하던 남자가 여자친구에 대해 이야기하는 것을 우연히 엿듣고 꽤 실망한 적도 있었다. 하지만 다 장난이었다. 가장 매력 없는 남자를 '그 여자'라고 부르고 그런 비유를 하기에 너무 끔찍한 남자들만 수식어 없이 '그 남자', 혹은 더러는 험악하게 '미스터'라고 불렀다. 가령 "자네, 미스터 엘리자베스 아든을 다시 보진 않겠지"라고 몹시 불쾌한 듯 선언하는 것이다.

"저기 저 바 뒤에 새로 온 여자 알아?" 각진 턱을 한 운동선수 타입이 옆에 있던 수염 기른 사내에게 물었다.

"누구, 아, 저 금발—아니, 그 여자 여기서 일한 지 꽤 됐을걸."

"아니, 그 여자 말고. 검은 머리에 가슴이 큰 저 여자 말이야."

"저 여잔 못 본 것 같군. 괜찮네, 안 그래?"

그것은 복잡한 허세가 뒤섞인 대화였다. 투명한 만큼이나 도전적인 가식성이 담겨 있었다. 나는 내 차례를 기다리며 그런 대화에 반쯤 귀를 기울이는 동시에 반다스 정도 되는 육체도 살펴보았다. 웅크리고, 눕고, 힘을 쓰는 육체들. 정맥이 툭 불거져나온 위팔의 피부를 따라가는 근육, 굽혔다 폈다 하는 어깨, 엄청난 무게를 지탱하는 강건한 다리, 등에서 흐르는 땀을 따라 번지는 러닝셔츠의 짙은 얼룩, 반바지나 운동복 바지 속에서 보일 듯 말 듯 성기와 불알이 흔들리는 모습, 그리고 그것들 모두에 스며 있는 역기 따위가 쿵쿵 부딪는 소리와 운동하는 사람의 겨드랑이에서 나는 쉰 냄새를.

벤치 프레스가 마침내 내 차지가 되었는데 이상하게 기분이 처졌다. 잘 모르는 다른 사내들 세명과 교대로 쓰면서 평소에 열번씩 하던 것을 여덟번으로 줄였다. 두어번 하고 나서 빌이 나를 보고 있는 것을 알았다. "내가 세어보니 겨우 여덟번씩 하던데, 윌." 그가 걱정스러운 표정으로 말했다.

"안녕하세요, 빌. 맞아요, 이제 한번에 여덟번씩 하고 있어요."

그는 잠시 생각하더니 그것이 자기 눈에는 명백하게 터무니없는 전통 위반이다 싶지만 암말 않기로 작정한 듯했다. "그래, 별일 없지, 윌? 여기 사람이 너무 많은 것 같아. 너무 심해. 말도 안 되는 상황이야. 전에는 이런 적이 없었는데." 나도 불편하다고 맞장구를 쳤고, 클럽에서 회원을 끌어모아 돈을 더 벌어보려고 야단이라고 말했다. "딱 맞는 말일세, 윌. 하지만 기존 회원들의 이익도 고려해야 할 거 아냐. 알다시피 이 장소는 민주적으로 운영하게 되어 있잖아." 그가 서글픈 얼굴로 주위를 둘러보았다. "최근에 그 녀석, 필 봤나?" 그가 약간 수줍게 물었다.

나는 전날 저녁에 코리에서 필을 보지 못했고, 영화관에서 본 게 필인지 아닌지는 불확실했다. "실은 저도 못 봤네요. 훈련을 게을리하나?"

"더 일찍 오는지도 모르지." 빌이 스스로를 달래듯 말했다. "딴 체육관에 가는 걸 수도 있고. 모르는 일이지. 하지만 그 체격은 잘 가꿔야 하는데. 꽤 괜찮은 작은 체군데 말이야."

"그렇게 작은 것도 아니죠." 어둠 속에서 본 아름답고 단단하고 중량감 있던 몸매를 떠올리며 내가 말했다. "그런데 그애는 무슨 일을 하나요?"

"실은 호텔에서 일하고 있지." 빌이 그 사실을 안다는 데 우쭐해서 말했다. 실제보다 더 가까운 사이로 받아들여질 수도 있는 게 분명했으니까.

"특이하군요." 그 말 때문에 내가 상상했던 군인 같은 이미지는 일그러졌지만, 역시 제복을 입고 어깨 높이로 커피와 샌드위치를 들고 위층 복도를 당당히 오가는 모습도 괜찮겠다 싶었다. "어느 호텔인지 아세요?"

"그건 잘 몰라, 윌." 빌이 인정했다. "크고 유명한 호텔인 것 같던데."

내가 체력단련실에 있는 동안 제임스는 부지런히 수영을 했다. 수영장으로 가보니 나는 처음 보는 사람과 간간이 대화를 하며 풀의 끝쪽 깊은 데에서 팔을 휘젓고 있었다. 나는 실없이 습관적으로 제임스가 실제로 관계를 맺을 가능성이 있는 사내들에 대해 비판적인 태도를 취하곤 했다. 첫 바퀴를 돈 다음 제임스 옆에 멈춰

물안경의 끈을 고정하는 척하며 눈썹을 치켜올리고는(물안경 때문에 효과는 분명 줄었겠지만) 물속에 뛰어들기 직전에 선언했다. "그 사람 그저 그런데."

나중에 샤워하러 가서 보니 제임스는 아까 본 그 사람 옆에 서 있었고, 그 이유도 분명해 보였다. 엉덩이 골 위의 핑크빛 삼각형을 빼고는 전신이 갈색인 그 사내는 아주 매력이 없지는 않았지만 깡마른 체격이었고, 백인이었다면 별 볼 일 없었을 체격이 (별 특징 없는 이딸리아 사람이나 아랍 사람이 그렇듯) 피부색 덕분에 매력적으로 보였다. 그는 어딘지 긴장한 것 같은 느낌이었다. 특히 핼쑥하고 좁은 두상과 볼이 꺼진 얼굴, 검고 짧은 머리에서 그런 느낌을 주었다. 퀭한 눈은 차디찬 푸른색이었는데 갈색 피부 때문에 더욱 돋보였다. 그가 돌아서자 음모를 다 밀어버린 것이 눈에 띄었고, 그 때문에 귀두가 핑크빛이고 살짝 휜데다 매우 크고 도드라진 성기가 더 변태적이고 강렬하게 나신의 느낌을 주었다.

대화는 그다지 매끄럽지 않았다. 그애는 별 뜻 없는 말을 몇마디 했고 제임스는 적절한 수준의 열의 내지 무관심을 보이며 대답하려고 애썼다. "또 봐요." 그애가 갑자기 샤워기를 잠그고 몸을 말리러 나가면서 말했다. "그래, 그러자." 제임스가 무심한 척 대답했다. 하지만 미소가 사라진 것을 보니 진짜로 무심한 것은 아니었다. 방금 자기한테 작별을 고하고 나간 사람에게 스포츠맨처럼 자연스럽게 잘 가라고 한 뒤에 그 사람을 뒤따라 나갈 수는 없으니 실질적으로 접근을 거부당한 셈이었다. 내가 그의 쪽으로 건너가 옆자리를 차지했다.

"저 친구 누구야?" 내가 물었다. 제임스는 내게 회의적인 눈길을 줄 뿐이었다. "따라가지 그래?"

"별로 마음에 드는 애는 아냐."

"에이, 무슨 소리야! 내가 보기엔 너한테 관심 있다고 말하는 것 같던데. 발기 여사가 하는 말을 믿어도 된다면 말이야."

"혹시 다음에나." 제임스가 조금씩 벗어지고 있는 머리에 힘없이 샴푸를 하며 말했다. "미스 매너스가 신이 났군." 그건 제임스가 여기 사람들한테 붙여준 별명 중의 하나였다.

"저 끝에 있네, 저기." 내가 문제의 남성을 흘긋 보며 동의했다. 그 사람은 중년의 동성애자 중 하나로, 매력을 잃어가는 것이 분명해지자 자신의 권리를 침범당했다고 생각해서 타인에게 예민하게 반응하고 남을 개의치 않고 함부로 무뚝뚝하게 구는 태도를 개발하는 전략을 취하고 있었다. 제임스가 '미스 마플'이라고 부르는 사내, 샤워실에서까지 안경을 쓰고 탈의실에서는 몸의 열기 때문에 김 서린 안경을 낀 채 속옷 바람으로 삼사십분이나 마구 부딪히며 돌아다니는 통통한 그 사내처럼, 이 사내 또한 아는 사람 하나 없는 코리에서 피해망상과 억압된 욕망 사이의 꼴사나운 중간지대에 있었다. 그 자신이 무척 환상적으로 이 클럽을 드나드는 제임스는 클럽의 많은 회원을 부르는 자기 나름의 환상적인 이름 목록이 있었다. 그중 몇몇은 내게는 헷갈렸다. 미스 드미너와 미스 앤스로피는 전혀 구별이 안 갔고, 멍청하기 짝이 없는 일란성 쌍둥이 두명은 하나같이 '비프'로 불렸다. 하지만 '미스 월드'가 누군지는 분명했다. 나한테는 프레디라는 이름으로도 알려져 있는, 황당한 허영심을 지닌 연령 미상의 동성애자였다. 그가 지금 샤워실로 들어서며 모두들 고대하던 스트립쇼의 클라이맥스라도 되는 것처럼 타월을 집어던졌다.

"어이, 윌," 그가 볕에 그을고 주름 잡힌 근육질의 육체를 발레라도 하듯 빙그르르 돌려 옆으로 다가왔다. 그리고 마치 초보적인 방송기계를 시험하듯 커다란 목소리로 암송하듯이 말했다. "어떻게 지내나? 엄청 멋있고 젊어 보이네."

"진짜로 그렇죠?"라는 것이, 프랑스 사람들의 표현을 빌리면 수고를 들이지 않고 할 수 있는 최선의 대답이었다. 그러다가 나는 어쩔 수 없이 미스 매너스에게 부딪혔다.

"막돼먹은 년 같으니라고!" 그가 어찌나 사납게 성을 내는지 웃지 않을 수 없었다.

나는 지하철로 귀가하면서 계속해서 퍼뱅크의 작품을 읽어나갔다. 「껑충거리는 깜둥이」를 읽었는데, 나도 제임스처럼 「햇빛 속의 슬픔」이라는 다른 작품이 더 좋았다. 마이애미가 얼마나 간절히 뱀부의 자줏빛 샅바를 들어올리고 싶어하는지! "그걸 잡아채고 싶은 순간이 종종 있었다." 나는 뱀부의 매력적인 대사──"너 정말 애정스러워, 미미"──를 느긋하게 곱씹었고, 집이 가까워짐에 따라 그 구절은 일종의 캐치프레이즈가 되었다. 나는 가끔씩 그런 구절들을 아무 뜻 없이 스스로에게, 남에게 한없이 되풀이하거나 헨델의 아리아나 엘비스 프레슬리 스타일로 흥얼대는 습관이 있었다. 나는 그 구절을 점점 강렬하고 무심하게 읊어대며 집으로 들어갔고, 큰 소리로 아서의 이름을 부르며 여기저기 찾아본 뒤에 그가 떠났다는 것을 깨달았다.

4

찰스 낸트위치의 집은 허긴 힐의 어느 골목에 있었는데, 워낙 좁아서 차도 들어가지 못하고 요새는 런던 『A-Z』에도 나오지 않는 길이었다. 포석이 깔린 막다른 골목으로, 입구에는 찌그러진 진입방지용 알루미늄 말뚝 두개가 자물쇠로 바닥에 고정되어 있었다. 골목의 왼쪽 중간쯤에 높이 솟은 건물은 전면에 보랏빛이 도는 런던 벽돌이 붙어 있었고, 위쪽에서는 난간이 달린 지붕창 돌출부가 반쯤 퇴락한 주변 빌딩의 지붕을 굽어보고 있었다. 대화재 이후 건축된 우아한 상가 건물로 넉넉하면서도 단순한 빌딩이었는데, 유일하게 과시적인 부분은 문틀로, 섬세한 장식 유리를 끼운 채광창과 육중하게 돌출된 덮개가 눈에 띄었다. 소용돌이무늬가 화려한 그 덮개의 버팀대에는 여러 세대에 걸쳐 덧칠한 흰색 유광 도료가 뭉쳐 있었다. 위아래로 긴 창문의 유리는 대부분 원래 끼웠던 것인 듯, 약간 휘고 번뜩거렸지만 거의 불투명하다 할 정도였다. 그 집에서 풍기는 은밀하고 배타적인 분위기, 에드워드 시대의 유령 이야기에나 나올 법한 무력한 세계, 사람들이 결코 밖에 나오지 않을 것 같은 세계의 느낌에 상당히 놀라 나는 잠시 건너편에 멈춰서 있었다.

캐넌 스트리트와 어퍼 템스 스트리트, 사우스워크 다리 진입로에서 가깝기는 했지만 이 자그마한 골목의 한 매듭은 무척 조용했다. 운전자들은 그 골목의 좁은 구간을 피했고, 그 건물의 대부분은 맞춤옷집이나 시계수리점처럼 너무 한가해 졸음에 빠질 만한 가게들 차지 같았다. 한두군데는 창고였다. 어떤 가게는 창문을 널빤지로 막아놓았고, 망한 지 오래된 가게의 퇴색하고 금이 간 상호가 남아 있기도 했다. 그 길의 건물들은 18세기나 17세기에 지어진 것들이었지만 거리의 느낌은 중세적이었다. 게다가 템스강을 향해 상당한 급경사를 이루며 내려가는 모습을 보면 그 가게들이 강물에 떠내려갈 날도 얼마 남지 않았다는 느낌이 들었다. 스키너스 레인은 밝은 노란색의 알리숨 풀숲에 반쯤 감춰진 박차 모양의 스파이크가 박힌 담장으로 끝났다. 그 모습에는 죽음을 암시하는 듯한 느낌이 있었고, 그 때문인지 찰스의 집은 끈질기게 체면을 유지하며 버티고 있는 식민주의자 같은 느낌, 그런 사람에게서 풍기는 기괴할 정도로 엄격한 느낌을 주었다.

벨을 두번이나 누르고 나서야 문이 열리고 셔츠를 입고 앞치마를 두른 사내가 나타나 나를 들여보내주었는데, 내가 들어가니 그제야 생각난 듯 미심쩍다는 목소리로 물었다. "어르신께서 오실 걸 알고 계신가요?"

"네, 윌리엄 벡위스입니다. 와서 차나 한잔하자고 하셨어요."

"그런 말씀 못 들었는데," 남자는 무뚝뚝한 얼굴로 말했다. "여기서 기다리시는 게 좋겠습니다." 그가 어정쩡한 발걸음으로 자리를 폈다. 몸가짐은 선임하사관 같았지만 걷는 태도는 산책이라도 하듯 태평스러웠다.

좁고 어두운 현관 왼쪽으로 계단을 따라 올라가면 문 뒤로 코트와 지팡이를 걸고 걸터앉을 수도 있는 구식의 스탠드가 있었고, 대리석 상판 탁자가 반대편 벽에 붙여져 있었다. 탁자 위에는 쟁반이, 쟁반 위에는 부치려고 우표를 붙인 편지—은행으로 보내는 편지 하나와 E7이라는 이국풍 주소의 실리비어라는 사람에게 보내는 편지 하나—가 놓여 있었다. 그 위로는 금박 테를 두른 흐릿한 거울이 걸려 있었다. 장식 판자를 붙인 벽의 나머지 부분은 그림이 뒤덮다시피 해서 천장의 돌림띠에 이르기까지 그림 위에 그림이 잇대여 걸렸고 계단 옆 벽으로도 이어졌다. 계단 벽에 걸린 그림 액자의 유리가 위층 창에서 들어오는 약간의 빛을 반사하고 있었다. 유화와 수채화, 스케치, 사진까지 아주 다양했다. 데이비드 로버츠[1]가 그린 엄청나게 큰 이집트 사원 그림이 있었는데, 모래가 처마 밑까지 질식시킬 듯했고, 푸른색 가운을 입은 인물들이 더 자랄 수도 있었는데 그러지 못한 듯 보이는 그 건물의 엄청난 크기를 알려주고 있었다. 내가 그 옆에 걸린 아름다운 소년을 그린 파스텔화를 보고 있는데 복도 뒤쪽의 문이 열리고 찰스와 예비군 같은 집사가 복도 건너편 한결 밝은 방에서 나타났다. 그 방에서 나오는 빛이 복도 바닥에 깔린 기묘한 무늬의 낡은 카펫을 새롭게 비춰주었다.

"로살바[2] 작품이지." 찰스가 발을 끌며 다가와 인사를 건넸다.

---

1 David Roberts(1796~1864). 스코틀랜드 출신 영국 화가로 중동·근동 지역과 이집트를 소재로 한 그림과 판화가 유명하다.
2 Rosalba Carriera(1673~1757). 이딸리아의 베네찌아 로꼬꼬 양식 화가. 세밀화로

"어서 오게, 윌리엄. 루이스가 무례하게 굴지 않았기를 바라네. 가끔 아주 고약하게 굴 때가 있거든. 그렇지, 루이스?"

루이스는 그런 것은 다 초월한 사람 같은 표정을 지었다. 참을성 있게 찰스 뒤를 따르는 그의 얼굴, 각진 콧수염을 기르고 희끗희끗해지는 머리를 아주 짧게 깎은 그 얼굴에서는 아무런 감정도 드러나지 않았다. "온다는 말 안 했잖아요."

"아, 무슨 소린가, 말도 안 돼. 내가 며칠 전에 흥미로운 젊은 손님이 차를 마시러 올 거라고 했잖은가. 아이고, 꽤 그을었군, 자네." 마침 거울 앞에 서 있던 참이라 나는 그의 말을 확인하려고 공연히 거울 속을 들여다보았다. 5월 초였고 날씨가 무척 좋았다. 나는 이미 코리에서 함께 샤워를 했던 혼혈 애들만큼이나 검게 그을어 있었다. 하지만 머리색은 더 옅어졌고 눈도 마찬가지였는데, 거울 속에서 내 눈을 보니 놀랍도록 옅은 색으로 보였다. 그것은 내가 수영장에서 보고 감탄했던 제임스가 좋아하는 깡마른 친구처럼 살짝 타락한 사람 같은 느낌을 주었다. 찰스가 내 어깨에 손을 걸쳤는데 묵직했다. "일종의 모랫빛 갈색이지. 아주 좋아, 아주 좋다고." 그러고서 그가 잠시 거울 속에 비친 우리의 모습을 찬찬히 살펴보았는데, 우리보다 키가 큰 루이스가 엉거주춤 뒤에 서서 노려보는 것을 의식하고는 눈을 찡그렸다. 이 모든 것의 배경에 이상한, 그리고 짐작건대 딱한 사연이 있는 게 틀림없었다.

"서재로 들어가세." 찰스가 일종의 지지대 삼아 나를 밀면서 말했다. "차는 서재에서 마시겠네, 루이스. 부탁하네."

"지금 내가 은식기를 닦는 중인 거 아시지요?" 루이스가 툴툴거

그린 초상화 작품으로 유명하다.

렸다.

"글쎄, 좀 쉬었다 하는 것도 나쁘지 않겠지. 그리고 자네도 차 한 잔 마시고 싶지 않나. 은식기는 차 마신 다음에 다시 닦아도 늦지 않아. 남은 것들은 말이야."

루이스는 뭔가 생각하는 듯한 표정으로 고개를 끄덕이고 말없이 돌아섰다. 우리는 앞문 왼쪽 방으로 들어갔다.

서재는 그 집에 있는 방들이 다 그렇듯 자그마한 크기인 그 방의 명칭으로는 과한 것 같았다. 하지만 책이 가득하기는 했다. 일부는 고딕식 창이 있는, 가운데 부분이 돌출한 멋진 책장에 꽂혀 있었고 나머지는 선반과 책상 위에 꽂혀 있거나 방 여기저기에 하이포코스트[3] 기둥처럼 쌓여 있었다. 한때 그 방 벽에 붙어 있었을 장식 판자는 이제 사라지고 없었다. 벽은 흰색이었고 문 위에는 핑크색과 회색으로 칠한 박공벽이 있었는데, 아마도 입체화법으로 그린 것 같았다. 거기에는 고전 속의 인물들이 포즈를 취하고 있었는데, 토가와 튜닉에 가려진 성기가 과장되게 튀어나온 모습이 거의 당황스러울 정도였다.

"웃기는 녀석들이지, 안 그런가?" 헉헉대다시피 의자로 향하던 찰스가 말했다. "이리로 앉게, 여보게. 잡담이나 좀 나누세. 정말 오랫동안 같이 얘기할 사람이 없었다네."

우리는 텅 빈 벽난로의 쇠살대 양옆에 앉았다. 쇠살대 위에는 골풀과 공작 깃털이 담긴 커다란 병이 놓여 있었다. 벽난로 위 선반에는 여행용 놋쇠 시계와 함께 흑인 소년을 그린 실물 크기의 초크 스케치가 놓여 있었는데, 머리와 어깨까지만 그려져 있었다. 살짝

---

3 hypocaust, 온돌과 비슷한 서양식 난방 구조.

미소를 띠고 커다란 눈을 반짝이는 표정이 행복감과 충성심을 표현하고 있었다.

"그래, 코린시언 클럽에 갔다 오는 길인가?"

"아니요, 거기는 주로 저녁때 가는 편입니다. 댁에서 그리로 가려고 합니다."

"음. 저녁때 분위기가 활발하긴 하지, 안 그런가. 사실 사람이 너무 많다는 생각이 들 때도 있던데. 게다가 어떤 사람들은 아주 불손하고 남을 밀치고 그러지 않던가? 며칠 전엔 웬 깡패 같은 젊은 놈이 나한테 재수없는 노인네라고 하더라고. 그럴 때 뭐라고 하겠나. 싸우겠어, 아니면 그냥 웃고 넘어가겠어? 난 그냥 그 수준은 벌써 지났다고 했지. 그런데 웃지도 않더군. 사람들이 웃지 않는 건 정말 끔찍해. 요새는 좀 그런 식인 것 같더군……"

이 노인이 탈의실에서 벌거벗은 채 단호한 태도로 뒤뚱거리며 돌아다니는 모습을 떠올려보았다. 무척 취약한 존재인 것은 분명했다. 며칠 전 나와 마주친 김에 차 마시러 한번 오라고 초대했을 때도 그는 엉뚱한 로커의 문을 열려고 끙끙거리던 중이었다.(16과 91을 혼동했으니 그럴 만도 했다.) 자기 옷을 어디다 넣었는지 전혀 기억하지 못하고 열쇠에 달린 작고 동그란 번호표에 전적으로 의존하는 게 틀림없었다. 그가 더듬거리며 혼잣말을 하고 있을 때 나도 가끔 본 적이 있는 말쑥한 학생이 나타났는데, 그 16번 로커의 주인이었다. "아닌데요, 선생님은 91이고 제가 16이네요." 그는 조급하게 말했고, "거기서 일년만 더하거나 빼면 되겠네요"라는 농담을 자제하지 못했다. 찰스는 그 농담을 바로 이해하지 못했는데, 그 16번이 찰스를 쫓아내는 것을 보면서 평소라면 나도 그 젊은 애한테 매력을 느끼며 동조했겠지만 그날은 느닷없이 찰스가 안됐다는 느낌이 들었다. 내가 조심스레 보호자 역을 한다면 그도 싫어하지 않을 것 같아 그를 구하러 다가갔었다. 처음엔 나를 알아보지도 못하는 것을 보니 그런 역할이 꼭 필요했다는 것을 알 수 있었다.

"이 지역이 많이 변한 건 틀림없겠죠?" 내가 붙임성 있게 말을 건넸다. 하지만 찰스는 나를 의식하고 있지 않았다. 아마 상처받았던 어떤 일화를 회상하는 듯 눈을 찌푸리기까지 하면서 내 너머의 허공을 응시하고 있었다. 나는 굳이 방해하지 않고 내 옆 탁자에 놓여 있던 검은색 장정의 화집들——도나텔로, 산드로 보띠첼리, 조반니 벨리니——의 책등을 훑어보았다. 마든의 할아버지댁 서재에도 있는 책들이었다. 그 그림들의 정교한 적갈색 도판을 들여다보던 어린 시절의 오후가 기억났다. 1930년대에 나온 특별판 시리즈였던 것 같다.

"춥지는 않지, 윌리엄?" 찰스가 갑자기 물었다. 나는 괜찮다고 대답했다. 사실 해가 내리쬐는 바깥에 있다가 들어오니 실내가 놀라울 정도로 서늘하기는 했다. "여긴 해가 잘 들지 않아. 다락방 쪽으로만 들어오지. 저 집들에 가로막혀서 말이야. 물론 아주 외진 곳이긴 해." 세인트폴 성당 구역 한가운데 있다고도 할 수 있는 그 집의 위치에 대한 묘사로는 좀 이상했지만, 창밖을 내다보면 그의 말뜻을 이해할 수 있었다. 차가 지나가는 소리가 귓가에 계속해서 희미하게 들려오긴 해도 방 안에 있는 작은 시계 소리가 훨씬 크게 들렸다. 바깥에는 행인이 전혀 없었고, 우리가 있는 텁텁한 분위기의 방에 미풍이 불어와 종잇장을 흩날리는 모습을 상상하기는 불가능했다. "음침한 뒷골목이지." 그가 덧붙였다. "옛날엔 그로프컨트 레인⁴으로 알려져 있었어. 거룻배 사공이나 뭐 그런 사람들이

와서 창녀를 사던 골목이지. 피프스[5]의 일기에 언급되어 있을걸. 그 일기를 얻다 두었는지 모르겠군."

"멋있는 집인데요."

"괜찮아 보이나? 꽤 특별한 집이지. 아마 자네가 짐작하는 것보다 훨씬 더 그럴걸. 나는 전후에 샀어. 공습이 워낙 심했기 때문에 이 근처 건물들은 물론 전부 돌무더기가 됐지. 나는 샌디 라부셰르하고 건물들이 손상된 정도를 살피며 다니고 있었어. 그때는 전쟁이 끝난 지 몇년 후였는데도 여전히 사방 천지에 돌무더기가 널렸고 꽃들이 그 위를 뒤덮고 있고 그랬지. 사실 황당할 정도로 예뻤어. 그가 이 작은 거리를 좀 보라고 하더군. 근데 이곳은 그럭저럭 괜찮아 보이더라고. 그래서 이 집에 들어와봤지. 고쳐서 쓰면 되겠는데, 찰스, 그 친구가 그러더군. 그때 이 집 꼴이 어땠는지 짐작도 못 할걸. 창문이란 창문은 다 깨지고 잡초 따위가 마구 웃자라 있었어. 저 길 건너에 있던 작은 식료품 잡화상한테 물어봤지." 찰스가 말을 멈추고 다소 수줍은 표정으로 주변을 돌아보았다. "안타깝게도 지금은 문을 닫았지만 그 잡화상의 아들은…… 그러니까, 윌리엄, 그애가 얼마나 잘생겼었는지 상상도 못 할 거야…… 열일곱 살의 기골이 장대한 젊은이였지, 아무렴, 밀가루 포대를 여럿 쌓아 나르곤 했으니까. 밀가루가 그애 머리와 손—물론 손도 크고 튼튼했지—에 떨어지면 꽃가루처럼 보였어. 샌디가 나중에 그러더라고. 이것 봐, 자네가 안 사면 그 모습 때문에라도 내가 사겠네. 물론 아주 그다운 말이었지."

---

4 Gropecunt lane, 'grope'(더듬다)와 'cunt'(여성 성기)가 합성된 거리 이름.

5 Samuel Pepys(1633~1703). 영국 해군의 행정가이자 하원의원. 젊은 시절에 쓴 일기로 유명하다.

나는 샌디 라부셰르가 대체 누군가 싶었지만 그 이야기를 듣고는 미소를 지었다. 찰스가 그때까지 나한테 해준 가장 긴 이야기였고, 그는 집 밖에서 주춤대고 터무니없이 질질 끌던 것에 비하면 조그만 자기 서재 안에서 보이는 모습은 훨씬 더 의젓했다. 어쨌든 적어도 루이스가 차를 가지고 들어올 때까지는 그렇게 보였다.

"상선을 타고 안 가본 데가 없지." 찰스는 책 사이를 뚫고 다가오는 루이스를 바라보며 말했지만, 내 짐작에는 그 아름다운 잡화상의 아들에 대한 이야기인 듯싶었다. "고맙네, 여기다 놓으면 윌리엄이 따라줄 거야."

"물론이죠, 어르신." 루이스가 우리 사이의 탁자에 탕 소리가 나게 쟁반을 내려놓으며 말했다. 나뭇가지처럼 생긴 손잡이가 달린 넓적한 찻잔이 받침 위에서 살짝 퉁겨올랐다. "차를 아주 잘 따르게 생겼습니다, 어르신." 무슨 이유인지는 모르겠지만 무척 뚱한 모습이었다. 찰스는 짜증과 불안으로 얼굴을 붉혔다.

"오늘 왜 그러나, 자네." 그가 낮은 목소리로 툴툴댔다. 좀 어색한 장면이었지만 부부싸움을 하는 사람들을 보듯 내 문제는 아니니까, 싶기도 했다.

"저 친구, 아주 질투심이 많아." 우리끼리만 남자 찰스가 설명했다. 그러고는 떨리는 두 손으로 찻잔을 집어들었다. "아, 저 친구 때문에 아주 비참하게 지내고 있다네." 그의 크고 유쾌한 얼굴이 딱한 표정으로 나를 보았다.

"오래 데리고 지내셨나봐요?"

"해고 통지를 할 수도 있지만, 새 사람을 면접할 생각을 하면 엄두가 안 나서. 한집에 사는 사람은, 윌리엄, 그건 참 그래." 나는 아서를 떠올리지 않을 수 없었고, 진한 인도 차와 함께 내 죄의식도 꿀꺽 삼켰다. "하지만 날 돌봐줄 사람이 필요하긴 해."

"물론 그러시겠죠. 대행업체도 있지 않나요?" 찰스는 우유부단한 태도로 비스킷을 만지작거리고만 있었다.

"난 항상 도와주려고 해." 그가 혼잣말하듯 중얼거렸다. "언젠가 다 이야기해주겠네. 하지만 지금 말할 수 있는 건 저 친구가 처음은 아니라는 거야. 다른 친구들도 다 떠나보내야 했어. 젊은이 하나를 초대해 오후의 차 한잔을 즐길 수 없다면……"

"그럼 제가 이 모든 사태의 원인이란 말씀이세요? 그럴 리가 있나요." 그가 나를 향해 자신도 그렇게 생각한다는 듯 고개를 끄덕였다. 그러니까, 내가 그 말을 믿을 수 있으리라 생각하지 않는다는 듯이.

"저 녀석은 정상이 아니야." 그가 설명했다. "하지만 저 녀석도 다음에 자네가 올 땐 받아들여야지."

나는 잠시 그 말에 함축된 의미를 생각해보았다. "어르신의 상황을 더 악화시켜드리고 싶진 않은데요." 내가 고집했다. "어르신과 차 마시는 건 다른 데서도 할 수 있습니다."

"나한텐 자네가 이 집에 와주는 게 중요하다네." 찰스가 침착하게 말했다. "여기에 자네에게 보여주고 싶은 것들도 있고 묻고 싶은 것들도 있지. 이제 이곳은 일종의 박물관이거든." 그가 방을 둘러보았고, 나도 예의 바르게 따라했다. "물론 나야말로 이곳의 가장 중요한 전시물이지만 곧 더이상 전시를 못 하게 될 것 같군. 다시 말해서, 너그럽게도 나를 빌려주신 그분께 돌려드릴 거잖나." 노인이 그런 짓궂은 농담을 할 때는 어떻게 상대해야 할까. 나는 딴생각이라도 하는 것처럼 멍한 표정을 지었다. 그게 오히려 내가 그 말이 사실임을 안다는 걸 드러냈을 것이다.

"당연히 신기한 것들을 가지고 계시겠죠. 물론 전 아직 어르신에 대해서 아무것도 모릅니다. 어떤 분인지 아직 찾아보지 않았거든 요."

그가 끙 하는 소리를 냈지만 그의 생각은 분명히 다른 데로 달려가고 있었고, 그래서 내가 진부한 말을 계속할 필요는 없었다. "자, 자, 구경 좀 시켜주지." 아직 찻잔도 다 비우기 전이었다. 찰스가 안락의자에서 일어서기 시작했고 나는 그를 돕기 위해 벌떡 일어났다. "그게 다 그거 때문이지." 그가 뭔지 모를 것을 확인하듯 말했다. "걱정하지 말게, 다시 이 방으로 돌아올 거야. 비스킷 하나 들고 움직이겠나?"

나는 그가 내 팔을 잡도록 내주었고 우리는 문으로 향했다. "뭐가 너무 많아." 그가 불평했다. "이게 다 뭔지…… 물론 책이지만. 선반이 더 필요한데, 방을 망치고 싶지는 않거든. 어쨌든 곧 다 아무 상관도 없게 되겠지." 복도에서 그는 망설였다. 양복 소매 속 그의 아래팔이 내 그을린 팔 위에 놓였고, 그의 손은 반쯤 깍지를 끼듯 내 손을 잡았다. 그의 손은 넓적하고 얼룩덜룩하고 강했으며 관절염 때문에 마디가 조금 부어 있었고, 뭉툭한 손가락 끝에는 누런 손톱이 보기 좋게 달려 있었다. 그 손아귀 속에서 내 손은 여성적이고 미숙해 보였다. "곧장 가로지르세." 그가 결심한 듯 말했다.

우리가 들어간 방은 벽에 장식 판자를 댄 식당으로 벽난로 윗부분에는 조각 장식 선반과 금박의 나뭇잎 부조가 있었는데, 금박 나뭇잎은 크리스마스 때 금색 페인트를 뿌린 호랑가시나무 같은 인상을 주었다. 별로 쓰지 않는 방에서 느껴지는 나른한 음향효과가 났다.

"이게 식당(salle à manger)이지." 찰스가 알려주었다. "보면 알겠지만, 저 망할 놈의 루이스는 이 방 청소를 전혀 안 해. 내가 이 방에서 몇년째 밥을 안 먹으니까. 저 식탁은 꽤 좋은 거지, 안 그런 가?" 그것은 정말로 무척 멋진 조지아 시대풍의 오크 식탁으로, 다리 끝에 공을 움켜쥔 새의 갈고리발톱 모양의 발이 달렸고 중앙에는 식탁과는 너무나 어울리지 않는 싸구려 장식품이 놓여 있었는데, 도나텔로풍의 엉덩이를 가진 소년이 팔을 위로 쳐든 작은 은빛 조각상이었다.

"저 작고 터무니없는 물건은 다른 방에 있는 바구니 세공을 한 친구의 작품이지. 그의 작품을 좀더 보게 될 거야. 하지만 먼저 이리로 와보게." 그가 나를, 아니 내가 그를 이끌어 작은 탁자로 갔는데, 높이 30센티미터, 길이 45센티미터 정도의 네모난 물건이 초록색 베이즈 천에 덮여 있었다. 그림 액자를 세워둔 것일 수도 있을 듯했다. 찰스가 몸을 굽혀 천을 치웠다. 드러난 것은 어두운 색의 반짝이는 유리장으로 대영박물관에 있는 것과 비슷한 형태였는데, 그 안에 2인치 정도 두께의 모래 색깔 석판이 서 있었다. 매끄러운 앞면에는 대조적인 옆모습을 한 두상 세개가 얕게 부조되어 있었다. 나는 그것을 찬찬히 살펴보고 찰스에게 설명을 청하는 눈길을 주었다. 그는 내 흥미를 끌 만한 것을 보여주었다는 만족감에 고개를 끄덕였다. "멋지지, 안 그런가. 그 석판에 그려진 건 이크나톤 왕이야."

나는 다시 바라보았다. "다른 두 사람은 누군가요?"

"아," 찰스가 즐거운 표정으로 말했다. "다 이크나톤 왕이지." 이 신비한 사실을 처음 설명하는 것도 아니련만 그가 킬킬 웃었다. "화가가 공책 같은 데다 스케치한 거야, 공책 대신 돌에다 한 거지. 이크나톤에 대해서는 알고 있나?"

"아니요, 잘 모르는데요."

"그럴 것 같았네. 안다면 당장 저것의 중요성을 알아봤을 테지. 우선 이상해 보이는 많은 것들이 그렇듯이 저것도 그 나름의 논리가 있어. 이크나톤은 반역자였어. 본래 이름은 아멘호테프 3세— 4센가, 기억이 안 나는군—인데, 아몬(아멘호테프의 그 아몬 말이야) 숭배를 그만두고 대신 모두 태양을 숭배하게 했어. 태양 숭배가 더 낫다는 건 자네도 동의하겠지." 그가 내 손목을 툭툭 치며 덧붙였다. "그렇지만 배교만으로는 충분치 않았어. 아, 결코 아니었지. 자기 모습도 바꿔야 했어. 그는 워낙 오래돼서 아무도 얼마나 오래전에 세워졌는지 모르는 테베의 궁전을 텔엘아마르나로 옮겼어……"

"아하." 같은 이름의 전투를 떠올리며 내가 말했다.

"다 진흙으로 만들어서 안타깝게도 건물은 그의 재위 중에 무너졌지. 하지만 파편들이 남아서 박물관에 있어. 카이로에 가면 이렇게 생긴 게 또 있다네. 카이로엔 안 가봤지? 머리가 하나 더 그려진 것도 있어. 화가가 우리가 오늘날 아는 모습이 나올 때까지 그 왕의 모습을 바꿔가며 그렸다는 걸 알 수 있지."

아랍어처럼 오른쪽에서 왼쪽으로 읽으며 다시 보니 파라오의 얼굴 형상이 어떤 식으로 바뀌고 또 바뀌어 점차 더 기름하고 동양적으로, 크고 완고한 대신 섬세하고 세련된 모습으로 되었는지를 알 수 있었다. 눈동자가 없는 아몬드 모양의 큰 눈은 옆모습 속에서 비현실적으로 보였고 코와 턱도 부자연스러운 길이로 늘여져 있었다. 그 이마에서 고개를 쳐들고 있는 코브라는 전통적인 느낌을 주었는데, 그것이 주는 도전적인 느낌은 살짝 뒤집힌 윗입술의 곡선 뒤에 넣은 부드러운 그림자와 함께 무척 아름답게 그려진 입의 미묘한 표정에 의해 누그러지는 듯했다.

"정말 멋있군요." 내가 말했다. "어디서 구하셨어요?"

"전쟁 전에 이집트에서 구했지. 이것 때문에 트렁크가 무척 무거워졌어…… 수단에서 완전히 철수하던 때였네."

"생각하면 할수록 더 굉장하네요." 그는 내 말에 더할 나위 없이 기뻐했다.

"자네도 그렇게 본다니 기쁘군. 이건 한동안 나한테 꽤 중요한 우상이었지." 내 생각에는 미학적 판단에 따라 형상을 바꿨다는 점이 중요했다. 보고 있는 동안 그 왕은 여성에 가깝게 변하는 것 같았다. "루브르에서 어떤 친구가 와서 저 그림에 대한 글을 썼지. 아직 파라오 수염은 없어, 보다시피─알잖나, 그 흉측한 네모 수염 말이야. 그 수염이 다른 조각상에는 다, 뭐라고 부르는지는 모르겠지만 심지어 여자 파라오 조각상에도 다 있는데 말이야. 그런데 아주 실물 같지, 그렇지 않나?" 찰스는 이런 여성혐오적 농담이 재미있는 모양이었다.

"그래, 그 왕은 어떻게 됐나요?" 내가 물었다.

"아─다 끝장나고 말았지. 그 재미없는 아몬을 숭배하는 전통으로 돌아갔어. 그 모든 일은 겨우 이십년 동안 지속되었고. 그러니까 한 사람의 일생에서 일시적으로 일어났던 일일 수 있지. 그게 나쁜 일이었다고 말하는 사람도 있어, 누군가 감리교에 대해서 말하듯이. 하지만 난 동의하지 않아. 다시 덮어주겠나?" 나는 그 태양 숭배자를 수천년의 어둠 속으로 되돌려보냈다.

응접실은 식당 뒤에 있었는데, 식당보다 더 커다란 판유리 창들이 있어 자그마한 포석이 깔리고 흰색으로 칠한 높은 담장에 둘러싸인 정원에서 들어오는 빛이란 빛은 모두 받아들이고 있었다. 옆은 초록색 벽지에 금박을 한 흰색 의자와 탁자 세트, 각진 막대 같은 다리를 가진 소파가 있었다. 벽난로 한옆으로 통통한 쿠션을 댄 현대식 안락의자가 휴대용 텔레비전을 바라보고 있었다.

"좀 앉아야겠군." 찰스가 말했다. "참 피곤해, 말하는 거 말이야." 그가 그 편안한 의자에 앉았다.

"사실 저는 가봐야 해요." 내가 말했다.

"아니, 아니, 그런 뜻은 아니야. 이 훌륭한 그림을 보라고. 그리고 보여줄 게 더 있네."

나는 불안정하게 생긴, 천을 벗겨낸 소파에 앉았다. "그럼 제가 언제 가면 좋겠다고 말씀해주셔야 해요."

"저건 내 다른 우상 중의 하나지." 그가 나를 향했던 시선을 벽난로 위에 걸린 타원형 초상화로 돌렸다. 금박의 오크 이파리로 이루어진 전신후광을 배경으로 집사 제복을 입은 흑인이 우리 쪽을 보고 있었다. 그의 뒤로는 짙어가는 푸른색 하늘이 스케치되어 있었고 그의 바로 위에는 야자수의 형태가 희미하게 보였다. 그는 18세기의 식민지 하인처럼 보였다. 주인의 총애를 받는 하인이 분명했다. "빌 리치먼드야." 찰스가 설명했다.

내가 모르는 사람이었고, 나는 일어서서 두꺼운 입술, 납작한 코, 짧은 곱슬머리를 한 호전적인 인상의 갈색 얼굴을 더 자세히 살펴보았다. 칼라를 높이 세운 집사 제복의 색깔—자주색과 금색—때문에 묘하게 인상을 쓰고 있는 것처럼 보였다. "이크나톤 왕만큼 아리땁지는 않은 것 같네요." 내가 말했다.

"아리따운 일을 했던 게 아니니까. 그러니까…… 변화무쌍한 삶을 살았지. 애초에 노예였는데, 독립전쟁 때 뭐라는 장군이 영국으로 데리고 왔어. 리치먼드에서 찾았기 때문에 이름을 그렇게 붙인 거지. 빌은 우리가 아주 좋아하는 건장한 애들 중 하나였네. 그래서 그 장군이 훈련을 시켜 권투선수로 만들었지. 한동안 꽤 널리 알려진 선수였어, 물론 바이런이 같이 스파링을 했던 몰리노와 함께. 그 두 사람은 사실 그런 배경을 가진 축들 중에 유명해진 첫 사례지. 싸움을 잘했으니까 세상에 널리 알려진 거야. 그렇지만 좀 슬퍼 보이지 않나."

"많이 슬퍼 보이는데요. 게다가 사실 별로…… 권투선수처럼 보이지도 않고요."

"맞아. 보다시피 어떤 귀족의 집사인지 뭔지가 됐다네. 권투선수를 그만둔 다음에는 계속 그런 일을 했지. 그래서 집사 제복을 입고 있는 거야. 그림은 좋지만 사연은 슬프지. 화가가 그의 모습을 좀 축소하기도 했을 거야. 바이런이 나중에 만났을 때도 여전히 건장했다고 하더라고. 언제 내가 그 글을 찾아봐주지. 몰리노의 코너에서도 일을 좀 했던 걸로 아네."

"누구 작품인지는 모르시나요?" 하지만 찰스는 빌 리치먼드의 운명에 대해 깊이 생각하는 듯했고, 개인적으로 알고 지낸 사이이기나 한 것처럼 향수 어린 표정을 짓고 있었다. 나는 언제나처럼 모른 체 넘겼다. 대화 중에 생기는 침묵에 신경 쓰지 않는 법을 배우고 있었다. 그가 아끼는 물건들과 그것들이 소중히 간직한 비밀스러운 변모에 대해 생각해보는 것으로 만족했다.

"이게 마지막이야. 그리고 질문이 있는데," 그가 말했다. "둘 다 좀 특별한 거라네." 나는 다시 그에게 팔을 내주었고 우리는 복도로 나왔다. "권투에 흥미가 있나? 이게 그 질문은 아니고."

"글쎄요, 그렇다고도 볼 수 있죠." 내가 말했다. "학창 시절에 조금 했어요."

"아하! 조심하게. 그 예쁜 코를 부러뜨리면 안 되지."

"요새는 안 해요. 걱정 마세요."

"난 권투에 관심이 아주 많았지. 자네가 이 일을 하게 되면 그런저런 사연에 대해 더 자세히 알게 될 걸세."

나는 웃는 얼굴로 그를 보았다. "무슨 일요?" 그는 캔틸레버식 계단의 그늘 아래 있는 문을 열고 더듬더듬 전등 스위치를 찾았다.

"이리 오게. 어이쿠! 그래."

우리 앞에는 회반죽을 바르지 않은 돌벽들 사이로 아래로 내려가는 좁고 가파른 계단이 이어져 있었다. 두 사람이 나란히 가기에도 비좁은 계단이었다. 그래서 찰스가 한 손으로 로프로 된 난간을 짚고 무거운 걸음걸이로 한칸씩 조심스레 계단을 밟아 내려갔고, 내가 반발짝 뒤에서 그를 바짝 따랐다.

"이건 정말 대단한 거야." 그가 흥분한 목소리로 말했다. "이걸 좋아할 거야, 틀림없어. 이 세상에 이런 걸 가진 집은 둘도 없을걸. 어서 와, 어서 오라고." 그가 잠시 희생자를 함정으로 유인하며 신이 나서 혼자 중얼거리는 공포영화 속의 악한 같은 태도로 말했다. 계단이 모퉁이를 돌았고, 두세계단을 더 내려가니 거친 목재 상인방上引枋 아래로 차고 퀴퀴한 냄새가 진동하는 어둠이 우리를 기다리고 있었다.

그 자리에 서서 석회질의 계단 벽에 비벼댄 위팔을 터는데 무섭기도 하고 별별 생각이 다 들었다. 이어서 찰스가 두번째 전등 스위치를 찾아 어둠이 사라졌고, 그와 동시에 상당히 높은 사각형 천장을 가진 지하실이 드러났다. 방 안에는 아무것도 없었지만 두가지 놀라운 것이 있었다. 회칠을 한 뒤 크림색 페인트로 덧칠한 벽에는 프리즈 장식이 둘려 있었는데, 사람 머리보다 높은 곳에 있어서 얼핏 보기에는 훌륭한 고전적 취향을 보여주는 것 같았지만 자세히 살펴보니 서재의 문 위 장식처럼 동성애를 패러디한 것이었다. 또한 바닥은 울퉁불퉁하고 군데군데 패기는 했지만 모자이크로 이루어져 있었다.

우리는 거친 인도산 융단 위로 벽을 따라 걸었는데, 융단 아래 울퉁불퉁한 마루가 느껴져서 나는 찰스의 발끝이 걸리거나 발목이라도 삐면 어쩌나 걱정스러웠다. 방 안 깊숙이 들어가자 찰스가 걸음을 멈췄다. "여기서 봐야 가장 잘 보이네." 그가 설명했다. 색채는 많이 죽어 있었다. 흰색이 거의 밝은 갈색이 되었고 빨간색은 마른 피처럼 녹물 같은 색이었다. "자, 뭐가 보이나?"

가만히 생각해보니 이것은 분명 로마 시대의 포장도로였다. 강가의 궁전이나 성전의 유적인가? 나는 로마 시대의 런던에 대해 아는 게 전혀 없었고, 몇년 전에 개빈이 했던 강의들에서 본 몇몇 이미지 외에는 다 잊어버렸다. 꼭대기 부분에는 수염이 달린 아주 큰 얼굴이 입을 벌리고 있었고 옷감이 넓게 벌어진 부분, 모자이크용 각석들이 복원가의 회색 시멘트와 만나는 부분 위로 목과 어깨의 흔적이 있었다. 왼쪽으로는 바닥에 물고기자리의 상징인 듯 양식화된 물고기 무늬가 미끄러지듯 교차하고 있었다. 오른쪽 윗부분에는 두 인물의 상체가 보였는데, 앞의 인물은 뒤의 인물을 향해 합창이라도 하듯 입을 벌리고 돌아서는 참이었으며 둘이 함께 보도의 깨진 가장자리 너머 허공으로 녹아들고 있었다.

"이 인물들이 누군지에 대해선 아직 합의가 이루어지지 않았지." 찰스가 너그러운 주인 같은 태도로 말했다. "뒤의 친구는 바다의 신일 수도 있지만 병을 들고 있는 템스강의 신이나 뭐 그런 걸 수도 있어. 이건 작은 물고기들이지, 당연히. 그리고 여기 있는 건 수영하러 가는 애들이고."

내가 고개를 끄덕였다. "수영하는 거라고 생각하시는 거죠? 하지만 정확히 알기는 어렵지 않나요?"

"아니지, 수영하는 게 맞아. 그게 이 그림의 핵심이거든. 이건 목욕탕 바닥이었어. 여기에 아주 오래전에 커다란 목욕탕이 있었다고. 온천이 있었거든. 물이 자갈과 뭐 그런 걸 통과해 스며들었다가 런던의 진흙에 도달한 후에 확 솟구친 거지!" 그는 이 지질학적 묘기에 대해 무척 기쁜 듯했다, 마치 그런 일이 특별히 자신을 위해 일어나기라도 했다는 듯.

"지금은 어떻게 됐나요?"

"파이프에 넣어버렸어." 그가 경멸스럽다는 듯 가볍게 대답했다. "물줄기를 다른 쪽으로 유도한 거야. 묻어버리거나 뭐 그딴 식으로. 목욕탕의 이 얼마 안 되는 잔해가 성욕 넘치던 그 모든 젊은 로마인들이 껑충거리며 즐겼던 일을 보여주는 전부지. 벌거벗은 군단의 병사들이 여기 있는 모습을 상상해보라고……"

상상하기 위해 멀리까지 볼 필요는 없었다. 벽에 그려진 장면들은 페트로니우스가 그렸다고 해도 좋을 만큼 노골적이었다.[6] "친구분이 인상을 다 그려주신 거 같네요." 내가 말했다.

"어? 아, 헨더슨의 그림 말이지, 그래." 그가 허허롭게 웃었다. "좀 당황스러운 그림들이긴 해, 지식인들이 보러 올 때는. 광란의 축제에 말려들까봐 걱정하거든." 우리는 함께 그림의 가장 가까운 부분을 쳐다봤는데, 피부가 번들거리는 노예가 타월로 주인의 엉덩이를 닦아주고 있었다. 그들 앞에서는 강건한 두 명의 전사가 벌

---

6 고대 로마의 정치가이자 작가 페트로니우스(Gaius Petronius Arbiter, ?~66)는 하층민의 생활을 그들의 언어로 생생하게 그려낸 것으로 유명하다.

린 다리 사이로 황소 같은 성기를 흔들며 레슬링을 하고 있었다. "하지만 꽤 재미있지, 안 그런가(n'est-ce pas)?" 그가 내 사타구니 쪽을 내려다보았다. "저걸 보면 **욕정**이 솟곤 했지. 하지만 물론 아주 오래전 얘기야."

나는 그런 이야기를 계속하고 싶지 않아서 찰스의 말대로 두 젊은이가 수영하러 가고 있는 부분으로 생각에 잠겨 천천히 걸어갔다. 그런데 그들은 이미 오랫동안 찰랑거리며 어루만지는 물속에 다리를 담그고 서 있는 것인지도 몰랐다. 그들의 모습을 보니 가슴이 아릿했다. 가까이에서 보니 그들 몸의 형태를 그린 곡선들은 핑크빛 계단을 이루고 있었고, 그들이 움직이는 모습도 특색 없는 모자이크화로 되어 있었다. 얼굴을 다 드러낸 이는 행복한 표정으로 입을 벌리고 있었는데, 혹은 무슨 말을 하는 중인지도 모르겠다. 하지만 또한 고통스러워하는 느낌도 강하게 전해졌다. 제대로 분석하기에는 너무 조악하면서도 복잡했다. 마사초의 프레스꼬화에 그려진 낙원에서 추방된 이브의 얼굴을 연상시켰다. 하지만 동시에 그것과는 전혀 다른 면도 있었다. 이교도적 환희의 얼굴일 수도 있었다. 두번째 젊은이는 그의 뒤를 바짝 따르고 있었는데, 철벅거리며 물속을 걷는 듯 몸을 수그린 옆모습만 보였고 앞의 친구 외에는 전혀 주의를 기울이지 않고 있었다. 그가 보고 있는 것은 무엇일까 궁금했다. 평범한 인사였을까, 아니면 그 안에서 내게 보이는 환희였을까? 단지 파편뿐이어서 그 작품의 수수께끼가 더 복잡하고 세련되게 여겨졌다.

내가 그것을 향해 몸을 숙이고 있을 때 찰스가 내 어깨에 손을 얹었다. "괜찮은 친구들이지, 안 그래?"

"좀 비극적이라고 생각하던 참이었어요."

"그런데 내가 묻고 싶은 건 이거라네." 어깨에 그의 무게가 실리면서 그가 뭔가 육체적인 요구를 하려는 거나 아닌가 하는 걱정이 순간적으로 나를 스쳤다. 옷을 벗든지 키스를 하게 해달라는 걸까. 윈체스터의 교수 하나는 내 친구에게 자기 앞에서 수음을 하라고 했다던데, 실제로 하지는 않았지만, 그런 것은 특별히 나쁜 의도 없이도 일어날 수 있는 일일 듯했다. 나는 곧장 몸을 일으켜 그의 어깨 너머를 바라보았다. "나에 대해 글을 써줄 수 있을까?"

나는 그를 정면으로 보았다. "글쎄요, 무슨 말씀이신지?"

그는 목욕하는 사람들의 그림을 내려다보며 좀 수줍은 표정을 지었다. "내 삶에 대해서 말이야. 내가 한번도 직접 쓴 적 없는 회고록이라고나 할까. 자네는 글을 쓰는 사람인 걸로 짐작되는데?"

나는 그 말에 감동했고, 안도했다. 하지만 전적으로 불가능한 일이라는 생각도 들었다. "코드스톤 정원 장식물에 대한 글은 쓴 적이 있지요."

"아, 훨씬 더 많이 썼을 텐데."

"그렇지만 어르신에 대해 아는 게 전혀 없는데요"라는 것이 내 두번째 핑계였다.

그는 미소를 지었다. "좀 알고 싶어할 수도 있겠다 싶어서 말이야. 다른 일 하는 게 없다고 했잖나. 물론 보수는 줄 거고." 그가 덧붙였다.

"그게 문제는 아니에요, 찰스." 이번에는 내가 그의 어깨에 손을 얹으며 말했다. 그는 자신의 제안을 거절당하면 거의 눈물이라도 흘릴 것 같은 표정이었다.

"바로 대답하지 말고 좀 시간을 두고 생각해봐달라고 부탁하고 싶네. 자화자찬처럼 들리겠지만, 자네가 내 일생에 대해 많은 관심을 가질 것 같다는 생각이 들거든. 어찌 보면 할 일이 엄청나게 많은 건 아닐 거야. 기록이 아주 많거든. 어렸을 때 쓴 일기부터 다 있으니까, 전부 가져다 읽어도 좋아."

처음에는 황당한 제안이라는 생각이 들었다, 어떤 의미에서는 상당히 합리적이기도 했지만. 설사 그가 흥미로운 삶을 살았다 해도—진짜 그런 것 같긴 했다—지금 그가 직접 자서전을 쓸 수 있으리라고 생각하기는 힘들었다. 내가 안 한다면 아무것도 안 남겨질 수도 있었다. 그 제안에 본능적으로 거부감을 느낀 것은 부분적으로는 내 여유로운 삶에 아무런 침범도 당하고 싶지 않다는 게으른 기분 때문이었다. 내 여유가 절실하고 모든 것에 앞서는 중요성을 갖는 것이다. 하지만 사실 불가능한 일은 아니었다.

"물론 생각해보겠습니다." 내가 막연하게 대답했다. "며칠 동안 말미를 주십시오."

그는 몹시 고마워했다. 물론 내가 그 프로젝트가 함축한 내용을 겨우 상상하기 시작할 때 그는 그것의 전모와 가능성을 볼 수 있었을 것이다. 그가 갑자기 다시 지친 듯 보였다. "이제 올라가세. 그리고 그만 가는 게 좋겠군."

우리는 로마인들을 어둠 속에 남겨두고 위층 복도로 올라갔고, 나는 말없는 적의로 나를 대하던 루이스에게 그를 넘겼다. 루이스는 거의 강제로 찰스를 거기, 그림에 둘러싸인 어둠 속에 붙잡아둔 채 내가 더듬거리며 문을 열고 나가는 모습을 그와 함께 지켜보았다.

탈의실에 도착하니 필이 몸의 물기를 닦고 있었다. 선 자리에서 먼저 대충 물기를 닦아내는 것이 아니라 자리에 앉아 빠진 데 없이 세심히 닦으며 마무리를 하는 중이었다. 벤치 위에 벌거벗은 채 다리를 넓게 벌리고 앉아 한 발을 앞으로 올리고 타월로 발가락 사이 사이를 조심스레 문지르고, 다 마른 핑크빛 틈새 여기저기에 파우더를(살펴보니 내 짐작이 맞았다, 트러블포멘이었다!) 탁탁 쳐 바르고 있었다. 나는 비스듬히 그에게 다가가면서 벤치의 싸구려 널빤지 위 볼기짝 사이로 털 그림자만 살짝 보이는 엉덩이를 주의 깊게 바라보았고, 엉덩이 위쪽으로 단단해지기 시작한 근육의 띠에 감탄했으며, 그의 주변을 에둘러 조금 떨어진 곳의 로커를 골라 벤치 가장자리에서 움직이고 있는 그의 성기와 불알을 슬쩍 훔쳐보았다. 그는 고개를 들어 검고 총명하고 무감한 눈으로 잠시 나를 바라보았다.

"어이, 필."

"어이." 그가 다시 고개를 쳐들며 말했다. 그에게서는 평소의 절제하는 태도 이상의 뭔가가 느껴졌고, 당황스러운 자의식이 슬쩍 비쳤다. 나는 아주 자연스럽게 굴면서 거울로 걸어가 나 자신의 모습과 그의 모습을 만족스럽게 바라보았다. 겉으로는 눈 속의 티끌을 찾는 척했지만 나를 향해 자주 번뜩이는 그의 주의를 놓치지 않으려고 거울 속 깊숙한 곳을 들여다보았다.

나는 로커로 되돌아가 옷을 벗기 시작했다. 탈의실에서 옷 벗는 일은 완전히 습관이 되어 있어서 그런 행동이 다른 장소에서 가질 만한 긴장감은 없었다. 하지만 신발을 벗고 청바지를 끌어내리다가 필이 순간적으로 내 성기를 훔쳐보는 것을 목격하자 성욕이 살짝 일었다. 나는 성기를 느릿느릿 한번 쓰다듬어 편하게 해주면서 무관심을 가장한 것이 틀림없는 태도로 내 앞에 앉아 흰 양말을 신고 있던 그가 볼 수 있게 해주었다.

"호텔은 어때?" 내가 물었다.

"어, 아, 괜찮지," 내가 자신의 직장을 안다는 사실에 대해 놀랍게도 놀라지 않고 그가 말했다. "힘은 들지만." 그가 덧붙였다.

"뭘 하는데?"

"호텔에서 말이야?"

"그래."

"아, 하다보면 이 일 저 일 다 하게 되지. 지금은 웨이터 일^{waiting}을 하고 있고."

"으음, 나도 그런데." 내가 기다리고^{wait} 있다는 뜻으로 말했다. 하지만 공모자인 척 별 효과도 없는 농담을 해서는 그의 마음을 살 수 없는 것이 분명했다. 잠시 동안은 나도 웨이터라는 말로 알아들었을까봐 걱정이 되기도 했다. 하지만 내 말을 무시하는 것으로 봐서 농담으로 받아들이긴 한 것 같았다. 그저 표현을 못 하는 것일 뿐이었다. 침묵이 더 흘렀고, 그것은 나한테 더 유리한 상황이라는 생각이 들었다. 이제 그는 자리에서 일어나 구식의 남성용 흰 속바지를 입는 중이었다.

"운동하러 가는 거야?" 그가 물었다. 그게 내가 먼저 말을 꺼내기 전에 그가 건넨 첫마디였다. 너무나 평범한 말이었지만 실은 마음속으로 오랫동안 뭐라고 말할까 고민한 결과라는 느낌이 들었다.

"맞아. 뭐 대단한 운동을 하려는 건 아니고." 나는 이제 반바지와 러닝셔츠 차림으로 하얀 즈크화의 끈을 묶고 있었다. "그쪽처럼 아름다운 몸매를 가꾸려는 건 아니거든."

그의 내부에 있던 남성적인 면이 순간적으로 고개를 쳐들었지만, 아름답다는 칭찬을 들은 데서 오는 새로운 즐거움──그렇게 열심히 운동을 하는 은밀한 목표는 그것이었을 테니까──이 그것을 눌렀는지 그는 수줍은 자부심을 내비치며 미소를 지었다. "무슨 소리." 그가 말했다. 더 경험 많은 사람이라면 덜 야심적인 내 몸매에 대한 칭찬의 말을 했을 것이다.

나는 체육관으로 갈 준비를 하며 그에게 물었다. "그런데 어느 호텔에서 일해?"

그는 어떻게 말해야 할지 모르는 사람처럼 모든 말을 '아'로 시작했다. "아…… 퀸스베리."

"그럼 그리 멀지 않군." 내가 로커 구멍에서 열쇠를 뺐다.

"그렇지."

"자, 또 보자고." 내가 로커들의 골목을 내려가 막 시야에서 사라지려고 할 때 그가 말했다.

"좋지, 언제 한번 들러."

나는 반쯤 몸을 돌리고 미소를 지었다. "그럴게." 그는 웃음으로 답하지 않았다. 사실 아주 진지한 표정이었다. 그리고 그가 "언제 한번 들러"라는 말을 아무렇지도 않게 그저 친구 같은 어조로 했지만 많이 고민하고 심지어 연습까지 해본 듯했기 때문에, 나는 그가 바로 브루터스에서 구강성교를 나눈 그 긴장하고 기갈 들린 것 같던 녀석이라는 것, 내가 그를 도와줄 필요가 있다는 것, 그가 이 모든 과정을 가르쳐줄 사람으로 나를 골랐다는 것을 알 수 있었다. 나는 그의 시선을 조금 더 붙잡고 "오늘 저녁은 어때?"라고 말할까 생각해보았다. 아서가 떠나고 없으니 나는 멍청이처럼 준비가 되어 있었지만, 왠지는 몰라도 미루는 게 낫겠다 싶었다. 그래서 "다음주 언제 들를까?"라고 말하자 그가 긴장을 푸는 것이 느껴졌다.

"좋아." 그는 벤치에 놓인 오른손을 몇인치 정도 살짝 들었는데, 그 모습이 이상하게 감동적이고 거의 은밀한 인사처럼 느껴졌다. 상기되고 땀에 젖은 원기 왕성한 사내 둘이 체육관을 나와 내 옆을 지나갔다. "어이, 잘 지내나, 필." 그들 중 한 사람이 영국의 동성애자들이 흔히 그러듯 미국 사람 흉내를 내며 말했다. 체육관에 들어갈 때쯤 나는 필과 나 사이에 일종의 합의가 이루어졌고 이제 그 계획이 내 머릿속만큼이나 그의 머릿속도 채우고 있다는 확신이 들었다. 그러자 조금 후에는 다른 생각을 할 수 있었고, 스트레칭을 해서 몸을 풀고서 매트 운동에 집중했다. 나는 워낙 다른 사람들에게서 감동을 잘 받는 편이라 타인과 거리를 두는 방법을 익혔다. 감동을 느끼는 동안 거리를 두는 방법을 말이다. 나는 될 대로 되라는 듯 거의 냉소적인 거리를 두고 타인을 바라보았고 나 자신에게는 더욱더 그랬다. 그런데 이제 정신을 좀 가다듬고 독립적인 활기를 느껴보려고 몸을 폈다 접었다 하고 있는데 다시 필이 보였다. 그는 망설이고 있었을 뿐 아니라 동성애자 생활에서 전형적인 일종의 혜안을 갖게 되는 순간을 체험하고 있었다. 낯선 사람의 시선을 포착하고 그에 호응하는 데 좌우되는 동성애자 특유의 행복한 순간 말이다. 마침 나는 바닥에 누워 다리를 들어 넓게 벌린 채였다. 다리 사이로 그가 가방을 손에 들고 이두박근 둘레로 띠처럼 꽉 죄게 소매 끝을 걷어올린 차림으로 체육관의 문을 열고 나가는 것이 보였다. 그는 지나쳐갔다가 일이초 뒤에 되돌아와 체육관 안을 훔쳐보았다. 우리의 눈길이 마주쳤고, 나는 고개를 들었고, 그는 잠시 동안 응시하다가 특유의 웃음기 없는 은밀한 태도로 몸을 돌려 나갔다. 내가 일어나 앉자 주먹 하나가 심장을 쥐어짜 내 안에 있던 아주 작은 플라스크에 금을 내고 그것을 사랑으로 채워준 것 같았다.

　한두시간 뒤에 나는 샤워실에서 제임스를 만났다. 그는 딱한 얼굴로 내게 손을 내밀었다. 손가락 끝이 하얗고 쭈글쭈글해져 있었다.

"오래 있었구나?" 내가 위로하듯 말했다.

"아무 일도 안 일어났어. 내가 왜 굳이 신경을 쓰나 몰라."

"고백하는데 나도 마찬가지야." 제임스는 감상적인 사람답게 누구라도 나타나겠지 하면서 무작정 눈요깃감을 기다리고 있었던 것이다. "궁금해서 그러는데, 얼마나 오래 기다린 거야?"

그는 시계를 안 차고 있었다. "삼십분쯤 됐을지 몰라."

"어쨌든 엄청 깨끗하겠네." 나는 속바지를 벗었고, 그가 우리 사이 특유의 중성화된 성적 호기심을 가지고 내 성기를 슬쩍 건너다보는 것을 알 수 있었다.

"티끌 하나 없지. 하지만 내 얘긴 그만하고. 넌 어때?"

"이상한 상황이야."

"타워 햄리츠의 이집트 총독인 침묵 경한테 싫증이 났나?"

"아―아니, 끝난 지 벌써 오래됐어."

"아……" 반가워하는 기색이 역력했지만 그래도 살짝 안타깝다는 표정을 짓는다. 나는 굳이 더 얘기할 마음이 없다.

"아니, 그 동성애자 귀족 이야기야, 기억하지? 나한테 자기 전기를 써달래." 제임스가 나를 향해 어른 같은 눈길을 던졌다.

"회칠을 해달라는 거겠군?"

나는 좀 생각해보았다. "사실 그런 건 아닌 것 같아. 자기가 꼼꼼하게 쓴 일기를 다 건네주겠다던데."

"하지만 무슨 이야깃거리가 있어?"

"아주 많은가봐. 그동안 모은 기념품들을 좀 구경했거든. 죄다 아주 풍부한 이야깃거리를 담고 있더라고. 아프리카에서 오래 살았나봐. 그래도 흥밋거리는 동성애 이야기겠지. 그게 남기고 싶은 이야기인 것 같더라고."

"이름이 뭔데?"

"낸트위치 경, 이름은 찰스."

"아, 그렇구나." 제임스가 좀 거슬리는 어투로 말했다. "글쎄, 그렇담 재미있겠네."

"그 사람에 대해서 알아?" 나는 당황했다. 그가 뒷문을 통해 나와 알게 됐기 때문에 멍청하게도 나는 나 말고 아무도 들어본 적이 없는 사람이리라고 짐작했던 것이다.

"조금. 다른 사람의 이야기에 불쑥 등장하는 그런 종류의 사람일 걸. 외교관 내지 예술가 타입, 해럴드 니컬슨[7] 같은 부류지. 사실 그런 사람들 중에서 전기가 안 나온 마지막 사람쯤 될 거 같은데. 그 일, 당연히 해야겠다."

"그래, 물어보길 잘했네. 일단 읽어봐야겠다."

"엄청 늙었을 텐데."

"여든셋이라고 하더라. 좀 오락가락해. 사실 뭐가 뭔지 알아듣기 힘들기도 하고."

"집은 어때? 엄청 웅장해?"

"엄청 웅장한 시늉만 해. 사실 꽤 괜찮긴 해. 그림, 대개는 흑인을 모델로 한 그림으로 꽉 차 있어. 자기한테 함부로 대하고 범죄자처럼 좀 무시무시한 하인을 데리고 있더군. 그 노인, 꽤 마음에 들긴 했어. 지하에 로마 시대 모자이크가 있고, 성기가 엄청 큰 로마인들을 그린 좀 끔찍한 그림이 있어. 핀란드의 톰[8]이란 말이 생기기도

---

7 Sir Harold Nicolson(1886~1968). 영국의 정치가로 역사학자, 전기저술가, 소설가이자 언론인 등으로도 알려졌다.

8 Tom of Finland, 동성애를 소재로 한 일러스트로 유명한 토우코 락소넨(Touko Laaksonen, 1920~91)의 필명.

전의(avant la lettre) 핀란드의 톰이지. 하지만 귀족의 집에서 그런 걸 볼 거라고는 예상 못 했어. 벡위스 경이라면 분명히 인상을 찌푸렸을 거야······"

"아주 흥미진진하네. 집에 가면 널 위해 자료를 좀 뒤져볼게."

나는 그날 밤 잠을 잘 이루지 못했다. 이불을 아예 안 덮어도 될 만큼 더운 날이었지만 새벽녘에는 좀 추워서 깼다. 낮에 필에게 느꼈던 흥분이 자꾸자꾸 떠올랐다. 그리고 낸트위치의 전기에 매력을 느끼면서 동시에 압박감도 느껴졌다. 그간 억눌러온 아서에 대한 죄의식과 무기력감도 무게를 더했다. 그러다 커튼 주변에 어렴풋이 여명이 미칠 즈음에는 기대를 자아내던 그 모든 일이 단지 말썽의 원인인 것 같은 느낌이 들었다. 그것들 없이 상상했던 미래가 다 뒤죽박죽되는 느낌 말이다. 필에 대한 상상을 펼치기 시작했지만 잘 되지 않았고, 그러다가 왠지 모르지만 내 몸에서 성적인 감각을 전혀 느끼지 않게 되었다. 깜빡 잠이 들었는데 그와 대영박물관에서 차를 마시는 꿈을 꿨다. 우리 사이에는 강하게 자제하는 분위기가 있었고, 잠에서 깼을 때는 우리가 친구가 될 수 있다고 믿을 수가 없었다.

새들이 새벽 4시부터 지저귀고 있었는데도 나답지 않게 11시까지 나태하고 우유부단하게 침대에 누워 있었다. 11시가 되었을 때는 찰스의 회고록을 쓰지 말아야겠다고, 다른 사람들의 요구와 불행에 방해받지 않는 삶을 유지하겠다고 대충 결심을 한 상태였다. 하지만 아침을 완전히 낭비한 내게 엄습한 공허감은 내가 얼마나 다른 사람의 요구를 필요로 하는 존재인가를 보여주고 있었다. 늦잠을 자서 오히려 더 졸렸던 나는 목욕물을 받는 동안 면도를 했는데, 증기 때문에 거울 속에 비친 내 모습이 자꾸 흐려졌다. 물의 열기로 벌겋게 되어 욕조에 누워 있다보니 물이 식었다. 우리 기숙사의 창부라고 불리던 마운트조이(빨리 발음하면 스펀지와 운율이 맞았다)하고 학교 욕조에 함께 들어갔다가 사감인 배스트 선생님한테서 한참 잔소리를 들은 기억이 났다. 배스트 선생님은 자기 직업의 목회자적 성격을 재발견할 때 사감이 보이게 마련인 열성적이면서도 다정한 태도로 내게 소명의식이 부족하다고 나무랐다. "넌 머리가 좋잖니, 윌리엄, 놀이도 잘하고—다른 애들이 왜 너를 매력적이라고 생각하는지 알 거 같다.(아, 물론 나도 잘 알고 있지.) 그렇지만 시간이 나면 마운트조이하고 그런 짓 하는 것 말고 다른 더 좋은 일을 해야지. 윌리엄, 넌 소명의식이 없어. 그게 문제야." 반항적인 시기여서 나는 그런 일 때문에 더 자부심을 느꼈다. 그래서 몇주 동안은 마운트조이하고 장난을 더 많이 쳤다. "이게 내 소명의식이거든." 책을 읽은 뒤 만나 재빨리 한번 하려고 들로 슬쩍 빠져나가면서 나는 마운트조이에게 말하곤 했다.

전화가 울렸을 때는 다시 잠들려던 참이었다. 아주 큰 목욕 타월을 두르고 물을 뚝뚝 떨구며 침실로 달려갔다. 제임스였다.

"에벌린 위의 『일기』에 여러번 언급되어 있더라." 그가 말했다.

"낸트위치 말이야?"

"그래. 대부분은 그냥 지나는 말이긴 해. 옥스퍼드에서 처음 알게 됐고 그뒤로도 가까이 지낸 것 같아. 옥스퍼드 시절 일기는 물론 없어. 가장 흥미로운 부분은 워가 아프리카에 가기 전이야. '앨러스테어와 저녁식사. 앨러스테어는 일요일에 카이로로 귀환. 아비시니아 계획을 다시 한번 함께 살펴봄. 나중에 찰스 낸트위치 합류. 조지아의 집에서 꽤 취해서 왔는데, 조지아에 따르면 찰스가 트로커디로에서 흑인 작가와 사귀는데 잘 안 되고 있다고. 우리는 아무엇도 모르는 척했다. 아프리카에, 흑인들의 미와 세련됨과 고상함 등등에 대해 아주 열정을 가진 친구였다. 내게 무척 많은 조언을 해주었고 나는 다 기억하겠다고 약속했다. 앨러스테어는 몹시 말이 없었다.'"

"굉장하네." 내가 말했다. "그게 다야?"

"제일 중요한 부분이야. 아주 흥미진진하지 않아? 이 일 꼭 해야 해. 할 거지?"

나는 타월로 다리를 문질러 닦았다. "실은 방금 하지 말아야겠다고 결심한 참이었어."

"글쎄, 내 보기에 그럼 넌 미친 거야."

"알아."

"잘 생각해봐, 그 사람이 널 아주 특별히 골라서 부탁한 거잖아. 이건 **점지된** 거라고." 제임스의 과학적인 정신 속에는 섭리에 대한 환상적이고 낭만적인 믿음이 공존하는 모양이었다. "게다가 자격도 충분하고도 남잖아. 글을 쓸 능력도 되고. 코드스톤 화병에 대한 그 글 감동적이었어. 그리고 흑인의 세련됨과 고상함 등등에 대해서도 아주 관심이 많잖아. 이보다 더 좋은 기회는 있을 수 없어. 네가 안 하면 터무니없는 놈이 덤벼들 거라고. 아님 그 사람이 죽어버릴 테고. 값을 매길 수 없을 만큼 좋은 일이야." 제임스가 결론적으로 말했다. "그 사람이 살아 있을 때 그 모든 경험에 대해 얘기해서 글을 쓴다면."

"이 일에 대해 네가 나보다 훨씬 더 많이 생각한 게 틀림없군." 나는 농담하듯, 하지만 진심으로 그렇게 말했다.

"나라도 하고 싶지만, 알잖아, 내겐 고쳐줘야 할 환자들이 있다고……"

"그 일을 할 만한 이유가 있다는 덴 나도 동의해. 단지 안 할 이유가 더 많다 싶었지."

"말도 안 돼. 네가 스스로 너무 중요한 사람이라 어떤 일도 안 하는 게 좋다고 생각하는 거 알지만, 무슨 일이라도 하긴 해야지. 안 그러면 가치 있는 일이라곤 하나도 한 게 없이 젊은 체하는 늙다리 동성애자가 되고 말 거라고. 벡위스 자작 3세의 유명한 마지막 말은 '또 해줘'일 거야."

나는 짓궂은 미소와 함께 큭큭 웃었다. "내 생각엔 '내 모습 어때?'일 거 같은데." 제임스는 최고로 권위적인 태도로 평소에도 가끔 그러듯 내게 설교를 하는 거였는데, 배스트 선생님의 새로운 화신이라도 된 것 같았다. "그래도 오래오래 붙잡고 있다가 결국 별 이야기도 아니게 되면 어쩌나 하는 생각도 들거든."

"베스트셀러가 될 게 틀림없다는 생각도 드는데. 생각해봐, 널 데려다 시험을 해본 게 분명하잖아. 그림들을 보고 뭐라고 하나, 아무개 왕의 조각상을 보고 어떤 반응을 보이나."

"그거야 맞는 얘기지. 날 좋아하는 것도 분명하고."

"그 정도야 적당히 다룰 수 있잖아." 제임스가 부드럽게 반대했다. "뭐 한두번 비위를 맞춰줘야 할 수도 있겠지. 나이 든 동성애자들은 대개 수영장에 함께 가달라든지, 목욕하고 있는데 실수로 벌컥 들어온다든지 뭐 그런 정도잖아. 그냥 보고 싶은 것뿐이야."

"세상에, 제임스, 그런 걱정은 전혀 안 해. 무엇보다 호의를 베풀어주는 쪽은 나니까. 그 사람은 나 벗은 거 벌써 몇번 봤어. 자기 집에 수영장이 있는 것도 아니고. 그래서 알게 된 거야."

"그 일 하겠다고 약속해줘. 내 말은, 그 책 꼭 쓰라고."

"하지만 알잖아," 내가 당혹스러운 어조로 말했다. 나는 본능적으로 자신을 시험해보는 중이었다. "난 어디 매이는 게 싫어. 아무 때나 휙 나가고 그러는 게 좋다고. 알잖아."

"내가 아는 한 책을 쓴다고 섹스를 못 하는 건 아닐 텐데. 위대한 작가 중에 그런 사람도 있긴 하지. 예를 들어, 제인 오스틴은 책을 쓸 때 교미를 한 적은 없어. 버니언도 『천로역정』을 쓰는 동안 한번 도 안 했던 걸로 알고 있고. 하지만 너한테 그런 제약을 가할 필요 는 없겠지. 아니, 하루치 일을 반시간 안에 해치우고 어디 뒷방에 가서 누가 뭐라든 원하는 대로 신나게 놀 수 있잖아."

그가 빈정대며 나무라는 게 아주 재미있었다. "어쨌든 당장 결정 해야 하는 건 아니야. 며칠 안에 대답을 주겠다고 했어. 이런 일은 한번도 해본 적이 없는 게 사실이니까. 알다시피 전문 전기작가도 아주 많을 거 아냐. 난 아주 부적합한 사람이지."

"그가 그걸 모른다고 생각해? 현대판 애스프 부인[9] 중에 아무한 테라도 맡길 수 있다는 거야 알겠지. 잘 이해할 거라고 생각했기 때문에 널 선택한 거야. 어쨌든 네가 그 사람 목숨을 구했잖아. 이 제 다시 한번 그래주길 바라는 거라고."

"이 모든 일에서 보이는 시적 정의에 너무 휘둘리지 마." 내가 말 했다. "이봐, 나 아무것도 안 입었고 카펫도 다 젖었다고."

"알았어. 하지만 이 문제에 대해서 제대로 조언을 해줘야겠다 싶 었거든. 나도 왕진에 늦었어─종기, 아기들, 가래톳, 다들 기다리 고 있다고. 이것만 봐도 내가 이 일을 얼마나 중요하게 생각하는지 알겠지."

"알았어. 곧 얘기하자."

---

9 Mrs. Asp, 로널드 퍼뱅크의 소설 『허영심』(*Vainglory*)에 나오는 다작의 전기작가.

"좋아. 표지 날개에 들어갈 사진을 고르는 게 얼마나 재미있을지만 생각하라고."

"으음—그건 생각도 못 했는데." 우리는 전화를 끊으며 함께 웃었다.

사흘 후, 나는 세인트폴스 역을 나와 성당 뒤를 돌아 스키너스 레인으로 향했다. 날씨는 여전히 후덥지근했고 바람도 없이 우중충했다. 하늘에는 환한 빛이 있었지만 보도에는 내 그림자가 생기지 않았다. 골목과 집은 내가 기억했던 것보다 작았다.

초인종을 누르고 마음의 준비를 했다. 루이스가 무례한 환영을 할 것이고, 찰스는 내가 나타났고 또한 그 일을 하기로 했다는 사실에 기뻐할 것이라 상상하며 표정을 가다듬었다. 일단 전화로 그가 가진 자료를 좀 살펴보겠다고 알려두었다. 내가 책을 쓸 수 있을지 여부는 한달 안에 알려주기로 했다. "좀 이상하다는 건 아네." 그는 말했었다. "내가 유명인사는 아니니까. 하지만 책은 유명해질 수도 있지." 지난번처럼 집 안에서 아무 반응이 없어서 나는 다시 한번 초인종을 누르며 거리로 내려섰다. 만남에 대해 마음의 준비도 하고, 집이라는 사적 공간에 들어가기 위한 허락을 받으려 할 때 흔히 느끼는 멋쩍은 느낌을 거리라는 공적 공간으로 물러남으로써 줄이기 위해서였다. 창문은 전처럼 불투명했지만 이제는 그 안에서 기다리고 있는 것이 뭔지 알기 때문에 책이 쌓인 친근한 서재와 조용한 식당이 보이는 듯했다.

여전히 아무 반응이 없었고, 나는 속으로 '4시라고 했잖아' 하고 툴툴댔다. 주변에는 아무도 없었다. 하지만 초인종을 세번이나 누른 다음에는 너무 성급하게 구는 것처럼 보이지 않으면서도 주의를 끌기 위해 문을 두어번 쾅쾅 두드렸고, 여전히 혼자뿐인지 확인하려고 다시 주변을 살폈다. 그사이에 중년 사내 하나가 골목 어귀에 나타났는데, 그가 골목 안의 퇴락한 집들 중 하나로 들어가자 나는 최소한 못 참겠다, 이게 웬일이냐 하는 시늉이라도 해야겠다는 생각이 들었다. 그러느라 손바닥으로 문을 밀어보니, 문은 잠겨 있지 않아서 안쪽으로 약간 열렸다. 나는 문을 마저 밀어 반쯤 열고 재빨리 안으로 들어갔다.

전혀 내 것처럼 들리지 않는 목소리로 "계세요" 하고 큰 소리로 외쳤다. 여전히 대답이 없었다. 왼쪽 서재 문이 열려 있어서 조심스럽게 안으로 들어갔다. 큰 탁자 위에 종이며 오려낸 기사 따위가 널려 있어서 지난번보다 더 지저분해 보였다. 찰스가 내게 보여줄 자료를 찾고 있었던 것 같았다. 방을 나오려고 돌아서는데 갑자기 커다란 검은 고양이 한마리가 몸을 일으켜 하품을 하며 부르르 떨어서 깜짝 놀랐다. 고양이는 벽난로 옆 찰스의 안락의자에 누워 있었던 모양으로, 적의에 가까운 시선으로 잠시 노려보더니 고개를 돌리고 자기 몸을 핥으며 나를 무시한 채 제 할 일을 했다. 키가 크고 늘씬하며 넓고 긴 코에 삼각형의 귀를 꼿꼿이 세운 고양이였다. 애완용이라기보다 행사용 고양이처럼 보였고, 아무 소리도 내지 않고 나를 무시하는 모습 때문에 더 불안하고 비현실적인 느낌이었다.

식당은 건너뛰고 그 뒤의 응접실 문을 두드리며 안을 들여다보았다. 응접실은 비었고 잘 정돈되어 있었다. 접힌 신문과 반짇고리, 버섯 모양의 짜깁기 바대—남성의 집에 꼭 있어야 하는 것들—가 작은 탁자 위에 놓여 있었다. 열린 문을 통해 주방 쪽으로 들어갈 수 있었는데, 지난번에 왔을 때는 못 본 곳이었다. 젖빛 미닫이

유리문이 달린 찬장, 석조 싱크대, 윗부분을 둥글린 일렉트로룩스 냉장고와 초록색 에나멜을 칠한 가스레인지 등이 돌아가신 할머니가 보시던 전후 잡지 『미시즈 비턴』 속의 컬러 사진을 닮아 있었다. 검은색 베이클라이트 플라스틱으로 만든 구멍이 두개뿐인 플러그가 그 이미지를 완성해주었다. 창문 아래 작은 탁자를 보니 찰스와 루이스가 밥을 먹은 것이 분명했다. 소박한 점심을 담았던 냄비와 그릇들이 싱크대에 그대로 담겨 있었다.

거기 계속 있으면서 더 살펴보고 싶은 욕구를 강하게 느꼈지만, 누가 나를 볼 수도 있었고 그런 모습을 들키고 싶지는 않았다. 찰스가 걱정되기도 했다. 만일 루이스가 없었다면 그 노인이 쓰러졌다 해도 아무도 모를 수도 있었다. 그 집의 방들에 벨이 있었는지 기억나지 않았다. 그 집에 고양이 한마리, 시체 한구와 내가 함께 있는 건지도 모를 일이었다. 그것은 아주 매력이 없지도 않은 상상이었다. 나는 그림을 흘깃거리면서 천천히 복도를 걸어갔다. 계단 아래참에서 망설이다가 안내인을 그린 작은 스케치 한점을 살펴보았다. 빠르게 날린 선 몇개로 터번과 미소, 칼과 발끝이 위로 말린 신발을 보여주는 작품이었다. 몸을 돌리는데 옆에서 누군가가 움직이는 것이 보였다. 놀라서 가슴이 쿵쾅거렸지만, 전날 들여다보았던 오래된 뿌연 거울일 뿐임을 깨달았다. 실내가 어두워서 더 신비하게 보였고 불안감 때문에 가슴이 뛴 것뿐이었다. 나는 굳이 내 모습을 들여다보지 않고 계단을 올라가기 시작했다.

나는 조용히 슬그머니 다니는 편이 좋아서 금속이 달리거나 시끄러운 신발은 절대 신지 않았다. 그래도 내가 딛는 데 따라 계단 하나하나가 모두 삐걱거리며 소리를 내서 들키지 않기는 불가능했다. 그래서 계단을 두칸씩 밟아 이층으로 올라갔다. 다 올라가자 조용한 가운데서 다른 둔탁한 소음, 희미하면서도 무거운, 불분명한 말소리가 들려왔다. 그 소리는 집의 뒤쪽 응접실 뒷방, 찰스의 침실일 듯싶은 방에서 나는 것 같았다. 나는 사적인 것일지도 모르는 일을 방해하고 싶지는 않았지만, 합리적으로 생각해볼 때 뭔가 심각하게 잘못된 것이 틀림없다는 생각이 들었다. 문을 밀고 방으로 들어가보니 둘 중 어느 상황인지 언뜻 판단이 서지 않았다.

"찰스." 내가 잘 들리게 말했다.

"세상에!" 대답하는 목소리에는 절망이 담겨 있었는데, 소리는 희미했지만 소리의 주인은 가까운 데 있는 것 같았다. "이 망할 놈의 문을 열라고—제발!" 내가 상황을 알아차리기까지 일초면 되었겠지만, 그러기도 전에 이미 좀 전에 들었던 둔탁하게 두드리는 소리가 다시 들렸다. 나는 방을 가로질러 작은 문으로 가서 일단 손잡이를 돌려보고 다음 순간 거기 꽂힌 딱딱한 놋쇠 열쇠를 돌렸다. 그것은 거의 잠그는 적이 없지만 필요할 때는 잠글 수도 있는 문이었다. 작은 드레싱룸이 틀림없는 그 방 저쪽에 틀어박혀 있던 찰스는 기뻐하지 않았다. 그 방에는 서랍장과 열린 옷장, 세면기가 있었는데, 칼라와 타이를 풀어헤친 채 시뻘게져서 세면기에 기대고 있던 그의 얼굴에서는 불안과 분노가 함께 느껴졌다. 코너에 앉아 자신의 명예를 걸고 결정적인 마지막 출격을 하려는 권투선수를 연상시키는 모습이었다. 나를 전혀 알아보지 못했다.

"루이스 어디 있지?" 내게 묻는 것이긴 해도 내가 보이지는 않는 것 같았다. 숨을 헐떡대고 있었다. "그레이엄은 갔나?"

나는 팔을 벌리고 그에게 다가갔지만 그는 인사를 하거나 알은체를 하려고도 않고 그냥 나아갔다. 내가 몸을 돌려 그를 부축해주려 했지만 그는 어깨로 내 손을 스치며 휘청휘청 나를 지나쳤고,

나는 그의 뒤를 바짝 따라 침실로 들어갔다. 그는 바닥에 쓰러진 의자를 세우려 씨름하고 있었다. 몸을 수그리고 의자를 세우는 것이 너무 힘들어 보여서 내가 도와주려고 그의 앞으로 돌아가 섰다. "찰스, 윌리엄이에요."

그는 들은 체도 않고 의자를 바로 세운 뒤 거기에 털썩 주저앉았다. 그런 다음 말없이, 골똘히 나를 바라보았다. "갔군." 내가 그의 앞에 쭈그리고 앉아 불안한 미소를 띠고 지켜보자 좀 있다가 그가 말했다. "그들이 날 거기 가뒀어. 아니면 루이스가 그랬든지. 내가 참견하지 못하게 말이야. 이 방 좀 보라고."

찰스는 내 쪽으로 손을 뻗긴 했지만 내가 맞잡기도 전에 억지로 몸을 일으켰는데, 그러자 변신이라도 한 것 같았고, 좀 어리둥절하긴 해도 내가 함께 있다는 사실을 받아들인 듯했다. 그의 왼팔이 내 어깨를 감싼 채 우리는 한쌍의 주정뱅이처럼 그의 침대를 향해 뒤뚱뒤뚱 걸어갔는데, 내가 그의 몸무게를 상당히 감당해주어야 했다. 침대에 이르자 그는 다른 팔을 펼쳐 보이며 참 어이없고 기가 차다는 뜻을 생생히 전했다.

사실 침대 속에는 어처구니없게도 파나마모자를 쓰고 이목구비 없이 넓적한 얼굴을 한 실물 크기의 인체 모형이 누워 있었다. 불 꺼진 기숙사 방에서 자는 척하고 빠져나가기 위해 학생들이 만드는 초보적인 모형이어서 여름날 한낮의 빛 속에서 보면 그걸 만드느라 뭉친 침대보와 옷가지가 아주 꼴사납게 드러날 것이었다. 축 늘어진 베개로 만든 머리는 보는 사람을 속이기보다 조심하라는 경고였다. 침대보 위에 머리 둘레로 둥그렇게 묶어놓은 것은 엉성하게 맨 올드 위커미스트[10] 넥타이였다. 그것을 보니 어렸을 때 어머니가 매일 아침 거울 앞에 나를 세워놓고 뒤에서 넥타이를 매주던 기억이 났다. 주위에는 붉은 장미꽃잎이 예술적으로 흩뿌려져 있었고, 하얀 침대보 위 모형의 심장이 있어야 할 곳에는 마른 지 오래된 핏자국을 닮은 녹물 같은 붉은 얼룩이 져 있었다. 나는 침대 옆 탁자에 있던 작은 병을 향해 손을 뻗었다. 바닐라 에센스였다.

이 광경을 잠시 함께 바라본 뒤 나는 찰스를 돌려세워 침대 가장자리에 앉히고, 그 모형을 해체해서 모자는 안락의자를 향해 던지고 넥타이는 돌돌 말았다. "저 넥타이를 알아보는군." 찰스가 놀랍도록 침착하게 말했다. 나는 미소를 지었다. "참 엉망진창이네요." 사실 그 방에 처음 들어갔을 때 충격적이었던 것은 싸움이 벌어진 것이 분명한 그 방의 전체적인 상태였다. 침대에 단정하게 놓인 인체 모형과 방의 나머지 부분에서 보이는 기울어진 그림과 넘어진 장식품들, 마구 헤집어진 서랍들 사이의 기이하고 조심스러운 대조 말이다. "이런 멜로드라마는 정말 더이상 못 견디겠어." 찰스가 말했다.

무척 궁금하긴 했지만 나는 도저히 찰스에게 무슨 일이 있었느냐고 묻거나 그가 겪어야 했던 비참한 경험에 대해 캐물을 수가 없었다. 그냥 그를 도와 재킷과 신발을 벗기고 바로 전까지 그의 머리 모양을 흉내내고 있던 베개에 그를 눕혔다. 그는 마법에라도 걸린 듯 순식간에 잠에 빠져들었다.

---

10 old Wykehamist, 영국에서 가장 유서 깊은 사립 중·고교의 하나인 윈체스터 칼리지 졸업생을 뜻한다. 설립자 이름 위컴(William of Wykeham)에서 유래했다.

5

찰스는 자신의 서류와 글의 일부를 낡은 서류가방에 빼곡히 채
워 건네주었다. 그걸 들고 지하철에 타니 책과 과제물로 터질 듯한
가방을 가지고 집으로 가는 젊은 학교 선생 같은 느낌이 들었다.
가방은 꽤 무거웠고, 나는 검은색 절연 테이프로 보강해 약간 끈적
끈적해지고 새까맣게 된 가죽 손잡이를 쥐고 사람으로 가득 찬 지
하철에 나른히 서 있었다.

토트넘 코트 로드에서 낯익은 젊은 애 하나가 올라탔는데, 제임
스가 얼마 전에 샤워실에서 눈여겨보던 깡마른 남자라는 걸 단박
에 알았다. 전보다 그을어 보였고, 어딘지 좀 불안정한 느낌이었다.
얇은 면바지 속에서 무척 두드러져 보이는 크고 툭 튀어나온 성기
와 상대적으로 마르고 탱탱한 체구 사이의 대조도 불안정하기는
마찬가지였다. 어깨에 운동가방을 메고 이마가 깨끗하게 반들거
리는 걸로 봐서 방금 코리에서 샤워를 하고 오는 길이라는 것을 알

수 있었다. 그는 문 옆 내 맞은편에 섰고, 우리는 잠시 서로를 바라보다가 예의 바르게 시선을 돌렸다, 몇초 뒤에 꼭 다시 봐야겠다고 생각하긴 했지만. 느닷없는 성욕이 그렇게 솟구쳤다.

옥스퍼드 서커스에서 많은 사람이 내렸고 나는 문 옆 좌석에 털썩 주저앉았다. 탄 사람들도 많아서 우리는 서로의 얼굴을 볼 수 없게 되었다. 그가 계속 같은 자리에 서 있다는 것은 알 수 있었지만, 내게 보이는 거라곤 문과 좌석 사이의 유리 칸막이 너머로 딱하게 짓눌린 채 서 있는 승객들의 엉덩이와 손바닥뿐이었다. 나는 그가 나를 쫓게 함으로써 유혹의 드라마를 더 극적으로 만들고 있었다.

하지만 본드 스트리트에서는 그게 불가능했다. 사람들이 더 많이 탔기 때문이다. 내가 앉은 곳은 노약자석이었는데, 다른 사람, 예컨대 찰스 같은 노인이 다가오더라도 사람이 적을 때는 상상도 못 할 통제 불능 상태로 걸음걸이를 비틀거나 손발을 뒤틀며 내릴 준비를 해야 했을 것이다. 다행히 평범한 통근자와 쇼핑객뿐이었다. 지하철이나 버스로 짧은 거리를 갈 때 항상 경험하듯 손잡이를 잡은 사람 중 하나가 내 발기 상태를 보고서 기회를 엿보다가 지하철이 속도를 내거나 늦출 때 나를 향해 몸을 던질 작정을 하고는 무릎을 밀착하고 눈을 내 무릎에 고정하고 있어서 좀 짜증이 나긴 했다. 내가 원하는 건 더이상 눈에 안 띄는 그 젊은 애, 내가 내릴 정류장이 오기 전에 나도 모르는 사이에 내려버릴까봐 걱정이 되던 그 젊은 애였으니까.

한적한 랭커스터 게이트와 퀸스웨이 역을 지난 뒤에야 많은 사람이 타고 내렸다. 노팅힐 게이트에서 내 옆자리가 비었는데, 놀랍고도 필연적인 일이 일어났다. 나를 탐내고 있던 나이 많은 남자가 짓궂은 미소를 지으며 내 옆에 앉으려고 멈칫대고 있을 때, 코리의 그 젊은 애가 갑자기 내 앞에 나타나더니 슬쩍 그 자리를 차지한 것이다. 그의 적수가 앉으려고 이미 정장 바지 속의 엉덩이를 내리고 있을 때 가로채 앉았기 때문에 그 나이 많은 남자는 그의 무릎에 앉을 뻔했다. 워낙 대담한 행동이어서 혼동을 가장하거나 사과를 할 수 있는 상황은 아니었고, 그는 내 옆자리에 다른 사람이 앉을 가능성은 처음부터 없었던 것처럼 현명하게 처신했다. 나는 내무릎을 손가락으로 두들겼고 은근한 미소를 띠며 천천히 그를 돌아봤다. 다른 남자는 인상을 쓰고 얼굴을 붉히며 다른 쪽으로 획 가버렸다.

삼십초 남짓이면 홀랜드 파크에 도착할 참이었다. 전에도 가끔 그랬듯이 나는 노리고 있던 사람과 함께 있기 위해서라면 내가 내릴 역을 몇마일 지나서까지 계속 갈 용의도 있었다. 그런 노력이 수포로 돌아가서 소년들이 집 앞 길가에서 자전거를 고치고, 먼 데서 축구하는 사람들이 지르는 소리가 바람결에 들려오며, 그 너머로 반쯤은 시골 같은 들판과 숲이 있는 먼 교외에 혼자 동그마니 남겨질 경우도 있었다.

그래서 나는 지하철이 속도를 줄일 때 찰스의 가방을 앞으로 당겨 다음 역에서 내릴 것을 암시해 보였다. 물론 필요하면 안 내릴 수도 있었다. 하지만 사실 요새 코리가 너무 북적댄다는 말에 서로 동의하는 동안 다행히 그도 일어서려고 몸을 앞으로 내밀었다. 우리가 팔꿈치로 다른 사람들을 밀치며 지하철에서 내려 플랫폼을 따라 걸어가는데, 나를 탐내던 다른 남자가 마지막 기회일지도 모를 그 몇초를 즐기다가 그를 싣고 우리 곁을 스쳐 사라지는 지하철 속에서 토할 것 같은 표정을 짓는 것이 보였다.

"그럼 이 근처에 사나?" 내가 다시 좀 우스꽝스럽게 거리를 두며 그 젊은 애에게 말했다.

"꼭 그런 건 아니고." 그가 말했는데, 그렇게 괜찮은 사람은 아닐 것 같다는 내 첫인상을 떠올려주는 자신만만한 태도가 살짝 엿보였다. 나는 묻는 듯한 미소를 지었다. "함께 그쪽 사는 곳에 좀 가볼까 했어, 실은." 그가 설명했다.

우리는 효율적인 섹스를 한 뒤 핌스를 한잔 마시고, 지는 해를 배경으로 창가에 앉았다. 공기는 꽃가루로 가득 차 있었고 콜린은 거기 민감했다. 몇분 동안 재채기를 하고 눈을 찡그리기를 반복하더니 가봐야 한다고 말했다. 아쉽지는 않았다. 벌써부터 아까 받은 가방을 열고 내용물을 확인할 기대에 부풀어 있었기 때문이다. 콜린을 내보내고 문을 닫고 보니 가방이 내가 그에게 덤벼들기 전 그대로 의자 위에 놓여 있었다. 이제 다시 가방을 집어들며, 나는 그다지 나쁘진 않았지만 프로처럼 냉정하게 한탕 치려고 그렇게 급히 가방을 내던지다니 참 무례했다는 생각이 들었다.

나는 가방을 식탁으로 가져가 끈을 풀고 내용물을 식탁 위에 꺼내놓았다. 종잇장이 날아가지 않도록 창문도 닫았다. 아서가 사라진 날부터 나는 빛과 상쾌한 공기에 사로잡혀 있었던 것이다.

기록물 더미는 주로 갈색 보드지를 앞뒤로 덧댄 사절판 공책들 묶음이었다. 여러번 넘겨보아 가장자리가 나달거렸다. 대부분의 공책 앞표지에는 투명 잉크로 새긴 글자가 적혀 있었는데, '옥스퍼드, 1920'과 '1924: 하르툼'이 내가 처음 집어든 두권의 제목이었다. 내용은 검은색 잉크로, 우아하지만 읽기 쉽지 않은 필체로 쓰여 있었고 사이사이에 이런저런 것들—엽서, 편지, 스케치, 심지어 호텔 영수증과 명함까지—이 끼워져 있었다. 또한 열쇠로 채울 수 있는 두툼한 오년 일기장[1]도 있었는데, 다른 편지와 서류, 사진으로 불룩한 커다란 누런 봉투도 함께 들어 있었다. 나는 즉시 의자를 당겨 그 내용물을 살펴보기 시작했다. 그것들이 비록 수수께끼 같긴 해도 찰스라는 사람의 전모를 알려줄 열쇠나 부적 같았기 때문이다.

스냅사진들, 단체사진들, 스튜디오에서 찍은 사진들이 마구 뒤섞여 있었다. 한무리의 자신만만한 젊은이들의 모습이 종이틀에 끼워진 사진에는 옥스퍼드 입학 기념사진이나 단체사진에서 여전히 애용되는 아마추어 고딕체로 "대학 사격팀 VIII, 1921"이라고 쓰여 있었다. 조금 지나자 서 있는 사람 중 하나, 윤기 있는 머리칼을 뒤로 넘기고 짓궂은 미소를 띤 매력적이고 체구가 큰 젊은이가 틀림없이 찰스라는 것을 알 수 있었다. 얼굴은 지금에 비해 훨씬 홀쭉했고 체격은 무척 훌륭해 보였다. 그가 점점 자기 삶을 장악하는 능력을 잃어가는 모습을 본 나로서는 인생을 즐길 줄 아는 것처럼 보이는 젊은이의 모습을 발견하고 잠깐 놀라웠다. 그는 다시 잘 연출된 초상사진에 등장했는데, 이번에는 아까보다는 덜 멋있어 보였다. 아마도 사격팀 사진의 자연스러움과 쾌활함이 그에게 생기를 불어넣어 더 멋있게 만들어준 듯했다.

하지만 대부분의 사진은 아프리카 시절에 찍은 것들이었다. 스핑크스를 배경에 두고 낙타를 탄 그의 모습을 찍은 뻔한 스냅사진들이 있었는데, 뒤에 "1925년 휴가"라고 적힌 문구로 보아 여행 기념으로 찍은 사진임을 알 수 있었다. 그럼에도 대부분은 분명히—혹은 어떤 경우에는 좀 희미하게—현장에서의 삶을 보여주고 있

[1] 5년 동안 매해 같은 날짜의 일기를 같은 면에 적도록 한 일기장.

었고, 요란스럽지 않고 진정성 있는 장면들이었다. 전형적인 것이 고사목처럼 보이는 나무 아래 거의 벌거벗었거나 완전히 나체로 둥글게 둘러서서 염소떼나 소떼를 바라보는 원주민 집단의 모습이었다. 어떤 사진에서는 반바지를 입고 솔라 토피[2]를 쓴 찰스가 새까만 짧은 머리에 긴 옷을 입은 남자들 가운데 서 있었다. 아주 멋있고 감정이 풍부해 보이는 흑인 젊은이의 무척 구겨진 사진도 있었는데, 사선으로 잘려 있는 것으로 보아 다른 인물을 잘라낸 것 같았다. 찰스의 침실에서 그런 장면을 본 뒤라 그 사진을 보니 약간 불안하기도 했다. 마치 주술로 사람을 죽이려고 그렇게 한 것 같은 느낌이었기 때문이다.

여성이 눈에 띄는 사진은 한장뿐이었다. 아직 어린 찰스가 멋있는 정장을 차려입고 서서 금박으로 장식한 작은 소파의 등받이 너머로 거기 앉은 입술이 얇고 어여쁜 여인을 내려다보는 무척 구식의 스튜디오 사진이었다. 그들 뒤로 사진가가 무대 장식으로 쓴 난간과 기둥이 낭만주의적인 흐릿한 배경처럼 희미해지면서 프라고나르[3]의 그림에서 보이는 순간적인 홍조를 더해주는 것 같았다. 하지만 사진가가 솜씨 좋게 연출한 자세에도 불구하고 신기하게도 따로 노는 듯한 긴장된 표정의 모델들은 그런 목가적인 느낌을 무시하고 있었다. 찰스의 삶에 여성이 있었다면 이것은 그 불행을 상기시켜주는 사진일까? 누이의 사진이라고 보는 편이 더 그럴듯할 것 같았다. 게다가 모델들의 눈에서 엿보이는 좀 불안한 표정이 가

---

2 sola topi. 인도처럼 햇볕이 따갑고 아주 더운 나라들에서 머리 보호용으로 쓰는 헬멧 모양의 가볍고 단단한 흰색 모자.

3 Jean Honoré Fragonard(1732~1806). 프랑스 귀족의 향락적 생활을 관능적으로 그린 로꼬꼬 화가.

족적 연결을 암시하는 것 같기도 했다. 무엇을 묘사한 사진이든 두 사람이 암시하고 있는 것은 우울하고 불운한 낸트위치 집안사람들에 관한 이야기일까? 찰스가 이미 몇번이나 내게 당부했던 기초 조사를 해야 할 때가 된 게 틀림없었다.

나는 사진들을 다시 봉투에 집어넣었다. 대부분은 뒤에 아무런 설명도 없었고, 대략적인 암시와 정보를 주기는 했지만 특별한 지식을 전해주지는 않았다. 찰스가 내게 주려고 얼마나 주의 깊게 모은 것인지는 알 수 없었지만, 자신의 경력을 보여줄 수 있는 사진이라면 주의 깊게 고르지 않았을 수도 있었다. 이 일을 하려면 전기 관련 자료를 읽고 수단의 역사를 아는 것만큼이나 그것들의 연관성과 확인을 위해 그의 기억을 탐색하는 일이 중요할 게 틀림없었다.

공책을 뒤적이며 눈에 띄는 대로 아무 문장이나 때로 단락 하나씩을 읽어봤지만 거기 담긴 삶이 한정된 범위들만 다루고 있다는 사실에 좀 짜증이 나고, 거의 화가 나기까지 했다. 그 삶의 추잡한 부분을 보게 될 것이라 기대해서 그랬는지도 모를 일이지만, 실제 기록들은 제법 신중하게 쓰인 것들로 임무 내용과 관리들과의 다툼, 파티에 초대한 손님 명단 따위를 보여주고 있었다. 그 이상의 내용, 추잡한 부분들이 반드시 있을 것이라 기대했는데, 식민지 시기의 사소한 일들을 보고 있자니 좀 역겨워지면서 갑자기 회의감이 들었다. 다른 삶이 끝없이 지속되었고, 그것이 기록되고 수많은 세월 동안 보존된 다음 중요성을 주장하는 중이구나 하는 끔찍한 느낌이 들면서 내가 이 일에 적합한 사람이 아니라는 냉정한 생각이 들었다.

그래도 내게 이 일을 할 만하다고 느끼게 해주는 것은 사실 현재였다. 찰스의 현재는 너무나 뒤죽박죽이고 피로와 강렬한 편집증적 에너지가 섞여 있으며, 섬세하면서도 미숙한 듯한 관대함이, 존재와 부재가 섞여 있어서 그 기록들에서는 느낄 수 없는 희망을 그에게서 얻을 수 있었다. 예를 들어, 최근에 그의 집에서 일어났던 사건은 아주 훌륭한 글쓰기 재료였다. 내 짐작으로 루이스가 그를 드레싱룸에 가둔 것은 벌을 주기 위해서가 아니라 보호하기 위해서, 침실에서 자기가 다른 남자와 싸우는 동안 끼어들지 못하게 하기 위해서였다. 그 사내는 이전 고용인이었다. 나는 찰스에게 그 사내가 왜 왔던 것인지 물어봤는데, 루이스 대신 그를 다시 고용할까 해서 불렀던 게 아닌가 싶었다. 루이스가 질투의 화신이라는 사실은 이미 알고 있었고, 자신의 기회를 망칠 사람을 향해 그가 방만하고 냉소적인 폭력을 행사했을 거라는 것은 쉽게 상상할 수 있었다. 하지만 그가 찰스에 대한 충성심에서 다른 사내와 싸웠다면 대체 왜 어린애처럼 허수아비를 만들어 부두 주술로 그를 공격한 것인지? 다른 모든 다양한 것들처럼 그것은 찰스에게는 납득할 만한 일이었다. 그는 잠에서 깬 뒤에 크게 자책했고, 우리는 부엌으로 내려가 차를 탔다. "당연한 귀결이었어." 그의 소감이었다. 하지만 내가 납득할 만큼 설명하지는 못했다. "루이스는 굉장히 뛰어난 권투 선수였다네." 찰스는 몇번이나 되풀이했다.

전화가 울렸다. 수화기를 들자 격식을 차린 젠체하는 목소리가 말했다. "윌리엄인가요?"

"그런데요."

"벡위스 경이십니다." 할아버지가 수화기를 들 때까지 삼십초 정도가 흘렀다. 워낙 대단한 분이라 아주 간단한 일도 하인을 시켰다. 그의 집사는 유능하고 무미건조한 사람으로, 할아버지만큼이나 늙었고 본인의 단정함에 대한 자부심으로 숨이 막힐 듯한, 지금은 거의 사멸한 부류의 사람이었다. 절대 자신의 주인을 드레싱룸에 가두는 일은 없을 사람 말이다. 하지만 내 전화번호 돌리는 일을 그에게 시킨 것은 이번이 처음이었고, 나 또한 할아버지가 살아오는 동안 상대한 수천의 사람들, 정부와 입법부의 여러 사람들이 경험했을 약간 불안한 거리감을 느꼈다.

"월? 잘 있느냐, 달링?" 이건 그의 위엄의 다른 면이었다. 명령하는 재능 이상으로 권력과 성공을 의미하는 단도직입적 친밀감과 매력 말이다. 그의 다정한 태도는 감정적이거나 여성적이지 않고 처칠의 태도처럼 남성적이어서 상대방에게 가치 있는 사람으로 특별히 선택된 것 같은 느낌을 주었다. 그의 '달링'은 런던내기의 '달링'이나 동성애자들이 자주 쓰는 '달링'이 아닌, 듣는 사람에게 칭찬과 영감을 주기 위해 붙이는 개인적인 신임장이었다.

"할아버지, 저는 아주 잘 지내요. 할아버지는 어떠세요?"

"더위가 심해서 좀 그렇구나."

"거기도 많이 더운가요?"

"모르겠다. 내 생각엔 더 더운 것 같다만. 보자, 내가 다음주 내내 런던에 가 있을 예정인데─내게 점심을 대접해주려느냐?"

"할아버지께서 사주시려는 거 아닌 게 확실한가요?"

"내가 항상 네게 사주잖느냐. 한번쯤 역할을 바꾸는 것도 좋을 것 같구나. 물론 홀랜드 파크로 가고 싶지만 넌 요리 못하지?"

"전혀 못해요, 물론." 이건 우리의 습관 같은 과장된 언사, 어색하게 재빨리 나누는 대화였다. "무척 후회하실 거예요. 아주 비싼 데로 모실게요." 더욱이 나는 사생활의 필요성을 어느 때보다 강하게 느끼고 있었다. 내 아파트에는 아주 소수의 사람만 드나들게 했다. 사회생활은 거의 무에 가깝게 줄였다. 할아버지가 사준 것이나 다름없는 아파트였기 때문에 나는 그분이 내 아파트에 대해 보이는 어떤 관심도 어린애처럼 무조건 싫었다. 내가 이사한 뒤로 할아버지가 이 아파트에 온 적은 없었다. 농담 같은 우리의 대화 속에는 내가 이미 할아버지한테서 돈을 물려받았다는, 둘 중 누구도 대놓고 언급한 적 없는 사실에 대한 의식이 들어 있었다. "누구한테 얻어먹으면 아주 기분이 좋거든!" 그가 덧붙였다.

조금 뒤 일기장으로 돌아가보니 성격이 바뀌었다는 것을 알 수 있었다. 어떤 일기장에는 눈에 띄게 긴 대목도 있었는데, 살펴본 두세 대목은 아주 복잡한 상황에 대한 이야기이거나 며칠간의 이야기를 모은 것이 아니었다. 나날의 기록은 좀 불규칙적이었고 어떤 때는 일주일 이상을 건너뛰기도 했다. 일상적인 묘사로 시작한 긴 단락이 다음 단락에서는 이야기하듯 자세한 과거 회상으로 넘어가기도 했다. 그런 내용 중의 하나는 등장하는 명칭으로 봐서 윈체스터 시절에 관한 것이었는데, 누바산맥 방문 기록 속에 섞여 있었다. 찰스는 천박한 동료들을 벗어나 자기 텐트의 작은 캠프 탁자에 앉아 아프리카의 바위와 가시나무 덤불에 둘러싸인 채 영국 생활 중의 에피소드를 기록하고 있었다.

윈체스터 시기는 오년 일기장에 기록되어 있었다. 꼼꼼하게 공들여 쓴 필체였지만 어센더는 엉켜 있고 대문자는 뱀처럼 구불구불했다. 테를 두른 표지에 적힌 "이 일기장은 _____의 것이다"라는 인쇄체(즉 정교한 고딕체) 문구가 고리를 이룬 덩굴손 장식으로 엘리자베스 1세의 서명처럼 공들여 쓴 "찰스 낸트위치 경"이라는 글자에 압도당하고 있었다. 얼핏 보니 이 일기장은 여러모로 읽기가 불가능했다. 학생 특유의 비밀주의와 관습에 따라 각 날짜의 일기(날마다 단 세줄뿐이었다)가 거의 전부 약자로 쓰여 있었던 것이다.

더욱 흥미로운 것은 학교를 다닌 오년 동안 바뀌어가는 글씨체였다. 유치하게 화려한 글씨체에서 시작해 점차 사춘기 특유의 젠체하는 글씨체로 바뀌는 모습이 보였다. 내용 파악은 여전히 불가능했지만, 수도승 같거나 지나치게 형식적인 면이 줄고 열정적인 필기체가 되었다. 어떤 글자들, 가령 d나 g 같은 것은 조심스러운 글씨 수정과 실험의 대상이 되었다. 소문자 e가 특히 불안정해서 때로는 뾰족하게 혓바닥을 내민 듯한 그리스체였고 때로는 예절 바른 흘림체였다. 나는 솔직하고 무심하게 갈겨 쓰는 내 필체를 고치려고 노력하진 않았지만, 그와 비슷하게 학창 시절에 글씨체에 많은 의미를 부여하는 친구들을 본 것은 기억났다.

나는 너무 게을러서 찰스처럼 자기 삶에 대해 불필요한 것이나 다름없는 주석을 달기 위해 오년 동안이나 계속 일기를 쓰지는 못했을 것이 분명하다. 일기 쓰기는 변함없는 학창 시절의 오락거리 중 하나로서 뭔가 한다는 것 외에는 무의미한 일이었기 때문에, 신입생 시절에 썼던 같은 면에 매일 저녁 그날 있었던 시합 점수와 공부를 꼼꼼히 기록하는 반장 찰스의 모습을 떠올리자니 감동적이었다. 해마다 서서히 쌓여가는 사소한 내용들을 눈으로 훑어봤겠지. 그 일기장은 답답하거나 외로운 사람이 스스로 정한 규칙을 완벽히 따랐다는 것을 보여줄 뿐이었고 아마 실제로는 훨씬 더 많은 내용이 있었을 것이다. 찰스의 머리가 좋았던 것은 분명했다. 그런 그가 외로웠다면, 그는 경기와 라틴어 동사에만 몰두하기보다 상상 속에서 살았을 것이다.

다시 그를 만난 것은 수영장에서였다. 평소처럼 위아래로 허우

적대고 있다가 물밑 어두운 곳에서 그에게 부딪힐 뻔했다. 그는 수영은 하지 않고 그냥 아주 깊은 데 떠 있었다. 머리를 뒤로 젖히고 손은 엉덩이에 대고 있었는데, 몸은 하얀 풍선 같은 배 덕분에 떠 있는 것 같았고 다리는 아래로 비스듬히 내리고 있었다. 거의 움직이지 않았고, 그의 몸이 황홀경에 빠져 있는 동안 밀어넘긴 물안경 때문에 그의 눈은 머릿속에 들어가 박힌 듯한 모습이었다. 죽은 것처럼 보이기도 했지만, 반쯤 잠긴 에어매트 위에 있기라도 한 듯 그냥 누운 채 떠 있는 모습에는 뭔가 경이롭도록 자연스러운 느낌이 있었다. 그는 수영하는 덩치 큰 사람들과 다이버들 사이에서 고요하게 동떨어진 존재 같았고, 그가 누구인지를 깨닫자 나는 그가 어떤 면에서는 수영장의 물이 모두 자기 것인 양 차지하고 있는 것 같아 흥미로웠다. 수영장을 한바퀴 돌 때마다 한번 걸러 물속에서 그의 모습을 볼 수 있었다. 때때로 그는 유순하지만 괴상하게 생긴 양서류처럼 손을 약간 저어 방향을 돌리고 있었다. 나는 그를 방해하지 않고 수영장을 나왔다.

내가 나가는데 복도 쪽에서 필이 서성대고 있는 것이 보였다. 잠정적인 밀회 약속 이후 처음 마주치는 것이었고, 나는 심장이 오그라들며 쿵쿵 뛰는 듯 그다지 즐겁지만은 않은 느낌이었다. 빌이 늘 그랬듯이 나도 그가 일주일 내내 어디에 있을까 궁금했었다. 물론 나는 그를 마주치지 않기 위해 아주 약간 행동반경을 바꿨다고 할 수 있다. 신랑 신부처럼 약속된 시간 전에 만나면 약속이 깨져버릴 것 같은 불안감 때문이었다. 그런 그가 지금 천을 씌운 긴 벤치에 앉아 아래팔을 무릎에 대고 몸을 앞으로 숙인 채 클럽 책꽂이에 꽂혀 있던 콘서트나 연극, 행사 관련 정보를 담은 팸플릿을 읽고 있었다. 나는 그가 알아채기 전에 아래층에서 올라가 그를 향해 비스듬히 다가갔는데, 그저 시간을 죽이는 중이라는 것을 즉시 알 수 있었다. 그는 손안의 팸플릿을 넘기고 또 넘기고 있었는데, 그의 움직임에 따라 하늘색 티셔츠 아래로 드러난 위팔 근육이 조였다 풀렸다 하는 것이 보였다. 가방은 즈크화를 신은 발 옆 마루에 놓여 있었다. 그는 나를 보더니 즉시 일어섰다. 좀 긴장한 하인 같은 표정이었다.

나는 태도를 바꿔 미소를 지었다. "어이, 필!" 나는 한쪽 팔을 뻗으며 다가가서 그의 어깨를 살짝 쳤다.

"안녕." 그가 대답했다. 미소가 그의 얼굴을 스쳤다. 나를 기다리고 있었던 게 분명했지만, 우리의 인사는 부모의 소개로 만나는 학생들처럼 조심스러웠다.

"잘 지냈어? 아래층에선 못 봤는데."

"아, 갔었지," 그가 말했다. "아까."

그가 가방을 집어들었다. 우리 중의 어느 쪽도 "이제 됐지?"라고 말하는 것은 불가능했다. 그 대신 우리는 함께 문으로 걸어갔다. 코리에서 일어나는 일을 자세히 관찰하는 사람이라면 흥미로운 진전이라고 생각했을 것이다. 안내 데스크의 마이클이 꾸짖는 듯한 어조로 "저녁 잘 보내세요, 신사분들"이라고 말하는 것으로 보아 내 짐작이 맞았다. 8시 30분쯤이었으니 겨울이라면 "저녁 잘 보내세요"가 자연스러운 인사였을 것이다. 하지만 거리로 나서자 하늘은 아직 밝았고 보도와 건물은 따뜻했다. 한여름 늦은 저녁의 넓은 하늘이 우리 앞에 펼쳐져 있었다.

내가 계속 대화를 이끌었고 망설이지 않고 지하철이 아닌 퀸스베리 호텔 쪽으로 방향을 잡았다. 우리의 상황이 주는 가벼운 당혹감에 대응하는 서로의 방식이 달라서, 그는 입을 꼭 다물고 무척 진지한 표정인 반면 나는 부자연스러울 정도로 밝고 편안한 태도를 유지했다.

"으음, 야외에 나오는 건 좋아." 내가 말했다. "저녁 날씨가 참 좋군!" 그는 뭐라고 대꾸해야 할지 모르는 듯했다. "요새 클럽에 사람이 너무 많아졌어." 내가 덧붙였다.

"아—맞아……" 그가 대화의 실마리를 잡았다 놓으며 말했다. 우리는 계속 걸었고, 나는 친구하고 걸을 때처럼 한두발짝을 내디뎌 그의 옆으로 바짝 다가갔다. 우리의 위팔이 스쳤고, 내 걸음이 부드럽게 오르내림에 따라 다시 한두번 닿았다 떨어졌다. 서로 애무하기 시작하면 모든 게 다 괜찮아질 거야, 나는 스스로를 안심시켰다. "맞아," 그가 덧붙였다. "사람이 아주 많아질 때가 있지."

나는 일부러 환한 미소를 지으며 그를 돌아보았다. "너 같은 애가 내내 역기를 독차지하니까 그런 거야."

아마 전에도 많이 들었던 불평인지 그는 내가 진심으로 자신을 나무란다고 받아들이는 듯했다. "아니, 그렇지 않아." 그가 고집했다. 물론 그렇지 않았다. "클럽에서 새 회원을 너무 많이 받아서 그런 거야." 나는 계속 그를 향해 미소를 지었다.

"하지만 자기가 역기 운동을 많이 하는 건 틀림없어." 내가 말했다. "근육이 그렇게 나온 걸 보면 자기는……" 나는 아무렇지 않은 듯 다정한 호칭을 슬쩍 끼워넣으며 의미를 부여했지만 그는 아무런 반응도 보이지 않았다.

필의 호텔에 도착하려면 십분 정도 더 가야 했는데, 꽤 오랫동안 둘 다 건물과 가게와 주차된 차 따위에 관심이 있는 척 아무 말도 하지 않는 어색한 시간을 보냈다. 보통은 술집이나 나이트클럽에서 처음 만난 섹스 상대를 데리고 그의 집이나 우리 집으로 택시나 지하철을 타고 갈 때면 둘 다 술에 취한 상태라 시간이 빠르게 흘렀고, 둘 다 우리의 목적이 오로지 섹스라는 것을 공공연히 알고 있었다. 그날 저녁의 산책처럼 정신이 말짱한 적은 거의 없었다. 나는 걸음을 내디딜 때마다 점점 더 초조해졌다. 그리고 회의가 들며 몹시 당황스러워지기 시작했다. 사실 대개는 아주 운이 좋고 복 받은 편이라 섹스 상대들의 반응은 즉각적이었다. 내 마음에 든 사람은 항상 단박에 내 몸과 성기와 푸른 눈을 받아들였다. 오해가 생긴 적도 거의 없었다. 내가 원하는 남자가 모호한 태도를 보일 때도 대개 내가 좀 오래 응시하기만 하면 그런 태도는 사라졌다. 하지만 필을 상대로는 내 안에서 뭔가 위험한 일이 일어나고 있었다. 그것이 서서히 내 감정을 파고들었다. 그의 커다란 근육질의 엉덩이에 대고 삽입하고 싶은 마음이 굴뚝같았지만——그가 걸어갈 때 한두발짝 뒤떨어져서 그 모습을 보기도 했다——더 강렬한 감정은 좀더 보호자적인 것, 부드럽게 어루만지고 싶은 것이었다. 그 감정이 너무 강렬해져서 어쩌다 만난 사람과의 섹스에 대해 드는 순간적인 확신에서는 느낄 수 없는 회의감을 불러왔다. 만일 내가 완전히 오해한 것이라면, 만일 그의 거처에 간다는 것의 의미가 바에서 같이 술을 한잔하고 체스 게임을 한판 한 뒤——"내일 일찍 일어나야 하거든"이라는 말과 함께——악수를 하는 것이라면 오늘 저녁 함께 보내는 시간은 고통이리라. 아까부터 머리가 아팠다든지 속이 이상하다는 식으로 내 무뚝뚝한 태도를 변명하며 일찍 자리를 뜨는 상상까지 했다. 어찌나 긴장했던지 그런 상상을 하는 동안 실제로 그런 증상이 느껴지기 시작했다.

러셀 스퀘어에서 나는 그의 위팔을 잡고(즉시 전해져오는 둥그스름하고 단단한 느낌이 자극적이었다) 그를 문으로 밀며 건물 가운데 정원으로 들어갔다. 그의 옆에서 뛰다시피 해서 거대한 플라타너스 나무 아래 길이 아닌, 거리로부터 잔디밭을 가려주는 나무 울타리 가까이로 그를 데려갔다.

"미안," 내가 손가락 끝으로 잠시 그의 팔을 쓰다듬는 동시에 팔을 놓아주며 말했다. "방금 피하고 싶은 사람이 보여서."

"아," 그가 약간 흥분기가 느껴지는 목소리로 말하고는 어깨 너머를 보며 물었다. "누군데?"

나는 대답하지 않고 계속 걸었다. 아직은 시야에 들어오지 않았지만 조금 후에 함께 돌아보니 열린 문틈으로 클럽 회원인 빌의 낯익은 모습이 지나가는 게 보였다. 담자색 바지에 진초록색 짧은 소매 셔츠를 입은 멋진 모습이었다. 건장한 체구 때문에 빠른 걸음이 오히려 더 허둥거리는 듯 볼품없는 모습을 연출했다.

필의 얼굴에 묘한 표정이 스쳤다. "아, 빌이구나." 그가 잠깐 어색하게 웃으며 말했다.

"음. 보는 게 나았으려나?" 그 말은 합리적인 것 같지만 사실 시치미를 뗀 셈이었는데, 그러자 순간적으로 그는 진짜로 그러고 싶었는지도 모른다는 생각이 들었다.

"아─아니. 친구야?" 필이 물었다.

"그렇다고 봐야겠지. 코리에서 종종 보니까. 점잖은 사람이야. 아주 점잖아." 내가 전혀 나답지 않게 말했다. "자기도 당연히 아는 사람이겠지." 내가 덧붙였다.

"아, 그럼." 그는 이 말을 좀 진지하게 했고, 위험한 순간을 넘긴 우리는 잔디밭을 가로질러 계속 걸었다. 우리 세 사람이 마주쳤다면 재난이었을 테지만, 그를 피하는 데 성공하긴 했어도 대체 그가 러셀 스퀘어에서 뭘 하고 있었을까 하는 의문 때문에 그다지 기분이 좋지 않았다. 물론 그가 거기 있지 말아야 할 이유는 전혀 없었다. 그렇지만 그가 사는 곳은 하이게이트다. 그리고 그는 퀸스베리 호텔 쪽에서 오는 길이었다.

러셀 스퀘어 가든스에는 중앙에 멋진 분수대가 세개 있다. 한줄로 높이 치솟는 물이 주변 보도보다 겨우 몇인치 정도 높은 커다란 콘크리트 원반들로 떨어져 우묵한 표면을 거쳐 가장자리 아래의 좁은 수로 속으로 빠져나갔다. 그런데 날씨가 아주 고요한 날이 아니면 소용없었다. 가벼운 산들바람만 불어도 떨어지는 물이 주변으로 날려 보도와 벤치를 모조리 적셨기 때문이다. 그런 것을 틀어놓기에는 늦은 시간이었지만 분수는 여전히 물을 뿜고 있었고, 우리는 아무 말 없이 걸음을 멈추고 그걸 바라보았다.

서쪽으로 지는 해가 플라타너스의 윗부분을 비추며 잔잔한 초록색과 금색으로 빛나는 나뭇잎 사이로 껍질이 얇게 일어난 나무 줄기와 가지를 파스텔 톤으로 물들이고 있었다. 나무 아래는 어스름이 내렸고, 그 속에서 사람들이 따스하고 먼지투성이인 여름의 냄새를 들이켜며 움직이고 있었다. 분수는 빛에 매달리듯 솟구쳤다가 아주 조금씩 움찔거리면서 우리 앞의 넓은 잿빛 원반들 속으로 떨어져내렸다.

필은 나보다 훨씬 더 자주 그것들을 보았을 테지만 멈춰서서 지켜보는 걸 즐기는 것 같았다. 덤덤해서 최면을 거는 듯한 분수의 움직임은 안도감을 주었다. 한줄기가 솟구치고 이어서 다른 줄기가 솟구쳐 세번 아래로 떨어져내리면서 분수가 잠겼다. 나는 고통스러운 공허감과 일상성을 느꼈다. 슬픈 얼굴로 필을 향해 돌아서서 몇초 동안 그의 모습을 위아래로 바라보았다. 다시 걷기 시작했을 때 나는 그 순간 그에게 팔을 두르고 입맞춤이라도 했어야 하는 게 아닌가 생각했다.

　길을 건너 호텔로 향하는 동안 더 긴장이 되긴 했지만 힘의 균형이 변하는 것이 느껴졌다. 우리는 그의 영역으로 들어가고 있었던 것이다. "뒤쪽으로 돌아서 가는 게 좋겠어." 그가 말했다. "비번일 때 앞에 나타나면 안 되거든."

　"물론." 내가 말했고 이어서 물었다. "언제 또 근무하지?" 그게 지금이라면 상상 속의 내 작전을 모두 바꿔야 했다.

　"음, 자정부터." 그가 말했다. "그래서 여기 있는 거야. 사는 건 아니지만, 알다시피 밤당번일 땐 방을 주니까. 이번달 내내 밤당번이야."

　"그렇구나. 보통은 어디 사는데?" 나는 그런 사실들을 알아내고 그걸 안다는 데 의미를 부여하고 싶어 애가 탔다.

　"아, 켄티시 타운 쪽. 거기 스태프 숙소가 있어. 대사관이라고들 부르지, 외국인 스태프 때문에." 그가 불필요한 설명을 해주었다.

　우리는 에드워드 양식의 거대한 호텔 정면부를 지나갔고, 나는 툭 튀어나온 위쪽 구조물──주황색 벽돌과 칙칙하게 번들거리는 베이지색 파이앙스[4]를 역겹게 섞어 만든 발코니, 나비매듭 장식, 박공, 첨탑 들──을 불안하게 올려다보았다. 이어서 호텔 부지의 모퉁이를 가로질러 사선으로 꺾인 거리, 장식 없이 밋밋한 호텔 뒷부분이 보이는 좁은 거리로 들어섰다.

　필이 창이 달린 문을 당겨서 열었고 우리는 창고와 시끄러운 보일러, 고리버들 세탁바구니들이 쌓여 있는 끔찍한 구역으로 들어갔다. 학창 시절의 시합 상대 중 최악이었던 학교의 지하실 같았

---

4 faïence, 주석을 함유한 불투명 유약을 발라 장식을 그려넣은 도기. 주로 17~18세기에 프랑스·네덜란드에서 만들어진 채색 도기를 가리킨다.

다. 방화문 여러개가 덥고 환하게 불을 밝힌 복도를 여러 구역으로 나누고 있었다. 호텔의 중심층인 위층으로 올라가서야 무늬가 있는 호텔 카펫을 몇미터쯤 밟을 수 있었는데, 거기에는 놋쇠 벽등과 18세기 런던을 그린 판화도 있었다. 이어서 다시 들어간 곳은 서비스 구역이었다.

지나는 길에 일종의 휴게실인 듯한 방의 문이 열려 있었다. 커튼이 쳐져 있었고 한때는 멋있는 것이었을, 나무 팔걸이가 달리고 고무띠로 지지되어 좌석을 뒤로 젖힐 수 있는 안락의자와 텔레비전이 있었는데, 그 앞에 감색 호텔 유니폼을 입은 사내 하나가 웅크리고 앉아 있었다. 공기는 담배연기 때문에 텁텁했고, 마룻바닥에 놓인 바에서 쓰는 커다란 재떨이에는 담배꽁초가 수북하게 쌓여 있었다.

"어이, 삐노!" 필이 말했다. 그 사내가 돌아보았다. 검은색의 심한 곱슬머리에 밋밋하면서도 잘생긴 얼굴로 에스빠냐 사람처럼 보였다. 서른살쯤 되는 것 같았다.

"어이, 필! 이거 어떻게 켜는 거지? 안 켜지네." 술 취한 사람에게 정신 차리라고 할 때처럼 손바닥으로 텔레비전 수상기의 양옆을 탕탕 치며 그가 말했다. 그러고는 다시 고개를 돌려 내가 있는 것을 보자 일어섰다.

"삐노, 이쪽은 윌이야. 그냥 내 친구야." 우리는 악수를 했다.

"필의 친구예요?" 그는 내가 참 괜찮은 사람인 모양이라고 말하듯 물었다. "필은 아주 괜찮은 녀석이지. 아주아주 괜찮은 녀석이야." 그렇게 말하며 그는 미소를 짓고 웃다가 필의 가슴을 가볍게 툭 치고 껑충 뒤로 뛰며 장난을 쳤다. "오늘 아침에 내 승압차를 도아줬지." 그는 필보다 나이가 훨씬 많지만 필한테 애처럼 굴었고, 마침내 자신의 세계를 보여줄 수 있게 된 필은 내게는 전혀 낯선 그 사람에게 자신이 얼마나 익숙한 존재인지를 보여주고 있었다.

"뭘 도와줬다고?" 내가 물었다.

"승합차. 호텔 승합차 운전하는 걸 가르쳐주고 있어. 하지만 아직 잘 못해. 안 그래, 삐노?"

삐노는 그 말을 더욱 재미있어했다. "아주 착한 애야." 그가 되풀이했다. 그가 필을 무척 좋아하는 건지, 아니면 그냥 나 들으라고 칭찬해주는 건지 구별하기가 어려웠다. 관광객에게 자기 누이를 팔려는 사람 같은 말투였다. "마셔?" 그가 말했다.

나는 얼른 필의 표정을 살핀 뒤 말했다. "아, 어─괜찮아요." 그런데 필이 말했다. "맞아, 우린 위층에 가서 한잔할 거야."

내가 반한 녀석과 멍청이 같은 에스빠냐인 웨이터와 함께 답답한 호텔 바에 앉아서 술 마실 생각을 하니 가슴이 내려앉았다. 필이 날 피하려나보다, 그래서 저 에스빠냐인을 보호자로 덥석 움켜잡은 건가보다 하는 생각이 잠깐 스쳤다. 하지만 삐노는 갑자기 엄숙한 표정을 짓더니 다시 손을 내밀었다.

"아주 반가워요, 위일." 그가 선언했다. 우리는 다시 한번 악수를 나눴다. "나는 가서 「콜 마이 블로프」를 볼 거야." 우리가 방을 나서는데, 그가 다시 텔레비전을 설득하기 시작했다. "이 망할 놈의 자식아, 아이구, 망할 놈!" 그는 다정하게 계속 중얼거렸다.

"우리가 텔레비전을 보는 방이야." 방을 나오자 필이 말했다. 그는 나를 이끌고 계단으로 갔고, 우리는 곧장 꼭대기층으로 올라갔다. 팔층쯤 되는 것 같았다. 우리는 한번에 두칸씩 층계를 올라갔고, 그래서 그 멋진 엉덩이가 줄곧 내 얼굴 바로 앞에 있었다. 나는 일층에 도착했을 때 이미 밝기했다. 다락방 복도는 덥고 천장이 낮았으며, 지붕창의 창문이 활짝 열려 있어 멀리 아래쪽에서 아련히 들려오는 차 소리가 향수를 불러일으켰다. 필이 코듀로이 바지의 좁은 앞주머니에서 간신히 열쇠를 꺼내 작은 침실로 나를 안내했다. "여기야." 그가 말했다.

방에는 일인용 침대가 있었고 전등이 놓인 협탁과 낮은 싸구려 서랍장이 있었는데, 서랍장에 달린 거울에는 그 앞에 선 사람의 사타구니 부분만 비쳤다. 의자 하나와 커튼으로 가려진 양복장도 하나 있었다. 내가 문을 닫고 들어섰고 우리는 둘 다 가방을 마루 위에 나란히 내려놓았다. 긴장감이 고조되어 내 맥박이 빠르게 뛰는 소리가 들릴 지경이었다. 모든 게 나 하기에 달렸다는 것을 알았다.

"음……" 내가 말을 꺼내는 것과 동시에 그가 창문 쪽으로 돌아섰다. 그는 당황과 두려움에 굳은 얼굴로 창밖을 내려다보고 서 있었다.

미루는 듯한 분위기에 나는 잠시 멈칫거렸다. "여기 자주 사람들을 초대해?" 내가 물었는데, 묻고 보니 상당히 빈정대는 것처럼 들렸다.

"아—어, 아니." 그가 대답했다. 고개를 반쯤 돌렸지만 여전히 수줍게 자신의 얼굴을 감추고 있었다. 나는 서너발짝으로 방을 가로질러 비스듬히 그의 뒤쪽에 섰다. 바깥으로 우리 창문의 빛이 떨어지는 곳 너머 안마당에 깊은 샘이 있었다. 이런 지붕 밑 방들의 지붕이 가파른 경사를 이루고 있었고, 건너편에는 비슷하게 생긴 다른 지붕창들이 있었는데, 모두 불이 꺼진 채 어두운 고요를 향해 창문이 열려 있었다. 지붕이 그리는 선 위 하늘이 런던 석양의 핑크빛 덕분에 다정한 느낌을 주었다.

내가 필의 어깨에 팔을 둘렀다. 그 순간 필이 말을 시작했다. "옥상에 올라갈 수 있어. 직원들이 낮에 거기서 해바라기를 해. 전망도 굉장히 좋아."

내가 나서지 않으면 아무것도 안 될 것 같았다. 나는 반대편 손을 들어 그의 턱을 잡고 얼굴을 내 쪽으로 돌린 뒤 입맞춤을 했다. 그는 마치 새 생명을 부여받은 듯 천천히 어색하게 돌아서더니 내게 팔을 두르고 세게 꽉 조여 안았다. 그에게 입맞춤하기를 너무도 오래 별렀기 때문에 나는 계속 입을 맞춘 상태에서 길고 뾰족한 내 혀를 그의 목구멍 깊이 밀어넣었다. 혀를 빼내고 나서는 내 혓바닥에 그의 피가 느껴질 때까지 그의 입술을 깨물었다. 필은 내게 모든 걸 내맡긴 채 감탄에 사로잡혀 있었다. 내가 얼굴을 떼자 우리입 사이로 침 한줄기가 흔들렸고, 나는 그의 턱에 매달린 것을 거칠게 닦았다. 그의 얼굴은 탐색하듯 새빨갛게 달아올랐다.

나는 그의 티셔츠 아래쪽을 잡아당겨 리듬감 있게 다듬어진 배위로 끌어올렸다. 꽉 끼는 티셔츠를 입고 있어서 그것을 겨드랑이까지만 말아올려 딱딱하게 튀어나온 젖꼭지 위로 팽팽하게 걸치게 했다. 잔인할 정도로 강렬하게 그의 눈을 응시하며 엄지와 검지 사이로 그의 젖꼭지를 비틀었다. 그런 다음 그의 사타구니를 움켜잡고 지퍼 주변을 더듬대다 난폭하게 열고 그의 바지와 속옷을 무릎까지 끌어내렸다. 내가 이 모든 행동을 하는 동안 필은 팔을 옆으로 벌리고 의사의 수술실에 있는 어린아이처럼 혹은 양복 치수를 재는 동안 기다리는 사람처럼 가만히 서 있었다. 궁금하고 진지한 표정 외에는 아무런 몸짓도 보여주지 않았다. 이것이야말로 필이 들어본 것, 우리가 했으면 하던 것이었다.

그의 성기는 샤워실에서 항상 그렇듯 가만히 있었다. 포경수술을 해서 주름이 잡혀 있었고, 주인만큼 침착했다. 그것 역시 나의 발견을 기다리고 있는 듯했다. 나는 그것을 손아귀에 움켜쥐고 그 위에서 앞뒤로 엄지손가락을 움직였다, 그것이 애완용 쥐라도 되는 것처럼. 그런데 아무 일도 일어나지 않았다. 아니, 실은 조금 더 움츠러든 것 같았다. 내가 너무 서두르고 있는 게 틀림없었다.

나는 뒷걸음질해서 발로 신발을 젖혀 벗었다.(끈으로 묶는 낡고 허름한 스웨이드 신발인데, 게으르게도 나는 그 신발 끈을 안 푸는 게 아주 섹시하다고 생각해서 한번도 풀어본 적이 없다.) 내 흰색 면셔츠의 단추를 풀어헤치고, 약간의 긴장감을 더해 바지의 지퍼를 푼 뒤 확 당겨 벗었다. 필의 눈은 내 눈에 넋을 빼앗긴 채 고개를 까딱이고 있는 내 성기 쪽으로 내려가기를 주저하는 것처럼 보였다. 하지만 갑자기 그도 옷을 벗고 경사진 천장 아래로 고개를 숙이며 창가를 떠났다. 그의 몸은 환상적이었다. 잘 발달되어 있었고 모든 곳이 불룩 나온 채 단단하고 천진했다. 그의 피부는 허리띠 주위의 부드럽게 접힌 부분에 벌레에 물려 붉은 반점이 생긴 것 말고는 순백색이었다.

나는 이제 훨씬 더 부드럽게 다가갔다. 애무하고, 입맞추고, 살짝 깨물고, 또 미소 짓고 낮고 만족스러운 신음소리를 냈다. 처음에는 나를 흉내내며 반응하던 필은 곧 자발적으로 반응하기 시작했다. 하지만 몇번 그러다가 그냥 중단되어서, 우리는 나체로 샤워실이나 탈의실에 있을 때 욕구를 억누르며 보기만 하듯 잠시 서로를 응시하며 숨을 돌렸다. 아마도 공개적인 장소에서 요구하는 억제의 필요성이 사라졌다는 사실이 오히려 부자연스러운 느낌을 주는 것 같았다. 그 순간 우리에게 주어진 자유를 쓰는 일에 서툴렀던 것이다.

작은 침대는 우리가 고등학교나 대학교 기숙사에 있는 것 같은 느낌을 주었다. 그 안에서 자세를 바꾸기는 쉽지 않았지만 단순한 성적 행위를 하기에는 괜찮았다. 필과 내가 구르면 우리의 다리나 어깨가 가장자리에 걸쳤고 우리 상황의 불안정성이 증폭되었다. 그래서 서로 꼭 껴안고 있어야 할, 묘하게 제한적인 필요성이 생겼다. 그러다가 필이 마룻바닥으로 떨어질 지경이 되어 내가 허리를 잡아 다시 올려주었는데, 그를 평평하게 누이려다보니 배 근육이 등성이를 이루면서 동시에 그의 머리가 위로 휘청해서 우리 두 사람은 머리뼈를 부딪혔고 꽤 아팠다. 다음 날 보니 멍이 든 게 눈에 띄었다. 내가 상상했던 것처럼 본능적으로 편안한 섹스는 이루어지지 않았다. 하지만 계속하는 게 중요하다는 생각이 들었고, 조금 지나서 그의 긴장을 풀어주느라 좀 웃고 난 뒤에(그러니까 평소에 억제하던 습관이 다시 나오긴 했다) 나는 그의 몸을 뒤집어 엉덩이 주변에 코를 박고 더듬기 시작했다. 그의 엉덩이는 정말 아름다웠고, 긴장을 풀고 있을 땐 크림처럼 부드럽고 힘을 주면 잘 발달된 근육으로 인해 거의 정육면체처럼 되었다. 엉덩이가 갈라지는 곳에 트러블포멘 파우더가 남아 있어서 내 혀로 매끄럽게 문질러주었는데, 마른 파우더 냄새를 넘어 그의 항문 냄새도 느껴졌다. 그것은 신선하지 않은 꽃병의 물처럼 부드러운 악취였다. 그의 항문은 깨끗하고 옅은 보라색이었고, 내가 바른 침 때문에 번들거렸다.

　그가 몸을 뒤집었다. 발이 내 머리 위에서 흔들렸고, 나를 껴안고 내 가슴에 자신의 턱을 얹은 채 곧 다가올 성교를 미루며 다시 내 옆을 파고들었다. 그의 불알 아래서 고개를 쳐들고 있던 내 성기는 그의 가랑이 사이에서 두툼하고 위협적인 존재로 보였다. 그는 이 모든 행동을 하고 싶긴 하지만 어떤 깊은 무기력감 때문에 당황한 것처럼 보였다. 어린애 같은 포옹은 자연스러웠지만 입맞춤이나 내 성기를 어루만지는 동작은 연기였고, 나까지 연기자로 만들었다.

그러자 좀 이상하고 긴 공허감이 뒤따랐다. 서로를 껴안고 거의 한마디도 속삭이지 않은 채 가끔 자세를 고쳐 상대방을 아주 잠깐씩만 격렬하게 애무하며 한시간 반 정도 함께 누워 있었다. 내 귓가로 갑자기 피처럼 따뜻한 눈물이 흘러 목을 따라 말라붙기도 했다. 나중에는 우리의 배에서 동시에 꾸르륵 소리가 났다. 우리는 그사이 아무것도 먹지 않았고 그럴 수도 없었다. 나는 영화관에서 행사할 수 있었던 통솔력, 내 유혹을 언제나 제임스가 건조하게 이름붙인 대로 '윌의 행위'로 만들어주는 자신감을 다 잃어버린 것 같았다. 얼마 뒤 필은 침대 가장자리에 앉아 "나 이제 일할 준비를 해야 해"라고 말했다. 내가 처음에는 오른눈으로, 다음에는 왼눈으로 열린 창틀과 의자와 선을 이루는 지붕창 구멍의 각도를 바라보며 기다리고 있던 순간이었다. 나는 침대에 누운 채 필이 검은색 양말을 신고 깨끗한 Y자형 속바지와 잘 세탁된 흰 셔츠와 군인처럼— 나는 여전히 그가 군인이었으면 싶었다—옆에 붉은 줄이 간 감색 바지를 입는 모습을 바라보았다. 이어 그는 다시 셔츠를 벗더니 맨살에 깃을 세운 푸른색 유니폼 재킷을 입으며 나를 향해 다정한 미소를 지었다. 그러곤 다시 앉아서 밑창이 매끄러운 검은색 구두의 끈을 묶고 몸을 숙여 내게 입맞춤을 해주었는데, 마치 새벽의 연대 합류를 앞두고 말을 타기 전 열정의 밤을 함께 즐긴 시골 처녀를 대하듯 매력적인 태도였다. 그는 문가에 멈춰 학생처럼 신발을 바지 뒤쪽에 문질러 윤을 내고는 "곧 올게"라고 말하며 나갔다.

그가 나간 다음 나는 벌떡 일어나 챔피언 수영선수가 자세를 잡기 전에 하는 것처럼 스트레칭을 하고 손을 털며 걸어다녔다. 따뜻하고 조용한 밤을 응시하는데, 멀리서 시계가 열두번을 치는 소리가 들려왔다. 옥스퍼드에서는 늘 들었지만 런던에서는 별로 들은 적이 없는 소리였다. 또한 그 방에 걸려 있던, 침대에서는 형체를 알아볼 수 없었던 그림 하나를 살펴보았다. 에어로필름스 회사에서 찍은 러들로의 항공사진이었다. 지붕이 없는 성의 순환로, 강의 은빛 곡선, 거리를 따라 진 그림자의 꼭대기 부근에서 납작해진 엄청나게 큰 교회 첨탑. 그 사진에는 프랑스의 기찻간에 걸린 성과 시골 읍의 사진에서 전해지는 한적한 느낌이 있었다. 우리가 절대 방문하지 않을 곳, 다시는 같은 모습으로 보이지 않을 곳에 햇빛이 비친 광경. 조금 뒤 나는 편안히 앉아 오래전 찰스가 한 일들에 대해 읽었다.

데카틸에 온 지 이틀이 지났다. 세금 관련 업무와 수확량 점검, 의료 지원 등으로 바쁘지만 즐겁다. 이게 아마 내 꿈의 완성, 혹은 내가 이룰 수 있을 거라고 생각하는 최대치가 아닐까.

누바족은 북방인들에게는 안타깝게도 결여된 솔직함과 단순함을 지닌 매혹적인 사람들이다. 사실 지난 몇달간과 더없이 대조적이다. 볕에 그을린 이슬람교도의 모습은 멀리서 보면 자제와 비밀의 화신처럼 보이는 반면, 이곳에는 가끔 허리 주변에 구슬띠를 두른 것 말고는 천 한조각도 걸친 사람이 없다. 한쌍의 사춘기 소년—아주 키가 크고 우아했다—이 손깍지를 끼고 위팔에 빨간색 면스카프를 묶은 채 느긋하게 걸어가는 모습도 보았다. 어떤 노인은 손목시계를 차고 다른 사람들에게 시간을 물어봐달라고 청하고 있었는데, 아주 공손하게 물어야 했다. 그러면 그는 재깍거리는 시계 소리에 귀를 기울이며 전문가처럼 우월감에 찬 미소를 지었다.

이것, 내가 감히 순진함이라고 부를 수 없는 것—그렇지 않을 수도 있고, 아니면 내가 이해를 못 한 걸 수도 있으니까—이야말로 부장이 아닌 차장으로서 자질구레한 반복적 일을 하는 동안에도 특별히 날 감동시키고 일종의 만족감, 거의 희열에 가까운 감정을 주는 것이다. 남성의 아름다움이 아주 공공연하게 과시되는 모습은 욕정을 나무라는 것 같다. 이 고상하고 우아한 사람들이 그렇게 최근까지도 납치되어 노예가 되고 거세되어 환관이 되어야 했다는 사실을 생각하며 나는 어젯밤에 분노와 회한에 가까운 느낌에 사로잡혔다.

간밤에는 또한 윈체스터 시절에 대한 꿈을 꿨다.(지금은 기억이 희미하지만 꿈속의 느낌은 강렬했다.) 그리고 하루 종일 그 꿈의 느낌이 내 곁을 떠나지 않았다. 그 강렬함과 열정이 계속해서 느껴졌다. 광란의 농신제가 아니라(물론 그것도 잊지 않았다), 존경 어린 애정과 헌신. 당연히 스트롱과 웹스터를 생각했다. 사실을 말하자면, 내가 불을 껐을 때, 새벽의 한두시간 동안 깨어 있을 때, 모든 밤의 열기가 사라지고 새벽빛이 떠오를 때까지의 잠시 동안, 찬바람이 불어서 침대 발치에 이불을 펼칠 때 가장 자주 생각하는 것이 그들이다. 그러면 그들에 대한 기억은 당장 나를 덮혀주고, 내부의 어디에선가 빠져나와 내 온몸에 스며든다. 보통은 흥분을 동반하지만, 본질적으로 성적인 것(모브 리브의 로스나 밴 오드, 혹은 버퍼드의 챈시 브러나 커멤 볼 이후 내 방에 오는 B. 하워드, 혹은 내 욕정의 사적 책꽂이를 채우고 있는 다른 어떤 애들—그 닳은 페이지들처럼!)은 아니다. 아니다, 스트롱과 (더욱이) 다정한 웹스터의 경우엔 무조건적인 사랑, 왠지 모르게 아주 우아한 자제력이었다…… 그 모든 애들이 지금은 뭘 할까 종종 궁금했다. 전혀 모르기 때문, 그리고 알게 될까봐 두렵기까지 하기 때문이다. 그들은 평범한 지인들 사이에서 낮을 보내고 저녁에는 기차나 이륜마차로 어린 아내에게 돌아가 함께 자신들만의 계획을—어디, 브러에서? 런던에서? 웹스터는 물론 어느 편안한 식민지 사무실에서겠지—세우고 있는데, 나만 혼자 그들을 기억하고 있다고 생각하면 끔찍하다……

스트롱은 내가 그 학교에 간 첫주에(첫날인지도 모르겠다) 비데[5]에서 처음 만났던 기억이 난다. 나는 비데를 보고 그 학교의 거만하고 젠체하는 분위기에는 안 맞는 그 민주적인 성격 때문에 처음부터 놀랐다. 나이가 많건 적건 가리지 않고 사내애들 전부가 얕은 주석 목욕탕 속에 무릎을 모으고 아랫도리를 씻었으니 말이다. 투틀 선생님의 학교에서는 그런 건 전혀 없었다. 체격이 이름과 딱히 들어맞는 건 아니라도 비교적 어울렸던 스트롱이 물을 뚝뚝 흘리며 일어서서 내 옆으로 왔던 게 기억난다. 나는 타인들 앞에서 옷을 벗는 데 익숙지 않았다. 나는 그 반장이 방금 일어선 거품이 이는 물속에 들어가는 대신 손으로 앞을 가리고 주저하고 있었다. 물속엔 뭔가 역겨운 것이 있었다. 그건 그 학교의 강력한 중세법이 집이 주는 다정하고 문명화된 안정성을 짓밟은 많은 순간들 중 하나였다. "들어가, 베이비." 스트롱이 가볍게 자신의 몸을 말리며 내가 잘해낼까 염려스럽다는 표정으로 말했다. 나는 계속 망설였는데, 아마 상급생의 존재에서 갑자기 자의식을 잊어버리는 바람에 물속에 들어가게 된 것 같다. 내가 성적 존재로 보일 수도 있다는 생각이 안 들었던 건 확실하다. 스트롱을 보니, 그의 성기는 붉고 두툼한데다 주변에 검은 털이 빽빽하게 자라 있었으며, 다리도 마찬가지로 털들이 목욕물 때문에 뒤엉켜 선을 그리며 뒤덮고

5 아랫도리를 씻는 얕은 탕.

있었다. 난생처음으로 나보다 나이 많은 남자의 모습을 가까이서 본 경험이었다. 내가 빤히 바라본 것이 꽤나 분명했던 듯하다. 성욕이 아닌 호기심 때문이었다. 자신할 수는 없지만 스트롱은 내 시선을 신호로 여긴 것 같았고, 자신이 내게 가진 주술적 힘을 알아챘을지도 모르겠다. 당시에는 의식하지 못했지만, 지금 돌아보니 그때가 이후로도 계속해서 일어날 일이 처음으로 벌어진 시점임을 알겠다. 그러니까 나보다 더 아름답거나 내 정욕의 대상이 된 사람의 후광 속에서 내 자의식을 잃게 되는 일 말이다. 내 눈은 최면에 걸린 상태로 코앞의 대상을 게걸스럽게 응시했다. 이제 돌아보니 마침내 허리에 타월을 두르고 다른 반장에게 "망할 놈의 신입생들!"이라고 허세를 부릴 때 스트롱이 자의식에 차 있었다는 걸 알겠다. 나는 그의 언어에서 충격에 익숙한 사람의 전율을 느꼈다.

그런 일이 있은 뒤로 나는 늘 망설이지 않고 물속에 들어갔다. 일종의 통과의례를 치렀기 때문이다. 어느날 나는 내가 어린 학생들을 위해 물을 남겨두었어야 한다는 걸 알게 되었다. 비누 거품의 작은 섬들이 다리 사이를 둥둥 떠다니고 성기 주변을 맴돌던 게 기억난다.

나는 바느질 도구의 이름도 외워야 했다. 그때는 그게 우리더러 외우게 해서 시험하던 반장들 외에는 아무에게도 쓸모없는 지식이라는 걸 전혀 상상도 하지 못했다. 그래서 경건하게 외웠고, 아마 절대 못 잊을 것이다. 초커의 모자테 색깔을 알아맞히라는 도전에 "자주, 짚, 자주, 하늘, 자주, 짚, 자주"라고 대답해 대비되는 색깔을 맞혔을 때 너무 눈에 띄게 기뻐해서 반장인 스탠브리지가 내 귀를 꼬집었고, 그 바람에 호메로스의 일곱 탄생지를 외울 때는 결정적인 것은 아니었지만 좀 헷갈렸다.

배우는 데 훨씬 더 시간이 걸린 건 적혀 있지 않은 관념들, 사람들이 머릿속에만 가지고 있던 관념들이었다. 스탠브리지와 같은 기숙사의 그보다 어린 다른 상급생들은 오래지 않아 날 놀려대기 시작했다. "아, 걔 꽤 트위크⁶지, 안 그래?" 스탠브리지는 내 침대에 앉아 부드러운 손길로 나를 툭툭 치다가 짐짓 거칠게 놀리는 태도로 비웃듯이 말했다. 어둠 속에서 나는 무서웠고, 트위크가 무슨 뜻인지도 몰랐다. 생각나는 거라곤 스탠브리지가 내 귀를 비틀었다는 사실뿐이다. 다른 학생들이 몰려들어, 흥분을 자제하면서도 자신들이 다수라는 사실을 믿고 스탠브리지를 따라 대담하게 나를 놀려댔다. "너 진짜 트위크구나, 그렇지, 낸트위치?" 모건, 뚱뚱하고 못생긴 웨일스 출신 성가대원으로 본인도 다른 애들의 놀림감이던 모건까지 물었는데, 나를 둘러싼 위협적인 음모에 끼여도 좋다는 허락을 받은 모양이었다. "솔직히 말해봐." 내 머리를 쓰다듬으며 다정한 척 말했다. 나는 사실 영문을 알 수 없었지만 가슴이 쿵쿵 뛰고 토할 것 같았다. 나는 아침이 오기를─예배를 보고 내가 좋아하는 것들 사이에 있게 되기를, 특히 예배당과 책의 규율과 가림막을 간절히 원했다.

육체적이기보다 정신적인 이 고문은 상당 기간 지속됐다. 그러던 어느날 밤 스탠브리지가 술집에 갔다가 무척 늦게 돌아왔다. 학생들의 말소리는 사라졌고, 대부분 자는 것 같았다. 그가 내 침대로 와서 이불 밑에 손을 넣었다. 나는 몸을 움츠렸지만 그는 내 몸을 거친 손길로 만졌다. 스탠브리지는 뻣뻣하고 재미없는 빨간 머리 소년이었다. 곧이어 그는 옷을 입은 채 신발까지 신고 내 침대 속으로 들어왔다. 신발의 딱딱한 가죽이 내 발을 스쳤다. 나는 위험하다고 느꼈지만, 그는 아주 무겁고 완강했다. 내가 감히 입도 벙긋 못 하고 있는데

6 tweak, 본래 '비틀다'라는 뜻으로 동성애자를 가리키는 속어. 'tweaked'는 (동성애 행위로) 지쳤다는 뜻도 있으며 여기서는 중의적 표현이다.

도 계속해서 내게 "쉿"이라고 말했다. 그리고 항문성교를 하는 동안 내 입에 손수건을 물렸다. 그때 아무 말도 못 하고 비참하게 울고 또 울었던 것, 너무나 아팠던 것, 또 마치 내 잘못이라도 되는 듯 침대 시트에 묻은 핏자국을 보고 고통에 찬 죄의식을 느꼈던 것 외에는 별 기억이 안 난다. 그 핏자국에 대해 아무도 뭐라고 하지 않았다. 나중에 보니 기숙사의 다른 친구들도 그 일에 대해 알고 있는 것이 분명했다. 나는 그게 불평할 수 있는 일이 아니라는 걸 잘 알고 있었다. 그 일 이후로는 더이상 나를 놀리지 않았고, 나는 동료 대접을 받았다. 몇주 뒤에 교감이 늦은 시간에 직접 기숙사에 나타나 스탠브리지의 형이 프랑스에서 전사했다는 소식을 알려줬다. 스탠브리지 자신이 침울하게 행동했고, 우리 젊은 신사들은 가족을 잃은 사람에게 하듯 정중하고 완전히 인위적인 존경을 보임으로써 그를 지지해주었다. 날마다 전사 소식이 전해졌고, 그 명단에는 종종 우리 학교의 교수나 학생들의 기억에 아직 생생한 졸업생들이 섞여 있었으며, 그중 많은 이들이 무척 인기 있는 사람들이었다.

스트롱과는 별일 없이 지내다가, 다음 학기에 그가 나를 자신의 시종으로 삼고 싶다고 제안했다. 그런 일을 한다는 게 어딘지 부자연스러웠기 때문에 나는 약간 반발했다. 휴일에는 나 자신이 하인을 쓰는 마당에 돈을 받는 하인이 된다는 건 불합리해 보였다. 하지만 스트롱의 제안은 무척 사무적이고 유쾌했다. 이제 나는 그가 그곳 학생이긴 하지만 별로 똑똑하지 못하다는 평을 받고 있다는 걸 알고 있었다. 여기서 그의 생김새에 대해 기술해보겠다. 건장한 체구에 넓고 각진 얼굴, 갈라진 턱, 각진 코, 움푹 들어간 검은 눈, 학생치곤 좀 무성한 수염과 까만색에 가까운 두껍고 곱슬곱슬한 머리칼. 그의 아버지는 은행가로 시골 사람이 아니었지만 그는 주로 어머니와 포딩브리지 부근에서 살았다. 약간 안짱다리여서 발의 바깥쪽 가장자리에 힘을 주어 걸었다. 나는 그의 시종 노릇으로 버는 돈이 필요하진 않았지만, 시종 일을 하는 애들은 모두 돈 때문에 한다고 했다.

그가 날 무척 좋아한다는 건 곧 분명해졌다. 자기 신발을 닦고 침대를 정돈하고 주간 휴게실에 석탄불을 피워 토스트를 굽게 했다. 나는 그가 단지 나를 곁에 두기 위해, 혹은 내가 알 거라고 생각한 걸 물어보려고 부르는 식으로 더 친절하게 굴게 된 뒤에야 그에게 반했다. 그 모든 행위에는 권위가 주는 매력이 있었지만 물론 무척 수줍고 어색했다. 하지만 다른 학생들은 그가 날 좋아한다는 걸 알아차렸고 우리가 그렇고 그런 관계라고 생각했으며, 그래서 그때까지도 성적인 면을 의식하지 못하던 나는 갑자기 일어나고 있는 상황을 알아차렸고 암시가 가진 심오한 힘 덕분에 내 감정의 정체도 알게 되었다. 남들이 우리를 연인 사이라고 부르자마자 나는 비밀이 드러났다는 사실에 신이 났다. 그 순간까지는 나 자신도 모르던 비밀이었지만 말이다. 처음엔 저항하고 부인하려 했지만 애정이 주는 즐거움이 그걸 압도했고, 내게 심술궂게 굴거나 공모자처럼 대하던 친구들까지 신기하게도 나와 그 즐거움을 공유했다. 주간 휴게실에 있을 때는 모든 게 괜찮았는데 우리끼리만 남겨지면 좀 어색했다. 나는 곧 그를 숭배하며 사랑에 빠졌고 그도 그랬던 것 같다. 어느날 오후 수도원 시간에 학생 모두가 세인트캐서린스 힐 너머 농장에서 감자를 캐는 전시戰時 노역을 하러 갔을 때, 그가 함께 들판을 산책하자며 나를 이끌었다. 그가 나보다 훨씬 키가 컸지만 우리는 걸을 때 팔짱을 꼈다. 나는 특별한 일이 일어나고 있다는 생각은 하지 않았지만 그래도 뭔가 특권을 누리는 중요한 사람이 됐다는 강렬한 느낌을 받았다. 특별한 일이랄 건 없었다. 그는 자기가 떠나게 되면 무척 슬플 거라고, 하지만 자신도 참전해서 자기 몫을 하고 싶다고 말했다. 그런 다음 스탠브리지가 내게 한 짓을 알고서 정말 화가 났다고 말했다. 스탠브리지의 형이 전사해서 그냥 놔뒀지만 그 일만 아니었다면 자기가 혼을 내줬을 거라고 했다. 나는 사실 괜찮다고, 그렇지만 그가 그런 짓을 해서는 안 되었다고 말했다. 우리가 감자밭으로 돌아가니까 다들 한마디씩 했다. 누군가는 "좀 뻣 뻣해 보이네, 스트롱"이라고 했고 다른 애는 "너희 둘 꽤 트위크한 것 같은데"라고 했다. 다들 우리가 사랑을 나눴을 거라고 짐작하는 것 같았고, 결혼식 다음 날 아침처럼 외설스러운 축하를 보냈다. 나는 얼굴을 붉혔고, 그들이 그렇게 생각하는 게 은근히 기뻤다. 나는 쟁기가 거쳐간 거의 마른 흙을 손으로 헤치며 감자를 캤고, 손톱 밑에 흙이 끼었지만 우리가 실제로 성행위를 하지 않았다는 사실 때문에 별로 신경이 쓰이지 않았던 게 기억난다.

스트롱은 이듬해에 죽었다. 머리에 폭탄 파편이 박혀서 세인트올번스 부근 정신병원에서 얼마간 시간을 보냈다. 나는 자주 그에 대해 생각했고, 그가 헛소리하는 모습을 상상했다. 때때로 꽤 미치광이처럼 군다는 소식이 들렸고, 이어 그가 죽었다는 소식이 전해졌다. 한달 뒤 그가 내게 50파운드를 남겼다는 편지를 받았다. 그의 유서에 있지는 않았지만, 병원을 찾은 어머니에게 내게 뭔가를 주고 싶다고 해서 그녀는 그때 그의 죽음을 예감했다고 했다. 그녀가 교감과 차를 마시고 간 뒤에 교감이 내게 그 모든 이야기를 해주었다.

그즈음엔 상황이 좀 달라지기 시작했다. 내가 상급생에 대해 느끼던 숭배감, 그들이 학교를 졸업할 때가 가까워짐에 따라 입대를 앞두었다는 후광이 더해져 더 아름다워지던 숭배감도 그만큼 강해졌다. 거의 그렇다고 할 만했다. 하지만 열여섯살이 되던 해에는 새로운 것에 눈뜨게 되었다. 나보다 어린 학생들이 눈에 띄었던 것이다. 감정은 훨씬 더 복잡했다. 이제 상급생인 내게는 힘이 있었고, 그것을 그들을 상대로 과시한 뒤 그들에 대한 내 감정을 알림으로써 그 힘을 나눠주는 사치를 누릴 수도 있었기 때문이다. 숭배는 무소유와 관련된 것이었다. 이상화되고, 성욕을 초월한 것이었다. 그것을 만족시키는 것은 끊임없는 파티와 서로의 기쁨과 고통을 나누는 것이었다. 우리는 한 이년 정도 완전한 방종 상태를 즐겼다. 취한 듯 거의 광적인 분위기에 사로잡혀 있었다. 물론 절대 끼어들지 않는 친구들도 한둘은 있어서 나머지가 열정적으로 성교나 난교를 할 때 자거나 자는 척을 했다. 카스웰이라는 애가 우리 무질서의 주인공으로, 욕정이 엄청나게 강한 자그마한 친구였다. 우리는 무슨 동물처럼 열렬히 밤시간을 기다리며 낮시간을 초조하게, 아무것도 안 보이는 사람처럼 보냈다. 그러다 잠자리에 들기 위해 옷을 벗을 때가 되면 눈을 빛냈다. 낮에도 수음을 안 한 건 아니었다. 대화는 최대한 자극적이었고, 공적인 장소에서 성욕을 해소할 짧은 기회를 잡는 데 점점 더 흥분을 느꼈다. 한번은 카스웰이 예배당에서 너무나 분명하게 절정에 도달해서, 교사들도 그전에는 몰랐다 해도 그때만큼은 학생들의 타락한 행실을 알아챘을 것이다. 아, 그런 자유의 시간은 다시는 돌아오지 않겠지. 그건 쾌락의 절정이었다. 그때의 분위기를 돌이켜보고 이후에 일어난 일들을 생각하면 새삼 놀랍다. 그때 안 죽은 치들은 자신들이 그런 입에 담지 못할 행동을 했다는 걸 익히 알면서도 지금은 고결함의 모범이 되어 이 나라와 제국을 경영하고 있으니 말이다. 그들은 그 일을 창녀를 사거나 술에 취하거나 하는 것과 마찬가지로 남자다움의 은밀한 설화 중 하나라고, 훌륭함이나 권력과 양립 가능하다고 생각하는 것이리라.

웹스터는 칼리지에 다니지 않고 필스에 다녔다.[7] 그래서 그에 대한 내 연정은 좀더 시적일 수밖에 없었다. 그는 매끄러운 갈색 피부에 풍성한 곱슬머리를 한 체구가 작고 잘생긴 녀석이었다. 서글퍼 보이는 표정이 아름다웠다. 아버지는 토바고의 부유한 럼 생산자였고 어머니는 영국인으로, 그에게 최선의 교육을 받게 해주고 싶어했다. 내가 알게 된 첫번째 흑인이었는데, 처음에는 좀 아둔한 애가 아닌가 생각했지만 나중에 그가 세련된 문학적 두뇌를 가졌다는 사실을 알게 되었다. 혼자 있는 걸 좋아했고, 독서량이 어마어마했다. 그가 거기서 보낸 첫 여름의 어느날 거너스 홀에서 그를 보았는데, 수영복을 입고 둑에 누워 역사책에 빠져 있었다. 나무와 초록빛 물, 색이 바랜 잔디 사이에서 그의 피부색은 고갱의 그림 같았다.

나는 그가 학교의 엄격한 기율이 허락하고 날씨가 좋을 때면 늘 수영을 한다는 걸 알게 됐다. 수영에도 성적인 면이 있긴 했지만 내게는 수영할 시간이 많지 않았다. 하지만 나도 수영을 시작했다. 그는 나보다 수영을 훨씬 잘했고 나는 그 사실을 인정해야 했지만, 강굽이를 함께 돌 때면 키가 큰 내가 때때로 그보다 앞서갔다. 시합이 끝나면 그는 숨을 헐떡거리며 눈부신 미소를 보였고, 나는 물속에서 그의 곁에 머물거나 그의 어깨에 팔을 두르며 "너무 아슬아슬했어"라고 말했지만 속으로는 '사랑해, 사랑해, 사랑해' 하고 생각했다. 둑으로 올라간 뒤에는 물이 그의 피부에서 미끄러져내려 타월로 닦을 필요도 없다는 사실에 매료됐는데, 그가 머리를 흔들면 물방울이 사방으로 흩날리면서 까만 쿠션 같은 그의 머리에는 물기가 거의 남지 않았다. 그의 머리는 아주 숱이 많았지만, 이미 성인이었음에도 그의 몸의 나머지 부분에는 털이 거의 없었다. 나는 아무렇지도 않은 척 자주 그의 몸에 손을 댔고, 그 피부는 꿈처럼 부드러웠다. 그 관계야말로 이 모든 일의

---

7 필스(Phil's)는 평범한 학교를 가리키는 듯하다. 찰스와 윌리엄이 다닌 윈체스터 칼리지는 영국의 유서 깊은 사립 중·고등학교다.

시작이었다. 어떤 의미에서 그에 대한 내 감정은 스트롱에 대한 경탄과도 비슷했지만, 이제는 더 강한, 심지어 도덕적이라 할 만한 유인력이 있었다. 나는 우월한 종류의 인간 앞에 있다는 느낌을 받았다.

그건 무척 신기한 느낌이었다. 반경 수백마일 안에 백인이라곤 나 혼자뿐인, 누바 사람들의 찬란한 어둠에 둘러싸여 있는 여기 데카틸에서조차 나는 계속 그 느낌에 따라 행동하고 있다. 그걸 느끼고 이해하는 사람이 또 있을까? 그때 윈체스터에서 내 그런 느낌을 이해했던 사람이 있었을까? 그것은 가장 격렬한 변절이었다. 가장 위대한 계시였다. 모든 것에 대한 내 견해에 영향을 미쳤다.

처음에는 안 그랬던 것도 사실이다. 그건 발화發話된 사고보다 깊은 어떤 것이었다. 희미한 세계 속의 무성한 사고, 이단적인 환상. 다른 사람들이 우리가 함께 있는 걸 보고 그에게 잔인하고 경솔한 욕을 할 때도 나는 별로 항의하지 않았다. 아마 그들이 내 비밀을 모르기를, 혹은 그들이 얼마나 오해하고 있는지 모르기를 바랐을 것이다. 우리의 어른스러운 태도 때문에 그들이 면전에서 그를 모욕하지는 않았던 것 같다. 웹스터 본인은 자신에게 말을 거는 온순한 사람들에게 신중하고 예절 바른 태도로 대했고 사려 깊고 호의적으로 행동했다.

기묘한 우연으로 인해 이 검은 피부의 젊은이가 갑작스럽게 내 인생에 등장한 것과 동시에 전쟁 막바지에 상당한 숫자의 미군──흑인 분대도 있었다──이 윈체스터에 숙영하는 일이 벌어졌다. 미군은 당시에 우리가 가장 존경하는 직업을 가진 인물들로 우리 앞에 등장했기 때문에 우리는 그들에 대해 엄청나게 이러쿵저러쿵해댔다. 마지막 학기의 어느날 밤 나는 친구 몇명과 몰래 윌로 트리에 놀러 나갔는데, 몇명의 군인이 바에서 술을 마시고 있었다. 그들은 떠들썩했지만 위험하거나 적대적으로 보이진 않았다. 한참 후에 그들 중 키가 크고 건장한 흑인이 다가와서 그날 밤을 보낼 여자를 구할 데가 있느냐고 물었다. 우린 모두 그의 피부색과 조용하지만 울림이 있는 목소리에 감탄을 금치 못했고, 미안하지만 전혀 모른다고 대답했다. "그렇담 자네들은 어떻게 하는데?" 그가 물었다. 예의 바른 말투였지만 어딘지 비아냥거리는 느낌이어서 우린 젠체하며 어색하게 화를 냈다. 나는 미국의 노동계급 출신 사내들이 피부색도 다르고 언어도 다르다시피 한 고상하고 여자 같은 우리를 마주친 기분이 어떨지 갑자기 궁금해졌다. 우리 중 몇몇이 암시하듯 말한 적은 있지만 누구든 실제로 한번이라도 여자하고 해봤을지는 모르겠다. 그는 경멸적으로 고개를 까딱하더니 "너희들 씹할, 뭐 하는지 다 알아"라고 말했다. 그 단어는 우리도 때때로 쓰긴 했지만, 거친 언어(그리고 '씹할' 자체도)를 마구 쓴다고 알고 있던 계급의 사람이 우리에게 그런 소리를 하는 걸 들으니 충격적이고 굴욕적이었다.

나중에 다른 애들과 함께 술집을 나오기 전에 나는 뒷마당에 있던 공중화장실로 갔다. 배수로와 제이스 플루이드 소독제 냄새(이곳 화장실에서 나는 것과 똑같은 냄새라 나는 수단에 온 첫날 그날의 기억이 마구 되살아났다)에 찌든 좁은 공간이었다. 내가 막 오줌을 누기 시작하는데 다른 사람이 땅거미가 내려 어두운 화장실로 들어오더니 나를 스쳐 좀 떨어진 곳에 자리를 잡았다. 물론 그 흑인 병사였다. 그는 오줌을 콸콸 쏟으면서 쾌락과 만족의 신음소리를 냈고, 이어서 마치 오랜 친구한테 하듯 나직하고 자신감 있게 이야기를 시작했다. 자기는 델라웨어주 윌밍턴에 아름다운 여자친구가 있으며, 군인이라는 건 너무 외롭다고, 뭔가 하고 싶어 몸이 근질근질하다고(이건 무척 암시적인 어조였다) 말했다. 나는 겁에 질렸지만 그가 내게 말을 걸었다는 사실에 흥분되기도 했다. 그의 모든 면이 신기하고 인상적이었다.

그는 완벽하게 평소대로였지만 내게는 불쾌하고도 지독히 신기했다. 나는 뭐라고 대꾸해야 좋을지 몰랐다. 적어도 잘 가라는 인사는 해주려고 그를 향해 돌아섰는데, 그는 내게서 어떤 원초적인 환대의 본능을 불러일으켰다. 어둠 속에서 그의 눈과 이가 번뜩였다. 그가 짓궂은 미소와 함께 나를 보고 있었다. 내 눈동자가 흔들렸고, 나는 그가 자기 성기를 주무르고 있다는 것을 알았다. 그가 거대하게 발기한, 잔인할 정도로 고통스러워하는 성기에서 손을 떼더니 내게 다가왔다.

나는 얼른 공중화장실에서 도망쳐 반쯤 취한 친구들과 함께 학교로 향했는데, 익숙한 언덕길을 어색하게 올라가는 동안 그 말 못 할 일의 충격으로 머릿속이 웅웅거렸다. 내 마음 깊은 곳에서 원하던 것이 너무나 갑작스럽게 주어졌던 것이다. 다시는 그 병사를 보지 못했다. 다시 만났으면 하고 얼마나, 얼마나 간절히 원했던지……

필이 돌아왔을 때 나는 잠들어 있었고, 잠에서 깨어보니 그가 침대에 걸터앉아 신발을 벗고 있었다. 나는 가장 가까운 어디든 만지려고 그의 몸을 향해 손을 뻗었다.(그의 오른쪽 무릎이었다.) 그리고 웅얼웅얼 몇시냐고 물어보았다.(6시였다.) 나는 교대근무로 불규칙한 잠을 자려는 그와 다정히 누워 있을 작정이었지만 잠시 후 그가 내게 입맞춤하며 내 몸 위로 올라왔다. 그의 숨결의 맛은 굉장했다. 특히 내가 방금 잠에서 깨어 아기처럼 무력한 상태였기 때문이다. 위스키 냄새가 났고, 거기 섞여 손님들과 상관들뿐 아니라 나한테도 가능한 한 그 사실을 감추려고 씹은 박하 냄새가 났다. 그는 자신의 손과 혀로 노예라도 되는 양 충실하게 나를 애무했는데, 술 취한 사람답게 몇분 동안이나 맹목적이고 게걸스럽게 핥아댔다. 그런 뒤 내 몸을 타고 앉아 꽉 끼는 작은 재킷의 단추를 끌러 벗었다. 나는 팔을 뻗어 꿈꾸듯 그의 어깨와 젖꼭지를 애무했다. 멍청하고 졸린 미소를 지으면서도 그가 그것을 섹시하게 느껴졌으면 했고, 그는 실제로 그렇게 느끼는 듯했다.

6

제임스는 현관 구석에 기댄 채 입을 꼭 다물고 악보를 보고 있
었다.

"좀 너무 진지한 거 아니야, 달링?" 내가 말했다.

"달링." 우리는 재빠르고 건조한 입맞춤을 나눴다. "아니, 엄청
좋아, 실은."

"그래, 즐겁다니 다행이네." 나는 주변의 하얀 턱시도와 드러난
어깨들을 자포자기의 심정으로 바라보았다. 오페라하우스에 있기
엔 너무 더운 날씨였다. 게다가 나는 거의 파자마라 부를 만한—
아주 가벼운 아프리카산 면양복으로, 무도복 같은 분위기가 동성
애자 같은 느낌을 누그러뜨려주었다—차림새였다.

"다들 널 보고 있군." 귀여운 양복 정장 차림의 제임스가 말했다.
"B경이 뭐라고 생각할지는 아무도 모르겠지." 제임스는 우리 가족
에 대해 유쾌하고 속물적인 존경심을 갖고 있었다. 할아버지는 제

임스를 무척 좋아했다. 매력적인 태도와 예술에 대한 깊은 관심을 가진 인간적이고 실제적인 인물이라고 판단했기 때문이다.

"다 내가 경멸하는 사람들이야." 장갑을 끼고 벨벳 나비넥타이를 맨, 아주 깔끔하게 차려입은 으스스한 동성애자들 세명에게서 돌아서며 내가 말했다. "어떤 사람들이 쳐다보는 모습을 보면 시각적인 강간을 당한다는 느낌이 든다고."

제임스는 조금 당황했다. 아직 낮의 역할이 주는 책임감에서 벗어나지 못해서 최고로 올바르게 처신하려 하고 있었던 것이다. 하지만 또한 화려함과 방종의 편을 들고 싶은 마음도 간절하다는 것을 알 수 있었다. 나는 필의 절대적 숭배의 대상이 된 뒤라 무자비한 이기심을 발휘하고 싶은 기분이었지만, 복도 건너편 거울이 달린 긴 계단을 보니 우리가 과거처럼 나란히 있는 모습을 볼 수 있었다.

"너한테 그렇게 주목하지 않을 수도 있어." 그가 말했다. "네가 『아라비안나이트』에서 튀어나온 사람처럼 보이지만 않는다면 말이야. 그리고 발기한 것처럼 보이기도 해."

"물론 발기 상태지. 사랑에 빠졌으니까."

제임스는 우스꽝스럽고 음흉한 눈길을 주었다. "맙소사. 이번엔 누가 피해자야?"

"웬 끔찍한 소리야!" 내가 다시 청중을 노려봤다. "코리에서 만난 애야, 실은―보디빌더―키가 작고―까만 머리에―필이라는 애." 그렇게 말하고 나니 더욱더 필과 함께 있고 싶었다. 제임스 쪽을 흘긋 보니 끔찍하게 초조한 얼굴이었다.

"내가 본 앤가." 그가 말했다. 이어서, "아―저기 B경이 오시는군" 했다.

할아버지는 윤기 있는 은빛 머리에 햇볕에 그을린 얼굴의 무척 멋있어 보이는 모습으로 정중하게 무리를 헤치며 다가왔다. "제임스. 만나서 반갑구나." 두 사람은 악수를 하고 미소 지었다. "자려는 참이냐, 얘야?" 내게 말했다. "특별석에 침대를 마련해달라고 할 걸 그랬구나." 그러는 동시에 내 목덜미를 잡아 흔들었다. 진심으로 하는 말은 아니지만 뼈 있는 농담임을 알려주는 행동이다. 상호존중이 주는 기분 좋은 느낌이었다. 우리는 함께 위층으로 올라가기 시작했다.

"점심 후에 주무셨어요?" 내가 물었다.

"잠깐 졸긴 한 것 같다. 넌 어떠냐?"

"으음—오후를 침대에서 다 보냈어요." 내가 솔직하게 말했다.

"그래도 아주 좋은 점심이었지. 그 식당 아나, 제임스?"

"어디서 드셨는데요?"

"크레쀠스펄 데디외." 그가 킬킬 웃었다. "자네가 좋아할 만한 곳이지……" 바그너 때문에 그렇게 말했지만, 그 식당 전체의 신중하지만 동성애적인 스타일에 대해 모를 수는 없었다. 웨이터들은 연미복에 긴 흰색 앞치마를 입었고, 나이 든 부자들이 할 일 없이 시시덕대는 젊고 예쁘장한 남자친구들에게 밥을 사주는 곳이었으니까. "하지만 아마 음식은 좋아하지 않을 거야. 다 피에 젖어 있거든!" 제임스는 그런 종류의 농담을 싫어했지만 미소를 띠는 데 성공했다. 언젠가 마든에서 신년을 같이 보냈는데, 그에게는 너무 힘든 시간이었다. 꿩고기와 거위고기, 날것이나 다름없는 쇠고기를 담은 접시들이 줄줄이 나오는 동안 모른 척 구운 감자와 스틸턴 치즈만 먹으며 살아남아야 했던 것이다.

위층에서 할아버지는 우리를 안내해준 문지기의 이름을 마지막 순간에 기억해냈다. "그래, 아내는 잘 있나, 로이?"(로이는 이름이 아니라 성이었다.)

"안타깝게도 죽었습니다, 어르신." 로이가 능숙하게 말했다. 단순히 예의로 건넨 말이 작은 비극으로 되돌아오다니, 할아버지한 테 진짜 시험이 주어진 셈이었다. 나는 할아버지가 형처럼 그 문지기의 등을 토닥여주고 인상적으로 고개를 끄덕이는 모습을 지켜보며 서 있었다.

"아주 힘들지, 가족을 잃는 일이라는 게." 그가 말했다. "게다가 시간이 지나도 더 나아지지도 않아." 로이가 "그렇지요, 어르신"이라고 말할 때, 할아버지는 진심 어린 참견 없이 인간적으로 그럴듯하게 보이는 인사를 마치고 벌써 그의 곁을 벗어나고 있었다. 할아버지는 문을 열어 우리를 들여보낸 다음 제임스를 무대 가까이 두고 자신은 가운데에 자리를 잡았다.

할아버지는 코번트 가든의 이사였고, 나는 할아버지를 따라와서 오페라 여러편을 이 특별석에서 보았다. 하지만 한번도 이 자리가 오페라를 보기에 좋은 좌석이라고 생각한 적은 없었다. 사적인 공간과 높은 위치를 차지하느라 오페라를 제대로 보지 못하는 희생을 치러야 했기 때문이다. 무대 끝부분을 내려다보지만 위쪽 무대는 제대로 보이지 않았다. 사적인 공간이라는 성격도 애매했다. 왕궁의 발코니처럼 이 특별석에도 무대 앞 일등석의 눈길이 닿았기 때문이다. 나는 그 사실이 내게 미치는 악영향을 깨닫고 있었다. 공연장의 나머지 부분에 대해 의식하고 있지 않은 척해야 했고, 함께 있는 사람들이 하는 말에 과장되게 웃고 매혹된 척을 해야 했다. 그런 것은 별로 좋지 않았다. 사실 특별석이 내게 의미하는 바는 어떤 면에서 특권을 위해 지불해야 하는 노출과 불편함과 무정함이라는 벌이었다. 오늘밤 나는 불이 꺼질 때까지 안락한 빨간색 창턱에 편히 기댄 채 제임스와 할아버지의 대화에는 끼지 않았다.

작품은 「빌리 버드」였다. 내 기억에 좀 서투르고 거의 아마추어 같은 작품이었고, 별로 즐거울 거라는 기대는 하지 않았다. 하지만 비어 선장의 독백이 끝나고 갑판을 숫돌로 문지르던 선원들이 억눌렸던 에너지를 합창을 통해 갑자기 분출하는 인도미터블호[號] 장면이 시작되자 온몸에 소름이 돋았다. 먼저 타고 있던 배에서 강제로 징집된 빌리가 그때까지의 생활과 동료에게 작별을 고하는 노래——「안녕, 정다운 라이츠맨호여, 안녕」——를 부를 때는 눈물이 내 얼굴을 따라 흘러내렸다. 젊은 바리톤 가수가 너무도 아름답고 생기 넘치는 목소리로 노래했는데, 그 때문에 빌리의 억제된 서글픔이 더욱 특별하게 전해졌다. 멈칫거리는 음악 속에서 잘생기고 정직하면서도 신기하게 입 주위로 육체의 쇠잔함이 느껴지는 그의 얼굴을 보니 마치 그가 자신의 비극을 노래하는 것처럼 느껴졌다.

놀랄 만한 일은 아니었다. 며칠 동안 음악을 듣지 않은데다 기분이 한껏 들뜨고 행복감에 넘쳐 감정적으로 풍부해져 있었으며 모든 것에 대한 내 감각도 고양되어 있었으니까. 마치 나 자신이 작은 오케스트라로 변하기라도 한 것처럼 음악의 모든 소절이 온몸으로 느껴졌다.

중간휴식 시간에는 샴페인을 마셨는데, 제임스는 샴페인을 마시면 머리가 아프다며 한방울만 마셨다. 그는 종종 신경이 예민해서 생기는 악성 두통을 겪곤 했다.(한가지 예로, 이삼주 동안 응급 대기를 하고 나서 마침내 쉴 수 있는 주말을 맞으면 어두운 방에서 이마를 손으로 누르며 누워서 지내곤 했다.) 극장의 열기와 강렬함도 항상 그에게 두통을 불러왔다. 내가 보기에는 그가 지나치게 집중하는 탓이었다. 콘서트에 가면 그는 항상 악보를 보았고, 아니면 손가락 마디가 하얗게 질리도록 긴장하곤 했다. 반면 나는 오페라를 보는 동안 완전히 사로잡히거나 질겁하기도 했고, 매질을 당한 뒤 육체와 정신이 함께 무너진 불쌍한 초심자의 절망에 공감하며 다시 눈물을 흘리기도 했지만, 그러는 중에도 가끔은 몇분씩 필이나 섹스, 다음에 만나선 뭘 할까 하는 생각으로 방심하곤 했다.

할아버지가 좀 염려스러운 표정으로 나를 보았다. "이 작품 괜찮으냐, 달링?" 그가 물었다.

"아주 좋은데요." 내가 말했다. "연출은 우스꽝스럽지만 꽤 감동적인 면도 있어요."

"으음—내 생각에도 그렇구나. 초연하고 그다지 다르지 않아, 물론. 삼십년 후에도 똑같다니 박물관에 진열될 작품이지. 새로운 연출에 대해 많은 논의가 있었지만, 노획물은 다른 데 쓰는 게 낫겠다고 판단했지."

"아." 내가 벌써 샴페인을 더 달라고 내밀며 말했다.

"자네 생각은 어떤가, 제임스?"

"음, 괜찮은데요." 힘주어 말하는 모양새가 제임스가 완전히 만족하지는 못한다는 것을 암시하고 있었다. 그는 눈 주위가 시커멓고 잠이 부족해서 얼굴도 누르께했다. 하루 온종일 병과 고통과 씨름하다가 사람으로 가득 찬 비현실적인 극장 속으로 들어오는 느낌이 어떨지 궁금했다.

"자네가 특별히 좋아할 작품인지는 모르겠군."

"기대한 것보다는 항상 더 감동적이고 인상적입니다." 제임스가 말했는데, 내 느낌과 비슷했고 그런 일은 자주 있었다. 하지만 우리가 느끼는 연대감은 이야기하기 곤란한 부분과 관련된 것이었다. 제임스가 논하고 싶었던 것은 성적인 것이 억제된, 혹은 (그가 평소 하는 말로) 굴절된 부분일 것이다. 그 점은 아마 우리 모두 인식했을 것이다. 하지만 제임스와 내게는 그 부분이 중요했고 심지어 웅변적이기까지 했음에도 할아버지는 알아채지 못했을 것이다. 할아버지는 성인이 된 이래 줄곧 바른 예절과 고상한 재치, 단순한 냉담함을 통해 동성애의 존재를 인정하지 않는 사람들 사이에서 보냈으니까. 덥고 작은 특별석에 앉은 우리 세 사람은 이 너무나도 영국적인 문제의 함정에 갇혀 있었다. 동성애적이면서도 동성애적이 아닌 오페라, 행실 바른 두명의 동성애자 친구, 전혀 감정적으로 개입하지 않는 고관 가부장.

나는 과감하게 말해보았다. "하지만 좀 이상한 작품이에요, 물론 섹스에 관한 부분에서요. 클래거트가 아름다움과 잘생긴 외모를 대하는 방식은 소름 끼치게 끔찍해서 상이라도 받을 만하잖아요. 그 문제에 대해 솔직하면서도 솔직하지 않기도 하고."

할아버지는 체면을 생각해 망설이다가 말했다. "사실 포스터의 평이 그 비슷하더구나. 널리 알려져 있지는 않은 것 같더라만."

"포스터를 만나셨어요?"제임스가 감탄과 놀라움을 담아 무심코 말했다.

"아, 그냥 몇번. 하지만 「빌리 버드」의 초연날은 기억하고 있지. 물론 지휘는 브리튼[1]이 했어. 꽤 파장이 컸어, 의견은 좀 갈렸지만. 브리튼과 피어스[2] 관계에 대해 많은 사람들이 별로 좋아하지 않았

---

1 Benjamin Britten(1913~76). 영국의 작곡가이자 지휘자, 피아니스트. 20세기 영국 고전음악에서 중심적인 인물로 오페라와 성악, 관현악, 실내악 등을 작곡했다.
2 Peter Pears(1910~86). 영국의 테너. 브리튼과 40여년 동안 사적·전문적 파트너였다.

지, 당연히.” 제임스는 어리벙벙한 표정이었고 나는 인상을 썼지만 할아버지는 말을 계속했다. “공연 이후에 로라와 파티에 갔는데, 거기서 포스터하고 오페라 대본에 대해 꽤 긴 대화를 나눴지.”

“어떤 분이던가요?” 제임스가 물었다. 할아버지는 좀 피곤하다는 듯한 미소를 지었다. 자신의 말을 누가 자르는 것을 싫어하는 편이었다. 제임스가 몹시 죄송하다는 표정을 지었다.

“그 작품이 괜찮다고 생각하는 것 같았는데, 특히 마음에 안 드는 점도 있는 듯하더군. 몇곡을 공공연하게 비판하는 걸 보고 꽤 놀랐어. 특히 클래거트의 독백이 잘못되었다고 하더라고. 그게 훨씬 더…… 노골적이고, 윌리가 쓰는 표현으로 하자면 섹시해야 한다고 했어. 브리튼의 음악이 질척거린다고 했던 것 같아.”

내게는 그 평이 대단히 흥미로웠는데, 할아버지는 여러해 동안 의무적으로 해오던 일의 효용성을 뒤늦게 발견한 사람처럼 기분이 좋아 보였다. 상황이 미묘하게 변한 것 같았다. 인정이 이루어졌다고나 할까. 하지만 브리튼과 피어스를 ‘당연히’ 싫어했다는 말은 내가 평생 기억하며 잊고 싶어할 말, 혹은 그것이 암시하는 불쾌한 진실을 부인하고 싶어할 말이었다. 나는 남은 샴페인을 몽땅 내 잔에 붓고서 제임스가 자신을 초대해준 사람에게 보여야 할 예의를 갖춰 할아버지를 응대하는 모습을 지켜보았다. 그 모습은 어린애 같기도 했다. 교장선생님과 대화하는 수줍은 6학년 모범생. 특별석의 창턱에 펼쳐져 있는 악보는 특별한 성취를 암시하는 초상화 속의 책처럼 보였다. 그가 어렸을 때 발견했고, 열심히 일하며 고독하게 사는 지금도 드나드는 감성 세계로의 진입에 대한 암시 말이다.

내가 생각에 잠겨, 아마도 제임스를 짜증스럽게 할 미소를 지은 채 그를 보고 있을 때, 막간이면 상류층을 찾아다니는 데 선수이자 런던과 해외에서 오페라를 가장 열심히, 적절하게 순례하고 다니는 바턴 매그스가 나타났다.

"아 이런, 아이고—데니스, 웰……" 그는 모랫빛 눈썹을 치켜올리는 것으로 인사를 대신했다.

"제임스 브룩을 알던가? 매그스 교수……" 그는 이어 제임스에게 고개를 까닥했다. 한정된 시간 동안 모든 사람에게 인사하느라 숨이 찬 듯했다. 게다가 너무 꽉 끼는 젊은 스타일의 시어서커 양복 차림이었는데, 여자처럼 작은 발에 흰 모카신을 신고 있어서 더 살이 쪄 보였다.

"그저 그렇지요, 안 그래요?" 그가 자기 의견을 밝혔다.

"우리는 방금 꽤 괜찮다고 말하는 중이었는데요." 매그스는 유머감각이라곤 전혀 없었고, 우리가 본능적인 냉소를 섞어 자신을 대할 것이라는 사실도 알아채지 못한 것 같았다.

"맙소사—좀 웃기죠, 이 작품을 볼 때마다 항상 어떻게 여자가 한명도 안 나오나 하는 생각이 들거든요. 어떤 사람들은 의식도 못 했다고 하긴 하지만." 그러고서 그는 하긴 별일이 다 있을 수 있으니까, 하는 태도로 주변을 둘러보았다.

"하지만 여성이 나올 수가 없는 작품이잖아요. 그러니까, 무대가 배니까요." 나는 이 말이 상황을 잘 요약해준다고 생각했다.

할아버지는 익살스럽게 대꾸했다. "하지만 일종의 버터컵 같은 사람이 있었으면 하는 거겠지, 안 그런가, 바턴—선원들에게 담배나 박하 같은 걸 파는……"

"비어 선장의 누이나 사촌, 고모를 등장시킬 수도 있긴 하겠죠." 내가 말했다. "그런 사람들이 있었으면 당연히 폭동을 진압할 수 있었을 텐데요."

"아, 그렇죠, 흠. 좋은 소프라노를 듣고 싶거든요." 그가 말하며 마치 브리튼이 많은 동성애자들이 갈망하는 여성적인 떨리는 목소리를 제공하지 않아서 실망했다는 듯 거의 가족이라도 잃은 사람 같은 표정을 지었다. 곧 오페라의 재개를 알리는 종이 울리기 시작했고, 그는 서둘러 작별인사를 했다.

할아버지가 다시 포스터를 회상하고 있는데(나도 전혀 모르던 사실이라 나는 왜 그동안 할아버지의 과거에 대해 인터뷰를 안 했을까 자문했다), 제임스가 다시 말을 끊었다. "그런데 저기 저분, 피어스 아닌가요?" 우리는 모두 그쪽을 돌아보았다.

피어스는 무대 앞 일등석으로 향하는 복도를 따라 양쪽에서 부축을 받으며 아주 천천히 걸어가고 있었다. 무미건조한 대부분의 청중은 그를 전혀 알아보지 못했지만 가끔은 빤히 쳐다보는 사람도 있었고, 뇌졸중으로 약간 일그러졌지만 아름다운 흰머리를 가진 그 가수의 얼굴에서 재빨리 시선을 거두는 사람들도 있었다. 이어 이미 사람들이 착석한 열을 따라 자기 자리까지 그를 데려가는 어색하고 지루한 과정이 뒤따랐다. 제임스와 나는 최면에 걸린 듯했고, 그를 실물로 보면서 나는 그날의 그 경험이 미묘하게 변하는 것 같은 느낌을 받았다. 우리가 불만스럽게 생각했던 그 오페라의 모호성이 그 창작자 중 한 사람이 목격하는 동안 일종의 영웅적, 혹은 역사적 성격을 띠게 되는 것 같았다. 그가 그 공연을 즐기기는 하겠지만, 동시에 연인의 감독하에 본인이 몇십년 전에 공연했던 것과 똑같은 무대와 무대장치 속에서 다른 가수들이 공연하는 모습을 보며 느낄 아픈 감동 또한 짐작할 수 있을 것 같았다. 빌리 버드의 축복의 말이 늙은 비어 선장의 기억 속에서 하나의 에피소드가 된 것처럼, 그 공연도 그에게 과거의 한 에피소드가 된 것이다. 마침내 자기 자리에 앉았지만 당황스럽고 불편한 게 틀림없는 피어스를 보며 사실 나는 그가 실제 공연을 하고 있는 오페라 가수라도 되는 것처럼 느껴졌다. 찰스 낸트위치의 일기를 읽으며 전시에 그가 지나온 청춘과, 포탄으로 부상을 입고 하트퍼드셔 정신병원에 갇혀 죽은 그의 연모의 대상의 상실에 대해 비논리적으로, 순전히 미학적으로 감정을 이입했던 것과 마찬가지였다. 오래전 잉글랜드에 대한 애정 어린 비가가 절대적으로 필요했던 것 같다.

불이 꺼지자 할아버지가 냉정하게 말했다. "저 사람 얼마 안 남았군." 그리고 우리는 관현악단을 향해 박수갈채를 보냈다.

다음 날 저녁에는 필이 친구들과 술을 마시러 갔기 때문에 나는 그를 만나지 못했는데, 거기서 오는 지루함과 좌절감을 견딜 수 없었다. 나는 그 자리에 어울리지도 않을뿐더러 내가 나타나면 필이 동성애자인 것을 모르는──아직 너무 초기라 알 수가 없었을 것이다──그의 친구들에게는 수수께끼일 것이었다. "자기도 친구를 만나지 그래." 필이 제안했고 나는 "하지만 달링, 난 친구가 없다구"라고 대꾸했는데, 이 말은 과장이었지만 놀랍게도 진실을 담고 있었다. 만나면 반가울 사람들은 있었지만 굳이 만나려고 연락까지 하거나 밥이나 술을 함께 하자고 제안할 사람은 없었다. 그 대신 나는 스카치 한병과 옥스퍼드 시절 찰스의 일기를 들고 식탁에 앉았다.

1920년 10월 26일: 일어날 때 좀 피곤했는데 샌디의 방으로 갔다. 샌디는 나만큼이나 엉망이었고, 자기가 팀에게 바보같이 행동했다고 말했다.(그리드를 나온 뒤로 무슨 일이 있었는지 전혀 기억도 안 난다고 했다.) 나는 그랬을지는 몰라도 팀도 지금쯤 그런 것에 익숙해졌을 게 틀림없다고 말해주었다. S는 에그노그를 마시고 옷을 차려입었는데, 아주 형편없어 보이진 않았다. 나는 샌디의 어머니가 보낸 편지를 단정한 여선생 같은 어조로 크게 읽어주었다.(그러지 말 걸 그랬나?) 샌디 어머니는 아들이 술을 안 마신다는 터무니없는 환상을 가지고 있었다. 오리얼로 다시 가보니 이미 다른 친구들이 기다리고 있었다. 팀 카스웰, 챈시 브러, 에디 로시터 등등. 나머지는 휴버트의 차로 요란하게 빵빵거리고 환성을 지르며 떠났는데, 그걸 보니 가는 게 현명하지 않을 것 같다는 생각이 들었다. 머리가 종소리보다도 덜 맑았고, 축축하고 안개 낀 아침이라 길을 헤치고 가는 게 힘들 것 같았다. 팀은 샌디를 보고도 괜찮아 보였지만 우리가 에디의 차에 타자 갑자기 내리더니 에디와 함께 앞좌석에 앉았고, 그래서 뒷자리에는 S와 챈시, 내가 앉았다. 챈시는 음탕한 정력으로 넘쳐 보였는데, 가까이서 보니 피부가 교회 양초처럼 매끄러웠다. 내 옆에 쭈그리고 앉은 모습을 보니 참 덩치가 크다는 생각이 들었다. 바지는 티끌 하나 없이 하얗고 터질 듯했다. 그가 (천박하지만) 무척 잘생겼다고 생각하는 S는 그에게 말을 거는 것도 귀찮다는 태도였지만, 그가 잘생겼다고 생각하지 않는 나는 그와 명랑하게 잡담을 나누었다, 늘 그렇듯이. 앞자리의 팀과 에디는 위트니에 도착할 때까지 내내 무척이나 진지하게 국제연맹에 대해 얘기하고 있었다.

톰 플루는 승합차에 개들을 태워왔는데, 에디의 친구 두어명이(코가 부러진 사근사근한 금발 한명은 전에 본 적이 있는 것 같다) 위트니에서 합류했기 때문에 그들을 마지막으로 차에 태우고 챈시와 나는 승합차로 옮겼다. 언제나처럼 질식할 듯한 냄새가 났고, 승합차가 워낙 덜컹거려서 나는 나오기 전에 매슈가 만들어준 훌륭한 콩팥요리와 베이컨을 다 토할 뻔했다. 톰이 쓴 모자는 개의 귀처럼 귀덮개가 있고 개가 씹은데다 개 오줌 색깔로 물들었는데, 톰 자신에게서도 개한테서처럼 고약한 냄새가 났다. 그는 운전하는 동안 연신 뒤를 돌아보며 우리 안에 갇혀 있는 개들을 향해 욕을 했다. 그러자 개들은 짖어대고 낑낑거렸으며 가는 동안 내내 타락한 듯 뜨겁게 흥분한 모습으로 헐떡였다. 나는 가는 동안 챈시의 옆에 딱 붙어 있는 게 기분이 나쁘지 않았다.(우리 두 사람은 조수석에 엉덩이를 한짝씩 붙이고 있었다.) 적어도 그에게선 면도 비누와 헤어로션 냄새가 났으니까.

더이상 못 참겠다 싶을 때 차가 섰다. 톰의 하인(알고 보니 괜찮은 사람이었다—물론 희극에서처럼 촌스러웠지만 손은 아주 훌륭해서, 쫙 펴면 한 옥타브 반은 칠 수 있을 것 같았다)은 토끼가 꽤 여러마리 있다고 했다. 하지만 그가 몇시간 동안이나 여기저기 가리키며 부지런히 다녔는데도 별 희망이 없는 것 같았다. 나는 차라리 옥스퍼드로 돌아가는 게 나을 것 같았고, 샌디 역시 꽤 비극적이게도 침대와 어두운 방, 아스피린 한병을 간절히 원하고 있었다. 그래도 사냥을 나섰는데, 시야도 안 좋고 끈끈한 이슬 같은 비로 공기도 축축했으며 진흙 때문에 뭘 하려도 무척 힘든데다 몇시간 동안 토끼 그림자도 못 봤으니, 그날의 아침 운동은 완전히 수포로 돌아갔다. 결국은 팀이 그만두자고 제안해서 우리는 어렵사리 다른 길로 갔고, 톰의 하인이 완전히 공포에 질린 얼굴로 트렁크에 점심을 실은 휴버트의 차를 몰고 기적처럼 나타났다.

이건 휴버트의 생각이었다. 평소에는 선술집에 갔지만 거기서 S가 (리전트 스트리트의 마저리[3]처럼 화장을 한 것은 물론이고) 술에 취

---

3 margery, 여성적인 동성애자를 가리키는 옛날 속어.

해 경솔한 짓을 한 적이 있어서 더이상 환영을 받지 못했기 때문이다. 하지만 문제는 그걸 먹을 장소였다. 몇몇은 차에서 먹자고 했고, 팀은 자기가 아는 어떤 사람의 집이 멀지 않은 곳에 있으니 그리로 가서 먹자고 했다. 하지만 코가 부러진 에디의 친구가 자기는 그 집에 1,000파운드의 빚이 있다고 못 간다고 했다. 그러자 톰의 하인이 안개 너머 우리에게 보이는 숲속 그리 멀지 않은 곳에 있는 올드 캐슬이라는 곳을 제안했다. 톰은 괜찮을 것 같다고—바로 이런 경우를 위해 마련된 장소라고 말했다. 하인은 그곳이 유서 깊은 곳이라고 말했는데, 톰은 격하게 비웃으며 그건 그냥 유서 깊은 곳을 흉내낸 "동화 속의 성"일 뿐이라고 했다. 그래서 우리는 그곳이 장식용 건물이거나 숲속의 별장 같은 곳이리라고 짐작했다.

우리는 계속 오솔길로 가다가 들판 언저리를 따라갔다. 숲을 둘러싼 울타리는 고사리들 사이로 언뜻언뜻 보이는 썩은 나무기둥 몇개에 지나지 않았다. 많은 나무가 죽었거나 고사하는 중이었고 주목이 놀랄 만큼 많아서 숲속이 더 어두웠다. 거친 소리를 하고 장난을 치는 우리 같은 사람이 없을 땐 쥐 죽은 듯 조용할 것 같았다. 샌디와 나는 뒤에 처져 팔짱을 낀 채 다른 사람들의 뒤를 따랐다. 나는 우리가 달콤하고 서글픈 기분을 즐기는 중이라고 생각했는데 S가 말했다. "맙소사, 토할 것 같아!" 그래서 나는 그의 침묵이 전날 밤 술을 너무 많이 마신 탓이라는 걸 깨달았다. 가만 보니 그는 팀을 신경 쓰지 않는 척하다가 눈썹 사이로 슬쩍 보곤 해서 팀에 대해 조바심을 내고 있다는 걸 알 수 있었다. 굴욕적이지만 사랑스러운 것 같았다.

그 성이라는 곳은 웃기는 장소였다. 예상보다 작았고, 아주 이상한 모습이었다. 중앙은 큰 연회장이었고 그 뒤로 짙은 색 장식 판자를 붙인 방이 있었다. 이어지는 양쪽 벽은 숲 쪽으로 반쯤 무너진 상태였는데, 진짜 중세 성의 폐허처럼 보이게 하려고 작은 나무로 교묘히 가려놓았다. 창문 몇개는 뾰족한 모양이고 몇개는 둥글고 몇개는 사각형이었다. 담쟁이덩굴 사이로 보이는 벽은 벌레 먹은 자국을 흉내낸 무늬의 큰 돌들이 붙여져 있었다. 보통 건축에서 쓰는 인조 구멍을 낸 재료는 아니고 어딘지는 몰라도 화산 주변에서 가져온 진짜 돌들 같았다. 그 작은 성의 표면 전체는 죽은 지 오래된 덩굴손의 털북숭이 손가락과 담쟁이의 탁하고 칙칙한 색깔, 화살 구멍들, 거칠고 미로 같은 용암으로 인해 무시무시하고 기괴하게 보였다. S와 나는 딱 알맞은 크기의 작은 구멍에 손가락을 넣어보았는데, 쥐며느리 같은 것들이 우글우글 기어나왔다. 우리는 건물 뒤의 아치를 지나 작고 음습한 마당으로 나갔는데, 벽에는 고사리가 늘어지고 한쪽 구석에는 묵은 맥주병들이 쌓여 있었으며, 오래전에 피웠던 장작불의 재와 타다 남은 장작 등이 있었다. 거기서 누가 캠핑을 했는지는 모르겠지만 왜 실내로 들어가지 않았는지 이상했다. 실내로 들어가는 문은 열려 있었고 연회장의 굴뚝은 배 부분이 검게 그을어 있었다.

S와 내가 들어가보니 다른 친구들은 개들이 토끼라도 뜯는 듯이 게걸스레 점심을 먹고 있었다. 실내에는 긴 가대식架臺式 탁자와 벤치 몇개가 있었고 방의 양쪽 가장자리에 아서왕 양식의 커다란 통나무 의자들이 놓여 있었다. 그곳 전체가 좀 지저분한 대학 식당 같았는데, 비둘기들이 날아다니고 탁자 위에 새똥이 더 많다는 것만 달랐다. 다른 가구도 있었는데, 너무 커서 부수기도 어려운 빅토리아 양식의 가구들, 가령 (다 찢어지고 얼룩진) 진홍색 주름 장식 커튼이라든지 조각 장식이 붙은 찬장, 팔걸이를 사이에 두고 두 사람이 나란히 앉기에 충분한 낡은 S자형 러브 시트 같은 것이었다. "신기한 싸구려 클럽이군." 챈시가 은밀한 어조로 내게 말했다. "그렇다고 생각해?" 내가 말

했다. "참 가정적인 곳이라고 생각하던 참인데." 그의 표정을 보니 내 말이 진담인지 농담인지 모르는 게 분명했다.

점심은 식탁 예절의 교육장이라 할 만했다. 휴버트와 에디는 완전히 귀족 같은 태도로 햄과 피클을 입안에 욱여넣고 음료를 꿀렁대며 방종하기가 그지없었다. 팀이 일어서자 휴버트는 팀이 앉을 걸 기대하고 그 벤치에 마요네즈를 쏟았는데, 물론 위엄 있게 빵 한조각에 샴페인 한잔만 먹은 샌디가 아슬아슬한 순간에 주의를 주었고, 보답으로 뚱한 감사 인사를 받았다. 나는 상황상 탁자를 좀 어지르기는 했지만 완벽히 예의 바른 태도로 먹었다고 할 수 있을 것 같다. 하지만 챈시는 럭비선수다운 손으로 귀족 집안의 여성처럼 나이프와 포크를 휘두르는 에티켓의 모범이었다. 그는 절대 긴장을 풀지 않았고, 다른 일행은 그의 낮은 지위를 기꺼이 잊을지라도 본인만은 항상 그것을 의식했다. "물론 우린 집에서는 샴페인을 마신 적이 없어." 그가 내게 고백했다. 그래서 나는 샴페인을 병째 들어 그의 턱으로 거품이 흐를 때까지 마시게 해주었다. 그러는 동안에도 톰과 그의 하인은 내내 문가에 앉아 조용히 먹고 있었는데, 톰은 자기 몫으로 차지한 듯한 술병으로 자주 자기 잔을 채웠고, 에디가 그에게로 잔을 건넬 때마다 "얘는 주지 마"라고 말했다. 불쌍한 톰의 하인! 나는 술 덕분에 곧 기운을 차리고 좀더 흥미를 가지고 그를 바라보았다. 그의 옷은 너무 작았다. 그래서 그의 덩치가 얼마나 큰지 알려주는 동시에 그를 비참하고 우스꽝스러워 보이게 했다. 트위드 모자만이 제법 커서 무심하게 사방을 바라보는 그의 시선을 완전히 가릴 정도로 앞으로 내려와 있었다. 그가 나와 레슬링을 하면서 날 집어던지는 모습을 생생하게 그려보았다.

얼마 후엔 다들 어슬렁어슬렁 밖으로 나갔고, 톰은 자기 술병을 끌어안고 오후엔 더이상 운동하려 들지 말라고 조언하면서 마지못해 합류했다. S는 차로 돌아갔고, 챈시와 나는 시내의 집에서 벌어진 파티에 와서 그림이라도 구경하는 것처럼 잔을 손에 들고 천천히 작은 뒷방으로 들어갔다. 그 방엔 과연 그림들이 있었다. 훨씬 더 오래된 건물에서 옮겨다놓은 듯한 교회식 내닫이창에는 다소 요란한 스테인드글라스가 끼워져 있었고, 벽의 중앙에는 오줌색 후광 속에 주름 칼라 옷을 입은 곱슬머리의 귀여운 어린 소년들을 그린 메달 모양의 장식물이 두점 있었다. 그 배경에 흥미로운 가족사가 있음에 틀림없었다. 챈시가 "아주 훌륭한 한쌍의 요정들"이라고 말했는데 좀 빗나간 농담이었다.

그다음에 아주 이상한 일이 일어나기 시작했다. 아니, 한참 전부터 일어나기 시작했는지도 모르겠다. 챈시는 무너진 천장에서 떨어져 바닥을 뒤덮은 회반죽과 쓰레기더미에 부딪히며 다시 방을 가로질렀다. 그 더미에 빗물이 고여 있는 게 틀림없었고, 스테인드글라스가 만드는 무덤같이 음침한 분위기 때문에 사실 방 전체가 지독히 습한데다 딱한 곰팡내가 더해져 그 낡은 성의 종말이 시작됐음을 알리고 있었다. 내가 돌아서서 보니 챈시가 너무나 이상한 눈초리로 나를 바라보고 있었고, 한 손으로 어색하게 기울여 든 술잔의 다리를 타고 술이 천천히 흘러내려 바닥에 뚝뚝 떨어지고 있었다. 바깥에서는 에디가 "찰스" 하고 부르는 소리가 들렸고, 이어서 톰의 하인이 "다들 떠나셨습니다"라고 말했다. 숲에서 함성과 휘파람 소리가 울렸는데, 팀은 아마도 자기 뿔피리를 불고 있는 듯했다. 나는 내가 그런 짓을 진짜로 할 거라곤 생각지 않았지만 그 모든 행동의 가능성에 대해 한없이 궁금해하며 챈시에게 묘한 미소를 보내고 연회장으로 되돌아갔다. 문이 열려 있었지만 파티는 끝나서 빈 볼랭제 샴페인 병 한다스만 두고 간 그대로 놓여 있었다. 아무도 없었다.

나는 들어가서 낡은 러브 시트에 앉았는데, 그 상황에 진부할 정도로 딱 들어맞는 데 다소 오싹했다. 조금 후에 챈시가 들어와서 좀 전처럼 꽤 흥미롭다는 표정으로 다가왔다. 그가 앉자 아까 차에서와 마찬가지로 그의 성기 부분이 얼마나 멋진지 보지 않을 수 없었다. 그리고 지금 그는 눈에 띄게 흥분해 있었다. 롤리 캐럴 같은 인물이라면 "순경 헬멧이 보이네"라고 했을 것이다. 바로 그것이 나를 향해 다가오는 것을 보자 심장이 덜컥 내려앉았고, 나는 장미꽃처럼 얼굴을 붉힌 채 정욕으로 인해 무시무시한 내적 경련을 느꼈다. 그의 부츠와 공중곡예사의 것처럼 꽉 끼는 바지에 튄 진흙조차 이상하게 내 마음을 뒤흔들었다.

하지만 그는 자리에 앉자마자 완전히 태도를 바꿔 아무 일도 없었다는 듯 자기 가족의 딱한 상황에 대해 주저리주저리 이야기를 늘어놓았다. 아버지가 얼마나 일을 열심히 하고 어머니가 아들을 훌륭하게 교육시키기 위해 뭘 했는지, 에디 같은 애들이 자기가 들어본 적도 없는 학교 출신이라고 얼마나 자기를 우습게 보는지, 그리고—이게 내가 오분은 족히 될 장황한 연설을 말없이 들어준 결과인 클라이맥스였는데—나야말로 자기한테 진정한 관심을 보여주고 그 내면을 생각해준 유일한 사람이라는 것이었다. 나는 그 말을 듣고 놀랐다. 내가 냉담했던 건 아니지만 그의 내면에 대해서는 단 한순간도 생각해본 적이 없었으니까. 솔직히 그가 방금 해준 얘기는 별로 매력적이지도 않았다. 육체를 원한 사람한테서 육체 대신 영혼을 얻는 것보다 더 나쁜 일도 없으니까.

그를 바라보는 내 눈초리에 경멸이 담겨 있었을 것 같다. 우리는 거기 나란히, 중간의 팔걸이에 팔꿈치를 걸치고 먼 데를 보고 있었다.

"됐어." 내가 말하고 그의 손을 잡았는데, 인디언 팔씨름꾼들이나 되는 듯 우리의 팔꿈치가 팔걸이 위에서 기우뚱했다. 그러자 그가 갑자기 겁에 질린 듯 난폭하게 나를 껴안았다. 꽤 오랫동안 그 작은 울타리 너머로 서로를 껴안고 있었는데, 좀 불편했다. 그가 나에 대해 과장된 칭찬을 많이 해줬는데, 지금 생각하니 대부분 맞는 말이었고 더 자주 들었으면 싶기도 하다……

러브 시트란 이름은 얼마나 잘못된 것인지! 나는 밖으로 나가 좀 걷자고 했다. 일단 누구든 우리를 찾아 나타난다면 거기선 숨을 수가 없었기 때문이다. 그래서 밖으로 나왔고, 그는 다시 팀은 자기를 신뢰하지 않으며 아마 자기가 그의 본색을 알기 때문일 수도 있다는 등의 말을 늘어놓았다. 나는 그에게 학교에서 팀의 태도가 어떤지, 어떤 식으로 지내는지, 요샌 꾀까다롭게 여자만 찾는다든지 하는 등의 이야기를 해주었다. "난 아마 팀 카스웰하고 오백번은 했을걸." 사실과 크게 차이 나지 않는 아무 숫자나 대면서 내가 말했다. 불쌍한 챈시는 그 말에 완전히 기가 죽었다. "난 젊은 시절을 제대로 못 누리고 있어." 그가 다소 멜로드라마적인 투로 말했다.

주목이 특히 빽빽한 곳에 다다랐을 때 내가 그의 팔을 잡았고 우리는 그걸 시작했다. 그가 내게 삽입해야 했는데, (그런 종류의 행위를 꽤 오래 안 했기 때문에) 무척 고통스러웠지만 금세 끝났다. 나는 그러는 동안 내내 그다지 흥분이 되지 않았는데, 그가 좀 의기양양하면서도 죄의식을 느끼며 우수에 잠겨 감상적으로 굴 때쯤엔 싫증이 났다. 나중에야―지금에야―그 일의 아름다움을 실감한다.

마침내 처음 있던 곳으로 돌아가보니 다른 애들은 우리를 찾는 걸 단념하고 그냥 돌아가려던 참이었다. 그들이 이미 떠났더라면 너무 작은 쾌락을 위해 너무 터무니없는 희생을 치른 셈이었을 것이다. 모두들 큰 소리로 반가워했고, 짐작하기로 다들 무슨 일이 있었는지 뻔히 알았을 것이다. 벌써 한참 전부터 차에서 쉬고 있던 샌디 옆에 올라타자 그만이 실제로 내게 "챈시 브러하고 놀았군, 응? 이 나쁜 잡년 같으니라고"하고 말했다. 혼자 따돌림을 당한다는 느낌을 받은 챈시가 앞좌석에 타서 이번에는 팀이 내 반대편에 앉았는데, 눈을 감고 있어서 자나보다 싶던 샌디가 좀 있다가 제법 큰 소리로 "그래 부르주아 프리아포스⁴가 어땠는지 말해줘, 찰스"라고 해서 나는 그를 간질이며 학교에 도착할 때까지 계속 다퉜다.

아직 초저녁을 좀 지났을 뿐이라 찰스에게 전화하기에 너무 늦지는 않았겠다 싶었다. 전화번호부를 보니 C. 낸트위치가 두명 있었는데, 내 지인 낸트위치가 엑셀시어 가든스 SE13에 사는 동명이인과 자신을 구별하는 이름을 쓰지 않았다는 사실이 흥미로웠다. 즉시 무뚝뚝한 목소리의 사내가 전화를 받았다. 루이스 대신 고용한 사람인 모양이었다. 찰스가 다른 사람을 찾았다는 사실에 안심이 되었고, 내가 내 생각만 하며 그를 모른 체한 것이 부끄러웠다. "어르신께서 계신지 알아보겠습니다." 그가 말했는데, 이번에는 특히 더 터무니없이 판에 박힌 문구처럼 들렸다. 즉시 수화기 너머로 찰스의 목소리가 들렸다.

"여보세요! 여보세요!" 그가 말했다. 수화기를 들기도 전부터 말을 시작한 것이 틀림없었다.

"찰스! 윌리엄이에요…… 윌리엄 벡위스."

"아. 자네가 전화를 다 주다니 무척 반갑군. 내 글들은 읽고 있는

---

4 Priapos, 그리스 신화에서 남성 생식력의 신.

중인가?"

"그럼요, 읽고 있어요. 그냥 정말 대단하다고 말씀드리려고 전화했어요."

"그럼, 괜찮은 모양이군?"

"정말 좋아요. 위트니 부근 숲속에 챈시 브러와 가셨던 부분에 대해 방금 읽었어요."

"그래?" 나는 적어도 본인이 잊어버린 것으로 보이는 내용에 대해서는 언급하지 말자고 생각했다. 하지만 나는 시기의 차이에도 불구하고 윈체스터에 관한 그의 일기가 장소와 습관의 세부사항까지 내게 무척 호소력 있는 만큼이나, 올드 캐슬의 에피소드에서도 전혀 기대하지 않았던 유사성을 목격하고 깊은 인상을 받았다. 나 역시 지도교수와 건축 견학을 갔을 때 페브스너의 손을 잡고 거기 갔었다. 내가 갔을 때는 찰스가 육십년도 더 전에 목격했던 그 장소의 종말이 거의 완성 단계에 있었다. 지붕은 꺼졌고, 스테인드글라스 창문은 나무판자로 막아놓았고, 주위로는 철조망 울타리를 치고 "위험—낙석 주의"라고 쓰인 빨갛고 하얀 표지판이 있었다.

"그리고 어떻게 지내시나도 궁금했어요."

잠시 침묵이 흐른 후 그가 말했다. "날 또 만나러 오려나?"

"물론 좋죠. 할 얘기가 무척 많아요."

"내일은 안 되는데."

"알겠습니다."

"그럼, 내 이야기가 꽤 흥미롭군?" 그가 킬킬대며 말했다. "굉장하지, 안 그런가?"

"제가 감당하기엔 너무 대단한지도 모르겠어요……" 내가 망설이면서 친절하게 말했다.

"에이, 내 보기엔 자네가," 찰스는 내 말을 못 들은 것처럼(진짜로 안 들렸는지도) 말을 이었다. "금요일에 스테프니에 가보면 좋을 것 같네. 라임하우스 보이스 클럽에서 실리비어하고 좀 얘기해보게. 이번 금요일 저녁에 큰 행사가 있어—그럼 내가 할 이야기를 줄일 수 있지…… 아주 많이. 물론 7시에 시작하네."

"어—그러죠, 그럴게요……" 내가 말했다.

"그리고 주말에 나를 보러 오지? 아주 끔찍하게 외롭거든."(그는 뒷말을 옆에 여자들이라도 있는 것처럼 속삭이듯이 했다.) "내 새 집사가 자네를 맞아줄 걸세……" 그러고는 전화가 끊겼다. 그가 그냥 무턱대고, 정신없이 전화를 끊어버린 것이다.

나는 침대에 누워 찰스 낸트위치의 삶이 가진 여러 면에 대해 생각해보았다. 흑인의 미를 발견하는 학생, 대학생 시절의 치기 어린 토끼사냥, 술 마시고 놀기, 누바산맥에서 공상에 빠진 문관文官, 전화 통화의 절차와 의례를 잊어버린 노인.

내가 필에게 라임하우스에서 저녁을 보내자고 하자 그의 반응이 시큰둥했다. "그냥 자기나 가지 그래?" 그가 말했다.

"난 갈 거야."

"아, 그렇구나. 난 그냥 집에 있을래." 생각해보니 그는 걱정이 되는 듯했다. "난 일하러 돌아와야 하니까 뭘 마시거나 할 수 없거든."

다시 호텔의 작은 다락방에 있던 참이었다. 그가 나를 핥으며 이 단편적인 반항을 잊게 하려는 듯 내 젖꼭지를 가지고 장난을 쳤다.

"아주 오래 있지는 않을 거야." 내가 말했다. 우리는 지난주에 상당히 많은 시간을 함께 보냈지만 나는 그에게 낸트위치 건에 대해서는 아무 이야기도 하지 않았다. "어떤 노인을 만나서 할 얘기가 있거든—많은 걸 얻을 거라곤 기대하지 않지만."

필은 아무 말도 하지 않았다. 곧 일하러 갈 시간이었고 나는 그가 이미 나갈 준비를 하고 있다는 것을 알았다. 오늘밤 그가 보이는 이런 거리 두기는 좀 꺼림칙했다. 그래서 그가 옷을 입으려고 일어나 앉았을 때 나는 그를 거칠게 밀어뜨리고 강하고 빠르게 삽입하기 시작했다. 그의 항문은 방금 전의 더 느긋하고 오랜 사랑의 행위가 남긴 정액 따위로 끈적거렸다. 필이 다 닦아내고 세탁된 옷을 찾는 동안에도 뭔가 유보하는 듯한 기색이 느껴졌다. 분개한 듯 강한 태도는 아니었지만 자신이 독립적인 존재라는 점을 은근히 주장하는 기색이었고, 그것을 용인하는 것이야말로 내가 취할 수 있는 위엄 있는 태도였다. 그래도 아무튼 나는 불행했다. 그가 침대 끝에 돌아앉아 내게 등을 돌리고 양말을 당겨 신을 때 나는 그의 단단한 몸집을 당혹스러운 표정으로 바라보았다. 그는 미동도 없이 앉아 있었고, 나는 서랍장에 달린 거울 속 어두운 곳에서 그와 눈을 마주쳤다.

"와, 나 진짜 자기 사랑하나봐." 그가 말했다. 마치 방금 발견한 것처럼, 그리고 자기가 라임하우스에 가고 싶어하지 않는다는 단순한 이유(그가 나와 함께 간다면 단지 함께 있고 싶어서일 테니까) 때문에 굳이 그렇게 멍청하게 굴지 말라고 날 안심시켜주기 위해서였다. 방을 나간 그는 조금 후에 자신의 호감을 보여주려 되돌아와서 벗은 채 별을 바라보고 있던 나를 깜짝 놀라게 했다. 룸서비스라는 구실로 쟁반에 훈제연어 샌드위치와 드램부이 한잔도 담아왔다. 서로 잘 어울리는 것들은 아니었지만 일부러 사치품을 골라온 것이라 감동적이었다.

다음 날 저녁 나는 일찍 수영을 갔다가 센트럴선을 타고 런던 동쪽으로 갔다. 시내는 벌써 텅 비어 있었고, 리버풀 스트리트까지는 지하철 안이 붐볐지만 베스널 그린, 마일 엔드와 그 너머까지 가는 사람은 얼마 되지 않았다. 내가 탄 칸의 다른 사람들—쇼핑백을 여러개 든 인도 여성들, 맥주 냄새를 풍기는 몇몇 노동자, 운동복을 입은 아름다운 흑인 사내—은 모두 피곤해 보였고, 그 노선에 익숙한 사람들 같았다. 마일 엔드에서 내가 내리고 다른 승객들이 올라탔는데, 나와 마찬가지로 자기 구역 안에서 지하철을 타고, 교외에서 출퇴근하고 쇼핑을 하며 내가 매일 가는 웨스트엔드에는 아주 드물게만 가는, 나는 모르는 지역의 주민들일 것이다. 나는 스스로 꽤 능숙하게 여기저기 잘 다니는 사람이라고 생각했지만, 지하철을 나와 낯선 동네의 냉담한 거리들에 들어서니 막연히 겸연쩍은 느낌도 들었다.

조금 불안하기도 했다. 찰스의 삶에 대해 내가 처음으로 독립적인 조사를 하는 것이었고, 그 사실을 의식하자 내가 점점 그 과제에 깊이 빠져들고 있다는 것을 깨달았다. 표지에 두꺼운 글씨로 "낸트위치"라고 쓴 공책까지 가지고 왔다. 하지만 내가 거기에 어떤 내용을 쓰게 될지, '실리비어'가 도대체 누군지, 그에게서 뭘 기대할 수 있는지 아무것도 모르는 상태였다. 찰스의 집에서 그 이름, 그 흔치 않은 이름이 적힌 편지 봉투를 본 기억이 났다. 그건 디킨스나 아널드 베넷의 작품에나 나올 만한 이름이었고, 때에 절어 번들거리는 이스트엔드 가게의 분위기가 떠올랐다. 자수성가한 뚱뚱한 사람의 격식 차리는 태도와 술에 취한 거친 사람의 불분명한 발음도 연상되었다. 나는 그에게 할 질문을 몇가지 생각해놓았고, 그가 나를 싫어하거나 적대적으로 대할 경우에 대비해 마음의 준비도 해두었다.

또한 이렇게 멀리까지—그리 먼 데도 아니었지만— 왔다는 사실에 내가 아서를 성의 없이 도왔다는 생각이 들면서 마음이 불편했다. 그가 사라진 지 몇주가 지났지만 나는 그를 위해 어떤 행동도 취하지 않았고, 다른 사람한테 완전히 빠져서 며칠 동안 아서는 생각도 하지 않았던 것이다. 물론 내가 할 수 있는 일은 전혀 없었다. 나는 그가 어디 사는지도 몰랐고, 경찰에 살인자가 실종되었다고 신고할 수도 없는 일이었다. 그렇게 생각하니 그것마저도 충격적이었고, 얼굴이 벌게지며 심장이 쿵쾅거렸다. 우리가 집 안에서 함께 지내는 동안 익숙해졌던 그 끔찍한 사건은 문득 좀 떨어져서 바라보자 정말 끔찍했다. 마치 망원경을 들고 대충 먼 경치를 살피다가 얼핏 폭력 행위 장면이 눈에 띄자 떨리는 손으로 초점을 맞추며 황급히 그 장면을 다시 보려 하는 것 같았다.

보이스 클럽에 가려고 너무 일찍 길을 나선 탓에 너무 일찍 도착해서 이목이 집중되는 것을 피하려고 나는 건너편 거리로 갔고, 커머셜 로드를 건너 세인트앤 교회 옆으로 활기차게 걸어갔다. 그 교회의 엄청나게 크고 기이하게 생긴 탑은 멀리서부터 눈에 띄었다. 날이 저물어감에 따라 하늘이 무거워지면서 내가 교회 마당을 가로지를 때는 초저녁의 빛이 밋밋하게 흐려졌다. 오솔길을 따라 기대어선 자작나무들이 어둠을 더 깊게 했고, 나뭇가지들 사이로 엄청나게 큰 석조물이 치솟아 있는 게 보였다.

가지가 꺾이는 듯한 작은 소리가 나서 옆을 보니 아직 어린 나무들 아래 십대 아이 하나가 상자 모양의 묘 위에 앉아 무릎에 팔꿈치를 괴고 긴 나뭇가지를 손으로 치며 이파리를 뜯고 있었다. 표정은 보이지 않았고, 나는 주저하지 않고 북쪽 문을 향해 계속 걸었는데, 문은 당연히 잠겨 있을 것 같았다. 이어 나는 노상강도나 일회성 섹스 상대의 눈길을 받을 때처럼 짐짓 태연하게 탑 아래에 반쯤 펼친 부채 모양의 계단을 어슬렁어슬렁 올라갔다. 중후한 바로 끄 양식에 대한 내 관심은 그 아이에 대한 의식 때문에 동요하고 긴장한 상태였다.

낯선 사람을 만날 때 어떻게 하는가는 늘 마주치는 문제인데, 본능에 따라 행동할 수밖에 없다. 그동안 살면서 한번도 본 적 없고 앞으로도 볼 일이 없는 사람들과 섹스를 하며 느끼는 공모감이 가져다주는 절대적으로 안전하다는 느낌, 그 비합리적인 믿음을 주는 것은 낯선 사람들이었다. 낯설다는 사실 때문에 내 맥박이 빨라지고 내게 살아 있다는 느낌을 주는 사람들 말이다. 하지만 이런 과감한 본능은 틀리기도 한다. 거부당하거나 오해였음을 깨닫거나 피해를 입을 위험을 감수하기 때문에 그런 관계가 더 자극적인 즐거움을 주는 것이다.

교회는 완전히 잠겨 있었고, 서쪽 문은 그 앞에 가는 모래와 해묵은 이파리들이 쌓인 모습으로 봐서 한번도 사용된 적이 없는 문이었다. 버려진 분위기와 내가 상상한 광막하고 어두운 실내의 이미지 때문에 그 교회는 불쾌했으며, 하나의 돌로 이루어진, 사멸한 감각으로 가득 찬 곳이라는 느낌이 들었다. 돌아서자 나무 아래 앉아 있던 인물이 무심코 눈에 들어왔다. 잘 보이지는 않았지만 그가 손에 든 나뭇가지의 껍질을 벗기며 게으르게 시간을 죽이면서 나를 보고 있다는 느낌이 들었다. 나는 계단을 총총히 내려가 다시 교회 마당을 가로질렀다.

내가 다가가자 그는 나를 의식하지 않는 듯, 친구가 오기를 기다린다는 듯 주위를 둘러보았다. 하지만 교회 마당의 고적함으로 보아 전혀 그럴듯하지 않은 장면이었다. 큰 도로도 아닌 외딴 곳에서의 만남이었으니까. 한편, 섹스 상대를 기다리고 있는 것이라면 그는 저녁 내내 아무도 나타나지 않을 수도 있는 장소를 고른 셈이었다. 그가 혼자 있는 모습에는 어딘지 쓸쓸하고 사춘기적인 느낌이 있었고, 겨우 열여섯살 정도밖에 안 되어 보인다는 사실이 놀랍지는 않았다. 내가 그의 곁을 지날 때까지도 그는 나와 눈을 맞추지 않았다. 하지만 조금 지나쳐갔을 때 순전히 런던내기 억양으로 "저기, 불 좀 있어요?" 하고 말했다.

섹스 상대를 구할 때 쓰는 질문 중에서도 가장 오래된 이 질문을 건네다니 거의 믿기 힘들 지경이었다. 말을 거는 쪽이 그애처럼 어릴 때는 어떤 수단이든 신선하고 재치 있게 느껴질 수도 있긴 하지만 말이다. 나는 반가운 미소를 띠며 돌아섰다. "아니, 미안." 내가 말했다.

내 미소를 받아들이는 푸른 눈의 시선은 수줍었다. "괜찮아요, 담배도 없어요."

이것은 거리의 기묘한 상징적 스타일로 표현된, 계산된 거부일 수도 있었다. 하지만 나는 나도 괜찮다는 것을 보여주기 위해 계속 미소를 지었는데, 그럼으로써 아마 그는 더 심한 경멸감을 느꼈을 듯하다. 그가 시선을 돌렸고, 나는 그의 모습을 살펴보았다. 꽉 끼는 낡은 청바지, 팔목까지 핑크빛 가로줄무늬가 있는 푸른색 티셔츠, 야구화, 호리호리한 체격, 입 주위로 여드름이 난 동그스름한 얼굴, 60년대 모델처럼 앞으로 내린, 자연스러운 윤기가 흐르는 숱 많은 짙은 금발. 나는 그의 옆에 있는 깎지 않은 마른 잔디밭 속을 뒤꿈치를 끌며 걸었는데, 내 성기가 발기해서 그가 놓치려야 놓칠 수 없었다. 그의 성기도 청바지 앞자락 속에서 팽팽하게 섰고, 그는 손바닥으로 자신의 불룩해진 성기 가장자리를 누르고 있었다.

"이 근처에 살아요?" 그가 자극적이면서도 비웃는 듯한 눈길로 나를 힐끔거리며 말했다. 나는 다시 미소를 짓고 고개를 저었다. "안 그런 것 같았어요." 그가 시선을 돌려 들고 있던 나뭇가지를 꺾으며 말했다. 내 불안한 상상력으로는 그가 그 동작을 통해 은근히 '이 호모 새끼야'라고 말하고 있다는 생각이 들었다. 하지만 나는 그와 꼭 하기로 마음먹었다. 부분적으로는 그의 앉은 자세, 말하는 태도의 무례함 때문이었다. 자신의 매력을 과대평가하는 것 자체가 그를 더 섹시하게 만들어주었다. 하지만 나를 계속 자극한 것은 그의 젊음, 십대 중반 특유의 무료함과 성적 흥분이었다. 그 모습을 보니 찰스가 일기에 기록한 밤낮으로 색을 밝히던 시절, 사는 게 섹스 상대를 찾거나 상상하는 것뿐이던 시절이 생각났다. 그건 내가 필리파와 차의 뒷좌석에 앉아 싸우거나 자고 남자들을 꿈꾸는 동안 어머니는 아버지를 위해 지도를 봐주던 긴 프랑스 자동차 일주 때 느끼던 기분이었다. 그러다가 성당 마을에 도착하면 나는 주체할 수 없는 발기를 억누르려고 애쓰면서 차에서 내리곤 했다. 나는 그 여행 동안 충동적으로 공중화장실에 끌렸는데, 그런 곳에서 성에 집착하면서도 터무니없던 내 생각을 그림과 낙서 들을 통해 확인했고, 그것들이 주는 신비감은 이해할 수 없는 은어를 곱씹어 말하면서 더해졌다. 우리 가족이 아름다운 밝은색 옷을 입고 광장을 산책하던 저녁에 나는 뒤에 처져 전쟁기념비 주변에 모여 있는 사내들의 터질 듯한 바지 앞섶, 바의 입구 바로 안쪽에 놓인 핀볼 기계를 내려치는 사내들의 단단하게 움츠린 엉덩이를 눈으로 더듬었다.

시간이 별로 없었다. "넌 어때?" 내가 물었다.

그는 일어서서 내게서 멀어지기 시작했다. "뭐라고요?"

"이 근처에 사냐고……"

"어떤 거 같아요?" 그가 말했다. 그의 말은 긴장되고 야비하고 논리적이었고, 무척 방어적이고 건조하기도 했다. 그를 따라가면서도 점점 더 내가 불리해진다는 느낌이 들었고—또 스무살을 넘긴 사람이 더 어린 애들한테 느끼듯 나이를 먹어버렸다는 생각도 들었다. 그는 길옆의 나지막한 벽에 이르러 꽤 커 보이는 성기 가장자리를 쓰다듬으며 돌아섰다. 바로 앞의 거리에서는 사람들이 정류장에서 버스를 기다리고 서 있었다. 소란을 피울 수 없는 장소였다. 나는 가까이 가서 그의 어깨에 손을 올렸고, 그의 미소는 처음으로 그가 느끼는 불안감을 드러냈다.

"어서 와." 그 순간을 이용해서 내가 말했다. 하지만 그는 즉시 다시 방어막을 쳤다. 잘 계산된 태도로 그가 말했다.

"그렇담, 돈은 얼마나 있는데?"

나는 고개를 끄덕이면서도 터무니없다는 듯 킬킬댔다. 내가 취할 수 있는 유일한 방법은 그처럼 행동하는 것뿐이었다. "내가 쓸 만큼밖에 없는데." 내가 말했다.

"그래요? 이 동네에서 괜찮은 엉덩이를 구하려면 돈이 훨씬 더 많이 필요한데."—속삭이다시피 말했는데, 자기가 제공하는 엄청난 할인가를 버스 정류장에 있는 사람들에게는 비밀로 해주겠다고 하는 것 같았다.

더이상 볼 것도 없었다. 나는 손을 내리고 몸을 슬쩍 돌려 벽을 뛰어넘었다. "안녕." 길을 건너려고 기다리고 있는 내게 그가 명랑하게 말했다. 길을 건널 순간을 잘못 택해서 뛰어야 했고, 승합차 한대가 내게 경적을 울렸다. 그 소년의 완벽하게 냉정한 눈길이 나한테 달라붙어 있는 게 느껴졌고, 짜증과 굴욕감이 치솟았다. 클럽으로 가는 길을 따라 걷는데 그를 쓰레기로 치부하고 싶은 충동과 그가 원하는 대로 돈을 주고 싶은 욕구가 맞부딪혔다. 그에게 오줌을 갈기고, 그의 목구멍에 내 성기를 쑤셔넣고, 그의 항문에 내 손가락을 억지로 끼우는 모습을 상상해보았다. 보이스 클럽에 들어가는 사람치고는 충격적인 이미지들이었다. 나는 나에게 저항할 수 있는 그의 능력, 그렇게 젊은 애들에게 내가 별 매력이 없다는 사실에 화가 났다.

클럽 건물은 과거에 비국교도 예배당이었던 게 틀림없었다. 주요 부분은 매력 없는 잿빛 돌로 지어졌고 뾰족한 창틀은 보잘것없었다. 앞과 옆으로 빨간 벽돌로 지은 현대식 건물이 붙어 있었는데 (반투명 유리가 탈의실인 것을 알려주는 창의) 금속 창틀 장식 부분은 흰 페인트가 벗어져 있었다. 찰스가 말했듯 큰 행사가 벌어지고 있었다. 리노 타일을 깐 복도는 가족들로 가득했다. 그들 나름으로 한껏 차려입은 것 같았다. 가슴 아래로 초조하게 팔짱을 낀 어머니들과 종업식날의 부모처럼 애써 자랑스러움을 감추고 있는 아버지들이 보였다. 많은 아이들이 사방에서 뛰어다녔다. 사적인 행사의 분위기 때문에 나는 더욱더 안 어울리는 존재 같았다. 나는 앞면에 유리를 씌운 안내판으로 가서 내 모습을 잠깐 비춰본 후 활동 목록, 소풍 안내와 단체사진들을 훑어보았고, 당연히 예쁘장한 얼굴의 소년들(몇명 있었다)이나 앉아 있는 축구선수들의 말려올라간 반바지 아래로 살짝 드러난 속옷 같은 것들을 보았다. 다음 면에는 구식으로 근엄하게 인쇄된 더 큰 공고문이 바로 오늘 각각 3라운드의 경기를 거쳐 런던과 홈 카운티 보이스 클럽 권투 챔피언십이 결정될 것이며, 이기는 팀은 '낸트위치컵'을 수상하게 된다고 알리고 있었다.

나는 찰스의 큰 영향력과 자선활동을 알려주는 이 증거물을 보면서 스스로 얼마나 둔하고 호기심이 부족한지 실감했다. 당연히 그는 그저 실리비어라는 신비한 인물과 대화를 나누라고만 나를 보낸 것이 아니었다. 찰스가 자신을 드러내는 방식을 솜씨 좋게 조종하고 있다는 불안한 느낌이 드는 것과 동시에 그가 더 알아볼 만한 인물이라는 사실이 유쾌하기도, 인상 깊기도 했다. 이제 보니 이틀 전 밤에 찰스가 아무 말 없이 전화를 끊은 것은 의도적이었고, 지금은 아마 런던 시내에서 기대에 차 고개를 끄덕이고 있을 게 틀림없었다. 조금 전 교회 마당에서 있었던 괴상한 일에 상당히 충격을 받은 까닭에 이런 일까지 겹치니 나 자신의 상황파악 능력에 좀 자신이 없어졌다. 강당의 초록색 여닫이문 너머에서 박수갈채와 큰 소리가 들려왔다. 나는 상황을 아는 사람처럼 보이려 노력하며 안으로 들어갔다.

링은 강당 안 중앙 높은 곳에 설치되어 있었고 삼면으로 두꺼운 나무 기둥을 받친 관람석이 있었다. 링 주위로 비계 위에 층층이 좌석이 마련되어 있어서 갤러리 관람석 아래는 일종의 통로 역할을 했고, 나는 거의 사람들의 눈에 띄지 않고 그곳을 지날 수 있었다. 위에도 사람들이 꽉 차 있었는데, 저녁 내내 한자리에 갇혀 있기보다 자유롭게 이동할 수 있는 게 나을 것 같았다. 나는 임시 경기장의 계단 가장자리에 기대어 통로 부근을 어슬렁댔다. 내 팔꿈치에 발이 닿은 남자가 내 쪽으로 몸을 숙이며 말했다. "자리 필요해요?" 어서 오라고, 자기 일행이 좀 좁혀 앉으면 된다고 말하는 듯한 몸짓이었다. 그러나 나는 거절했다. 야회복 재킷을 입은 사회자가 할 말을 마치고 내려갔고, 풍선 같은 배를 한 심판이 흰 셔츠에 어떻게 해도 흘러내릴 것 같은 바지 차림으로 로프 사이를 비집고 들어갔고, 조금 뒤 첫 시합을 할 선수 두명이 링 안으로 뛰어들어 갔다.

나는 권투가 선수뿐 아니라 관중까지 격을 떨어뜨리는 가장 저질의 스포츠라고 생각했지만 그럼에도 불구하고 거기에는 언제나 감동을 주는 힘이 있었다. 그 잔인함과 머리에 가해지는 펀치의 위험성——그 이름도 적절하게 어퍼컷이라 불리는 위로 틀어 치는 펀치, 흑색질이라 불리는 뇌의 가지돌기를 잡아뜯는 펀치가 뇌 내부에 끼치는 위험은 부어올라 들러붙은 눈과 찢어진 귀, 납작해진 코보다 훨씬 끔찍하다——에도 불구하고, 나뿐만 아니라 이전에도 많은 사람들이 고상하다고 할 만한 면이 있다.

소년들의 권투 시합은 물론 그렇게까지 끔찍하지는 않다. 시합은 짧고, 심판은 아버지처럼 주의를 기울인다. 웬만큼 센 펀치를 맞으면 스탠딩카운트[5]를 하고, 기절이나 출혈의 흔적이 있으면 재빨리 시합을 중지시킨다. 다소 그리스적인 이상주의적 방식으로 폭력보다 스포츠정신을 유지하기도 한다. 오늘밤 이 강당에는 라임하우스 팀을 응원하는 사람들이 손님인 세인트올번스 팀을 응원하는 사람들보다 훨씬 많았다. 게다가 장소가 그리 크지 않아서 이 건물에서 몇십년 전에 울렸을 찬송가나 기도처럼 지금 응원하는 사람들의 목소리도 하나하나 다 선수들에게 들릴 정도였다. 하지만 시합이 끝나고 심판이 자신의 작아 보이는 손으로 글러브 낀 커다란 손을 잡고 승자의 팔을 높이 들어올리며 결과를 발표하자 감동적인 우정의 분위기가 느껴졌다. 소년들이 얼싸안고 글러브 낀

---

5 standing-count, 심판이 위험하다고 판단한 경우 재량으로 시합을 중단하고 8까지 센 뒤 시합의 재개 여부를 결정하는 제도.

주먹으로 어색하게 서로를 툭툭 쳐주고 컷맨[6]과 코치들의 손을 쥐는 장면 말이다.

열네살 소년 두명이 싸운 첫번째 시합에서는 라임하우스 선수가 시작은 잘했으나 시합은 좀 엉성했다. 세인트올번스 선수가 싸우기보다는 계속 로프로 후퇴하고 상대 선수를 부둥켜안았기 때문이다. 두번째 휴식시간에 나는 링 뒤로 천천히 걸어 링 바로 옆 심판의 탁자 쪽으로 다시 들어갔다. 이마가 없고 구레나룻이 로마 투구처럼 뺨으로 휜, 예순살쯤 된 마른 사내가 서서 관중 속의 부모들과 이야기를 나누고 있었다. 그가 돌아서자 운동복 등판에 "라임하우스 보이스 클럽"이라고 쓰인 로고가 보였다. 막 종이 울릴 때 내가 말했다. "죄송하지만 어디로 가면 실리비어 씨를 만날 수 있는지 알려주시겠어요?" 그는 냉랭한 표정으로 나를 바라봤는데, 공격적인 의도 때문이라기보다 반응이 느려서인 듯했다.

"빌? 아, 뒤쪽 어디 있을 텐데. 파란색 문으로 가서 저쪽으로 가보세요. 자, 손, 맛 좀 보여주자." 그는 다짜고짜 진짜 중요한 용건으로 돌아갔고, 거칠고 외곬인 집중력으로 나에 대해서는 이미 잊었음을 드러냈다.

어쨌든 결론은 이미 나 있는 것으로 보였고, 마지막 라운드의 산발적인 싸움이 시작되었을 때 나는 그곳을 빠져나와 파란색 문으로 갔다. 그것은 방화문으로 쇠창살이 달린 창이 나 있었는데, 문을 밀면서 보니 창 너머 복도로 두 사람이 다가오는 것이 보였다. 즈크화를 신고 러닝셔츠에 반바지를 입고 글러브를 낀 소년과 엄청나게 크고 다부진 체격의 빌 실리비어였다. 코리에서 친구로 지낸

---

6 cutman, 시합 중간에 선수의 코너에서 상처를 처치해주는 사람.

지 몇년 된 사람, 지난 몇달 동안 예의 바른 애정으로 필을 탐내는 모습을 내가 은근히 지켜봤던 바로 그 빌이었다.

"어이, 윌." 그가 평소처럼 말했다.

"안녕하세요, 빌……"

"어르신께서 올 거라고 하시더군. 참, 여기는 앨러스테어야." 그는 소년의 머리에 손을 얹었다.

"안녕." 내가 고개를 끄덕였다. 앨러스테어는 눈을 깜빡이고 발을 재빠르게 움직이면서 숨을 증기기차처럼 들이쉬고 내쉬며 자기 앞의 허공을 마구 쳤다. 나는 필이 같이 오지 않기를 잘했다고 생각하며 웃었다.

"우리한테는 아주 큰 행사지." 빌이 말했다. "낸트위치컵 대회를 주최해서 결승까지 올랐으니까. 우린 이 녀석에게 큰 기대를 하고 있어." 앨러스테어의 모습을 보니 당연한 말이었다. 첫 시합에서 본 작고 앙상하고 거친 애들과 달리 나이도 더 많고 어깨도 확실히 넓은데다 본인은 의식하지 못하는 카리스마도 있었다. 빌의 기대 또한 스포츠 얘기만은 아닌 듯했다. 그의 피후견인은 잘생긴 각진 턱을 가졌고, 나처럼 핑크빛 피부에 금발이었으며, 팀의 다른 선수들처럼 변기 청소용 솔 같은 헤어스타일 대신 옆머리를 바짝 깎고 정수리 부근의 금발 곱슬머리를 세운 요즘 유행하는 스타일을 하고 있었다. 장 주네[7]가 상상한 죄수 같은 모습이었다. 육감적으로 통통한 윗입술을 따라 황록색 콧수염이 드문드문 돋기 시작했다. 내 속에서 그를 향한 욕정이 솟구치는 게 느껴졌고, 엄마 아빠들 사이에서 누그러졌던 교회 마당에서의 기분이 미칠 듯이 되살

---

7 Jean Genet(1910~86). 프랑스의 소설가이자 극작가, 시인. 고아로 자라면서 겪은 부랑아 체험을 소재로 실존주의 경향의 작품을 썼다.

아났다. "어서 와서 이 녀석이 얼마나 잘하는지 보라고." 빌이 말했다. 이어 우리는 첫 시합의 끝을 알리는 종이 울릴 때 다시 강당으로 들어갔다.

나는 빌이 몹시 담담하고 냉소적인 것인지, 아니면 그가 실리비어이며 낸트위치의 중세적 질서에서 한 역할을 맡고 있다는 것을 내가 알 거라고 짐작한 것인지 알 수 없었다. 당장은 그는 권투에만 열중한 채 앨러스테어의 아버지(두번째 열에 앉아 초조감 때문에 자신의 뺨을 물고 있었다)에게 달려가 말을 건네거나, 능숙하고 친근하게 "괜찮아, 숀? 그렇지!"라든지 "저 왼쪽을 조심해야지, 사이먼"이라고 여기저기 한마디씩 해주며 자신이 그들의 일부임을 보여주고 있었다. 그런 말을 하는 태도가 모두 좀 억지인 듯한, 혹은 연기인 듯한 느낌을 주었는데, 시합 때문에 긴장해서였을 수도 있고(빌은 수줍고 진지한 사람이었으니까), 내가 있기 때문이었을 수도 있다.

우리는 라임하우스 코너 바로 앞자리에 앉았는데, 바닥 높이에서 링이 보이고 매트 위에서 발이 휙휙 움직이며 선수 하나가 넘어지면 로프가 우리 쪽으로 놀랄 만큼 출렁이는 모습 때문에 시합이 충격적일 정도로 직접적으로 느껴졌다. 앨러스테어의 이름과 나이, 몸무게를 알리는 말이 울려퍼지자 빌이 내 옆자리에 털썩 주저앉았는데, 자기 선수에 대한 기대로 지친 듯했다. "저 녀석 아주 잘해, 엄청 잘하지." 그가 내게 말했다. 이어서 종이 울렸다.

앨러스테어는 자기보다 몸무게는 더 나가고 움직임은 덜 유연한 흑인 소년과 맞붙었다. 두 선수의 흰색 너클 글러브가 부딪힐 때쯤엔 춤추는 듯한 자세로 공격성을 불태우던 앨러스테어는 먼저 동작 반경을 몸 주변으로 좁혔다가 가끔씩 툭 튀어나와 불규칙적이고 위험한 잽을 날리는 등 놀랍도록 날랜 동작을 선보였다. 그는 내가 본 많은 권투선수들, 클럽의 모리스 같은 사람처럼 덩치가 크지는 않았다. 군청색 상의 위로 드러난 어깨뼈와 목덜미 근육은 울퉁불퉁하지 않았고, 위팔은 길고 강력했지만 노동하는 평범한 소년들이 쉽게 만들어내는 알통도 보이지 않았다. 그가 느긋하게 파고들어 재빨리 왼쪽, 오른쪽, 왼쪽 연타를 날리자 상대 선수가 로프로 나가떨어지면서 비틀거렸다. 심판이 끼어들어 8초 스탠딩카운트를 하려고 말없이 손짓하자 앨러스테어를 응원하는 목소리가 높아졌다—아이 아버지의 목소리는 크고 생경했고, 응원하는 같은 팀 아이들과 친구들의 어린 목소리는 웅얼거리는 것처럼 들렸다. 세명의 십대 소년들은 쭈뼛거리면서도 어른스러운 척 신경을 쓰기도 안 쓰기도 하면서, 미소를 짓고 껌을 씹으면서 고함으로 응원을 했다. 선수들이 조금 더 껑충거리다가 라운드가 끝났다.

빌은 너무 초조하기도 하고 집중한 나머지 자리에서 벌떡 일어섰다. 투구 모양의 구레나룻을 기른 남자가 걸레질을 하며 자리를 정돈하려 했지만 빌이 의자를 빼앗고 로프를 헤치고 뛰어들어가 자기 선수를 코너로 밀었다. 어색하고도 강력한 칭찬의 몸짓이었다. 그들을 올려다보니 빌의 말이 반쯤 들렸는데, 애정과 놀라운 불평이 뒤섞여 있었다. "그 녀석을 봐주고 있네, 봐주고 있어." 그가 말했다. "주먹을 잊지 마"—이런 유용한 조언에 이어 그는 앨러스테어의 상기된 얼굴을 뒤로 젖히고 스펀지로 다친 데라곤 없는 이목구비를 재빨리 닦아주고 어깨와 짧게 깎은 솜털 같은 금발 위로 달래는 듯한 포옹을 해준 다음 고개를 끄덕이고 원칙을 상기시키는 짧은 조언을 던져주었다. "멋져." 그가 말했다. "훌륭해. 끝내줘." 앨러스테어는 아무 말 없이 마술에 걸린 듯 빌을 바라보면서 코로 날카롭게 숨을 들이쉬고 고개만 끄덕했다. 종이 울리자 빌이 소년의 입속에 재빨리 마우스피스를 끼웠고, 소년은 핑크빛 입술이 부풀어 옆으로 퍼지면서 무시무시한 조소의 표정이 되었다. 이어 심판이 로프로 재빨리 뒷걸음질치면서 시합이 재개되었다.

　이 라운드는 처음에는 그저 그랬다. 세인트올번스측 선수는 좀 멍청해 보이고 의심 많은 얼굴이긴 했지만 매력이 전혀 없지는 않았다. 더욱이 앨러스테어의 가드 아래로 괜찮은 펀치, 이런 종류의 싸움에서는 드문 펀치도 두어번 안겼다. 그러자 앨러스테어가 그 흑인 소년의 얼굴에 사납게 잽을 날렸고, 글러브가 부딪는 둔탁한 퍽 소리뿐 아니라 청소년기의 부드러운 뼈와 연골을 때린 듯 이상한 쩍 소리가 작게 울렸다. 그 아이가 뒤로 넘어가자 앨러스테어는 말릴 겨를도 없이 맛 좀 봐라 하는 듯 두번째 펀치를 정확히 날렸다. 심판이 그들 사이의 공기를 가르며 물러서라는 손짓과 함께 앨러스테어를 제지하면서 동시에 그의 왼쪽 글러브를 손으로 잡았다. 흰색 글러브 표면에는 두번째 펀치의 결과로 밝은 핏빛 흔적이 묻어 있었다.

　빌은 안도의 표정과 함께 내 쪽을 보았다. "해냈어." 그가 말했다. "이제 중지시켜야 할걸. 그래, 해냈어." 강당 안의 고함소리는 패자를 향한 값싼 동정 때문에 약간 수그러들었고, 앨러스테어는 자신의 승리에 뭔가 속았다 싶은 듯 약간 멍한 얼굴로 허공을 치면서 뛰어다녔다. 링에 남겨진 상대가 허공뿐이었고, 그 자신은 별로 의식하지 않았지만 전의가 넘치고 있었다. 주심과 진지하게 거들먹거리는(아무튼 이게 그들의 삶이었으니까) 다른 심판들이 잠깐 의논하더니 만장일치로 승자를 선포했다. 그러자 긴장을 푼 앨러스테어가 무심한 애정을 담아 상대 선수를 포옹하고 툭툭 쳐주었고, 힘차게 다니며 감사 인사와 악수를 나누었다. 그 행동이 정말로 적절해서 감동스러웠다.

빌은 물론 자신의 챔피언과 나갔고, 나는 라임하우스측에 그다지 유리하지 않아 보이는 다음 시합이 시작하는 것을 보고서 내가 대체 여기서 뭘 하고 있나 한심해하며 관중 사이를 뚫고 경사면을 따라 파란색 문들을 밀고 밖으로 나왔다. 오른쪽의 다른 문을 통해 익숙한 샤워실의 물 떨어지는 소리가 들려왔고 나는 평소처럼 그 안에서 일어나는 일을 보고 싶은 욕구를 느꼈다.

워낙 천진한 장소라서 그곳의 아이들은 내 존재에 대해 아무런 의심도 하지 않았다. 빌에 대해서도 마찬가지였다. 빌은 성인의 영역에서 해방되어 그 작은 남성의 세계에 진지하게 참여하고 있었다. 그곳의 분위기 또한 순수한 스포츠맨십, 합창단의 분장실처럼 순수한 부산함, 그것이었다. 양 팀은 시설을 공유했고, 앨러스테어는 상대 선수와 나란히 벤치에 앉아 흑인 소년의 손에 감은 붕대를 찬찬히, 군인같이 부드러운 손길로 풀어주고 이어서 자신의 붕대를 풀어달라고 손을 내밀며 상대방의 털 없이 매끈한 허벅지에 다정하게 손목을 내려놓았다. 흑인 선수는 안타깝게도 이미 부은 광대뼈를 따라 반창고를 붙이고 있었다.

"나라면 샤워를 할 텐데, 얘들아." 빌이 코치답게 말했다. 아이들이 옷 벗는 모습을 보면서 나는 성적 호기심뿐 아니라 모든 면에서 그들의 세계 밖에 있는 국외자다운, 진정한 배제에서 오는 고통을 느꼈다. 아마 빌도 항상 그랬을 것이다. 샤워는 형식적이어서 곧 앨러스테어는 열여섯살 소년치고는 놀랄 만큼 아무런 자의식도 없이 타월로 몸을 닦으며 우리 곁으로 왔다. 그가 포피가 길게 덮인 성기를 빨간색 싸구려 속옷 속에 감추고 나서 얼룩덜룩 색이 빠진 헐렁한 청바지―마치 한무리의 아이들이 여기저기 그 바지 전체에 수음을 한 자국 같았다―를 입으며 빌에게 "여자친구 만나러 가야 해요"라고 말했을 때에야 나는 왜 그에게서 자의식을 느낄 수 없었는지 알 수 있었다.

빌은 그에게 가련해 보이는 미소를 지었다. "나라면 안 할 짓 하지 마라." 그가 말했다.

7

내가 다닌 사립학교에서는 학생회 간부를 (위컴 특유의 이상한 이유로) 사서라고 불렀다. 지도력의 바탕이 책을 관리하는 데 있다는 뜻인 것 같기도 했다. 하지만 전반적으로 사서들은 독서와는 거리가 먼 학생들이었다. 그들은 맡을 업무에 대한 적성을 바탕으로 뽑혔고, 공식적으로 그 업무의 성격에 따라 불렸다. 그래서 예배실 사서, 강당 사서, 정원 사서, 심지어는 더 매력적인 달리기와 크리켓 사서까지 있었다. 사춘기가 열대지방에서처럼 일찌감치 찾아온 내 경우 적성이라면 신나게 성적 유희를 하는 데 국한되었던 만큼, 한창 자라고 부풀어오르는 열세살 소년이 된 마지막 학기에야 공적 지위를 갖고 수영장 사서가 되었다. 부모님은 내가 완전히 가망 없는(트롤럽[1]의 작품을 읽으라는 터무니없는 권유를 듣고 나는

---

1 Anthony Trollope(1815~82). 영국 빅토리아 시대에 대중적으로 인기 있던 소설가. 가상의 장소 바싯셔를 무대로 한 일련의 소설 '바싯셔 연대기'로 유명하다.

라이더 해거드[2]만 붙잡고 있었다) 아이는 아니라는 데 안도한 것이 분명했고, 아버지는 드물게 농담 섞인 편지를 보내기도 했다. "수영장 사서가 되다니 기쁘구나. 수영장 도서관에는 어떤 종류의 책이 있는지 얘기해줘야 한다."

나는 수영을 잘했을 뿐 아니라 수영장에 흥미가 많았기 때문에 그것은 이상적인 임무였다. 학교 건물에서 밤나무 가로수길을 따라 400미터쯤 떨어진 곳에 있던 작은 실외수영장과 천창이 있는 흰색 탈의실은 내 최초의 방종을 목격한 곳이다. 한밤중까지 옥외에서 책을 읽을 수 있을 만큼 밝은 한여름밤이면 나는 친구들 두어 명과 함께 기숙사를 빠져나와 은밀함을 즐기며 살금살금 수영장으로 갔다. 탈의실에서는 독하고 뜨거운 '넘버 6' 담배를 피웠고, 별빛 아래 차가운 물속에서는 비누 거품이 어린 엉덩이 위의 격렬한 성기를 달래주었다. 여우 눈을 한 우리의 숨소리 외에는 사방이 조용했고, 우리는 흥분되고 역겨운 작은 섹스의 리듬——우리로 하여금 침을 꼴깍 삼키고 한번 더 하려고 더듬게 만들던——을 타며 성을 배웠다. 이어 우리는 서로에게 조용히 하라고 더 시끄럽게 떠들어대면서 수영장으로 미끄러져 들어가 컴컴한 물속에서 수영을 했다. 물밑에서는 청소기구가 희미하게 웅웅거리며 물을 빨아들이는 촉수들을 돌리고 있었다. 아침에 보면 종종 기숙사 바닥에 낙엽이나 잔디가 붙은 진흙덩어리들이 떨어져 있었는데, 새벽에 우리가 신발에 묻혀온 그것들은 목신 판[Pan]이 다녀가면서 남긴 기념품 같았다.

2 H. Rider Haggard(1856~1925). 영국의 모험소설 작가. 이색적인 장소와 아프리카를 배경으로 한 작품이 많고 잃어버린 세계를 다룬 장르의 개척자로 평가받는다.

필이 내게 수영에 대해 물어보았을 때 나는 그 이야기를 대충, 아니면 어느정도는 해주었던 것 같다. 내 수영장 사서 배지(빨간색 에나멜에 놋쇠 글자가 새겨진 배지로 구부러진 놋쇠 핀이 달려 있었다)도 보여주었다. 장신구를 넣는 둥근 가죽 상자에 구멍 배지와 함께 늘 보관하고 있던 것이다. 상자는 적절하게도 윈체스터 시절의 단짝이자 연인이었던 조니 카버가 준 선물이었다. 우리집에 처음 온 필은 그전까지는 이상하리만큼 안 보이던 호기심을 드러냈다.

"냄새가 정말 강하네." 그가 말했다.

"어제 먹은 양파 파이 때문인가, 아니면 벗어놓은 양말인가……" 내가 사과했다.

이제는 나와 충분히 가까워진 그는 내 어떤 말에도 웃었다. "아니, 아니, 내 말은 아주 비싼 냄새가 난다고. 시골 저택처럼."

나는 아직도 한달에 한번쯤 꿈에서 그때의 그 탈의실을, 널빤지를 깐 마루와 벤치들을 본다. 우리는 고풍스러운 속어로 그곳을 수영장 도서관이라고 불렀고, 더 줄여서 도서관이라고도 했다. 당시 우리가 누리던 이중적 삶에 딱 들어맞는 이름이었다. "도서관에 있을게." 나는 공붓벌레인 척 말하곤 했다. 때때로 어둑하고 문이 없던 그 작은 피신처—그것은 정말 피신처에 지나지 않았다, 텅 빈, 아주 텅 빈 그런 곳—가 내가 진심으로 있고 싶은 곳이라고 생각한다. 그 너머에는 철조망이 있었고, 더 가면 달빛 아래 밤의 산들바람에 따라 속삭이고 한숨을 쉬는 비탈진 풀밭—'황무지'—이 나왔다. 카탈로그로 분류되지 않은 쾌락이 있는 그 도서관으로 살짝 들어가면 어둠 속에서 모든 것을 멈추게 된다. 이어서 억누르고 있던 숨이 풀리고, 담뱃불이 반짝이고, 연기가 콧속으로 스며들며, 단단한 어둠이 움직이고 희미하게 깜박이곤 했다. 친구의 손이 바지 앞섶을 더듬었다. 우리의 순진하고 음란한 행위에는 키스——감상적인 행동, 어른스러움의 불순물——는 아예 없거나 없다시피 했다.

"자기는 어린 쪽을 좋아해?" 필이 물었다.

"난 자기가 좋아, 달링."

"그래, 하지만……"

"이거 불법인 거 알지, 우리 관계. 공식적으론 난 앞으로 삼년 동안 자기한테 손도 대면 안 돼."

"맙소사." 필은 그 말로 상황이 완전히 바뀌었다는 듯 안절부절못하고 방을 서성였다. "아니, 난 애들도 굉장할 수 있다고 생각해. 열네살이나 뭐 그 이상이면. 그러니까, 진짜로 어린애들이야 안 건드리겠지만……"

"그래——하지만 벌써 그게 아주 커진 어린 녀석은 항상 발기해서 인생을 완전히 지배하는 그걸 가지고 어쩔 줄 모르잖아——그건 자기 표현대로 굉장하지."

필은 은근한 미소를 지으며 얼굴을 붉혔다. 그가 나를 사랑하는 이유 중의 하나가 바로 내가 그런 것을 말로 표현해주고, 더 야한 만큼이나 더 정당화해주기도 하기 때문이었다. 내 솔직하게 말하기(franc-parler)에 용기를 얻은 그가 언어의 새로운 가능성을 탐색하고 때로는 너무 무모하게 말을 해서 나는 그가 지어낸 이야기를 하는 것이 틀림없다고까지 생각했다. 코리에 드나드는 사내들은 다들 특별한 주목을 받고 싶어했다. "난 정말 그 피트/앨런/나이절/가이가 마음에 들어." 필은 샤워한 뒤 옷을 입을 때나 저녁의 거리로 나설 때 조용히 말하곤 했다. 헌칠하고 잘생긴, 정력 넘치는 이성애자인 모리스를 보면 특히 더 흥분이 되는 듯했다. "이성애자라니 얼마나 안타까운 일이야, 참." 필은 매력적이고 진지하게 고개를 저으며 말하곤 했다.

그것은 감동적인 언론 자유의 표출이었다. 하지만 내게 약간의 질투심이 드는 것도 사실이었다. 그가 앨런과 나이절 등등에 대해 그런 기분이 든다면, 그런 말을 털어놓을 대상인 내가 없을 때 피트나 가이가 동성애자의 미소를 띠고 즉각 발기해서 엉덩이를 감상하는 시선을 그에게 보내며 거기 있다면 무슨 일이 일어날지 누가 알겠는가? 어느 저녁에는 수영장에서 제임스에게 그를 소개했는데, 제임스는 그 자리에서 당장 필에게 기생충 같은 애착을 갖게 된 게 틀림없었다. 하지만 그 경우는 아무런 위험도 느껴지지 않았다. 더 무모하게는 무조건 자자고 하는 치들도 있었다. 니그로니 소시지처럼 30센티미터는 될 것 같은 성기를 가진 여유만만한 에콰도르인 까를로스 같은 사람 말이다. 그가 내게 건넨 (성공적인) 첫 마디는 "와, 그렇게 멋진 성기는 처음 보네"였다. 이건 본인도 꽤 잘생긴 사람한테나 유용한 한수였다. 며칠 전에는 내가 필과 함께 몸을 닦고 있는데 까를로스가, 잊어서였는지 부주의해서인지 필에게 "와, 엉덩이가 진짜 멋있네"라고 말했는데, 필은 얼굴을 붉히며 못 들은 체했지만 나한테는 그 말을 하지 않았다.

아마 내가 걱정할 필요는 없었을 것이다. 우리는 정말이지 멋진 시간을 보내고 있었다. 나는 거의 매일 그의 호텔에서 지냈고, 거기서 삐노와 베니또와 셀소 등도 알게 되었다. 늦은 저녁과 밤은 러들로의 사진이 걸린 작은 다락방에서 잠과 섹스 속에 지나갔다. 필은 매일 아침 11시경까지 잤지만, 화창한 날씨가 계속되었고, 우리는 저녁 6시가 되어 코리에 갈 때까지 한낮의 열기를 즐기러 옥상으로 올라가서 햇볕을 쬐었다.

우리가 눕는 자리는 비좁고 자갈이 깔린 섬 같은 곳이었다. 오지 벽돌 굴뚝들이 우리를 둘러쌌고 옆으로는 삐죽삐죽한 꼭대기 장식과 테라코타 네잎무늬가 있는 고딕식 쇠 울타리가 둘려 있었다. 그 너머로는 지붕이 양옆으로 급경사를 이루며 내려갔고, 중간중간 지붕창들이 튀어나오고 난간과 다락방 같은 곳이 끼어 있었다. 왼쪽에는 가장 가까이 있는 나무들의 높은 가지, 스퀘어의 플라타너스들이 보였고, 이곳과 도로 사이 깊은 틈으로는 눈에 보이진 않지만 먼 아래 길에서 우르릉거리는 소리와 끼익하는 소리가 들렸으며, 신호등이 바뀔 때까지 조용할 때는 멀리 공원에 있는 세개의 분수 물줄기가 떨어져 튀는 소리가 들려왔다. 오른쪽으로는 호텔의 상당 부분, 그 안의 샘과 환기통로, 비상구 들이 내려다보였다. 이 모든 것 너머에서는 다른 고층건물들—무미건조한 거대한 돌덩이인 상원 의사당과 버려진 센터포인트 건물, 대영박물관 열람실의 초록색 돔—이 동무하고 있었고, 그 너머로는 코린시언 클럽의 잘난 체하는 둥근 모서리 지붕이 살짝 보였다. 이 대단한 건물들, 그 물탱크와 비상구와 보수용 사다리를 포함한 놀라운 숨은 곳들 어디에서도 사람은 보이지 않았다. 우리는 그 호텔 옥상을 항상 독차지하고 즐길 수 있었다.

우리는 녹진해진 아스팔트 위에 타월을 깔고, 처음에는 수영복을 입었지만 나중에 보니 아무도 나타나지 않는 것이 분명해서 옷을 다 벗고 누웠다. 서로의 몸에 선크림—내게는 자외선 차단력이 약한 것, 하지만 이제 겨우 그을기 시작한 필의 피부와 여태 태운 적이 없는 내 엉덩이에는 차단력이 높은 것—을 발라주었고, 주기적으로 거듭 발랐다.(내가 그러자고 했다.) 옥상 위에 있을 때면 무척 행복했다. 때로 책을 읽고 때로는 서로의 몸을 어루만지고 흥분시키기도 했지만 대개는 그냥 햇볕을 쬐었다. 필은 내 젖꼭지나 성기를 문지르거나, 간질이는 것보다 더 부드럽게 손가락으로 내 몸을 어루만져주었고, 그러는 동안 감은 눈꺼풀 위로 진홍색 래커 위를 번쩍 비추는 여름 번개처럼 해가 내리쬐었다. 눈을 뜨면 하늘이 어찌나 밝은지 캄캄해 보일 지경이었다. 그러면 나는 엎드려서 필의 벌린 엉덩이 사이에 얼굴을 반쯤 묻고 한시간 정도 낮잠을 잤다.

이야기도 나눴다―특별하고 사랑에 넘치는 진부한 말들을 몇시간이고 했다. 나는 필의 의견을 존중했고, 그의 평범한 말을 본인은 전혀 생각지 못한 통찰로 발전시키고 해석해냈다. 내가 그에게 반해 있었기 때문에, 그리고 그의 잠재력을 끄집어냈기 때문에 나는 그의 재능과 선함의 가능성을 믿었다. 그가 인상을 쓰며 『데일리 텔레그래프』를 읽는 것을 본 나는 그를 『더 타임스』 쪽으로 유도했고, 우리는 신문을 나눠들고 내가 십자말풀이를 하거나 오자가 뒤섞인 콘서트 공고를 읽어내려가는 동안 그는 뉴스를 읽었다. 어느날은 제임스와 함께 가기로 했던 쇼스따꼬비치 콘서트의 리뷰를 읽다가 내가 제임스를 바람맞혔다는 사실을 깨닫고 미안한 마음이 든 적도 있다. 필과 서둘러 호텔로 가느라 거기 가는 것을 잊었던 것이다―평론가가 추천한 "말기의 자기성찰"이 가장 침잠했을 때쯤에는 필이 내 얼굴을 타고 앉아 있었을 것이다.

필은 바보는 아니었지만 나처럼 지속적인 사랑과 풍부한 교육을 받지 못하고 이 세상을 헤쳐나온 아이였다. 사실 그는 외로움 때문에 놀랄 만큼 많은 독서를 했지만―하디, 『포사이트 연대기』, 도러시 L. 세이어스, 존 르카레, 『폭풍의 언덕』 등―그것들에 대해 아무런 자기 의견을 갖지 못했다. 옥상에서 그는 『중개자』를 띄엄

띄엄 읽어나갔다.

"그 작품 어때?" 내가 물었다.

"어, 괜찮아. 주인공이 식물이랑 싸우고 그럴 땐 좀 지루해. 하지만 테드 버지스는 괜찮아. 그가 클럽의 배리 같은 사람이 아닐까 상상해." 그는 아쉬운 듯한 미소를 지었다. 마침내 그 책을 끝냈을 때는 결말을 그다지 만족스러워하지 않았다.

"글쎄, 요는 그가 테드하고 메리언이 헛간에서 하는 걸 보고 너무 충격을 받은 나머지 본인이 어른이 된 다음에 아무하고도 진지한 관계를 못 맺는다는 거잖아." 그는 분명히 그 점이 불만인 것 같았다.

"그럴 수는 없을 거 같은데?"

"글쎄, 그런 일이 흔한 건 아니겠지." 나도 동의했다. "하지만 대체로는 말이 되지. 너도 어린 시절에 엄청난 경험을 했을 거 아냐. 동성애라는 것도 그렇고. 말로 할 수 없는 욕망, 억눌린 마음……" 그가 나를 조심스럽게 바라보며 별 상관없는 일화를 이야기하려고 애를 써서, 나는 그의 몸을 올라타고 입을 맞춰 그의 말을 막았다.

그런 일이 아주 많았고, 우리가 사귄 뒤 그가 쉬게 된 첫 주말에는 홀랜드 파크에 가서 독서도 훨씬 더 많이 했다. 내 아파트에서는 '시골 저택' 같은 분위기와 내 물건들이 가진 존재감 때문에 그가 약간 기가 죽었다. 내 화이트헤이븐 사진을 어색하게 바라보았고, 『톰 존스』를 엄숙하게 집어들어 읽기 시작했다. 나는 그의 자립심이 반가웠다. 우리는 필이 책을 들고 소파에서 늘어져 있고 나는 그 뒤 책상에서 찰스의 기록물을 읽어나가는 동반자적 시간을 보냈다. 나는 가끔 충동적으로 고개를 들어 필의 강렬한 모습과 진지한 머리, 생각에 잠긴 옆얼굴을 힐끔거렸다.

조용하고 약간은 부자연스러운 가정적 분위기로 인해 나는 다시 아서를 떠올렸고, 이제 창문을 열고 정상적인 생활을 할 수 있다는 사실, 이 새로운 상황의 차분함에 감사하지 않을 수 없었다. 물론 아쉬운 점이 전혀 없지는 않았다. 필과 사랑을 나누는 것은 훌륭했다. 그리고 나는 그의 육체에 반해 있었다. 하지만 필은 아서가 보여줬던 무지한 사람 특유의 아무 때나 마구 덤벼드는 그런 면, 아서 같은 섹스 본능은 없었다. 그들 둘 다 십대였기 때문에 나는 여러 면에서 유리했다. 둘 다 내가 하는 몸짓 하나하나를 주시했다. 하지만 아서는 내가 움직이면 즉각적으로 황홀경에 빠지며 입을 벌렸고 소유욕에 가까운 욕구가 느껴졌던 반면, 필은 때로는 미숙하고 모방적인, 더 겸연쩍은 반응을 보였다. 그의 그런 면을 뚫고 들어가기 위해 거칠게 대해보기도 했다.

필의 애정은 일종의 레슬링처럼 표현되었다. 땀이 날 만큼 육체적이었지만 완벽한 섹스는 아니었다. 규칙은 없었고, 보통 그는 바지를 입고 나는 완전한 나체 상태였으며, 소파나 우리가 있던 아무 데서나 격렬하게 껴안고, 마루로 굴러떨어지고, 서로를 비틀고 압박했다. 하지만 대개 물건을 넘어뜨리거나 하지는 않을 정도로 조심스러웠다. 내 짐작에는 근육을 쓰는 이 모든 행위가 이미 낯익은 그의 수줍음 때문인 것 같았고, 좀 우습긴 해도 그런 행위에는 그의 진정성이 담겨 있었다. 그래서 마침내 우리의 눈이 서로를 마주보게 되면 그는 말없이 긴장을 풀면서 상황에 순종했고 그때까지의 난폭함과 허세는 다정함과 해방 속으로 녹아들었다.

권투 시합 뒤에 나는 빌과 짧은 대화를 나눴다. 시합은 한없이 계속되었고, 나는 그 시간 대부분을 탈의실에 앉아서 빌이 팀원들을 열심히 격려하거나 위로하고 사춘기 소년들이 계속해서 옷을 갈아입는 모습을 지켜보며 보냈다. 때로는 권투 전문가를 자처하는 아버지들이 형제들이나 친구들과 함께 들어와 상처 입은 아이에게 훈계를 하거나 야단을 치거나 칭찬을 해주었다. 빌이 아버지들을 대하는 방식은 분열적이었다. 조언자이자 권위자로 부드럽게 받아들여지기를 바라면서도, 자신과 학생들 사이의 유대관계에 끼어드는 부모에 대해서는 분개하기도 했다. 결국 라임하우스는 트로피를 얻지 못했고, 앨러스테어는 최우수선수상을 받지 못했다.(최우수선수에게는 사립학교에서 주는 것 같은 특히 작은 트로피가 주어졌다.) 가학적으로 보이는 두상을 가진 주심, 기름을 바른 구식 헤어스타일을 하고 입술이 얇은 그는 연설이 지나치게 길었는데, 최우수선수 선정이 너무 어려웠다고 말하며 "이 훌륭한 트로피를 마련해주셨을 뿐 아니라 보이스 클럽 운동을 무척 많은 온갖 방법으로 도와주신" 낸트위치 경의 너그러움을 칭송했다. 그분이 직접 참석할 수 없어서 안타깝다고 했다. 관중은 열렬한 감사를 표했고, 많은 관중의 박수갈채 속에 세인트올번스 팀의 주장, 부러진 코의 자그마한 선수에게 트로피가 수여되었다. 트로피는 소년들이 팔을 높이 뻗은 모양의 손잡이가 달린 일종의 바로끄 스타일 합盒이었다. 빌은 허탈해했고, 그 사실을 감추지도 않았다. 친구들이나 동료 코치들, 좀 나이 많은 선수들이라도 몰래 데리고 나가 위로주를 사지 않을까 싶었다. 하지만 모두들 엄청나게 바빴다. 다들 그 장소를 빠져나가고 사방이 고요해졌다.

　내가 맥주를 사겠다며 그를 데리고 가장 가까운 술집으로 갔다. 몇몇 사내가 바 위의 텔레비전을 멍하니 바라보고 있는 동굴 같은 술집이었다.

"너무 속상해하지 마세요, 빌." 그가 고른 구석자리 탁자로 맥주 두 잔을 들고 가서 내가 말했다.

"아, 고마워, 월. 정말 고마워. 건배." 그가 잔을 들어 맥주 거품을 후루룩 빨아들였다. 그러고는 불안한 눈초리로 잔을 한쪽으로 치웠다. "이런 거 마신 지 아주 오래됐거든." 그가 말했다.

"그래요? 그럼 다른 걸로 하실래요?"

그는 자신이 고마워하지 않는 것처럼 비쳤나 싶어 깜짝 놀란 표정이었다. "아니, 아니, 아니야. 정말 좋아. 그냥 요새 별로 못 마셔서. 옛날에는 많이 마셨는데. 내 말뜻 알겠지." 그날 저녁 그는 전에 알던 것보다 훨씬 더 슬픈 기색이었다. 그가 맥주를 들어 아주 조금만 마셨다. "그래도 나도 때로는 격려가 필요하지." 마치 자신은 늘 기분 좋은 사람으로 널리 알려져 있다는 듯 그가 말했다.

"항상 다음이 있잖아요." 나는 의례적인 위로를 했다. "중요한 건 스포츠정신이죠." 그는 자기로서는 받아들일 수 없다는 듯 고개를 저었다. "솔직히 뵙고서 깜짝 놀랐어요. 이름하고 사람을 연결하지 못했거든요. 전…… 호킨스 씨인 줄 알았어요." 내가 스스로의 터무니없음에 실소하며 덧붙였다.

빌은 진지한 표정으로 나를 바라보았다. "그건 설명할 수 있어." 마치 방금 알리바이를 꾸며내서 수상쩍어하는 형사를 상대로 시험해보려는 사람 같은 어조였다. 하지만 그런 것은 아니었다. "언젠가 설명해줄게. 하지만 그 말이 맞아. 코린시언 클럽에서는 호킨스지. 하지만 여기서 아이들하고 있을 땐 실리비어야. 저 녀석들은 실리 빌리라고 부르지. 물론 까부느라고."

"음흉한 분이네요." 내가 비위를 맞추듯 말했고, 그는 기분이 좋아 보였다. "그런데 낸트위치컵 대회에 대해 좀 얘기해주세요."

"낸트위치컵? 글쎄, 그분이 1955년에 창설한 시합이지. 이 클럽을 위해 굉장히 많은 일을 하셨어. 이 새 탈의실도 그분이 기증한 거야. 그분도 자주 오시곤 했는데, 요샌 별로 못 뵙네."

"그럼 여기서 오래 일하셨나봐요."

"삼십년 정도 되나." 빌은 맥주잔을 들었다가 다시 내려놓았다. "그러니까, 히틀러가 이 건물을 파괴해버렸지. 이 지역의 조합교회[3] 건물이었는데 대공습 시기에 타버린 거야. 옛날 클럽 건물은 완전히 파괴되었지만, 어쨌든 너무 작았다고들 해. 그뒤에 그분이 제안하신 거야, 다른 장소를 찾아서 용도 변경을 할 수 있다면 돈을 대겠다고. 물론 내가 여기서 코치를 하기 시작했을 땐 이미 그런 일이 다 마무리된 뒤였지."

"하지만 탈의실은 없었던 거군요."

"맞아. 뒤편에 옥외화장실만 있었지. 아이들은 다 집에서 옷을 갈아입고 왔어. 안 그러면 그냥 체육관에서 갈아입어야 했지."

"그분은 늘 권투에 관심이 많으셨나보죠." 내가 말했다.

"낸트위치 경? 아, 좋아하시지, 물론. 원래 본인도 꽤 잘하셨다고 들었어. 그래서 보이스 클럽에 관심을 가진 거라고. 권투는 항상 이런 클럽의 중심이었거든. 권투는 항상 아이들을 모이게 했고, 애들은 물론 권투선수를 존경하지. 어떤 애들은 하루 종일 클럽에서 살다시피 해. 그게 그애들의 삶에 의미를 주거든. 거리를 배회하지 않고 말이야. 알잖아, 그런 애들. 그런데 뭘, 무슨 일을 하나, 물어봐도 된다면?" 우리는 그런 걸 묻지 않은 채 여러해를 알고 지냈던 것이다.

---

3 Congregational Church, 교회 회중(會衆)의 자치를 중시하는 개신교의 한 분파. 독립교회, 회중교회라고도 함.

"아. 아무것도 안 하는데요." 나는 이 상황을 최대한 좋게 보이려고 해보았다. "어쨌든 지금까지는요. 이제부터 낸트위치 경에 대한 글을 쓰려고 해요."

빌은 어리둥절한 눈치였다. "무슨 소린가?"

"그분의 생애요. 그분이 전기를 써달라고 부탁하셨거든요."

"아, 그렇군……" 그는 그 사실을 곱씹으며 다시 거의 마시지 않은 맥주를 바라보았다. "그러니까, 대필작가라고 하는 그런 건가?"

나는 거기까지는 생각해보지 못했다. "그런 건 아니고요. 그냥 제 책이죠. 그분은 책이 나올 때쯤엔 본인은 이 세상에 없을 거라고 생각하시는 것 같더라고요. 그래서 그분에 대해 최대한 알아보려고 해요."

빌은 여전히 좀 충격을 받은 것 같은 표정이었다. "아주 훌륭한 분이지, 낸트위치 경은." 그가 말했다. "그게 알아낼 수 있는 점 중의 하나야."

"사실 저는 오늘까지는 빌이 그분을 아시는 줄도 몰랐어요."

"나도 어제까지는 자네가 그런 일을 하는 줄 몰랐지." 그는 웃지 않았는데, 내 짐작에 어떤 저항감이랄까, 고양이처럼 소유욕 강한 루이스가 그렇듯 소름 끼치는 질투심 때문인 것 같았다. "그분은 아는 사람이 엄청나게 많지." 그가 좀더 너그러운 태도로 말했다. "그분을 어떻게 알게 된 건가?"

사실을 말하는 것은 신뢰를 저버리는 일이 될 것 같아서 그냥 코리에서 만났다고 말했다.

"요샌 거기 그리 자주는 안 가시지." 빌은 내가 예외적으로 운이 좋았다는 뜻으로 말한 것 같았다.

"맞아요, 정말 운이 좋았어요. 그런데 빌, 실은 도와주시면 고맙겠어요—그분에 대해서 아는 것들을요. 책에는 물론 출처를 밝힐 거예요." 그는 만족스러운 듯 보였다. "중요한 증언자 중 한분일 것 같아요."

"뭐 재판이나 그런 것처럼 말하는군." 빌이 말했다. 나는 내 잔을 들고 묻는 듯이 그를 보았다. "지금 얘기하라는 건가?" 그도 나처럼 전기작가가 어떤 식으로 일하는지 잘 몰라서 묻는 것이 분명했다.

"지금은 아니고요." 내가 미소를 지었다. "하지만 곧 뵈었으면 해요. 맥주를 전혀 안 드시네요."

"미안해, 윌. 마시고 싶기도 하지만, 지금 기분으로 봐선 그러면 안 될 것 같거든. 솔직히 내가 술에 의지하는 건 언제라도 좋은 일은 아니야. 이상하게 꼭 문제가 생기거든." 그의 어색한 남성다움을 보며 나는 그것이 그가 폭력 충동을 다스리고 억제하는 방식이 아닌가 싶었다. 아마 고통을 거쳐 그런 자기부정을 배웠으리라. 그리고 그것은 이제 과거가 된 이중적인 생활을 알려주는 것일 듯했다.

우리는 별빛 속에 함께 스산한 거리를 걸어 지하철역으로 가서 센트럴선으로 시내로 갔다. 지하철은 거의 비어 있었고, 그는 지하철의 소음 위로 혹은 아래로 내게 은밀한 이야기를 해주었다. 하지만 자신에 대한 이야기는 아니고 자신이 관찰한 사람들의 비밀과 위기에 관한 것이었다. 아까 본 앨러스테어라는 소년의 어머니가 백혈병으로 죽었는데, 아버지가 아이를 제대로 돌보기 위해 애를 쓴다는 이야기를 감동적으로 해주었다. 또 코리의 로이가 오토바이에서 떨어져 무릎의 힘줄이 끊어졌다는 사실도 알려주었다. 낸트위치컵에 대해서도 더 많은 사실이 밝혀졌다. 찰스가 죽은 친구를 기념해서 만들었다는 것이다. 빌도 자세한 사정은 몰랐고, 그에게 어떻게 찰스를 알게 되었느냐고 묻자 워낙 개인적이고 중요한 주제라 가볍게 얘기할 수 없다는 듯 엄숙한 태도로 무시했다. 두 사람 사이에 어떤 관계가 있었던 것일까? 이삼십년전—내가 태어나기도 전, 찰스가 지금의 빌의 나이이고 빌이 필의 나이일 때—에 그들이 어땠을까 하는 것은 자꾸 되풀이해봐도 상상하기가 어려웠다. 그때 그는 앞날을 내다보고 자기 몸을 저장고, 미래에 자신의 자리를 보장해줄 저장고처럼 만들고 있었을 것이다. 이제 그 미래가 왔는데, 여전히 그는 열심히 그것을 채우고 있는 중이다. 그 몸이 내 건너편에 있었다. 남자답게 딱 벌어진 어깨, 열린 셔츠 사이로 검은 털이 넓은 V자 모양을 드러낸 채 칼로 긋고 다시 꿰맨 커버를 씌운 큰 의자 위에 육중한 허벅지를 벌린 엄청나게 큰 신체. 내가 그것을 사랑하거나 원할 일은 전혀 없겠지만 그 육체, 그 쓸모없는 남성성의 갑옷이 하나의 성취임에는 틀림없었다.

지하철은 밤중에는 아무 의미도 없다 싶은데도 환히 불을 밝힌 뱅크나 세인트폴스 같은 시내의 역들을 통과해 서쪽으로 향했다. 하긴 주말이 와서 텅 빈 시내 여기저기에도 찰스 같은 괴짜나 토박이들이 여전히 머물고 있다는 것을 생각하면 그런 역이 필요한 사람도 있겠다 싶긴 했다. 아무튼 나는 줄곧 빌을 보고는 있었지만 생각은 그를 떠나 선로를 따라 필에게로 달려가고 있었다. 지하철이 빌이 노던선으로 갈아타야 하는 토트넘 코트 로드로 들어설 때 그가 긴장 섞인 쾌활한 태도로 물었다. "우리 필은 요새 어떻게 지내나?"

그가 우리 관계에 대해 얼마나 아는지 알 수가 없었다. 필과 나는 코리에서 함께 있을 때는 조심했다. 하지만 클럽의 많은 무리 속에서 타인들이 무엇을 보고 짐작하고 엿듣는지는 알기 어려웠다. 나는 행복한 인정으로도, 쾌활한 무지로도 해석될 수 있는 애매한 미소를 지었다. "괜찮다고 할 수 있겠죠." 아무렇지 않은 척 내가 말했다.

평소의 수줍고 진지한 표정이 빌의 얼굴을 스쳤다. 그리고 지하철이 사납게 속도를 늦춰 관성 때문에 내 쪽으로 몸이 쏠릴 때 그가 용감하게 말했다. "난 그애를 사랑하거든." 그 어조에 담긴 기쁨에서, 더욱이 고심 끝에 '사랑하거든'이라는 말을 선택한 가식성에서 그의 순진함과 쑥스러움이 드러났다. 그때 지하철이 급정차했고, 일어서려던 그는 뒤로 기우뚱했다가 안타깝게 서둘러 작별인사를 하며 허둥지둥 내렸다.

1925년 6월 9일: 거의 이년 만에 런던에 돌아옴. 모두들 더위에 대해 불평. 반바지에 앞을 풀어헤친 셔츠를 입거나 토피를 쓰지 못하니 왜들 그렇게 불평하는지 이해가 가기 시작한다. 카이로, 알렉산드리아에서 지내다 오니 런던은 놀랍도록 바쁘고 편리하다—또 예상했던 것보다 전체 도면상으로가 아니면 세부에서 훨씬 작았다. 방학이 끝나고 옥스퍼드에 돌아가면 변한 게 없는 걸 확인하며(실은 변했다) 느꼈던 것과 같은 즐거움을 느끼며 다녔다.

브룩 스트리트에 가보니 샌디가 나에 앞서 왔다가 그다운 독특한 방식으로 책에서 한면을 찢어 메시지를 남겨놓았다. 프랑스어로 쓰인 책이었고, 꽃처럼 화려하고, 간접적이며 부도덕했다—"il y a une chose aussi bruyante que la souffrance, c'est le plaisir"[4] 등등. 그 면의 끝에 가니 호기심이 생겼고, 그제야 메시지를 보니 그것도 역시 꽃처

---

4 '고통만큼 시끄러운 것이 있으니, 그것은 쾌락이다'라는 뜻.

럼 화려하고, 간접적으로 부도덕했다. 다만 이번에는 영어로 쓰여 있었다. 나는 낡은 놋쇠 시계가 부지런히 재깍거리고 어여쁜 칼세올라리아꽃과 양귀비 사진이 엄숙하게 내려다보고 있는 오전용 거실에 한동안 앉아 내가 아프리카에서 지내는 동안 그 방을 스쳐간 모든 날들, 월슨이 먼지떨이를 들고 가끔 방문한 외에는 아무 일도 일어나지 않았을 그 모든 날들을 생각했다. 그게 관광 가이드가 낡은 은박지로 해를 반사해 들고 사자들이 벽의 신들을 포옹하는 이집트 귀족의 무덤처럼 달콤하게 마음을 진정해주었다.

이어 한바탕 의무적인 방문을 하고 샌디를 찾아 소호의 이상한 주소로 갔다. 한동안은 못 찾을지도 모르겠다고 생각했지만 어느 집의 초인종을 누르니 핑크빛 깃털 장식을 한 거구의 금발 여성이 문을 열어주었고, 아주 높은 데서 특유의 휘파람으로 아리아 「여자의 마음」을 부르는 소리가 들렸으며, 한발 물러서니 샌디가 두그루 야자수 사이에서 발코니 아래를 내려다보고 있었다. 그가 열쇠를 던져주어 나는 올라가기 시작했다. 만나니 무척 반가웠고 즐거운 비명을 질렀음에도 불구하고 처음에는 무슨 말을 해야 할지 몰라서 아주 오랫동안 그냥 서로 껴안고만 있다가 술 생각이 나서 몸을 떼었다.

그곳은 아주 특이한 장소였다. 작은 정원 같은 발코니가 있었고 실내는 천장이 높고 시원한 스튜디오였는데, 계단을 따라가면 한쪽으로는 부엌으로, 다른 한쪽으로는 침실로 연결되었다. 스튜디오 밖으로 나가면 옥상으로 올라갈 수 있는데, 샌디는 거기서 친구들과 나체로 일광욕을 하는 것 같았고, 동글납작한 첨탑이 있는 오래된 렌Christopher Wren의 교회가 아주 멋있게 보였다. 우리는 온갖 잡다한 것을 섞은 무슨 미국 칵테일을 마시고서 무지하게 취했다.

나중에 그의 친구 하나가 올라왔다.(자기 열쇠를 따로 가지고 있었다.) 오토 헨더슨이라는 화가였는데, 꼭또와 빠리 사람들의 세계를 아주 잘 알고 있는 것 같았다. 또한 덴마크인인 어머니가 나체주의의 개척자 집안 출신이라 샌디처럼 엉덩이를 드러내고 열심히 태양숭배를 실천했다. 쿠르두판의 부족 구성원들 이야기를 무척 듣고 싶어했고, 특히 애정을 느끼고 흥분할 때 그것을 어떤 식으로 표현하는지 알고 싶어했다. 눈에 확 띄는 외모로, 숱 많은 금발에 기민한 눈초리, 풍성한 서정적 콧수염을 가지고 있었다. 그가 입은 옷을 다른 사람이 입었다면 그 옷만으로도 나체주의를 조장할 만했다. 요란한 체크 재킷에 밝은 노란색 바지를 입고 개 무늬가 있는 나비넥타이를 하고 있었다.

그는 제법 괜찮았지만 나는 샌디를 독차지하지 못해서 속상했다. 모두 함께 작고 우중충한 싸구려 음식점으로 갔는데, 나를 전형적인 영국문화에 다시 입문시키기 위해서였다. 우리 일행은 완벽하게 영국식으로 성가신 사람들처럼 굴었고, 샌디와 오토는 런던 생활의 여러 뉴스로 나를 즐겁게 해주었다. 오토는 우리 친구를 모조리 알고 있었고, 나를 마치 학교 때부터 알던 사이인 것처럼 대했다. 오토는 티미 카스웰이 결혼을 했는데 "아주 잘"했다고 확언했다. 나는 갑작스러운 통증을 약간 느꼈고 조금 우울하기도 했지만, 우리가 주문한 시큼한 적포도주로 재빨리 그것을 쫓아냈다. 기숙사 시절에 팀을 무척 좋아하는 것 같았던 샌디는 그를 외설스러운 표현으로 욕했고 좀 불안하고 침울하게 회상했다. 그런 대화를 주고받으며 나는 느긋하게 식당을 둘러보았는데, 그럼에도 팀과 열다섯살 시절의 그의 천사 같은 아름다움에 대한 기억을 떠올리지 않을 수는 없었다. 그의 부드러운 남성적인 몸을 여성의 손톱이 애무한다고 생각하니 기분이 좋지 않았다.

1925년 6월 15일: 떠난다는 사실이 우리를 일상으로부터 분리하는 것은 너무나 자연스러운 일이지만 또 이상하기도 하다. 모든 일이 참으로 빠른 속도로 일어나버렸다. 샌디가 그림을 그리고, 야단스러운 오토와 대충 함께 살게 되다니. 그 바람에 내 위치가 좀 특이해졌다. 그림은 나로서는 이해가 안 돼서 그를 자주 보던 이번주 내내 그것에 대해 생각했다. 그림의 색은 부자연스러웠고 소재는 특히 더 왜곡되었다. 하지만 무엇보다도 크기가 컸다. 워낙 커서 도저히 좋아한다거나 괜찮다고 말하기 힘들 정도다. 샌디 자신의 몸짓, 술버릇, 터무니없이 음란한 말처럼 크다. 보통 큰 그림이라고 할 때의 크기가 아니다. 오토를 모델로 한 특별한 작품을 그렸는데 허리까지 드러낸 모습으로, 바로 아래서 올려다본 것이라 탑처럼 솟아 있으며 턱은 영웅적으로 쳐들려 있었다. 모든 면이 잔인하다 할 정도로 과장되었다. 실물 크기보다 더 컸다. 우스꽝스럽다고 하지 않을 수 없다. 하지만 물론 오토 본인이 우스꽝스러운 사람이기 때문일 수도 있다. 샌디가 너무나 그에게 빠져 있어서, 너무나 게걸스럽게 그의 이야기를 해서 더 이상 그와 생각을 공유할 수 없겠다 싶다. 그의 태도는 더할 나위 없이 과장됐지만 우리 사이에 있는 건 자제와 심지어는 싫증뿐이다.

샌디는 아프리카에 대해, 내가 경험한 모든 일에 대해 전혀 호기심을 보이지 않는다. 성적으로도 날 그저 그렇다고 여기는 듯하다.

1925년 6월 18일: 금요일에 아서 캐빌 경과 약속이 있었다─리폼에서 초저녁에 만나 위스키소다를 마셨고 특별한 이야기는 하지 않았다. 누구나 이야기 나누게 마련인 순전히 일상적인 것들에 대해 이야기하는 걸 당황스러워하는 것처럼도 보였다. 나는 그─소박하고 좀 거리를 두는 까다로운 독신자 같은 태도─가 마음에 들었고, 대화의 표면 아래 예리한 감정이 번뜩일 때도 그다지 놀랍지 않았다. 마지막에는 예의 바른 말끝에 메로에와 거기서 최초로 피라미드를 본 경험에 대해 잠깐 이야기했다. 술로 인해 약간 흥분한 탓인지 우리 둘 다갑자기 정신적으로 자유로워진 것 같았다. 잠깐 동안 펠멜⁵에서 무척 먼 곳에 가 있었고, 말을 많이 한 것은 아니지만 흥분된, 거의 **다정하다**할 만한 시선을 공유했다.

1925년 6월 23일: 지난밤엔 이상한 만남이 있었다. 오후에 샌디의 스튜디오에 있는데, 그와 오토가 아무 말도 없이 옷을 벗어던지더니 옥상으로 올라갔다. 나는 그냥 『타임스 리터러리 서플리먼트』에 있는 아라비아의 로런스와 루마니아의 마리 왕비에 대해 읽다가 마음을 가라앉히고 옥상으로 따라갔다. 그들은 온몸이 뭐랄까―꼬르시까 사람들만큼?―갈색이었지만 물론 나는 부끄러워할 필요가 없었다. 내가 얼마나 그을었는지를 본 오토는 나를 더 존경하게 된 듯했으니까. "우리 열대지방에 가자." 그가 샌디에게 말했다. "그리고 흑인들처럼 뛰어다녀야 해."

나도 열대지방에 가 있었으면 싶었다. 빨래라도 되는 양 옥상 위에 누워 있는 일은 겸연쩍고 터무니없었다. 남성 일행 모두가 강가에 멈춰 셔츠와 반바지를 벗어 빤 뒤 돌 위에 널어 말리던 때와 비교하면 그 옥상의 나체는 어딘가 아주 음란했다. 나는 그런 소소한 목가적 경험을 혼자만 간직했고, 다른 사람들이 물속에 뛰어들어 첨벙대거나 질척한 얕은 곳을 배회하는 동안 파이프를 들고 풀숲에 앉아 있었던 게 기억났다. 그때 우리는 문명에서 꽤 떨어진 곳에 있었다. 이곳에서

5 Pall Mall, 런던의 클럽이 밀집한 거리.

나는 오토와 샌디가 그들 나름의 이상한 원칙에 따라 과감하게 구는 동안 종이로 만든 티피⁶를 가지고 전략적 놀이를 했다.

저녁에는 리전트 스트리트로 어슬렁어슬렁 외출했다. 까페 로열 옆으로 거리를 따라 많은 사람들이 몰려다니고 있었는데 왁자지껄하고 더러운 분위기(이건 정말로 꽤 동양적이었다)였으며, 그 아래에는 여름의 거대한 수동적 고요가 있었다. 영국의 삶은 거리와는 크게 관계가 없는 것이어서 한가하게 배회하는 건 달콤했다. 환상적인 인물들이 많았고, 이따금 기다리고 또 기다리는 소녀처럼 보이는 젊은 사내들도 몇몇 눈에 띄었다. 런던의 이 부근에서 그런 종류의 모습을 얼마나 목격할 수 있을지 알 것 같았다. 길 건너 기념비처럼 보이는 석조 전시장에는 날개를 펼치고 손에 백합을 든 천사들이 있었다. 판유리 창문을 통해 우리를 보며 말없이 나무라는 것 같았다. 아니면 우리를 축복해주고 있는지도 모르고.

까페 안은 비현실적인, 마치 물속에 있는 것 같은 분위기였다. 실내를 비추던 바깥의 저녁빛은 아직 뜨겁고 밝았다. 대리석 탁자 위에는 연기가 겹겹이 떠돌고 있었다. 대학생 때 이후로 처음 간 거였는데, 그보다 더 완벽하게 민주적인 장소를 생각해내기는 그때나 지금이나 불가능할 듯싶다. 귀족인 나도 실제로 마권업자와 같은 탁자에 앉을 수 있는 곳이다. 실은 그 때문에 나는 속으로 다소 타락한, 비민주적 감정—형편없는 걸 감당하는 사람의 '세련됨'—을 느낀다. 샌디는 그런 것을 덜 느끼는 듯했다. 즉 거기 한 사람의 보헤미안으로서, 혹은 재미로 가는 것 같다.

재미있기도 했다. 우리는 샴페인을 마시고 터키산 담배를 피우며

---

6 tepee, 원뿔형 천막.

벤치에 늘어져 있었다. 건너편에서는 에디 세인트 라이언이 배우처럼 보이는 젊은 사내들과 함께 있으면서 우리를 향해 크게 윙크해 보였다. 그의 늙은 모습은 기이했고 타락과 자기학대로 숙성된 것처럼 보였다. 옆 탁자에서는 좀 거칠어 보이는 인물들이 도미노를 하고 있었는데, 몸집이 딱 벌어지고 나이가 좀더 든 사내가 그 무리의 십장인 듯 보였다. 샌디는 그 무리 중 하나인 열여덟살 정도 되어 보이는, 햇볕에 바랜 듯한 지저분한 금발에 이목구비가 큼직한 녀석에게 큰 관심을 보였다. 셔츠 겨드랑이 부분에서 번져나온 더러운 얼룩과, 도미노를 밀 때나 맥주잔을 입술로 가져갈 때는 놀랄 만큼 섬세하면서도 초현실적으로 강해 보이는 지저분한 손 등으로 인해 뭔가 섬세하면서도 거칠어 보였다. 그의 잔이 비자 샌디가 몸을 기울여 샴페인을 반쯤 채워주었다. 그 녀석은 솔직한 미소를 지었는데, 그러자 사이가 넓게 벌어진 앞니가 드러났고, 나는 침을 꼴깍 삼키며 욕정으로 몸이 근질거렸다. 그 '십장'은 마치 우리가 그 녀석의 교육이라도 도운 듯 자랑스럽고도 감사한 표정으로 우리를 바라보았다. 그들의 게임이 끝나자 샌디는 그 녀석에게 자기 그림에 모델로 쓰고 싶다고 말했고, 시간과 가격도 정해 서로 악수를 나눴다. 나는 그 장소의 뒤섞인 고객들이 어떻게 모든 사람에게 이득이 되는 건지를 알 수 있었다. 샌디는 자신의 수완(savoir-faire)에 만족한 듯 보였고, 우리는 샴페인을 한병 더 주문했다.

나는 실내의 건너편에 홀로 앉아 있던 사람에게 눈길이 갔는데, 그도 좀 과하다 싶을 만큼 마구 술을 마시고 있었다. 몸매는 호리호리하고 옷도 멋있게 입었으며, 나이는 분명치 않았지만 틀림없이 본인이 원하는 것보다는 많아 보였다. 사실 마흔살쯤 되어 보였지만 상기된 표정과 메이크업한 것처럼 보이는 얼굴 때문에 인위적인 느낌이었고,

안타깝게도 젊어 보이기보다 늙어 보였다. 그의 고독은 단순한 것이 아니라 뭔가 고양되고 거의 극적인 고독처럼 보였다. 수천의 눈이 자신을 보고 있는 양 불편하며 얼굴을 찡그렸고, 그러다가 일종의 어릿광대 같은 멜랑꼴리 상태에 빠져들어 긴 상앗빛 손을 모아 내밀고 잘 다듬어진 자신의 손톱을 감상했다. 시선은 여기저기 떠돌다가 아무 노동자나 괴짜에게 고정되었고 그러다 끔찍한 쉰 소리와 함께 기침을 했는데, 그렇게 약하고 꽃 같은 몸에서 나오기에는 너무 강렬한 소리였고, 그러면 몸을 떨고 고개를 숙이며 몸부림치는 일종의 캐리커처가 되어버렸다. 그런 기침의 발작 후에는 축 늘어져 앉아 떨리는 손등으로 눈가의 눈물을 훔쳤다.

오토가 그를 알아보고 평소의 잘난 체하는 말투로 말했다. "저기 저 퍼뱅크 씨 건강이 안 좋은 것 같군." 내가 더 물어보니 오토는 그가 작가라고 했다. "너무나 멋진 소설들을 쓰지." 오토가 말했다. "성직자들, 이상한 노부인들, 그리고—그리고 흑인들. 저 사람 작품은 정말 꼭 읽어봐야 해."

샌디가 일어서며 "가서 합석하자"라고 말했다. 나는 우물거렸지만 별 소용이 없었다. 불쌍한 퍼뱅크는 이 요란한 젊은이 삼총사가 합석하자 상당히 놀란 것 같았다. 하지만 오토의 인사에 답하는 태도로 봐서는 딱하게도 일종의 안도감이 느껴졌다. 그의 주변에 몰려드는 사람들이 있는 걸 보고 마침내 남들이 자신에게도 친구가 있음을 알게 됐을 거라는 듯한 태도였다.

오토가 그를 향해 남성적이고 친구 같은 미소를 지으며 시—"숨막히는 태양 아래 못다 한 모든 작은 일들을 생각하는" 흑인 여성 어쩌구 하는 터무니없는 시—를 암송하기 시작했을 때 그가 보인 반응에서도 유사한 모순이 느껴졌다. 몸서리를 치면서도 미소 짓는 듯했던 것이다.(이어 나는 그가 그 우스꽝스러운 시를 썼다는 사실을 알게 되었다.) 암송이 끝나자 그는 좀 이상하리만치 숨찬 목소리로 말했다. "넥타이를 안 매도 되면 얼마나 좋을지!"

그는 손으로 다리—도저히 불가능할 만큼 자주 꼬았다—를 쓸어 내리는 특이한 습관이 있었다. 손이 발목에 닿으면 그것을 그러쥐고 머리가 탁자 밑으로 사라져 안 보일 지경이었다. 몸을 일으키면 더 숨이 가빴다—아니면 또 기침을 하거나, 파우더를 바른 넙적하게 솟은 광대뼈가 희미한 자주색으로 변했다. 나는 그와 함께 있는 게 물리적으로 끔찍했고 대화도 거의 불가능했다. 하지만 그가 보여주는 공들인 자기보존과 무모한 음주와 모든 것을 다 찢어버릴 듯한 기침에는 매혹적인 면이 있는 것도 사실이었다.

그가 내 생각을 다 안다는 듯 살짝 자존심을 내보이며 말했다. "곧 죽게 될 거야, 알다시피." 그른 말은 아닌 것 같았지만, 그럼에도 불구하고 내가 쓸데없는 위로의 말을 하자 그는 "이집트의 점쟁이"가 알려줬다고 했다. 다음에 외국에 가면—곧 프랑스로 갔다가 카이로 부근의 사막에 있는 어떤 마을에서 겨울을 보낼 예정이라고 했다—다신 못 돌아올 거라고. 좀 유치하고 극적인 순간이어서 진지하게 응대하기가 어려웠지만, 멜로드라마 속의 대사가 가끔 그렇듯 통렬하게 감동적인 진실이었다. "죽고 싶지 않아." 그가 덧붙였다.

나는 왜 사람들이 그와 함께 술을 마시려고 하지 않는지 알게 됐고, 우리도 함께 있지 않는 게 좋지 않을까 하고 생각하는데 그가 우리에게 함께 사보이에 가서 흑인 밴드의 음악을 듣자고 제안했다. "이 세상에서 가장 훌륭한 음악이거든." 그가 말했다. 그래서 우리는 남은 샴페인을 서둘러 마시고 거리로 나섰다. 걸어갈 거라고 짐작했지만, 그 작가의 보행 능력은 앉아 있을 때만큼이나 불안했다. 조심해도 소용없는 술 취한 사람의 걸음걸이와 본능적인 진정한 우아함─다소 세기말적인 우아함이라 부를 수도 있겠다─이 결합된 것이었다. 한 발짝 내디딜 때마다 머리에서 발끝까지 온몸이 위로 출렁댔고, 손을 아래로 내려뜨려서 균형을 잡는 것 같았다. 나는 다시 한번 이집트의 무덤 벽화가 연상됐다─그에게는 무척 **직선적인** 면이 있었다. 우리는 피커딜리 서커스에서 택시를 불러 탔고, 그는 담배연기 자욱한 내 옆 자리에 털썩 앉아 한숨과 함께 새로운 결심을 말했다. "아프리카에 대해 지극한 천상의 대화를 해야 해."

필은 로널드 스테인스를 만나러 나와 함께 가주기로 동의했다. 마침 우리 아파트에서 출발했기 때문에 내가 옷을 골라주었다. 우선 속옷을 입지 못하게 했고 내가 입던 황갈색 면바지를 강요했는데, 내게는 꽉 끼지만 필이 입으니 몸매를 해부학적으로 드러내주었다. 가운데 재봉선이 불알 사이를 깊이 갈랐고 작은 성기는 왼쪽 허벅지 위로 바짝 기울어 붙었다. 소년 같은 분위기의 느슨한 파란색 에어텍스 셔츠 덕분에 더욱 아름답게 돋보이는 그를 앞세워 층계를 내려가는 동안, 나는 그의 수줍음을 악용해 과감한 짓을 하다가 흥분이 되어 나중에 집에 돌아와 하게 될 엄청난 섹스를 기다리기가 힘들 정도였다. 땡볕 아래 보도로 가는 내내 나는 손으로 그의 몸을 가볍게 톡톡 치고 손가락 끝을 돌려가며 어루만졌다.

홀랜드 파크 애비뉴로 건너간 뒤 애디슨 애비뉴를 따라 천천히 북쪽으로 향하는데 뒤에서 샌들을 신은 발이 타닥타닥 뛰어오는 소리가 났다. 조카 루퍼트가 깡충깡충 뛰며 옆에서 나타났다.

"룹스─반가워." 내가 말했다. "또 어디로 도망가는 중이냐? 준비가 덜 돼 보이는데." 아이는 허리에 고무줄을 넣은, 잘 다림질된 반바지와 작년의 프롬스[7]를 광고하는 티셔츠를 입고 있었다.

"아니, 그냥 산책하는 중이에요." 그가 말했다. "날씨가 참 좋아요—이런 날 실내에 있는 건 별로잖아요!"

"맞아." 내가 동의했다. "룹스, 이쪽은 내 친구 필이야. 잠시 우리 집에서 지내고 있어."

"안녕하세요?" 아이가 경쾌하게 말한 뒤 우리 둘을 더 잘 보려고 우리를 마주 보고 뒷걸음으로 뛰었다. 나는 영화를 찍는다면 이렇겠구나 싶었다. 계속해서 뒷걸음질을 치는 카메라를 향해 걸어가야 할 테니까. 이어서 나는 조카를 웃기려고 우스꽝스러운 표정을 지었다. 그애는 필과 내가 마음에 들었는지 우리 사이로 끼어들어서 우리 세 사람은 손에 손을 잡고 함께 걸었다. 루퍼트는 평소와 전혀 다름없이 다정하고 은밀했고, 우리는 눈부신 무성생식을 통해 이 금발의 후손을 생산해낸 젊은 부부처럼 보일 것 같았다.

나는 걸어가며 집들의 번지수를 살펴보았는데, 벌써 목적지에 거의 다 와 있었다. "우린 이 집으로 들어갈 거야, 달링." 내가 말했고, 만남이 그렇게 빨리 끝난 데 실망한 루퍼트는 상황을 잘 판단해 결정을 내려야 한다는 듯 진지한 태도로 우리를 번갈아 보았는데, 그걸 본 필은 약간 걱정스러운 표정으로 나를 쳐다보았다.

"언제 한번 차 마시러 오지 그러니?" 내가 제안했다. "우리 폴리워그가 괜찮다고 하면."

"그래요, 그럴게요." 그애가 말했다. 하지만 뭔가 걱정하고 있는 것이 틀림없었고, 내 손을 잡아당겨 주차된 차 몇대를 지난 곳까지 끌고 갔다. 그러고는 주변을 조심스레 둘러보았는데, 나는 그제야

---

7 The Proms, 영국 BBC방송에서 매년 여름 8주간 진행하는 콘서트. 런던 중심가의 로열 앨버트 홀에서 매일 고전음악 연주와 다양한 행사를 연다.

그애가 무슨 말을 하려는지 알 수 있었다. 나는 아주 잠깐 동안 루퍼트가 아서를 봤나 생각했고, 그래서 인생이 갑자기 아주 달라질 수도 있겠다는 느낌이 들었다. "그 형은 어떻게 됐어요?" 그애가 물었다.

"아, 얼마 전에 떠났어." 나는 거짓말이 아님에도 그럴싸하게 말했다.

"잘 도망갔어요, 그럼?"

"아, 그럼—아주 잘 갔지."

"어디로 갔는지 알아요? 외국으로 간 거예요?"

"좀 웃기지만, 얘야, 어디에 있는지는 나도 몰라. 아주 극비였거든. 아무한테도 얘기 안 했지?"

"그럼요." 루퍼트는 내가 그런 생각을 다 하다니 충격적이라는 듯한 표정으로 속삭였다.

"사실," 갑자기 생각이 떠올라서 내가 말했다. "만일 네가 어딘가에서 만나게 되면 나도 꼭 알고 싶어. 하지만 비밀로 해야 해. 산책을 가거나 하면 주의 깊게 살펴봐."(루퍼트는 내 명령을 당장 실행에 옮겨 재빨리 눈을 비볐다.) "그리고 만나면, 진짜 확실히 그 형을 만나면 나한테 전화해줄래?"

"좋아요." 그애가 말했다. 나는 이 일을 작은 놀이나 실험처럼 만들어주기를 잘했다고 생각했고, 벌써부터 소식을 고대하기 시작했다.

우리는 보도에 덩그러니 남겨둔 필에게 되돌아갔다. 나는 그의 충실함과 깨끗함과 그의…… 순경의 헬멧처럼 볼록하게 튀어나온 그 부분을 보며 만족스러운 미소를 지었다. 루퍼트는 우리와 악수를 하고 중요한 일이라도 하는 것처럼 주변을 돌아보며 떠났다. 그애가 더이상 시야에 안 보이게 되었을 때 나는 필과 함께 포석이 깔린 짧은 길을 따라 걸어 스테인스의 집 정문 앞에 섰다. 정문은 1830년대식 넓은 저택의 왼쪽 부분으로, 울창한 쥐똥나무 울타리(안쪽은 어린애가 숨을 수 있을 만큼 공간이 넓었다)가 정원을 둘러싸고 있었고, 아래층 창문에 퇴폐적으로 내려진 커튼은 늦잠을 자고 오후에는 티비를 보는 삶을 암시하고 있었다.

스테인스가 나와서 입맛 당긴다는 듯한 태도로 우리를 환영했다. 윅스에서 전에 만났을 때 짐작했던 것처럼 그의 흠잡을 데 없는 옷차림—오늘은 사워크림색 인디언 실크로 만든 거의 속이 비치는 양복—속에는 신기하리만큼 열정적이고 비굴한 사람이 숨어 있었다.

"이번에 찰스의 일을 수락했다니 정말 기쁘군." 그가 말했다.

"고맙습니다." 내가 대답했다. "전에 다른 사람도 있었다는 말씀인가요?"

"아, 인쇄소를 경영하는, 끔찍한 입냄새가 나는 늙은 청년이 있었어. 작년에 자주 와서 이것저것 살펴봤지. 근데 너무 속물이라 찰스가 기꺼이 그만두게 했어."

응접실에 들어가보니 술이 달린 끈으로 묶은 무거운 극장용 커튼이 있었다. 마루까지 내려오는 창이 테라스를 향해 열려 있었고 그 너머로 잔디밭과 커다란 너도밤나무가 보였다. 방 전체에 좋은 취향을 과시한다는 느낌이 스며 있었다. 책장에는 읽지 않은 고전의 책등이 고르고 매끈하게 꽂혀 있었고, 화병의 꽃은 왕실의 결혼식에 써도 좋을 만했다. 셰러턴 탁자에는 장식 줄무늬가 있는 커다란 작품집이 놓여 있었다. 마호가니 책상 위에는 수많은 사진들이 액자에 담겨 영광스러운 과거의 분위기를 감상적으로 풍기고 있었다. 손님의 변덕스러운 기호를 맞춰주도록 훈련받은 필은 자신이 손님이 된 것이 불편해 보였다. 손을 주머니에 넣을 수 없어 어색하게 주춤거렸다.

"그래, 자네는 무슨 일을 하나?" 스테인스가 물었다.

"웨이터예요."

"아아." 좀 특이한 침묵이 뒤따랐다. "흠, 그 일은 오래 안 해도 될 것 같군." 필의 체격을 감상하듯 보면서 그가 격려조로 말했다. "자네도 찰스 친구인가?"

"아, 아니에요—윌의 친구예요." 스테인스는 내가 왜 그를 데려왔는지는 몰라도 내 기대대로 그를 마음에 들어하는 게 분명했다.

"그렇군! 그럼, 자, 내 집처럼 편하게 있게. 안타깝게도 수영장은 없네만—보비하고 밖에서 일광욕을 하는 것도 좋겠군"—그는 정원을 향해 뻗은 모습으로 손짓을 했다—"아니면 뭘 해도 좋고!"

"로널드와 이야기할 게 좀 있어, 달링." 내가 말했다. "하지만 같이 있고 싶으면 있어도 돼." 아내에게 지시하는 고약한 사업가라도 된 양 나는 소유욕과 잔인함에서 오는 흥분으로 전율을 느꼈다. 모두 창으로 가서 밖으로 나갔다. 옆으로 값비싼 정원 가구들이 모여 있었다. 둥글린 고리버들 팔걸이가 달리고 꽃무늬 방석이 놓인 의자들, 긴 접이식 일광욕 침대, 핌스를 담은 주전자와 그와 잘 어울리는 데코잔 세트가 놓인 유리판 탁자 따위 말이다. 마치 카탈로그 속에 들어 있는 것처럼 전체적으로 이상적인 분위기가 있었다. 가구들 너머 테라스 가장자리에는 고산식물을 담은 화분들이 놓여 있었고, 이끼 같은 노란색 소형 침엽수들과 빳빳한 헤더 다발이 완벽하게 무의미한 존재를 이어가는 중이었다. "다들 한잔하지." 스테인스가 말했다. 이어 정원 구석에서 보비라는 인물이 나타났다.

보비는—몇살일까—서른다섯살쯤? 그는 완전히 제멋대로 하는 자유를 누리며 지나치게 먹고 지나치게 마셔댔는데, 얼굴과 몸에 그런 점이 다 드러나 있었다. 나는 대번에 그가 어렸을 때 어땠을지 알 수 있었다. 헤벌린 입, 멍하게 빤히 쳐다보는 연회색빛이 도는 푸른 눈, 우리를 향해 걸어오며 쓸어넘기던 윤기 나는 금발머리—그 모든 것이 학교에서 알아주는 행실 난잡한 애였음을 보여주었다. 마운트조이 같은 애인데 십오년 정도 더 나이를 먹은 것이다.(그런데 마운트조이는 지금 어디 있을까?) 그의 옷을 봐도 그점은 분명했다. 구겨진 흰 셔츠, 스크화, 내가 올드 그리고리언스 제품이라는 걸 단박에 알아본(제임스가 똑같은 것을 가지고 있기 때문이다) 넥타이로 허리를 묶은 헐렁한 흰색 플란넬 바지. 우리를 소개하자 그는 상류층 특유의 직설적인 태도로 "어, 안녕"이라고 말하며 쫙 편 통통한 손가락과 긴 백악질 손톱을 가진 뜨겁고 축축한 손을 내밀었다. 나는 터무니없게도 기질에 대한 이론을 생각했고, 그런 손을 가진 남자와 성적 관계를 맺는다는 걸 상상할 수가 없었다. "그래, 우리 찰스에 대해 쓴다고." 보비가 말하고는 찰스가 자기 같은 비행아라도 되는 것처럼 킬킬댔다. "음, 내가 할 수 있는 건 잘되길 바라는 거밖에 없겠네."

그는 매력 없다는 듯 불쑥 이야기했지만 나는 무슨 뜻인지 더 묻지 않을 수 없었다. "그 양반 이제 좀 정신이 오락가락해, 알다시피. 정신적으로 문제가 있다 해도 놀랍지 않을걸. 그 어머니도 물론 꽤 이상했지. 그 가족이 다 꽤 이상했어."

"과거의 낸트위치 경, 찰스의 아버지는 재능 있는 시인이었어." 과일 접시가 놓이자 핌스를 찰방거리며 찔끔찔끔 따라주면서 스테인스가 정색하고 말했다. "운문으로 희곡을 써서 하인들에게 공연을 시켰지. 우리 조부랑 아시는 사이였어—나도 그래서 찰스와 알게 된 거고. 그분이 나한테, 그러니까 들까분다고 하셨던가 그랬지—내가 기억할 수도 없는 어린 시절에."

"찰스의 집안은 어디 출신이죠?"

"아, 그때는 슈롭셔에 살았지. 런던에도 집이 있었지만 안 왔어. 그 아버지가 상원에 한번도 등원을 안 했을걸. 현대 생활에 고집스럽게 적응하지 않았지—전화나 뭐 그런 것도 안 두고—그래서 좀 이상해진 것 같아. 찰스는 어머니하고 아주 가까웠지. 매일 하루도 안 빼고 편지를 주고받았어. 그리고 물론 프랭키도 있었고. 찰스가 프랭키 얘기는 해줬나?"

"찰스는 아직까지 거의 아무 얘기도 안 해줬어요."(이 얘기를 적어두어야 할까? 나는 '낸트위치' 수첩에 아직 아무것도 적지 않았다, 펜의 잉크가 나오는지 보려고 뒷장에 끄적여본 것 말고는.)

"언젠간 그 슬프디슬픈 이야기를 해줄게. 프랭키는 찰스의 형이었고 정상적인 상황이었으면 형이 작위를 물려받았을 거라는 정도만 얘기해두지, 윌리엄. 그는 완전히 색광녀였어, 남자를 그렇게 부를 수 있다면. 폴즈든[8]의 농장 일꾼들이 바지 앞섶을 아예 꿰매버렸다고들 했어. 항상 한쪽으로 그들을 불러 뭘 시켰거든. 그리고 물론 그 시절엔 그럴 수가 있었지—내가 좀 윤색하는지는 몰라도, 노동계급 애들은 거의 대부분…… 한 10실링만 주면 살 수가 있었다고 할 수 있을 거야. 그애들은 돈이 필요했으니까. 그건 정말 재미있는 일일 뿐이었어. 그러니까, 프랭키가 그렇게 했던 애들 중 하나가 이상해져서 프랭키를 그야말로 박살내기 전까진 말이야. 그 일 때문에

---

8 Polesden, 영국 서리주 그레이트 부컴의 노스 다운스에 있는 에드워드 시대 양식의 저택과 장원.

그 불쌍한 어머니가 결국 정신이 돌아버린 거지.”

“그리고 아저씨도 있잖아요.” 보비가 참을성 없이 알려주었다.

“아, 그 아저씨—맞아, 찰스한테 아주 천사 같은 아저씨가 있었어. 모두들 여자한테 아주 잘하는 멋쟁이 남자라고 생각했고, 무척 신사적이고 당대의 미인들과 다니는 모습이 많이 눈에 띄고 그랬던 사람이야. 하지만 실제론 물론 전혀 다른 사람이었지. 경비대원들하고—그러니까 기차에서—놀곤 했거든. 그리고 다른 종류의 경비대원들하고도 했을 거야. 그러니까 그 집안에는 **그런 사람들이** 상당히 많았어. 그런 사람들에 비하면 찰스는 착실한 축이었지.”

보비는 일광욕 침대로 내려갔다. “다들 ‘약간 거친’걸 좋아했어.” 그가 말했는데, 마치 법정에서 범법자의 언어를 인용하듯 위선적이고 잘난 체하는 태도였다. “그렇지만 ‘신사의 신사,’ 그러니까 시종을 쓰는 건 찰스가 마지막이라고 해야겠지. 요새는 누구랑 사나, 어떤 늙은이야?”

“새 사람인 것 같습니다만,” 내가 말했다. “아직 만나지는 못했어요. 루이스는 만났었죠. 좀 불만스러운 인물 같더군요.”

스테인스는 망설이는 것 같기도 하고 심지어 불안해하는 듯한 표정이었다. 그와 보비의 의견이 같지 않은 것을 알 수 있었고, 스테인스가 애정을 가지고 말하는 편이라면 보비는 일종의 느긋한 경멸을 통해 굴절시켜 말했다. 그가 말했다. “그이들을 어떻게 구하는지 알죠? 웜우드 스크러브스[9]나 어디 그런 데에 차를 끌고 가서 출소하는 사람이 있으면 데리고 온다고. 사람을 그렇게 고용하다니 말도 안 되지.”

---

9 HM Prison Wormwood Scrubs, 런던 서북부에 있는 감옥.

"그렇게 간단치는 않아." 스테인스가 말했다. "찰스는 약자에 대해 굉장히 동정적이지. 그렇게 해서 좋은 친구도 사귀고 그들의 삶을 완전히 바꾸기도 했어. 잘 안될 때도 있지만. 물론 **진짜로** 무슨 일이 일어나는지야 모르지만 그런 사람들은 보통 몹시 집착하고 질투하는 경향이 있어서, 그러면 문제가 생기게 마련이지. 아이고! 자, 안으로 들어가세, 윌리엄, 뭐 좀 보여줄 테니까."

집 안으로 들어가면서 나는 내 연인 필을 보비하고 놔둬도 될지 어떨지 문턱에 서서 망설였다. 필은 될 대로 되라는 듯했고—아니면 실제로 별로 신경 쓰지 않는지도 몰랐다. 나라면 단박에 싫어할 사람들에 대해 필이 보이는 너그러운 태도에 놀랍기도 하고 부끄럽기도 했었다. 하지만 스테인스가 이를 짐작한 듯 되돌아왔다. "같이 오지." 그가 팔을 뻗어 완벽하게 우아한 모습으로 팔목을 내밀며 불렀다.

"난 술이나 계속 마실래." 보비가 무뚝뚝하게 말했다.

응접실이 곧 그 안에서 사진을 찍을 예정인 것처럼 부자연스럽고 야심에 찬 모습이라면, 진짜로 사진을 찍는 방은 세련되면서도 어수선한 분위기였다. 마치 깨끗하고 고고한 카메라가 예술, 혹은 화가 스튜디오의 분명한 징후인 혼란에 대한 권리를 주장해야 한다는 듯한 모습이었다. 여봐란듯이 꽉 찬 휴지통 근처에 빈 현상액 통이 쌓여 있었고, 유일하게 화가다운 일, 즉 가는 붓으로 사진을 살짝 손질하는 일을 하는 작업대가 버려진 무대—연극 무대이든 수술대이든—옆에 있었다. 은색 반사우산들과 함께하는 강한 전등들은 꺼졌고 커튼도 쳐져 있어서 잠깐 학창 시절 빈 교실에서 연극 리허설을 하던 기억이 났다. 상상 속의 소품을 가지고 손짓하고, 당황한 소년들이 음절을 삼키며, 완벽한 성취감은 애처롭게도 아직 멀리 있을 때의 느낌. 그럼에도 불구하고 나는 감탄하듯 방을 둘러보았고, 교회를 방문할 때면 짓궂게 설교대에 올라가보는 평소의 버릇처럼 무광 페인트를 바른 도화지를 무겁게 펼쳐놓은 배경 하나 앞에서 연기하듯 필을 와락 움켜잡아 내게로 끌어당겼다. 웅크린 카메라의 렌즈가 움직일 테면 움직여봐라 하는 듯 알 수 없는 표정으로 우리를 바라보았다. 필은 빙그레 웃었는데, 내가 뭘 하고 있는지 뒤늦게 알아차렸던 것이다.

"실은 여기가 내가 자네 사진을 찍었으면 하는 데야, 윌리엄." 배경지 뒤, 스튜디오 뒤쪽에 또다른 종류의 무대가 있었다. 난간이 보이는 아파트에는 커튼이 위에서 폭삭 내려앉을 듯하고, 그 너머로 어렴풋이 대정원 같은 것이 보이는 그림. 그것은 찰스가 어린 시절에 한 여성과 찍었던 신비한 사진 속의 장면과 비슷한 종류의 배경이었다. 물론 그런 배경은 전쟁 전의 전세계 모든 사진 스튜디오에 공통적인 것이었을 게다. "이건 화이트채플 해체 때 가져온 거야." 뒤에서 나타난 스테인스가 반지 낀 손을 내 어깨에 얹으며 말했다. "거기서 가져온 게 저게 다는 아니지, 굳이 밝히자면." 내가 짓궂은 미소를 지었다. "사실 저걸 써서 에드워드 시대 사진을 내 식으로 찍어보려고 해. 참 감동적이지. 자네도 저런 거 하나 찍어도 괜찮다고 했지? 아주 잘 어울린단 말이야. 외설적인 건 전혀, 전혀 아니야."

"물론 좋죠." 내가 단언했다.

"하지만 먼저 찰스와 다른 사람들의 사진을 좀 찾아야겠지. 죄다 아주 뒤죽박죽 섞여 있거든. 사실 도와줄 사람이 필요해—진짜로 자네 같은 사람—여기 와서 아카이브를 정리해줄 사람이. 아주 많은 걸 팔아서 도움이 되기도 했지만, 그래도."

우리는 함께 수백수천장의 사진이 쌓여 있는 넓고 얕은 서랍을 당겼다. 잔주름이 간 매끄러운 박엽지가 고풍스러운 사진들 사이사이에 끼워져 있었고, 사진을 꺼내니 나는 모르는 40년대 사교계 인사들의 얼굴—내 짐작이다—이 나타났다. 뚱한 표정, 혹은 흐뭇하게 미소를 짓는 표정 따위. 어떤 것들은 더 자세히 살펴보고 싶었지만 스테인스는 그런 것들을 서둘러 무시하고 다른 것으로 넘어갔다. 어쨌든 그가 그들이 누군지 얘기해줬더라도 나는 전혀 몰랐을 것이다. 그렇게 화려한 사교계 인사들—가슴이 툭 튀어나오고 치덕치덕 입술을 바른 여자들과 잘난 체하는 고수머리의 남자들—이 가득 찬 찰스의 삶을 생각하는 건 우울한 일이었다.

"전부 본드 스트리트[10]에서 찍은 사진들이야." 스테인스가 확인해주었다. "더러 찬란하게 멋있는 것도 있지만 우리가 원하는 건 아니지." 그래서 나는 필과 함께 사진이 담긴 서랍들을 응접실로 날랐다. 그리고 요새 작품, 순교자들과 푸주한의 자식들 같은 것도 볼 수 있느냐고 물었다. 필과 내가 불 꺼진 벽난롯가 소파에 응석받이들처럼 앉아 그것들을 뒤적이는 동안 스테인스는 다른 것, 자신이 보관하고 있을지도 모르는 편지들을 찾으러 갔다. 그가 우리에게 사진을 전부 뒤져볼 수 있게 놔두었다는 사실, 그 무질서 속에는 뭔가 방종한 면이 있었다. 사진 한장 한장이 모두 질문을 요구하는 것 같았고, 혹은 어떤 절박하고 저속한 비밀을 암시하는 것 같았다.

필은 물론 우리가 찾고 있는 게 뭔지 전혀 알지 못했다. 하지만 좀 묘한 각도로 찍어서 벌거벗은 해안선처럼 보이는 사진 한장의 주인공이 보비라는 사실을 금세 알아보았다. 보비의 사진이 상당히 자주 보였다. 창가에서 감동한 표정으로 묵상하는 모습, 혹은 흰

---

10 Bond Street, 런던의 일류 상점가.

옷을 입고 지금보다 훨씬 더 눈부신 모습으로 튀니지의 환한 흰색 벽에 기댄 모습, 혹은 불빛 아래 고서를 들여다보고 있는 좀 덜 그럴듯한 사진. 환상적으로 꾸민 모습의 사진도 있었다, 선원 보비, 기름을 바른 키스컬 스타일 머리에 모자를 쓴 공군 보비처럼. 날짜로 보아 십팔년 전에 찍은 사진 한장에서는 고전적인 정원의 석상 두개 사이에서 포도넝쿨로 만든 허리띠에 샌들만 신은 모습으로 나타났다. 스테인스는 그 옛날 이교도적인 쾌락의 표정을 이끌어내는 데 아무런 어려움이 없었던 것 같다. 매끈하게 잘생긴 모습과 육체의 비고전적인 부드러움에서 타락은 이미 분명했다. 보비는 자기보다 훨씬 나이가 많은 스테인스, 시골 저택에서 환영받는 저명한 사교계 사진가였을 그와 애인 관계였음에 틀림없었다. 나는 그들을 맞이한 여주인들이 보비를 총애하기도 하고 못마땅해하기도 하는 모습, 60년대가 시작되고 있었음에도 보비가 자신을 애지중지하는 스테인스를 위해 과거의 예술, 시칠리아식 포즈를 취하는 모습을 상상해보았다.

스테인스가 빈손으로 돌아왔을 때 나는 샌디 라부셰르와 오토 헨더슨에 대해 그에게 물어보았다. "물론 그들의 사진도 있지." 그가 말했다. "어딘가에 말이야. 잘 아는 사이는 아니었어―자네에게 소용이 되기에는 내가 너무 어렸을 때라서…… 내가 만났을 땐 그들은 아주 섬뜩한 한쌍이었어. 라부셰르는 구제할 수 없는 술고래였고 헨더슨도 마찬가지였거든. 너무나 특이한 그림을 그리면서 대체로 함께 지냈지. 다소 병적이고, 실물의 두배는 되는―모든 면에서―퇴폐적인 젊은 남성들로 가득 찬 그림들 말이야. 오토는 물론 진짜 만화가였어, 가끔 극장에서 일을 얻기도 했지만. 그가 무대화를 그린 좀 이상한 오페라를 본 적이 있어. 너무나 낯부끄러운 여인상 기둥 같은 거랑 노예들을 그린 거였어. 너무나 불편하게 생긴 가구도 있었고. 어떤 비평가가 '오토 헨더슨 씨가 미제랑센[11]의 책임을 져야 한다'고 했던 게 기억나는군."

"그분은 어떻게 됐나요?"

"글쎄, 여태 살아 있을지도 몰라. 아주 오랫동안 소식을 못 들었어. 내가 마지막으로 소식을 들었을 때는, 아마 얼스 코트였지, 거기 지하실에서 어떤 종파 사람들하고 살고 있었어. 자기 연인이 마침내 술에 절어 죽은 뒤에 불쌍한 우리 오토는 좀 이상해졌거든. 참, 자네가 보고 싶다면 나한테 라부셰르의 그림이 한점 있긴 해. 좀 특수한 거라서 보관해놓고 있지."

"흥미롭네요."

"사실 상당히 재미있는 그림이야." 스테인스가 다소 흥분하며 말했다. "필, 같이 가서 그 그림 가져오는 거 좀 도와주겠나? 윌리엄은 계속 사진을 보고 있고." 나는 그들이 함께 가도록 했고, 곧 찰스의 사진을 찾아냈다. 내가 쓸 책에 넣고 싶은 바로 그런 사진이었다. 아마 쉰살쯤, 좀 살이 붙었지만 여전히 잘생긴 그가 스키너스 레인의 서재에서 커다란 박공지붕 서가 앞의 등받이가 높은 의자에 앉아 있는 모습이었다. 흰 재킷을 입은 흑인이 의자 쪽으로 몸을 기울여 술잔을 담은 쟁반을 내밀고 있었다. 주인을 보고 있어야 할 장면이었지만 주인의 시선을 따르다가 순간적으로 카메라를 향해 수줍고 충성스러운 미소를 보여주고 있었다.

여러 다양한 사진들을 꺼냈다. 아름답거나 특이해서 물어보고 싶은 사람들, 그래서 찰스의 삶이라는 여러조각으로 이루어진 모

---

11 misère-en-scène, 무대장치를 뜻하는 미장센(mise-en-scène)에서 앞단어 'mise'를 '비참함'을 뜻하는 'misère'로 바꾸어 무대장치가 형편없다고 비꼰 표현.

자이크의 한조각을 차지했으면 하는 사람들. 서랍 하나에서는 "스테인스, 사진작가. 뉴 본드 스트리트"라고 돋을새김이 되어 있는 딱딱한 미색 봉투를 발견했는데, 상당히 아름답고 신비로운 인물들의 나체사진들이 들어 있었다. 마른 몸집의 젊은이가 고개를 돌리고 있거나 베네찌아 블라인드의 그림자로 인해 몸에 줄무늬가 진 모습, 혹은 스튜디오의 맨바닥에 수심 어린 표정으로 웅크리고 있는 모습 등. 청년의 얼굴은 모두 반쯤 가려지고 그의 개성은 사진 구성에 보이는 불길한 멜랑꼴리 때문에 모호해져 있었다. 하지만 나는 성기의 독특한 곡선과 크기를 보고 누구인지 금세 알 수 있었다. 제임스가 코리에서 눈독 들였던 콜린, 몇주 전 어느 더운 날 오후에 내가 집으로 데려왔던 그였다.

그것을 보고 나는 좀 흥분되기 시작했는데, 인기척이 느껴졌다. 보비가 무표정한 얼굴로 나를 보며 프랑스식 창문 앞에 서 있었다. 나는 원하는 사진들을 모아 정리하기 시작했다. "로니 여기 없나?" 보비가 물었다. 이미 약간 취기가 있어 보였다.

"아뇨, 뭐 찾으러 갔어요."

보비는 입술에 지친 듯한 미소를 띠었다. "내가 자네라면 날 따라올 텐데." 그것은 과감한 제안 같았지만 그가 방을 가로질러 문으로 가서 돌아보며 "아, 어서 와"라고 말하자 그게 아닌 것 같았고, 뭔가 내게 장난을 치고 있다는 느낌이 들었다.

복도를 지나 스튜디오로 들어가자 보비는 잠시 멈춰서 내 시야를 가렸다가 그곳에서 벌어지고 있는 장면을 보게 해주었다. 삼각대 위로 몸을 숙이고 오른쪽 눈을 파인더에 바짝 붙인 스테인스가 우리가 온 것을 깨닫고 가까이 오지 말라고, 작업에 집중하고 있으니 예의를 지키라는 뜻으로 왼손을 뒤로 내밀어 흔들었다.

"웃지 말아봐." 그가 말했다. 높다란 흰색 대좌에 기대고 있는 것은 스튜디오 불빛에 기름 바른 피부가 번들거리는, 웃옷을 벗고 내가 준 바지 맨 위 단추를 풀어버린 필이었는데, 그는 갑자기 죄의식을 느끼고 겸연쩍어하는 것 같았다. 사랑스럽도록 솔직하고 진한 홍조가 그의 뺨과 이마를 물들이고 짧은 머리의 뒤와 옆을 타고 내려가 강한 기둥 같은 그의 목을 적시다가 번들거리는 가슴으로 사라졌다.

집으로 가는 도중에 우리는 볼런티어에 들러 바깥 보도에서 여름날 초저녁의 서글프고 육감적인 분위기에 사로잡혀 맥주를 마셨다. 노동자들이 귀가하고 있었고, 먼저 온 동성애자들은 술집 안으로 들어갔으며, 먼지 낀 피로가 기대와 뒤섞인 그런 분위기였다. 나는 거리를 위아래로 훑어보며 별말 없이 이따금 냉소적인 표정으로 필을 바라보았다. 아마 나는 타인들이 얼마나 쉽게 그를 조종할 수 있는지 깨닫고 충격을 받았던 것 같고, 그가 계속 내 연인으로 남을 수 없을지도 모르겠다는 느낌 때문에 조금 멀미가 나기도 했다. 그날 오후에 내가 한 짓은 그를 포르노그래피로 만든 것이었는데, 스테인스가 그렇게 곧이곧대로, 그렇게 즉석에서 내 본능을 낚아챘다는 사실을 깨닫자 화가 났다. 물론 자랑스러웠지만 성적 떠버리가 된 것 같아 불안하기도 했다. 필 자신은, 좀 닳아빠진 듯 굴긴 했어도 그럼 어때 하는 식의 성취감도 느끼는 듯했다.

내 아파트에 거의 다 왔을 때 그가 발을 동동거리며 말했다. "윌, 나 오줌 쌀 것 같아." 내 바지의 꽉 끼는 허리춤이 맥주를 두어잔 마셔 부푼 그의 방광을 잔인하게 조이고 있었던 것이다. 건물로 들어가 계단을 오를 때는 거의 움직이지도 못할 지경이 되어 어린애 같은 신음소리를 내며 몸을 잔뜩 움츠리고 있었다. 나는 문을 열고 재빨리 들어가는 그를 팔을 잡아 멈춰세웠다. 이어 무릎을 꿇고 앉아 그의 신발과 양말을 차례로 벗겼다. 그는 그 자리에 붙들린 채 껑충대며 숨 가쁘게 "어휴, 빨리 좀 해!"라고 말했다. 하지만 나는 그를 놓아주는 대신 부엌의 리놀륨 바닥으로 데려가 순종적이고 필사적인 상태로 세워놨다. 나는 그의 셔츠를 벗기고 바지 맨 위 단추를 풀어 포르노 같은 이미지를 되살렸다. 거칠고 자만심에 차 있으며 어리벙벙한 작은 창부의 이미지. 그의 성기는 요의 때문에 이미 반쯤 굳어 있었는데, 나는 그에게 입을 맞추고 그의 몸을 깨물고 젖꼭지를 핥으며 그냥 싸라고 말했다. 그리고 그의 다리 사이에 손을 밀어넣어 불알을 쥐어 비틀며 금기를 깨뜨림에 따라 그의 눈이 커지는 모습을 지켜보았다. 최초의 수줍은 얼룩이 무릎에서 꽃피고 그의 성기가 피부에 딱 달라붙는 얇은 면바지 속에서 바짝 솟았을 때, 그는 감사한 것 같은, 거의 황홀한 것 같은 표정을 지었다. 이어 둑이 터진 듯 그의 오줌이 계속해서 뿜어져나오고 또 나오면서 그의 왼쪽 다리통이 오줌에 젖어 짙은 색으로 변해 반짝거렸다. 아기의 것 같은 풍성한 오줌 웅덩이가 리놀륨 바닥 위로 번졌고, 그의 오줌이 끝났을 때 나는 뒤로 가서 그의 바지를 내리고 그를 마루로 밀쳐 오줌 웅덩이 속에서 미친 사람처럼 성교를 했다.

그런 뒤에 우리는 영화에서 항상 조심스레 보여주는 이미지처럼 비누 거품에 귀까지 담근 채 함께 목욕을 했다. 필은 바지가 필요했고, 나는 그를 내 사랑스러운 작은 병사로 상상하면서 낡은 군복 바지를 내주었다. 필은 그 바지를 입고 조용히 오가며 주머니를 뒤지다가 잔돈과 정액으로 딱딱해진 손수건, 그리고 접힌 흰색 카드를 꺼냈다. 카드를 보니 국가보험번호가 적혀 있었고 뒷면에는 "아서 에디슨 호프"라는 이름과 주소가 적혀 있었다.

8

다음 날 나는 런던 동부 찰스의 집으로 가기 전에 평소보다 일찍 코리로 가서 점심시간에 오는 무리와 수영을 했다. 찰스의 집을 나와서는, 두렵기도 하고 헛수고일지도 모른다고 생각했지만 다른 곳에도 가볼 작정이었다. 필은 불편한 분할 근무를 위해 일하러 갔고 나는 저녁때 호텔에서 그를 만날 예정이었다.

샤워실은 붐볐고 나는 다른 한두 사람과 입구에 서서 기다려야 했다. 함께 서 있는 사람들은 얼른 샤워를 끝내고 사무실로 돌아가야 해서 조바심하면서 의심스럽게 눈썹을 치켜올린 채 아예 작정한 듯 꾸물거리는 사람들을 지켜보았다. 커다란 성기를 가진 까를로스가 달콤한 목소리로 "어이, 윌"이라고 부르며 손짓해서 나는 줄 앞으로 나가 그의 샤워기, 그의 장미꽃 아래 함께 섰다. "무척 붐비네." 그가 인정하듯 말하며 "하지만 난 얘들 보는 게 좋거든"했다. 이거야말로 코리의 본심을 잘 요약한 말이었다. 그의 손길이 멈칫대며 즐기는 듯한 동작으로 내 어깨 사이에 아치를 그리며 비누칠을 하고 내 등을 타고 서서히 내려갔고, 나는 발기가 시작되었다.

건너편에서는 체육관 강사 앤드루스가 콜타르 비누로 머리를 박박 문질러 닦고 있었다. 깡마른데다 약간 안짱다리에 이제는 한물간 체격, 얼굴이 모나고 입술이 얇으며 희끗희끗한 머리를 한 그는 잃어버린 청교도적 청결을 위해 자기 몸을 마구 문지르는 것처럼 보였다. 그는 몸을 말리기 위해 샤워실을 나서며 까를로스와 나를 연대장 같은 엄격한 눈으로 바라보았다. 그의 자리는 튼튼하고 누런 이에 엄청나게 큰 손, 크고 툭 튀어나온 성기를 가진 콩색 피부의 인도네시아 청년이 차지했는데, 그의 성기는 원래는 아주 평범하지만 비누칠한 손으로 아무렇지도 않게 몇번 슬쩍 문지르니 아주 넉넉한 크기가 되었고 몇초 후에는 부담스러울 정도로 발기했으며, 그는 건너편을 향해—물론 까를로스의 솔직한 감탄에 대한 응답으로—은근한 미소를 지어 보였다.

아, 같은 남자지만 다들 얼마나 다른지. 샤워 중에 나는 때때로 남성의 성기가 얼마나 다양한지를 새삼 발견하고 경탄을 금하지 못했는데, 그것은 다른 곳에서 받는 일반적인 느낌을 전형적으로 드러내고 확인해주는 것이기도 했다. 샤워 대열의 남자들이 보여주는 성기와 불알은 아주 대조적인 모습으로, 자신들은 독립적인 종이다 하고 선언하는 듯한 느낌마저 있었다. 길고 축 늘어진 것이 있는가 하면 뭉툭하고 단단한 손잡이, 혹은 이제 막 성인이 된 젊은이의 순진한 장미꽃봉오리도 있었다. 미국 인디언처럼 거대한 까를로스의 것이 작고 다부진 중국인 젊은이의 것 옆에서 흔들렸다. 후자의 자그마한 갈색 고추는 미역 접시에 섞여 있는 특이한 버섯처럼 젖은 거웃 속에 감춰지다시피 했다. 내 건너편으로는 젊은 비즈니스맨의 길고 의기소침한 포피가 보였는데, 그것은 귀두 주변에 아주 팽팽하게 모여 1인치 정도를 어린애의 그것처럼 뭉쳤다가 늘어지는 듯했다. 그의 뒤로는 과격하게 할례를 한 역도선수의 성기가 아주 편한 자세도 차렷 자세도 아닌 어정쩡한 모습을 하고 있었다. 그가 나를 의식하지 않고 숫자 세기에 열중하는 평온한 역도선수의 세계에 빠져 천천히 좌우로 도는 모습을 나는 눈에 띄게 다정한 얼굴로 바라보았다.

세인트폴스행 지하철을 타고서 나는 찰스에게 보이는 삶은 얼마나 끔찍하게 다를까 하는 생각을 했다. 사랑을 초월한 사람에게 쾌락은 어디에 있는 것일까? 한 젊은이가 다른 젊은이의 엉덩이에 그걸 박는, 자신과는 무관하게 돌아가는 욕정 넘치는 세계를 보며 그는 뭘 하는지? 저항할 수 없는, 정상적인, 정상 이하인 이 성욕에 끝이 있을까? 아니면 조롱하듯 계속되는 것일까?

스키너스 레인에 도착하니 낯선 사람이 문을 열었다. 루이스와 별반 다르지 않았다. 왼쪽 뺨을 따라 거의 눈까지 뻗은 희미한 흉터로 인해 평범하게 잘생긴 외모가 돋보이는, 전과자처럼 보이는 사람이었다. 다른 날도 아니고 오늘이라니 신기한 우연이군 싶은 느낌이었다.

"벡위스 씨입니까?" 그가 이미 상황을 다 안다는 듯 자신 있게 말했다. "어르신께서 기다리고 계십니다."

찰스는 『더 타임스』를 들고 서재에 앉아 있었다. 자리에서 일어나진 않았지만 기분이 좋아 보였고, 나를 보더니 킬킬 웃었다. 내가 다가가자 그는 피곤하거나 손길을 피하는 자식을 보호하려 끌어당기는 부모처럼 내 허리를 팔로 감쌌다. "여기 들어갈 말을 알겠나?" 그가 물었다.

십자말풀이에 단어 하나를 채워야 했는데, 마침 그날 아침에 단숨에 푼 것이라 나는 일이초 정도 생각하는 척한 뒤 답을 알려주었다. "'여성 구역에서 짓궂은 짓을 서둘러라'……" 내가 읽었다. "글쎄요, '하렘'이 먼저 떠오르지만……" 첫번째와 세번째, 마지막 글자를 구성할 가로 행의 세 단어 '스크루'screw와 '어젤리아'azalea, '프레셔라이즈'presurize(원문 그대로다)가 떡 버티고 있었다.

"씨, 빈칸, 제트, 빈칸, 피," 찰스가 생각에 잠겨 말했다. "빌어먹을, 아무 단어도 생각이 안 나는군. 아무래도 내 스스로 올가미를 씌운 것 같은데."

"이 중에 틀린 게 있는 것 같아요." 내가 조심스럽게 말했다. "가령 '병의 선線을 듣는다'는 '파이얼'phial이어야 해요."

찰스는 내가 자신의 술책에 빠져든 것을 보고 회심의 미소를 지었다. "아, 난 여기 나온 문제를 푸는 게 아니거든." 그가 말했는데, 어조나 손으로 바닥을 탁 치는 동작이 거의 정치적 불만처럼 경멸적이고 지긋지긋하다는 느낌을 전해주었다. "그게 아니고," 그가 미소를 지었다. "요새 말로 대안적 십자말풀이를 하고 있다네. 정답이 아닌 말을 찾는 거야. 훨씬 더 어렵지. 일종의 솔리테어[1]라고 할 수 있어. 싹 바꿔야 한다고. 그런데 그러다보면 종종 마지막 구석에서 딱 막힌단 말이야."

나는 고개를 끄덕이며 잠시 생각에 잠겼다. "그럼 단어를 발명하면 어떨까요." 내가 말했다.

"아, 그래, 그래보지." 찰스가 말했다.

"그럼 '코집'co-zip은 어때요? 타인의 도움으로 바지 앞 지퍼를 올

[1] solitaire, 혼자서 하는 카드놀이.

린다는 뜻으로요. 아니면 '코잽'co-zap도 괜찮죠, 타인과 함께 재빨리 해치운다는 뜻으로."

"아, 코집! 코잽! 어느 쪽이 나을까?"

"코잽이 좋겠어요." 내가 그에게 신문을 돌려주자 그는 볼펜으로 '코잽'이라고 적었다. 필체는 흔들렸지만 힘이 있었고, 그는 완성된 십자말풀이를 보고 무척 흡족한 듯했다.

"자, 윌리엄, 이제 커피가 들어올 거야. 그 친구는 그레이엄이라네. 참, 새로 왔지. 헌신의 모범이야. 그래, 그동안 어떻게 지냈는지 얘기해보게."

"절 좀 놀래셨어요." 처음 방문했을 때처럼 맞은편에 앉으며 내가 말했다.

"유쾌하게 놀란 거였기를 바라네만."

"유쾌하게 신비로워요, 맞아요. 빌 호킨스의 이중적인 삶은 전혀 기대하지 않았던 거예요. 잘 설명도 되지 않고." 내가 덧붙였다.

"아하!" 문이 열려 찰스가 그쪽을 향했고, 그레이엄이 쌓이고 무너진 책더미로 이루어진 상상의 열주들, 부서진 대좌들 사이를 뚫고 공손한 미소를 지은 채 다가왔다. "훌륭해, 훌륭해, 그레이엄. 고맙네. '은 주둥이에서 감사의 술이 넘쳐흐르고, 중국의 대지를 물보라 피어오르는 파도가 덮치네'"——이 마지막 구절은 냉소 가득한 어조였다. "포프²를 읽고 있었어." 그가 커피 탁자에 놓인 꽤 초창기 판본으로 보이는 책을 톡톡 치며 설명했다. "끝내주게 훌륭해. 사람은 마지막이 가까워올수록 지독하게 좋은 것만 읽어야 한다 싶어. 「머리채의 강탈」을 통째로 외운 적도 있었지." 그는 뭔가

---

2 Alexander Pope(1688~1744). 영국의 시인, 비평가. 고전주의 시대의 대표적 작가로 풍자시·철학시가 유명하다.

를 기억하려는 듯 액자걸이용 레일을 바라보았지만 그러는 사이 정신이 다시 딴 데로 가버린 것이 분명했다. 그레이엄이 공손한 태도로 커피를 따르고 물러났다.

"로널드 퍼뱅크를 만나셨던 일에 대해 여쭤보고 싶었어요."

찰스는 주변을 둘러보았다. 바라던 바였던 모양이다. "샌디 라부셰르는 포프가 쓴 다른 거, 그러니까 월러[3]가 쓴 시형식을 써서 끔찍이도 웃겼지. 소호에 그가 잘 가던 곳, 공중화장실이 있었는데, 다들 클라크슨스 코티지라고 불렀어. 워더 스트리트에 있는 클라크슨스 연극장비 가게 바로 옆에 있었거든. 대부분의 공중화장실에는 일종의 세잎 모양 구멍이 나 있어서 경찰이 오나 안 오나, 아니면 누가 들어오나 안 오나 내다볼 수가 있었지. 클라크슨스 코티지는 그렇지 않았어, 어느날 누가 작은 구멍을 하나 낼 때까지는. 샌디가 뭐라고 했을지 짐작할 수 있겠지." 찰스가 잔을 들었는데, 내가 멍하게 난처한 표정을 짓고 있는 것을 보자 토닥이듯 말해주었다. "'이제 낡고 쇠락한 클라크슨스 코티지는 동성애자들이 만든 구멍을 통해 새로운 빛을 받아들이고 있도다.'"

나는 과장되게 빙긋 웃으며 말했다. "아, 당연히 그랬겠죠."

"'망가지고 쇠락한'이라고 했을지도 모르겠군." 찰스가 말했다.

나는 묽고 뜨거운 커피를 홀짝거리다가 조금 뒤에 물었다. "퍼뱅크를 이후에도 만나셨나요?"

"그가 언급된 부분을 읽었군? 내가 만난 사람들 중 가장 특별한 사람이야. 사보이에서 만났지. 우리와는 다른 시대의 사람이야—그때부터 이미 딴 시대 사람이었어."

---

3 Edmund Waller(1606~87). 영국의 시인, 정치가. 존 드라이든과 알렉산더 포프가 발전시킨 영웅시격을 도입했다.

"마침 최근에 그의 작품을 읽고 있었어요."

"꽤 짜증난다고 생각하나?"

"실은 꽤 마음에 들어요. 친구 하나가 엄청난 팬이기도 하고요."

"항상 소수의 추종자가 있었지." 찰스가 다소 불길한 사실을 알려주는 것처럼 말했다. "난 그가 죽기 얼마 전에 딱 한번 만났어. 술을 아주 끔찍하게 마셔대면서 부스러기 하나도 안 먹더라고. 좀 출출한가?"

"아니요, 괜찮습니다."

"그 사람도 꼭 그렇게 대답했을 거야. 그는 해외로 나갔지─아프리카를 좋아했어. 바로 그게 우리의 공통점이라고 할 수 있지. 나와 편지를 교환했는데 아마 한번 주고받았을 거야. 난 그 시절에 물론 해외에 있었으니까. 여러해 뒤에 그가 죽었다는 소식을 들었어, 제럴드 버너스한테서. 내 기억이 맞는다면 그때 그가 함께 있었지."

"그 편지, 지금 안 가지고 계시겠죠?" 실망을 각오한 채, 속으로 그럴 리 있겠느냐고 스스로를 나무라며 내가 물었다.

"있을 것도 같은데." 찰스가 말했다.

나는 그를 귀찮게 하거나 지루하게 하고 싶지는 않았다. 그로서는 굳이 관심을 가질 이유가 없었다. 나는 제임스가 이 사실을 알면 얼마나 흥분할지 생각했다. 별말도 안 적힌 퍼뱅크의 엽서를 경매에서 몇백파운드나 주고 산 적도 있었으니까. "책장에 가면," 찰스가 말했다. "그의 책이 한권 있을 걸세." 내가 서가를 살펴보는 동안 이어지던 그의 말은 내가 그 책을 발견해 낡아 흔들거리는 유리문을 열자 끊겼다. 책은 『발밑의 꽃』이었는데, 앞에 수녀가 그려진, 살짝 찢어졌지만 아직도 빳빳한 회색 겉표지에 싸여 있었다. 손에 닿는 감촉이 무척 경쾌하고 서늘했고 소중한 느낌이었다. 경건하게, 지나치다 싶을 만큼 조심스럽게 권두 삽화를 넘겨보니 로널드 스테인스의 사진들 가운데서 보았던 섹시한 박엽지가 저자가 직접 그린 삽화를 덮어 보호하고 있었다. 책을 열자 저절로 펼쳐진 중간쯤에 작은 크림색 봉투가 책등 깊숙이 끼워져 있었다. 조심스레 꺼내보니, 크고 둥근 필체에 보라색 잉크로 하르툼의 찰스 앞이라고 쓰여 있었고 왼쪽 꼭대기에 '헬완, 그랜드호텔'의 문양이 찍혀 있었다. 나일강물에 여러그루의 야자수 그림자가 비치고 멀리 피라미드도 하나 보였으며 주거용 배가 지나가는 문양이었다. 철자법이 좀 이상한 소인을 보니 날짜는 뭉개졌지만 1926년 "힐완레뱅"이라고 적혀 있었다.

"거기서 뭘 찾았나?" 찰스의 목소리에서 약간의 소유욕이 느껴졌다. 나는 다소 흥분한 태도로 봉투를 건넸다. 속은 비어 있었다. "흐음," 그가 달관한 사람처럼 말했다. "실망시켜서 미안하군. 그래도 책은 자네가 갖지 그러나. 나보다는 더 잘 활용할 수 있을 것 같으니."

덜컹거리며 동쪽으로 향하는 텅 비다시피 한 한낮의 지하철에서 퍼뱅크의 책을 읽기 시작했는데, 일단 터널을 빠져나오자 햇살이 뒷목을 태웠다. 책은 세련되었지만 지나치게 거만해 보이지 않도록 아름답게 디자인된 것으로 여백이 넓은 편인 두꺼운 종이에 빛나는 텍스트가 읽기 편하게 조금씩 배치되어 있었다. 보석 같은 책이어서 내가 직접 소장할지, 제임스에게 줄지 망설여졌다. 그 책을 받으면 기뻐할 제임스의 모습을 상상해보다가, 이어서 아서에 대한 걱정을 하며 지하철 창밖으로 점점 넓어지는 교외와 주택단지, 먼 곳의 가스탱크들, 텅 비어 신비해 보이는, 울타리를 두른 황무지, 잔디와 자갈투성이 풀장과 자줏빛 디기탈리스 무리 따위를 바라보았다. 현대식 창고들이 지하철 선로에 인접해 있었고, 기차는 종종 침실 창문과 나란한 높은 둑 위를 달려 목조 오두막이 있는 얕은 테라스 정원이나 그네, 아동용 물놀이장을 지나갔다. 모든 곳에서 황량하다는 느낌, 사람들은 모두 떠나고 높은 곳에 가만히 떠 있는 작은 구름조각과 함께 이 광활한 여름날의 소품들만 남아 있는 듯한 느낌이 들었다.

그 인상이 틀렸다는 것은 내릴 정류장이 가까워서 재킷 주머니에 책을 넣고 가방을 집어든 채 바쁜 플랫폼을 통과해 사람들로 북적대는 현대식 중심가로 나가자 분명해졌다. 쇼핑을 하는 어머니들, 유아차에 탄 아기들이 길을 막고 신호등과 배달차와 횡단보도의 알림 소리들이 마구 뒤섞여 있었다. 외국어 어휘를 가르치기 위해 이름 붙일 수 있는 일련의 행위가 일어나고 있는 익명의 예시로 그린 거리의 그림 같았다.

그곳이 내가 사는 런던의 일부라는 사실이 놀라웠고, 자칫 낯익은 듯 보여서 방향을 잘못 잡을 수도 있을 것 같아 들고 있던 거리 지도를 슬쩍 보았다. "빅토리아 앤드 앨버트 선창" 방향이라고 쓰인 일층 버스가 다가오는 것을 보고는 더 심한 문화충격을 받았다. 빅토리아 앤드 앨버트 선창이라니! 이 동네 사람들에겐 V & A가 실내화를 신고 사는 서쪽의 고급 동네에서처럼 테라코타로 덮인 거대한 박물관 건물이 아니었다. 메아리가 울리는 실내에 오래된 태피스트리가 걸려 있고 성교하는 인물들의 미니어처와 먼지 낀 바로끄식 조각과 지난 시대의 집들에서 대량으로 실어온, 스포트라이트를 켜놓은 무향실無響室들이 늘어선 건물이 아니었던 것이다.

아버지가 내게 '라파엘로 카툰'[4]을 보여주는 대신(그뒤로 라파엘로는 내게 죽은 인물이었다) 나를 선창에 보내 부두 일꾼들과 대화하게 하고 그들이 몸을 굽혔다 폈다 하며 자기 몸에 새긴 문신에 대해 떠벌리는 이야기를 듣게 해줬다면 내 어린 시절의 일요일 오후는 얼마나 달랐을까.

곧 내 목적지가 보였는데, 거리의 지붕들 위로 치솟은 세 동의 저소득층 아파트였다. 거기까지는 거리가 좀 되었고, 내가 그쪽에 들어섰을 때는 가게들이 커튼이 쳐진 테라스를 마주 보고 있었다. 짧은 옆골목 끝에서 차량 진입 방지용 콘크리트 말뚝이 놓인 좁은 골목이 놀랍도록 넓은 구역으로 이어졌고, 거기에 아파트들이 모여 있었다. 그 높은 건물들을 옆으로 펼치면 지금 널따랗게 그림자 진 공터에 충분히 다 들어갈 수 있었을 텐데 왜 그렇게 이십층 짜리 건물로 지었는지 알 수 없었다. 지금 그 건물들이 서 있는 공터는 한때 거리였을 것이다. 그 세 건물은 초현실적인 독서 취미를 자랑하듯 캐스터브리지와 샌드본, 멜체스터라는 이름을 가지고 있었다.[5]

목적지는 샌드본이었고, 나는 사람들의 발자국과 아이들의 자전거 자국으로 잔디가 눌리면서 자연스럽게 난 길을 한가하게 가로질렀다. 낮의 향기로운 적막 속에서 나는 에그던 히스의 굽이진 길과, 산마루와 바닷가 오두막이 있는, 인자한 노인 같은 샌드본을 떠올렸다. 왼쪽의 좀 떨어진 곳에서는 몇몇 아이들이 콘크리트 벙커

---

4 이딸리아 르네상스 화가 라파엘로가 그린 7점의 태피스트리 밑그림. 빅토리아 앤드 앨버트 박물관에 전시되어 있다.

5 캐스터브리지, 샌드본, 멜체스터는 모두 토머스 하디(Thomas Hardy, 1840~1928)가 작품의 배경으로 삼은 가상의 지명.

옆에서 스케이트보드를 타고 있었다. 왠지 모르게 외설적인 욕을 내뱉을 것 같은 아이들이었는데, 내가 스포츠셔츠에 낡은 리넨 재킷과 청바지, 즈크화를 신은 평범한 옷차림을 하고 와서 다행이다 싶었다.

조립식 구조물을 끼우고 연결해서 만든 건물들은 안락함과 안도감에 대한 고려는 눈곱만큼도 없이 지어진 것으로, 우리의 눈이나 가슴이 가정적이거나 점잖다고 느낄 만한 것은 완전히 무시하기로 작정한 것 같았다. 빗물과 화장실의 월류관越流管은 텅 빈 벽에 커다랗게 석회질 얼룩을 떨어뜨려놓았고, 창문의 콘크리트 테두리에서는 진흙 위로 잡초와 잔디가 돋아 있었다. 유일하게 다른 것이라면 가는 레이스커튼 정도였는데, 어떤 것은 평범했고, 어떤 것은 뒤로 모아져 있었고, 술이 달린 몇몇은 스커트 끝단처럼 가운데에서 아치를 이루며 들어올려져 있었다. 커튼 뒤로 수백개의 주거지가 감춰져 있었는데, 여기저기 열린 창문을 통해 쿵쿵거리는 팝 뮤직이 흘러나오는데도 불구하고 아주 작고 답답한 곳이었다. 나는 끈질기게 울려대는 록이나 레게의 비트 때문에 자기 집에 앉아서도 권리를 박탈당하는 횡포를 겪지 않고 살 수 있어 얼마나 운이 좋은가 생각하며 땀을 흘렸다.

먼저 나온 것은 캐스터브리지였는데, 업무용 도로로 샌드본과 연결되었다. 한쪽에는 수동식 문이 달린 두대짜리 차고들이 있었고, 다른 쪽에는 180센티미터 높이의 벽이 발전기와, 시체라도 넣을 만큼 큰 여러칸짜리 바퀴 달린 시설용 쓰레기통을 가리고 있었다. 골목 끝에는 스킨헤드족 무리가 무료한 모습으로 서성대면서 벽에다 맥주깡통을 차고 치고받는 시늉을 하며 서로의 무릎을 치고 있었다. 좀 지저분하고 멍청이처럼 짧은 구레나룻에 통통한 엉덩이와 통통한 성기를 강조하듯 멜빵으로 팽팽하게 청바지를 당겨올린 한 녀석은 그 나름 괜찮았다. 딱 일초 동안 바라보았는데, 방금 읽던 퍼뱅크 책의 한 구절이 떠올랐다. "트레 저질입니다,[6] 마담."

샌드본의 문 한짝의 유리를 박살낸 게 그의 무리일지도 몰랐다. 지금은 합판으로 막아놓았다. 현관으로 들어서니 마침 엘리베이터가 도착해서 모자를 쓰고 단추를 전부 채운 노인이 발을 끌며 나왔는데, 불안한 눈초리로 나를 바라보았다. 화물용 엘리베이터처럼 크고 기능적인 엘리베이터였다. 찌그러진 문짝이 덜덜거리며 닫혔고, 금속으로 된 벽에는 스프레이 페인트로 두껍게 낙서가 되어 있었으며, 페인트 위로 국민전선당[7]의 위협적이고 부랑아 같은 모노그램이 마구 긁혀 있었다.

구층에 도착하자 불안한 느낌이 들기 시작했다. 문이 등 뒤로 철커덩 닫히고 혼자 남겨진 것이다. 어느 집에서 텔레비전 소리가 들려왔고, 무더운 여름의 지상세계에서 무슨 불법행위가 벌어졌는지 아주 멀리서 경찰차의 사이렌 소리가 들려왔다.

전깃불빛 속에 서 있다가 복도로 나가자 아파트들이 나타났다. 양쪽 끝에 창이 난 가로 복도 두개가 H자를 그리고 있었고, 나는 조심스럽게 제 호수의 아파트를 찾아갔다. 문 옆에 초인종이 있고 그 아래 작고 투명한 플라스틱 판 너머로 파란색 잉크로 "호프"라고 쓴 카드가 보였다. 나는 그것을 보고 고개를 끄덕였지만 기쁘지는 않았다. 손가락을 쳐든 채 두려움으로 얼굴이 일그러지고 심장이 쿵쾅거려서 얼른 한발자국 뒤로 물러나 재빠르게 구석을 돌아 창밖을 내다보았다. 마구 뻗어나간 도시 외곽 지역, 빅토리아 양식

---

6 프랑스어 'très'(아주, 대단히)를 섞어서 말한 구절.
7 The National Front, 영국의 극우파시스트 정당.

의 키 큰 학교 창문들, 지붕 위로 보이는 고딕식 첨탑들, 그리고 바로 아래 시들어가는 잔디와 놀랍도록 조용하게 스케이트보드를 타는 아이들이 보였다.

나는 아서를 만나고 싶었고, 그가 무사한지 알고 싶었다. 그를 만지고, 그를 도와주고, 그의 매력을 다시 확인하고, 그도 여전히 나를 대단하게 여긴다는 것을 확인하고 싶었다. 내가 있는 곳에서 가장 가까운 아파트 안에서 나는 텔레비전의 경기 중계 소리에 귀를 기울이며 가만히 서 있었다. 만약 아서의 어머니나 마약 밀매자 형이 누구냐고 묻는다면, 혹은 싸움이 있던 날 이후로 아서가 집에 돌아온 적이 없고 내 삶에서처럼 그의 가족으로부터도 완전히 사라졌다면 내가 뭐라고 말해야 할지조차 생각할 수 없을 정도였다. 아무래도 이 방문 자체, 이런 노력을 다 그만둬야 할 것 같았다. 아래 잔디밭을 친구들과 가로질러오는 그를 멀리서 볼 수 있을지도 모른다. 그러면 그가 무사한 것을 확인하고 슬쩍 빠져나가는 편이 나을 것 같았다.

환경 때문에 겁에 질린다는 건 딱한 일이다. 나는 원래의 계획을 기계적으로 실행에 옮겨 호프 가족의 아파트 문으로 조심스레 돌아갔다. 초인종 소리는 날카로웠다. 나는 얼굴을 문질러 그럴듯한 다정한 표정을 가다듬고 뒤로 물러섰다.

아, 가슴이 쿵쾅쿵쾅 뛰는 가운데 몇초가 흐르고…… 결국 아무 일도 일어나지 않았을 때 느꼈던 안도감이라니. 그러다 엘리베이터 가까운 쪽 아파트의 문이 열리고 작업복을 입은 남자가 밖으로 나와서 깜짝 놀랐다. 내 쪽은 보지도 않았다. 뭔가 끌리는 듯한 소리에 이어 여자 목소리로 "아니, 수요일"이라고 말하고 나서 문이 쾅 닫히는 소리가 들렸는데, 확실하지는 않아도 아마 다른 아파트에서 난 것 같았다. 나는 발뒤꿈치에 힘을 주어 몸을 돌리려다가, 그래도 여기까지 왔는데 초인종을 한번 더 누르는 것이 합리적이고 확실한 일이다 싶었다. 직장에 나가지 않는 호프 씨가 낮잠을 자다 깨어 멍한 얼굴로 문을 열고 나타날지도 몰랐다.

일분 후에 나는 계단을 뛰어내려가며 흥분을 가라앉혔다. 극장 뒤쪽에 있는 긴 비상구 계단처럼 음침한 콘크리트 계단이었다. 오줌 냄새가 났고, 뛰어내려가던 손들이 낸 자국이 벽에 선을 그리고 있었다. 각 층의 모서리를 돌 때마다 국민전선당의 약자 NF가 벽에 휘갈겨진 것이 보였고 "깜둥이를 죽여라"라든지 "유색인 추방"이라고 적힌 펜던트 등이 매달려 있었다. 나는 그런 세계 속에서 노여움과 경멸감과 상처를 억눌러야 하는, 내가 알지도 못하는 호프 가족에 대해 간절한 마음으로 생각했다.

아서를 만난다면 공통의 장소—술집이나 클럽, 아니면 이제 내가 안도하며 다시 들어간 공공 영역—에서 만나는 것이 최선일 것이다. 상황의 끔찍함을 고려할 때 그의 집으로 직접 찾아간 것은 다소 무모한 짓이었다. 아무 일 없이 그곳을 빠져나와서 다행이다 싶었다. 나는 아마도 친구에게 돈을 주거나 슬퍼하는 그 어머니를 위로하는 식으로 돕고 싶었던 거겠지. 그렇지만 항상 그를 그리워하고 만남을 기대하기까지 했으면서도 내 마음 한구석에서는 아서가 죽었을 수도 있다는 생각이 점점 강해지고 있었다.

건물 사이의 매력 없는 통로에서는 스킨헤드족이라도 만날 수 있으리라는 기대가 있었다. 한번은 캠던 타운의 댄스홀에서 만난 스킨헤드 아이 하나와 주말을 보낸 적이 있었다. 그는 자신을 대시라고 소개했는데, 그 못생기고 열정적인 청년에게는 어울리지 않는 이름이었다. 그저 그가 최면에라도 걸린 듯 줄곧 내뱉는 더 센

단어들의 점잖고 부드러운 표현으로 보면 될 것 같았다. 그들 스킨헤드족은 내게는 도전이었고, 그들이 스스로는 물리치기를 원하는 주목을 끌면서 거리와 쇼핑센터 같은 데에서 서성이는 모습을 보면 나는 어딘가 찔리는 듯한 기분이 들었다. 부츠를 신은 발과 엉덩이, 총알 모양 머리로 단순화된 멍청한 모습을 보면 내가 찾는 모든 것은 아니더라도 어느정도는 가지고 있었기 때문이다.

나는 아무렇지도 않게 그들을 지나쳐가며 아까 눈여겨봤던 큰 녀석을 힐끗 봤다. 그는 쓰레기통을 모아둔 곳 한군데의 입구 옆에 발을 꼬고 벽에 기댄 채 나를 똑바로 바라봤다. "몇시지." 그가 거의 질문이라고 할 수도 없을 만큼 애매하게 말했다.

나는 차고 있던 골동품 금시계를 보려고 멈추다시피 하고 "4시 15분이군"이라고 말했다.

"어디 좀 봐." 그가 내 손목을 잡고 이상하고 은근한 미소를 지으며 말했다. 그의 손등에는 볼펜으로 그린 것처럼 아주 형편없이 새겨진 卍자 문신이 있었다.

골목 건너에서 무리 중의 또 한 녀석이 화라도 난 것같이 놀라운 속도로 눈을 굴렸다. "그 시계 이리 내!" 그가 지독히 심통 사나운 기세로 내뱉었는데, 내게는 단 일초도 눈길을 주지 않았다. 반면 섹시한 녀석은 내 팔을 놓아주었고, 나는 불안하게 킥킥 웃으며 위험한 상황은 아니라고 판단했다. 내가 그냥 앞으로 나가 큰 녀석의 곁을 돌아서 가려는데 그가 자리를 옮겨 내 앞을 가로막았다. 다른 녀석이 말했다. "어딜 가는 거야? 그 시계 내놓으라니까."

나는 좀 삐진 것처럼 말했다. "그건 안 되겠는데."

그때 또 한 녀석이 나타났는데, 쓰레기통이 있는 오른쪽 좁은 통로에 있어서 내가 미처 보지 못했던 것이다. 그 녀석은 높이가

180센티미터는 되는 쓰레기통 하나에 재빨리 기어올라가 까만 쓰레기봉투 더미 꼭대기에 왕처럼 자리를 차지하고 앉더니 쓰레기통 옆구리를 발꿈치로 쳐댔다. "망할 호모 새끼!" 그가 짐짓 분노한 태도로 말했다.

나 또한 화가 나서 그냥 자리를 뜨려고 하는데 "어어—실례지만—가도 된다고 안 했는데"라는 말이 도전을 해왔다.

"망할 호모 새끼인 게 뻔하구먼." 쓰레기통 꼭대기에 앉은 녀석이 말했다.

그건 늘 부딪히는 문제였다. 뭐라고 해야 할까, 기를 콱 죽일 한마디가 뭘까? 영리하지만 너무 영리하지는 않은 말. 나는 지친 듯 한숨을 내쉬고 입에 힘을 주며 말했다. "사실, 나라면 호모라는 말은 안 쓸 텐데."

"하지만 사실, 그런 거 아냐?" 너 지금 무슨 수작하는지, 네가 뭘 좋아하는지 다 안다고 말하는 듯한 미소를 띠고 그중 대장인 듯한 녀석이 말했다.

"이봐, 좀 비켜." 내가 성질 고약한 사람처럼 말했는데, 불안한 나머지 녹음된 목소리처럼 들렸다. 거만하게 굴거나 잘난 체해서는 안 된다고 생각했지만, 그들에게는 교양과 돈에 찌든 사람이 자신들을 놀리는 것처럼 들렸음에 틀림없었다.

비쩍 마르고 목은 이상하게 연약해 보이는 녀석이 초조하게 목젖을 불룩거리며 말했다. "맞아! 머 하는 거야, 대체? 니가 여기서 머 하냐구?" 그가 어디를 한방 먹이는 게 좋을까 하는 눈빛으로 나를 위아래로 훑어보았다.

대답이 필요 없는 질문이었고, 나는 속으로 '무법 재판'이구나, 하고 소리쳤다. 그와 동시에 꼼짝없이 당했다는 무시무시한 확신이 들었다. 그들은 이미 나를 어떻게 처치할지 정해놓고 모욕을 주면서 스스로의 용기를 북돋고 있었다. "사실은 친구를 만나러 왔어." 이미 절망적인 상태였고, 주변을 둘러보기만 해도 내가 도망치려는 걸 알려주는 거나 마찬가지였다.

"뒷구멍 찌르는 망할 새끼." 쓰레기통 위의 스킨헤드 녀석이 그렇게 말하고는 내 바로 앞의 땅바닥에 침을 퉤 뱉었다.

대장 녀석이 냉소하는 눈길로 무리를 보며 말했다. "친구라는 놈이 유색인 형제놈들 아닐까?"

또 한 녀석이 고개를 건들거리며 내 코앞의 허공에 대고 몇번 주먹을 날렸다. "맞아! 깜둥이 붙어먹는 망할 놈의 새끼." 그는 짧게 흥분한 웃음을 지으며 말하고 다시 표정이 굳어졌다. 마른데다 민머리여서 효과적으로 말하려면 무성영화 시대의 배우들처럼 표정이 아주 뚜렷해야 했다. 그는 악의를 집중해 얼굴을 찡그리고 입술을 힘주어 약간 벌렸다.

뚱뚱한 내 심문관은 卍자 문신을 한 손을 내 어깨에 올렸다. 마치 충고라도 해주는 듯한 자세였는데, 누가 보고 있는지 확인하느라고 골목의 위아래를 살폈다. 아무도 나타나지 않았고, 어린아이들이 노는 소리가 그리 멀지 않은 곳에서 시끄럽고 무심하게 들려왔다. 이어 그는 쓰레기통 위의 친구를 쳐다보았다. 그럴 리는 없지만 미리 준비된 신호 같았다. 위의 녀석이 쓰레기통에 손을 넣어 병을 꺼냈다. 키프로스 셰리의 밤색 유리병, 아마 어떤 연금생활자가 비운 것이리라. 그 병을 앞의 녀석에게 건네주었다. 덩치 큰 녀석이 나를 더 꽉 잡고 더 크게 웃으며 병을 벽에 대고 휘둘러 밑바닥을 깼다.

나는 몸을 빼내 그 길에서 도망치려고 뒤로 껑충 물러나면서 그를 막으려고 어설프게 내 스포츠백을 휘둘렀다. 하지만 바짝 마른 녀석이 덤벼들어 내 재킷 칼라를 움켜쥐고 쓰레기통들이 쌓인 울타리 쳐진 공간으로 밀쳐넣었다. 그 안에서는 누구의 눈에도 안 띌 것이었다. 나는 오른손을 마구 휘두르며 팔꿈치로 녀석의 배를 쳤다. 그는 숨이 턱 막힌 듯 "씹할 놈" 하고 뱉었고, 그러자 대장 녀석이 다른 쪽에서 나를 잡고 목 뒤 잘록한 부분을 무릎으로 가격했다. 나는 앞으로 확 떠밀렸는데, 공격하던 녀석이 내 재킷을 꽉 쥐고 있어서 재킷이 반쯤 찢어지면서 소매 속의 팔이 뒤로 비틀렸다. 나는 완전히 무방비 상태가 되었다.

대장 녀석은 내 눈앞과 코밑에서 깨뜨린 병 끝을 마구 흔들어댔다. "너 별로 마음에 안 든다"라는 것이 그의 합리적인 결론이었다. 두 녀석이 아래로 짓누르는 바람에 나는 무릎을 꿇다시피 하면서 다리가 밑에서 꼬였다. 쓰레기통 위의 녀석이 침대 속으로 들어가듯, 혹은 물속에 뛰어드는 것처럼 아무렇게나 미끄러져 내려와서 순식간에 내게 덤벼들었고, 그 기세에 나는 뒤로 벌렁 넘어지며 머리를 콘크리트 바닥에 세게 부딪혔으며 무릎이 찢어지는 듯 아팠다. 그를 뒤따라 쓰레기자루가 쏟아져 뒤엉킨 우리의 몸 위로 튕겼다. 더러운 종이와 과일껍질 따위가 땅바닥에서 터졌다. 실제로 이런 일이 일어나다니. 실제로 나한테 이런 일이 일어나다니.

나는 그에게서 벗어나려 몸 전체를 옆으로 비틀었고, 진짜로 그가 반쯤 굴러떨어졌다. 다른 두 녀석이 나를 굽어보고 있다가 비쩍 마른 녀석이 윈체스터 축구에서 슬쩍 태그를 하듯 내 배를 힘껏 찼다. 나는 감당할 태세가 되어 있었지만 그래도 몸을 웅크리지 않을 수 없었다. 두가지가 눈에 들어왔다. 그 소동 중에 내 아름다운 새 책 『발밑의 꽃』이 주머니에서 튕겨나왔다. 바로 눈앞에 책장이 펼쳐진 채 꼿꼿이 서 있었다. 몇초 동안 이상한 침묵이 흘러서 나는 이 녀석들이 이제 그만두려나 하는 기대를 했다. 그리고 "아마 해럴드를 찾을 수 있을지도 몰라……"라는 구절을 두세번 눈으로 읽었다. 그걸 보고 내가 그 책을 귀하게 여긴다는 걸 알아챘을 것이다. 구둣발이 책을 짓밟았고 책등을 찌그러뜨린 뒤 계속 밟아댔다. 책장은 따스하고 냄새 나는 젖은 쓰레기가 되었고, 겉표지에 그려진 애절한 표정의 성자는 펄프가 되었다. 머리칼을 잡혀 머리가 뒤로 확 젖혀지고 뺨이 땅바닥에 짓눌려 으깨지는 동안 두번째로 눈에 띈 것은 아주 크고 딱딱한 군화가 뒤로 치켰다가 내 얼굴을 향해 세차게 닥쳐드는 모습이었다.

  "하지만 달링, 너한테 주려던 거였어."
  제임스는 그 책 때문에 무척 속상해했다. "겉표지까지 있는 건 안 가지고 있단 말이야. 아마 100파운드는 했을 텐데. 네 말처럼 새것이나 다름없었다면 더 비쌀 수도 있지." 그는 내 옆 소파에 앉아 손을 잡아주었다. 보물을 뺏긴 것 같은 그의 표정, 탐욕과 어이없음이 새겨진 표정을 보는 것은 좀 끔찍했다.
  "지금쯤 아마 청소부들이 다 치워버렸을 거야." 내가 술 취한 사람처럼 둔하게 말했다. 나는 기적적으로 이 한개만 잃었지만 잃은 이가 앞니여서 훼손된 광고지 속의 인물처럼 멍청해 보였다. 왼뺨은 자줏빛이 되었고, 입은 부풀고 한쪽으로 처졌으며, 왼눈은 속이 드러난 연체동물처럼 희미한 검은 바탕에 낸 좁은 틈처럼 보였다. 부러지고 상처가 난 아름다운 콧날 위로는 붕대가 아파치 줄무늬를 그리고 있었다.
  제임스는 이 모든 상황에 대해 감동적일 만큼 실제적이었다. 전혀 끔찍해하지 않고 거의 편안해 보이기까지 했으며, 뭔가 오명을 벗은 사람 같은 태도도 있었다. 일부러든 아니든 계속 나를 웃겼는데, 머리를 두들겨맞고 갈비뼈가 부러지고 옆구리와 다리는 멍이 들고 부은 상태로 웃는 것은 정말 힘들었다. 나는 늘 건강한 편이었다. 뼈가 부러진 적도, 넘어진 적도 없었고 어린 시절에 있게 마련인 상황들을 한번도 겪은 적이 없었다. 제임스가 내게 처방해줄 때라곤 숙취 말고는 없었다. 그동안 항상 서로의 사적인 영역을 존중했기 때문에, 그가 청진기 소리를 들어보고 아직도 얼룩덜룩한 어린애 같은 손으로 전문가답게 내 몸을 만지고 맥박을 재고 자그마한 진통제를 줄 때는 마치 소꿉놀이라도 하는 듯한 기분이었다. 그의 의사 노릇이 서로 사랑하는 사이에 쾌락을 주기 위해 하는 특별히 친절하고 주의 깊은 몸짓과 닮아서 나는 몸 전부를 그냥 그의 손에 맡기고 있었다. 자신의 친구가 위험한 일을 겪은 데 대해 일종의 서글픈 자부심을 느끼고 있는 것이 분명했지만, 그럼에도 불구하고 나를 육체적, 전문적으로 진단하고 있다는 걸 알 수 있었다.

필도 매일 점심시간에 먹는 자신의 아침식사를 후닥닥 끝내고 나를 보러 왔다. 아직 덥긴 하지만 비가 오고 우중충한 날씨여서 그는 모자 달린 파란 비옷을 입고 있었다. 실내에 들어와 비옷을 벗을 때는 약간 상기되어 보였고, 내 모습을 처음 보았을 때 느낀 황당함을 나를 돌보는 데 몰두함으로써 감추었다. 나는 열흘쯤 외출을 삼갔고, 다정하게 음식을 가져다주는 것은 그의 몫이었다. 통조림 수프, 과일 주스, 빵과 우유 등을 부엌 탁자 위에 내 눈에 뜨이도록 꺼내놓았다. 하지만 나는 거의 식욕이 없었다. 그는 당혹스러워하면서도 나를 어서 낫게 해주고 싶어서 음식을 넉넉히 사 날랐는데 양이 너무 많아서 두번이나 빵을 버려야 했고, 나는 상한 과

일이나 자고새나 들꿩의 살점이 붙은 뼈를 버릴 때는 전혀 느끼지 못했던 죄책감이 들었다.

환자로 지내다보면 엉뚱한 호사를 하게 되면서 보살핌을 받는 게 즐겁기도 하지만, 사실 나는 그 일로 인해 심한 충격을 받았다. 패닉 상태에 빠지면서 갑자기 구역질이 날 것 같은 순간을 반복적으로 경험하고 있었다. 제임스가 잠을 잘 수 있게 약을 주었는데, 그걸 먹으면 아침에 졸다 깨다 하면서 끔찍하고 기분 나쁜 짤막한 꿈들을 꾸다 말다 했다. 필이 일하러 나가야 하는 게 싫었고 그가 돌아올 때까지 눈이 빠지게 기다렸다.

제임스는 적어도 어머니에게는 알려야 한다고 했지만 나는 강하게 반대했다. 어머니는 햄프셔에서 구할 수 없는 고급품들로 냉동고를 채우기 위해, 그리고 점점 불어만 가는 몸집에 맞는 새 옷을 사기 위해 곧 런던에 올 예정이었다. 늘 하던 대로 해러즈에서 점심을 먹자는(돈을 쓰지 않는 시간을 최소한으로 줄이려면 백화점에서 먹어야 했다) 전화를 받았을 때, 나는 스코틀랜드에서 조니 카버와 일주일 동안 지낼 예정이라고 말했다. 실은 이년 전의 지독하게 유치한 결혼식 뒤로 한번도 그를 본 적이 없었지만 말이다. 어머니가 내 목소리가 이상하다고 해서 방금 치과에 다녀오는 길이라고 말했다. 그건 좀더 진실에 가까운 거짓말이었다.

평소에는 거울 속의 나를 보면 순간적으로 순수한 쾌감이 일었지만 이제는 좀 노력이 필요했다. 부풀고 약해진 피부는 스펀지가 닿는 것조차 거칠게 느껴졌고, 극도로 조심스럽게 세수를 하려고 서서 면도용 거울 속의 내 눈을 보려면 약간의 솜씨가 필요했다. 어린 시절에 뚜렷하게 끔찍하진 않아도 여러가지 느낌이 더해져 미묘하게 거부감이 들거나 무서웠던 그림들을 볼 때 필요했던 것 같은 솜씨 말이다. 마튼의 할아버지댁에는 글린 필포트가 그린 할아버지의 고모 레이디 시빌 고셋의 초상화가 있었다. 그 초상화에 보이는 것은 약간 당황스럽게도 "이름난 미인"이라 불리는, 단발의 금발머리에 커다랗고 서글픈 눈매와 상앗빛 얼굴을 한 사교계 여성이었다. 그녀는 가슴이 깊이 파인 연푸른색 드레스를 입고 연보라색 히아신스 옆에 놓인 작은 의자에 기대앉아 있었다. 너무나 강렬해서 타락한 것처럼 보이는 그녀의 멜랑꼴리와 색깔의 조합이 주는 저속한 육감성은 어린 시절의 내게 몹시 끔찍하게 느껴졌고, 나는 그녀의 초상화가 걸린 식당에 혼자 있는 것을 견딜 수 없었다. 내가 밥을 먹을 때 항상 그녀의 초상화를 등지고 있어서 집안 사람들은 모두 내가 "시빌을 무시"한다고 농담을 했고, 나는 그렇게 비정상적이고 탐미적인 감정의 희생자인 것이 불쾌하지 않았다. 때때로 마음을 다잡고 바라보기도 했다. 시선을 거울에 고정한 지금의 내 상태는 이성의 램프가 펄럭거리고 공포 속에서 눈이 깜빡일 때까지 버티던 그때와 똑같았다.

제임스는 내가 내 미모를 다치는 걸 좋아하지 않을 거라고 농담처럼 말했고 사실 다 회복할 수 있었지만, 나는 내 상한 외모를 참을 수가 없었다. 내 허영심, 너무나 체질화되어서 더이상 허영심도 아니게 된 그것이 모습을 드러내고 있었다. 필이 그렇게 보기 나쁜 건 아니라고 무심히 말했을 때는 그의 머리를 물어뜯을 뻔했다. 나는 한동안 나 같은 사람은 절대 눈길도 주지 않을 그런 사람이 되었다.

며칠 후 나는 필과 함께 골목 하나를 돌았다. 매일 운동을 하는 데 익숙했는데 이제는 멍들고 뼈가 다친 데서 오는 통증 외에 불안증도 겪고 있었다. 팔다리를 어떻게 해도 편하지가 않았고 밖에 나가야만 했다. 바깥은 환하고 바람이 셌고, 티타임이었다. 벌써 귀가하는 사람들이 있었고 차들이 신호등 앞에 줄지어 서 있었다. 도로는 평상시나 마찬가지였고 행인들은 악의 없이 골똘한 표정이었다. 하지만 내게는 나를 노리는 세상, 무서운 일이 숨어 있는 위험한 세상이었다. 도처의 폭력이 내게 드러났고 어디서나 그게 보였다——어린 소년들이 갑자기 도로를 건너 흩어지는 모습, 주차된 승합차 안에서 전화수리공 두명이 잠시 비웃듯이 나를 주목한 것, 우리를 세우고 길을 물어본 사람——독일인? 네덜란드인?——의 색안경과 담배로 물든 손가락 등에서. 나는 노인의 취약성, 행운이 받쳐줄 리 없고 순진한 데서 오는 것도 아닌 순수한 취약성을 처음으로 이해할 수 있었다. 공기는 고함소리로 가득 차 있었다. 아이들이 놀며 지르는 소리, 거리에서 거리로 퍼져나갈 때 아무도 진짜 고함소리로 오해하지 않는 그 소리. 진짜 고함소리가 나면 과연 그 차이를 알아볼 수 있을까, 비극의 음색을 알아보는 것이 가능할까 하는 궁금증이 일었다. 혹은, 잔혹행위가 아이들의 놀이, 그들의 지루함이나 소동과 구별되지 않는 소리를 가질 수 있을까? 나는 이 세상에 태어나서 비명을 질러본 적이 한번도 없었다. 소년들 세명이 마구 두들겨팰 때도 "맙소사" "세상에" "아이쿠" 정도의 형식적인 욕을 낮게 뱉은 것 말고는 비명도 지르지 않았다.

채워야 할 시간이 넘쳐났지만 나는 어떤 유용한 일도 하지 않았다. 주로 커튼을 치고 윔블던 경기를 보며 숨 막히게 훌륭한 모습에 정신을 차렸다가, 약한 불에 하루 종일 자글자글 끓던 진한 스튜처럼 나른한 댄 매스켈의 공치기에 위로를 받았다가 했다. 제임스가 대여점에서 비디오를 빌려다주었는데, 평소에 가져오던 기괴한 목욕탕 쇼가 아니고 내 기분을 북돋워주려고 매력적인 고전영화들을 가져왔다. 그가 쉬던 날은 마침 비가 주룩주룩 내려서 윔블던의 센터 코트에 지붕이 씌워졌고, 우리는 나란히 앉아서 「진지함의 중요성」을 봤다. 마이클 레드그레이브와 마이클 데니슨은 너무나 연약하면서도 탄력적이었고, 너무나 완벽하게 단정하면서도 변덕스럽게 "여자의 마음은⋯⋯"을 휘파람으로 부르며 춤을 추는 등 정말 훌륭했다. 그런 다음 제임스는 내게 번버리와 번의 버리에 대한 이론을 늘어놓으면서[8] 진지함이라는 말은 동성애자에 대한 암호였으며 실제 제목은 '동성애의 중요성'이라는 뜻이라고 말했다. 이전에도 다 들은 이야기였지만 나는 제대로 기억한 적이 없었다.

찰스의 일기장은 물론 그냥 널려 있었고, 제임스가 집어들고 호기심을 보이는 바람에 나는 그것을 계속 읽지 않은 게 마음에 걸렸다. "어떤 내용이야?" 그가 궁금해했다.

"부분부분이 굉장해—모험을 하거나 할 때. 다른 대목들은 글쎄—진지해."

"이제 다 봤겠네."

"맙소사, 아직 멀었어. 너무 많아서 엄두가 안 나. 그리고 또 그분은 너무나 관심이 많은데다 내게 큰 선물이라도 준 것처럼 생각하거든. 빨리 읽어보고 솔직하게 대해야겠어."

제임스는 미심쩍다는 눈으로 나를 보았다. "퍼뱅크에 대한 부분은 나한테 보여줘야 해." 그가 말했다.

"그래, 그 부분은 괜찮아. 부분적으로는—굉장히 공을 많이 들

---

8 '번버리와 번의 버리'는 오스카 와일드의 동명 희극을 영화화한 「진지함의 중요성」(1952)의 중심 메타포로, 최대한의 도덕성을 유지하는 것처럼 보이지만 동시에 절묘하게 기만하는 행위를 가리킨다. 바로 이어 나오듯 제임스가 영화를 동성애적으로 해석했다는 뜻이다.

인 것 같아. 옥스퍼드에 대해 쓴 브라이즈헤드 같은[9] 부분도 좀 있지, 그 딱한 소설보다는 좀더 정직하지만. 책에 들어가면 좋을 대목이야. 하지만 수단에서 있었던 일에 대한 부분은 대개 아주 평범해. 그리고 또 흑인에 대해 자연숭배적인 태도를 가지고 있어. 검은 손등이나 검은 입술이 말리는 모습만 봐도 완전 가버리는 거야."

"너도 좀 비슷하다고 생각했는데."

"글쎄, 어느정도까진 그렇지. 하지만 내가 은밀하게, 신앙처럼 그것에 대해 쓰진 않잖아. 부족민이나 짐꾼 같은 사람들과 찰스가 실제로 뭘 하는 일은 없더라."

"한두가지 점에 대해서는 네가 기억을 좀 되살려야겠는데. 그러니까, 식민지에 정부 대표로 가서 낙타를 타고 다니며 식민지 사람들하고 장난칠 수는 없는 거잖아? 너라면 그랬겠지만, 사실 정무직 사람들은 상당히 인상을 썼을 것 같아."

나는 빠진 이 사이로 장난기 어린 민망함을 내보이면서 미소를 지었다. "그런 걸 아주 체계적으로 생각해보진 않았어." 그리고 고백했다. "여기저기 부분부분 읽었거든, 내가 맡을 만한지, 할 수 있는 일인지 보려고. 엄청난 책을 통으로 쓴다는 건—너무 끔찍해. 물론," 내가 덧붙였다. "이게 다도 아니야. 여기 있는 건 내 기억에 1950년경에 끝나."

"지금도 계속 쓰고 있을까?"

"몰라. 그럴 수도 있지. 정력이 넘치니까. 나이도 많이 들었고 엄밀히 말하자면 정신이 완전히 맑은 것도 아닌데도."

"지금은 아마 네 얘길 쓰고 있겠군—그 뺨의 복숭앗빛 도는 크

---

9 옥스퍼드를 배경으로 청년들의 동성애와 우정을 그린 에벌린 위의 소설『다시 찾은 브라이즈헤드』(*Brideshead Revisited*)를 말한다.

림색—곧 회복될 그 색깔—균형 잡힌 몸매." 나는 제임스에게 방석을 던지려고 겨눴지만, 다음 순간 갈비뼈를 움켜잡았다. "전기의 대상이 자신의 전기작가를 묘사한다…… 그거 꽤나 복잡하고 현대적인데." 그가 말하면서 인상을 쓰며 가려고 일어섰다.

평소 그렇듯 제임스는 내 길을 바로잡아주는 사람이었다. 나중에 필이 나타났을 때 나는 일기 한권을 집어들고 읽는 데 완전히 빠져서, 필이 삐노와 호텔 엘리베이터, 자신에게 수작을 건 한쌍의 동성애자 투숙객에 대해 늘어놓는 얘기에 별 관심을 기울이지 않았다. 필은 송아지고기, 잘 익은 복숭아, 포도주와 빵을 차례로 꺼냈다. 빵을 문자 그대로 생명의 양식이라고 믿는 듯했다.

나는 그가 실내를 오락가락하며 정돈하고 나동그라진 찰스의 공책들을 깔끔하게 정리해놓는 모습을 지켜보았다. 다부지고 침착하며 평범한 모습 속에서도 그는 자신을 변화시킬 수 있는 사람이었다. 스스로를 더 크고 강하고 아름답게 만드는 능력을 발휘하고 있었다. 나는 처음 그가 코리에 왔을 때 본 이미지 하나—표준적인 체형에 약간 통통한 편이면서 말수 적은 애—를 아직도 기억했다. 이제 그는 한주 한주 지날 때마다 점점 더 나아지고 있었다. 넓적다리가 육중해지면서 걷는 모습이 변해서 걸을 때 넓적다리끼리 스치면서 무릎이 벌어지고 발가락이 약간 안으로 구부러졌다. 결과적으로 엉덩이는 전보다도 더 튀어나와 보였다. 솔직하게 튀어나와서 경탄의 손길을 향하는 것이다. 내가 성적으로 뭘 할 수 없는 기간 동안 그냥 그를 잡고 만지기만 해도 크게 위안이 되었다—장애인을 위해 열린 조각전시회에서처럼. 평소처럼 격렬하게 서두르는 대신 우리는 조심스럽게 존중을 담아 사랑을 나눴다. 마치 우리 둘 다 서서히 깊어지는 잔인한 병에 걸려 모든 것을 처음부터 다시 생각하게 된 것 같았다.

"아직도 그거 읽고 있어?" 필이 방으로 들어와 내 의자 옆 마룻바닥에 앉아 리모컨으로 티비를 켜며 약간 조심스레 말했다. 내가 뭘 읽고 있는지 아는 것 같지는 않고 그냥 내가 속물적인 애착을 가진 좀 지루한 학문적 탐구의 대상이라고 짐작했을 것이다.

"테니스 경기는 없어." 낙관적이고 경쾌한 음악에 곁들여 고요한 코트가 화면에 떠오르는 것을 보며 내가 말했다.

"테니스선수 중에 마음에 드는 사람 있어?" 그가 물었다.

"테니스는 스포츠 중에서도 가장 덜 에로틱한 거라고 생각해." 나는 확실한 거짓말을 했다. "구슬치기나 비둘기 기르기까지 포함해도 말이야. 제발 꺼줘."

그는 버튼을 눌러 채널을 돌렸다. 자신이 내 뜻을 받아줘야 한다는 것을 기억하고 이성적으로 대응하려 애쓰는 걸 알 수 있었다. 내가 손으로 목덜미를 어루만지고 턱을 당겨 얼굴을 손가락으로 쓸어내릴 때까지 그는 고개를 숙이고 앉아 있었다. 내 손바닥이 자신의 입술을 덮자 약하게 입맞춤을 했고, 아마도 나를 용서한 것 같았다. "오늘은 텔레비전 보지 말자." 내가 말했다. "내가 이거 읽어줄게. 가끔씩 혀 짧은 소리 해도 이해해. 주인공은 이제 막 포트사이드에 도착했는데, 세 명의 꽤 괜찮은 청년들, 하랍, 프라이어, 그리고 음, 스턴을 데리고 갔어. 모두 파나마모자를 쓰고 옷을 잔뜩 껴입고 있었지. 날짜는 1923년 9월 12일이야."

우리는 표현은 저마다 다르게 했지만 모두 꽤 흥분한 상태였다. 하랍은 특히 깊은 인상을 받았는지 "와, 와" 하고 감탄을 연발하며 모자를 벗었다가 다시 신중하게 쓰곤 했다. 아프리카가 경이로운 모습을 점점 더 많이 제공해줄 테니 그는 그런 감탄사를 상당히 많이 발하게 되겠지. 긴 항해 끝에 처음 보는 땅이었고, 땅 자체가 대단한 건 아니었지만 우리는 그때까지 며칠 동안 땅이 보였다 안 보였다 하는 상태로 움직였고 그래서 제 모습을 드러내 보이지 않았던 것이다. 알렉스로 배가 웬만큼 드나들었고 작은 화물선들은 꽤 가까이 지나가서 우리는 처음으로 아프리카인을 볼 수 있었다. 전혀 격식을 따지지 않는 그들의 태도에 우리는 한없이 감동했고 겸손해졌다. 늘 똑같은 일을 하는 노동자들이 있었고, 그들을 지배하고 돕기 위해 오는 우리 영국 사람들은 참으로 젊고 침착했다. 나는 실없음과 엄숙함이 너무나 환상적으로 뒤섞인 상황 속에 있었다. 우리가 운하의 입구로 다가가자 부두의 크레인들과 노골적으로 별 볼 일 없는 건물들이 보였고, 더 가까이 가니 군인들과, 우리의 도착에 좀 무관심하면서도 황망해하는 젤라바[10]를 입은 사람들이 보였다. 옥스퍼드와 잉글랜드와 포피[11]가 현기증이 날 정도로 멀게 느껴졌다.

열기는 물론 계속해서 치솟았는데, 마침내 배가 멈추고 아이들을 향해 손을 흔드는 사람들을 경멸하며 난간에 서서 통로가 내려지기를 기다리고 있을 때 그 열기가 처음으로 우리 얼굴을 확 덮쳐왔다. 연료를 보충하기 위해 열두시간을 머물 예정이었는데, 나는 너무나 그 시간을 고대해와서 뭍으로 올라갈 엄두조차 안 날 정도였고, 수직에 가깝게 경사진 통로를 달려 사람들의 무리 속으로 뛰어들 때 바보처럼 빙그레 웃지 않기 위해 애써 아주 진지한 것들을 생각해야 했다. 나는 완고한 태도로 당당하게 걸어야만 하는 대신 그들을 바라보고 그들이

---

10 djellaba, 북아프리카와 아랍 국가들에서 남성이 입는 두건 달린 긴 상의.
11 poppy, 1차대전 이래 세계대전의 전사자를 기념하는 상징이 된 양귀비를 가리킨다.

구걸하며 또 환영하며 내미는 손을 잡고 흔들 수 있다면 얼마나 좋을까 생각했다.

우리는 관례대로 솔라 토피를 사기 위해 사이먼 아츠 상점에 갔다. 프라이어와 나는 그걸 쓰고 엄청나게 크고 흐릿한 거울 앞에 섰다. 거울 속의 우리 모습은 무척 역사적인 인물인 듯하면서도 다소 우스꽝스럽게 보였다. 내 모자는 좀 불편했는데, 그 모자로 인해 갑자기 내 얼굴에서 특성이 모두 사라지고 내가 딱딱한 모자를 쓴 또 한명의 냉정한 제국 건설자로 변모할까봐 두려웠다.

나는 혼자서 가게 안을 여기저기 돌아다녔다. 옷을 파는 곳은 학교 지정 교복가게처럼 유럽인들이 머무는 동안 필요한 것들을 세트로 채워놓은 것 같았다. 여러 방에 말리고 개킨 옷들이 놓인 선반이 있었고, 선반 꼭대기에서 천―대부분 문양이 프린트된 면―을 내리려고 폭이 위로 점점 좁아지는 사다리를 오르내리는 지저분한 차림의 아랍인 조수들이 있었다. 나른한 선풍기가 가끔씩 공기를 휘저었다. 창문은 없는 것 같았고, 전깃불이 불규칙하게 비추는 곳 너머로는 어둠침침해서 신비한 곳들이 있었다. 일종의 막다른 골목에 이르렀을 때 건조용 장롱처럼 천장이 높고 답답한, 저장실인 듯싶은 곳이 나왔고, 맨발의 소년이 손에 휴대용 석유램프를 치켜들고 선반을 오르락내리락하며 재고를 확인하고 있었다. 일에 집중한 검은 얼굴이 그가 들고 휙휙 움직이던 빛줄기 속에서 눈부시게 드러났다. 나는 최면에라도 걸린 듯 그 자리에 서서 이 세상 그 무엇도 아랑곳하지 않고 그를 지켜보았다. 소년이 기어내려오는데 유연한 몸이 카키색 면 유니폼 속에서 우스꽝스럽게 튀어나왔고, 그는 나를 보자 미소를 지었다. 나도 마주 미소를 지었다. 하지만 나는 불빛 가장자리에 있었기 때문에 아마 나를 제대로 보지는 못했을 것 같다. 그는 내내 웃고 있었다. 아주 환하고 온순하고 유쾌한 미소였다. 아직은 장사꾼의 미소가 아닌, 계산속이라곤 없는 미소였다. 그는 우리가 찾아갈 곳의 사람들처럼 먼 남쪽에서 온 게 분명한 순수한 흑인이었다. 부두에서 흔히 보이는 혼혈의 개구쟁이들과는 전혀 달랐다. 내가 돌아서서 나가는데 그가 큰 소리로 말했다. "포트사이드에 오신 걸 환영합니다, 어르신." 가슴이 미어질 듯한 목소리였는데, 맑은 소년의 목소리가 어른의 목소리로 변성하며 나는 컥컥 소리였다.

나는 그걸 듣고 특별하고도 형용할 수 없는 감동을 받았다. 다만 그 소리의 정체는 알 수 있었다. 내 본성의 심오한 부름의 소리다. 웹스터가 학교에서 처음 응답해주었던 소리, 숨죽인 소리, 이후로 막연하지만 가차없이 따라갔던 그 소리다. 단순한 욕정이었을까? 단지 당황스러운 욕망이었을까? 소년 시절 내가 처음으로 어른을 만나 알게 되었던 것처럼 나는 다시 그것을, 경탄의 역설, 자아의 상실, 헌신…… 이름은 무엇이라도 좋을 그것을 알아보았다. 다시 햇빛 속으로 나오니 이제는 강렬하게 뜨거웠다. 그래서 즉시 토피를 썼는데, 나를 내세우지 않고 겸손하려는 마음이 위엄을 지키고 연민을 느끼는 마음과 내 안에서 싸우는 게 의식되었다. 고깔모자를 쓰고 지팡이를 든 무시무시하게 생긴 아랍인 노인이 사이먼 아츠의 문에서 부랑아들을 쫓아냈고 그들이 내 주변에 몰려들었는데, 그중 몇몇은 마구 밀어붙이며 자기주장을 하려 하는 반면 다른 몇몇은 쾌활하고 친절하게 내 손을 잡으려 했다. 내게서 배우는 학생들에게 특별히 한턱내려고 데리고 가는 너그러운 학교 선생님이 된 것 같은 터무니없는 느낌이 들었고, 나는 그 어린 악마들을 쫓으려 손을 내저으며 처음으로 강하게 그들을 대했다. 그러자 어린애 같은, 진한 핑크와 흰색 같은 기분이 되었다. '자랄 것에 대비해서' 산 너무 큰 옷 같은 나의 의분과 권위를 비웃어줄 수 있는 기분 말이다.

냄새 얘기를 안 했다. 배가 정박하고 그에 따른 바람이 잦아들자 땅에서 코를 찌르며 닥쳐오던 그 냄새. "아, 동양이여!" 하랍이 완상가같은 태도로 말했다. 그건 예상할 수 있는 냄새가 아니었다. 아니, 그 자체로 좋아할 만한 것이 못 되었다. 하지만 나는 즉시 그 냄새의 진정성을 알아볼 수 있었다. 자욱한 먼지의 건조함, 달콤함, 구취, 영원한 식육시장 근처에서 날 법한 냄새, 완전히 비위생적이면서 피할 수 없는 냄새.

다른 거리들도 다녀볼 만했을지 모르지만 나는 목이 말라서 차를파는 테라스의 그늘 아래 앉았다. 차는 비실용적으로 유리잔에 담겨나왔는데 시원했고, 어딘가 탁하면서도 내가 늘 마시던 것보다는 더원기를 돋워주었다. 멀리, 그리고 가까이 배에 연료를 채우는 광경 너머로 무척 희미하면서도 분명한 시나이반도가 보였다. 파란색이나 흰색 젤라바를 입고 말랐지만 근육질인 엉덩이춤에 울퉁불퉁하게 묶은기저귀 같은 것 외에는 벌거벗은 이집트인들이 끝없는 행렬을 이루어 연료를 채우고 있었다. 그들이 서로에게 석탄 바구니를 전달하는동안 내내 십장은 단조롭게 노래하듯 지시했는데, 아랍어를 옥스퍼드에서 배운 나로서는 전혀 알아들을 수 없는 말들을 선창하고 화답하는 모습이 변하지 않은 파라오 시대의 노동 같은 인상을 강화해주었다. 그동안 부두에서는, 그리고 잠시 동안은 배의 이물에서도 거의 벌거벗다시피 한 서너명의 애들이 보는 사람에게 최면이라도 걸듯 야생적이고 두려움 없는 태도로 동전을 주우려고 물속에 뛰어들곤 하다가관리자의 제지를 받았다.

그 장면에 매혹되었다는 것이 분명히 드러나는 시선으로 내가 그들을 지켜보고 있을 때, 파란색 젤라바를 입고 띠에뽈로[12]가 이국적인 분위기를 주기 위해 덧그린 듯 보이는 수놓인 둥근 모자를 쓴 녀석이 몸 뒤로 낡고 작은 여행가방을 반쯤 감추고 탁자 사이를 헤치며 나를 향해 옆걸음으로 다가왔다. 이집트인 특유의 태고 이래의 납작하고 넓은 이목구비를 가진 잘생긴 젊은 애였다. 나는 그런 종류의 장사꾼과 그가 내놓을 게 틀림없는 가짜 골동품에 대해 완벽한 마음의 준비가 되어 있었지만, 아직은 약속한 장소에 동행이 돌아오지 않아 나 혼자였고 호기심도 한껏 높아져 있는데다 축제 분위기도 있어서 그가 다가오도록 내버려두었다. 지배인이 내 반응을 지켜보고 있는 게 눈에 띄었는데, 내가 이의를 제기하지 않는 것을 보자 그 젊은이를 향해 고개를 끄덕였다. 일단 손님의 의사를 존중하는 관례가 지켜진 만큼 나를 골동품 장사의 희생자로 삼아도 무방하다는 불길한 이해가 그들 사이에 이루어졌다는 뜻 같았다.

"레셉스 조각품을 보세요, 어르신." 그가 나를 내려다보며 간청하듯 말했다.

"아니, 아니." 내가 너그럽게 대답했다.

"아주 훌륭한 겁니다, 어르신. 마음에 드실 겁니다. 마음에 드실 거예요, 분명히. 단돈 50피아스터예요. 정말로 유익한 물건입죠."

"고맙지만 싫네." 나는 단호하지만 유쾌한 표정으로 말했던 것 같다. 그게 격려의 구실을 한 듯──격려가 필요했는지는 의문이지만──그가 탁자 위에 가방을 올려놓았다. 내가 그래봤자 소용없다는 뜻으로 손을 내저었음에도 말이다.

"레셉스 조각품의 엽서입니다, 어르신. 아주 교훈적이면서도 마음

---

12 Giovanni Battista Tiepolo(1696~1770). 이딸리아의 화가. 베네찌아 로꼬꼬 회화의 전형을 보여준다. 명암효과와 단축법으로 무한공간을 표현한 천장화를 많이 제작했다.

을 편하게 해주지요. 게다가 단돈 10피아스텁니다." 나는 그 엽서들
중 한장을 골랐고, 우리의 방문 일정에 없는 곳들인 파라오들의 엽서
와 폼페이 기둥 엽서를 한장씩 샀다. 그걸 보고 더 팔 수도 있겠다고
생각했는지 그가 천가방을 뒤져 작은 갈색 병을 꺼내고 의자 하나를
당겨 내 옆에 앉았다. 그에게서 독한, 딱히 기분이 좋지는 않은 냄새가
났다. "이건 아주 특별한 겁니다, 어르신. 어르신과 마님께 아주 좋은
거예요." 그가 나를 주시했고, 나는 얼굴이 붉어지는 걸 느꼈다. "사랑
의 칵테일입니다, 어르신. 클레오파트라 술입니다."

"아니, 아니, 아니야." 내가 허둥지둥 말했다. 놀랍게도 그는 금세
그 병을 치웠다. 지나칠까봐 두려웠는지 벌써 나를 포기할 태세로 다
시 가방을 쌌다. 다른 유럽인들이 옆 탁자로 다가왔고, 나는 이 사기꾼
을 잘 쫓아냈다 싶어 기뻤다. 매력적이고 은근한 인물이긴 했다. 그런
데 그가 자리에서 일어날 것처럼 몸을 숙여 주변 사람들의 눈에 안 띄
게 하면서 자기 옷 안에서 신기한 요술이라도 부리듯 엽서 한묶음을
꺼내더니 재빨리 부채처럼 활짝 펼쳤다가 다시 아주 재빨리 모아 감
췄다. 이곳에 그런 물건에 대한 시장이 있다는 게 놀랄 일은 아니었다.
나한테 그걸 보여준 건 상업적 추측에 따른 것이었겠지. 하지만 나는
무척 당황스럽고 모욕당한 느낌이었다. 그가 나를 펼쳐진 책처럼 빤
히 읽었고, 나체의 포즈—모두 남자, 어린 소년들, 어른스러운 비례
로 환상적으로 찍은 사진 속에서 미소를 짓고 윙크하는 세피아 톤의
얼굴들—를 흘깃 보는 당황한 시선을 통해 내가 그 사실을 인정했다
는 느낌이 들었기 때문이다. 나는 엄한 표정으로 거절했고, 그는 다정
하면서도 뜻없는 인사를 한 뒤 새로 도착한 사람들을 괴롭히려고 물
러났다.

오늘밤 우리는 운하를 따라 남쪽으로 여행한다. 방금 별빛 아래 갑

판 위를 걸었다. 꽤 추운 편이었다. 몹시 가파른 운하의 벽 너머에서 가끔 불빛과 모닥불 따위가 보였다. 그외에는 아무런 특징이 없이 동쪽으로는 멀리 언덕이 수평선을 이루고 서쪽으로는 평야가 펼쳐졌는데, 하늘보다 더 어두워서 간신히 알아볼 수 있었다. 나는 아프리카에서의 첫날 밤에 어린아이처럼 흥분해 잠을 이룰 수가 없다.

두주 정도 뒤에 찰스한테서 전화가 왔다. 평소처럼 전화기를 들자 이미 말을 하는 도중이었다. "……아이고, 그리고 자네가 많이 다쳤다니 너무나 끔찍한 소식이군."

"찰스! 이제 훨씬 나아졌어요. 앞니는 의치로 감쪽같이 때웠고……"

"우리 친구 빌한테서 이제야 소식을 들었네."

"전 빌이 아는 줄도 몰랐는데요."

"꽤 궁금했거든. 그래서 수영을 갔었지. 거기서 만나려나 하고. 하지만……"

"제 꼴이 이렇게 끔찍한데 거기 갔겠어요. 하지만 며칠 후면 갈 수 있을 것 같아요."

"아주 많이 다쳤나?"

"글쎄요, 갈비뼈가 몇대 부러졌고, 뭐 어떻게 해볼 도리는 없어요. 그냥 나을 때까지 기다려야죠. 유일하게 돌이킬 수 없이 해를 입은 건 코가 부러진 거예요."

"아이고, 맙소사……"

"약간 권투선수같이 보여요. 빌이 가르치는 애들하고 꽤 비슷해요."

"그래도…… 누가 돌봐주고 있나? 꽃다발 보내도 되나?"

"아주 훌륭한 의사가 있어요. 아주 다정한 친구도 있고요. 전 괜찮아요."

낸트위치 특유의 침묵이 흘렀다. 전화를 통해 들으니 함께 있을 때보다 더 당황스럽긴 했다. 나는 뭔가를 기대하듯 기다렸다. 갑자기 그가 다시 말했다. "내일 스테인스의 집으로 오게. 아주 특별한 걸 볼 수 있을 거야."

"몇주 전에 꽤 특별한 경험을 하긴 했는데요."

"좀 상스럽달 수도 있겠지. 7시쯤이야." 몇초간 쌕쌕대는 숨소리가 들리더니 전화가 끊겼다.

그가 전에 했던 말이 기억났다, 오토 헨더슨의 그림이 "상스럽다"라고 했던 것이. 그것은 어린 소년이 무례한 농담을 할 때 그게 적절치 못하다는 뜻으로 내가 썼을 만한 단어였다. 물론 상스럽다는 말의 어원인 '평민'^{vulgus}과 헨더슨과 스테인스의 예술가인 체하는 포르노그래피 작품들보다 더 거리가 먼 것을 상상하긴 힘들 것이다. 하지만 찰스가 완곡한 표현을 통해 그런 취향이 어떤 식으로든 자신을 대중과 연결해주는 것처럼 말한 것은 그에 대해 말해주는 바가 컸다.

로널드 스테인스의 집에서 내가 만난 것은 작은 집단이라는 뜻의 대중, 반다스 정도 되는 동성애자들 모임이었다. 나는 처음으로 이제 좀 회복되었다는 느낌과 성적 흥분을 느꼈으며, 포장도로를 따라 밤나무와 벚나무의 한숨을 자아내는 산들바람을 즐겼다.

초인종 소리를 듣고 나온 것은 보비였다. "아주 잘 왔어." 그가 나를 맞이해 자신의 무거운 팔로 내 어깨를 감싸고 현관을 가로질러 데리고 가며 말했다. 그것은 성적 분위기를 신사적으로 누그러뜨리는 동시에 자신이 누군가에게 기대야 한다는 사실을 감추는 행동이었다. 그는 이미 술에 취해서 과장되고 느리게 움직였다. "자네가 올 수 있어서 정말 기쁘네." 그가 말했다. "이번엔 그 귀여운 친구 안 데리고 왔군?"

"모델로 성공할 수 있을지 잘 모르겠더라고요."

보비는 이 말에 엄청나게 웃었다. "아주 마음에 들던데." 직장에 취업원서를 낸 자격 미달의 응시자에 대해 동료와 논의하는 것 같은 태도였다.

내가 자의식에 넘치는 하얀 응접실로 들어가자 스테인스가 벌떡 일어섰다. 40년대 영화배우처럼 아주 하이웨이스트의, 작업복 느낌이 나는 헐렁한 파란색 벨트 바지에 체크무늬의 캠프 셔츠를 입고 있었는데, 소매를 단단한 이두박근 부근까지 바짝 말아올려 털 없는 창백한 팔을 드러낸 모습이 어딘지 부적절해 보였다. 고무 밑창의 파란색 요트용 신발이 당장 어떤 일에든 덤벼들 태세가 된 남자라는 환상적인 이미지를 완성해주었다.

"와주다니 얼마나 완벽하고도 완벽한가." 환영의 말이었다. "나아졌다니 정말 다행이네." 나는 경기 중에 다친 영웅적인 학교 운동선수라도 되는 듯 열렬한 박수갈채라도 기대하는 태도로 수줍지만 당당하게 나섰다. 보비가 마지못해 놔줘서 나는 음료 탁자로 갈 수 있었다.

주변에서 일어나는 일에 반응이 느린 찰스가 소파에 기념비처럼 앉아 있다가 나를 알아보고 반쯤 몸을 돌이켜 독특하고 다정한 인사를 하려고 왼손을 내밀자 나를 차지하려는 경쟁이 눈에 띄게 일어났다. "아, 윌리엄. 어디 제일 큰 상처 좀 보세. 그놈들이 내 보즈웰[13]한테 무슨 짓을 했나 보자구." 그는 노인다운 분위기의 아셴바흐 스타일 크림색 리넨 양복을 입고 있었는데 얼룩이 전혀 없지도 않았다.

나는 다가가서 그의 옆자리에 앉았다. 그는 다시 내 손을 잡고 전처럼 감상하듯 내 얼굴을 살펴보았다. "그래도 내가 그놈들이 망가뜨리기 전의 얼굴을 봐서 다행이야"라는 것이 그의 유일한 판결이었다.

"그렇게 나빠요?"

하지만 그는 내 손을 툭툭 친 뒤 내려놓은 게 다였다. "그 위대한 작품은 어떤가?" 그가 물었다.

찰스의 소유욕을 짐작하지 못한 스테인스가 한잔하라며 끼어들었다. "여기 알도와 인사하지." 그가 손을 내밀며 몸을 틀자 안락의자 뒤에서 그래픽 청바지를 입은, 고수머리에 작은 체구의 젊은 사내가 나타났다. 지나치면서 보니 그가 바닥에 있던 사진더미를 뒤져보고 있는 것이 눈에 띄었었다. 나는 그의 뜻밖에 커다란 붉은 손과 악수했고, 그는 특권의식을 느끼는 듯한 짓궂은 미소를 띠었다. "알도는 내 짐꾼이야." 스테인스가 말했다. "내 세례 요한이지." 작은 몸매는 예쁘장하고 탄탄했는데, 나는 그가 예정되어 있는 상스러운 행사의 일부임에 틀림없다는 사실을 깨달았다.

빈속에 마신 마티니는 지독하게, 불쾌하다 할 정도로 셌고 나는 당장에 현기증이 났다. 우리는 한동안 경쾌한 대화를 나눴다. 하지만 스테인스가 "아, 알도는 그거 안 좋아하지, 안 그래, 알도?"라고 잘난 체하며 그 대신 말하거나, "그건 알도가 항상 하는 말이야"라며 그 이딸리아인이 다른 경우에는 대화를 잘하는 양 말을 해도 알도는 아무 말도 하지 않았다. 그런 뒤 스테인스가 알도의 몸을 좀

13 James Boswell(1740~95). 영국의 전기작가로 전기문학의 걸작 『새뮤얼 존슨 전기』가 유명하다. 그에서 유래해 보즈웰은 '충실한 전기작가'의 뜻도 갖고 있다.

만졌고, 보비는 저 동성애자들은 못 하는 게 없다고 말하듯 고개를 끄덕이거나 눈살을 찌푸렸다.

스테인스가 다 같이 자리를 옮기자고—식당이 아니라("나중에 별식을 먹자고") 스튜디오로—할 때 나는 아무튼 두번째 잔을 비운 뒤였다. 다 함께 섹스 영화를 볼 텐데, 이 사람들과 그런 일을 하는 것은 너무나 황당하고 성욕을 억제하는 짓이 될 거라는 느낌이 들면서 불쾌했다. 찰스가 내 팔을 잡았는데, 기대기 위해서라기보다 나와 가까이 있고 싶어서였다. 우리를 연결한 것이지 내게 기댄 거라곤 보기 힘들었으니까. 모두의 얼굴에서 기묘하고 역겨운, 절제된 기대감이 보였다. 그리고 이제부터 무슨 일이 일어날지 모르고 있는 사람은 나뿐이라는 것을 알았다.

스튜디오에 들어가니 더 혼란스러웠는데, 다른 사람들이 떠드는 소리가 웅웅거렸고 우리는 주인이 전문가다운 과장된 몸짓과 서두르는 태도로 뛰어다니는 걸 보며 한동안 서성대야 했다. 난간이 있고 나뭇가지들이 구름 속에 떠 있는 낭만적인 에드워드 시대풍의 배경이 마련되어 있었고 그 앞에는 정원에서 가져온 도톰한 방석이 놓인 장의자가 있었다. 윙칼라 상의와 꽉 끼는 줄무늬 바지를 입은 두명의 십대 금발이 그 위에 앉아서 두껍게 만 마리화나 꽁초를 손으로 받치고 서로에게 건네가며 피우고 있었다. 건물 수위가 다른 사람 눈에 띄지 않으려고, 혹은 빗물을 가리려고 몰래 담배를 피우는 모습과 비슷했다. 조명과 반달 모양의 반사장치가 연기 영역이라 할 만한 것이 어디까지인지 알려주었고, 함부로 놓인 의자들이 그곳과 우리 사이를 가르고 있었다. "다들 자기 잔 가졌지?" 보비가 아주 쾌활하게 말했다. "제발 앉아요. 몇시간이 걸릴 수도 있거든."

찰스는 삐거덕 소리를 내는 낡은 팔걸이의자에 앉아서 주변을 돌아보며 내가 의자를 끌어다 자기 근처에 앉도록 약간 부산을 피웠다. 알도는 내 다른 쪽 옆에 단정하게 앉아 긴 유리잔에 담긴 자신의 찬 음료를 보호하듯 끌어당겼다. 그 옆으로 보비가 다리를 의자 두개에 걸쳐 뻗고 앉아 있었다. 내 무지와 불안감에 사교적 불편함까지 더해져서 나는 고개를 숙이고 찰스에게 속삭이듯 물었다. "쟤들은 누구예요?"

그는 놀란 것 같았다. "뭐, 애들? 아니…… 모른다고? 난 또……" 그가 상의 윗주머니에서 손수건을 꺼내 코밑을 문질렀다. "아주 못되고 짓궂은 애들이지." 마치 그 이상은 말해줄 수 없다는 듯 그가 기침을 하고 손수건을 다시 찔러넣었다.

"더 중요한 질문은 쟤들이 뭘 할 건가겠지?"

"아……"

나는 바보가 된 것 같았고 살짝 얼굴을 붉혔다. 좀 짜증이 나기도 했지만 사실 꽤 취하기도 했다. 그애들 중 하나, 내 보기에 더 잘생긴 녀석이 손끝으로 다른 녀석의 앞머리를 톡톡 치고 있었다. 다른 녀석은 멍한 미소를 띤 채 다리 사이를 움켜쥐고 있었다. 그의 모습에서 어딘지 낯익은 느낌을 받았는데, 그것은 기억의 화면 속에 있는 희미한 점 같은 거였다. 이어 그들은 자신들 뒤의 그림자를 보기 위해 몸을 돌렸고 그곳에서는 어떤 인물이, 어둡고 검은 어떤 것이 시야 안팎을 넘나들며 움직이고 있었다. 차분하면서도 울림이 큰 목소리가 들렸는데 모습은 보이지 않았다. "너희들 어때?"

"좀 줄까?" 잘생긴 애가 창녀처럼 무표정한 얼굴로 마리화나를 내밀며 말했다.

"벌써 취했어, 베이비"가 대답이었다. 단호하다기보다 노래하는 듯했다. 그랬음에도 그 인물은 손톱 끝만큼 남은 마리화나 꽁초를 피우기 위해 모습을 드러냈는데, 나는 잘생기고 주름진 그의 얼굴, 커다랗고 도전적이며 활동적인 눈, 당장에라도 산딸기 디저트를 통째로 핥을 듯한 입술 안쪽의 핑크빛을 보고 대번에 그가 누군지 알아볼 수 있었다. 이어 물론 그 소년들의 정체도 기억났다.

"오, 압둘, 압둘." 찰스는 기도하듯 과장된 목소리로 그의 이름을 부르고 있었다. 셰프 압둘이 다가왔는데, 클럽 식당에서 보이는 진지하고 배려하는 태도가 아닌, 동료 회원이라도 되는 듯 일종의 추파가 섞인 무심한 태도였다. 두 사람은 악수했고, 압둘이 길고 강한 자기 손가락을 빼내려 하는 동안에도 찰스는 놓지 않으려 했다.

"잘 지내시죠, 찰스?" 그 흑인이 놀랍게도 친근하게 말했다.

"내 젊은 친구 윌리엄 기억하지?"

"잘 지내요, 윌리엄?" 그는 나와도 자연스레 악수를 나누고 마약에 취한 사람 특유의 미소를 지어 보였다. "와서 쇼를 봐요." 그가 알도와 보비 쪽을 바라보았고, 물론 소개는 필요 없었다. 이어서 그는 눈을 감고 아랫입술을 깨물며 상상 속에서 들리는 아주 섹시한 음악에 맞춰 춤을 추는지 엉덩이를 천천히 흔들었다.

나는 이 모든 것에 충격을 받다시피 했고, 아주 순진한 사람처럼 멍한 표정이 되어 침을 꿀꺽 삼켰다. 압둘은 내 나이의 두배는 되었지만 나는 그가 무척 마음에 들었고, 그런 그의 모습에 깊은 감동을 받았다. 그의 검디검은 피부가, 두 손목과 길고 두툼한 목이 하얀 셰프의 제복 속으로 사라지는 것을 바라보았던 것, 내가 그의 몸에 대해 의식했던 것이 기억났다. 그가 돌아설 때까지 나는 아마 꼼짝도 못 할 만큼 반한 시선으로 그의 모습을 좇았을 것이다. 아프리카인답게 높고 수심 가득해 보이는 이마, 아프리카인답게 툭 튀어나온 구르는 듯한 엉덩이, 낚시질하듯 길게 달랑거리는 음악적인 손을.

그때 스테인스가 다리를 펴지 않아 거추장스러운 삼각대에 고정한 카메라를 들고 덜거덕거리며 왔다. 영화를 찍는 것은 당연한 일이었으리라, 이 남성미 넘치는 우아한 인물, 몸을 건들거리는 그 인상적인 셰프가 자그마한 체구의 평범한 웨이터들과 뭔가를 하는 영화를. 찰스가 일요일 저녁에는 웍스에서 저녁식사를 안 한다고 말했던 게 기억나며 놀라웠다. 하지만 찰스와, 그리고 스테인스도 실제로는 그곳의 종업원들을 다른 데로 유인해서, 본인들이 기름진 쇠고기와 잘 씻은 채소와 삶은 푸딩을 먹으며 교활한 눈짓을 교환하며 고안해낸 환상을 연기시킨다는 사실을 생각하니 머리가 띵해지는 기분이었다. 얼마나 기묘한 거래와 변신이 개입되어 있을 것인가. 이 모든 게 참가자들에게는 정상적이지만 외부인의 눈에는 악마적인 엽기성을 가진 것으로 보였다.

스테인스가 내 어깨에 손을 얹었다. "마지막 장면이라네." 그가 말했다. "최고의 영화가 될 거야. 시작한 지 벌써 몇달 됐지―수십명이 출연해…… 우리가 이 선정적으로 선정적인 장면을 마무리하는 걸 자네가 보면 좋아할 것 같더라고."

"글쎄요." 내가 망설였다. 말아놓았던 자국이 군데군데 갈라진 배경막은 무대에 불이 켜지며 주요 행위가 일어날 조그만 영역에 천박한 초점이 맞춰지자 쓸데없이 매력적으로 보였다.

알도가 점점 비밀을 털어놓기 시작했다. "아주 고풍스러운 작품이야." 그가 설명했다. "난 딴 부분, 정원 장면에 나와. 거기서 젊은 대감마님을 만나서 온갖 걸 하는 거야, 사다리 위에서도 하고. 이제 대감마님은 휴양지에 있고, 하인이 남아 있지―데릭하고 레이먼드하고 압둘만 있어." 알도는 나를 바라보며 속눈썹을 깜빡였다. 우리가 새로 부임해온 교구 목사에 대해, 그 목사가 제3시리즈[14] 성찬식을 선호하는지 아닌지에 대해 논하기라도 하는 것처럼 점잖은 체하고 있었다. 나는 포르노를 찍는 건 어떤 일일까 궁금해하지 않았던 척할 수는 없었다. 애들에게 제멋대로 다 해보게 한 다음 날, 목마르고 강렬한 그 아침에 내 나름의 포르노를 상상해보기도 했다. 하지만 그건 일시적인 소소한 장면들뿐이어서 낮의 햇살 아래서 산화되고 부패해버렸다. 흥분할까봐 두렵고 흥분하지 않을까봐도 두려운 상태에서 포르노 연기를 볼 수 있을지 자신이 서지 않았다.

찰스가 내 팔뚝에 손을 댔다. "우리 셰프 정말 멋지지 않나? 나한테 아주 잘하지. 정말 잘해."

카메라는 아직 돌아가지 않았지만 압둘은 시작을 하든 말든 무심한 태도로 다시 어슬렁어슬렁 세트로 돌아갔다. 종아리까지 내려오는 화려한 모피 코트를 입고 있었는데, 침대 위에 기대앉아 코트 앞섶이 열리자 그 안에 아무것도 입고 있지 않다는 것이 드러났다. 납작한 배에는 나는 한번도 본 적 없는 긴 흉터가 나 있었고, 오래전에 누군가가 조악한 도구로 그의 내부를 전부 제거해버렸을 것 같은 느낌을 주었다. 두툼한 검은색 모피 코트 속에서 드러난, 내가 경탄의 눈으로 보던 사람의 상처 난 검은 피부를 보니 마치 그가 진귀한 사냥감 같았다. 껍질을 반쯤 벗겼지만 아직 숨을 쉬는, 한구석에 내던져진 동물. 나는 화장실에 간다고 말하고 살금살금 앞문으로 갔지만, 문을 닫고 나서니 쾅 소리가 났다.

---

14 영국 성공회에서 1973~80년에 걸쳐 실험한 개혁적 예배 양식의 명칭.

9

두통이 사라지고 숨을 쉴 때도 고통스럽지 않았으며 뼛속까지 아리던 멍도 신기하게 사라졌다. 다시 편해졌고 온전하며 건강하다는 느낌이 들었다. 나는 찰스와 그의 친구들이 보이는 세기말적 은밀함이 필요하지 않았다. 스테인스의 집을 나서며 찰스와 관련된 일 전체를 안 하는 게 좋겠다는 생각이 들었다. 과거의 사소하고 은밀한 과오들과 그것을 글로 쓰는 데 따르는 온갖 예의 바른 행동에 무엇 때문에 신경을 써야 한단 말인가? 내 경험은 그들의 것과 달랐다. 나는 맑은 7월의 낮, 비밀이라곤 없이 운동과 태양, 그리고 필과 함께하는 것뿐인 날들을 고대했다. 남성들, 나무 아래를 달리는 남성들의 신화적 아름다움, 애비뉴나 켄징턴 가든스의 긴 전경을 비추는 햇살을 생각하면 황홀한, 거의 숨이 막힐 듯한 느낌이었다. 하지만 나는 또한 순수하면서 몰두한 상태이기도 했다. 더이상 내 모습을 혐오하지 않게 되면서 다시 한번 사랑에 빠졌고,

내 사랑의 모든 빛을 필에게 바치고 있었다. 나는 필의 심리 상태가 더 복잡해졌으면 어쩌나, 즉 지난 몇주간의 내 혐오스러움이 그를 녹슬게 했거나, 내게는 그의 육체적 특징이라고까지 여겨지는 천진난만함을 갉아먹었으면 어쩌나 두려웠다. 필의 천진난만함은 그의 손바닥과 손목에도, 힘찬 종아리와 고랑진 복근에도, 성기 위 빳빳한 음모에도, 내가 귀를 대면 쿵쾅쿵쾅 뛰는 심장에도, 내가 입을 맞추고 깨무는 목에도, 내가 들여다보고 또 들여다보는, 마치 보석에 새겨진 미니어처처럼 내가 그를 보는 모습을 비추는 그의 유리 같은 얼룩진 검은 눈동자에도 머물고 있으니 말이다.

하지만 아니었다. 그는 놀랐고, 마음을 놓았다. 뭔가 부당하고 자의적인 고행에서 마침내 풀려난 어린아이 같았다. 하지만 그는 아무런 억울한 기색도 보이지 않았다. 내가 다시 예쁘장한 모습을 되찾은 것을 보고 더 안도하는 것 같았고, 우리의 불행한 짧은 계절을 그에게 상기시키는 것은 내 콧날에 약간 넓적한 마디가 지고 잘 만들어진 새 이가 너무 미국적으로 새하얗다는 사실뿐이었다. 감기나 숙취에서 회복되는 것과 달리 이번 경험은 내게 아무 생각 없이 편하게 지냈던 시절을 돌이켜보기보다 앞을 내다보게 했다. 그 경험 덕분에 다정하고 강렬한 것에 대해 낭만적 포부를 갖게 되었고, 우선은 내가 스스로를 변화시킬 수 있다는 거대한 기대감으로 상당히 신이 난 채 새삼 계절의 격변 같은 것을 느꼈다. 마약에 취한 두 녀석과 상처를 꿰맨 아름다운 남자를 바라보면서 불안하게 앉아 있던 내가 좀 섬뜩한 거리를 느끼며 타락한 무리들——남작과 푸주한과 취한 남자친구와 그중에서도 가장 타락한 존재인 사진가——속에 있는 나를 바라보았던 바로 그 순간, 내게 육체적 힘이 돌아왔다는 것을 느낄 수 있었다.

나는 그날 밤 곧장 필의 숙소로 갔다, 필은 내가 찾아올 줄 몰랐지만. 내가 퀸스베리에 가지 않은 지도 여러주가 되었는데, 택시에서 내리니 처음 보는 문지기—깡마르고 격식을 차리는, 내가 전혀 좋아하지 않는 타입의—가 뭘 도와드릴까요, 하고 물었다. 직원용 휴게실을 들여다보니 접수 담당자 중 하나가 뉴스를 보고 있었고, 부주방장 하나는 의자에 반쯤 걸쳐 앉아 거의 떨어질 듯한 자세로 곤히 잠들어 있었다. 복도에서 삐노를 마주쳤는데, 무척이나 반가워하며 두 손으로 내 손을 잡고 흔들면서 필한테서 대충 듣기는 했지만 사건의 전모를 몽땅 얘기해달라고 졸랐다. 그리고 나를 빨리 필에게 보내려고 안달을 했다. "필을 보러 왔죠? 위층에 있어요. 충분히 자고 있는 중이에요." 우리는 다시 악수하며 헤어졌고, 그가 가면서 행복하게 웃는 소리가 들렸다.

위층으로 올라가 지붕 바로 밑의 덥고 그늘진 복도, 필의 방문 밖에 서니…… 먼 데서 들리는 자동차 소리와 삐걱대는 마루 소리도 그곳에 감돌고 있는 기대에 찬 정적에 전혀 영향을 미치지 못했다…… 어린 시절의 저녁 무렵 위층으로 책을 가지러 갈 때 열린 창문과 느릅나무의 고요함에 이끌리던 그 저녁의 꿈같은 울림들…… 혹은 쿵쾅거리는 가슴을 안고 학교 건물의 고딕식 지붕창턱에 쭈그리고 앉아 턱을 괴고 조니를 기다릴 때 어둑어둑한 마당으로 뛰어들던 제비들…… 코퍼스 크리스티 칼리지에서 납틀 창문을 덜커덕 밀어 열 때 하늘이 그 푸른색, 짙푸른색을 쏟아붓던 순간…… 놀랍도록 은밀하고 촉촉한 황혼, 수영장 도서관을 향한 내리막길, 한여름밤 희미하게 반짝이던 담배의 불빛…… 속삭임, 스치는 입술과 사랑의 행위 바로 직전에 존재하는 절묘하고 오랜 집중…… 그 모든 것, 내 모든 로맨스가 삼사초 사이에 다급하게 밀려드는 것이 느껴졌고, 나는 입이 탔다.

아주 가만히 노크를 했다, 손톱의 등으로 톡톡 치는 정도로만. 들리지 않기를 바라는 비겁한 노크였다. 만일 필이 깨어 있다면 간신히 들을 수도 있을 정도의 노크 뒤에, 그 응답으로 부스럭 소리나 대답 소리가 들리는지 귀를 기울였다. 하지만 내가 원한 것은 있는 그대로의 필에게 다가가는 것, 열쇠 구멍을 통해 숨어드는 것, 따분한 소동 없이 그와 함께 있는 것이었다. 몇주 전 아침에 필이 아직 자고 있을 때 나는 그의 열쇠를 슬쩍 빼내서 가까운 역의 간이 철물점에 가지고 가 복사해두었다. 필은 정돈을 잘하고 조심성이 있는 편이어서 항상 자물쇠를 채웠고, 나는 뭔가 악한소설 같은 상황, 섹스 코미디의 급전환 장면 같은 것이 벌어져서 내가 갑자기 쳐들어가야만 하는 상황을 그려보았다.

열쇠를 가만히 구멍에 밀어넣고 조심스레 문을 열었다. 불은 켜 있지 않았지만 아직 마지막 햇빛이 조금 남아 있어서 방에 들어가지 않고도 화장대의 거울을 통해 방을 볼 수 있었다. 필은 흰 속바지를 입은 채 침대에 누워 있었다. 내가 방으로 들어서서 조용히 문을 닫고 침대 발치에 설 때까지도 움직이지 않았다. 숨소리는 무척 느리고 멀게 느껴졌고, 깊이 잠든 것이 분명했다. 엎드렸지만 몸을 한쪽으로 살짝 돌리고 있었고, 왼쪽 다리를 오그리고 입은 벌린 채 베개 위에서 일그러진 모습이었고, 허벅지는 적당히 벌리고 엉덩이는 오른쪽으로 조금 돌리고 있었다. 속바지를 입고 막사의 방에서 자고 있는 것 같은 그 소박한 모습도 물론 아름다웠지만, 나는 그 안을 모두 꿰뚫어볼 수 있는 엑스레이 눈을 가졌으면 얼마나 좋을까 싶었다. 베개 옆으로 잠든 그의 팔 아래『톰 존스』가 짓눌려 있었는데, 보통 등급 고등학교 졸업시험과 미덕에 대한 수필을 연상시키는, 짜부라진 두꺼운 펭귄 문고본이었다.

나는 더이상 그를 바라보고만 있을 수 없어서 거칠게 흔들어 깨우고 그가 상황을 깨닫기도 전에 그의 몸을 덮치며 입맞춤을 퍼부었다.

학창 시절 이래 그 순간 같은 사랑을 나눈 적은 없었다. 그것은 특별하게 순수하고 열렬하며 완전한 사랑이었다. 필이 일을 나갈 시간에 비가 오기 시작했는데, 나는 그가 나간 뒤에 창문을 연 채 어둠 속에 누워 납틀 창문을 두드리는 빗소리에 귀를 기울였다. 살며시 잠에 빠져들어 잠시 여름날처럼 맑은 행복의 영역을 살포시 통과했다. 햄프셔나 요크셔의 여름처럼 불길함을 예고하는 맑음이 아닌, 바위와 물과 보잘것없는 그늘이 다 함께 신성하게 어우러져 영원 속에서 빛나는 듯한 사막의 광휘 같은 것이었다.

나는 필에게 다음 날 밤근무를 쉬라고 졸랐고, 필은 좀 우스꽝스럽게 마지못한 태도로 셀소와 당번을 바꿨다. 마침 셀소는 아내의 생일을 축하해주려고 금요일에 쉬기를 간절히 바라던 차였다. 아내를 뮤지컬에 데려갔다가 함께 외식을 하고, 짐작하기로 특별히 에스빠냐적인 명예로운 결합을 할 예정이었을 것이다. 나는 다시 옥상에 올라가서 한낮의 일광욕을 즐길 수 있었으면 했지만, 하필이면 하루 종일 비가 오며 천둥이라도 치기를 바라지만 치지 않고 어둑어둑하기만 한 날이었다. 우리는 내 아파트로 돌아가서 빈둥거렸고 나는 여러번 섹스를 하고 싶어 몸살이 났는데, 필은 처음에는 믿기지 않는지 멈칫댔지만 결국은 그도 나 못지않게 원한다는 것을 분명히 보여주었다. 그런 뒤 함께 코리에 갔는데 별일은 없었고, 다들 평소처럼 열심히 운동을 하고 있었고, 아무도 내가 그동안 못 나왔다는 것을 알아채지 못한 것 같았다.

하지만 한바탕 근력운동을 한 뒤 몸에 열이 오른 상태에서 정신이 번쩍 들 만큼 차가운 수영장 물에 뛰어드는 기분은 굉장했다. 수영보다 더 나를 자유롭게, 침착하고 기쁘게 하는 것은 없었다. 하지만 필이 엉덩이를 상당히 드러내는, 검은색 뒤판에 금색 앞판의 새 수영복을 과시하며(선택을 잘했으니 허영심을 느낄 만도 했다) 나선형 계단을 내려오자 나는 보통 다른 사람들이 할 때 내가 한심해하는 짓들―다른 사람을 방해한다든지 물구나무서거나 필이 강인한 다리를 벌린 사이로 수영을 하는 등의―을 하며 행복해했다. 한동안 우리는 로커 열쇠를 던져서 물에 잠기게 하고 출렁거리는 물결에 흔들리며 떠도는 열쇠를 쫓아다니며, 깊은 물속에서 물안경 쓴 얼굴을 좌우로 돌려가며 꾸스또[1]처럼 그림자를 만들었다. 수영장 맨 끝의 벽이 바닥과 만나는 곳에서 필은 내게 말없이 느린 손짓으로 물이 빠져나가는 구멍을 가리켰는데, 그 우울한 구멍 주위로 몇십개쯤 되는 반창고가 모여서 색소결핍증에 걸린 해저식물처럼 필터 위에서 흔들리고 있었다. 그런 다음엔 그가 숨을 내쉬고 그의 입에서 보글거리던 거품이 얼굴 주변으로 몰리면서 바로끄적으로 풍성하게 빛을 향해 솟아오르는 모습이 보였다. 이어 필 자신이 솟구쳐올랐고, 나는 일이초 후에 그를 뒤따랐다. 우리는 팔꿈치를 내밀고 물 위에 떠서 숨을 채웠다.

그뒤에는 샤프트에 가서 춤을 추고 술에 취하고 신나게 놀 계획이었다. 필은 나와 함께 거기에 간 적이 한번도 없었다. 우리의 우스꽝스러운 일상 때문에 우리는 정상적인 동성애 세계에서 고립되었고, 나 자신도 여러가지 일 때문에 두어달 동안 그곳에 가지 못

---

1 Jacques Cousteau(1910~97). 프랑스의 해양탐험가이자 발명가, 사진가. 스쿠버 장비를 개발했다.

했다. 일년 남짓 전까지만 해도 월요일과 금요일 밤이면 저항할 수 없는 힘에 이끌려 그곳에 가곤 했던 내가 말이다. 사실 나는 샤프트의 중독자였다. 저녁을 밖에서 먹고 11시가 가까워지면, 특히 내가 런던 서부에 있어서 몇마일 정도밖에 떨어져 있지 않을 때면 점점 더 안절부절못하곤 했다. 무척 부적절한 옷차림을 하고 오페라에 가서 내면의 성적 기대감이 고조되면 무대 위의 공연이 순식간에 따분해져서, 코번트 가든의 특별석이 타인의 눈에 안 띄는 것을 이용해 마지막 막 중간에 슬쩍 빠져나온 게 한두번이 아니었다. 샤프트에서는 혼자 나온 적이 거의 없었고, 땀이 식어 몸을 떠는 술취한 흑인 애가 내게 기대거나 몰래 나를 만지는 동안 쓰레기가 쌓인 흉측한 몰골의 옥스퍼드 스트리트와 공원의 거대하고 고요한 어둠 속을 택시를 타고 달리기를 수도 없이 했다. 나는 꽤 먼 곳—레이턴, 레이턴스톤, 대거넘, 뉴 크로스—에서 나처럼 웨스트엔드의 이 텁텁하고 짜릿한 지하실로 순례를 왔지만 나 같은 사람을 만나지 않으면 새벽 3, 4시경에 귀가할 방법이 없는 녀석들을 내 아파트로 데려가곤 했다.

필은 이 첫 방문을 일종의 실습이나 경험으로 받아들였고, 우리는 코리를 나와 저녁을 먹기 위해 조금씩 선선해지는 어둑어둑한 블룸즈버리 거리를 걸어 호텔로 갔다. 러셀 스퀘어에 이르니 플라타너스 아래서 마침내 약간의 산들바람이 느껴졌다. 우거진 이파리 너머 거대한 황혼이 몸을 떨었고, 세계의 분수대가 보이지 않는 곳에서 무모할 정도로 세찬 물줄기를 통행로를 향해 뿜어 우리도 물보라 세례를 당했다. 필은 내 몸에 팔을 둘렀다. 내 짐작에 우리가 이곳을 겁내며 처음 걸었던 때를 떠올린 듯했다.

퀸스베리의 주방은 흰색 타일에 천장이 높고 넓은 공간으로 꾸불꾸불한 알루미늄 통풍관들이 마디마디 고정된 채 연결되어 있었고, 냄비들이 가득 놓인 고풍스러운 가스레인지들 위에 널찍한 낡은 후드가 달려 있었다. 그럼에도 주방 안은 지칠 만큼 더웠고, 구겨진 흰 상의에 모자를 쓰고 푸른색과 흰색 체크무늬 주머니를 매단 셰프들 여러명이 짜증스러운 표정에 상기된 얼굴로 웨이터가 기다리는 철제 카운터에 주문받은 음식을 던지듯 올려놓고 있었다. '직원' 자격인 우리도 지나가도 좋은 틈이 날 때까지 기다려야 했다. 나는 주방을 찾을 때마다 어색했고 다른 이들의 짜증의 대상이 될 각오를 해야 했다. 호텔의 공적인 영역에서 보이는 비굴함과 매력이라는 장식물이 없는 그곳에서 쉴 새 없이 이루어지는 노역을 보며, 나는 스스로가 노동다운 노동을 관찰하는 철없는 관찰자가 된 느낌이었다.

오늘밤 필은 우선 뱅어—로터리클럽의 밋밋한 전채요리—를 조금 구했고, 그다음에는 맛있는 국물이 뚝뚝 떨어지는 도톰한 송아지혀로 감싼, 아주 훌륭한 비프올리브를 가져왔다. 우리는 세탁부 여자 둘과 가죽처럼 늙은 포터 하나가 담배를 뻑뻑 피워대며 저녁식사의 마지막 순간을 즐기던 직원용 식당에서 우리끼리만 그것들을 먹었다.

"오늘은 외출인가, 필립 군?" 포터가 나갈 준비를 하며 허리춤을 추키고 보온재킷의 단추를 채우며 물었다. 목소리에서 약간의 경멸기가 느껴졌는데, 공손하지만 비꼬는 말투는 도전이나 심지어 모욕일 수도 있었다. 몸을 곧추세우는 것이 우연인지 두 여자를 보호하고 지키는 듯한 몸짓이었다. 그녀들은 아무런 위기의식도 보이지 않았지만 말이다.

"네, 아마 한두잔 하러 나갈 겁니다." 격식을 차린 간명한 대답.

"어쨌든 이 끔찍한 곳에 있진 마." 세탁부들 중 하나가 친절하게 말했다.

"그럴게요."

"너무 많은 사람들 마음에 상처 주지도 말고." 다른 여자가 킬킬 대며 말했다.

나는 그들이 나갈 때까지 잠자코 있었다. 그들은 아마 내가 무척 잘난 체하는 사람인가보다 생각했겠지만, 나는 필에게 해를 끼치 지 말아야 한다는 일종의 의무감을 느끼고 있었다. 그들이 내 정체 를 알아보지 못한다는 것을 믿기도 어려웠지만, 우리가 그냥 친구 사이일 뿐인 체하는 연극은 유지되었다. 제임스처럼 필도 과묵한 편이어서 그게 일종의 권위를 주었다. 그 두 사람이 나의 경솔함에 서 자유를 맛보듯 나는 그들의 신중함이 필요한 게 틀림없었다. 그 건 모두 신중함(bjopti)의 문제였다.

나는 식사를 마치고 칼과 포크를 가지런히 내려놓았다. "나 땜에 너무 성가셔, 달링?" 내가 가식적으로, 엄숙하게 물었다.

필이 무의식적으로 얼른 경사진 유리 소금통과 후추통을 그러 쥐었다. "물론 아니지. 자기 사랑해." 그는 순간적으로 나를 올려 다본 뒤 재빠르고 조용하게 식사를 계속했다. 포크로 마지막 남은 강낭콩을 접시 한쪽으로 모으며 그가 말했다. "정말 사랑해, 자기 없으면 못 살 것 같아. 자기가 아플 때 너무 힘들었어…… 모르겠 어……"

그건 내 기대를 훨씬 넘어선 반응이었는데, 나는 눈물이 고이는 동시에 미소가 떠올랐다. 양념통을 포개던 그의 손을 내 손으로 덮 은 뒤 나는 필이 아닌 다른 곳을, 좁지만 어울리지 않게 천장이 높 은 그 끔찍한 방을—상당히 넓은 방을 둘로 쪼갠 것이 틀림없었다―둘러보았다.

이어 우리는 위층으로 올라가 옷을 갈아입고 양치컵에 보드까를 나눠 마셨는데, 그 바람에 나는 필만이 아니라 온 세상이 나를 사랑해주는 듯 더욱 모든 것을 향한 사랑에 넘치게 되었다. 나는 무척 낡고 색이 바랜, 허리는 끼고 통이 넓은 핑크색 진바지와 민소매에 옆 솔기가 엉덩이 부분까지 트인 흰색 티셔츠를 입었다. 필은 다른 새 옷―약간 하이스트리트 스타일의 꽉 끼는 감색 바지와 흰 벨트, 멋있는 연청색 티셔츠―에 몸을 욱여넣었다.

호텔 주변을 완전히 벗어나자 나는 필의 팔짱을 꼈다. 그를 내 것이라고 강하게 주장하는 이 행동이 나 자신에게도 감격스러웠다.(필은 본인도 그렇게 주장하고 싶으면서도 다소 어색하게 떨어져 걸으며 내게 화답해오지 않았다―내가 그와 깍지를 끼고 있음에도 불구하고.) 윈체스터 시절의 어느 여름날 한쌍의 동성애자를 마주친 적이 있었는데, 한쪽이 윈체스터 출신인지 동행에게 자기가 동정을 잃은 곳을 보여주는 것 같았다. 그들은 이첸강에서 가지를 쳐 나왔다가 되돌아가는, 운하처럼 구부러져 후미진 거너스 홀을 향해 어슬렁어슬렁 갔다. 바로 찰스가 그의 시절에 수영을 했던 곳이다. 나 때는 물론 아름다운 실내수영장이 있었고, 나는 곧 거기서 자유형 신기록을 세웠다. 거너스 홀은 이미 예정되었던 대로 카우파슬리와 빽빽하게 심어진 잔디에 자리를 양보했고, 강물 속에서는 긴 초록색 물풀이 물살을 따라 이리저리 휘감겼다. 발을 질질 끌며 뜨거운 목초지를 통과해온 뒤라 셔츠를 벗은 나는 그들 중 하나가 무성한 5월의 꽃들을 가리키던 모습, 나를 얼핏 바라본―아주 짧은 순간이지만 그 시선을 느낄 수 있었다―뒤 두 사람이 함께 대학 건물 쪽으로 팔짱을 끼고 돌아서는 모습을 보았다. 나는 그 장면에서 느낀 충격적인 전율을 쾌감으로 바꿨다──그들 개인이라기보다(그들은 너무 나이가 들고 세련돼 보였다) 그 팔짱 낀 모습의 개방성에 대해. 남자들끼리도 **공공연히** 함께 걸을 수 있으면 좋겠다고 생각했다. 함께 걸을 남자가 있었으면 했다.

그런데 이제 그런 사람이 생겼다. 신발 바닥이 갑자기 끈적거려서 내가 걸음을 멈추었지만 필은 계속 걸어갔기 때문에 나는 넘어질 뻔했다. 나는 필에게 의지해 껑충 앞으로 뛰었고, 노란 가로등 아래서 신발 바닥을 뒤집어보았다. 모래가 달라붙어 거칠거칠해진 하얀 껌의 혓바닥이 밑창에 붙어 구둣굽 아래서 질벅거리며 말렸다. 떼어내기가 놀랄 만큼 어려웠고, 너무 혐오감이 들어 손으로 만지고 싶지가 않았다. 그래서 술 취한 사람답게 태평하게 단단한 필의 어깨에 기대어 플라밍고처럼 깨금발을 한 채 바로 앞에 보이는 대영박물관에 대해 꽤 진지한 이야기를 했다. 우리 머리 위로 솟은 거대한 기둥에는 이집트 전시실 광고 포스터가 붙어 있었다. 앞치마를 두르고 코가 깨진 파라오들이 냉담하고도 좀 딱한 모습으로 한줄로 서 있는 포스터다. 내가 찰스의 이크나톤 부조에 대해서 이야기하는 동안 필은 실제로 킬킬대기 시작했고, 내가 집어치우라고 하자 오히려 더 킬킬댔다.

"자기가 정말 날 생각한다면 이걸 떼어줄 텐데." 내가 말했다. "난 도움이 필요한데 자기는 도와주길 거절하고 있잖아."

그는 내 논리에 완전히 동의하지는 않는 것 같았지만 투덜대듯 "이리 줘봐"라고 말하며 내 발을 위로 확 잡아당겨 깨금발이던 나는 어쩔 수 없이 빙그르 돌아 그의 목에 매달렸다. 우리를 지켜보는 시선이 있다는 것을 내가 어떻게 그렇게 늦게 알아챘는지 모르겠다. 내 눈은 분명 몇초 동안 멀리 떨어진 보도를 무심히 바라보았는데, 부드럽게 흔들리는 어린 나무들 아래서 기다리고 있는 듯한 어떤 인물을 의식하긴 했지만 무심결이었다. 내 모든 감각은 필의 짧은 머리 아래 목에 집중되어 있었다. 지켜보던 사람에게는 우리가 환히 보이는 곳에 있는 수수께끼 같은 한쌍이었음에 틀림없다. 나는 필이 내 발을 거칠게 내려놓을 때 고개를 돌렸지만 필이 손수건을 찾아 더듬는 동안은 계속 그에게 매달려 있었고, 방어적인 조바심으로 내 섹시하고 만족스러운 기분이 좀 흐트러졌다. 이초 뒤에 그 사람이 움직였다. 그는 좀더 멀리, 옆의 나무 아래에 있었고, 중앙분리대를 따라 늘어선 미터기 앞에 세워진 차들 때문에 가슴 높이까지 가려져서 알아볼 때까지 시간이 더 걸렸다. 그는 내게 불러일으킨 의심을 잠재우며 물러가려는 듯했다. 아니, 내가 자신을 보고 있다는 사실조차 몰랐을 것이다. 그때 그가 다시 돌아보았지만 여전히 가로등 아래서 주춤주춤 어설프게 멀어지고 있었다. 이어 나는 재빨리 필을 끌고 갔는데, 내 팔과 손을 그의 어깨에 누르듯 두르자 그가 비틀거리며 나를 보면서 안겨왔다. 하지만 내 눈에 띈 사람이 누구인지는 의심의 여지가 없었다.

깨달음과 함께 충격이 왔지만, 벌어지고 있던 일을 깨달았다는 사실에 쾌감을 느끼며 씁쓸하게 살짝 고개를 끄떡였다. '맞아!'라고 생각하고 재빨리 모퉁이를 돌며 돌아보았지만 이제 거리에는 다른 사람들도 꽤 있었고, 먼 곳은 온통 그림자의 무늬로 보였다. 그래서 이내 대충 잊어버렸다. 나는 필처럼 다정한 애인과 내가 과거에 잘 다니던 곳에 다시 간다는 사실에 솔직하지만 다소 한심하게도 너무 들떠 있었다.

가게들이 문을 닫은 지 삼십분 정도 지난 시간이어서 소호의 좁은 십자로는 사람들로 흥청거렸다. 가게 문을 닫는 사람들도 있었고 선술집에서 비틀거리며 나오는 사람들, 술에 취해 어색한 몸짓으로 한 유흥 장소에서 다른 유흥 장소로 이동하는 사람들도 있었다. 돈을 퍼부으면 그들을 새벽까지 있게 해줄 곳으로 말이다. 샤프트 앞에는 사람들이 조금 모여 있었는데, 흥분한 채 시끌벅적한 사내들과 누군가를 기다리며 거기 도착하는 다른 사람들을 도전적으로 응시하는 사내들도 있었다. 쿵쿵대는 음악소리가 간신히 막고 있는 힘센 짐승처럼 지하에서 새어나오며 문으로 들어서는 우리를 에워쌌다. 계단을 내려가는 동안 음악소리는 정말로 시끄러워졌고, 지반을 웅웅 울리는 베이스 소리와 더불어 날카로운 전자음악의 소음이 전율을 일으키며 귀를 얼얼하게 만들고 있었다. 이 지점부터는 말하기가 고함 지르기가 되거나 아니면 귀 가까이에 혀와 입술을 은근하게 밀어넣는 동작이 될 것이었다. 친밀한 몸짓을 하면서 목이 쉬게 되는 것이다. 그 장소의 표현 수단은 흑인 음악이었고, 이중관절처럼 느슨한 레게음악도 채찍질하듯 플로어를 덮쳤다.

계단 아래에서는 데니스가 핑크빛 전구가 달린 작은 방에 앉아서 입장료를 받았다. "어이, 윌리, 죽은 줄 알았어."

"오늘밤만 부활했어."

그가 미소를 지었다. "아니, 코가 왜 그 모양이야?"

나는 손가락으로 깨진 내 콧등을 만졌다. "어, 어떤 애들 땜에 좀 말썽이 있었어—좀 거칠었다고 할 수 있지."

"저런, 조심해야지—정말 예쁜 얼굴이니까." 그는 긴 속눈썹을 파닥이며 말했지만 얼굴은 아주 정색하고 있었다. "그리고 손님도 즐거운 저녁 보내시길 바라요." 그가 필을 향해 말했고, 필은 불안한 표정으로 고맙다고 했다. 이어 무표정한 호러스가 손을 흔들어 우리를 통과시켜주었고, 우리는 음악소리가 쿵쿵 울리는 어두운 실내로 들어섰다. 반팔 하와이언셔츠 속에서 느릿느릿 움직이는 무게 120킬로그램의 웅장한 호러스의 몸이 문 양쪽에 있는 전신거울에 비쳐 이국의 사원을 둘러싼 석상들처럼 무한정 복제되었다.

그 거울들과 핑크빛 전구는 나한테는 그저 샤프트인 이 장소가 낮과 밤 사이사이에 오는 다른 사람들에게는 다른 것을 의미한다는 사실을 상기시켜주었다. 사실 이 클럽은 꽤 오래된 곳으로 60년대에는 다른 이름을 가진 꽤 현대적인 클럽이었으며, 그전에는 피아니스트와 술주정꾼이 모이는 지저분한 보헤미안 클럽이었다. 기본적으로 아치형 벽돌 벽으로 이루어진 지하실인 이곳의 실내장식 역시 절충적이었으니, 바는 짚으로 엮은 지붕 아래 매달려 있었고, 열대어가 꼬물대는 엄청나게 큰 어항이 앉는 곳과 춤추는 곳을 나누고 있었다. 처음 이곳에 왔을 때는 그런 면들이 흉측하고 어이없게 여겨졌고, 밤의 유흥의 세계는 예전이나 지금이나 나이 든 올빼미 같은 소호의 마피아—그런 실내장식이 진짜로 멋있다고 생각하는—가 움직이는 모양이라는 느낌이 들어 불길했다. 하지만 곧 그런 것은 그곳이 제공하는 경험의 애교스러운 장식물로 여겨졌고, 나는 천만금을 준다 해도 그것을 바꾸지 않겠다는 기분이 되었다.

낮에 후덥지근했던 날씨는 거리에서는 누그러지기 시작했었지만 사람으로 가득 찬 클럽 안에서는 배로 더해졌다. 어떤 사람들은 아주 순진하게도 반바지 차림으로 왔고, 춤추는 곳에서는 흑인 애들 세명이 이미 벗어젖힌 러닝셔츠가 웨이터의 타월처럼 청바지의 벨트 고리에서 흔들거렸다. 나는 거품이 많고 톡 쏘는 맛이 강한 라거를 주문하려고 필을 밀며 바로 다가갔다. 그 맥주는 맛이 좋진 않아도 그곳에서 경제적인 연료였다. 함께 카운터에 기댄 채 필은 울퉁불퉁한 팔로 팔짱을 꼈고, 나는 그의 턱에서 귀까지 덮치듯 혀로 핥았다. 필은 내게 미소를 지으며 돌아섬으로써 초점을 맞추기에는 너무 가까이 있던 내게 더할 수 없이 다정한 신뢰를 표했다.

우리는 잠시 동안 작은 선반 옆에 앉아 재빨리 술을 마시고 음악에 맞춰 발을 놀리며 별말 없이 있었다. 하지만 그러는 동안에도 나는 필에게 사람들을 가리켜 보였는데, 그는 다른 남자들에 대해 간통할 것처럼 찬사를 늘어놓아도 괜찮다는 것을 모르는 듯 무미건조하게 보면서 그저 고개만 끄덕였다. 그렇긴 해도 서배스천 스미스가 지나갈 때 작은 무리가 그에게 손을 내밀고 갈채를 보내고 축하해주는 동안에는 필도 황홀한 표정이 되었다. 새들러스 웰스 극장에서 지친 상태로 방금 도착한 서배스천 스미스는 숭모와 환호에 여전히 기분이 고양된 채 에스빠냐의 달콤한 성모승천대축일처럼 재주를 부리며 자기 뒤를 따라다니는 검은 뿌또[2]들과 함께 의기양양한 핑크빛 구름 위에 떠 있었다. 아직 레오타드를 입은 채였고(이제는 반짝이는 작은 가죽 펌프스를 신긴 했지만), 삼각형의 벌거벗은 검은 상반신이 반짝이가 뿌려진, 발레리나를 들어올릴 만큼 강한 어깨를 향해 솟아 있었다. 모든 사람이 그가 춤추기를 원했고 그는 그 소망을 받아들여 플로어 끝으로 나왔다. 체조대 위에 선 듯 한 발을 다른 발 앞에 놓고, 길고 팽팽한 허벅지를 맞대면서 모든 노력을 본능적으로 그의 몸을 안정시키는 데 쏟았다. 머리 위에 물잔을 나르거나 높이 들어 출렁이는 바구니의 내용물이 함부로 쏠리지 않게 하는 것이 그의 일인 것처럼. 하지만 그는 하

2 putto, 르네상스 시기의 장식적인 조각으로 큐피드 같은 발가벗은 어린이의 상.

지 않기로 결정한 듯 재빨리 어두운 구석으로 물러났고, 나는 지나친 칭찬에 호응하지 못한 데 살짝 마음이 아팠다.

필은 흐뭇하게 저속한 호기심을 드러내는 표정을 짓고 있었고, 그걸 보며 나는 가끔 그렇듯 그도 다른 사람들과 마찬가지로 느닷없이 욕정을 느낄 때가 있다는 것을 떠올렸다. 속으로 그러면 안 돼, 하고 생각하면서 나는 '우리 춤추자'라는 몸짓을 했다. 필이 조심스럽게 술잔을 비웠고, 우리는 동성애자 무리 속을 더듬거리며 통과했다. 내가 돌아서서 춤추는 무리들 가장자리에 우리가 춤출 공간을 약간 만들 수 있었다. 우리는 워낙 취해서 이미 몸을 흔들고 있었고 필도 (몸을 흔들며 겸연쩍어하는 것 같긴 했지만) 어떤 분위기에 젖어드는 듯 나를 거의 보지 않고 땅딸막한 몸을 좌우로 조금씩 흔들었는데, 어디선가 요즘 유행하는 스타일을 배운 것 같았다. 나는 멋대로 마구 쿵쿵 뛰었다. 나는 그를 시선 속에 붙잡아 두었고 그의 수줍고 어두운 시선도 내 시선에 부딪힐 때 쾌감으로 미소를 지었지만, 어떤 의미에서 우리는 서로와 아무 상관도 없었다. 이어 나는 그를 한두번 빙그르르 돌리고 그 잘생긴 얼굴을 붙잡아 코를 부딪치며 거칠게 입맞춤했다.

디제이가 속사포처럼 쏟아내는 말 속에 흐르던 매끈하고 격렬한 리듬이 다음 곡의 리듬 속으로 계속해서 사라지는 동안 우리는 한 시간 정도 쉬지 않고 춤을 췄다. 그건 일종의 운동이어서 탈진은 조금 더 애를 쓰라는 박차일 뿐이었고, 마약 같은 기운이 핏줄을 타고 온몸을 흐르며 순환을 계속했다. 플로어에서는 성적인 것이기보다 운동할 때와 비슷한 경쟁이 벌어졌고, 나는 도전받은 느낌으로 타인들의 자력에 이끌려 점점 더 빠른 움직임 속으로 빨려들었다. 우리는 말도 없었지만 서로를 보지도 않는 척했다. 사실 어떤 녀석들은 춤을 잘 췄다. 때로는 그중 한두명 주위로 갑자기 원이 그려지고 다들 그들을—제자리 손짚고 뒤돌기나 잭나이프 점프나 그밖의 굉장한 동작들을—보려고 서로의 어깨에 매달렸다. 한 사람씩 이어 나서서 대단한 동작을 선보인 다음 무리 속으로 사라졌고, 그런 다음엔 원이 사라지고 다시 무리가 플로어를 차지했다.

마침내 필이 춤추기를 그치고 술을 마시고 싶다는 손짓을 했다. 나는 그의 귀에 대고 가쁜 목소리로 "라거"라고 속삭였다. 우리 둘다 목이 탔다. 몸은 물론 완전히 젖어 있었다. 그가 술을 사러 가기 전에 내가 그의 머리를 마구 흩뜨리자 까칠까칠한 뒷목이 장식이라도 한 듯 번뜩였다. 나는 플로어 밖으로 껑충 뛰다 스탠과 부딪혔다.

스탠은 덩치가 엄청나게 큰 가이아나 출신의 보디빌더였는데, 근육질일 뿐 아니라 키가 2미터나 되는 장신이었다. "네 짝꿍 엉덩이 예쁘던데." 그가 말했다. "내가 보고 있었어."

"천국이지, 안 그래?"

"맞아. 어디서 그런 앨 찾았어?"

"코리에서 만나서 보살피고 있지."

그는 스포트라이트가 반쯤 비치는 어두운 곳 어디에 필이 있는지 보려고 목을 뺐다. "그럼 지금도 거기 가나?"

"매일 가. 다시 그리로 와. 다들 보고 싶어하는데."

스탠은 다정한 미소를 짓고 말했다. "그야 그럴 테지." 그는 다른 부분과 마찬가지로 입도 어마어마하게 커서 웃으면 머리 전체가 식기통처럼 열리는 것 같았다. 나하고는 옥스퍼드 학생 시절의 첫 방학 때 코리에서 만나 토트넘 코트 로드의 옆골목에서 좀 더듬었지만 만족스럽지는 않았다. 그의 바위 같은 모습과 아름다운, 숨 막힐 듯 부드러운 입술의 대조가 무척 인상적이었던 기억이 난다. 하지만 그는 다음 학기에 챔피언십 훈련에 더 적절한 런던 북부의 체육관으로 옮겼다. 그래도 나는 때때로 클럽과 바에서 그를 마주치곤 했다. 우리는 공통점이 별로 없었지만 왠지 그는 나를 매력적이라고 여기는 듯했고, 그래서 그 초인간적인 육체에도 불구하고 약간 경외감을 갖고 나를 대했다. 나는 그의 목 옆에 손을 대보았다. 그의 목은 머리보다 굵었는데, 어깨의 단단한 근육이 곡선을 이루며 받쳐주고 있었다.

 "엄청 커 보이네, 스탠." 내가 놀리듯 그를 바라보며 웃는 얼굴로 말했다. 그는 옷을 잘 입기가 어려운 체격이어서 밤에는 종종 지금처럼 땀에 전 후줄근한 러닝셔츠를 걸쳤고, 엉덩이 아래쪽이 닳고 성기가 튀어나온 곳을 따라 색이 바랜 낡은 청바지는 지나치게 넓은 가죽 벨트가(그는 그게 꽤 쓸모가 있다고 자랑했다) 지탱해주고 있었다. 전에 그가 열다섯살 때 찍은 사진을 보여준 적이 있었는데, 키가 크고 불안해 보이는 얼굴에 보통 체격이었다. 내 짐작에 그는 동성애자라는 사실이 주는 일종의 위기감 때문에 체육관에 나가게 됐고, 거기서 연인들과 새로운 육체를 동시에 갖게 된 게 아닐까 싶었다. 그가 가진 일종의 도전적인 태도 때문에 이제 그는 거의 무의식적인 노출증 환자처럼 보였다. 샤프트의 화장실에서는 상당히 많은 섹스가 이루어졌는데, 나는 어느날 저녁 소변을 보러 갔다가 스탠이 문 바로 안쪽에서 어떤 남자와 섹스하는 모습을 보게 되었다. 한쪽 다리를 세면대 위에 올리고 하는 중이었는데, 그가 상대방의 뒤에 거칠게 덤벼들자 세면대의 지지대가 벽에서 떨어져나왔고, 그의 거인 같은 손아귀에 잡힌 더 젊고 더 연약해 보이는 파트너는 입김이 서린 거울 속에 비친 자신의 모습을 배경으로 몸을 오르락내리락했다. 그러는 동안 숭배자들이 점점 불어나 플로어 밖에서 자위를 하며 격려의 신음소리를 내고 있었다.

필은 여러차례 여기저기 부딪혀 넘친 맥주잔을 두개 가지고 돌아왔다. 워낙 목이 말랐던 터라 맥주를 마시자 알코올이 내 마른 혀를 통해 뇌로 직행하는 느낌이었다. "또 봐, 스위트하트." 더 있어봤자 얻을 것이 없다는 걸 깨닫고 스탠이 말했다. 나는 낯선 사람이나 다름없는 그가 항상 그렇게 다정한 호칭으로 나를 불러준다는 사실에 한동안 깊은 감명을 받았다.

필은 그가 멀어져가는 모습을 바라보았다. "어떤 놈이 바에서 내 성기를 쥐더라고." 그가 말했는데, 쾌감과 불쾌감을 결합시키려 했지만 사실을 진술하는 중립적인 느낌을 주었다. 나는 술을 마신 뒤 그에게 입맞춤하면서 그의 입안에 차가운 맥주를 뿜었는데, 그가 깜짝 놀라는 바람에 대부분이 턱을 따라 흘러버렸다. 그를 안으니 등에 파인 골을 따라 딱 달라붙은 셔츠에서 땀이 배어나왔다. 그래서 그의 술잔을 받아들고 그를 도와 젖은 옷을 벗게 해주었다. 분위기는 점점 더 흐느적거렸다. 모두들 웃통을 벗었고, 사람들은 서로를 애무하며 손가락으로 땀을 씻어주었다.

나는 필의 손을 잡아 끌었다. 클럽에는 플로어에서 좀 떨어진 구석들, 막다른 저장고, 지하실 같은 곳들이 있고 그런 곳에는 침침한 불빛에 약간의 눅눅함이, 날씨나 춤추는 사람들이 만드는 열대적인 눅눅함과는 전혀 다른 석회 냄새 섞인 눅눅함이 있다. 우리는 존과 지미, 수년 동안 함께하고 있는 다정한 흑백 한쌍을 마주쳤다. 존은 꼭 껴안고 싶은 금발이고 지미는 냉소를 담은 근사한 눈을 가졌으며 눈물이 날 만큼 잘생겼다. 우리는 선 채로 큰 소리로 농담을 주고받았는데, 지미는 평소처럼 애인을 뒤에서 껴안고 있었다.

그들은 그렇게 다정한 부부처럼, 그러면서도 킬킬대며 파티를 즐기는 한쌍으로 여러시간 동안 오락가락할 것이다. 그들은 모든 사람을 실없이 킬킬거리게 만들 준비가 된, 막 울리기 시작하는 콩가드럼 같은 존재일 수도 있지만 서로에 대한 애정은 타인의 접근을 허락하지 않았다. 나는 그 두 사람이 나는 갖지 못한 어떤 것을 소유하고 있다는 사실을 알고 있었다. 그들은 필이 수줍음을 타면서도 싫다고 하지는 않을 것을 알고 우우 하며 조금 그를 어루만졌는데, 지미는 마치 싸움에 이긴 선수의 이두박근과 삼두박근을 올려주는 것처럼 그의 손을 들어준 다음 한바탕 호들갑스러운 웃음과 허튼소리를 쏟아놓고는 제 갈 길을 갔다.

우리는 어항 뒤쪽으로 갔는데, 그곳에는 편안한 벤치가 벽을 따라 아주 낮게 놓여 있었고 무릎 높이의 탁자에 맥주잔이 여럿 놓여 있었다. 우리가 편안히 앉은 곳에서는 어항이라는 신뢰할 수 없는 창을 통해 플로어가 보였고, 어항 한쪽에서는 물방울이 보글보글 올라가고 신경증에 걸린 듯한 자그마한 붕어가 두꺼운 유리를 흔드는 음악에 맞춰 어항의 한쪽 끝에서 다른 쪽 끝을 획획 오갔다. 우리 눈높이에 있는 어항 바닥은 미니어처 풍경화처럼 배치되어 있었다. 분홍빛이 도는 갈색 모래에서 그림 같은 돌들이 비죽비죽 고개를 내밀고 있었고 프랑스의 시골 기차역처럼 생긴 자그마한 분홍색 집이 있었는데, 아까 그 붕어는 그 집의 열린 문과 창문 속으로는 절대 들어가지 않았다. 고개를 들면 은근한 불빛으로 반짝이는 수면이 보였고 물은 술처럼 부자연스럽게 진해 보였다. 마술에 걸린 듯 느릿한 그 매개체를 통해 빙글빙글 돌고 흔들고 제멋대로 팡팡 튀어오르며 춤추는 사람들이 보였다.

"괜찮아, 달링?"

필은 고개를 끄덕였다. "끔찍하게 덥네." 그가 자신의 가슴과 배를 감탄하듯 보며 손으로 쓸어내리면서 말했다. 그것은 내가 필에게 할 말이 별로 없는 그런 순간들 중 하나였다. 우리는 끈적끈적한 몸으로 함께 축 늘어진 채 후루룩 맥주를 들이켰다. 맥주를 얼마나 차게 보관했던지 유리잔이 식은땀으로 미끄러웠다. 필이 내 조끼의 갈라진 틈으로 슬쩍 손을 넣어 나는 깜짝 놀라 흠칫했다. 샤워 중에 장난치며 찬물을 확 끼얹을 때나 겨울에 야외에서 옷 속의 살을 만질 때 같은 느낌이었다.

조금 떨어진 데 앉은 한쌍이 우리를 바라보며 머리를 모으고 점수를 매기는 듯한 미소로 고개를 끄덕이며 이야기하는 모습이 눈에 띄었다. 우리 눈에 띄기를 바라는 기색이었다. 가만 보니 그중 하나가 몇달 전 우리 집에 데려간 적이 있는 아치라는 애여서 나는 눈썹을 치켜세웠다. 그는 한쪽 눈이 좀 졸려 보이는 탓에, 아직 열여섯이나 열일곱쯤 되는 미성년이고 그래서 더 동성애자처럼 보이는 애송이였음에도 불구하고 음탕하고 경험 많은 녀석이라는 느낌을 주었다. 나와 관계를 가졌던 때에 비하면 그사이에 겉모습이 더 노는 애처럼 변했다. 머리는 젤을 듬뿍 발라 미끈했고, 검은 입술은 라일락색 립스틱을 발라 동성애자다운 윤기를 더했다. 함께 있던 녀석에게 뭐라고 말하더니 자리에서 일어나 우리 쪽으로 다가와 자신 있게 내 옆자리에 앉았다.

"안녕, 친구!"

"안녕, 아치." 우리는 한때 연인이었던 사람들 사이의 묘한, 지금은 사라진 친밀감을 느끼며 잠시 서로를 바라보았다. "이쪽은 필이야."

"음. 난 로저랑 있어. 체육관에서 본 적 있다고 하던데. 내가 우리 얘기를 하니까 꽤 질투하더라고." 로저를 보니 다른 쪽에 있는 남자들에게 관심이 있는 척하고 있었다. 그는 내가 어렴풋이 의식하고 있던 사람으로, 평일에는 양복을 입고 침울한 중년 사내로 코리에 나타났지만 토요일과 일요일에는 군화에 청바지, 오토바이족 같은 재킷을 입은 좀 안 어울려 보이는 모습으로 나타났다.

"나도 저 사람한테 질투 안 나나 모르겠네." 내가 예의 바르게 농담조로 말했다. "자주 만나?"

"응, 지난 두어달 동안 그의 집에서 지냈어. 풀럼에 있는데, 꽤 멋져. 비디오랑 뭐 그런 것도 있고."

"그렇구나."

"그래, 정말 다정한 사람이야."

"내 보기엔 아주 엉큼한데. 하지만 내가 상관할 일은 아니겠지." 그 말에 상처를 받았는지는 모르지만 그래도 그 말 때문에 그는 내게 꽤 감탄하는 눈치였다.

"그래. 하지만 누가 돌봐주는 건 좋아. 무슨 말인지 알지?" 그는 내 다리 사이로 손을 넣었고, 나는 내 옆의 필이 긴장하는 것을 느꼈다. 나는 아무 말도 안 했지만 일종의 절박한 눈초리로 아치를 보았다. 그의 손이 주는 압력으로 내 성기가 재빨리 커지고 있었다.

"오늘은 안 돼." 내가 필의 허벅지에 손을 얹으며 슬쩍 몸을 뺐다.

"아무래도 그렇겠지." 그가 특유의 노련한 태도로 말하고 로저는 뭘 하고 있나 보는 듯 주변을 둘러보았다. 로저는 담배를 피우며 천장을 올려다보고 있었는데, 긴장했지만 태평한 척 가장하는 모범 사례라 할 만했다. "자기랑 같이 있는 애는 친구를 찾고 있나보지?" 아치가 1930년대나 되는 것처럼 물었다.

"필 말이야? 아니, 아니. 친구는 있지." 아치는 나를 보았는데, 그 말뜻을 생각하며 내가 뭔가 더 말해주기를 기대하고 있었다.

"자기답지 않네." 그가 말했다. "흑인 애들하고만 데이트하는 줄 알았는데. 미안, 자기." 그가 필을 향해 쓸데없이 자신의 실수를 해명하며 말했다. "베이지색을 찾아 여기 왔다고 짐작했거든. 백인 애들이 오는 이유는 대개 그거니까."

"괜찮아." 필이 퉁명스럽게 말했다.

"데스 얘기 들었어?" 아치가 충격적인 소식을 전하는 투로 물었다. 나는 잠시 무슨 소린가 했다. 코리에 데즈먼드가 있긴 했지만 이 아이가 말하는 사람이라면 '꼬마' 데스, 춤추는 데스가 틀림없었다. 그건 나이트클럽의 플로어에서 건져낸 그렇고 그런 감상적인 이야기 중 하나였다.

"꼬마 데스 말하는 거야?"

"어, 그래. 자기 그애랑 왓퍼드에서 온 애랑 스리섬 했었잖아."

"내 섹스 습관에 대해 엄청 많이 아나봐."

"어, 실은 걔가 말해줬어. 어쨌든 걔가 정말 심각한 상황에 걸려들었어. 택시기사 하나가 그애를 묶어놓고 채찍으로 때린 거야. 아무튼 어느날 밤 완전히 걷잡을 수 없는 상태가 돼가지고 그 망할 년이 꼬마 데스를 어느 차고에 묶어놓고 가버렸어, 제기랄. 그래서 온몸에 화상을 입고 난리가 났지. 사흘 동안이나 갇혔다가 어떤 노인이 발견했대. 지금은 병원에 있는데, 상태가 별로 안 좋은 것 같아."

아치는 그 끔찍한 소식을 신이 나서 전했지만, 침을 꼴깍 삼키는 모습을 보니 그 이야기를 다시 하면서 그것을 처음 듣는 나 못지않게 충격을 받는 듯했다. 그가 이야기하는 동안 조명이 자외선으로 바뀌어서 춤추는 사람들의 이와 그들이 내내 입고 있던 흰옷이 모두 형광색으로 빛났다. 어항을 통해 보니 그 옷들의 푸르스름한 점과 부분들이 붕어의 창백한 인광과 섞여 물속에서 헤엄치고 돌진하는 것처럼 보였다.

이삼초 정도 구역질이 날 것 같은 기분이었다. 꼬마 데스의 무방비 상태. 그를 학대한 변태. 어항의 유리 너머로 얼굴 하나가 지나가다가 고개를 돌려 우리 쪽을 보고 빛을 반사하며 하품을 했다.

내가 벌떡 일어서는 바람에 양쪽에서 내게 기대고 있던 아치와 필이 함께 구르다시피 했다. "오줌 누러 가야겠어." 내가 말했다. 하지만 사실 그들은 내 안중에 없었다. 심장이 마구 뛰면서 흥분된 안도감이 몸을 타고 치솟았는데, 스스로 조절이 안 되는 나 자신에게 화도 나고—왠지 모르지만—겁도 났다. 나는 거듭거듭 낮은 목소리로, 아니, 아마 소리도 내지 않고 내 맥박의 외침을 말했다. "살아 있어, 살아 있다고."

플로어 먼 끝에서 그를 따라잡은 나는 그가 날 알아보기도 전에 팔을 두르며 덤벼들었다. 우리는 벽에 부딪혔고, 그가 나를 보려고 잠시 내게서 벗어났다. "월." 그가 말하고 살짝 미소를 지었다. 나는 그에게 입맞춤을 하고 통로를 따라 그를 안다시피 해서 반회전문을 통과했다. 두어명의 사내가 세면대 가장자리에서 마리화나를 말다가 불안한 표정으로 고개를 들었다. 화장실 하나가 비어서 나는 그를 앞세우고 들어가 문을 잠근 뒤 문에 기대며 주저앉았다. 거의 내가 무슨 짓을 하고 있는지조차 알지 못했다. 그의 바지—전처럼 코듀로이 바지였다—맨 위 단추를 비틀어 끄르고 지퍼를 확 내린 뒤 무릎께까지 바지를 끌어내렸다. 조그만 파란색 속바지 안에 들어 있는 그의 성기를 다시 보자 나는 사랑의 감정 때문에 거의 토할 것 같았다. 부드럽고 팽팽한 면 안에 든 그것을 애무하고 그 위에 입맞춤했다. 이어 속바지를 내리고 그의 성기를 손에 쥐고 애무했다. 나는 그것, 그 통통하고 짧고 정맥이 비치는 그 단단한 것을 아주 잘 알고 있었다. 내 혀 위에 그것을 올려놓고 무게를 달았고, 내 입으로 그것을 받아들여 목구멍을 향해 밀고 들어오는 그 뭉툭한 끝이 입천장에 닿는 걸 음미했다. 이어 그것을 놓아주고 그의 뒤에 쭈그려 볼기를 벌린 뒤 내 얼굴을 그 사이에 바짝 대고 검고 매끄럽고 털 한올 없는 구멍을 핥았고, 그의 항문에 침을 칠하고 먼저 손가락 하나를, 이어 둘을, 다시 셋을 미끄러지듯 집어넣었다. 그의 몸과 억눌린 숨결이 길게 떨렸다. 그의 턱에서 눈물이 떨어져 당겨진 속바지와 바지를 거쳐 뚝뚝 떨어졌다. 그가 코를 훌쩍이고 침을 꼴깍 삼켰다.

　나는 서서히 정신이 들었고, 젖은 손가락을 그의 엉덩이에서 빼낸 뒤 그의 뒤에 서서 부드럽게 그를 당겼다. "베이비…… 아서…… 내…… 사랑스러운……" 나는 그의 목덜미에 입을 맞추고 나를 향해 반쯤 돌려세운 뒤 움푹 팬 그의 흉터의 창백하고 가는 선, 타는 듯한 얼굴 위를 흐르는 차가운 눈물에 입을 맞췄다.

　그가 손을 내려 다시 옷을 잡아당겨 입었다. 나는 어색하게 그를 도왔다. 그는 아무 말 없이 코만 훌쩍거렸다. 나는 무력하고 불행한 느낌이었다. 우리는 고약한 냄새가 나는 비좁은 화장실에서 어색한 자세로 서로에게 기대고 있었고, 나는 그의 등을 위아래로 위로하듯 쓸어주었다.

　"월…… 나 가야 해. 형이 여기 있어. 기다리는 중이야. 형이랑 가야 해." 그는 한없이 슬픈 눈으로 나를 보았다. "형을 도와서 뭘 해야 해. 가야 해."

　그가 화장실을 나갔고, 나는 남겨진 채 멍하니 서 있었다. 다른 사람이 기웃거리며 말했다. "다 끝났나?" 나는 그를 지나치며 넘어질 뻔했고, 고통스러운 혼란과 자기혐오감 속에서 느릿느릿 걸어나와 클럽의 휘황찬란한 어둠 속으로 들어갔다. 그곳을 바라보면서도 내 자신의 세계에 침잠한 채 서 있었다.

몇분쯤 그러고 있었던 것 같다. 감정의 홍수 속에서 다시 객관성이 머리를 쳐들었다. 바깥 거리는 놀랄 만큼 쌀쌀했고, 나는 이쪽저쪽으로 조금씩 뛰어가보았다. 아서의 모습은 보이지 않았다. 텅 빈 주변을 어슬렁거리고 멈칫대고 고개를 빼고 기웃거렸다. 2시가 다 되어 있었다. 택시 한대가 노란 불을 환하게 켠 채 천천히 지나갔고 바로 이어 선팅 유리에 거대한 주문 제작 타이어 위로 바퀴의 아치가 화려하게 튀어나온 노란색 코티나가 다가왔다. 그 차는 클럽 입구에서 멈출 듯이 다가왔는데, 덩치 큰 흑인 사내가 입구의 핑크빛 조명 속에서 걸어나와 상당히 빠른 걸음으로 나를 스쳤고 그를 향해 차의 뒷문이 활짝 열리며 안에서 누군가의 목소리가 말했다. "어서 타, 해럴드." 그런 뒤 문이 쾅 닫히고 차는 부르릉 속도를 높여 나를 지나 멀어져갔다. 교차로에서 멈췄다가 우회전해서 사라지는 동안 차의 미등이 여러번 깜박거리는 게 보였다.

아마 내가 필의 뒤에 웅크려 그의 가슴에 손을 얹고 잠들 수 있었던 건 술 덕분이었을 것이다. 나는 서늘한 느낌에 잠에서 깼고, 필을 깨우지 않고 시트를 당겨 덮은 뒤 아까처럼 몸이 따스해지는 자세로 웅크렸다. 하지만 이제 잠들 수 없었다. 자꾸 아서와의 일이 머릿속에서 떠오르면서 평온하게 자고 있는 필의 느린 맥박과는 대조적으로 그의 등에 대고 있는 내 심장은 공포에 사로잡혀 빠르게 쿵쾅거렸다.

나는 6시경에 일어나서 아서가 입기 좋아하던 가운, 내가 학교 때 입던 것이라 낡고 얼룩진데다 허리띠도 없어진, 발끝까지 내려오는 밤색 가운을 입고 우울한 기분으로 서성댔다. 해어져 올이 다 드러난 채 추억을 고스란히 지닌 그 가운은 아서의 어린 어깨에 너무나 애처롭게 걸쳐져 있었고, 때로는 가운이 벌어져 벌린 허벅지가 드러나기도 했다. 나는 차를 우리며 그를 흉내내고 있다는 느낌이 들었다. 그건 아서가 항상 하던 것, 그가 할 수 있었던 유일한 살림이었다. 그는 그게 자기 본능이라도 되는 듯 말하지 않아도 아무 불평 없이 차를 우렸다…… 나는 머그잔에 차를 따라 들고 거실로 가서 소파에 누워 눈을 뜬 채 생각에 잠겼다. 읽고 있던 찰스의 일기가 바닥에 펼쳐져 있었고 나는 그것을 집어들고 다시 집중했다.

1926년 5월 26일: 탈로디에서 고소 사건들을 다뤘다. 물동이 두개를 놓고 다툼이 일어났다.(양쪽 다 터무니없는 소리를 하는 것 같아서 안타깝게도 미심쩍은 판결을 내릴 수밖에 없었다.) 그리고 발이 패혈증에 걸린 소녀의 건도 있었다. 이번에는 의료적인 문제들이 더 많았는데, 다리에 정체불명의 총상을 입은 사례가 몇이나 있었다. 하지만 누바족은 자신들의 전통인 화기火器를 포기하지 않을 테고, 그걸 막을 수 있는 방법은 별로 없어 보였다. 그들이 당한 일들을 생각해보면 자위 수단을 가질 자격이 있었다. 오늘은 팜의 책에서 읽은 내용이 계속 머릿속을 맴돌았다. 노예제와 신체 절단, 거세의 끔찍한 이야기들. 샌드백으로 소년들을 짓누르고 불알을 베어냈다 다시─녹인 버터를 썼던 것 같은데─붙였다는 등. 아마 많은 경우가 죽음으로 끝났을 것이다. 그런데 이 모든 것이 거의 다 내 시대에 일어난 일이라니! 마을 일을 돌보고 질서를 바로잡으며 상을 주고 벌을 주며 법에 따라 처리하는 동안에도 그 일들의 끔찍함 때문에 숨이 막히는 듯했다. 적어도 우리의 정의가 정의처럼 느껴지기는 한다. 그렇더라도 요즘의 나는 채찍을 내리치려다 멈추고 대신 동지로서 손을 뻗을 준비가 다 되어 있다. 너무 친구처럼 대하지 마세요―그게 딱한 전임자 프라이어의 끊임없는 경고였다. 그 경고에는 상당한 진실이 담겨 있었다. 사랑만 받으려다가 부조리하다고 놀림받는 교사가 되지 말라는 것.

해가 질 무렵 나는 유명한 돌을 보러 작은 경찰 연병장에 갔다. 하르툼에서 종종 얘기했던, 적어도 우리에겐 유명한 돌이다. 다른 유명한 것들처럼 그것도 별로 대단하진 않았다. 두개의 불그스레한 낮은 돌기둥으로 광이 났는데, 짐작건대 사람들이 자주 만진 탓에 대리석 같은 빛을 발하고 있었다. 들은 바로는 여기 오랫동안 파견되어 있던 이집트 장교가 이곳의 강한 햇살과 고립된 생활 때문에 미쳐버려서 동료 하나를 죽인 다음 자신에게 총을 겨눴다고 한다. 그건 분명히 경고의 이야기였지만 사실 내게는 흥미로운 이야기였다. 그 이야기가 피하라는 뜻으로 말해준 고립과 공허감을 즐기는 편인 나로서는 꼭 와보고 싶었다. 또 나는 그 이야기가 사실이라고 믿지도 않았다. 젊은 남자가 자기 동료를 죽였다면, 열기와 고독이 가세했을 수는 있지만 더 깊고 더 기이하고 더 강렬한 이유가 있어야 했다. 내가 보기에 그 이야기는 낭만적인 것이었다. 영국에서는 언급하는 사람도 짐작하는 사람도 없지만 여기서는 놀랄 만큼 풍성하게 꽃피는 강렬한 무함마드적 애정과 우정의 이야기. 그런 이야기는 도처에, 도시에, 부족민들 사이에, 그리고 물론 내 몇 안 되는 수행원들 간에도 존재했다…… 유럽적인 정신의 범위를 훌쩍 넘어선 어떤 원칙에 따라 작동하는 시적이고 기사도적인 우정(amitiés). 내가 유럽적인 정신의 소유자여서 그렇게 격렬한 작은 멜로드라마를 고집하는 것일 수도 있다. 하지만 나는 열정과 지긋지긋한 불만, 대낮에 불타오르는 폭력, 이 외딴 바위 언덕, 무언의 균형과 관계의 규범을 위협하며 사막 가운데서 치솟는 손가락들과 주먹들을 본다…… 어쨌든 진상은 전혀 알 수 없을 거다. 그들을 기억하는 기념비가 섰고, 그것은 그들의 동료 장교들이 이 사건의 더 깊고 더 시적인 어떤 면에 반응했다는 뜻이다. 나는 그 신비 때문에 그 돌이 좋았고, 손으로 어루만지며 그것들이 영원히 자신의 비밀을 지키며 위엄을 유지하기를 기원했다. 그늘이라곤 없는 연병장의 뙤약볕 아래 하루 종일 서 있어서 그것들은 당연히 너무도 뜨거웠다.

  1926년 5월 29일: 우정…… 이곳에서 행복한 생활을 하면서 나는 한번도 친구가 아쉽다는 생각을 해본 적이 없다. 고향에서 한달에 한번 긴 편지가 왔지만, 그건 접혀서 누레지고 낡은 상태로 발행 육주 만에 도착하는 『더 타임스』처럼 있을 것 같지 않은 내용으로 빼곡한 허구의 세계에서 온 보고서 같다. 지난밤 저녁식사 전에 핑크진을 한잔하면서 하산이 부엌에서 기침을 하며 여기저기 부딪히는 소리를 들으며 나는 불현듯 내가 이곳의 이방인이라는 사실을 깨달았다. 대륙 하나만큼이나 광활한 일종의 광장공포증. 딱 이삼초 동안 내가 항상 느끼고 있던 빛나는 황홀감, 어제 그 순간의 석양빛처럼 비현실적이고 낭만적인 황홀감이라는 보호막이 제거된 나 자신의 모습을 객관적으로 보았다. 하산이나 새 하인 타하에게 내가 얼마나 특이하게 보일지 알 수 있었다.

  타하는 벌써 방을 나갔고 이어 그가 마당을 가로지르며 부르는 낮은 노랫소리와 하산과 이야기하는 소리가 들렸는데, 아마 하산이 저녁식사를 올리기 위해 할 일, 준비할 것을 그에게 가르쳤을 것이다. 그들은 평소처럼 누비아어로 말했는데, 나는 뜨문뜨문 단어나 이름 정도를 이해할 수 있지만 어쨌든 이 방에 앉아서는 알아들을 수가 없다. 그들이 말하는 소리는 영국에서 과수원 아래로 시냇물이 흘러가듯 일상적으로 잔잔하면서도 말할 수 없이 오래되고 무심하게 들린다. 이어 하산의 목소리가 높아졌는데, 아마 편협한 질투심과 오만한 소유욕을 타하에게 쏟아내는 듯하다.

하산은 워낙 나와 오래 함께해서 내 삶의 일부가 되었고, 거기에 새로운 하인이 나타나면 항상 약간의 말썽이 생긴다. 하산과 타하가 같은 인종이라고 생각하면 신기하다. 나이 든 요리사 하산은 말상으로 핏기 없는 피부에다 빈랑나무 열매에 물든 갈색 이를 하고 있는데, 육체적 매력이 전혀 없기 때문에 내겐 어쩐지 바람직하다는 생각이 들었고 또 무척 정직한 사람일 것 같았다. 그리고 하인 타하, 진자주색 피부에 유연한 몸매의 열여섯살 소년은 몸짓은 서툴고 꿈꾸는 듯한 눈의 소유자인데 가끔씩 아주 내성적이지만 솔직해 보이는 미소를 짓는다…… 내가 그를 선택한 것은 하산과는 완전히 반대되는 이유 때문이었다. 그의 매력이 변하기 쉬운 것이든 직업적인 것이든 나의 일상을 장식해줄 수 있을 것 같았기 때문이다. 이제 그가 방으로 돌아온다. 그의 손은 너무나 서정적이고, 내 잔에 술을 채우기 위해 내미는 길고 우아한 손가락의 움직임은 취한 내 공상 속에서 하프의 연주를 연상시킨다.

이 집의 분위기는 내게 너무나 매력적이다. 회칠한, 크기가 똑같은 사각형의 방이 네개 있다. 아주 기본적인 것만 갖춘 집이라서 구멍만 낸 창과 문을 통해 한 방에서 다른 방이 다 보이고 그 방의 창을 통해 바깥까지, 즉 주변의 헛간과 모여 있는 오두막들의 꼭대기, 민둥한 신비로운 바위까지 다 보인다. 이 집은 생각에 침잠한 삶이나 생각하는 훈련을 하기에 꼭 알맞은 일종의 뼈대 같은 장소다. 그래서 가구 몇점과 책장, 좀 보기 흉한 양탄자, 왕의 사진 등이 당황스럽도록 불필요해 보인다. 나는 혼자 있는 시간 동안 은자처럼 금욕적인 생활을 하고 있으며 바라는 것도 전혀 없다. 혹은 족장들과 함께 있으면서 그들과 먹고 마시고 그들이 조르는 대로 『천일야화』를 읽어준 뒤에도 주술에 걸린 듯한 느낌으로 나는 이 자그마한 그림자들의 상자 속으로, 그 안의 가장자리 장식이 달린 둥그런 샤마단[3]과 작은 접이식 캡틴체어로 돌아간다. 타하는 절대 졸거나 하품을 하지 않고 완벽하고 순수한 침묵 속에 쭈그리고 앉아 기다리고 있다. 그는 주의 깊게 행동하지만 절대로 주제넘거나 부담스러운 태도를 보이지 않기에 더욱더 아름답다. 그가 기울이는 주의는 거의 관념적인 것으로 그에게는 삶의 조건이라고 할 수 있다. 이번 순회 동안 나는 그와 함께 다니지만 결혼생활을 오래 한 부부가 그렇듯 그와 함께 있을 때도 전혀 자의식을 느끼지 않는다. 그는 내가 자리에 앉아 무얼 적거나 달과 별을 응시할 때 항상 나를 지켜보지만, 그의 눈은 무게가 없고 아무것도 요구하지 않으며 먼 램프와 별의 빛을 비추는 어두운 구체 같다!

또한 나는 내가 타하에 대해 전혀 모르듯 타하도 그런 것에 대해 전혀 모른다는 사실을 상기한다. 내가 그를 보고 미소를 지으면 일초 후엔 그가 미소로 화답하며 일어서지만 나는 그에게 가만히 있으라고 손짓한다. 그는 잠시 주저하지만, 다시 자리에 앉는 순간 모든 걸 흩어버리고 잊는다.

1926년 5월 31일: 어제 타하가 전갈에 물려서 끔찍한 드라마가 벌어졌다…… 막 귀가했을 때였다. 더위가 너무 심한 날이었고 나는 돼

---

3 shamadan, 반구형 왕관 위에 나뭇가지가 놓인 형태의 촛대. 흔히 이집트의 결혼식 축하 행렬에서 이것을 쓰고 춤춘다.

지 한마리를 놓고 다투는 두 사람의 싸움을 제대로 해결할 수 없었다. 한 사람이 세금을 빨리 낸 데 대한 상으로 받은 돼지였다. 그 점에는 의심의 여지가 없었고 돼지에게는 낙인도 찍혀 있었다. 하지만 다소 호리호리하고 추파를 던지는 게 분명한 또 한 사람은 이 훌륭한 납세자가 자기에게 돼지 한마리를 빚졌다고—실은 두마리를 빚졌고 그러니 그 돼지는 자기가 가져가는 게 당연하다고 주장했다. 전모를 더 조사할 필요가 있는 사건이었다. 두 사람 다 내가 자기편을 들어줄 거라고 확신하는 듯 내 팔꿈치 아래 자신들의 손을 찔러넣었다. 집에 가까워지자 평소 지극히 담담하고 타인에게 냉소적인 하산이 커다란 나무 숟가락을 무기나 길드의 문장처럼 움켜쥐고 허겁지겁 작은 모래 광장을 절룩거리며 가로질러오는 모습이 보였다. "어르신," 그가 숨 가쁘게 말했다. "저애가 아주아주 심하게 쐬렸어요."

너무 더워서 반쯤 마비 상태였던 나는 일이초 정도는 품위 있게, 영국적으로—혹은 아랍적이라고 할 수도 있겠다—그 말이 은유라고만 생각했다. 진짜로 내가 아주 끔찍한 실수(faux pas)를 한 모양이라고, 치명적으로 내 의무를 저버렸고 그래서 그 아이, 정의로운 내 하인 타하가 분노한 나머지 먼지구름을 일으키며 떠났거나, 적어도 반항의 뜻으로 뚱하게 어디 처박혀 하산에게 화를 내서 겁을 줬나보다 생각했다. 그러나 하산이 들고 있던 숟가락으로 우스꽝스러운 손짓을 했고, 나는 그가 '리듬을 타지 않고' 말하고 있다는 사실을 깨달았다.

타하는 부엌의 나무 계단에 앉아서, 다른 일도 아니고 내 신발을 닦다가 어쩌다 솔을 떨어뜨렸는데, 때마침 그곳을 지나던 전갈이 대번에 그의 정강이를 쏘았던 모양이다. (그의 발바닥은 너무 단단해서 전갈 따위에 쏘일 수 없는 게 분명했고, 그의 젤라바는 내가 상상 속에서 본 것처럼 끌어당겨져 그의 무릎 사이에 뭉쳐 있었다.) 그런 일은 물론 드문 건 아니었고 나는 어떻게 처치해야 할지 똑똑히 알고 있었다. 하지만 하산의 공포에 전염되어 나 역시 갑자기 숨이 가빠졌고, 그랬다는 사실에 대해서도 충격을 받았다. 나는 뒤에서 따라오며 누비아어로 애절한 외마디 소리를 지르는 하산과 함께 집으로 뛰어갔는데, 그가 지르는 외마디 소리 하나하나가 집에서 돌바닥에 쏟아버린 물처럼 거품을 이루며 사라졌다.

나는 물론 뱀 따위에 물린 경우를 이미 몇번 다뤄봤고 그래서 동정심과 불안감을 누르고 의사처럼 객관적인 자세를 취할 수 있었다. 그 불쌍한 아이는 앉아 있기는 했지만 부엌 문간에 뒤로 살짝 기댄 채, 겁에 질린 탓인지 조심하느라고 그러는지 미동도 하지 않았는데, 거칠게 숨을 몰아쉬었고 침을 흘리면서 입술 위에는 땀도 맺혀 있었다. 그래도 무릎 바로 아래를 양손으로 꽉 쥐고 있어야 한다는 것 정도는 아는 모양이었다.

나는 집으로 곧장 뛰어가야 했고, 구급상자를 찾아서 대충 살펴보고 닫은 뒤 다시 뛰어나와 마당을 가로질렀다. 의사의 역할로 바뀐 덕에 나는 그를 치료 행위가 아니었다면 감히 할 수 없는 방식으로 거칠고 무뚝뚝하게 가까이에서 만지고 밀치고 했다. 그동안 그런 친밀감의 가능성이 수천번의 암시를 통해 손짓했지만 나는 격식을 갖춰 대해왔던 것이다. 내가 끌어당기자 그는 계단 가장자리로 반쯤 미끄러져내렸다. 나는 또 자신의 다리 주변을 필사적으로 움켜쥐고 있던 그의 손도 잡아당겼다. 독침은 약간 아래쪽, 소년의 종아리답게 얕은 굴곡을 이루는, 쏘이기 딱 알맞은 곳이다 싶은 자리에 박혀 있어서 무척 아플 듯싶었다. 나는 재빨리 압박대를 꺼내 그의 다리 위쪽에 감고 있는 힘껏 묶었다(그 뻣뻣한 고무띠를 양호교사만큼이나 엄격한 태도로 묶었다). 그리고 당연히 젤라바의 뭉친 주름을 야단스럽게 헤쳐서 종아리를 노출시켰는데, 종아리를 흘깃 보긴 했지만 몇분 동안 겪어야 했던 역할의 변화 덕분에 호기심은 전혀 일지 않았다. 하지만 절망과 기쁨 사이의 흥분에 싸여 뒤에서 머뭇거리던 하산은 달라서 조금이라도 도움이 되려고 젤라바를 다 끌어올리는 바람에 그애의 성기가 그의 탐욕스러운 눈길에 여지없이 드러나버렸다. 하지만 일이초 뒤에 타하가 다시 자기 옷의 주름을 펴 앞으로 당기며 하산에게 고통스럽고 멍한 눈초리를 던지는 게 보였다. 그 늙은 호색한이 택한 순간은 최선이 아니었고 그러길 다행이었다. 사실 그것은 상대방이 연약한 상태에 있는 것을 호색적으로 이용한 행동이었지만 내 호기심도 만족시켜주었기에, 나는 하산을 나무라서 집 안으로 들여보낸 뒤에야 마침내(이 모든 일이 단 몇초 만에 일어나긴 했지만) 메스를 들어 순식간에, 확실하게 그 아이의 부은 다리를 째고 침을 빼냈다. 타하는 똑바로 앉아서 자기 종아리를 따라 피가 뚝뚝 떨어지는 모습과 내가 손가락으로 잡고 있는 침을 보며 경탄을 금치 못했다.

나는 있는 힘을 다해 독을 짜내고 상처를 소독한 다음 붕대를 감아주었다. 워낙 재빨리 처치하긴 했지만 이미 독이 퍼진 뒤라 아이는 열이 좀 있었다. 그래서 나는 그애를 부축해──꽤 무거웠는데, 아직 잠이 덜 깬 아기처럼 두 팔을 내 목에 두르고 매달렸다──집 안으로 데리고 들어가 내 옆방의 야전침대에 뉘었다.

그는 지금 거기 있고, 내가 재워주었는데 좀 나아진 것처럼 보인다. 하산이 우리 두 사람의 식사를 가져다주었다. 타하는 오늘 저녁 처음으로 죽을 좀 떠먹었고 나는 그와 함께 영양고기와 콩을 좀 먹었다. 나는 하산에게 타하가 몹시 아프니 자상하게 돌봐주고 귀찮게 하면 안 된다고 무척 엄하게 일렀다. 나는 낮시간의 대부분을 밖에서 보내야 하고 환자는 그의 손에 맡겨지기 때문에 꼭 그렇게 해야 한다고 생각했다. 어제는 그 아이의 상태가 아주 나빴고, 나는 모기장 아래 등받이 없는 의자에 웅크리고 앉아 진통제를 주고 이마를 닦아주며 그와 함께 밤을 새우다시피 했다. 끔찍하게 더운 날씨였는데 그도 불덩이 같았다. 그의 이마의 땀은 내가 닦고 몇초만 지나면 다시 맺혔고, 그는 긴 속눈썹을 파닥거리고 입은 헤벌리고 있었다. 그는 물을 문자 그대로 몇동이는 마신 듯하다. 마침내 환자가 잠이 들었을 때──끊임없이 중얼거리고 보채겠다──잠시 다시 혼자가 된 나는 지치고 자고 싶기도 했지만, 혹시 잘못 처치한 건 아닌가, 회복이 안 되는 것은 아닌가 하는 불안감 때문에 토할 것 같았다. 그런 상태로 침대에 누워 물론 말똥한 채로 이리저리 뒤척이며 전갈에 물린 사람이 나인 양 땀을 흘렸다. 곧이어 창의 가리개를 통해 새벽빛이 들어오고 잠시 동안 식었던 열기가 놀랄 만큼 후끈거리며 엄습했다. 그때만큼은 그 집의 단순한 구조가 위험에 무방비 상태, 한 방에서 도망쳐도 다음 방에 갇히는 일종의 함정처럼 느껴졌다. 책임감이 나를 북돋는 동시에 짓누르는 느낌이었다. 숨이 막힐 것 같았다. 더 엄밀히 말하면 수영 중에 쥐가 난 것 같은 느낌이었다. 도움만 주던 곳에서 위협을 받는 듯한, 친숙한 곳에서 갑자기 도전을 받은 듯한 느낌.

이 직업에선 모든 것이 개인적이었다. 그것은 현장의 정부, 즉 사막이나 갑작스러운 홍수를 건너 여러 사람들과 여러날 동안 여행하다가 즉각적으로 꽃밭에 도달하는 것 같은 일이다. 책상에 앉는 일이 아니라 희미한 그늘에 서서 벌거벗은 한 부족민과 다른 부족민 사이에서 판결을 내리는 일이다. 책상물림 행정가로 일하는 것이 아니라 끝이 없어 보이는 광활한 공간에서 일하는 것이다. 그 공간에서는 드물고 눈에 잘 드러나지 않는 아름다운 사람들이 떨리는 열기 속에서 형체를 갖게 된다. 그들의 아름다움은 물론 여기 있는 것도 거기 있는 것도 아니다. 그들의 머리는 어깨 밑에서 자랄 수도 있다…… 하지만 나는 문짝 없는 문을 지나 타하가 무의식 상태에서 황홀경에 빠지거나 순교 중인 성자처럼 고통스러워하다가 잠든 방으로 갔을 때, 아프리카에 대한 내 모든 막연하고 이상주의적인 감정이 사라지고 내가 여기서 누리던 방랑자적이고 독재적인 삶이 흐릿해진 눈앞에서 구체적인 형태를 드러내고 있다는 느낌이 들었다. 타하는 반쯤 베개를 벗어나 뒤통수를 대고 누워 있었는데, 팔 하나가 침대 밖으로 나왔고 바닥 위로 1인치 정도까지 내려뜨린 손가락은 맥박과 함께 경련을 일으키고 있었다…… 나는 즉시 그가 내가 책임져야 하는 육체적인 존재라는 것을 분명히 알 수 있었다. 그는 내가 절대 가지지 못할 내 자식이었고, 내 미래였다. 그가 너무나 아름답게 보여서 입이 탔는데, 잠에서 깬 그가 내가 자신을 응시하고 있는 모습을 보았다. 내가 그를 위해 기도를 하고 있었던 것인지 아니면 그에게 내 기도를 들어달라고 했던 것인지 모르겠다.

나는 너무, 너무 취했다. 새벽 2시 반이다. 터무니없을 만큼 조심스럽게 발끝으로 걸어가서 조용히 자고 있는 그의 모습을 본다. 내가 충동을 느끼는 모든 행동이 그를 깨울 것이고──용서받을 수 없는 것들이었다. 그를 향한 내 사랑은 내 욕구를 부정하는, 침대 머리맡의 다정한 몸짓으로 소진되었다. 어디서 오는지도 모르겠고 허공중으로 사라져버리는 일종의 축복, 휘젓는 팔 속에서. 그리고 나는 완벽한 확신과 조금 우스꽝스러운 기분 속에서 비틀거리며 침대로 간다.

1926년 6월 1일: 오늘 아침엔 머리가 끔찍이 아팠다. 할 수 없이 모든 일정을 취소하고 타하와 함께 회복을 위해 노력했다. 하산은 질투로 기분이 고약한 게 분명했다.

오늘 저녁, 타하의 상태가 훨씬 나아져서 나는 친밀하면서도 완전히 예외적인 동지애 속에 그와 마주 앉아서 가족 이야기를 해보라고 청했다. 타하에게도 내 가족 이야기를 조금 해주었는데, 그가 내가 영국인이니 밀스 씨—뉴욕에서 온 선교사인 모양이다—를 알 게 틀림없다고 말해서 나는 그와 내가 이해하는 바가 약간 다르다는 것을 깨달았다. 마침내 나는 아흐메드 왕자 이야기를 해주었다. 저녁식사 후에 해주면 좋을 이야기로 내가 아주 최근에 알게 된 것이다. 내가 마치 높은 사람에게 이야기하듯 많은 노력을 기울여 정확한 아랍어로 이야기해주는 걸 듣고 타하는 특별히 흥미를 느끼고 황홀해하는 표정을 보였다. 하지만 그 이야기는 또한 그에게 일종의 계시처럼 받아들여졌다. 나는 다양한 소품을 활용해서 왕자들의 세가지 마법 선물 이야기를 해주었다. 바닥에 깔린 낡은 골풀 매트를 날아다니는 양탄자로, 내 쌍안경을 원하는 것은 뭐든지 보여주는 정탐용 튜브로, 내 술과 함께 쟁반에 놓여 있던 라임을 모든 병을 치료하는 사과로 둔갑시켰다. 타하는 반복에서 즐거움과 안정감을 얻는 어린아이들처럼, 닳고 닳은 농담을 들으며 즐거워하는 어린아이들처럼 웃었고, 나는 매트에 주저앉거나 망원경을 통해 창밖을 내다보며 신이 났다. 망원경에 보인 건 누르알니하르 공주가 아닌 멀구슬나무에 내려앉는 새들, 바위 위로 지는 멋진 석양, 개 한마리를 거느리고 집으로 뛰어가는 소녀였지만. 이어 나는 코밑에 라임을 대고 향내를 맡으며 신성한 향기라도 되는 양 눈을 굴렸다. 나는 침대 가장자리에 엄숙하게 앉아서 하지만 모든 선물은 경이롭다고 설명해주었다. 이어서 내가 활을 쏘는 이야기와 공주는 가장 멀리 활을 쏘는 사람의 차지가 될 것이라는 등의 이야기를 계속할 때, 너무나 절묘한 일이 일어났다. 타하가 이불 밖으로 수줍게 슬쩍 손을 내밀어 내 손을 잡았던 것이다. 나는 거의 동요하지 않고 아흐메드의 화살이 너무 멀리 날아간 탓에 사라졌다고 여겨져 공주를 동생 알리에게 빼앗겼다고 이야기했지만 뭔가가 내 가슴과 목을 살짝 비트는 것 같은 느낌이었고, 무의식적으로 그의 긴 손가락에 내 손가락을 끼우며 더 편하게 서로의 손을 잡는 동안 감히 그를 쳐다보지 못했다. 타하는 내가 감히 엄두도 못 낼 단순한 동작 하나로 아무 말 없이—우리 둘 다 절대 못 했을 것이다—나에 대한 신뢰감을 전했고, 내 손을 잡음으로써 아흐메드의 지금 상황은 딱하지만 모든 일이 다 잘될 것이라는 단순한 믿음을 전했다. 나는 이야기를 이어 갔다. 사람들이 모두 그 화살은 영영 발견되지 않을 거라면서 알리 왕자와 누르알니하르 공주의 결혼식 잔치 준비를 서둘러야겠다고 돌아간 다음 아흐메드 혼자 남아 계속 화살을 찾으러 갔더니, 보려무나, 그는 빛나는 요정 페리바누를 만나 사랑에 빠지고 결혼해서 영원히 행복하게 살았단다. 그때 하산이 문가를 지나쳤고, 타하는 찔린 듯한 모습으로 제 손을 뺐다—

전화가 울리고 있었다. 전화기는 침대 옆에 있었지만 필이 전화를 받지는 않을 것이라 들어가보니 그는 창백한 얼굴에 게슴츠레 부은 눈을 하고 시트 위에 널브러져 있었다. "전화기 좀 갖고 나가." 그가 신음하듯 말했다. 나는 그의 몸을 반쯤 타고 앉아 수화기를 들었다.

"달링, 제임스야. 좀 와줄 수 없을까?"

"자기, 난 머리가 깨질 것 같고 지금 7시밖에 안 됐잖아. 못 기다려?"

"조금은 기다릴 수 있을 거야. 나 지금 황당한 상황이야. 체포됐어."

10

다가가며 보니 그는 가끔 그에게서 볼 수 있는 표정―입술을 지그시 깨물고 단호하게 자신을 억제하고 있는―을 한 채 문가에서 머무적거리고 있었다. 그가 내 팔을 잡으며 말했다. "세상에, 이건 못 참겠군. 방금 전활 했어."

"걱정 마, 이 친구야, 기다릴게." 나는 그의 어깨를 툭툭 치고 그 트라우마의 저녁 이래 느끼지 못했던 조용한 자신감을 드러내며 미소를 지었다. 화창한 여름날이 시작되고 있었고, 나는 제임스가 자기 차 열쇠를 덜렁대며 가는 모습을 보며 문 앞에서 상황을 느긋하게 음미했다. 먼 데서 지속적으로 부르릉거리는 찻소리, 점점 옅어지는 안개, 양복을 입고 빠른 걸음으로 가는 행인들, 모두가 피곤하기도 하고 장엄하기도 한 어떤 일에의 초대처럼 느껴졌다. 길 건너 집들 위로 발레 공연의 막이나 무시무시한 약속으로 가득 찬 소비에뜨 집회에서 볼 수 있는 거대한 플래카드처럼 거대한 금빛 운동선수가 하늘로 높이 펼쳐지는 모습이 보이는 것 같았다.

제임스의 아파트는 꽤 괜찮았다. 깨끗하고 넓었고, 노년층 주거지와 그리스인 소유의 빈집 중간에 안전하게 끼어 있었다. 노팅힐의 작은 국제도시, 쓰레기가 나뒹구는 거리와 레코드 가판대와 국제적인 신문사들, 심야 영화관들, 심야 수입식료품 가게들이 모두가까이 있었다. 우아하고 한적한 공원이 놀랍도록 가까웠고, 박물관과 심지어는 나이츠브리지까지, 그리고 얼마 뒤면 프롬스까지도 걸어갈 수 있는 거리였다. 골목 하나를 지나면 뒤쪽으로 카니발이 열리기도 한다.

그럼에도 제임스의 집은 무척 편리하고 모든 것이 가까운 곳에 자리 잡고 있다는 사실 때문에 좀 암울하고 임시 거처 같은 느낌을 주었다. 복도 선반에는 항상 아무도 누군지 모르는 이전 세입자에게 온 우편물이 쌓여 있었다. 고지서나 광고전단, 이동이 잦은 인구를 대상으로 삭막하게 규칙적으로 보내는 대량 발송 우편물들이다. 카펫이 깔린 작은 엘리베이터(오늘 아침에 내가 어쩔 수 없이 탔던)에서는 공손하고 믿을 수 없을 만큼 옷을 잘 입는데다 때때로 조그맣고 예쁜 개를 데리고 가는 낯선 사람들을 마주치곤 했다.

제임스는 자기 아파트의 배타성을 좋아했고 그곳을 독차지하고 있다는 사실을 좋아했지만 이 임시적인 분위기, 그러니까 치솟는 집값과 주택융자금에도 불구하고 싸구려 같아 보이는 분위기에는 분명히 영향을 받는 것 같았다. 그 아파트에 아무런 노력도 들이지 않았고, 그림은 사랑했지만 몇 안 되는 방에 가구가 반쯤 채워져 텅 빈 듯한 느낌에는 신경 쓰지 않는 듯했다. 삐라네시[1]의 훌륭한

---

1 Giambattista Piranesi(1720~78). 이딸리아의 판화가, 건축가. 세밀한 고대유적 판화로 신고전주의 건축에 영향을 주었다.

판화 한점—완전히 무너진 석조 건물과 웃자란 잡초들—을 몇년 전 세일에서 샀지만 아직 액자에도 끼우지 않고 먼지 쌓인 화려한 검은 쇠살대 위 벽난로 선반에 표구가 늘어진 채 놓아두었다. 그외 에는 편안하고 별 특색 없는 안락의자와 꽤 묵직한 전축이 있었다. 제임스는 쇼스따꼬비치에 푹 빠져서 불길한 느낌을 주는 사중주와 풍자적인 짧은 노래들의 레코드를 셀 수 없이 많이 가지고 있었다. 나는 그 레코드들을 보자 몇초도 안 돼 바로 우울하고 초조한 기분 이 들었지만, 그것들의 암울함은 다른 식으로는 드러나지 않는 제 임스 내면의 충동, 아마도 그의 아파트의 몰개성과 만나는, 소유에 대한 그의 운명주의적 경멸을 잘 표현해주는 것 같기도 했다.

나는 부엌에서 커피를 데웠다. 제임스의 삶은—어떤 면에서 필 의 것과 마찬가지로—정말로 불편하고 힘든 패턴을 따랐고 온통 다른 사람들에 대한 봉사에 바쳐져서, 식사시간이나 음식 같은 평 범한 것은 상당히 다른 논리를 따랐다. 종종 삼분요리 같은 간단한 식사로 몇주를 버텼고, 새벽 5시에 먹는 아침이나 저녁 5시의 점심 에 익숙해져 있었다. 냉장고와 찬장은 자잘한 간편식으로 꽉 차 있 었는데, 가까운 데 있는 일본 슈퍼마켓에서 산 게 많았다. 나는 김 상자와 시뻘겋고 매운 크래커, 각종 콩나물 등을 뒤지다가 커피 하 나면 되겠다고 결론을 내렸다.

제임스가 구독하는 전문 출판물에는 두 종류가 있었다. 나는 등 받이 없는 의자에 앉아 부엌 조리대 위에 쌓인 『가디언』지를 뒤져 보다가 그중 한가지를 발견하고 깜짝 놀랐다. 그건 『업데이트』지 로, 매달 발진과 갑상선종, 온갖 종류의 종양과 기능부전 등에 대 한 최신 소식을 일반의에게 전해주는 의학잡지였다. 논문들은 지 나치리만큼 냉철했고, 사진을 보면 너무나 특이해서 혐오감을 주는 증상들을 보통인 것처럼 논해서 보기만 해도 불안했다. 환한 손전등을 비추면 며칠 걸어둔 사냥물의 색이 더 강하게 드러나듯 뒤틀린 팔다리와 흐릿한 눈, 진물이 흐르는 상처들이 아주 선명한 색깔로 인쇄되어서 불안감을 더했다.『오토카』나『햄프셔 라이프』의 도착을 고대하듯『업데이트』의 도착을 고대한다는 건 상상하기 어려웠다.

다른 잡지들은 아무 데나 널려 있지 않았다. 제임스가 자기 집에서조차 그 잡지들을 (화장대 두번째 서랍의 셔츠들 밑에) 숨겨놓는다는 사실은 그것들이 그에게 미치는 은밀하고 불법적인 힘을 보여주는 것이리라. 사실 제호를 기억하기는 어려웠지만 나는 그 잡지들을 꺼내 새로운 것이 있나 살펴보았다. 제임스는 대개 시카고의 제3세계 출판사에서 출간하는 것들을 보고 있었다. 출판사 이름만 보면 성적 착취의 충동을 일으키기보다 나무라는 것처럼 보였다. 제임스는 분명 개의치 않았지만 제3세계 출판사는 성기가 엄청나게 큰 흑인들에게 초점을 맞춘 출판사였고『블랙 벨벳』『블랙 로드』『블랙 메일』같은 중량급 책들을 냈다. 하지만 제임스는 한가지만 고집하는 사람은 아니어서『와퍼스』와『슈퍼 딕』같은 잡지들은 성향과 피부색이 다른 남자들을 다룬 잡지에 뒤지지 않았다. 그들은 특정 관념에 따른 흥분을 느끼게 해주는 섹시한 사내들이었지만 성기의 크기를 특별히 강조한 경우에는 좀 괴상한 사람들, 작고 깡마른 애들, 건장한 중년 사내들, 눈이 하나인 녀석 등이 등장하기도 했다.『19인치 파이프라인』최신호를 넘길 때는 종기가 난 괄약근이나 잘못 접합된 뼈의 사진은 아닌가 하는 생각까지 들었다.

그런데 제임스는 도대체 무슨 짓을 했던 것인지? 그는 짓궂은 구석은 있어도 양심적이고 훌륭한 시민이었다. 노란 선 안에 주차하긴 했어도 항상 '응급 출동 의사' 스티커를 보이게 해놓았다. 핵군축 캠페인의 회원이었지만 시위에 참가할 때는 실제로 거리에 주저앉거나 끌려가지 않으면서 지지를 보이는 기지를 발휘했다. 가장 있을 법한 문제는 섹스와 관련된 거였다. 내 소중한 친구가 무슨 짓을 했는지는 모르겠지만 대단한 일은 아닐 것 같았다. 그가 남자 화장실에서 섹스 상대를 구하거나 미성년자와 그짓을 한다는 건 도무지 말이 안 될 것 같았으니까. 만에 하나 그런 일을 했다면 분명히 어떤 위기를 맞았거나 신경쇠약 상태임에 틀림없었다. 제임스가 아무리 괴짜라 해도 실제로는 부적응자의 삶에 아주 잘 적응하며 살고 있었다. 나는 그가 갑자기 스포트라이트를 받으며 체포되었다는 생각, 진짜로 그런 일이 일어났다는 데서 오는 굴욕감과 충격에 대해 떠올리기조차 싫었다.

겨우 몇주 동안에 경찰이 내 삶에 두번이나 개입한 것이 신기했다. 스킨헤드족과의 사건 이후에 경찰이 병원에 찾아왔고, 나는 경찰서에 가서 용의자들의 사진을 보았다. 범인으로서 스킨헤드족의 사진을 들춰보는 일은 초현실적이었다. 이마와 목에 문신이 있는 경우를 빼면 모두 똑같아 보이기 위해 최대한 애쓰고 있었다. 『업데이트』에 나오는 불운한 사람들처럼 그들도 자부심과 못마땅함이 기묘하게 뒤섞인 태도로 카메라를 바라보고 있었다. 나 또한 화가 나고 무척 아프긴 했어도 범죄자를 찾아 기소하는 커다란 기구에 힘을 보태기가 좀 두려웠다. 경찰관들은 아주 사무적이었다. 범죄에 대해서는 아주 강경했지만 나를 친절하게 대하거나 무조건 내 편을 들어줄 만큼 귀가 얇은 사람들은 아니라는 점도 분명히 했다. 그러니까 내가 대체 뭘 하려고 샌드본에 간 것인지? 나는 아서

이야기를 할 순 없어서 좀 두루뭉술하게 이랬다저랬다 하며 붕대 뒤로 숨었다. 경찰서에서는 놀랄 만큼 많은 다른 일들이 부산하게 벌어지고 있었고 나를 특별 취급해서 격려하지도 않았다. 아버지 이름에 '영예로운'이라는 칭호가 붙는 것을 보고 상급 경관 하나가 할아버지와 연결을 지었는지 '혹시' 내가 과거 검찰총장의 친척이냐고 물은 뒤 그분을 잘 기억한다면서 그때부터 조심스럽게 아부를 하기 시작했다. 하지만 경찰서에 있으면서 더 끔찍하게도 방금 잔인한 폭력에 희생된 내 취약한 상태는 위로받는 게 아니라 더 악화되었다. 누구라도 나를 공격할 수 있다는 그 느낌이 제임스에 대해 걱정할 때 다시 나를 엄습했다. 제임스 앞에서 자신감을 보이고 그를 진정하기 위해 나는 사태의 전말을 알고 싶은 속된 욕구를 억눌러야 했다. 이제 나는 스스로를 진정하고 싶어졌다.

제임스의 일기는 언제나 좋은 읽을거리였고, 옥스퍼드 시절에 나는 그의 일기 내용에 대해 모르는 척하지도 않았다. 요새 그는 그때보다 덜 자주 써서 때때로 몇주씩 뒤늦게 쓰기도 했고 내가 읽을 기회도 더 적어졌다. 그건 딱한 일이었는데, 그 일기에는 나에 대한 내용이 상당 분량 들어 있어서 내게는 꽤 매력적인 물건이었으니까 말이다. 그가 적은 내용은 동경의 대상으로서의 내 이미지—"윌, 사랑스러웠다"라거나 "W가 기막히게 멋있었다" 등—에 영합했다. 물론 내 이야기를 하고 있는 방문 앞에서 망설이게 되는 것처럼 그것을 읽는 데에도 항상 위험이 따랐다. 나를 다른 사람의 관점에서 봐야 하는 대목—"W는 못 참아주겠다"라든지 "이기적인 놈! 내 감정에 대한 존중심이라곤 없다"—도 있었으니까. 그건 내가 아주 잘 아는 사람이 이중생활을 하고 있었다는 사실을 갑자기 발견하는 것과도 같았다. 내가 몹시 좋아하던 유쾌하고 성적 매력이 넘치는 금발 남자애의 이미지가 실은 허영심 많은 응석받이에, 한번은 심지어 "괴상하기까지 한" 이기적인 부잣집 아들로 묘사되기도 했던 것이다.

그중 어떤 묘사도 아주 순수한 것은 아니었다. 모든 일기가 그렇듯 그 일기도 독자를 상정하고 있었다. 혐오스러운 로버트 스미스 카슨은 제임스가 자기한테 완전히 빠져 있을 때 썼던 긴 부분을 읽고 바그너적 음높이로 쓰인 대목('아! 아! 약하도다! 향수여!' 하는 식의 열에 들뜬 것 같은 단락들로 이루어진)에 기분 좋아 하기도, 놀라기도 했다. 다른 대목들도 모호하게 열렬한 감정을 담고 있었다. "그의 허벅지는 청동 문과도 같다"라고 시작되는 부분에는 내가 나중에 느낌표를 덧붙임으로써 주석을 달기도 했다. 웬일인지 내가 읽는 것도 용인되었고, 그 일기의 바로끄적 솔직함 덕분에 (절대로 논쟁도 안 하고 화도 안 내는) 제임스는 직접 말하지 않고 나에 대한 자신의 생각을 이야기해줄 수 있었다. 우리는 '비밀'이라는 주제로 비밀스러운 제스처 놀이를 하고 있는 셈이었다.

적갈색 책등의 수수한 공책들은 술을 흘린 자국도 있고 닳은 상태로 묶여서 퍼뱅크의 책들, 제목이 금박인쇄되거나 찢어진 겉표지를 셀로판지로 감싼 문고판 크기의 초판본들이 놓인 특별한 선반의 일부를 차지하고 있었다. 나도 이제 그의 책들을 읽고 있었기 때문에 더 유심히 그 책들을 보고 격려라도 하듯 책등을 툭툭 쳤다. 『변덕』『허영심』『성향』이 있었지만 안타깝게도 『발밑의 꽃』은 없었다. 그 책들과 더불어 현재 진행 중인 일기장도 단정히 꽂혀 있었는데, 반쯤만 채워졌고 그마저도 이미 꽤 오래전에 쓰인 것이었다. 그사이에 타인의 사적인 글을 뒤적거리는 데 전문가가 된 나는 제임스에게 무슨 일이 있었는지 보려고 커피잔을 옆에 놓고 앉았다.

찰스의 일기를 읽는 동안에는 내용이 한편으로 아무리 지루하고 다른 한편으로 아무리 감동적이라도 나와 아무런 관계가 없다는 것을 확신할 수 있었다. 반면 제임스의 일기를 읽을 때는 좀 불안한 흥분을 느낄 수 있었는데, 어떤 식으로든 나와 관련된 내용이 있을 수 있기 때문에 내 이름을 찾아 듬성듬성 읽어나갔다. 제임스는 지금도 많은 건축가가 설계도에 쓰는 우아한 아르누보식 필체를 가지고 있어서 W자는 벽돌운반통 한쌍을 나란히 놓은 듯 무척 강렬하고 눈에 띄었다.「라인의 황금」과「파르지팔」에 대해 계속 늘어놓는 대목에서는 어찌나 짜증이 나던지. 바그너와 나는 같은 약자를 쓰는데 바로 그 W자가 꽤 자주 나왔으니까 말이다. 하지만 제임스가 둘 중 누구를 말하는지는 대개 금방 알 수 있었다.

읽다보니 제임스가 터무니없이 오랫동안 일기를 안 썼다는 사실을 알 수 있었고, 그래서 어젯밤의 일에 대한 단서는 거기서 찾을 수 없다는 것을 깨달았다. 가장 최근에 쓴 게 몇주 전 일이었다. "6.30에 코리에. 필이라는 애, W의 새 애인이 샤워를 하고 있었다. 몸매는 끝내주는데 성기가 작아서 실망스럽다. 그래도 그걸 보니 꽤 찡했다. 그를 향해 미소를 보냈지만 그는 나를 보고도 전혀 알아보지 못했다. 망신스럽게도! 전에 만났을 때 매력 있게 굴려고 꽤 노력했었는데 안 그랬으면 좋았을걸 하는 심정이다. 모든 연인은 자기 애인에 대해 자신은 모르는 것들을 알고 있는 연인의 옛친구를 싫어하려나? 혹은 잘 보이려고 진지하게 노력할 수도 있겠지. 하지만 아무도 나를 알아주거나 기억하지 못한다는 내 끔찍한 자격지심 때문에 그렇게 느낀 것일 수도 있다."

나는 그 일, 내 작은 필리버스터가 단단하고 비누처럼 미끈한 냉

정함을 보이며 타인의 접근을 허락하지 않는다는 사실에 부끄럽게
도 잔인한 쾌감을 느꼈다. 그리고 제임스가 필의 성기를 조롱함으
로써 헛되이 부인한 무언의 선망도 분명하게 감지할 수 있었다. 제
임스가 「빌리 버드」의 저녁에 대해 쓴 부분에서는 그 작품의 음악
에 대해 무척 아름답고 통찰력 있게 서술했으리라고 확신했지만,
아마 나는 별로 좋은 평가를 못 받았을 거라는 자학적인 느낌이
들었다. 시작은 이랬다. "「빌리 버드」—특별석—벡위스가 사람
들—망할! 음악이 아니라 W 하는 짓이 터무니없었다. 딱한 B경이
무슨 생각을 했는지는 모르겠다—물론 그는 세련되고 매력적이
지만 때때로 좀 엄하고 산만했다. 그에게 잘못 보이고 싶은 사람은
아무도 없을 테고, 그래서 약간 아첨을 하게 된다(그걸 좋아하는지
는 잘 모르겠지만). W는 코리에서 어떤 녀석을 만났다—나도 상
당히 반한, 빨간 수영복 차림의 아주 매력적인 근육질 애인 것 같
다. 만나자마자 그 얘기부터 해서 내 저녁을 확실하게 고통스러운
선망과 후회와 실패로 만들었다. 음악 덕분에 고통이 덜하기도 더
하기도, 둘 다였다(à la fois). 그 오페라를 보면 좀 위로가 되면서도
그게 오히려 화를 돋우는 면도 분명 있었다. 그 작품의 주제가 사
랑이라기보다 선함이라는 데서 신비한 느낌마저 들었다. 브리튼이
사랑에 대해 느낀 감정을 그보다 덜 분명하고 호소력 덜한 논쟁의
드라마로 바꿨다는 사실도 마찬가지였다. 중간휴식 시간에 그것에
대해 좀 얘기했다. B경이 EMF를 안다는 사실을 알게 됐다. 아마
꽤 잘 알았던 것 같다. 그가 자신의 나이와 지위의 사람들에겐 아
주 어려운 이런 주제들에 대해 얘기하기를 즐긴다는 느낌을 처음
으로 받았다. 늘 그렇듯 나는 규율과 예절을 지켰다, W양이 짓궂은
미소를 지으며 조바심을 내면서 "위대한 연인" 운운한 것과는 반대

로. 귀가. 오래된 두부버거로 비참한 저녁식사. 117번 곡을 듣고 기분이 더 나빠졌다. 그런데 연애란 게 다 뭔지? W는 벌써 애인하고 있을 게 틀림없다 싶었는데, 그래봤자 지속되지도 않을 거고, 그냥 섹스일 뿐이고, 또 자신보다 엄청나게 가난하고 우둔한—그리고 더 젊기도 한—녀석을 고른 데 대해 아주아주 합리적으로 생각해보려 했다. 그는 한번도 학위를 가진 애인을 만든 적이 없는 것 같다. 항상 말도 잘 못하는 녀석들을 공략한다. 너무나 피곤한데 잘 수가 없었다. 가난하고 젊고 우둔한 녀석이 껴안아주기를 갈망하며 누워 있었다."

제임스가 자신의 선망을 표현하지 않는 쪽이 나았을 것 같다. 나는 읽던 데서 대각선으로 다음 쪽의 단락으로 넘어갔다. "……수술. 이어서 수영—스무번 왕복, 피곤했지만 시원. 샤워실에서 좀 뭉그적거림—돌연변이들과 노인들이 넘쳐났다. 막 나가려는 참에 천사 같은 모리스가 내 옆 샤워기 아래 섰다. 가까이서 보니 그의 피부는 절묘하게 부드럽고 매끈하다—반쯤 발기한 커다랗고 게으른 성기로는 굵은 정맥이 꿈틀꿈틀 내려가고, 포피를 내리니 뭉툭한 자줏빛 꼭대기가…… 환희! 그때 응급 호출. 즉시 밖으로 나와 시간이 잊어버린 지하 아파트, 대부분의 사람들은 전혀 모르고 있는 악취 나는 버려진 공간으로 갔다. 천살쯤 되는 비참한 노부부—아내는 노망이 들었고 남편은 요실금이 있다. 아내가 계단에서 미끄러졌는데 남편은 아내를 부축하지도 못한 채 선 자리에서 오줌을 쌌다. 무척 크고 뚱뚱한 개가 계속해서 방해. 악취를 풍기는 거대한 가구, 사진들, 전쟁 때 쓰던 라디오. 나는 아주 사무적으로 그들을 대했다. 그들에게는 전적으로, 절대적으로 심각한 상황이었다. 다시 밖으로 나와 내 차에 탔을 때에야 마음 놓고 숨을 쉴 수 있었다. 동정심과 비참함만을 느꼈을 뿐 모리스에 대해 넋을 잃었던 건 벌써 잊었다. 그리고 그건 응급의인 내가 유용하게 쓰일 밤의 시작일 뿐이었다."

나에 대한 공격—물론 나는 그걸 일종의 아첨으로 읽었지만—보다 이 내용이 더 감동적이었고, 나는 무위도식자인 스스로를 생각하며 기가 죽을 수밖에 없었다. 이 점에서는 제임스도 찰스와 같다. 전혀 의도적인 것은 아니지만 그들의 모범적 선행과 자상한 이타적 행동의 고상함을 통해 내가 이기적임을 폭로하고 있었으니까.

누가 버튼을 눌렀는지 갑자기 엘리베이터가 움직이면서 흐느끼는 듯한 소리와 함께 아래로 내려갔다. 나는 얼른 일어나 일기장을 제자리에 가져다놓았지만 제대로 줄을 맞추지 못해 내가 꺼내 봤다는 사실이 확실히 표가 났다. 나는 『가디언』을 찾아 재빨리 부엌으로 갔다가 소파에 누워서—좀 소극 같고 그럴듯하지 못하니까—자는 척하기로 했다. 제임스가 들어올 때 잠에서 깬 척했다. "내 사랑! 미안, 너무 피곤해서—끔찍한 밤이었어. 샤프트에서 밤을 새우다시피 했거든."

제임스는 별로 흥미를 보이지 않았다. "즐거운 시간 보냈길 바라."

"어느정도는. 어린 필폿하고 갔는데 아서를 마주쳤어……"

"그래서 둘 다하고 했겠네?"

"글쎄……" 나는 그 대답을 가능성의 영역에 남겨두었다.

그는 부엌으로 가서 문을 쾅쾅 열었다 닫았다 하더니 커피를 더 갈고 토스터에 빵을 넣었는데, 마치 그런 것도 준비해놓지 않았느냐고 불평하는 것 같았다. 하지만 해야 할 말을 피하려고 그러는 것 같기도 했다. "대체 무슨 일인지 말해줘야지." 내가 말했다. 제임스는 갑자기 나를 꽉 껴안았다.

"그래, 내가 전부 털어놔도 괜찮겠어? 좀 못나게 보일 텐데."

"달링."

"딴 방으로 가자." 방을 옮긴 뒤 제임스가 큰 창문 중 하나를 열었고 여름의 소음이 어렴풋이 들려왔다. 내가 주의를 집중하며 앉아 있는 동안 그는 서성거리며 길 건너편의 방들을 바라보았다. "요새 좀 비참하다는 느낌이었어." 그러고서 그는 말을 멈췄다.

"뭐가 비참하다는 거야?"

"사랑도, 섹스도, 내 삶이 모두." 그가 귀찮다는 듯 커피잔을 내려놓으며 말했다. "몰라, 그냥 기분이 좀 저조했어. 일만 열심히 하느라고 내가 하고 싶은 건 거의 못 하면서 살잖아─누굴 만나지도 못하고. 글쎄, 수백명의 사람들을 만나지만 내가 만나고 싶어서 만나는 건 아니니까. 예를 들어, 너랑 마지막으로 만난 게 언제야? 애인들이며 다른 일들 때문에도 바쁜 건 알지만, 달링, 난 조금 더 자주 만나고 싶다고, 알아? 가장 오랜, 가장 소중한 친구잖아, 망할 것."

"나도 그래, 제임스. 항상 너를 생각하고 머릿속으로는 항상 대화를 나누고 내가 하는 일에 대해 뭐라고 할까 상상하고 그래. 내가 한심하게 지내고 연락도 전혀 안 하고 그래도 넌 내 가장 오래고 소중한 친구야."

그는 미소를 지었다. "이것 봐, 그냥 얘기만 해도 기분이 나아졌잖아. 그러니까 더 자주 만나야 한단 얘기지." 그가 고개를 돌렸다. "필하고는 어떻게 되고 있어?"

제임스가 듣고 싶은 대답이 그 연애가 다 끝났으며 그건 우리 사이 우정의 긴 기간 중 일부에 지나지 않았다는 만족스러운 뉴스인지, 아니면 연애가 잘되어가고 있다는 원통한 소식의 확인인지 알수 없었다. "사실 서로 굉장히 사랑하고 있다고 말할 수밖에 없겠는데." 자랑처럼 들릴 수도 있지만 겸손한 태도로 내가 말했다. "그녀석 정말 꼭 안아주고 싶게 다정해."

"바로 그거야." 제임스가 고개를 끄덕이며 무슨 소린지 알겠다는 듯 말했다. "내가 원하는 게 바로 그렇게 서로 꼭 껴안아주는 거라고. 어리석게 들리겠지, 윌리, 하지만 지난 몇주 동안 난…… 아주 기분이 저조했어. 너무 오래 사랑 없이 지냈고, 그러다보니 그런 생활에 너무 익숙해진 거야. 인생이 원래 그렇다는 듯, 당연히 계속 그렇게 살 거라는 듯—그런 다음엔 죽음, 공포, 아멘인 거지. 내가 마치 포스터 소설에 나오는 인물처럼 현실에서 멀어진 중산층 지식인의 원형으로 변한 것 같았는데, 그의 인물은 팔십년 전 얘기잖아…… 뭐든 냉소적으로 보는 건 괜찮지만 아무도 나를 원하지 않고, 여름은 다 타버리고, 아무도 내게 다가오지 않고, 누구도 내게 관심이 없다…… 계속 그런 생각이 드는 거야." 그가 약간 울먹였지만 울지는 않았다.

나는 제임스에게 다가가 안아주었다. "달링, 물론 다들 널 원하지. 얼마나 사랑스럽다고." 나는 흘리지도 않은 그의 눈물을 입맞춤으로 닦아주었다. 그러고 있자니 약간 거부감이 들기는 했다.

"아니야. 아무도 나하고 하고 싶어하지 않아."

나는 진짜로 킬킬댈 뻔했다. "내가 해줄게—지금 당장. 만일 원하는 게 그거라면." 그런 다음 나는 그를 등에서부터 학생처럼 커다란 엉덩이까지 손으로 쓸어주었다. 그가 수줍게 웃었다.

"그건 절대 안 되지." 그가 말했다.

물론 그랬다. 나는 좀 떨어져서 솔직하게 그를 바라보았다. "어젯밤엔," 내가 그에게 이야기를 계속하라는 뜻으로 말했다.

"아, 어젯밤. 내가 그런 생각으로 꽉 찬 머리로 차를 몰고 귀가하고 있었거든. 정말 끔찍한 방문을 하고 오는 길이었어, 사망 진단을 해주는. 자살을 했는데—최소한 삼주 전에 말이야—문이 잠겨 있었어, 이런 날씨에. 상상할 수 있지—아니, 사실 상상 못 할 거야. 방에 들어갈 수조차 없을 지경이거든…… 난 파크를 따라오고 있었는데, 한 9시경에—날씨가 무덥고 텁텁했지, 기억하겠지만. 라디오에서 「천지창조」가 흘러나왔어, 지난해 카라얀이 잘츠부르크에서 연주한 것 말이야, 호세 반 담하고. 장려하지. 그런데 갑자기 "번성하라, 모두" 하는 말할 수 없이 숭고한 대목—가서 생육하고 번성하라, 하늘과 바다에 충만하라 운운하는 그 대목에서 그것보다 더 아름답고 심오한 음악을 들어본 적이 없는 것 같았어. 완전히 히스테리 상태였지—차를 세우고 비상등을 켜고 그 자리에 앉아서 울고 또 울었어. 쾌활한 부분이 나올 때까지 계속 그러고 있었지. 다행히 하이든의 음악은 항상 쾌활한 부분이 있으니까, 고맙게도."

"괜찮은 음악이지."

"말할 수 없이 위대하지. 전에 함께 듣곤 하지 않았던가? 전에 들은 걸 기억하긴 했지만 마치 천년 동안 들은 적이 없는 곡 같았어. 어쨌든 집에 돌아온 다음에 난 생각했어. 이게 뜻하는 바가 다 무엇이겠느냐, 인간은 최대한 창조적이어야 한다는 뜻이다, 실제로 자식을 못 갖는다 하더라도 자기 일에 자신을 다 바쳐야 한다, 내가 항상 그렇게 해왔듯이, 자신이 하고 있는 모든 일을 통해 뭔가를 **창조**해야 한다라고."

"정말 그렇네."

"그래서 난 생각했어, 남자를 구해야 한다."

나는 제임스가 그런 생각의 전개가 우스꽝스럽기도 하다는 사실을 의식하고 있는 것을 깨닫고 마음이 놓였다. "물론, 난 그 순간도 호출 대기 중이었어. 그래도 좀더 섹시한 옷을 입고 마스카라도 좀 발라서 정말 꽤 괜찮아 보였어. 머리가 약간 벗어지긴 했지만 특별히 괜찮은 놈인 게 틀림없었지. 오래된 셔츠의 단추로 잠그게 되어 있는 주머니에 호출기를 넣었어. 담뱃갑처럼 보이기를 바라면서 말이야. 그렇게 차리고 볼런티어로 갔어. 술에 취하거나 하면 안 된다는 건 알고 있었지만, 삼십분쯤 필스를 홀짝거리다가 자연스럽게 어떤 녀석이랑 이야기를 하게 됐지. 스코틀랜드인이었는데 유쾌했고, 검은 머리에 청바지와 운동복 상의를 입었는데, 눈가에 멍이 든 것 같은 모습이 약하면서도 위험해 보였어. 어떤 타입인지 알겠지. 사실 너도 그 사람이랑 한 적이 있을 수도 있지."

"아, 그 녀석……" 나는 건성으로 맞장구를 쳐주었다.

"내가 술을 한잔 샀고, 우리는 음악 이야기를 했어. 자기가 바이올린을 한다고 그러더라고. 그래서 「천지창조」를 아느냐고 했지. 모른대, 물론. 그 녀석이 나한테 술을 사겠다고 하면 마실까 말까 고민하고 있는데 다른 스코틀랜드 녀석이 와서 어깨를 탁 치더니 데리고 가버리더라고."

"너무 낙담하지 않았길 바란다."

"결심이 좀 흔들리긴 했지. 하지만 난 내가 해야 할 일이 뭔지, 아니, 그보다는 내가 해서는 안 되는 게 뭔지 알고 있었어. 일분쯤 머무적거리다가, 그럴 만도 한 일인데, 황당하게도 그 바에 있는 사람들 중에서 나야말로 가장 매력적인 사람이라는 걸 깨달은 거야. 아주 기막히게 근사하고 서사시 같은 사건이 일어났으면 싶었어. 그래서 나가려는 참에 콜헌에 들러보면 어떨까 하고 생각했지. 그러면 호출이 와도 바로 갈 수 있고 말이야. 그런데 화장실에서 나오는 어떤 녀석이 눈에 들어오더라고. 날씬하고 볕에 그을린 피부에 데님 상의와 바지를 입고 있었는데, 물론 제일 먼저 눈에 띈 건 구부러진 커다란 성기가 흔들거리는 모습이었어. 그 녀석은 누구라도 따라갈게요, 하는 식으로 걸어가다가 나를 보더니 즉시 얼굴을 돌리고 밖으로 나가더군. 난 누군지 단박에 알아봤지. 내가 코리에서 보고 무척 흥분했었는데 넌 아주 혹평을 했던 녀석이야. 아주 말랐지만 근육질이고 어딘지 모르게 무지무지 섹시했던 그 친구였어."

나답지 않게 예의를 지키느라고 나는 제임스에게 내가 그 녀석, 콜린과 보낸 오후에 대해 한번도 얘기한 적이 없었다. 한두주 뒤에 클럽에서 제임스와 함께 있을 때 그를 보고서는 모른 체하기까지 했다. "누군지 알겠네." 내가 말했다.

"그야말로 내가 정말로 원하던 거였어, 나를 보는 그 녀석의 눈길이 꼭 날 원하는 것 같지는 않았지만. 간절히 원하던 대상을 봤으니까 난 당연히 어쩔 줄 모르고 바에서 안절부절못하다가 화장실로 갔지. 그런데 마침내 좀 비참한 기분으로 밖으로 나가니까, 아마 오분쯤 뒤였던 것 같은데, 바로 거기 모퉁이 기둥에 그 녀석이 한 발을 짚고 기댄 채 서 있는 거야. 사실 꼭 돈만 주면 할 것처럼 보여서 이상하다 싶으면서도 내가 말을 걸었지. 실은 코리에서 본 거 같다, 뭐 그런 시시한 말로 시작했어. 네가 무슨 말이든 상관없다, 말만 하면 된다 그랬었잖아. 근데 좀 전에 보였던 미심쩍은 표정에도 불구하고 그 녀석이 놀랍도록 좋아하면서 어디로 가겠냐고 그러더라고. 내가 아주 실제적인 말투로 요 모퉁이만 돌면 내 차가 있고 그걸 타고 아파트로 갈 수 있다고 그랬지. 그랬더니 순식간에 성사가 됐어. 난 전혀, 아무런 걱정도 하지 않았고, 그냥 행복했고, 거의 섹시한 느낌까지 들었지."

"굉장하네." 내가 말했다. "진짜 좋아." 나는 콜린이 별로 마음에 들었던 것도 아니면서 이제 소유욕 비슷한 것까지 느꼈지만, 즉시 너그럽게 마음을 먹고 제임스가 그와 잘됐으면 좋겠다고 생각했다.

"어쨌든 내 차에 타고 안전벨트를 맸어. 내가 그 녀석 것을 좀 만졌고, 그는 별로 개의치 않는 것 같더라고. 난 그냥 감을 잡아보려던 거였어. 그런데 그 녀석이 담배라도 꺼내는 것처럼 자기 윗옷 주머니에 침착하게 손을 넣더니 이런 배지를 딱 꺼내서 아주 의기양양하게 말하는 거야. '곧장 경찰서로 가는 게 좋을 거야. 난 경찰관이거든.'"

나는 할 말을 잃었고, 제임스는 그 일을 되살려 실상을 설명하면서 고개를 절레절레 흔들었다. 내가 제임스와의 사이에 권투선수와 트레이너 정도의 거리를 두고 고개를 끄덕끄덕하며 그의 이야기를 따라가던 중 그가 갑자기 나를 케이오시킨 거나 마찬가지였다. 하지만 그게 다가 아니었다. "난 아무 말도 하지 않았지만 차에 시동을 걸었지. 근데 물론 바로 그 순간에 내 호출기가 울린 거야. 그러자 난 어젯밤의 사건이 어떻게 해도 불가피했다는 걸 깨달았어. 아이러니가 최악의 방식으로 초과근무를 하고 있었던 거야. 어쨌든 이번에는 내가 내 직업적 장비를 꺼내려고 가슴 주머니를 더듬었지. 지금 생각해보면 좀 무모하게도 나는 그 상황을 이용해보려고 우리 둘 다 겉과 속이 참 다르다고 말했지. 말도 안 되는 소리였어. 그 녀석이 완전히 태도를 돌변하더니 교과서가 되더라고. 수갑을 채우거나 당신의 말이 증거로 사용되고 어쩌고 같은 말은 안

했지만, 날 꼬박꼬박 선생님이라고 부르면서도 1인치도(말하자면) 봐주질 않더라.”

“제임스,” 나는 너무나 화가 났다. “미안해. 나 이거 말 안 했었는데, 이유야 뻔히 알겠지만. 나 그 녀석이랑 잤어—이름이 콜린일걸?” 그가 고개를 끄덕였다. “꽤 한참 전에, 샤워실에서 우리가 함께 그를 본 직후였는데 지하철에서 만났어. 지하철을 같이 내려서 날 유혹하다시피 우리 집으로 따라왔지. 내가 그 녀석한테 했고 그 녀석도 나한테 했어. 동성애자란 말이야, 아주아주 동성애자라고, 나나 너처럼. 그 녀석이 귀엽게 경찰관 어쩌고 하는 수작으로 그냥 넘어갈 수 있다고 생각하면 오산이지.”

제임스가 나를 아주 유심히 보았다. 내 얘기는 지금의 상황이 아니라면 그에게 좋은 뉴스일 수 없었다.

나는 하루 종일 화가 난 채 지냈다. 피곤했기 때문에 화를 누르기가 힘들어서 나중에 시내에 갔을 때는 다른 사람들에게 들릴 정도로 주변 사람들에 대해 투덜댔고, 그들이 불쾌해하는 것 같을 때는 조롱하듯 예의 바른 태도로 돌변했다. (양말을 사러 갔던) 리버티 백화점에서 마주친 신경에 거슬리는 손님들과 옥스퍼드 스트리트에서 (자꾸 길을 가로막는) 무심한 행인들이 모두 부주의한 음모자들처럼 여겨져서 분노를 금할 수 없었다. 코리에서는 격렬한 운동을 조금 한 뒤에 완전히 지쳐 평소보다 더 후련해하며 수영장에 뛰어들었다. 하지만 수영장에서도 다른 사람들의 느린 속도와 서투른 동작 때문에 화가 치밀었고, 일부러 다른 사람과 부딪히면서 희미한 쾌감을 느끼는 조로한 사람들 중 하나의 희생물이 되었다. 만일 콜린과 마주쳤다면 내가 무슨 짓을 하거나 무슨 말을 했을지 모르겠다. 그 사건 전체가 엄밀히 말해 **심리 중**인 걸까? 제임스를 고발한 경찰관을, 아이러니하다 해도 분노로 대하는 게 제임스에게 도움이 될까? 나는 온갖 종류의 계획을 구상했지만 지나치게 깔끔하다는 이유만으로도 별로 쓸모없는 것들이었다.

　스킨헤드족들에게 맞았을 때 그랬듯 나는 제임스의 경험을 보자 느닷없이 자의식이 들면서 아무 일 없었을 때와는 달리 충동적으로 나 같은 사람들과의 연대의식을 느꼈다. 오후 1시의 분주한 탈의실에서 나는 비록 화가 나 있기는 했지만 다른 사람들, 은행가, 교육자, 기자 나부랭이, 광고업계의 멋쟁이, 햄버거 체인 매니저, 배우, 컨설턴트, 웨스트엔드 뮤지컬의 무용수, 비계 만드는 사람, 터무니없이 비싼 집세로 먹고사는 임대업자, 드라이어를 쓰려고 줄을 서고 트러블포멘 향수로 공기 중에 구름을 만드는 그들을 좀 불안한 심정으로, 무자비한 포식자들의 위협을 받는 희귀종인 듯 바라보았다. 콜린이 야만적인 사람들 편에 서다니, 너무나 충격적이라 말이 안 나왔다. 기억 속에서 나는 그의 그을린 피부와 굶주려 보이지만 소름 끼치는 이상한 눈, 서성거리는 습관, 그에게서 풍기던 무슨 일이 일어날지도 모른다는 느낌까지 모두 생생히 떠올릴 수 있었다.

　코리에서 나온 뒤에는 이발을 하러 갔다. 나는 꽤 오랫동안 닐 스트리트에 있는 구식 이발사에게 다니고 있었다. 그는 1.05파운드—그가 항상 주장하듯 1기니[2]다—를 받고 내 머리를 깔끔하게 유지해주었다. 창에는 머리를 앞으로 기울인 남자들의 흑백사진이 있었고, 안에 있는 대기 장소에는 웨일스 공작과 공작부인의 천연색 포스터가 듀렉스[3] 상자 위에서 멍청하게 웃고 있었다. 대대적

---

2 guinea, 영국의 옛 화폐 단위.
3 Durex, 콘돔 상표.

수리를 거쳐 세련되게 변모한 코번트 가든 가운데 자리 잡은 그 이발소는 소박함을 유지하고 있는 동네 가게의 전초지였고, 그곳을 중년의 독신자 아들 레니와 함께 운영하는 반디니 씨는 권투와 전시 생활과 자신이 그때 겪었던 고생담 등을 사심 없이 늘어놓곤 했다. 머리를 깎는 일 하나하나를 예술작품인 체하는 현대적 스튜디오와 달리 꽃무늬 리놀륨 바닥과 가위와 상아 손잡이가 달린 면도기 등이 있는 반디니 씨의 가게는 반세기 동안 정확히 똑같은 일이 일어나고 있다는 안정감을 주었다. 몇십년 동안 반디니 씨가 행한 수십만번의 동일하고 규칙적인 머리 깎기를 생각하면 달콤한 감상과 함께 황홀감이 느껴졌다. 그도 전시에는 소호에 살던 다른 이딸리아 사람들처럼 강제수용소에 갇혔지만 그외에는 거의 사십년 동안 한자리에서 한결같이 일해온 것이다. 잘생긴 중년의 찰스가 이주에 한번씩 들러서 뒷머리와 옆머리를 짧게 깎고 오드끼닌 발모제를 바르는 모습을 쉽게 상상할 수 있었다.

절반은 폭격으로 무너지고 나머지는 5실링짜리 저녁식사와 무수한 이타심과 물자 부족을 바탕으로 유지되었으리라 상상해온 전시의 런던은 찰스의 일기에서는 꽤 다른 모습으로 나타났다. 특별한 기회의 시대, 모든 종류의 환상이 갑자기 현실로 화할 가능성이 생기고 동맹군들의 동지애가 섹스와 로맨스로 귀결될 수도 있는 시기였던 것이다.(이 점이 전쟁에 대한 내 두려움의 다른 면이었으리라.)

1943년 9월 26일: 내 생일…… 어느 세기와 같이 나이를 먹는다는 것은 참으로 답답한 노릇이다. 그런 상황은 자신의 전진을 중요하고 불가피한 것으로, 자신의 나이에 대해 낭만적 회의의 여지가 전혀 없게 해준다. 하지만 아름다운, 아지랑이가 어른거리는 전전戰前과 비슷한 날이다. 클럽에서 드리버그와 점심. 드리버그는 무척 아첨을 하면서 내가 겨우 마흔두살 정도라고 생각했다고 말했다. 나는 나의 성적 성취에 대해 슬쩍 비치기만 했지만 그는 자신의 성적 정복에 대해 늘 어놓았다. 그의 이야기는 어떻게 끝날지 전혀 불확실하다. 조심성 없는 이야기다. 우리는 주로 양키들의 문제이긴 하지만 영국 사람들도 유색인 군인을 자주 공격하고 모욕한다는 데 대해 한탄했다. 역겨운 미국법에 맞서 드리버그가 의회 안팎에서 기울인 노력은 다 실패한 것 같았다. 그는 상관없다고 말했다, 자기는 개인적으로 그걸 다 만회하도록 할 거라며.

나중에 나는 소호를 돌아다니다가 채링크로스 로드에서 세명의 흑인 미군이 꽤나 느긋하게 담배를 피우고 여자들을 보며 어슬렁거리는 것을 보았다. 휴가 중인 군인들에게서 흔히 보이는 안쓰러운 모습, 뭔가를 해야 한다고 생각은 하지만 딱히 뭘 해야 할지 모르는 모습이었다. 뚱뚱한 군인과 마른 군인이 한 사람씩이었고, 뭔가를 잃은 듯 순진한 표정을 한 중간 체구의, 보는 순간 심장이 멎을 듯한 군인이 있었다. 그의 친구들이 그를 놀려대는 게 분명해 보였고, 그는 한없이 너그럽고 친절한 느낌으로 빛나는 사람이었다. 나는 그들 옆으로 걸어가며 그들의 대화를 귀동냥한 다음 옥스퍼드 스트리트 건너 라이언스 코너 하우스 옆에 무관심을 가장한 채 서 있었다.

최상의, 생일다운 기적이 일어났는지 그들 일행이 건너편 모퉁이에서 흩어지더니 뚱뚱보와 갈비씨는 아까는 꽁무니를 뺐거나 오해했던 뭔가를 다시 해보려고 결심한 듯 채링크로스 로드로 되돌아갔다. 반면 내 마음에 들었던 녀석은 길을 건넜다가 다시 건넌 뒤 토트넘 코트 로드의 먼 끝으로 갔다. 내가 어슬렁어슬렁 다가가니 그는 작은 극장에 붙은 포스터를 보고 있었다. 오후 동안 「깁슨 가족 연대기」를 볼지 잭 헐버트가 나오는 다른 영화를 볼지 망설이는 것 같았다. 그가 내게 그 영화들을 봤느냐고 물었고, 나는 봤는데(실은 안 봤다) 둘 다 너무 지루하다고 말했다. 그가 영화를 보지 못하게 되면 내게 몇가지 가능성이 있을 것 같았다. 그를 따라 영화관에 들어가서 어둠 속에서 미국 담배를 피우며 몇시간을 기대감 속에 보낼 생각은 없었다. 그래서 내가 코린시언 클럽에 가려는 참인데 함께 가서 수영이나 하자고 제안했다. 안내를 바라고 있던 어린애처럼 그는 어른스러운 냉소나 의심의 흔적도 별로 없이 날 따라왔다. 폭격당한 빌딩의 한쪽 끝이 방수포와 비계에 둘러싸인 모습을 보자 그는 나를 향해 안됐기도 하고 다행스러운 일이기도 하다는 듯한 표정을 지어 보였다.

그가 샤워할 때까지 기다리기도 힘들었다. 하지만 나는 서랍과 타월을 빌리게 해주고 내가 운동만을 위해 거기 갔다는 듯이 수영장에 있는 시간을 한껏 늘렸다. 로이(그의 이름은 로이 바살러뮤다)는 수영은 서툴렀지만 속도가 무척 빨랐고 군인답게 건강하고 아주 근사한 몸매를 가지고 있었다. 나는 근육이 참 훌륭하다고 말하며 그의 반응을 살폈는데, 그가 팔을 굽혔다 펴 보이며 내게 자기 복부를 쳐보라고 했다. 또한 진짜 근육을 보려면 자기 연대의 다른 사람을 봐야 한다고 말했는데, 아마 상상 가능한 최대의 근육을 가진 사람인 모양이었다. 이어 그가 권투를 좋아한다는 걸 알게 되었고, 잠시 내가 스무살만 더 젊었더라면, 그래서 그와 권투 시합을 한판 붙을 수 있다면 얼마나 좋을까 생각했다.

샤워실에서 보니 그는 내가 바라던 바로 그 체격의 소유자였고, 유일한 흠이 있다면 자그마한 맹장수술 흉터였다. 하지만 그는 겸연쩍어했는데, 나는 그게 나체여서가 아니라 백인들 사이에 있기 때문이라는 걸 깨달았다. 그도 내가 코리에서 본 다른 흑인 미군들처럼 인종 분리에 익숙해 있었고, 자신들이 가진 명명백백한 아름다움과 존재감에도 불구하고 어쩐지 겁을 내고 거부당할까 두려워하는 것처럼 보였다. 하지만 거기 단골들은 모두 경탄의 눈으로 그를 바라보았다. 폭스는 평소처럼 "어젯밤 한건 했나보네, 찰스?"라고 재빨리 한마디 했고, 젊은 앤드루스는 아무개 경, 아무개 경 해가며 대화에 거품을 물었는데, 로이는 물론 큰 인상을 받은 듯했다.

나는 그를 브룩 스트리트로 데리고 가서 샴페인을 한병 땄다. 타하가 잘 알겠다는 표정으로 나를 바라보고는 친척 아저씨를 만나러 갔다. 곧이어 나는 그곳을 온통 독차지했기 때문에 원하던 것을 대충 할 수 있었다. 여자친구 등등의 레퍼토리를 먼저 따졌지만, 그 문제를 해결한 뒤 우리는 아무 거리낌 없이 입맞춤을 하고 어루만지기 시작했고 옷을 벗고 소파에서, 바닥에서 서너번 했다. 그가 가진 순진함이 내게 아주 매력적이었고, 아주 남성적이면서도 다정해서—가식적이거나 여성적인 면이 없었다—완벽한 축복이었다고밖에 말할 수 없다. 나는 그렇게 많이 사정하는 사람을 본 적이 없다. 내가 손으로 해준 마지막에조차 얼굴에까지 곧장 튀었다.

9월 27일: 어리석게도 나는 로이에게 내 전화번호를 주었다. 아침부터 대부분의 시간을 외출해서 5시경이야 귀가했는데, 귀가 후에 타하에게 전화 온 게 있느냐고 물었더니 눈에 띄게 자족적인 태도로 "아니요, 어르신"이라는 대답이 돌아왔다. 로이하고 또 하면 무척이나 좋겠지만 안 그래서 다행이기도 했다. 만일 연락을 해오더라도 안 만나리라 결심했다. 반복하면 어제 경험했던 자발성과 아름다움은 없을 것이고, 나는 전혀 모르는 두 이방인이 상호 간의 쾌락 속에 결합된 드물고 멋진 날들의 하나로 어제를 기억하고 싶다.

9월 28일: 꽤 끔찍한 날이다. 화요일과의 대조를 위해 기획된 날 같았다. 어제 오후에 짧게 겪은 감상적인 동지애와 가슴 뛰는 성애 대신 숨 막힐 듯한 파국이 있었다. 타하는 점심식사 후에 GS에 보고서를 전달하고 구할 수 있으면 꽃을 구해 오라고 내보냈는데, 갑자기 내가 구릿빛 국화를 보고 싶어졌기 때문이다. 종종 그렇듯 나는 타하가 나를 위해 여러 거리를 지나는 모습을 상상했고, 위가 무거운 긴 원뿔 모양으로 신문을 말아쥐고 사람들 사이를 지나가거나 꽃을 가리키는 그의 모습을 초자연적이고 공상적인 육감을 통해 보았다…… 다른 사람들이 타하를 주목하고 때로 함부로 대하거나 잔인하게 대하는 것도 알고 있었지만, 그 모든 것 때문에 그에 대한 내 자부심은 더 강해졌다. 신기한 일이었다. 평범한 런던 거리들을 걸어가는 그는 내 상상의 영역 속에서 타인이 침범할 수 없는 존재, 내 사랑을 듬뿍 받는 존재였다.

그는 꽤 시간이 지나서 돌아왔고, 마침내 그가 화병에 국화를 꽂아들고 나타났을 때 나는 약간 불안한 심정으로 별일 없었느냐고 물었다—그에게 운반시키는 서류들은 기밀이었지만 그를 전적으로 신뢰했기에 그 때문에 불안했던 것은 아니고 그가 다른 사람들의 방해를 받았을까봐 불안했다. 타하는 정말 죄송한데 뭘 좀 여쭤봐도 되겠느냐고 물었다. 나는 물론 그러라고 했다. 그는 니리와 결혼하고 싶다고 말했다. 나는 축하해주고 악수를 하며 행복하길 바란다고, 그의 약혼녀와 만날 날을 고대한다고 말했다. 그가 문을 닫고 방을 나간 지 일이분 후에 외출하는 소리가 들렸다.

나는 그제야 그 소식을 생각해볼 여유를 갖게 되었다. 아니, 그 소식에 관통당할 여유라고 해야 할지. 그 소식은 내게 더할 나위 없이 날카로운 통증을 가져다주었고, 타하가—내가 잘 알듯—우스꽝스럽게 생긴 챙 넓은 모자를 쓰고 나갔을 때 내 안에서 무언가가 방출된 것 같은 느낌이었다. 이어 나는 숨을 헐떡거렸고 얼굴로 눈물이 흘러내렸는데, 방 전체와 가구와 그림과 책조차 그 일이 가져온 비참함 때문에 흠뻑 젖고 무거워진 것만 같았다. 사실 아무리 내게 소중한 부부라 할지라도, 아무리 서로 완벽하게 잘 어울리는 두 사람이라 해도 결혼한다는 소식을 들으면 나는 언제나 극도로 우울해진다. 하루 이틀 후엔 좀 나아지기도 했지만, 뭔가 새로운 것이 시작된다기보다 오래고 순수했던 어떤 것이 돌이킬 수 없이 끝났다는 느낌이 지속적으로 남았다. 그 돌이킬 수 없이 끝난 순수함이 나의 타하의 순수함일 때 나는 그가 죽은 것 같은 느낌—혹은 마법에 걸려 어떤 다른 요소로 변해버린 것 같은 더 나쁜 느낌이 들었다. 마치 그가 입을 열고 입술을 움직여도 내 침묵을 깨뜨리지 못할 만큼 너무나 먼 곳에서 춤을 추고 노래를 하는데 나는 망원경으로 그 모습을 보고 있는 것 같았다.

한없이 방 안을 서성대면서 감정을 자제했다 거기 굴복했다 하기를 반복했다. 폴즈든의 복도에서 가져온 키 큰 당나라 화병에 타하가 잘 꽂아놓은 국화 앞에 섰다. 너무나 깨끗하고 활짝 피었지만 건조한 윤기가 흘렀다. 이파리는 초록색이었지만 크게 덩어리진 꽃송이는 가을빛을 띠고 있었다. 래커를 칠한 예술작품이라고 해도 될 것처럼 보였고 그게 실물임을 증명하려면 비틀거나 꽃잎을 따봐야 할 것 같았다. 몇분 전의 짧막한 장면을 속으로 거듭 떠올려보며 그때마다 고통을 느꼈고, 타하가 내게 꽃을 바치며 자신의 흥분을 억누르던 모습에서 보이던 나에 대한 지극한 경의를 깨달았다. 평소와 마찬가지로 이번에도 본인의 감정을 완전히 억제하지 못한 상태에서 내 감정에 대해 부드럽고 예리하게 통찰하고 있었던 것이다. 나도 그가 지난 며칠 동안 틀림없이 기쁨과 걱정 사이에서 힘들었을 텐데 그럼에도 왜 그렇게 자신만만해 보였는지 이해할 수 있었다. 그러다보니 국화들도—흔히 위기의 순간이면 무생물마저 의미를 띠게 된다—타하가 내게 충성을 다한 여러해의 상징, 그리고 비가悲歌 같기도, 무자비한 찬란함 같기도 한 타하의 미래를 축하하는 상징처럼 내 눈앞에서 헤엄쳤다.

기운을 차리고 위스키를 한잔 가득 따라 마셨다. 기계적인 일을 찾아 수단에 관한 내 책 교정에 집중해보려 했지만 물론 단순한 수치의 표조차도 사랑스러운 타하와 내가 함께한 과거의 시간을 말해주는 듯했고, 가장 다정했던 순간들, 사심 없이 서로를 위하던 가장 순수했던 순간들의 기억을 헤집었다. 어떤 면에선 그런 것들이 내게 영감을 주었던 것 같다. 그에게 주려고 200파운드짜리 수표를 썼다가 마음을 바꿔 100파운드짜리 수표를 썼다. 그러곤 그 수표 두장을 다 찢어버리고 500파운드짜리 수표를 써서 봉투에 넣은 뒤 타하의 방에 놓아두려고 종종걸음으로 다락으로 올라갔다. 그동안 타하의 방에 간 적은 거의 없었는데, 바보처럼 그의 베개를 쓰다듬는 몽상에 빠지지 않도록 스스로를 억눌러야 했다. 그 방을 보니 수단에서 쓰던 방도 생각이 났는데, 아름다운 숄이 덮인 침대와 맨바닥에 깔린 양탄자, 무라드의 사진과 수단의 클럽 밖에서 우리가 하르툼을 떠나기 직전에 찍은 다른 사진—그와 내가 태양을 배경으로 나란히 서서 미소 짓고 있는—이 놓인 작은 탁자 외엔 아무것도 없었기 때문이다. 하지만 그걸 보는 것만도 힘들어서 나는 다시 서둘러 그 방을 나왔다. 그렇게 단순하고 안정감을 주는 물건들조차 나를 배반하고 있었다.

아주 많은 변화가 일어날 것이다, 내가 생각을 시작도 못 한, 생각할 수도 없는 일들이. 타하는 우리 집에 머물 것인가? 그 부부가 이곳에 살기를 원할까? 내가 알기로 니리는 어머니와 늙은 아저씨와 함께 런던 서쪽 어딘가에서 살고 있었다…… 나는 내가 보여야 할 끔찍한 관용을 생각해보고, 타하를 금방 다시 보게 된다면 스스로를 억제할 수 없다는 사실을 깨달았다. 그래서 집을 나서서 윅스에서 술을 한두 잔 더 마셨고, 저녁이 내릴 무렵 내가 몽유병자처럼 클라크슨스 코티지로 향하고 있다는 사실을 깨달았다. 다행이다 싶었다. 진정제 같은 것, 뭔가 영혼이 없는 기분전환거리가 필요했으니까.

깨진 전구를 새것으로 바꿔 화장실 안은 꽤 밝았다. 한쪽 끝에는 레인코트를 입은 비즈니스맨 같은 남자와 다른 쪽 끝에는 항상 거기 있으면서 망을 보는 듯 조바심을 내는 자그마한 남자가 있었다. 그의 모습을 보니 대학 시절의 하인 한 사람이 생각났는데, 그는 신사들이 행복을 느끼도록 애썼고, 내 짐작에 그가 받는 유일한 보상이라면 실컷 구경할 수 있다는 미심쩍은 즐거움이었다. 나는 그들 중간에 자리를 잡았고 잠시 동안 느꼈던 기대감은 사라지고 있었는데, 따가닥따가닥 소리가 들리고 챈시 브러가 들어오더니 불가항력적인 힘(force majeure)이 내 오른쪽 자리를 차지했다. 그는 엄청난 양의 오줌을, 게다가 너무나 사무를 보듯 누었다. 진짜 편의점 손님처럼 보이기 위해 (헛된 희망이다!) 몇시간 동안 꾹꾹 참았음에 틀림없었다. 다 누고 나서 잠시 동안 엄청나게 큰 자기 성기를 손아귀에 넣었다. 누구든 거기 그냥 계속 서 있을 수 없다는 건 분명했지만, 나는 그가 워낙 끈질기다는 사실을 잘 알고 있었기 때문에 내 바지 단추를 채우고 모자를 툭 치며 예의 바른 인사를 하고 그의 아내에게 안부를 전한 다음 그곳을 빠져나왔다.

올드 콤프턴 스트리트를 따라 걸으며 샌디가 아직 거기 있었으면,

차라리 함께 술에 취할 친구라도 있었으면 했다. 레스터 스퀘어의 화장실도 괜찮을 듯해서 잠시 들렀지만 낯익은 얼굴들—스프레이그 소령과 켄징턴 팰리스의 집사—과 이 세계에 이제 막 발을 들여놓은 몇몇 조바심이 난 젊은이들이 기대에 찬 얼굴로 돌아보았다. 앤드루스가 요새 빅토리아역에 가면 병사들이나 선원들과 한바탕 즐길 수 있다고 말해주면서 지난주에 선원 둘을 만나 생애 최고의 밤을 보냈다고 했다, 믿을 수 있는 소린지 모르겠지만. 나는 트래펄가 스퀘어를 향해 가며 버스를 탈까 생각했는데, 그사이 황혼이 내린데다 갑자기 다시 비참한 기분에 사로잡혀서 그런 생각을 다 버리고 토막살요리와 한잔의 맥주를 먹으려 클럽으로 되돌아갔다. 내게 다가오는 누구에게나 아주 함부로 대하게 되었다.

그날 저녁 내가 로널드 스테인스의 작은 전시회를 보러 간 것은 친구들의 우울과 불운이 걱정스러워서이기도 하고, 반디니 씨가 새롭게 강인한 해병대 스타일로 만들어준 내 모습을 선보이기 위해서이기도 했다. 평소라면 안 갔겠지만 제임스의 소식을 들은 뒤라 가야만 하겠다는 생각이 들었다. 휴지통을 뒤져 초대장, 뒷면에 검은색 잉크로 "지난번 저녁에 그렇게 빨리 가서 안타까웠네—로니"라고 적힌 자주색 카드를 찾았다. 그와의 관계를 끊는다면 무척 행복하겠지만, 유지하면서 그 우울하지만 범죄의 증거가 될 게 확실한 콜린의 사진을 확보할 필요가 있었다.

전시회 제목은 '순교자들'이고 램스 콘듀이트 스트리트에 있는 시그마 갤러리에서 열리고 있었는데, 수많은 '대안적' 인물들의 보금자리, 혹은 적어도 정류장쯤 되는 곳이었다. 라이코트 프리도가 1930년대에 설립한 그곳은 초기에는 좌파 예술가들을 위한 공간을 제공했고, '프리도의 시그마 팸플릿'은 독서회와 전시회와 더불어 거기서 시작됐다. 하지만 내 시대에 와서는 프리도의 아주 어린 친구 사이먼 심스가 경영자가 되었는데, 작고한 멘토의 스타일을 희석해서 종종 당황스러울 정도로 동성애적이고 인종적인 전시회와 함께 진부한 신비주의 작품을 많이 전시했고, 지하에는 하프시코드 음악을 연주하고 나무 접시를 쓰는 엄격한 채식주의자 까페를 열었다. 장소 전체에서 숭고한 원칙이 실망스럽게 펼쳐진 분위기가 감돌았다.

전시장 앞 유리창을 통해 보니 일찍 도착한 몇몇 사람들이 포도주잔을 들고 겸연쩍게 찌푸린 얼굴로 사진을 보고 있었다. 한편에서는 흑백의 옷을 입은 스테인스가 수첩을 든 사람과 이야기하고 있었다. 자기 홍보를 하는 사람들이 흔히 보이는 가식적으로 단정한 표정을 짓고 있었다. 내가 들어가자 가게의 구리 종이 딸깍하는 소리를 냈고 모든 사람의 고개가 나를 향했다. 코리에서 샤워실에 들어갈 때 같았다. 스테인스가 몸을 틀어 나를 보고는 미소를 지으며 제멋대로 눈을 찡긋하더니 인터뷰를 재개했다. 나는 방명록에 서명하고 음료 탁자로 갔다.

전시된 사진은 그다지 마음에 들지 않았지만 사진의 배경을 아는 만큼 좀 걱정스럽기도 했다. 마치 무대에 선 친구를 볼 때처럼 말이다. 그것들이 대표하는 저속한 스미스필드의 뮤즈들이 스테인스의 렌즈와 스튜디오의 화려한 치장 덕분에 충분히 매력적으로 보이기를 바랐다. 대개는 내 걱정 따위는 필요 없었다. 사진들은 전문성을 강렬하게 내뿜고 있었고, 조명과 색조는 아름다웠으며, 털이 무성한 돼지의 귀에서조차 가장 매끄러운 지갑이 만들어졌다고 할 만했다. 나는 세례자 역할을 한 알도 녀석을 한눈에 알아보았는데, 벌거벗은 그의 상체는 밝은 조명 때문에 더 넓어 보였고, 작고 뻣뻣한 깃발은 머리 위에 사선을 그리고 있었고, 졸린 듯한 검은 눈과 수염이 삐죽삐죽한 턱 주변으로는 살짝 놀란 표정이 보였다.

알도가 순교 이전의 성 세바스티아누스와 함께 나오는, 논란거리가 될 만한 사진도 나란히 걸려 있었다. 세바스티아누스는 재미없는 창백한 미남으로 금방이라도 흘러내릴 것 같은 작은 샅바 하나만 걸치고 있었다. 그들은 또스까나 지방의 거장에게서 따온 배경을 투사해 영리하게 포즈를 취했는데, 그 몸짓의 15세기적 짜릿함에도 불구하고 그들이 상기시켜주는 것은 『태틀러』나 『우오모 보그』 펼침면 속지의 동성애자 느낌이 물씬 나는 패션이었다. 나의 그런 인상은 코 주변으로 확 끼치는 트러블포멘 향수 냄새와 이두박근 높이에서 보이는 가이 파비스의 형광 핑크색 안경 때문에 더 강해졌다. 잠깐 동안 내가 실제로 가이 파비스의 「대안적 이미지」 티비 프로그램 중 하나에 포착될 것 같은 느낌이 들어 말끔하게 면도한 세바스티아누스의 매끄러운 옆모습을 클로즈업하는 카메라를 피해야겠다고 생각했다. 하지만 그는 거기 개인 자격으로 온 것 같았다. 나는 그에게서 떨어지려고 애쓰면서도 눈을 떼지못했고, 그가 혹 터무니없고 기억에 남을 만한 말을 할까 귀를 기울였다.

포도주 한잔을 끝내고 두번째 잔도 거의 비울 때까지 나는 수염을 기른 잘생긴 성 라우렌티우스와 그의 깜찍한 석쇠를, 내가 만났으면 좋았을 엄청난 덩치의 흑인이 돌덩이를 높이 든 희미한 모습 아래로 빛의 기둥 속에 매력적으로 웅크린 성 스테파노스를 바라보았다.[4] 성 베드로는 코리에서 운동을 하는 애슐리였는데, 물구나무선 모습이 그다지 돋보이지는 않았다.

이제 딸깍대는 종소리가 자주 들렸고 일찍 와서 둘러보던 사람들은 전체 방문객들의 무리 속에 삼켜져버렸다. 모두들 인사를 나누고 입맞춤을 하고 소식을 교환하고 뒷걸음질을 치다가 타인에게 부딪쳐도 사과도 하지 않았고, 개인의 집에 있었으면 꼴사나웠을 그 특이한 사진들을 대체로 무시했다. 가격표를 든 사람들은 좀 떨어져서 순교자들이나 사진 옆의 번호표를 보기 위해 술을 마시는 다른 사람들에게 비켜달라고 말해야 하는 딱한 상황이 되었다. 나는 술잔을 새로 하나 집어들고 아래층으로 내려갔다.

아래층에는 화이트헤이븐 스타일 조각의 전신 나상 시리즈—벤치 프레스나 노틸러스 머신[5]의 순교자들일 뿐이다—가 있었고, 존 그레이[6]의 『오스카 와일드의 무덤』 한정판에 사용된 삽화 한질이 스티븐 데블린이 같은 시에 붙인 테너와 현악사중주, 오보에 곡의 악보와 함께 있었다—순교 이후의 사후세계가 참으로 풍성하다. 사진들은 발레처럼 우아하고 은유적이며 가느다란 금박이 주는 영혼의 느낌이 무척 강조되어 있었고, 스테인스 특유의 스타일로 찍은 상당수 이미지는 감옥 창살의 그림자가 교차하면서 반쯤 흐릿하게 처리되었다.

내가 음악의 한 소절—무성적無性的 음악이 가장 동성애적으로 느껴지는 사례일 말러 앤드 프렌치 음악—을 눈으로 좇는데 누가 옆구리를 쿡 찔러서 돌아보니 알도 본인이 서 있었다. 아무 말도

---

4 성 라우렌티우스와 성 스테파노스는 모두 기독교 초기의 순교자들. 성 라우렌티우스는 달군 석쇠 위에서 순교했다는 전설이 생겨 석쇠와 함께 등장하는 그림이 많다.

5 nautilus machine, 웨이트 트레이닝용 운동기구.

6 John Gray(1866~1934). 영국의 시인이자 가톨릭 신부. 오스카 와일드의 작품 『도리언 그레이의 초상』의 모델이 된 인물이라는 설이 있다.

하지 않았지만 클럽이나 바에서 혹은 외국에서 말이 안 통할 때 어린애들이 그러는 것처럼 이렇게 물리적인 방법으로 자신의 존재를 알린 것이다. 나는 그를 향해 짓궂은 미소를 지어 보이고 계속 악보를 읽어나갔고, 그는 행복한 표정으로 내 곁에 서 있었다. "로니는 자기가 안 올 거라고 생각했는데." 조금 뒤에 그가 말했다.

"나도 약간 순교자라고 할 수 있거든." 내가 말했다. "언젠간 로니의 재치 있는 경구(jeux d'esprit)대로 내가 죽게 될지도 모르지."

"사진 마음에 안 들어?" 알도가 풀이 죽은 듯 말했다.

"아, 사진들은 괜찮아. 여기 이것들은 좋아." 우리는 몸을 돌려 삽화 속의 운동선수들을 살펴보았다. "이들은 순교자는 아니잖아? 순교자는 별로 안 좋아해—그런 건 그저 티를 덜 낸 포르노지. 너는 아주 예뻐 보이긴 하더라…… 하지만 차라리 내놓고 포르노인 게 나아—아니면 아예 포르노를 찍지 말든지. 전부 가식적이야, 저런 건."

"자긴 지난번에 로니 집에 오래 있지도 않았잖아." 그가 항의조로 말했다. "아주 재미있었는데. 아주 굉장한 장면을 만들었고, 마지막엔 다들 참여했다고."

"난 바로 그걸 피하고 싶었던 거야."

"찰스 경도 만져보셨는데."

"제발!"

"레이먼드와 데릭, 걔네들은 아주 피곤해했어." 그는 말하지 않고는 못 배기는 모양이었다. "그래도 압둘은 아니었어. 그 친군 밤새도록 했어."

"여기서 그 영화도 상영해야 해." 내가 제안하자 알도는 킬킬거림으로써 충격을 표했다. 나는 거리낌 없는 눈길로 그를 살펴보았다. 꽉 끼는 흰색 진바지와 어렴풋이 이딸리아 식당을 연상시키는 빨간색과 흰색 체크무늬 셔츠를 입고 있었다.

"이게 다 자기 거야?" 내가 시선을 그의 사타구니 근처에 둔 채 물었다. 그는 내가 뭘 물어보는지 못 알아들은 듯했고, 다시 묻거나 설명해달라고 하는 대신 그저 막연하게 킬킬 웃었다. 나는 그를 지나치면서 몸을 바짝 붙여 툭 튀어나온 그 부분을 강하게 압박했다. 진짜 같았다. 때마침 자형 개빈이 여러 사람의 고개 너머로 갑자기 내게 손을 내밀었는데, 그의 표정을 보니 내가 하는 짓이 너무나 나답지만 참을 만은 하다고 말하는 듯했다.

"개빈! 잘 만났네요." 우리는 힘차게 악수했고, 그는 "이렇게 보다니 웬일이야"라면서 이성애자가 가끔 동성애자에게 보이는 추파를 던지는 듯한, 거의 향수를 일으키는 유쾌한 태도로 말했다. "어떻게 지내?"

"좀 감정 소모도 있고 특이해요…… 다행히 건강이 괜찮아서 그럭저럭 견딜 만해요."

"흥미롭네!" 그가 재빨리 알도를 바라보았는데, 그 특이한 상황의 원인이 알도인가 하는 표정이어서 나는 서둘러 그들을 소개했다.

"개빈, 이쪽은 알도예요. 위층에 있는 몇몇 사진과 세례 요한의 모델이에요. 알도, 이쪽은 개빈이야. 우리 자형이지." 두 사람은 악수를 나눴고, 개빈은 그럼 로니를 알겠다며 허둥지둥 떠벌렸다. 나는 개빈이 어떻게 로니를 아는지 궁금해서 물었다.

"그러니까, 우리 쪽 사람들 중에도 그쪽 사람들을 좀 아는 경우가 있어." 그가 손가락을 건들거리며 말했다. "처남은 비슷한 사람들끼리의 세계에 산다고 생각할지도 모르지만 사실 우리보다는 로니 스테인스의 세계에서 꽤 먼 곳에 살고 있다고. 나는 로니하고 교통과 일방통행 체계 관련 위원회에서 함께 일했는데, 그는 위원 일을 아주 잘했어." 나는 짐짓 반성하는 표정을 지었다. "처남이 어떻게 로니를 아는지는 안 물어볼게."

내게는 사실 말하지 못할 이유가 없었다. "전 덜 어른스럽고 덜 공적인 방식으로 만났어요. 찰스 낸트위치라는 노인 아세요? 그분이 소개해줬어요, 윅스에서. 아주 굉장히 점잖은 상황이었다고요."

개빈은 눈썹을 치켜뜨고 고개를 몇번 끄덕인 다음 포도주를 홀짝였는데, 약간 불길한 침묵이 이어졌다. "낸트위치를 아는 줄은 전혀 몰랐네." 이윽고 그가 사무적으로 말했다.

"알게 된 지는 몇달밖에 안 됐어요······"(어디까지 얘기하는 게 좋을까?)

개빈은 미소를 지었다. "그냥 그이가 백위스 집안사람하고 알고 지낸다는 게 놀라워서."

"하지만 자형과는 알고 지내잖아요." 내가 합리적으로 대꾸했다.

개빈은 웃었는데, 너무 길게 웃어서 당황했다는 걸 알 수 있었고 더이상 이야기를 안 하는 게 좋겠구나 싶었다. 그는 술을 좀더 마시며 입을 다물었다. "못생긴 우리 누나는 잘 지내요?" 내가 물었다. "함께 안 왔어요?"

"아니, 누나 취향(tasse de thé)은 전혀 아니잖아? 내 취향이라고 말할 수도 없겠지만." 그가 조심스레 덧붙였다.

"룹스라면 좋아했을 것도 같네요. 그애 취향에 딱 맞아요."

"룹스는, 짐작하겠지만 꽤 오고 싶어했지. 필리파가 걔가 안 좋아할 이유를 늘어놓는 걸 듣더니 아주 신나하더라고. 하지만 여기

오는 대신 새먼 집안에서 열린 애들 파티에 가야 했어. 시그프리드의 여섯살 생일이거든. 룹스는 세련된 애라서 당연히 새먼네 식구를 죄다 경멸하지. 그래서 좀 힘든 오후였어. 아무튼 다 별일 없다는 거 외엔!"

"내 안부 전해주셔야 해요."

유쾌한 표정으로 듣고 있던 알도는 자기 안부도 전해달라는 듯 고개를 끄덕였고, 개빈은 착실한 사람답게 긴장해서 포도주를 한 모금 마신 뒤에 남성 사진이라는 미지의 바닷속으로 뛰어들었다. "모델 일을 많이 하시나요?"

"아니요, 이번이 처음이에요."

"그렇군요! 이런 일은 어떻게 시작하는지 궁금해요."

"제 경우는 운이 아주 좋았어요. 스테인스 씨가 절 발견했죠." 알도는 그 말을 하며 겸손하게 눈을 내리깔았는데, 그 평범하지만 운명적인 만남으로 굉장한 쇼 비즈니스 경력이 시작된 것 같은 인상을 주었다. "작품은 마음에 드세요?" 그가 호소하듯 물었다.

"글쎄요, 몇몇 작품은 아주 굉장하죠? 아직 제대로 살펴보진 못했습니다…… 위층의 것들은……" 그가 고개를 빼고 둘러보았다. "몇몇 작품은 나한테는 **아무래도** 너무 질긴 고기라고[7] 해야 할 것 같네요!"

알도는 자신에게도 실마리가 주어진 데 기뻐하며 언어를 거의 공유하지 못하는 사람들 사이에나 통할 농담으로 말을 받았다. "아 그렇군요, 그런데 제가 푸주한이에요!"

개빈이 웃는 것을 보고 나는 스테인스가 스미스필드에서 노동

---

7 '질긴 고기'란 이해가 어렵다는 뜻.

자들을 관찰하다가 알도를 발견했다고 설명해주었다. "제가 소 반 마리를 나르고 있었거든요." 알도가 말했다. "온통 피를 뒤집어쓰고 있었죠. 로니는 제가 베이컨 같았다고 그러더라고요."

몇초 동안 어리둥절한 침묵이 흘렀고 곧 감을 잡은 내가 말했다. "네가 베이컨의 작품 같았다는 뜻인 거 같네." 하지만 설명하자니 너무 복잡했다. 알도는 내장을 운반하면서 생기는 기회에 대해, 그 직업의 여러 비공식적 혜택(어떤 날은 괜찮은 염통이나 골을 얻고, 다음 날은 아주 싱싱한 간이 생기기도 한다)에 대해 유쾌하게 설명을 계속했다. 나는 알팔파 새싹 샐러드, 병아리콩 캐서롤, 렌틸콩과 파스닙 파이 등을 분필로 적은 메뉴판을 잠시 경이롭게 바라보았다.

"미안, 윌리엄. 개빈 크로프트파커 씨, 영광입니다, 귀염둥이 알도……" 스테인스가 나타나서 이 사람 저 사람과 친근하게 악수를 하며 자신의 굉장한 전시회에 대해 겸손한 태도를 강조해 보였다. "용서하세요. 그 뭐라더라, 브라이트 시티 라이츠 어쩌고에서 너무나 지루한 분들이 오셨거든요. 그분의 입을 통해 여론이 형성되기 때문에 저는 꿈결처럼 부드럽게 맞춰주면서 그분의 지루하고 또 지루한 질문에 전부 답을 해야 한답니다. 너무 무식해서," 스테인스가 속삭였다. "성체를 담는 성합이 뭔지도 모르더라고요. 그리고 견갑골로 말하자면…… 그분이 그러더라고요. '빗장뼈 말인가요?' 그래서 내가 말했죠. '아니요—어쨌든 그건 빗장뼈가 아니고 어깨뼈죠.' 확실히 가톨릭 신자는 아니었어요. 그런데 내가 나무랐으니 나 때문에 꼴이 우습게 됐다고 아마 자기 글에다 혹평을 하겠죠." 그는 들고 있던 술을 꿀꺽꿀꺽 마셨다. "그래도 어쨌든 '동성애 작품 안내' 면에 0.5인치쯤 날 거예요."(그 예언에는 나도 동의

할 수밖에 없었다.)

"위층에 좀 가봐야겠네." 개빈이 우리 사이를 빠져나가며 말했고, 나는 그가 그만 가려 한다는 사실을 깨닫고 그를 향해 고개를 끄덕였다. 내가 다시 돌아보았을 때 스테인스는 알도의 근육질 어깨를 어루만지며 사람들로 가득 찬 전시회장을 무심히 바라보고 있었다. 기회가 왔을 때 말하는 게 좋을 것 같았다.

"아주 훌륭한 전시횝니다." 내가 말했다.

"아, 자네 마음에 드는군. 나는 아주 완전히 마음에 안 드는 건 아니네만. 그래도 물론 타인의 칭찬이 본인의 칭찬보다 중요하니까!"

"매력적인 모델을 잘 찾으셨어요. 성 베드로가 특히 마음에 듭니다―하지만 좀 아는 사람이니까요."

"우리의 애슐리!―아니, 본인이 예명으로 택한 빌리라고 불러야겠지."

"전혀 몰랐습니다."

"으음. 애슐리라는 이름이 너무 여성적이라고 생각한 거야, 특히 에이프릴 다음에 나오니까…… 하지만 나는 아직도 그를 '옛 친구 애시'라고 생각해―노인의 옷소매에 묻은 애시ash, 재라고……"[8]

"가슴이 멋져요!"

"**말도 말게!**" 스테인스가 몸서리를 치며 새롭게 의심과 호기심이 섞인 눈초리로 나를 보았다.

"선생님이 모델로 쓰신 녀석이 하나 있는데, 오늘밤 전시된 모습을 못 보는 게 안타깝네요." 나는 주변을 둘러보며 좀 노는 사람처

8 "노인의 옷소매의 애시"는 T. S. 엘리엇의 시「리틀 기딩」에 나오는 구절이다.

럼 무심한 태도를 유지하려 노력했다. "제 보기엔 쓰신 모델 중에서 가장 매력적인 축이라고 생각하는데요."

"미안하네. 내가 쓰는 애들이 다 성스러운 희생을 할 준비가 되어 있진 않고, 경우에 따라 그런 일에 열심이 아니기도 하지."

"콜린이라는 녀석인데, 짧고 가는 고수머리에 눈이 파랗고, 몸은 항상 그을려 있고, 영구적인 다른 부분들도 다 상당히 괜찮은 녀석인데요."

"아, 콜린. 그 녀석이 맘에 드는군? 그 녀석 사실 꽤 특별하지. 하지만 내 단골은 아니야. 이런…… 시리즈에 필요한 종류의 순진함은 없거든."

나도 동의했다. "꽤 짓궂어 보이긴 해요."

"아, 굉장히 짓궂은 놈이지." 스테인스가 목소리를 낮췄다. "그리고 그 친구의 가장 웃기는 점이 뭔지 아나? 무슨 일을 한다고 생각해?"

"뭐든 다 할 것 같은데요."

"맞아, 맞아." 스테인스가 거의 자랑하듯 말했다. "하지만 직업이 뭘 것 같나?"

"푸주한은 아니겠죠? 모르겠는데요―꽃집 점원……"

"말도 안 돼!"

"짐작이 안 가네요."

"어이구, 그 녀석 경찰이야. 굉장하지 않아?" 나는 눈을 깜박이고 눈알을 굴렸다, 진짜로 놀랐다면 절대 그러지 않았겠지만. "사실 난 순찰 중일 때 그를 발견했어―금방 특별한 사람이라는 걸 알 수 있었지. 하지만 요는 그런 친구가 경찰에 있는 한 상황이 아주 나쁜 것만은 아니라는 거야!" 그는 다른 데로 가려다가 돌아와

이야기를 이었다. "하지만 순진한 데라곤 눈곱만큼도, 눈물 한방울만큼도 없어. 내가 진짜로 꼭 작품을 해보고 싶었던 건, 진짜로 순진한 녀석은 자네의 귀여운 친구 필이야……"

처음에는 거래를 하자는 얘긴가 생각했다. "콜린을 스케치하신 작품 하나 사고 싶은데요."

스테인스는 거의 내 곁을 떠난 참이어서 가이 파비스가 그에게 몸을 밀착하고 있는 동안 나를 향해 큰 소리로 말했다. "아이고, 내 작품 가격이 너무 비싸!" 그런 다음 은근하게 찡그린 얼굴로 "하나 주겠네……"라고 입 모양만으로 말했다.

이제 나는 다시 알도와 단둘이 남겨졌다. 조금 뒤에 그와 할 가능성에 대해 아주 완전히 관심이 없지는 않았지만 사교를 하는 건 고역이어서 나는 사람들을 헤치고 다시 위층으로 갔다. 포도주나 한잔 마시고 슬쩍 나가야겠다고 생각하며 함께 나갈 사람이 있을까 해서 주 전시장을 둘러보았다. 이제 그곳은 사람이 적당히 들어차 있었고, 사립학교 말투를 쓰면서 불량기 있는, 흥미로워 보이는 녀석들 몇몇과 진짜 레더퀸[9]들과 자기들만의 환상적인 블룸즈버리에 사는 듯 외눈 안경과 파나마모자를 쓴 약간 미쳐 보이는 타입이 섞여 있었다.

숱 많은 머리를 기름을 발라 뒤로 넘긴 근육질의 사내가 오른쪽 어깨 옆에 걸린 사진에 지나친 관심을 보이고 있었는데, 내가 그를 보고 흥분을 느끼는 참에 다시 종이 울렸다. 그와 내가 동시에 돌아보니 찰스가 발을 끌며 들어오고 있었는데, 그는 즉시 고개를 돌렸지만 나는 친근감에 더해 약간의 죄책감도 느끼며 기분이 괜찮

---

9 leather queen, 가죽 페티시가 있는 동성애자.

아졌다. 그동안 찰스에게 신경을 좀 덜 썼는데, 지금 이 시끄럽고 정신없는 장소에서 보게 되니 책임감이 되살아났다. 나는 그를 도우러 다가갔다.

"아…… 아……" 그가 좌우를 안타까운 눈으로 돌아보며 말했다.

"찰스! 윌리엄이에요."

그는 즉시 내 팔을 잡았다. "알아봤어. 이게 웬 난잡한 판인가…… 세상에." 가까이 가니 땀과 면도비누 냄새가 섞인 노인 냄새가 났다. "안 올 뻔했는데." 그가 농담을 섞은 위엄 있는 태도로 말했다.

"오셔서 다행이에요. 꽤 오랫동안 못 뵈었네요."

그는 코트의 팔소매를 찾는 것처럼 다른 손을 뒤로 뻗었다. "이쪽은 노먼이야." 그런 격려와 함께 그의 그림자 밖으로 나서는 다른 사람을 소개했다. "채소가게 아들이지."

노먼은 찰스의 몸을 비켜 악수를 하려 손을 내밀었다. "채소가게 아들이오." 자신의 어린 시절의 역할로 기억되는 것이 무척 기쁜 듯 그가 확인해주었다. 오십대 중반쯤의 사내였는데, 처음에는 어떤 사람인지 잘 가늠이 안 됐다. "스키너스 레인의 채소가게에서 일했었지." 그가 미소를 띤 채 고개를 끄덕이며 말했다. "아주아주 오래전 일이오, 낸트위치 경이 처음 그리로 이사오셨을 때니까."

누군지 알 것 같았다. "그후로 상선을 타고 전세계를 돌아다니셨죠." 옛이야기를 성공적으로 기억해낸 것을 칭찬하듯 그가 다시 미소를 지었다.

"하지만 이젠 그만둔 지 좀 됐지." 자신이 상선에서 일했다는 사실에 자부심을 가지고 있다는 것을 알 수 있었다. 그의 태도 전체에서 그 점이 드러났다. 그는 내가 아주 어렸을 때 유행했던 반들거리는 구두(우리 아버지도 가족휴가 때면 아주 비슷한 신발을 신곤 했다)와 잘 맞지 않는 회색 정장의 엄숙한 차림을 하고 있었다. 어깨가 넓고 깃을 세운 정장은 학생들이 중고가게에서 살 법한 것으로, 그 방에 있던 세련된 치들 한두명이 입었다면 꽤 멋지게 보였을 수도 있다. 노먼이 입은 모습에는 아이러니가 없었고, 그를 보니 내가 화장실의 사내를 보고 사십년 전의 찰스를 연상했듯 자신의 일에 익숙한 채 성장이 중단된 대학 기숙사의 하인이 연상되었다. 그의 얼굴에서는 빛이 났다.

"노먼이 오늘 오후에 들렀었어." 찰스가 말했다. "정말 놀랍지. 삼십여년 만에 처음 보는 거라네."

"말라야에서 제 사진을 한장 보내드리긴 했죠."

"맞아, 말라야에서 사진 한장을 보냈었지."

"그래도 낸트위치 경이 저를 알아보셔서 놀랐어요."

찰스는 숨을 헐떡이면서 흥미로워 등등의 말을 중얼거렸다. "마실 것 좀 드세요." 나는 그들에게 말하고 찰스의 팔목을 잡아 사람들 사이를 헤치며 이끌었다. 노먼에게 포도주를 한잔 건네려 몸을 돌렸을 때 나는 그가 못 알아보기 힘든 사람임을 알 수 있었다. 넓은 광대뼈와 큰 입, 잿빛 눈과 이제는 옅은 잿빛으로 변한 금발머리가 그사이 어떤 실망스러운 일이나 상실이 일어났더라도 그의 아름다움을 구성할 것이었다. 찰스가 정중한 태도를 보여서 속을 헤아리기는 힘들었지만 미망에서 깨어나야 하는 상황에 대해 고통스러워한다는 것을 느낄 수 있었다. 공연히 돌아와 너무나 소중했던 시적 감상을 파괴한 '채소가게 아들'이 싫었던 것이다. 나는 두 사람 모두에 대해 안타까웠다. 그리고 다시 술에 취하자 과거와 모든 과거로의 회귀가 싫어졌다.

"난 누이하고 함께 살아요." 노먼이 내게 설명했다. "베크넘 중심가에서 아주 가까운 데라 지하철이나 가게에 가기가 꽤 편하지."

"누이를 데려왔으면 좋았을 텐데 그랬네." 찰스가 고상하게 말했다.

노먼은 얼굴을 붉히고 재빨리 돌아서서 벽에 걸린 긴장된 상체와 환희에 찬 입들을 바라보았다.

"일간 한번 찾아뵈어도 괜찮겠어요, 찰스?" 내가 물었다. "일기를 훑어봤고 거의 다 읽어가요. 좀 브리핑이 필요해요."

"브리핑이라, 내일?" 찰스의 눈이 스테인스를 알아봤고, 그 즉시 주의가 흔들리다가 갑자기 옮겨가버렸다. 스테인스가 그에게 반지 낀 손을 내밀고 찰스가 "……멋진 리셉션이야, 정말 기억에 남을 만한……"이라고 말하는 소리가 들렸다.

나는 보조를 맞춰 그의 팔을 지그시 잡으며 말했다. "전처럼 차 마시러 갈게요." 그러자 그가 내 손을 토닥여주었다. 그뒤로 나는 몸집이 떡 벌어진 남자와 이야기를 나누며 그를 꼬셔보려고 지나치게 웃고 내 셔츠 단추를 반쯤 끌러 손으로 가슴을 쓸어내렸다. 그는 사진에 관심이 많은 사람이었고, 스테인스의 작품이 아주 훌륭하다고는 생각하지 않으며(잔인하지만 나도 동의했다) 그 대신 화이트헤이븐을 좋아했다. 나는 화이트헤이븐이 내 사진을 찍은 적이 있다고 말했는데, 그는 내가 자기를 꼬이려고 그런 말을 한다고 생각한다는 걸 알았다. "그런데 모델 해보신 적 있어요?" 내가 물었다.

알도가 다가와서 말했다. "에이, 가자." 약간 취해서 함부로 구는 듯했다. 우리 셋이 문을 거의 나섰을 때에야 나는 알도가 내가 아니라 몸집이 떡 벌어진 그 사내를 향해 말한 것임을 깨달았다.

"만나서 반가워." 그 떡 벌어진 남자가 말했다. 그리고 완벽하게 즐거웠던 대화가 바뀌면서 두 사람은 팔짱을 끼고 느긋하게 가버렸다. 나는 화가 나서 재빨리 호텔로 향했다.

11

"설탕?"

"안 넣어요. 고맙습니다."

"난 요새 넣는 편이지. 포기했어." 찰스가 집게를 내려놓고 뭉툭한 손가락을 구부려 각설탕을 반다스쯤 집어들었다. 함께 앉아서 차를 홀짝거리고 있을 때 그레이엄이 뜨거운 물을 새로 가지고 들어왔고, 찰스는 자신의 하인을 자신감과 고마움을 담은 눈으로 지켜보았다. 스키너스 레인에서는 모든 것이 규칙적으로 이뤄지고 있었다. "내 이는 아직 멀쩡하지." 그가 덧붙였다.

우리가 앉아 있는 곳은 전처럼 작은 서재, 찰스의 은신처, 그 집에서 그레이엄의 질서 정연한 보살핌에서 면제된 유일한 부분이었다. 그 방을 방문할 때마다 그사이 뭔가 변화가 있었다는 걸 알 수 있었다. 어느정도 분류하고 찾는 과제가 진행된 듯 책이 탁자에서 마룻바닥으로 옮겨지거나 이전의 캘러머주[1] 폴더가 쌓이거나 흩어지거나 했지만 아마추어들이 동전이나 부적 따위를 찾으려고 마구 뒤진 곳처럼 오히려 더 혼란스러워 보였다. 지난번에 불안정한 주 추 위에 놓인 게 눈에 띄었던 책들은 이제 내려져 있거나 다른 것 들—책등에 금이 간 지도책들, 대중음악 악보들(「러브 피프틴」에 나오는 「왈츠」 같은), 햇빛과 세월에 노출되어 컬러 인쇄가 얼룩 진, 고갱의 그림처럼 갈색 왕족들과 핑크색 개들, 옅은 파란색 잔디 가 보이는 잡지들—이 쌓인 아래 놓여 있었다.

그곳에 가면 내 집처럼 편안한 느낌이었다. 불이 안 지펴진 벽난 로 양쪽에 나눠 앉아 있으니 옥스퍼드 시절의 개별지도 시간이 생 각났고, 지도교수 앞에서 종종 받았던 스스로 부족하고 한심하다는 느낌도 아울러 생각났다. 교수는 나를 만나는 시간이 상속과 법에 대한 자신의 수십년에 걸친 작업에서 불필요하게 시간을 뺏기는 일이라는 사실을 암시하러 나타난 것 같았다. 이 서재에도 그때와 비슷한 남성성과 솔직함, 즉 남색과 발기지속증에 대해 전혀 다른 주제를 이야기하는 것처럼 논하는 것을 허락하는 응접실의 규칙에 대한 학문적 도치가 있었다. 그와 비슷한 침묵의 관용이 있었다.

"아주 짜증스러워." 찰스가 수수께끼처럼 말을 이었다. "그렇게 들 돌아오지 않아도 지금도 난 충분히 과거 속에 살고 있는데 말이 야."

"그 채소가게 아들 말씀이시군요. 그래요, 솔직히 저도 좀 실망 했어요."

"그 녀석은 자신의 의미가 과거에만 있다는 걸 모른단 말이야, 딱한 녀석."

1 Kalamazoo, 미국 미시간주의 도시.

"「순교자들」은 그분에겐 좀 지나쳤을 것 같아요."

찰스가 서글프게 미소를 지었다. "그 작품들에 질렸을 거라고 생각했는데, 오히려 좀 좋아하던걸."

"그분이 한때 꽤 인기 있었을 것 같긴 해요." 내가 인정했다. "그리고 가게 점원이라는 것도 무척 매력적이죠. 가게 점원은 휘파람이나 불고 일상이 지루하니까요. 가게 안에 갇혀 있는 모습이 전시되기도 하고."

"자전거를 타고 배달을 나가곤 했지." 찰스가 내가 지나치게 열을 내며 재현하자 고쳐주었다. "앞치마를 두르고 배달을 했어."

나는 세로 홈이 새겨진 얇은 찻잔을 입술로 들어올렸고, 이 방에 있으면 항상 그러듯 눈길은 나도 모르게 벽난로 위에 놓인 초크 스케치를 향했다. 내가 과감하게 말을 꺼냈다. "저 그림의 모델이 타하인가요?"

찰스도 그림을 보고 이름을 말했지만 강세를 다른 음절에 두었다. "맞아, 맞아, 그 녀석이야." 그가 서글프지만 선선히 말했다.

"참 아름답네요." 내가 솔직하게 말했다.

"그래. 실물을 특별히 잘 그린 건 아니야. 우리가 아프리카에서 돌아온 지 얼마 안 돼서 샌디 라부셰르가 그렸지. 샌디는 하려고만 들면 상당히 멋진 선을 그릴 수 있다는 걸 저 그림을 봐도 알 수 있지. 하지만 타하의 쾌활함, 어떤 광휘를 잡아내지는 못했어…… 이 지상에서 가장 아름다운 존재였는데. 그저 보고 또 보고만 싶지."

"지금도 생존해 계시나요?" 그도 채소가게 아들처럼 진부한 중년이 된다는 걸 상상할 수 없어서 내가 물었다. 하지만 찰스는 "아니, 아니" 하고 항변의 여지 없이 중얼거렸다. 그런 다음 흥분해서 "그래, 내가 준 일기장들을 다 읽었군" 하고 말했다.

"네, 다 읽었어요. 글쎄, 단어 하나하나를 다 읽은 건 아니지만 맛보기는 대충 다 했어요." 그가 수긍하듯 고개를 끄덕였다. "이……일을 하기로 결심한다면 물론 아주 철저하게 다 읽을 겁니다."

찰스는 아주 재빨리, 전략적으로 "그렇지, 그렇고말고"라고 했다. "그런데 말해보게, 그 일기들이 어떤 인상을 주는지 난 모르니까. 젊은 사람들에게 조금이라도 호소력이 있을까?"

"아, 정말로 무척 흥미롭다고 생각합니다. 그리고 정말 많은 일을 하셨고요." 내가 뻔한 이야기를 이었다. "또 무척 특별한 분들을 알고 지내셨잖아요."

그는 그 말에 깊이 한숨을 쉬었다. "나 스스로 그걸 가지고 뭔가를 했어야 해. 하지만 이제 너무 늦었지. 죽을 날이 가까워오니까 인생을 거의 모두 낭비했다는 걸 깨닫게 돼."

"하지만 제가 받은 인상은 전혀 다른데요. 진심은 아니시리라고 믿어요." 나는 상대방의 괴로운 심정을 상상할 수 없는 사람들이 하는 쉬운 위로의 말을 건넸다. "사실 저야말로 인생을 낭비하고 있고, 어르신은 전혀 다르게 사셨잖아요."

찰스는 내 말을 정면으로 받았다. "난 더이상 시간이 없어." 그가 말했다. "자네도 직업을 가져야지."

"하지만 직업을 잘못 선택하고 싶지는 않거든요." 내 말은 스스로 듣기에도 한심했다. "어르신처럼 그냥 사라질 수 있다면 좋겠어요. 아프리카 속으로 사라지실 수 있었던 건 아주 멋졌어요."

"사라지긴 했지." 찰스가 인정했다. "하지만 그래도 남들에게 다 보여."

나는 들고 있던 찻잔과 받침의 무게를 재며 그 말을 곱씹었다. "제가 받은 인상으로는 꿈속으로 사라지신 것 같았어요. 그 일기들을 보면 수단에 계실 때 내내 무아지경에 있는 것 같은 느낌인데, 정말 아름답거든요. 음악에 부친 삶 같아요." 내가 즉흥적으로 환상적인 듯 말했지만 찰스는 무시했다.

"우리는 물론 거기서 일을 하고 있었네. 너무나 어려운 일이었지. 가차없는 일, 지치게 하는 일."

"아, 그거야 저도 알죠."

"하지만 어떤 의미에서는 자네 말도 맞아―적어도 나에 관한 한. 그건 내 천직이었어. 그 일을 하던 이들 모두가 자기 일을 나처럼 생각한 건 아니었을 거야. 많은 이들이 냉담한 사람이 되었지. 사막에 도착하기도 훨씬 전에 메마른 나무토막이 되어버린 경우가 많아. 그들은 그 경험에 대해서 지금도 책을 쓰지―터무니없이 지루한 책 말이야." 찰스가 발로 탁 쳐서 책 한권을 벽난로 건너편의 내게로 보냈다. 레슬리 하랍 경의 회고록으로, 자비로 출간해 "앞날을 기원하며, L. H."라는 서명과 함께 찰스에게 보낸 것이었다. 어정쩡한 연금생활자인 작가의 사진이 표지 뒷면을 차지하고 있었다.

"함께 파견됐던 분들 중 한분이죠?"

"훌륭한 행정가였지. 충직하고 공정하고, 나보다 더 오래 거기 있었어. 독립 과정에 도움을 주기 위해 56년에 다시 갔지. 아주 건실해. 이튼과 케임브리지 모들린 칼리지 출신이지. 본래 상상력이라곤 눈곱만큼도 없는 사람이고. 그의 책을 읽다가―뭐였지? 『봉사의 삶』이군―난 절대 이런 책은 쓰지 말아야겠다 생각했어. 내 삶도 책으로 쓸 만한 대목은 있지만 그건 전적으로 상상력이나 뭐 그런 거에 관한 거니까. 사실들이란, 윌리엄, 무無나 마찬가지야."

내가 겸연쩍은 표정으로 물었다. "수단에 대한 책을 출판하긴 하셨지요?"

"아─맞아. 전쟁 중에 소책자를 하나 썼지. 더크워스가 다양한 나라들에 관해 만든 시리즈의 일부였어. 왜 그런 시리즈를 기획했는지는 잘 기억나지 않는군. 별로 좋은 것도 아니었어. 창고가 폭격당했을 때 다행히 거의 대부분 파괴됐지. 지금은 꽤 값이 나갈지도 몰라." 그는 공허하게 웃고는 반쯤 미소를 짓는 듯 멍한 표정이 되었다. 그가 나를 보고 있는 건지, 이런 잠잠한 상태가 우리 대화의 수수께끼 같은 경로인지, 아니면 찰스의 무언의 포기, 정신적 제자리혜엄, 그의 표현으로 "멍때리기"인지 알 수 없었다. 새삼스레 나는 타인에 대해 그렇게 많이 안다는 게 얼마나 이상한가 하는 생각을 했다. 우리가 타인에게 찰스가 내게 하듯 자신을 드러내는 일은 사랑에 빠졌을 때나 의도적으로 거리를 둘 때만 가능하다. 그의 육중한 체구, 볕에 살짝 그을린 핑크빛 얼굴 속의 몽유병자 같은 검은 눈을 삼십초쯤 보다보니 그중 어느 쪽도 가능할 것 같았다.

"내가 처음 파견 나갔을 때의 일기를 봤다면," 그가 말했다. "우리가 얼마나 젊고 희망에 차 있었는지 이해할 거야. 우리는 그 나름 꽤 세련된 젊은이들이었지만 그런 세련됨은 우리의 어린애 같은 무지를 더 부각할 뿐이었어. 생각해보면 그건 기이한 체제였어. 이 세상에서 가장 큰 나라 중 하나가 있는데, 짧은 생애 동안 그에 맞먹을 만한 어떤 경험도 해보지 못한 한줌의 젊은이들을 그 나라를 통치하라고 보낸 거야. 물론 인도와는 달랐지. 같은 종류의 지배구조가 없었어. 사실, 기획 전체의 성격이 완전히 달랐어. 인도에는 누구나 갈 수 있었지만 수단의 경우는 아주 신중한 선택, 요새 말로 자격심사 과정이 있었지. 물론 레슬리 하랍 같은 유의 자격이 되는 사람들도 좀 있었어. 단기 파견자나 경찰관처럼 일을 매끄럽게 진행시키기 위해 보내는 사람들도 많았고. 또 당연히 괴짜나 특이한 이들도 있었지. 아마 후자가 더 많았을지도 몰라. 그건 불합리한 제도였지만, 아주아주 교묘한 제도이기도 했어. 결국 난 그렇다고 믿게 됐네. 자신을 모두 바칠 용의가 있는 사람들을 잘 골라냈어."

"그들이 사람들의—사적인 생활이라고나 할까—그런 것에는 이의를 제기하지 않았나요?" 내가 찻주전자를 들어 내밀며 조심스럽게 물었다.

"고맙네. 아니, 아니, 아니야. 동성애 문제에 대해선"(그는 다시 설탕을 한움큼 집으며 무심결에 그 얘기로 넘어갔다) "전혀 신경 쓰지 않았어—내 생각엔 동성애자를 조금 더 선호했던 게 아닌가 싶을 정도였어. 우리를 안보상 위협적인 존재라나 뭐라나 비난하는 요즈음의 허튼수작과는 전혀 달랐지. 그들에겐 우리가 대체로 무척 이상주의적이고 헌신적이라는 걸 알아볼 지혜가 있었어." 찰스는 흥분해서 차를 홀짝거렸다. "그리고 물론 이슬람 국가에서는 그게 분명히 긍정적인 요소였지……" 나도 그와 함께 웃었지만 정확히 무슨 뜻인지는 알 수 없었다.

"아까 말씀하신 것처럼 그렇게 무지하진 않으셨을 거라고 생각하는데요." 내가 말했다. "아무튼 훈련 같은 걸 받으셨을 테니까요."

"어떤 작물이 나는지 같은 것에 관한 책을 읽었고, 아랍어를 좀 배웠지." 찰스가 어깨를 으쓱했다. "그런 다음엔 래드클리프 병원에 보내서 수술을 관찰하게 했어. 피와 잘린 팔다리 같은 걸 많이 보면 신기하게도 열대지방에 가는 데 대비가 된다고 생각했나봐. 교통사고를 당한 사람들이나 자살을 기도한 대학생들이 실려왔고,

우리는 모두 아주 유심히 관찰했지. 어떤 면에서 흥미롭기도 했지만 정무직으로 일하는 데 명백한 도움이 되는 건 아니었어."

찰스는 이제는 다 안다는 듯 기분이 좋았다. "그래서 거기서 지낸 기간 동안 대체로 그저 본능을 따르신 건가요?"

"으음—어느 수준까지는. 아프리카를 아주 거대한 사립학교인 듯 취급하는 경향이—특히 하르툼에서는—있었어. 하지만 방방곡곡을 몇주간이고 순회하다보면 사립학교하고는 전혀 다른 곳에 있다는 걸 알게 되지. 성격적으로 안 맞으면 그 거대한 텅 빈 공간에서 타락하거나 권력을 남용하게 돼. 수단 남부에서 보그 배런[2]들이 한 짓에 대해 알고 있을 텐데—절대권력을 휘두르던, 세상 사람들에 대해 전혀 개의치 않았던 진짜 별종들 말이야."

"콘래드 작품에 나오는 얘기 같네요."

"흔히 그렇다고들 하지."

"저로서는 어르신이 퍼뱅크에 더 가까운 인물로 여겨져요. 아니면 적어도 본인 스스로 그렇게 느끼시는 건 아닌지."

"그건 모르겠는데……" 찰스한테서 꾸르륵 소리가 났다.

"제게 더 매력적인 건 어른을 어린이처럼 보는 거예요. 퍼뱅크 작품 속의 어른들은 어른스러운 위엄이 없어요. 모두 마음 내키는 대로, 제멋대로 하는 응석받이들 같죠……"

"글쎄, 난 모르겠는걸!" 찰스가 동의하지 않는다는 뜻으로 무뚝뚝하게 웃었다.

"하지만 그런 느낌 안 드세요? 전 항상 그렇게 느껴지던데요. 특히 자신들이 학생 시절의 반장처럼 행동한다는 걸 돌아볼 여유가

2 수단 남부 지역은 늪지대가 많아서 '보그'(bog, 늪지대)라는 별명으로 불렸고, 거기서 일하던 영국 관리들은 '보그 배런'(bog baron)으로 불렸다.

없는 엄숙하고 재미없는 사람들의 경우에 말이에요. 남자들은 함께 있을 때 그런 식으로 행동하는 경우가 많죠—그러니까…… 동성애자들이 특별히 그렇다는 건 아니고요. 남자들은 보통 여자들과 함께 있는 걸 별로 좋아하지 않는단 거예요. 남자들은 대부분 남자만의 세계에 있을 때, 그러니까 또래들, 제일 친한 친구들, 그런 사람들하고 있을 때 제일 행복하다 싶어요."

"난 내가 항상 위엄 있게 행동해왔다고 믿네." 찰스가 말했다.

나는 침묵을 지킴으로써 적절한 존경심을 전했다. "제 말뜻은, 어르신은 자신의 취향을 직업에 활용할 수 있었다는 면에서 아주 운이 좋으셨다는 거예요." 나는 뒤늦게 찰스가 내가 하는 모든 말을 자신의 전기를 써주기를 바라는 희망에 비춰보고 있다는 사실을 깨달았다. 똑똑한 체하려다보니 살짝 불안해 보이는 내 태도, 좀 경솔해 보이는 태도가 별로 마음에 들지 않는 것 같았다.

"흑인들을 절대적으로 좋아하긴 하지." 찰스가 말했다. "맹목적으로 좋아한다고 말할 수도 있겠지만, 난 모든 걸 보면서 좋아한다고 생각해…… 모르겠군. 다른 사람들보다는 나한테 더 일종의 연애 같은 느낌이 있었어. 난 항상 그들 가운데 있고 싶었어, 그러니까 흑인들 속에. 항상 그들을 향해 직진했지." 그는 잔을 내려놓았다. "그들을 만날 때도 무척 운이 좋았어. 내 진정한 친구들은 모두 흑인이야." 그가 쓸쓸한 미완성형으로 덧붙였다. "물론 비열한 놈들, 사기꾼들, 바에서 만난 무정한 녀석들도 좀 있긴 했어……" 그는 배우처럼 말을 끊었다.

"하지만 진정한 친구분들은……"

그의 대답은 내 말을 약간 반박하는 식이 될 수밖에 없었다. "흔들리지 않는 충실한 우정. 너무도 가까운 사이라 서로를 위해 죽을 수도 있는 그런 관계지."

"절 진정한 친구라고 생각하시길 바라는데요, 찰스." 내가 반쯤 상처받은 시늉을 하며 말했다. "게다가 전 어르신께 엄청나게 충실한 분들, 백인들도 알고 있는데요. 그 빌 호킨스인지 하는 분도 그렇고, 어르신을 서로 차지하려고 싸움을 벌이는 하인들도 많고요."

"나한테 절로 충성심을 느끼게 되는 모양이더군." 찰스가 동의했다. "루이스는 지나치게 심한 경우라고 할 수 있지." 그가 한숨을 쉬고 킬킬 웃었다. "루이스가 그레이엄과 싸우면서 날 옷방에 가뒀던 거 얘기해줬나?"

"아, 그때 제가 있었잖아요."

"아이고, 내가 완전히 잊었군. 그리고 그 온갖 흑마술 따위도? 신사의 시중을 드는 사람으로서는 도저히 받아들일 수 없는 점이야. 그 녀석은 내가 자기를 배반했다고 생각했지—하지만 그 녀석은 오랫동안 골칫거리였어. 내 아름다운 조지 시대 식기들을 반쯤 팔아치운 다음엔 도저히 더이상 모른 체할 수가 없었지. 감옥으로 돌아갔다더군. 그 녀석은 아주 예술적으로, 일종의 상징적인 절도를 해—사람 모형이나 다른 소소한 것들을 가지고. 그래서 항상 누구 짓인지 전혀 의문의 여지가 없지." 찰스는 킬킬 웃더니 다시 한숨을 쉬었다. "하지만 그 나름의 요령이 있어."

"어떻게 고용하게 되신 거예요?"

그가 "아⋯⋯" 하고 낮은 소리를 냈고, 나는 그가 가끔 무겁게 쉬쉬 소리만 낼 뿐 성층권 밖으로 나간 듯 멍하니 있는 걸 보고도 놀랍지 않았다. 그건 마치 슈토크하우젠[3]의 선구자적 성가의 끝부분

---

3 Karlheinz Stockhausen(1928~2007). 독일의 작곡가. 현대 전위음악 작곡가로 전자음악 발전에 기여했다.

같았다. 소형 여행용 도금 시계가 윙윙거리며 5시를 알렸다.

　"한가지 꽤 흥미로운 에피소드," 그가 말했다. "내 생각에 그 책을 흥미롭게 해줄 에피소드는 메이크피스에 관한 거야. 그 부분 읽었나?"

　"읽은 것 같지 않은데요."

"그건 런던에서 내가 경험했던 작은 로맨스였지. 트로커디로에 있던 젊은 트리니다드 출신 바텐더한테 내가 엄청나게 반했어. 메이크피스라는 아주 매력적인 이름으로 불렸지. 트로커디로는 섀프츠베리 애비뉴에 있던, 담자색 대리석을 잔뜩 갖다붙인 꽤나 천박한 레스토랑이었어. 물론 지금은 없어진 지 오래야. 내가 거기 왜 갔는지는 잘 기억나지 않는데, 어느날 저녁 칵테일 바에서 아주 기막히게 잘생긴 녀석이 내 시중을 들었어. 그래서 난 계속 있으면서 그 녀석한테 말을 시켰지. 아주 수줍음을 탔지만 난 보통 그런 사람을 좋아하거든. 알고 보니 배에서 일을 하면서 여행을 많이 해서 아주 특별한 경험을 했더라고. 물론 서인도제도 사람들이 조금씩 이민 오기 전에 런던에 온 거야. 그런데 여기서 고향으로 돌아가는 배를 놓친 거지. 그는 부두에서 시내까지 걸어왔는데 좀 춥고 비도 오고, 기대했던 것과는 달랐지. 그래서 몸을 녹이려고 내셔널 갤러리로 들어갔는데 거기서 오토 헨더슨이라는 화가의 눈에 띈 거야. 그 화가는 전부터 우리가 무척 음악적인 화가라고 부르던 사람이었어. 사실 삼류 화가였는데, 그가 그 녀석을 자기 집으로 데리고 갔지. 그래서 한동안 오토와 살았는데, 오토는 끔찍한 술주정뱅이여서 사정이 어려워지니까 그에게 트로커디로에 일자리를 구해주었다네. 거기 바텐더 수장이 오토와 아는 사이였던 거야. 그 바텐더는 정말 스코틀랜드인답고 겉보기에는 점잖지만, 오토의 말에 따르면 실제로는 여자 팬티를 즐겨 입었다더군. 말할 것도 없이 그는 내가 자신의 검은 아도니스와 죽이 잘 맞는 걸 보고 끔찍이 질투를 했어. 나중엔 나에 대해 폭로하겠다고까지 협박했는데, 내가 그 팬티 얘기도 다 폭로하겠다고 하니까 말을 싹 바꾸더라고." 찰스가 웃으며 마치 탬버린이라도 흔들듯 공중에서 손을 흔들었다.

"결말이 어떻게 났나요?"

"아, 그 스코틀랜드 녀석이 메이크피스가 술에 취했다는 걸 구실로 해고했어.(실은 일부러 그런 거지.) 그래서 내가 잠시 거뒀지. 근데 그건 별로 잘되지 못했어, 타하도 집에 있고 해서. 그래서 나는 그 녀석을 친구한테 보냈지." 찰스의 얼굴에 구름이 끼었다. "당시에 그 문제에 대해 말이 꽤 많았어. 물론 내가 귀족이라는 사실이 한몫했지. 영국인들은 귀족에 대해 참 미신적인 경외감을 갖고 있잖나. 하지만 그렇기 때문에 소문이나 뭐 그런 면에서 불리하지—영국인들은 그토록 색을 밝히면서도 꾀까다로우니까. 자네도 알게 되겠지, 작위를 승계한 다음에 말이야." 그는 내 작위 승계뿐 아니라 성공도 기대하는 것 같았다.

"당시엔 흑인이 상대적으로 좀 적었겠네요—영국에."

찰스는 동의를 표하려는데 트림이 나와 중간에 참았다. "선원들이 좀 있었어—라임하우스에 호스텔이 있었거든. 거기 내 좋은 친구들이 몇 있었어, 용감하고 무모한 친구들이, 대체로 그랬지. 런던에는 물론 재즈 연주자들이 있었고 인기도 꽤 많았지만 시골 사람들 대부분은 흑인을 구경도 못 했을 거야. 나중에 그들을 향해 쏟아진 증오심은 상상할 수가 없었어."

"그런 걸 많이 보셨군요."

"그랬다고 말할 수 있지." 찰스가 무척이나 쓸쓸하고 냉소적인 기억에 사로잡힌 듯 카펫을 응시하며 고개를 끄덕였다. 내가 말을 하려는데 그가 막았다. "우리나라에 대해 어떤 절망적인 수치심 없이 생각할 수 없는 시기들이 있어. 문자 그대로 설명이 불가능하기 때문에 공연히 애써 말로 표현하지 않으려네."

"무슨 말씀이신지 알겠어요."

"스테프니에서 바로 작년에 혐오스러운 일들이 있었지──정말로 혐오스러운. 아──국민전선이니 하는 것들이 보이스 클럽에 자기들 슬로건을 스프레이 페인트로 칠하고 말이야. 클럽에는 알다시피 많은…… 유색인들이 오잖아. 날마다 미치광이 같은 증오로 가득 찬 전단지가 뿌려졌고──증오 얘길 계속해서 안타깝군. 그놈들 중 몇몇은 전에 그 클럽에 다니던 애들이라는 게 더 끔찍하지. 우리의 훌륭한 친구 빌이 그렇게 진짜로 화가 난 건 그때가 유일했어. 빌이 한 녀석을 있는 힘껏 던져버렸지. 그냥 번쩍 들고 문으로 가서 길바닥에 내던진 거야. 그 친구 황소처럼 힘이 세잖아, 우리 빌이 말이야. 그 소년──하지만 소년이라는 말도 너무 아름다운 말이지──이 자기 코트인지 뭔지의 등에 영국 국기를 핀으로 꽂고 있었는데, 내 생각엔 우연이었겠지만 빌이 그 녀석을 내던지면서 국기가 떨어져나갔어. 그래서 빌이 손에 그 국기를 들고 인상을 쓰며 천둥처럼 고함을 질렀던 게 기억나네. 나도 더이상 싸울 수 있는 시절이 아니라서 무척 겁에 질렸지만, 그 오합지졸은 원래 비겁한 놈들이잖아. 적수를 만났다는 걸 알고 슬금슬금 도망치더군. 그러자 난 그 깃발이 대체 뭘 의미하는가 궁금해졌네." 그는 입을 벌린 채 말을 멈췄다. "그 클럽에 아주 훌륭한 파키스탄 아이, 배드민턴의 천재가 하나 있어. 지난겨울에 끔찍하게 구타를 당했지, 자네보다 훨씬 더. 팔이 칼에 찔리고 귀 한쪽이 완전히 멀어버린 거야. 이제 그 젊은 애들은 뭉쳐서 다녀야 한다고 생각하지. 물론 경찰은 그러면 그애들이 말썽을 일으키러 나간다고 생각하고."

"나아질 때가 오긴 할까요." 질문이라고 하기도 힘든 투로 내가 말했다.

찰스는 무기력하게 한숨을 내쉬었다. "더 오래 살아서 그 질문의 답을 알기 전에 갈 거라고 생각하면 일종의 안도감까지 들기 시작하네."

찰스를 곤혹스럽게 만드는 건 안된 일이었지만, 나는 스테인스가 만들고 그 자신이—알도에 따르면—제작비를 댄 영화와 인종에 대한 그의 견해가 양립하기는 어렵다는 생각이 들었다고 말했다. 하지만 가능한 한 뻔뻔하고 매력적으로 말하려고 했다. 찰스는 무슨 소린가 하는 반응이었다.

"거기서 인종이 문제가 된다는 생각은 안 드는데, 안 그런가? 내 말은, 압둘은 흑인이고 다른 사람들은 아니지…… 하지만 그걸 비난할 상황은 아닌 것 같은데. 압둘은 그런 걸 하는 걸 정말 좋아해—또 실제로 아주 잘하기도 하고. 타고나기를 과시욕이 강한 친구거든."

"저로서는 그 상황 전체에 대해 좀 놀랐다고 말할 수밖에 없는데요—그러니까, 유명한 런던 클럽의 직원 절반 정도가 카메라 앞에서 성행위를 하는 걸 본다는 게요."

"그런 걸 하는 사람이 꽤 많다는 걸 자네도 알게 되리라고 생각하네—항상 카메라 앞에서 하는 건 아니지, 나도 동의해. 웍스에 자기들끼리 똘똘 뭉친 작은 팀이 있는데, 그 녀석들은 내가 원하는 걸 하기를 좋아하지. 하지만 그들의 일자리를 다 내가 소개해준 것도 사실이야." 그가 덧붙였다. 그것은 찰스가 위험한 사람이라는 것, 해결사이자 편애를 이용하는 사람이기도 하다는 느낌이 들면서 오싹하기도 하고 당황스럽기도 한 순간들 중의 하나였다. 하지만 학교 밖의 세계라면 좋아하는 걸 그냥 가져도 된단 말인가 하는 생각도 들었다.

"그렇다 해도……" 내가 어깨를 으쓱했다. "그 영화를 어떻게 하실 계획인가요?"

"글쎄, 물론 편집도 하고 온갖 걸 해야 할 텐데, 성인영화의 경우에 쉬운 일은 아니지, 연속성을 유지하는 거나 클로즈업을 알맞은 곳에 넣는 일 등등이. 그런 걸 좀 아는 사람들이 있어―사실 친구들인데, 그들이 기술적인 것은 다 알아서 해. 지난번 것에는 실수가 약간 있었지―그애들이 쓸 만한 장면을 만들어낼 수 있도록 며칠에 걸쳐 찍었는데, 좀 주의해서 보면 섹스하는 도중에 신기하게도 양말을 바꿔 신은 게 눈에 띄거든."

"그게 그렇게 자리 잡은 사업인 줄은 몰랐어요―놀랍네요."

"이게 우리가 만든 세번째 작품이라네." 찰스가 아마추어답게 개인적인 만족감을 드러내며 말했다. "대체로 가장 잘 만든 작품이지. 아마 곧 준비가 완료될 거야. 그다음엔 그걸 우리가 아는 사람들이 있는 소호의 작은 지하실 영화관 한두군데서 상영하게 되겠지. 그런 데 가본 적이 없는 것 같군."

이제 다소 껄끄러운 내 낚싯대가 나한테 도로 튕겨서 나 자신의 도덕적 애매함을 낚아챘다. 나는 당황해서 웃었다. "글쎄요, 아니, 저도 그런 데는 가끔 가봤어요."

"내 생각엔 값에 비해 가치가 높다 싶어." 찰스가 솔직하고도 합리적인 어조로 말을 이었다. "그러니까 뭐냐, 자기 풋값 5파운드를 내면 십중팔구 진짜 마음에 드는 걸 보게 되잖나."

"솔직히 저는 화면 밖에서 생기는 오락거리 때문에 가는 것 같습니다만." 내가 자랑하듯 장난스럽게 말했다.

"아, 그래…… 글쎄……"

"사실 전 프리스 스트리트의 영화관에서 지금 사귀는 녀석하고 처음 알게 된 거거든요. 그런 일이 있은 다음에 그게—그러니까 어둠 속의 그 녀석이—자기였다고 인정하는 걸 꽤 수줍어했죠. 사실 아주아주 수줍은 녀석이에요. 하지만 그런 장소에서는 다들 금기에 대해 잊어버리는 것 같아요." 찰스는 내 말에 별로 주목하지 않았고, 아마 그런 얘기는 안 하는 게 나았을 것도 같았다. 사실 나는 아직도 브루터스의 지하실에서 내가 그날 관계한 상대가 진짜로 필이었는지 확신하지 못한다. 필에게 그 일에 대해 물어봤을 때 그는 얼굴을 붉히고 난해한 표정을 지으며 인정도 부정도 하지 않았다. 만일 그게 자신이었다면 그는 그 일을 잊고 싶은 것 같았다. 자신이 아니었다면 그는 어렴풋이 이해한 내 어떤 환상에 기꺼이 동참해서 기이한 놀음을 하고 있는 것이다. 만일 그게 필이었다면 그 지저분하고 과장된 작은 에피소드 때문에 나는 그에 대한 생각을 바꿔 내가 설명할 수 없는 다른 필이 있다는 좀 꺼림칙한 가능성에 대해 생각해야 했을 것이다. 지금 이 순간에도 그는 브루터스에 있을지 모른다—혹은 보나나 한초나 스터드 같은 곳에……

"그건 물론 항상 있어온 일이지." 찰스가 회상했다. "우리 땐 전전에 소호에 작은 회원제 바가 있었는데, 사실 섹스 클럽이었지. 아주 비밀스러운 장소였어. 내 아저씨 에드먼드는 리전트 파크에 있던 그런 장소들과 일종의 동성애자 모임들에 대해 환상적인 이야기를 해주곤 했어. 벌써 한세기 전, 그러니까 오스카 와일드 등등의 사람들보다도 이전 이야기지. 여자 옷을 입은 아름다운 소년들이니 하는 이야기들. 에드먼드 아저씨는 아주 괴짜였어⋯⋯" 찰스가 환하게 웃었다.

"지난 시대가 당연하게도 꽤 섹시했다는 걸 항상 잊어요. 옷 때문인지 뭔지."

"아, 믿을 수 없을 만큼 섹시했지―요새보다 훨씬 더. 물론 난 동성애 해방이니 하는 것들에 반대하지 않아, 윌리엄. 하지만 그것 때문에 재미가 훨씬 덜해지긴 했지, **전율**이 꽤 사라졌단 말이야. 내 생각엔 1880년대야말로 휴가 나온 군인들이 넘치는 사창가와 감미로운 젊은 공작들이 행상 아이들을 쫓아다니던 이상적인 시기였음에 틀림없네. 1920년대나 30년대도 그 나름대로 꽤 모험적인 시대였지만 여전히 어느정도 지하에 있어야 했고, 우리는 지속적으로 암호를 바꿔가며 움직였지. 그리고 성냥에 불이 붙는 것처럼 갑자기 서로를 알아보는 순간이 왔을 때 느끼는 그 특별한 감동과 짜릿함이라니! 아무도 그런 것에 대해 제대로 기술한 적이 없네. 자네가 무슨 뜻으로 그런 말을 했는지 알아. 지난 시대의 섹스는 좀 소극처럼 돼버렸어." 찰스가 무척 자애로운 눈으로 나를 바라봤다. "자네가 제대로 써줄지도 모르지."

"다 끝나셨나요, 어르신?" 그레이엄이 공손한 저음으로 물었다.

"그레이엄, 그래그래. 치우게. 그리고 윌리엄, 가기 전에 다른 읽을거리를 주겠네." 나는 찰스의 말에 숨은 무대지시를 알아듣고 벌떡 일어나 그가 일어서는 것을 부축했다. 그는 의자를 돌아나와 뭔지 모를 것을 찾느라고 여기저기 둘러보았다. 그 물건이 어디 있는지 알지만 이렇게 잘 모르겠다는 듯이 해서 겸손하고도 극적으로 그걸 내놓으려 한다는 느낌이 들었다. 그는 내게 시집 크기의 몇장

짜리 서류를 건네주었는데, 풍뎅이 빛깔의 비단 표지에 법률 서류처럼 핑크색 리본으로 묶여 있었다. "지금 읽진 말고," 그가 주의를 주었다. "집에 가면 읽어보게."

그레이엄이 쟁반을 들고 나갔고 조금 뒤에 우리도 따라나갔다. 찰스가 내 어깨에 손을 얹었다. "감사합니다." 내가 말했다.

"내가 고맙지." 그가 내게 기대어—전에는 한번도 그런 적이 없었는데—뺨에 입맞춤을 해주었다. 나는 어색하게 그의 등을 툭툭 쳐주었다.

귀갓길에 코리에 들러 수영을 했다. 6시가 되기 삼십분 정도 전의 과도기적인 시간이어서 오후의 마지막 손님들—나이 든 축들, 대학생들, 실업자들—이 머리를 빗고 수영복의 물을 짜내는 동안 저녁에 오는 사람들, 직장인들이 쏟아져들어와 계단을 내려오고 있었다. 이십분 만에 로커가 다 차고 차가 막힌 사람들, 운동 수업에 늦거나 쏜살같이 지나버린 스쿼시 코트 예약에 늦은 사람들이 회전문을 통해 얼굴을 붉힌 채 욕설을 내뱉으며 뛰어왔다. 레스토랑이나 지하철역처럼 코리도 사람이 많고 적은 때가 있어서 평일 오후나 일요일 저녁에 오게 되면 소수의 차지였다. 해외의 본가에 갈 수 없어 학교에 남은 교사들과 단기방학 중의 학교처럼 말이다. 수영장과 체육관과 핸드볼 코트는 일상적인 소음이 일시적으로 보류된 장소의 반가운 고요함을 지니고 있었다. 내가 도착함과 동시에 그 고요함은 재빨리 사라지고 있었다.

나는 많은 사람들, 그리고 찰스를 만나고 나온 다음에 항상 느끼는 개구쟁이 아이처럼 굴고 싶은 욕구를 십분 활용했다. 샤워실에는 언어 수업을 들으러 런던에 온 시끌벅적한 이딸리아인 무리가 있었다. 클럽에서는 이런 그룹을 손님으로 맞는 일이 종종 있었고 그들의 장난은 수영장에서는 지루하고 귀찮았지만, 코리의 회원들은 그 녀석들의 매끈한 갈색 몸, 자그마한 이파리 같은 수영복과 온갖 포즈와 뒤통수에서 찰랑이는 고수머리 때문에 그들의 행동을 모두 용서해주기로 무언의 합의를 하고 있었다. 나는 수영장으로 들어가기 전에 쉬익 소리를 내는 샤워기 아래 잠시 멈춰서서 노골적인 눈길로 그들을 내려다보았다. 오페라 감상자의 이딸리아어 실력으로 그들이 하는 말을 이해하기는 불가능했지만 그들이 나를 주목하면서, 처음에는 떠들어대는 소리에 까쪼[4]…… 까쪼 하는 단어가 속삭이듯 섞이더니 이어 큰 소리로, 거의 합창하듯 외치는 것으로 발전해서 자신들의 과감함에 대해 음탕하고 나른하게 킬킬 웃는 것으로 끝이 났다.

아파트로 돌아가면서 나는 필이 와 있을 거라는 기대를 반쯤 했는데, 좀 부루퉁하고 성적으로 흥분하기도 한 상태로 늘어져서 스카치 한모금을 꿀꺽 삼키자 필이 이틀 정도 쉬는 저녁에 남아프리카 친구들 몇을 만나고 내일 '대사관'에서 있을 환송파티에 갈 계획이었다는 사실이 기억났다. 거실에서 리모컨을 들고 티비 채널을 이리저리 돌리며 다양한 시트콤과 패널 게임 중에서 매력적인 것을 찾으려 해보았다. 이내 그 허망한 노력을 포기한 뒤 오페라 「지크프리트」 3막의 시작 부분을 틀어놓고 첼로의 활을 크게 당기고 호른을 마구 찌르며 거칠게 지휘를 해봤지만 오분쯤 지나자 전혀 흥미를 느낄 수 없었다. 결국 마지못해 책상에 앉아 찰스의 귀중한 서류를 읽기로 했다. 리본을 풀어보니 그동안 본 일기들과는 달리 우아한 정서본이었는데, 식자공이 조판하기에 수월해 보

---

4 cazzo, 이딸리아어로 남자 성기를 뜻하는 속어.

였다.

　비록 요청했다면 허락을 받기는 했겠지만, 지난 육개월 동안은 일기를 쓰지 않았다. 처음부터 나는, 비록 '앞으로' 지금보다 더 나은 세상에서는 내 일기가 다른 독자들을 발견해서 그 나름 어떤 기여를 할 수도 있을지 모르지만, 지금은 조롱과 외설적인 반응 외에는 아무것도 가져오지 않을 것을 알고 있었다. 그리고 나중에, 한참 지나서 글을 쓰는 게 내 외로움과 답답한 기분을 덜어줄지도 모른다고 생각했을 때도 나는 글쓰기를 피했다. 끌리고 또 끌리지만 매번 상대할 때마다 내 격만 낮아지거나 내 노력을 낭비했거나 지나치게 응석을 부렸다고 느끼며 관계를 포기하게 되는 친구들 중의 하나처럼 일기 쓰기를 신뢰할 수가 없었다. 일기는 어린 시절부터 항상 가까운, 말없는, 기억력이 좋은 내 벗이었다. 너무나 가까운 사이라 일기장에 거짓말을 쓰면 무언의 비난이 돌아와서 속으로 마음이 아팠다. 하지만 이제는 그것이 뭔가 수치스러운 것—자기연민, 그리고 그보다도 더 나쁜 것, 다람쥐 쳇바퀴 도는 듯한 내 기억과 갈망의 좁은 회로의 폭로—으로 나를 초대하는 것 같았다.

　내 지위의 파멸적 변화 또한 문제였다. 나는 전락했고, 비록 음모에 의해, 잘 계산된 악의에 의해 초래된 것이긴 하지만 그 전락이 나에게 미친 최초의 효과는 끔찍한 육체적 사고의 효과와도 같았다. 그 일을 겪은 뒤에는 어떤 평범하고 무심한 행동도 다시는 전과 같을 수 없게 만드는 사고 말이다. 내 전락의 시작은 선고가 내려진 직후 피고석에서 순식간에 멍해지며 쓰러져 주변의 부축을 받은 것이었다. 이어서 법정의 돌계단을 계속 내려가 감옥에 갇히기까지. 사슬에 묶여 물속으로 내던져지는 듯한 느낌이 들었고—위기의 순간엔 은유가 그토록 활발하게 작동하는 것이다―숨을 참아야 할 필요성이 느껴졌다. 어떤 의미에서는 지난 반년간 계속 숨을 참고 지내고 있는 셈이다.

그곳에 있던 사람들은 계속해서 일기를 썼다―조는 언젠가 아내가 볼 수 있도록 매주 어린애처럼 일기를 썼다. '살짝 정신 나간' 반스는 종말의 비전을 적었다. 하지만 그들은 어린애 같거나 제정신이 아니기 때문에 가능했다. 반면 나는 내 권리인 주소가 인쇄된 편지지를 강제로 빼앗겼고, 보이지 않는 무언의 항의를 하고 싶기도 해서 일기를 한줄도 적을 수가 없었다. 이제 다시 집으로 왔으니 몇쪽 정도는 적을 수 있을지도 모르겠다. 단지 그간 일어난 일을 증언하기 위해서―그리고 아마도 조금이라도 회복을 위해 노력하고, 영원히 망가진 나에 대한 세상의 이해를 수습하기 위해서.

이미 분명한 것은 감옥을 떠난 이후에도 내가 그곳에 다시 들어가 있는 길고도 논리적인 꿈을 꾼다는 사실이다. 마치 감옥에 있는 동안 오래전의 행복했던 날들과 또한 석방된 후에―그러니까 지금이겠다―일어날, 혹은 일어날 수 있는 것들에 대해서 꿈꿨던 것처럼. 꿈은 감옥에 있을 때 내게 강력한 영향력을 행사하고 내 기력을 빼앗은 것이기도 했다. 나는 항상 다채롭게 꿈을 꾸었던 편이고, 그러니 아마도 우편행낭을 꿰매며 잔인한 일의 허상으로 한없는 시간을 메우는 헛된 노력의 아침들, 간밤의 여행과 그 성숙한 상호성의 세계의 영향력하에 보내는 아침에 잘 대비가 된 편이었다고 하겠다. 그런 것들―그리고 깨어 있는 동안 꿈꿨던 다른 소망들―이 관념적이고 백치 같은 감옥의 일상을 너무나 압도했기 때문에, 그 여러달의 이야기를 조금이라도 진실하게 하려면 꿈에 대해 이야기할 수밖에 없는 것이다. 저녁의 자치회 이후에―말도 안 되게 이른 저녁에―각자의 감방에 돌아가게 되면 그곳에서 다른 세계가 나를 기다리고 있다는 확실성─불확실성의 확실성이라고나 할지─내 생활에서 다른 사람의 통제에 종속되지 않은 유일한 부분이 있다는 사실에서 나는 일종의 자신감을 얻었다. 죄수는 자유를 꿈꾼다. 꿈꾸는 것은 자유롭다는 것이다.

아마도 내가 꿨던 꿈 중에 가장 이상한 것은 체포되던 저녁을 회상하는 꿈일 것이다. 그것이 그렇게 자주 찾아드는 이유는 물론 내가 그 결정적인 몇분을 생각하게 되는 빈도에 의해 설명될 수 있을 것이다. 내게 궁금했던 건 실제로 일어난 일이 변형되는 양태였다. 그 꿈은 항상 내가 한무리의 친구들과 헤어져, 실제로 그랬던 것처럼 경쾌하고 들뜬 기분으로 공중화장실을 향해 걸어가는 것으로 시작된다. 하지만 어떤 화장실인지는 물론 내 실제 일상에서 그랬던 것처럼 밤마다 달랐다. 때로는 신나는 작은 요크셔 스팅고를 향하기도 했고, 때로는 힐 플레이스의 더 위험하고 그늘진 어둠으로 향했다. 때로는 악한소설처럼 '서정적인' 저녁을 보내기 위해 해머스미스로 가기도 했다. 이런 경우는 택시나 버스 혹은 기차를 탄다는 것을 의미했고, 눈요깃거리나 운전기사의 악의적인 오해, 혹은 지하철에서 수많은 사람들의 몸에 부딪히는 일이 불가피했다. 겨우 몇백야드를 걸어 소호의 장소나 늘 과일로 가득 찬 시장의 수레나 다운스트리트 역의 남자 화장실로 가더라도 나는 꼭 길을 잃거나 다른 일이나 다른 사람의 방해를 받았고, 그러면 욕망이 좌절된 데서 오는 절박함이 더해졌다. 그러다 원래의 목적지에 도착하면 공중화장실이 사라지고 없거나 문을 닫았거나 무척 그럴듯한 가게로 바뀌어 있었다. 내가 찾던 곳들 중 몇몇은 실제로도 문을 닫거나 철거된 지 오래된 곳들이다. 다운스트리트 화장실은 전전에 문을 닫았고, 대영박물관 역에 있던 화장실은 있었는지도 기억나지 않지만 상상 속의 랑데부 장소 중 하나로 새까만 외벽으로 된 지금은 버려진 곳이다. 그렇게 내 꿈은 하나의 향수가 다른 향수로 용해됐고, 모든 철거와 종결은 앞으로 다가올 더 큰 철거에 대해 알려주고 있음을 보여주었다.

나는 좁고 어둠침침한 공간으로 들어간다. 그곳에 나를 위한 뭔가가 있을 거라고 확신하긴 하지만 그게 뭔지는 불분명하다. 꿈속에서 빠진 것은 약물 비슷한 매캐한 냄새뿐인데, 평소에 그 냄새와 구별하기가 불가능할 정도의 성적 흥분은 남아 있다. 성욕을 자극하는 향수와는 그보다 더 멀 수 없는 냄새지만 그 냄새가 내게 미치는 효과는 감전이라도 된 것처럼 즉각적이다. 나는 즉시 단추를 끄르거나 꿈속에서는 옷을 대부분, 어떤 때는 전부 벗어버린다. 내 기분은 낙관적이고 젊다. 내 육체도 반생의 무게와 보살핌 이전의 젊음을 유지하고 있다.

조금 후에 잘생긴 젊은이가 들어오는데 모자의 챙이 눈을 가리고 있다. 혹은 그의 뒤쪽에 철망 속의 전구가 있어서 그는 어둡지만 조짐이 좋아 보이는 인물이다. 나는 물론 거기로 가는 길에 그를 보았고 그가 내 눈짓에 반응한다는 느낌도 받았다는 사실을 깨닫는다. 그는 나를 따라 그곳에 들어온 것이 틀림없다.

그는 벽과 홈통에서 꽤 떨어져 서서 방광을 비우고 그의 성기가 초자연적으로 내 시야에 들어오는데, 그의 태도는 내게 그걸 보라고 권하는 것 같다. 때때로 그는 바지를 무릎께까지 내리거나 선원의 바지처럼 양옆에서 단추를 채운 넓은 앞섶을 내린다. 나는 그의 모습에서 낮의 햇빛 속에서 본 많은 사람들의 면모를 알아본다. 그가 몇초 동안 그중 몇몇으로 변하면서 나는 "아, 토미"라든가 "아, 로버트" 혹은 "스탠리!"라고 기쁘게 속삭인다. 그는 매순간 행복, 즉 위험은 극복되었다는 확신의 화신이 된다. 그의 성기는 내가 그에게서 보는 많은 유령들 중 누구의 것도 아니다. 크지도 작지도 않고 두툼하지도 빈약하지도 않으며 너무 창백하지도 진하지도 않은 이상적인 것이라서, 보는 순간 사고와 감각을 압도하고 즉각적으로 심장에 호소해오는 예술작품을 볼 때처럼 나를 놀라게 한다.

그는 팔을 내 목에 두르고 나는 그의 얼굴을 핥아주고 개구쟁이처럼 그의 모자를 눌러 탄력 있는 검은 고수머리를 납작하게 만든다. 그의 표정은 욕정으로 인해 진지하고 아름답다. 두발짝 뒷걸음질을 치면 우리는 더이상 단순한 화장실이 아닌, 교묘한 무대장치로 바뀐 장면처럼 형태가 변하거나 말려올라가며 사라지는 벽으로 된, 빛으로 채워진 공간에 있다. 우리는 윈체스터의 건조실이나 흰 타일이 붙은 공공건물의 화장실, 혹은 탈로디의 하얀 집—자투리 가구들 없이 텅비어 조화로움이 드러난 내 집—에서 사랑을 나눈다. 그 단순한 장소들의 텅 빈 상태가 욕망을 자극한다. 한번은 장대와 캔버스천으로 만든 해변 텐트 속에 있기도 했다. 그림자극의 화면처럼 밝은 옆면이 바람 속에서 웅웅거리고 머리 위로는 아주 작은 흰 구름이 찬란한 푸른색을 가로질러 떠간다.

다른 꿈에서는 물론 다른 장면이 펼쳐진다. 내가 화장실에 들어간 뒤 몇초 만에 쇠장식이 달린 구두의 철거덕 소리가 문을 향해 다가오고, 나는 옆자리에 서는 젊은이를 아무렇지도 않게 바라본다. 미제 청바지에 항공재킷을 입고 있는데 기가 막히게 아름다워서, 그가 한 손으로는 자신의 성기를 힘차게 털고 다른 손으로는 윤기 있는 머리칼을 쓸어넘길 때 그 행동이 나를, 나이가 그의 두배는 되는 남자, 늙은 남자 화장실에 있는 늙은 남자를 향한 것이라고는 믿기 어렵다. 화장실에서는 언제나 주어진 것에 만족하고 감사해야 한다. 하지만 그렇다 해도 나는 쉰네살이다—그런 황금의 기회를 맞아 망설일 수밖에 없다. 나는 골똘히 눈을 내리깔고 가슴이 쿵쾅거리지만 상대방을 보지 않는다. 이어 바깥에서 다른 사람의 발자국 소리가 들린다. 내가 기회를 놓친 것이다. 하지만 신기하게도 발자국 소리는 멈췄다가 멀어졌다가 몇초 후에 또 들린다. 누군가가 거기서 기다리고 있는 것 같다. 나는 그 젊은이와 발기해 두툼한 그의 성기를 재빨리 힐끗 보고, 그가 날 찬찬히 바라보고 있다는 사실을 깨닫는다. 나는 깊은숨을 들이쉬고 아마도 이제 강도를 당하거나 엄청난 구타를 당할 것이라는 사실을 깨달으며 심장이 돌처럼 가라앉는다. 밖으로 나가려 한다면 이 사랑스러운 젊은이—이제 그의 정체를 안다, 냉혹한 깡패, 아마 최근에 술집들에서 말이 많던 바로 그 깡패일 것이다—와 밖에서 뻔뻔스럽게 망을 보고 있는 그의 패거리 사이에서 붙잡힐 것이다.

　너무나 공포스러운 순간이다. 나는 서둘러 바지 단추를 채우고 뒤로 물러나는데, 내 본능은 거의 눈에 보일 정도로 구타를 위해 모아지던 육체적, 정신적 폭력에서 최대한 스스로를 보호하려고 안간힘을 쓰고 있다. 가슴 쿵쾅거리는 침묵이 흐르고, 타일 바닥을 가로지른 램프 하나의 빛은 갑작스러운 무언의 욕정에 찬 여러 날과 달을, 그리고 그사이 텅 빈 침묵의 공간을 비추듯이 임박한 잔혹행위와 그 비슷한 수많은 행위들을 비추게 될 것을 알고 있는 듯하다. 내가 도망치려 하는 것을 눈치챈 그 녀석은 자기 옷매무새를 가다듬으며 아무 말도 없다. 그가 어색하게 도망치려는 내 뒤를 쫓아 거의 내 옆에 섰고, 검은 코트를 입은 다른 사내가 앞으로 나서며 나를 무시한 채 묻는 듯이 그를 바라본다. 그 젊은 녀석은 긍정의 뜻으로 작게 흠 소리를 내고 다른 사내는 내 옷깃을 향해 손을 쳐들고 말한다. "실례합니다만……" 하지만 나는 그들의 모욕과 조롱의 대상이 되기를 두려워하며 재빨리 그의 곁을 빠져나온다. 몇초 후에 차가 다가오는 소리가 들려 내가 덤불 속 빈터를 향해 가며 소리를 지르려는데, 내 몸이 길바닥에 내던져지고 팔이 뒤로 비틀려 잡히며 젊은 녀석이 내 몸에 올라탄다. 그리고 코트를 입은 사내가 말한다. "경찰입니다. 체포되셨습니다."

스크러브스에서 지낸 기간은 일종의 시간상의 황무지였다. 엄격하고 금욕적인 일과 외엔 아무 특징이 없었는데, 되돌아보니 어느 날 어느 달에 뭘 했는지조차 기억하기 어렵다. 물론 나는 사막을 좀 경험한 바 있고 좋아하기조차 하며, 낙타가 지방에 의존하듯 사막에 깃든 내적 환상과 명상이라는 비축물에 의존하는 법도 알고 있었다. 그곳에서 지내는 동안 나는 일종의 반추동물이었다. 그렇기는 해도 내가—명하고 비참한 첫 몇시간 동안—상상했던 것과는 꽤 다른 모습으로 지내게 되었다. 사실 몇주 동안은 시간이 마구 흘렀고, 자유가 손에 잡힐 듯 가까워진 마지막 달에 가서야 일분 일초가 게걸음처럼 느릿느릿 가서 거의 완전히 멈춘 것 같은 느낌까지 들었다. 그때는 한가지 이미지, 초봄의 초록색 나뭇잎—자작나무와 사시나무—에 대한 환영 같은 모습, 산들바람에 흔들리는, 하지만 성에 낀 유리를 통해 보듯 흐릿하고 고요한 모습이 자꾸 눈앞에 어른거렸다. 하지만 그때는 진짜 잔혹행위는 이미 일어난 뒤였다. 내가 자유보다 훨씬 더 큰 것을 빼앗긴 후다.

초기에는 회복력이 요구되었다. 마치 고딕적이고 고풍스러운 학창시절로 다시 내던져진 것 같았다. 그 장소를 지배하고 있는 복수의 에너지를 흡수하거나 모면하는 방법을 다시 배워야 했다. 하지만 학교와의 차이가 곧 분명해졌으니, 학생들은 패권을 위해 투쟁하게 되어 있고 그 과정에서 권위와 한편이 되기를 선택하며 그것이 교육의 과정이자 사회적 정통성의 지위를 획득하는 과정이기도 한데, 감옥에서는 모두 비정통성을 통해 결합되어 있었다. 모두들 사회적 아웃사이더였다. 그 사실이 가지는 효과는 종종 애매했다. 바깥세상에 존재하는 많은 차별이 그곳에서도 통했다. 계급에 대한 존중과 특정한 폭력이나 비인간적 범죄에 대한 혐오, 그것들로 인해 형을 사는 사람들에 대한 배척 등. 하지만 그와 동시에 그곳에 있는 사람들은 모두 범죄자였으므로 사회적 허례허식이 한겹 제거되었다. 자신이 동성을 좋아하지 않는 척할 필요가 전혀 없었다. 또한 내가 속한 동의 수감자들 중 많은 사람이 성범죄자—그 장소 특유의 용어로 '넌스'[5]—였으므로 우리 사이에는 신기할 만큼 지속적인 공감과 이해의 분위기가 존재했다. 물론 그렇다고 해서 죄의식과 수치심이 저절로 없어지지는 않았는데, 상당수의 사람들이 외설적 행위, 혹은 미성년자들과의 성적 행위(대개는 그 미성년자들이 열정적으로 호응한)를 하거나 모의했다는 이유로—물론 모든 초범이 그런 건 아니었다—체포되었던 것이다. 그리고 물론 많은 수감자들이 미성년을 갓 면하고 오로지 가슴이 강렬히 원하는 것만을 알 만한 나이에 감옥에 보내진 애들이었다. 감옥은 당시 진행되고 있던 무자비한 숙청의 직접적 결과로서 그 어느 때보다도 우리 같은 사람들로 넘쳐났고, 배신과 기만의 이야기, 뇌물을 받거나 거짓말을 한 증인들, 공범에게 불리한 증언을 하고 풀려난 가짜 친구들에 대한 이야기도 참으로 많았다. 그런 이야기들은 우리 사이에서 끊임없이 돌고 돌았고—나 또한 이 닳고 닳은 이야기의 소통에 약간의 몫을 보탰다.

아마도 내 작위 때문이겠지만, 내 사례는 대부분의 다른 사례보다 더 많은 화젯거리가 되었다—내 체포와 기소에 분명하게 작용했던 그 모든 부당함과 위선에 경찰의 부패가 더해져 더 사악했던 몬터규 경의 사례와는 비교도 할 수 없는 수준이지만. 감옥의 동료 수감자들

---

5 nonce, 성범죄자라는 뜻의 은어.

은 그와 내가 아는 사이임에 틀림없다고 확신했고, 짐작이지만 우리가 상원 의사당의 바에서 젊은 남자들의 전화번호를 교환했을 거라고 상상했다. 동성애자들이 모두 알고 지내는 게 아닌 것처럼 상원의원들도 모두 알고 지내는 건 아니라는 것을 납득시키기는 힘들었다. 그렇다 해도 그의 사례—그리고 좀 덜 중요하지만 내 사례도—는 좋은 효과도 있는 듯싶었다. 본능에 충실한 삶을 불신하고 타인에게 동화하기를 즐기는 점잖은 영국 사람들조차 이제 그만하면 됐다고 말하고 있으니까. 몇몇 사람들은 심지어 개인의 사생활은 개인적인 문제라고, 법이 바뀌어야 한다고 말하고 있다.

공중화장실과 관련된 내 딱한 오명은 감옥에서는 일종의 영광이되었고, 내가 사람들의 얼굴과 기분을 살피고 알아보며 친구를 만들 때 도움이 되었다. 은근하게 친절한 행위들이 곤란한 상황에서 나를 구해주었고, 혹은 몇가지 부질없고 피할 수 없는 지나치게 소소한 잡일을 해명해주었다. 자치회 동안 서로 섞여 있을 때는 성냥갑과 토막담배 등이 슬쩍 건네졌다. 특정한 간수의 약점에 대한 경고도 해주었다. 그렇게 나의 세계가 된 성범죄자들의 세계가 내 주변에서 나를 감싸고 동정에 찬 위로를 전해주었고, 때로는 진흙탕 같고 때로는 놀랍도록 선명한 산호색인 그 깊이를 드러내기 시작했다.

이 과정에서 안내자이자 동료 역할을 해준 사람은 내가 거기 들어간 지 일주일인가 만에 만난 빌 호킨스라는 이름의 젊은이로, 덩치는 작아도 체격이 좋고 다소 말수가 적은 녀석이었다. 그는 처음부터 눈에 띄었고, 그가 체육관에서 많은 시간을 보낸다는 사실을 발견하고도 전혀 놀랍지 않았다. 그는 훌륭한 상체와 단단한 어깨의 소유자였다. 나는 첫번째 일요일 저녁에 그와 함께 체커 게임을 몇판 했다. 그는 내게 말을 걸고 싶어하는 것이 분명했는데 어떻게 접근해야 할지 모르는 듯했고, 그래서 내가 먼저 말을 걸었다. 그가 자신이 일하던 하이베리의 스포츠클럽에서 훈련시키던 십대 소년과 일년 넘게 연인 사이로 지냈다는 사실을 알게 되었다. 그들은 매일 만났고 너무나 행복했는데, 이름이 알렉이라는 그 녀석이 예전 친구들을 피하자 그 특이한 행동 때문에 부모가 걱정을 하게 되었다. 빌과 알렉은 두번 브라이턴에 가서 스포츠클럽 매니저의 친구가 소유한 게스트하우스에서 주말을 보냈다. 만일 누가 물으면 형제인 척하기로 했다. 빌이 겨우 열여덟살이고 알렉은 두살 정도 어렸기 때문이다. 하지만 얼마 후에 알렉이 빌에게 거리를 두기 시작했고 다른 남자와 사귄다는 것이 분명해졌다. 빌은 모든 첫사랑의 고통을 겪으며 걷잡을 수 없이 술을 마셔댔고 알렉의 부모 집에 찾아가 문을 두들기며 소란을 피웠다. 그러고도 모자라 어리석고 은밀한 편지까지 썼는데, 그게 알렉의 부모의 눈에 띄었다. 알렉의 새 남자친구는 안락하게 사는 보험설계사로서, 너무나 위선적인 알렉의 부모는 가난하고 열정적이며 통제 불능인 빌보다 그가 더 적절하고 괜찮은 사람이라고 여겼다. 그래서 그들은 빌의 편지를 알렉의 새 남자친구에게 보여주었고, 그 보험설계사는 부모와 함께 빌의 편지들을 경찰에 가져다 신고했다. 빌은 심문 당시 자신의 감정을 전혀 감추지 않았고, 결과적으로 18개월 강제노역형을 받았다.

빌과 나는 좋은 친구가 되었다. 빌의 친구들이 그를 일종의 마스코트 같은 존재로 여겨서 반려견이나 반려묘에 감정을 쏟아내듯 자신들의 비밀을 그에게 털어놓았고, 따라서 그는 거의 대부분의 사람에 대해 굉장히 많은 것을 알고 그들이 겪은 다양한 시련과 비극에 깊이 공감하는 듯했다. 빌은 나한테 그들 사이의 몇몇 관계에 대해 알려주었고, 좀 기묘한 몸짓이나 습관에 대한 내 의심과 해석이 맞는다는 것을 확인해주었으며, 수면 아래 존재하던 연대와 충성의 구조를 상당히 알려주었다. 그곳에서는 여섯쌍가량의 장기 연애가 진행 중이었고, 다양한 남자들과 어린 청년들은 적절히 다가가기만 하면 연인이 될 수 있는 사람들이었으며, 두세명의 다른 연인과 함께 만족스러운 복혼 관계에 참여할 수도 있었다. 어떤 의미에서 거기서 일어나는 일은 우리를 모두 한데 잡아넣은 데에 기인한 우스꽝스러운 반전이었다. 즉 감옥 당국이 우리를 모두 한데 모아 우리의 관계를 인정해주고 외부 세계의 박해에서 보호해주고 있었던 것이다. 간수들 자신도 그런 관계에 전혀 무관심하지 않다는 사실이 드러났고, 적어도 두명은 수감자들과 매일매일 섹스를 하고 있었다. 하지만 그런 수감자들은 끄나풀일 가능성도 있다는 점에서 다른 수감자들의 가장 큰 의심의 대상이긴 했다. 그들 중 하나는 담당 간수에게서 립스틱과 화장품을 받았는데, 최소한 그의 여성성만큼은 그 안에서 바깥세상에서는 불가능할 수준으로 용인된 셈이다.

빌은 내게서도 이야기를 끄집어내주었다. 나는 그가 내 맞은편에 앉아 있는 다소 감동적인 모습을 분명하게 그려볼 수 있다. 그의 젊은 체격은 뻣뻣한 회색 죄수복조차 변모시켜서, 그는 동유럽 어느 나라의 가난한 군대에 속한 잘생긴 군인처럼 보였다. 내가 어린 시절이나 수단에서 보낸 삶에 대해 이야기하면 그는 그것을 귀기울여 들었다. 우리 집과 하인들에 대한 이야기에도 흥미를 보였다. 나는 이듬해 초에 그가 석방되면 일자리를 찾아주겠다고 약속했다. 가능하면 체육관에서 일하도록, 사무직으로 일해서 남성들과 육체운동에 대한 그의 감각이 좌절당하고 거부당하게 놔두기보다 그런 감각을 충족할 수 있는 직장을 잡아주겠다는 약속이었다. 그가 감옥 도서실에서 몇주간이나 억지로 탐정소설을 읽고 있는 모습은 참으로 딱했다. 그는 딱한 열망을 가지고 책의 바다에서 개헤엄으로 발버둥쳤지만, 그건 그의 체질과는 안 맞는 일이었다.

나는 더 빨리, 마치 오리처럼 감옥 도서실을 좋아하게 되었다. 거기 있는 책들은 거의 전적으로 기부받은 것이어서 여러가지 책이 기이하게 뒤섞여 있었다. 좋은 뜻을 가진 평범한 사람들과 몇몇 자원봉사단체에서 기증한 잡다한 소설과 기술과 자연사에 대한 대중 상대의 백과사전적 책들. 다른 곳으로 이전한 소장 하나가 문학작품 전집을 기증했는데, 어떤 것들은 그가 학교 시절에 읽던 것이지만 프랑스 고전극과 스물세권짜리 위더[6] 전집도 있었다. 또한 『타임스 리터러리 서플리먼트』에서는 자신들에게 보내왔지만 리뷰를 실어주지 않은 책들 몇년치를 모두 모아서 감옥에 기부했는데, 세균학부터 전차의 역사에 대한 안내서에 이르기까지 다양했다.

나는 소장이 기부한 것이 틀림없는 책을 한권 골랐다. 학생판 포프 시집으로 A. M. 나이번이 주석을 단 것이다. 군데군데 인생에 대한 통찰이 섞여 있지만 회문 palindrome 에 가까워 짜증이 나는 시들이다. 그동안 상당히 활발하게 읽힌 듯했고, 책의 가장자리는 어린애 같은 둥근 필체로 쓴 '액어법'zeugma 같은 단어들로 가득했다. 나는 어린 시절 이후로 포프를 읽지 않았지만 갑작스럽게 그의 질서와 선명성을 향한 날카로운 갈망을 느꼈는데, 그것들이 내 마음속에서 18세기 영국의 비전, 삼림지대를 가로지르는 길, 그리고 폴즈든과 내 모든 글의 전원적 기원과 연결되어 있었기 때문이다. 그 책에는 「어느 숙녀에게 보내는 편지」와 다른 다양한 짧은 시들이 실려 있었다. 긴 작품 중에서는 「머리채의 강탈」만 전문이 실려 있었는데, 나는 그 시가 불화, 반목하

6 George Wither(1588~1667). 영국의 시인. 세상의 위선을 풍자한 작품들로 유명하다.

는 두 가족을 적의를 녹여서 반짝이는 예술로 만드는 문명세계의 희미한 빛으로 비웃어주려고 쓴 시라는 나이번 씨의 해석이 마음에 들었다. 나는 그 시 전문을 외우기로 결심했고, 하루에 스무행씩 외워나갔다. 그 훈련과 작품 자체의 찬란함이 내게 일종의 눈에 보이지 않는 자양분 구실을 해주었다. 나는 공연할 가능성도 전혀 없으면서 굉장한 배역을 연습하고 있는 배우처럼 느끼고 싶지 않아서 장시의 새 단락을 하나씩 정복할 때마다 빌에게 들려주었다. 빌은 그것을 즐기는 것 같았다.

이렇게 내적 세계에 침잠하는 것이 매력적이기는 했지만, 항상 기대감에 차게 하는 면회도 있었다. 물론 잔인할 정도로 짧고, 방문 이후에 문이 닫히고 다시 감옥의 벽에 갇힌다는 새삼스러운 확실성 때문에 회한이 일기도 했다. 면회 온 사람들은 그곳을 끔찍해하고 있다는 사실을 몸으로 말해주었고, 나는 그들이 떠난 뒤 잠시 동안은 전에 알지 못했던 고통스러운 공허감을 느꼈다. 나 자신의 보잘것없는 상황이 고스란히 노출되었으니 말이다.

처음으로 찾아온 사람은 타하였다. '상자갑 면회,' 그러니까 유리를 사이에 둔 재결합이었다. 나는 그가 보이자마자 걷잡을 수 없이 마음이 괴로웠고, 그래서 별 할 말도 생각할 수 없었다. 그는 미소를 짓고 위로하는 듯한 얼굴이었고, 나는 그를 자세히, 자학하듯 보며 그가 나를 창피해한다는 증거를 잡아보려 했다. 하지만 그는 전혀 흔들림 없는 대단한 자신감을 보이고 있었다. 아주 조용조용 이야기해서 간수나 다른 수감자들에게 자신의 말소리가 들리지 않도록 했고, 수많은 달콤하고 사소한 것들에 대해 이야기해주었다. 그가 몇주 뒤 다시 면회를 왔을 때는 탁자에 마주 앉는 것이 허락되었다. 아들도 데리고 왔는데, 감옥에 들어가는 것을 허락받은 사실에 흥분되면서도 혹시라도 거기 남겨질까봐 겁에 질린 듯한 모습이었다. 타하는 아들에게 내 손을 꼭 잡으라고 하고 본인은 내 다른 손을 잡아서 우리는 강령降靈 모임이라도 하는 것처럼 삼각형을 그리고 앉았다. 그 전날이 타하의 생일이었다. 그리고 나는 물론 타하에게 줄 게 아무것도 없었다. 벌써 마흔네살이었다! 하지만 진심으로, 내가 이십팔년 전 처음 만났을 때보다 덜 아름답다고는 말할 수 없었다. 이마가 더 높아졌고 얼굴에는 벨벳처럼 부드러운 소년의 이마와 뺨에 단지 목탄의 선을 몇개 그린 듯 주름이 약간 더해졌을 뿐이다. 하지만 눈에는 엄청난 우수와 웃음이 더 깊어졌고, 손은 내 신발과 은식기를 닦는 것 이상으로 훨씬 많은 일을 한 듯 오래된 가죽처럼 주름이 지고 반들거렸다.

그날 밤 나는 오랫동안 잠들지 못했고, 다시 한번 우리가 함께 보낸 시간을 생생하게 회상했다. 수천가지 차이에도 불구하고 그건 결혼생활, 사랑과 요령의 엄청나게 순결한 결합과도 같았고, 그래서 타하가 진짜로 결혼해서 아버지가 됐다는 게 더욱더 신기했다. 그리고 그의 결혼식날 내가 느꼈던 끔찍한 배신감과 절망감에 다시 사로잡혔다. 노스 켄징턴의 작은 집, 내가 타하를 처음 발견했던 누바산맥보다 더 미지이며 접근할 수 없는 세상으로 내가 **그를 넘겨준** 것이다. 이후 나는 그 일을 단지 하나의 시험으로, 도전을 통해 우리의 유대를 재긍정하기 위한 수단으로 보게 되었다. 조건이 달라졌다. 매일 저녁 센트럴 노선으로 귀가한다는 점에서 그는 구체적인 위엄을 갖춘 독립적 지위를 갖게 되었다. 하지만 그의 충실성에는 변화가 없었다. 약간의 거리가 있기 때문인지 나는 그가 오히려 더 소중해졌다. 그리고 둘 다 지나치게 익숙해졌던 헌신에 대해 내가 새롭게 볼 수 있는 계기이기도 했다.

그런 생각들은 며칠 후 내가 교도소장한테 불려갈 때까지도 줄곧 마음속에서 가장 우위를 차지하고 있었다. 나는 첫날의 짧은 훈시 때 말고는 소장을 만난 적이 없었는데, 그때는 자신이 우연히 잠시 우월한 지위에 서게 된 것을 그가 불편해하는 기색이 역력했다. 나는 몸의 형태를 일그러뜨리는 자루 같은 모양의 죄수복을 입고 있었음에도 꽤나 세련된 사람처럼 느끼고 있었다. 그는 내가 그때 겪고 있던 불이익이 지속되지 않을 것이며 그래서는 안 된다는 사실까지 알고 있었다. 오늘은 그는 없었고 상급 공무원 중 하나가 그의 자리를 차지하고 책상 뒤에서 오락가락하면서 앉고 싶은 유혹을 뻣뻣하게 참고 있었다. 내게도 앉으라는 말은 하지 않았고, 내가 차려 자세를 할 의사가 없어서 좀 퇴폐적으로 축 늘어진 자세로 서 있자 그 공무원은 마음에 안드는데 나무라고 싶지만 억지로 참는 기색이 역력했다. 나는 대체 무슨 일인가 궁금했고 감형 같은 걸 살짝 기대하기도 했다.

"낸트위치,"—그는 무슨 형용사를 쓸까 망설이는 것 같더니 그냥 안 쓰기로 한 것 같았다—"뉴스가 좀 있소. 하인, 집에 데리고 있는 하인이 있지. 이름이 뭐요?"

"집안일 도우미가 있소. 이름은 타하 알아자리요." 나는 타하가 뭔가 어리석은 짓을, 나를 도우려고 엉뚱한 일을 한 건 아닌가 갑자기 걱정이 됐지만 억지로 침착함을 가장하며 말했다.

"아자리, 맞아. 수단에서 왔다죠?"

"그렇소."

"나이가 몇이나 되나?"

"막 마흔네살이 되었소."

"아내와 자식들도 있고?"

"굳이 왜 나한테 이런 질문을 하는지 모르겠군요. 맞소, 아내와 일곱살짜리 아들이 있소. 아마 아이도 보셨을 거요만." 내가 덧붙였다.

"지난주에 여기 왔었고, 타하 자신은 물론……"

공무원은 그런 것까지 기억난다는 시늉은 하지 않았다. "아자리가 다시 면회 오는 일은 없을 거요." 그가 말했다. 나는 어깨를 으쓱했다. 상관없다는 뜻이라기보다 그게 신경 쓰인다는 걸 보이고 싶지 않아서였다. 어차피 그토록 많은 것을 박탈당한 상황에서 그 목록에 다른 것이 추가된다고 해서 더 놀랍지도 않았다.

"내가 뭘 잘못했소?" 내가 혹시 해서 물었다. "아니면 그 녀석이?"

"죽었소." 그가 어이없도록 힘차고 엄숙한 어조로 말했다. 마치 그 사건이 진정으로 나에 대한 처벌의 적절한 일부라고 말하는 것처럼, 그리고 타하에게도 마침내 어떤 종류의 정의가 행해졌다는 듯이.

"솔직히," 내가 말했다. "그런 소식을, 아무리 그런 소식이라 해도 심문하듯 전달하는 게 적절하다고 생각하시는 것에 놀랐소." 나는 한 마디 한마디에 일종의 맹목적인 확고함을 보이며 말했다. 내가 그렇게 말을 계속할 수 있었던 것은 오로지 그가 내 고통을 목격하는 기회를 박탈하려는 단호한 결심 때문이었다. 그는 아무 말도 하지 않았다. "어떻게 된 일인지 말해주실 작정 아니었소? 어디서 일어난 일인가요?"

"젊은 녀석들 무리가 구타한 것으로 아오, 배런스코트 웨이에서. 밤늦은 시간이었다고 하오. 무자비했던 것 같소, 돌과 쓰레기통, 칼도 사용됐고."

"그럼…… 동기가 뭔지는 알려졌소?"

"모르겠소. 경찰은 물론 가해자가 누군지 전혀 모르오. 돈 때문은 아니었던 것 같소—돈은 그대로 있었으니까. 평소에 현금을 지니고 다니오?"

나는 한가하고도 불필요한 그 질문을 무시했다. "인종혐오와 무지의 소산이라는 데 의심의 여지가 없군요."

"그런 것 같군, 낸트위치. 그런 일이 더 일어날 것 같소." 그는 자신의 정당성에 대해 자신만만해 보였다. 거의 자부심을 느끼는 것 같았다. 나는 여전히 방 가운데 서 있었지만 이제 몸이 떨리기 시작했고, 무릎을 억지로 펴고 양손을 맞잡아야 했다.

"당신의 의견에는 관심 없소." 내가 말했다.

그는 약간의 비웃음을 보냈다. "장례식에 참석해도 좋소." 그가 자신을 그렇게 심하게 몰다니 내가 잘못했다는 듯 말했다.

그렇게 내 삶의 빛이 꺼졌다.

장례식날 아침은 날이 궂고 돌풍이 몰아쳤다. 그리고 나는 내가 스크러브스로 돌아와 숨어버리는 것을 얼마나 다행스럽게 여겼는지 깨닫고 충격을 받았다. 나를 집으로 데려가려고 차가 기다리고 있었다 해도 받아들일 수 없었을 것이다. 숨 막힐 것 같은 슬픔을 견디던 처음 며칠 동안 은자의 처소 같은 감방의 암울함이 나의 슬픔을 최대한 억제하는 데 도움이 됐다. 집에서라면 나는 완전히 엉망이 됐을 것이다. 다른 사람들, 감옥 안의 친구들이 나를 도와주고 지탱해주었으며, 말수 적은 위로를 통해 넓은 바깥세상에서라면 결코 받지 못했을 공감을 전해주었다.

세상이 뒤집혀 나의 타하가 없는 곳이 된 그날들을 회상하는 것은 불필요한 고문이고, 그것을 묘사하는 건 볼썽사나울 것이다. 그건 끔찍한 박탈감이었고, 그때에 대해 내가 아는 것은 모두 내 육신의 체험—내가 누워 있던 코코넛 열매 껍질로 만든 딱딱한 매트리스, 감방에 있던 몇몇 소지품, 날 없는 면도기, 눈물로 얼룩진 얼굴을 들여다보던, 테가 둘린 작은 사각형 거울, 밤에 요강에서 풍기던 꾸준한 악취—과 긴밀히 연결된 것들뿐이다. 가을이 깊어짐에 따라 감옥 안이

추워졌지만 각 감방에 따뜻한 공기를 보내주게 되어 있는 검은 철제 통풍구에 손을 대면 아주 약한 냉기의 움직임이 느껴졌고, 그 냉기는 아주 먼 데서 오는 것 같았다.

그건 고인이 된 내 다정한 친구의 이미지가 끊임없이 되살아나는 시간, 차가운 바람이 허공중에 부쳐대던 수천가지 기억의 시간이었다. 과거가 나를 심문하는 동안 나 역시 계속 과거를 되살려 물었다. 런던, 스키너스 레인, 브룩 스트리트, 수단―우리는 그 모든 시간을 어떻게 보냈지? 왜 우리는 그 매순간을 다 불태우지 않았지? 그 시간을 모두 다시 갖게 된다면 분명 그렇게 할 텐데. 영국으로 돌아오던 여행이 꿈속에 나타났고 내 일상을 차지했다. 사막을 가로지르며 헐떡거리던 와디할파행 기차 안, 내가 흰 차양이 내려진 기찻간에서 묵은 신문을 읽는 동안 타하는 딱하게도 경비대와 함께 여행해야 했다. 선로 옆 작은 쉼터에 번호만 붙어 있던 무명의 간이역들. 퍼스트 캐터랙트 폭포와 아스완의 환상적인 아름다움을 향해 가던 증기선.

그리고 나는 세상을 더욱 피해서 더 어렸던 시절의 따스한 부식토 속에 점점 더 웅크린 채 옥스퍼드와 윈체스터 시절로 거슬러올라가 그 사멸한 시절로부터 향수 어린 창백한 자양분을 끌어냈다. 내 삶은 거꾸로 가는 것 같았다. 한달이 흐르고 두달이 흐르는 동안 나는 그림자에 지나지 않았다. 나는 이런 사람이 아니라고 스스로에게 일러주어도 소용없었다. 비참하고 결핍된 나에겐 아무런 힘도 없었다.

그런 뒤 끝이 보이기 시작하자―한겨울이었다―뭔가가 내 안에서 굳어졌다. 나는 성에 낀 유리창 너머 초록빛 숲을 상상 속에서 보았다. 내가 다시 돌아가야 하는 세계, 그 조급함과 무관심의 잔인한 세계를 생각하기 시작했다. 나는 새사람이 되어야 했다. 나를 겁박하고 모멸한, 자신들이 준 상처의 흔적을 비난의 눈으로 훑어보는 자들과 다시 함께 지내야 했다. 나와 비슷한 다른 사람들, 나보다 방어능력이 훨씬 적은 사람들을 위해 뭔가를 해야만 했다. 죽음의 성찰을 포기하고 나 자신을 더 강하게 만들어야 했다. 심지어 조금은 증오하기조차 해야 했다.

오늘자 『더 타임스』에서 하원에서 성범죄법 개정을 요구했고 그 결과 데니스 벡위스 경이 검찰총장직에서 물러나 귀족의 작위를 받을 예정이라는 기사를 보았다. 골칫거리들을 진급을 통해 제거하는 기묘하고 전형적인 영국적 방식인데, 그가 행한 끔찍한 일들에 대한 보상의 의미도 함축하고 있었다. 법 개정을 두고 의회에서 그와 논쟁을 벌일 기회를 갖게 될지도 모르겠다──아마 국회 의사록에 기록된 내용 중에서 자신을 감옥에 보낸 거나 다름없는 귀족에게 감옥에 갔던 귀족이 도전하는 유일한 사례가 될지도 모르겠다. 그런데 그는 내가 증오할 수 있는 대상이다. 그가 "숙청"이라고 부른 이 일, **남성의 악행을 박멸하려는** 이 운동의 가장 중요한 영감이 되었던 사람이니까. 나는 항상 그를 경멸했지만, 그는 이제 상원에서 윈터턴이나 애먼 같은 이들과 함께 강력한 목소리가 될 것이다. 그들의 멍청이 같은 장광설에 비하면 그는 관료적 세련됨 덕분에 더 강력한 적수가 될 것이다. 내 선고가 내려지던 날 순전한 양심에서 법정에 나타난 그의 모습을 이제 눈앞에 그릴 수 있다. 자기 좌석에 선 그가 보인 멋지고 상냥한 태도, 내가 파괴되는 순간 그가 보인 자부심에 찬 흥분과 전율도.

전화를 받은 것은 그레이엄이었다. "아 그레이엄, 월 벡위스예요. 낸트위치 경 계신가요?"

"죄송합니다만 오늘 저녁엔 클럽에서 식사하시는데요."

"웍스에서? 언제 돌아오시나요?"

"늦게 들어오신다고 했습니다."

"내일 다시 전화드리죠."

하지만 내일은 너무 멀었다. 나는 이 당혹스럽기 그지없는 사실을 알게 되어 너무나 혼란스러웠고, 나 자신이 너무나 한심하고 창피스럽게 느껴져서 집 안에서 혼자 일어섰다 앉았다, 마치 이라도 있는 듯 크루커트 머리를 박박 긁으며 오락가락했다. 그렇게 빨리 어떤 계획을 세우기는 불가능했지만 적어도 찰스를 찾아가서 무슨 말이라도 해야 한다 싶었다.

택시를 잡기까지 아주 오랜 시간이 걸렸다. 그리고 마침내 택시가 차문을 닫고 가게 문을 닫는 시간에 쏟아져나오는 웨스트엔드의 군중을 브레이크를 밟아가며 통과할 때, 내가 하려던 모든 것들이 덜커덩거리며 내 밖으로 빠져나가면서 나는 기묘하게 텅 빈 공포감에 사로잡혔다. 클럽까지 한 골목이 남았는데 차가 막혀서 나는 그냥 택시를 내려 보도를 뛰어가 계단을 올랐다. 수위가 경비실에서 우울하고 굴욕적인 표정으로 나와서 찰스는 한시간 전에 떠났다고 말해주었다. 나는 그에게 감사 인사도 하는 둥 마는 둥 하고 느릿느릿 되돌아나왔지만, 지금쯤이면 찰스는 아마 센트럴선을 따라 자기 집을 향해 우르릉거리며 가고 있을 것이라는 사실을 깨달았다. 나는 누군가를 기다리는 것처럼 상의 주머니에 손을 찌르고 입술을 깨물며 클럽 앞을 서성댔다.

전성기 신고전주의 양식으로 지어진 그 건물의 전면부와 옆에 있는 사무실 구역의 전면부 사이의 좁은 골목은 문을 통해 거리와 격리되어 있었다. 그 문이 열리고 압둘이 나타났는데, 귀가하는 것이 분명해 보였다. 티셔츠 위에 가벼운 파카를 걸치고 싸구려 회색 바지를 입고 있었다. 내가 다가가자 문을 잠그던 그가 깜짝 놀랐다.

그에게 인사하는 순간 나는 그가 내 문제에 대해 어떤 식으로든 해답을 가지고 있을 거라는 확신이 들었다.

"어이, 윌리엄," 그가 말했다. "이제 전부 마감했는데요." 그가 미소를 지어 보이고는 나를 그냥 버려두고 갈 길을 서두르는 것 같아서 내가 대뜸 말했다. "그런데 압둘, 낸트위치 경이 감옥 생활 하신 거 알았어요?" 그가 돌아서서 나를 보았고, 나 또한 그를 응시했다. 주름진 얼굴, 핑크빛 입술, 약간 핏발이 선 강렬한 눈. 거리의 그늘 때문인지 그 눈에는 평소보다 더 많은 경계심이 담겨 있는 것 같았다.

"물론이죠." 그가 가볍게 말했다. "모르는 사람도 있나요?"

나는 입술을 굳게 다물고 서너번 고개를 끄덕였다. "예전부터 알고 있었어요?"

"늘 알고 있었죠, 물론. 어렸을 때 거기서 직접 그분을 뵌 적도 있고요. 어린애를 데리고 갈 만한 곳은 못 되지만." 그가 덧붙였다. 그 작은 사실을 알게 되면서 그날 저녁은 토할 듯 완벽해졌다, 자연 다큐멘터리에서 난초 봉오리가 몇초 만에 활짝 꽃으로 피듯이.

내가 불안하게 웃는데 그가 문을 향해 돌아섰다. "그러지 말고 이리 들어와요." 그가 말했다. 나는 흥분으로 멍한 상태로 그의 뒤를 따랐고, 안으로 들어서서 그가 문을 잠그기를 기다렸다가 그를 따라 골목의 어둠 속에서 형체만 어렴풋한 쓰레기통과 우유궤짝 같은 것을 지나쳐 걸었다. 그가 문을 열었고, 기다란 형광등이 깜박여서 눈이 부셨다.

들어선 곳은 그 클럽의 주방이었다. 창이 있는 칸막이와 흰 타일을 붙인 간이벽으로 된 식료품 저장실과 사무공간으로 채워진 무척 구석의 공간이었다. 그날의 청소와 걸레질을 마친 뒤였고, 형광

등빛 때문에 눈이 부시게 밝아 내가 술에 취하기라도 한 것 같았다. 그곳은 시설에서 느껴지는 것 같은 규율의 분위기가 있었고, 나아가 텅 비어 있음에도 불구하고 에드워드 시대풍 시골 저택의 질서정연함과 강한 우수를 느끼게 해주었다. 방의 반대편 끝으로 성큼성큼 걸어갔던 압둘이 탁자에 기대앉아 멍한 표정으로 있는 내게 되돌아왔다. 그는 내 가슴에 손을 얹더니 재킷 속으로 밀어넣어 재킷을 뒤로 벗겨냈다. 그제야 나는 내가 넥타이도 매지 않았다는 것, 그래서 찰스가 거기 있었다 하더라도 클럽에 입장이 허용되지 않았을 거라는 사실을 깨달았다.

압둘은 내 셔츠를 허리춤에서 끄집어내고 바지 앞섶을 거칠게 열어 바지를 무릎까지 끌어내렸다. 그가 나를 돌려세워 몸을 벌리게 하기 전에 나는 기대에 찬 그의 성기가 바지 속에서 구부러지고 휘어진 것을 보았다. 그는 쉴 새 없이 채 썰고 저미고 하느라 움푹 팬 30센티미터 정도 두께의 낡은 도마 중 하나에 나를 올렸다. 나는 탐욕스럽게 그의 손길을 기다렸고, 그의 손이 내려와 내 엉덩이를 철썩철썩 거칠고 세게 쳐서 부드럽게 만드는 동안 꺽꺽 비명을 내질렀다. 이어 그는 내 앞으로 방을 가로질러 선반에서 대용량 옥수수기름통을 내렸다. 그가 그걸 높이 들어 쏟은 다음 내 엉덩이와 항문에 문지르며 망설임 없는 손가락을 밀어넣었고, 그러는 동안 기름이 내 피부를 차갑게 적셨다. 그의 옷이 생생하게 서걱거리는 소리, 그의 바지가 주머니에 든 열쇠 무게 때문에 바닥에 떨어지며 내는 둔탁한 소리가 들렸다. 그는 전율적으로 느긋하고 강렬하게 삽입했고 매번 길게 찔렀다. 불알까지 들어왔을 때 나는 탐색하듯 부딪쳐오는 그 마지막 동작에 쾌감에 찬 꾸르륵 소리와 함께 고통에 찬 신음소리를 냈다. 성기가 몸 아래 탁자의 털로 덮인 가장자리에 부대끼며 쓸렸던 것이다.

　모든 것이 순식간에 끝났고, 그는 후루룩 소리를 내며 내 안에서 빠져나가면서 다시 나를 철썩 때렸다. "흐음," 그가 애매한 어조로 말하고 덧붙였다. "여기서 당장 꺼지게, 친구."

12

나는 넓은 침실을 가로질러와서 잔인할 만큼 과장된 동작으로 커튼을 활짝 열어젖히며 "안녕히 주무셨어요, 선생님"이라고 외친 앤드루스 때문에 깨어났다. 그의 뒤로 벌거벗은 압둘이 나타났는데, 뱀장어처럼 구불거리고 양념이 된, 1미터는 될 만한 자신의 성기를 손수레에 올려 밀고 왔다. 그는 그것을 밀어 침대 옆까지 왔고, 나는 그 모습을 불안하게 바라보았다. 그의 성기에서는 칙칙한 암회색 윤기가 흘렀고 젖은 스웨이드처럼 보풀도 살짝 일어 있었다. "너무 늦겠는데." 내가 말하며 벌떡 일어나 앉아 잠옷을 발로 찼다. "10시에 의회에서 첫 연설을 해야 하는데." 그러자 다른 소리가 끼어들었고, 나는 내 방의 핑크빛 반그늘 속에서 잠을 깼다.

11시가 지나 있었지만 나는 어제저녁에 드러난 불편한 진실에 대해 곰곰이 생각하느라 새벽 4, 5시까지 자지 못했다. 만일 찰스가 내가 짐작한 대로 전투를 지휘한 것이었다면 그는 그 전투를 멋지고 포괄적인 대단원으로 몰고 간 것이다. 감옥이 열쇠였다. 아무도 내게 말해줄 수 없었던 그 한가지 말할 수 없는 일이 모든 것을 설명해주었다. 단 하나 불분명한 것은 찰스가 내게 자신의 전기를 쓰라고 제안했을 때—결과적으로 내가 절대로 받아들일 수 없는 일임을 그도 알았을 것이다—그것이 어느 정도까지 계산이된 것이었고 얼마만큼이 우연이었는지 정도이리라.

그리고 우리 할아버지로 말하자면…… 나는 면도를 하며 나 자신의 모습을 짓궂은 눈초리로 바라보았는데, 할아버지의 모습 또한 마음속에서 보였다. 날카로운 눈매에 권위 있어 보이는, 잘 손질된 얼굴, '멋지고 상냥한 태도'…… 내 어린 시절에 기억하는 다소 무서운 모습, 예리하고 과묵한 면모, 그리고 이제 보니 정치를 떠나 자작의 작위를 받으면서 점점 윤곽이 부드러워졌던 것도. 은퇴 후 그는 전보다 덜 독선적이 되었고, 필리파의 아이들이 태어나고 할머니가 돌아가신 뒤에는 양위를 한 왕에게서 보이는 먼 광휘 비슷한 것을 띠게 되었다. 그의 권력은 과거의 충성에 대한 기억에 바탕을 둔 경의를 통해 행사되었다. 하지만 그의 왕조는 엄밀히 따지면 안정된 것이 아니었다. 내가 절대 자식을 갖지 않을 것이라는 전망에 대한 그의 공포가 아마도 요즘 우리 관계에 존재하는 익숙한 불안감을 설명할 수 있을 것이다. 나를 격려하면서도 내게서 위생적인 거리를 두는 것 같다는 느낌 말이다. 또한 그것이 그에 대한 나 자신의 조심성, 그에게서 받은 도움에 대해 내가 느끼는 지나친 의무감도 설명해주는 것 같다. 아, 그가 준 아파트와 다른 모든 것을 원하면서도, 스스로 알듯이 나는 배은망덕하고 미숙하게도 그게 어디서 온 것인지를 인정하기는 피했던 것이다. 그를 사랑하기도 했다. 내 어린 시절의 휴일에 바랐던 구름 사이로 눈부시게 비치는 햇살 때문이든 아니면 그의 나이를 존중해서였든, 나는 그를 보면서 스스로 뭔가 우월하고 소중한 것의 일부라고 느낄 수 있었다.

이제 그가 부분적으로는 폭군이요 편견이 심한 사람인 것으로 드러났다고 해서 그 모든 것이 변하기는 힘들었다. 그가 내가 아무것도 모르고 자랑스러워했던 경륜 있는 정치가가 아니고, (슬픈 증거의 첫 실마리들이 암시하듯) 일종의 관료적 가학주의자, 무고한 사람들의 탄압을 바탕으로 자신의 경력을 쌓아올린 사람이라 해도. 아마 그가 소중하게 여기는 잘난 사람들의 집단은 실은 그렇게 바람직한 사람들이 아닐 것이다. 나는 대체 뭘 어떻게 해야 좋을지 몰랐다. 어떤 식으로든 내가 그에게 반대한다는 걸 표시하고 싶었지만 미숙한 장면을 연출하고 싶지는 않았다. 사실 꼭 그러고 싶었던 건 아니지만, 그래도 실상을 더 제대로 알 필요가 있었다.

개빈에게 전화를 걸자 다행히도 인내심 강한 에스빠냐인 하녀가 받았다. 필리파와 그런 이야기를 하고 싶지는 않았다. 곧 개빈이 다정하게 전화를 받았다.

"개빈, 날 너무 한심한 바보라고 생각하겠네요."

"맙소사……" 그가 웃었다.

"찰스 낸트위치에 대해서—저번에 얘기할 때 나는 자형이 무슨 이야기를 하는 건지 전혀 몰랐거든요."

"아, 그렇군."

"하지만 이제 알게 됐어요. 너무 끔찍해요—오래전부터 알고 있었어요?"

"으음—좀 되긴 했지. 그런데 그 모든 일이 이제 대체로 잊혔잖아. 언제 적이야—삼십년 전인가. 하지만 좀 끔찍한 기분이 들긴 하겠네."

"맞아요. 그런데 할아버지가 진짜로 그런 반동성애적인 것들을 다 추진한 거예요?"

"아마 그랬을걸. 내무장관하고 함께, 그리고 경찰하고."

"남들은 그 사실을 다 알고 있는데 나는 바지 입은 건 죄다 건드리고 다니면서 그런 일은 아무것도 몰랐다는 게 너무 끔찍해요. 그리고 찰스와 그의 친구들이 나를 은근히 부추겼다는 게……" 개빈은 불안하게 웃었다. "그분에게 뭐라고 말해야 좋을지 모르겠어요. 아니, 그 두분 다에게 말이에요. 필리파는 이런 일 다 알고 있어요?"

"알지도 몰라. 그렇게 심각하게 받아들이진 않겠지. 두 사람 다 태어나기도 전 일인걸―그러니까 다른 세상 일이잖아, 다행히도." 그가 얼른 강조했다.

"하지만 자형이 찰스 낸트위치를 만나봤다면―정말 다정하고 특별한 노인이거든요―그게 다른 세상 일이 아니라는 걸 알게 될 거예요. 감옥에 갔었고, 그것 때문에 트라우마랄까 그런 걸 얻은 게 틀림없거든요―더욱이 예쁘장한 경찰관을 내세워 함정을 파놓고 기다렸다니. 그러니까 그건 사실 다른 세상 일이 아니에요, 개빈, 지금도 런던에서 거의 매일 일어나고 있는 일이잖아요."

잠깐 사이를 두었다가 개빈이 말했다. "사실 나 그이 만나봤어. 감옥에 간 건 단지 성매매 죄의 때문만은 아니고, 모의 혐의도 있고 온갖 종류의 다른 혐의도 다 긁어모았더랬어. 나는 애초에 세실 휴스한테서 그 이야기를 들었지, 우리가 런던브리지 프로젝트를 하는 동안에 말이야. 아마 알겠지만 낸트위치 경의 집 아래 1세기 때의 굉장한 로마 도로가 있잖아."

"맞아요, 나도 그거 봤어요—자형한테 그거 아냐고 내가 왜 안 물어봤지?"

"세실이 그 일 할 때 나한테 보여주려고 거기 데려갔었어. 아주 특별하게 아름답다고 생각하지 않아, 수영하는 사람들 모습이랑 템스강의 신 같은 게? 그건 정말이지 다른 안전한 곳으로 옮겨야 해."

"찰스가 그 생각을 좋아할 것 같지 않은데요. 하지만 좀 습하기는 하겠네."

"그것만이 아니야." 개빈이 좀 이상한, 과장된 어조로 말했다. "다른 우려도 있어. 세실과 나는 거기서 난장판이 벌어진다는 확실한 느낌을 받았거든. 촛불이 있고 가죽 표지의 고서들에는 곰팡이가 피어 있고 또 아주 이상야릇한 냄새도 났어. 물론 그 터무니없는 오토 헨더슨의 낙서도 벽에 있고 말이야. 약간 황당한 정도가 아니었어—세실은 그걸 무척 즐기는 거 같긴 했지만."

"자형한테 미리 말했더라면 좋았을걸. 스키너스 레인에서 약간의 흑마술이 행해지고 있거든요."

"놀랍진 않아, 나는 그런 데 관심이 없지만. 헨더슨은 무슨 심령론자들의 모임에 관련되어 있었다는 말도 있어. 그리고 낸트위치가 비극적으로 죽은 친구를 그런 식으로 만난다는 얘기를 세실한테서 들은 것 같기도 하네. 난 그런 이야기를 들으면 좀 오싹해져. 낸트위치 본인도 좀 오싹했고. 하지만 그 지하보도 때문에라도 만나볼 가치는 있었지."

"자형이 결혼하기 전 이야기군요."

"사실은 누나와 데이트하기 시작했을 무렵이야. 세실도 그 상황의 아이러니를 알아차렸지. 그는 그쪽 세계 출신이라고 할 수 있거든. 데니스에 대해서 얘기해준 것도 그야. 짐작하겠지만 입이 아주 무거워. 물론 그 상황의 아이러니는 처남에게 더 나쁜 것도 사실이지. 그러니까, 처남은 동성애자니까 말이야. 너무나 유감이야, 윌."

"괜찮아요. 어쨌든 더 생각해볼 게 정말 많긴 해요."

나는 지저분한 내 방을 둘러보고 지난 몇주 동안 낸트위치의 일기가 제공한 기회를 알아보지 못했다는 사실에 놀랐다. 이런 결과를 전혀 예상하지 못한 채 비싸게 굴었던 것이다. "자형도 만나고 싶어요. 우리 모두 한번 만나야 해요. 그 책 안 쓰기로 했으니까 시간이 훨씬 많아질 거예요." 개빈은 공감과 회의가 완벽하게 결합된 신기한 콧소리를 조그맣게 냈다. "할아버지가 아는 사람들 중에도 틀림없이 동성애자가 있었을 텐데. 당신 자신도 교양 있는 사람이었고. 도대체 무슨 일을 하신 거죠?"

"글쎄, 나도 너무 어렸을 때라 몰라. 하지만 그땐 정말 다른 세상이었던 것 같아. 법적으로뿐만 아니라 정치적 압력이라는 면에서도 말이야. 그러니까 우린 그냥 알 길이 없는 때야. 윌 삼촌이다. 그래, 얘기해도 돼. 잠깐, 윌, 조카가 얘기하고 싶다네. 아주 중요하다고, 알았다…… 곧 만나!"

쿵 소리가 나더니 부스럭 소리가 여러차례 이어지고, "아빠" 하는 항의조의 소리가 뒤따른 뒤 루퍼트의 목소리가 들려왔다. "여보세요, 루퍼트입니다." 높고 진지한 목소리였다.

"룹스, 반가워. 잘 지내니?"

"괜찮아요, 고마워요. 아빠가 이 방을 나갈 때까지 기다려야 해요." 자형이 다시 들어왔고, 자기 서재와 로마 시대 영국의 배수시설이라는 중요한 일에서 추방당하는 데 시간이 좀 걸리는 것 같았다.

"굉장한 비밀인 모양이네." 내가 격려하듯 말했다.

"그 형 얘기예요." 룹스가 속삭였다.

"아서 말이냐? 그럼 그애 봤어?" 텅 빈 침대 건너의 흐릿한 하늘, 고요한 나무들 사이로 보이는 굴뚝 꼭대기의 통풍관들을 바라보며 내게 갑자기 그를 향한 절박한 욕구, 가장 높은 소리에서 가장 낮은 소리까지 단숨에 쏠려내려가는 슈트라우스의 오케스트라 소절 같은 느낌이 엄습했다.

"네, 봤어요. 길에서요, 어제."

"알아봤다니 참 영리하구나."

"그러니까, 삼촌도 알겠지만 내가 그 형이 있나 열심히 찾아봤거든요."

"참 훌륭한 스파이네. 그 형이 뭘 하고 있었어? 널 알아봤어?" 내가 열망과 조바심을 억누르면서 말했다. 그가 여기서 그렇게 가까이 있다고 생각하니……

"처음에는 길을 걸어가는 모습을 봤어요. 그래서 그 형이구나 알아보고 뒤를 밟았죠."

"잘했어! 그래, 무슨 옷을 입고 있었어?"

"음—바지랑. 또 셔츠도 입었어요."

"좋아." 나는 그의 꽉 끼는 코듀로이 바지가 엉덩이 골을 드러내는지, 티셔츠 위로 젖꼭지가 보이는지 알고 싶었다. 하지만 막연하게 "계속해봐"라고 말했을 뿐이다.

"그 형이 우리 집 앞길을 따라가다가 오른쪽으로 돌았어요. 그리고 내가 모퉁이를 도니까 다시 돌아오고 있더라고요. 그래서 얼른 어떤 집으로 들어가서 나무 울타리 뒤에 숨었죠, 우리 집인 척하면서. 그 형은 날 못 알아본 게 틀림없었어요. 그다음에 그 형이 나무 울타리 바로 바깥에서 뭐라고 소리를 지르니까 딴 사람이 나타났어요.”

“누군지 봤어?”

“다리하고 손은 봤어요. 그 사람도 흑인이었어요. 내 생각에 해럴드라고 부르는 것 같았어요.”

“해럴드, 맞아, 아서의 형이지. 아서가 형 밑에서 일할 때가 있거든.”

“그 사람은 굉장히 화난 것 같던데요. 한대 때려줄 거라고 그랬어요.”

“세상에!” 내가 소리쳤다. 내가 한번도 허락 안 할 수 없었던 때린다는 행위에 대한 생각이 몸 전체에 가차없이 스며들었다.

“거기 있으니까 너무 웃겼어요. 그 사람이 은박지에 뭘 싸서 양말에 속에 감춰두고 있었거든요. 그런데 내가 거기 있다는 것도 모르고 그걸 꺼냈다고요!” 루퍼트는 그 장면을 생각하며 무척 신이 난 것 같았다. “그 은박지 속에 뭐가 들었어요?” 그애가 좀 조심스럽게 물었다.

“내가 어떻게 알겠니, 얘야.” 아이의 침묵이 그애가 실망했음을 알려주었다. “다른 말은 안 했어?”

“했어요. 아서가 ‘씹할, 토니는 어디 있어?’라고 그랬어요.” 그애가 킬킬댔다.

“음—욕이랑 그런 것까지 흉내낼 필요는 없지.”

“그러니까 해럴드가 ‘차 안에 있어’ 그랬던 것 같아요. 정확히 기억은 안 나요…… 그러니까 아서가 ‘토니는 살아 있는 게 행운이야’ 하는 식으로 말했어요. 그러니까 해럴드가 ‘너—음—입조심해’라고 했고요. 신중하라는 뜻인가요?”

“그래, 대충. 참 재미있있구나, 룹스.” 나는 아서의 입을 그려보고

456

토니를 상상하며 그가 아서가 죽였다던 그 토니일 수도 있을까 궁금했다. "그럼 토니는 못 봤어?"

"네, 차에 있어서요. 사실 두 사람이 길을 좀 걸어가니까 차가 빵빵거렸어요. 내가 다시 나왔을 땐 차에 올라타고 있었고요."

"노란색 큰 차던?"

"꽤 큰 노란색 차였어요—그리고 **차창은 전부 까맣고**."

"그거 맞아. 달링, 너 정말 천재구나. 장차 너한테 훈장을 줘야겠다."

"뭐, 내가 말해주겠다고 약속했잖아요. 삼촌?"

"응?" 그애가 좀더 캐물으려는 게 느껴졌다.

"아서와 해럴드가 지금도 잉글랜드에 살고 있어요?"

"아, 그럴걸. 그래."

"그럼 도망 안 갔어요?"

"안 간 것 같다, 얘야."

나는 오후를 한가하게 보냈다. 창가 자리에 퍼져서 신문을 좀 읽다가 해가 다시 날 때 눈을 감았다. 자다 깨다 했고, 셔츠를 벗었고, 깨어나보니 태피스트리 받침의 거친 바늘땀이 약간 땀이 난 내 등에 무늬를 그리고 있었다. 나는 아서를 생각했고, 우리의 연애가 얼마나 짧았는지, 얼마나 이해하기 어려운지를 생각했다. 그가 내 불알을 핥는 모습, 혹은 내 성기 위로 천천히 내려앉으며 침을 삼키는 모습을, 혹은 내 목 뒤에 마른 발꿈치를 걸고 내 아래 무력하게 있는 모습을 그려보았다. 그게 다 끝났다고 생각하기가 싫었다. 그리고 비몽사몽간에 감상적이고 질투심에 찬 환상 속에서 머무적거렸다. 토니와 함께 검은 차창의 코티나를 타고 웨스트엔드를 향해 굴러가는 동안 그가 폭군 같은, 흉터가 있는 토니에게 봉사하는 모습을 상상해보았다.

너무나 많은 것이 끝났고, 너무나 많은 것이 왜곡되고 상했다. 그럼에도 6월의 화창한 오후는 이어지고 또 이어졌고, 점차 더 고요해지고 명징해졌다. 그 안에 다정한 어둠은 없었다. 나는 돌아누워 다시 잠에 들었다.

술 마실 시간이 되자 나는 뭔가를 하고 싶어졌다. 그래서 타월에 속옷을 싸서 물안경과 비눗갑, 그리고 수영장 종업원 나이절에게서 빌린 미국의 '동성애 스릴러' 책과 함께 스포츠백에 던져넣고 종종걸음으로 밖으로 나왔다. 보도와 정원들은 여름 냄새를 내뿜고 있었고, 지하철역에 가까워짐에 따라 귀가하는 사람들의 물결, 부채꼴을 그리며 문을 나오는 젊은 사무원들, 여기저기 어깨에 걸친 재킷들과 구식 정장 구두가 내는 또각또각 소리를 거슬러 걷게 되었다. 꽤 잘생긴 사람들이었다. 몇몇은 복숭앗빛 뺨에 거만한 눈을 가진 사립학교 유형이었다. 이미 상당한 수입을 올리고 있고, 지나치게 비싼 점심을 오래오래 먹고, 아마도 도심의 사설 체육관에서 운동을 할 것이다. 그들은 많은 면에서 나와 닮았다. 하지만 그들이 저녁의 광활하고 너그러운 질서 속에서 귀가하는 동안, 그리고 내가 그들의 시선을 붙잡거나 그들이 순간적으로 나를 의식하는 것을 감지하는 동안, 그들은 전혀 낯선 종족이었다. 또한 나는 한번도 적극적으로 돈을 벌어본 적이 없는 한량이었고, 그들은 열렬한 주창자들이자 권력과 타협의 제조자들이며, 나는 그 속에서 아무 생각도 없이 길러졌다.

내 불만스러운 기분은 땀에 젖은 지하철 안에서도 지속됐다. 『골디』는 수영장 도서관의 신착 도서 중에서도 싸구려에 속했다. 안타깝게도 케임브리지 대학의 조정 클럽에 대한 것이 아니고 남창과 협박과 맨해튼에서 일어난 살인사건에 관한 이야기였다. 골디는 주요 용의자의 호감을 사야 하는 동성애자 경찰관인데, 딱한 결말에 이르기 전에 그 용의자와 사랑에 빠질 수밖에 없는 것 같았다. 그 책의 공식은 빠르게 전개되는 피에 굶주린 액션과 상세한 성교 묘사를 번갈아 사용하는 것이었다. 수영장의 지하다운 어둠 속에서 밝은 것을 못 보게 된 나이절은 괜찮은 책이라고 했지만 나는 그 이야기의 전문가적 매끈함과 성기를 이용해 나를 유혹하려는 시도가 마음에 안 들었다. 문제는 그 시도가 반은 성공했다는 것이다. 내 안의 어떤 면은 고통받고 거리를 두었다. 하지만 다른 면, 충분한 교양이 없는 면은 그 책의 노골적인 음화에 반응했다. "또 씹해줘, 골디." 호리호리한 후안 바우띠스따가 애원하듯 외친다. 그리고 나는 생각했다. '그래, 줘라! 그 녀석한테 세게, 잘해주라고!'

　지하철이 역에 들어서며 속도를 늦출 때 나는 다른 승객들을 둘러보았다. 몇분의 일초 이상으로는 서로 눈을 맞추지 않는, 경계하는 태도로 털썩 주저앉은 사람들과 손잡이에 매달린 사람들을. 나는 제임스와 전에 늘 하던 장난을 마지못해 하면서 그 지하철 칸에 탄 사람들 중에서 섹스 상대로 가장 덜 싫은 사람이 누구인지 골라보려 했다. 때로는 아주 입맛 당기게 생긴 학생들이나 먼지투성이 손의 인부들이 너무 많아서 선택이 어려워지기도 했다. 보통은 지금처럼 양복을 입었지만 어딘가 우울한 분위기의 평범한 저 회사원과 문 가까이 서서 헤드폰에서 멋부린 소리를 희미하게 속사포처럼 쏟아내며 트러블포멘의 안개를 통해 흘끔흘끔 주변을 돌아보는 너무 키가 큰 젊은 녀석 사이에서 누구를 선택하느냐였다. 제임스의 이론은 누구나 귀여운 주름, 매력적이고 특이한 어떤 면을 가지고 있다는 것이었는데, 그 이론을 적용하려다 그가 곤란을 겪었기 때문에 가슴 아픈 이론이기도 했다.

위안이 되기도 하고 터무니없기도 한 것은 성적 상상력이 이 인색한 세상을 그렇게 쉽게 차지한다는 점이다. 이 지하철에서 다른 승객들의 다리 사이에 자신의 생각을 슬쩍 밀어넣는 사람은 분명 나뿐만이 아니었다. 잔인하든 다정하든 말없이 진화한 욕망은 정체된 공기 속에서 충분히 가능한 삶을 누리지 못하는 모든 지친 여행자들 주변에 떠 있었다. 왠지 윈체스터의 작은 공중화장실이 생각났다. 다리 굽은 노인들이 장에 가다 들르고 밤이면 유령 같은 몽상가들이 들러 자신의 흔적을 남기는, 소변기 하나, 화장실 두칸이 있는 곳. 대학이 그 소도시를 등지는 높은 돌담 바깥 골목에 있었는데, 나도 탐구심에 가까운 호기심에서 한두번 간 적은 있지만 청소년들이나 학생들이 갈 곳은 아니었다. 물탱크에서는 항상 물이 채워지는 소리가 들렸고, 바닥은 미끄러웠으며, 화장지는 갖춰져 있지 않았고, 화장실 칸막이에는 부지런히 뚫어댄 몇개의 구멍, 옆칸을 훔쳐볼 수 있는 구멍이 나 있었다. 서투른 그림들이 벽을 채웠고, 희망 사항인 밀회들, 또한 애써 대문자로 썼지만 철자법이 틀리고 단락도 나누지 않은 성행위에 대한 긴 글—"그들은 그녀를 함께 가졌다…… 12인치…… 버스 정류장에서" 등등. 이런 환상적인 랑데부 사이사이에 종종 모호해서 실망스럽지만 대학도시 주민들과 대학 구성원들의 관계를 엿볼 수 있는, 어두운 세계를 암시해서 인상적인 글도 있었다. 내가 읽은 것으로는 "대학생, 금발, 성기 큼, 여기서 금요일—다음 금요일 밤 9시에 만나요"가 있었다. 또 "화요일?" 이어서 "다음 금요일, 11월 10일"…… 그게 나였을 수도 있다는 느낌마저 들었었다. 하지만 이어서 흐릿해지고 다른 글자에 가려진 1964년이라는 연도가 보였다. 그런 익명의 말들이 쓰인 이래 십년간 어두운 11월의 금요일들, 여러 세대의 금발머리 대학생들이 지나간 것이다.

코리는 활기에 넘쳤다. 필을 갈망하고 그를 만나 안을 수 있기를 갈망하던 나는 수영 후에는 그를 볼 수 있기를 바라며 평소보다 더 시무룩하게 수영을 했다. 그를 안고 있을 때의 안정감이 간절했다. 잠시 동안은 얕은 곳에서 느긋하게 수영을 하던 다른 사람을 필이라고 착각하고 흥분하기도 했다. 필의 수영복과 똑같은 것을 입고 있던 그는 내가 회심의 미소를 지으며 자기 앞으로 떠오르자 당황한 표정과 함께 겁에 질린 듯 구식 횡영을 해서 황급히 멀어져갔다. 나는 그 영법이 예민하게 의식됐고, 그러자 갑자기 따분해지고 염소 처리한 물맛이 싫어졌다. 경중경중 수영장을 나와서 나이절과 몇마디 대화를 나눴다. 그는 이제는 벌어지지 않는 시합이나 수영대회를 위해 오래전에 만들어진 관중석에 늘어져 있었다.

"어이, 윌―수영 괜찮았어?"

"별로 수영할 기분이 아닌 것 같아, 오늘은. 내가 할 수 있는 걸 하는데 무슨 재미가 있겠어?"

"으음, 그래도 건강에 좋은 거니까. 그 책은 얼마나 읽었어? 괜찮지, 안 그래?"

"사실은 좀 실망했어. 전에 빌려준 책이 더 나았어."

"으음, 하지만 그 골디, 맞지, 난 그 친구 만나보고 싶어. 언제라도 그의 경찰봉 맛을 볼 용의가 있다고."

나는 슬프다는 듯 고개를 흔들었다. "실제 인물이 아니잖아. 그냥 실없는 책일 뿐이라고."

"꺼져." 나이절이 쭛 하며 고개를 돌렸다.

"정말 섹시한 거 보여줄 수 있어―그리고 실화고." 그의 흥미를 끌고 싶다는 갑작스럽고 위험한 충동을 느끼며 내가 말했다. 나이절이 잘생기고 한가한 녀석이긴 해도 내 타입은 전혀 아닌데도 말이다. "어떤 녀석의(찰스가 녀석인가? 모욕당한 수호정령이 물었다) 개인적인 기록인데, 굉장한 내용이 들어 있어. 여기서 아주 오래전에 있었던 일들도 포함해서……" 나는 내가 대체 무슨 짓을 하고 있나 싶어져서 대충 얼버무렸다.

그는 내 이야기에 혹해서 더 말해달라고 하는 대신 노골적으로 내 말을 무시했다, 내가 자책감을 느껴 마땅하다는 듯이. 나는 당연한 벌을 받은 셈이었다. "요새도 필하고 사귀고 있어?" 그가 물었다.

"그럼." 나는 어깨를 펴며 그럴 자격이 있는 사람처럼 보이려고 노력했다.

"걔 괜찮아 보이던데." 나이절이 교활한 미소를 날리며 말했다. "아까 와서 수영도 하고 다이빙도 하고 그랬어. 아주 보란 듯이 말이야. 저거 맛 좀 봐도 괜찮겠는걸 하는 생각이 들던데. 나한테 꽤 생생하게 눈길도 줬다고."

"이런 바람둥이 녀석." 나는 그렇게 말하고 나이절을 향해 타월을 던지고 뛰어나왔다. 하지만 그가 오해했다 싶어서 안도했다. 필은 자기 몸을 무척 사랑하기는 하지만 고집스럽다 할 정도로 그걸 이용해 다른 사람을 꼬시려 하진 않았다. 그의 사랑은 모두 꽉꽉 채워져 나를 위해 보관되어 있었다.

샤워를 하고 탈의실에서 옷을 갈아입을 때 나는 그에 대한 다정한 생각으로 꽉 차 있어서 주변의 소란을 거의 의식하지 못했다. 그에게 충분히 잘해주지 못했다. 자주 비웃었고, 공기를 채운 일종의 아름다운 장난감처럼 그를 이용했다. 그는 그야말로 내가 그동안 살아오면서 만난 유일하게 진실하고 순수하고 단순한 존재였다. 그에게 가서 고맙다고, 미안하다고 말하고 싶었다. 그가 외출하기 전에 퀸스베리에 가서 그를 만나야겠다고 결심했다. 그런 다음엔 역시 그 나름 진실하고 순수한 제임스에게 가봐야겠다. 그의 법정 출석이 임박해서 걱정스러웠다.

무척이나 낯익은 거리와 광장들을 마찬가지로 친숙한 열기가 식어가는 부드러운 저녁을 헤치며 걸었다. 조금 후에 키 큰 플라타너스들과 대담하게 물줄기를 내뿜는 분수대가 나왔고, 안절부절못하던 아침의 암울한 기분이 좀더 낭만적인 우수로 변했다. 나는 언제나처럼 미학적 해결책을 선호해서 나 자신조차 악한소설의 주인공으로 바라보게 되었다.

이제는 너무 익숙해진 호텔 옆길로 돌아가려다가 갑자기 세탁부의 시각으로 세상을 보는 것에 싫증이 나서 양옆으로 관목이 장식된 정면 계단으로 방향을 틀어 현관으로 들어갔다. 그동안 뒷계단에 워낙 익숙해진 탓에 저녁식사 전에 한잔하려고 쌍쌍이 내려오는 날씬한 커플들, 유니폼을 입은 청년들이 자기 이름의 머리글자를 새긴 여행가방을 마술처럼 들어주자 조바심을 누그러뜨리는 체크인 중인 호텔 손님들을 보니 꽤 놀라웠다. 한두 사람은 친구를 만나려고 기다리며 스카프와 시계와 향수와 도자기 인형들이 전시된 불 켜진 쇼윈도를 건성으로 바라보거나, 끼익 소리를 내는 엽서 진열대를 돌리며 관습적인 런던 정경에 위안을 받고 있었다.

나 역시 돈으로 살 수 있는 이 모든 쾌감에 매료되어—아니면 적어도 놀라—잠깐 어슬렁거렸다. 조금 후에 내 또래로 보이는, 몰취미한 세계적 사치품의 분위기를 풍기는 괜찮게 생긴 젊은이가 엘리베이터에서 나와 칵테일 바를 향해 느긋하게 걸어가는 모습이 보였다. 키가 크고 우아해 보였지만 몸무게는 상당할 것 같았다. 그가 다가오자 깊이 파인 갈색 눈, 긴 코, 꼬리가 올라간 입술과 뒤로 넘긴 곱슬머리가 눈에 확 띄었다. 그래서 나는 다시 멀어져가는 그의 적갈색 모카신과 속옷이 비치는, 티끌 하나 없는 흰색 면 바지, 어깨에 두른 슬립 캐스트 방식으로 느슨하게 짠 캐시미어 스웨터를 찬찬히 살펴보았다. 라틴아메리카의 명문가에 속하는 사람일 것 같았다.

그가 상황에 익숙해질 시간을 일이초 정도 주긴 했지만 내가 그를 따라가는 것은 생각할 필요도 없었다. 그가 식탁으로 가서 앉거나 외교관 아버지와 그를 사랑하는 장난꾸러기 남녀 동생들을 만나거나 할까봐 걱정이 되긴 했다. 하지만 아니었다. 그는 곡선을 이룬 대리석 바에 가 앉았고, 나는 높고 편안한 스툴에 앉아 사이먼—땋은 머리를 하고 칵테일 셰이커를 마구 흔들고 있었다—에게 안녕 하고 인사를 했다.

"뭐 드실래요?" 사이먼이 물었다. 그는 랭커셔 출신의 마른 녀석으로 여자애들과 하는 걸 좋아하고 피아니스트가 되고 싶어하는 애였다. 피아노를 정말 잘 쳤고, 자기 코를 쉽게 핥을 수 있을 만큼 길디긴 혓바닥을 가지고 있었다. 나에 대해서는 모르는 게 없었다.

"저 친구는 뭐 마셔?" 진한 핑크빛 액체가 셰이커로부터 거꾸로 선 원뿔형 잔으로 콸콸 쏟아지는 모습을 지켜보며 내가 물었다.

그는 눈썹을 치켜뜨고 혐오스럽다는 듯 "쿤닐링구스 서프라이즈요"라고 낮은 소리로 말했다.

"으음. 아무래도 내가 좋아하는 종류는 아닌 것 같네."

이 시점에서 그 눈에 띄는 라틴아메리카인이 말했다. "정말 괜찮아요. 한잔 마셔보세요." 그러고는 아주 환하게 웃어서 나는 기분이 좀 묘해졌다.

그의 입술은 위로 말려 다정하고 원시적으로 보였고 밋밋하게 아름다운 얼굴에 뜻밖의 생기를 불어넣었다. 나는 그의 얼굴이 찰스의 석판에 있던 이크나톤 스케치에서 본 얼굴들 중 하나를 연상시킨다는 사실을 깨달았다, 마지막의 신비한 옆모습이 아니라 중간쯤의 인물상, 반쯤 실물 같고 반쯤은 인위적이던.

나는 바텐더가 다양한 성분들, 이국적인 성분과 유럽적인 성분을 계량해서 셰이커에 넣는 모습을 믿을 수 없다는 표정으로 지켜보았다. 사이먼은 그것을 흔드는 동안 음란한 상상에서 비롯된 듯한 짓궂은 미소를 내게 던졌다. 라틴아메리카 씨와 나는 서로를 바라본 다음 당연한 순서라는 듯 천장이 높은 바의 주변을, 감춰진 조명과 고전작품의 복제품들, 서쪽으로 지는 해를 비쳐주며 천박하게 접힌 반쯤 내려진 블라인드를 둘러보았다. 거리 건너편에는 내가 너무도 자주 바라보던 커다란 나무 둥치의 윗가지들이 보였다. 그걸 보니 다시 필 생각이 났고, 이 술을 마시며 시간을 너무 낭비하지 말아야 하는 이유가 기억났다.

"완벽하게 역겹군." 내가 한입 마셔보고 선고를 내리듯 말했다. "쿤닐링구스가 이런 맛이라면 안 먹어보길 잘했는데."

"괜찮아요?" 내 새 친구가 물었다.

나는 고개를 끄덕여 그만하면 나쁘지 않다는 뜻을 표했다.

"이 호텔에 묵으세요?"

"아니—아니요, 그냥 한잔 마시려고 왔어요. 방금 수영을 했거든요."

"아, 수영을 좋아하시는군요. 나는 수영을 아주 못해요." 나는 예의 바르게 미소를 지었다. 아마 그의 나라에는, 내 짐작에 가난하고 전통적 사고방식을 지닌 나라일 것 같았는데, 수영장이 별로 없으리라. 이딸리아에도 별로 많지 않았다. 그래서 영어 연수를 하러 온 녀석들이 수영장에서 장난을 치고 샤워를 하고 여러시간을 뭉그적거리는 거였다. "여자친구 있으세요?" 그가 물었다.

"아니, 아니요." 나는 대답했지만 그가 천진하게 단도직입적으로 물었다는 사실에 약간 충격을 받았다. 나는 일이분 동안 침묵을 지켰지만 사이먼이 「트리스탄」의 아리아를 흥얼거리기 시작해서 미소를 짓지 않을 수 없었다. 감이 안 잡히는 상황이었다. 그 남자가 가치 있는 발견물인 건 의심할 바 없었다. 나는 의자에 앉은 채 몸을 돌려 그와 벌린 다리의 무릎이 맞닿도록 했다. 그는 내 사타구니를 노골적으로 보며 내 시선을 받았고 우리는 서로에게 묻는 듯이 미소를 지었는데, 그가 바 아래서 흔들거리는 내 손을 보더니 손등을 자기 손가락으로 쓸어내렸다.

"내 방에 가면 아주 신나는 걸 보여줄 수 있는데," 그가 말했다. "다 마시고 갈래요?"

"음―괜찮아요." 잔돈을 내려고 내가 주머니에 손을 넣으니 그가 단호한 손짓으로 제지했다.

"205호실." 그가 사이먼에게 무뚝뚝하게 말했다.

"저 사람 이름을 잘못 알았나보네." 내가 내 포획물―정복자일까―을 따라나가는데 사이먼이 미심쩍다는 듯 말했다.

205호실은 작지만 위엄 있게 꾸민 스위트룸이었다. 거울 앞에 꽃꽂이가 놓인 응접실과 정원의 분수를 내려다보는 어둑한 침실, 시끄럽게 돌아가는 환기팬이 달린 밝은 네온색의 화장실. 전면의 두꺼운 이중창은 그 방이 동떨어진 곳인 듯 이상한 느낌을 주었다. 내가 잠시 방 안을 둘러보자 가브리엘―그의 매혹적인 이름이다―이 말했다. "어이, 윌, 여기 좀 봐." 그가 침대 위에 놓인 여행 가방을 활짝 열어젖혔다. 포르노로 가득 차 있었다. 비디오와 잡지 인데 많은 것들이 아직 뜯지 않은 셀로판지에 싸여 있었다. 방탕하 고 무차별적인 구매의 산물이었다.

"마음에 들어?" 무슨 대단한 성취라도 한 양 그가 물었다.

"글쎄, 어느정도는―하지만 내 생각에……"

"우리나라에는 이런 것들, 이런 추잡한 것들은 없거든."

"그게 사실이라면 놀라운데. 어느 나란데?"

"아르헨띠나." 그가 이 뉴스가 가질 효과를 의식하고 있는 중립 적인 어조로 말했다. 나는 그에게 사과하고 싶어졌다. 하지만 동시 에 이 모든 쓰레기를 샀다고 그를 꾸짖을 수도 있었다. 만일 영국 적인 자존심이 포클랜드전쟁 이후에도 살아남을 수 있었다면 그건 틀림없이 우리의…… 문화적 가치와 관련된 것일 텐데? 가방 속 제 일 위에 있는 잡지는 '라틴 연인들'이라는 제목으로, 나도 학창 시 절에 본 기억이 있는 조잡한 구식 잡지였다.

"하지만 전쟁은 어떡하고?" 남대서양의 지도를 비쳐주는 티비 뉴스를 보는 한편으로 부에노스아이레스의 세관 검사를 상상해보 며 내가 음울하게 말했다.

"괜찮아," 그가 내 목에 팔을 두르며 말했다. "커다란 내 그것만 빨아주면 돼."

그는 내가 자신의 바지 단추를 끌러 털이 부숭부숭한 갈색 허벅 지 아래로 내리는 동안 참을성 있게 서 있었다. 아까 흘깃 보였던 검은색 속옷은 가죽 재질이었다. "이것도 오늘 샀나보네." 내가 말 했다. 그가 고개를 끄덕이며 빙그레 웃었고, 내가 그것을 비틀어 내 리자 끼고 있던 금장식의 가죽 남근 고리가 나타났다. 소호의 싸구려 가게에서 돈을 엄청 낭비했음에 틀림없었다. 그렇지만 자신의 남근에 대한 그의 평가는 틀리지 않았다. 남근 고리가 두툼한 살을 파고드는 바람에 피가 몰려 자색으로 변한 그것은 멋지고 탄탄했다. "난 크기를 따지는 퀸은 아니지만⋯⋯"이라는 것이 이 사태에 대한 내 고전적 반응이었을 것이다.

나는 여름 내내 그 비슷한 것도 맛본 적이 없어서 행복하게 만끽했다. 하지만 가브리엘 자신의 행동은 점점 좋아하기 힘든 것이 되어갔다. 몇초에 한번씩 조악한 권유, 멍청한 캐치프레이즈 같은 것을 되풀이했다. 그것을 황당해하다가 나는 그가 조악하게 더빙된 미제 포르노 영화에서 배운 요령을 나한테 써먹고 있다는 것을 깨달았다. "그래," 그가 노래하듯 말했다. "빨아. 그래, 다 빨아. 빨아, 그 엄청난 거 빨라고."

나는 하다가 말고 말했다. "음──가브리엘. 그 멘트 좀 안 하면 안 될까?" 하지만 그는 그렇게 안 하면 안 되는 모양이었고, 나는 그런 말에 내가 반응하는 것처럼 보이는 상황이 믿을 수 없을 만큼 한심했다.

"좋아," 내가 하다 말자 그가 밝은 목소리로 말했다. "나랑 하고 싶어?"

"물론." 그의 어린애 같은 천진함은 좀 매력적이기도 했으니까. "하지만 말은 안 했으면⋯⋯"

"잠깐만." 그가 먼저 신발을, 이어서 바지와 속옷을 다 벗어던지더니 성기를 덜렁거리며 부러 위엄 있는 척하면서 화장실로 갔다.

나는 신발과 청바지를 벗고 침대에 누워 내 것을 주물럭대고 있었다. 가브리엘이 준비를 끝낼 때까지 꽤 시간이 걸려서, 나는 일이분 후에 별일 없느냐고 물어보았다. 내 질문과 거의 동시에 그가 나왔는데, 이제 남근 고리와 옅은 금색의 가는 손목시계와—짐작했어야 한다 싶기도 했는데—얼굴을 완전히 가린 검은 가면을 제외하면 완전한 나체였다. 가면의 코밑에 깔끔한 작은 구멍이 두개 뚫려 있었고 눈과 입 부분의 구멍에는 지퍼가 채워져 있었다. 그는 침대 위 내 옆에 무릎을 꿇고 자신의 모습을 찬성하고 즐겁게 바라볼 것을 기대하며 나를 보고 있는 듯했다—확실히 알 수는 없었다. 가까이 있으니 그의 커다란 갈색 눈동자와 흰자 외엔 아무것도 안 보였는데, 그것도 눈을 깜박일 때마다 카메라의 렌즈처럼 잠깐씩 가려졌다. 얼굴의 다른 부분을 찡그리거나 미소 짓지 않고 눈만 표정을 바꿀 수 없다는 상황이 불편하고 황당했다. 어린 시절에 느꼈던 고무로 된 파티 가면에 대한 공포심과 내 얼굴을 꼬집어주려고 고개를 숙이던 어릿광대—나는 그가 무시무시한 늙은 술주정뱅이라는 걸 알고 있었다—의 멍청이처럼 다정한 태도에 대한 두려움이 되살아났다.

가브리엘은 나를 자세히 보려고 내 머리를 잡았고, 나는 그의 입 아래 지퍼를 열어 그의 뜨거운 숨결과 비싼 가죽 냄새를 들이마셨다. 그의 몸은 한물가기 시작한 건 사실이지만 유연했다. 나는 그게 마음에 들어 깨물었다. 가면을 쓴 그가 할 수 있는 일은 거의 없었다. 내가 코로 그의 몸을 여기저기 비비자 그가 나를 거칠게 들어올려 다리를 벌렸다. 나는 그의 것을 한꺼번에 거칠게 받아들이고 싶지 않아 조바심이 났고, 개의 코처럼 차고 축축한 무언가가 내 허벅지를 따라갈 때 불평을 하기 시작했다. 어깨 너머로 보니 이 미친 녀석이 그사이에 어디선지 크리스코 기름을 발라 미끌미끌한 거대한 핑크빛 인조 남근을 꺼냈던 것이다. 가면 속의 그가 긴장해서 킬킬거렸다. "흥분제 좀 줄까?" 그가 물었다.

나는 몸을 말아 일어나 앉은 뒤 이런 경우에 써먹으려고 발명해 낸 것 같은 이상한 어조로 말했다. "이것 봐, 그거 넣으려면 흥분제 갖고는 안 되겠어." 어젯밤에 압둘한테 당한 건 그런대로 괜찮았지만 연약한 내 내부에 살아 있지 않은 어떤 물건을 억지로 집어넣는 건 정말 싫었다. 그는 몸을 돌려 방의 다른 쪽으로 가더니—화가 났는지 상처를 받았는지 아무래도 상관없다는 건지 알 수 없었다—그 커다란 플라스틱 남근을 화장실 안으로 던져버렸다. 나는 청소부가 방을 정리하고 침대 시트를 갈러 왔다가 그걸 발견하는 상상을 했다. "좋아, 그러니까 날 그만큼 좋아하진 않는다는 거지." 가죽 뒤의 그가 탁한 어조로 말했다.

"너는 아주 마음에 들어. 내가 감당 못 하겠는 건 이동식 장난감 가게야." 나는 그냥 가는 게 좋겠다는 생각이 들어 청바지를 향해 손을 뻗었다.

"내가 채찍질을 하면 어떨까," 그가 제안했다. "너희 나라가 전쟁 중에 우리나라에 한 짓에 대한 벌로." 그는 그게 정말로 나한테 호소력 있는 비장의 무기라고 생각하는 것 같았다. 그가 가방 속에 든 많은 기구들 중 하나를 꺼내 나를 무시무시하게 매질할 수 있다는 건 분명해 보였다.

"그러면 성과 정치의 은유를 좀 지나치게 진지하게 받아들이는 게 될 거 같은데." 내가 말했다. 그리고 나는 이 만남 전체가 태연한 얼굴의 좌파 유럽 영화의 한 장면으로 추락하는 걸 알 수 있었다.

내가 옷을 입고 다시 가방을 어깨에 멜 때까지도 가브리엘은 엄청나게 발기한 성기를 거의 그대로 유지한 채 응접실을 어슬렁거리고 있었는데, 나는 그 성기에 더이상 끌리지 않았다. 내가 일어서서 바라보자 그가 가면을 잡고 끙 소리를 내며 비틀어 벗었다. 그의 머리는 젖은 채 곤두서 있었고 맑은 올리브빛 살결은 핑크빛으로 물들어 있었다. 우리가 방금 단지 사랑의 행위를 했더라도 그랬을 것이다. 내가 다가가 입맞춤을 했지만 그는 이를 악물고 손을 몸 옆에 붙이고 있었다. 나는 잘 있으라는 인사도 없이 방을 나섰다.

흠, 나는 이런 꼴을 당해도 싸다, 획일적인 카펫이 깔린 복도를 막연하게 방향을 짐작해 걷는 동안 나는 생각했다. 여긴 필의 업무 영역이었다. 방금 있었던 일이 나를 흥분시킨 것은 사실이지만, 그를 만나 그가 줄 수 있는 단순한 위로를 받기에는 이미 너무 늦었다. 분명 호텔은 이런 종류의 일들, 바에서 파트너를 구하거나 연결된 방의 문을 열고 다른 사람을 만나는 일이 쉽게 이루어질 수 있는 곳이리라. 내 사랑스러운 바람둥이 필은 아주 멋진 남자들에게 서비스를 제공해서 엄청난 돈을 벌 수도 있을 것이고, 그들이 전부 잘생긴 가브리엘처럼 이상한 사람은 아니리라. 필이 이미 가브리엘의 눈에 띄었을 수도 있을까?

직원용 엘리베이터 옆 모퉁이에서 필의 다락방으로 올라가는 가파른 계단을 발견했다. 그것은 보잘것없는 자그마한 영역, 분명하게 대중에게서 분리된 영역이었지만 나는 그곳을 그 괴물 같은 빌딩의 다른 부분에 대해서는 절대 사랑할 수 없는 방식으로 사랑하게 되었다. 그 작은 방—과 그 위의 외로운 지붕—은 정말 별것 아니었지만, 영화 「차 두잔」에 나오는 연인들의 오두막처럼 우리의 로맨스를 위해서는 훌륭하게 충분한 공간이었다. 지금 그 방에서 필을 만날 가능성은 없다는 걸 알았지만—이미 사내다운 한잔을 걸친 뒤일 것이다—그의 빈 옷가지에 둘러싸여 그 방의 열린 창가에 잠시 앉아 있으면 위로가 될 것 같았다. 하지만 열쇠를 넣고 돌리자 안에서 놀란 사람 소리가 낮게 들리는 것 같았다.

필과 빌은 침대 위에 무릎을 꿇고 마주 보고 있었다. 빌의 손이 필의 어깨에 놓여 있었고, 대학에서 서로 해주는 장면과 비슷해 보였다. 그리스 화병에 그려진 주신酒神들의 것처럼 팽팽하던 두 사람의 성기는 무표정한 내 응시 아래서 놀랍게 시들었다. 가브리엘의 발기지속증 같은 건 안 겪는 모양이다. 하지만 그들의 혼란스러운 표정에는 저항감도 섞여 있어서 내게 변명을 늘어놓거나 하지는 않았다. 아예 아무 말도 하지 않았다. 나도 할 말이 떠오르지 않았다. 그냥 침을 꿀꺽 삼키고 얼굴을 붉힌 채 그 상황을 충분히 파악했다, 그래야만 만족할 수 있다는 듯이. 두 사람이 열정적으로 서두르던 기색 같은 것은 확실히 안 보였다. 빌의 바지는 깔끔하게 개켜져 있었고 그의 커다란 속옷은 의자 등받이를 장식 달린 덮개처럼 덮고 있었다. 나는 줄곧 고개를 끄덕이다가 자는 사람을 깨우지 않으려는 듯 천천히 방을 빠져나와 조용히 문을 닫았다. 내가 계단 꼭대기에 닿기도 전에 "세상에" 하는 숨찬 소리와 요란하고 겁에 질린 웃음소리가 들려왔다.

그래서 나는 제임스의 집으로 향했다. 그곳에 도착할 때쯤에는 내가 본능적으로 보여야 했던 냉정한 태도 아래서 분노와 상처와 염려가 고개를 쳐들고 있었다. 나는 한심한 눈물을 훔쳤다. 적어도 조잡하고 잊을 수 없는 말을 뱉지 않은 것은 다행이었다. "달링, 위스키 좀"이 내 첫마디였다—그리고 나는 그 말도 안 되는 카리브해의 흥분제 따윈 절대로 싫다고 생각했다.

제임스는 앉지도 않은 채 스크램블드에그를 먹으며 한없이 우울한 음악에 귀를 기울이고 있었다. "안 좋은 일 있었어?" 그가 익숙한 배우자처럼 물었다.

"지난 이십사시간은 사실 너무나 특별하고 끔찍하게 나빴어."

"저런, 달링."

"한 삼십분 전까지 어찌어찌 버텨낸다고 생각했는데 호텔에 있는 필의 방에 올라갔더니—왜 그랬는지, 뭐 그냥 감상적인 이유였지. 필의 옷을 입고 필의 방에 좀 누워서 그냥 필이 되면 좋겠다 생각했거든—필은 끔찍한 자기 친구들하고 술 마시러 간다고 했고. 글쎄, 그 사람들, 끔찍하진 않을지도 모르지, 난 만난 적도 없으니까. 그런데 이 음악 안 들을 수 없을까? 아주 돌아버릴 것 같은데."

"쇼스따꼬비치의 비올라 소나타란 말이야." 제임스가 토라져서 말했다.

"그러니까 말이지…… 그게 낫네. 그리고 위스키는?" 그가 벨스 위스키를 넉넉하게 부어주었다. "고마워, 너밖에 없다. 그래서 내가 문을 열었는데, 너도 알다시피 나한테 열쇠가 있으니까, 필이 거기서 빌 호킨스 그 노친네, 코리에서 만난 사람 말이야, 그 노친네하고 옷을 홀딱 벗고 놀고 있는 거야."

"세상에 맙소사."

"그 일이 정말 끔찍하더라고." 나는 소파에 털퍼덕 주저앉아서 위스키를 꿀꺽 삼켰다. "그러니까, 필이 다른 사람과 연애하는 건 정말 못 참겠어. 하지만 순간적으로 어쩌다 그렇게 된 거라면 이해할 수도 있지. 호텔에 묵는 섹시한 사람이랑 어쩌다 그런다든지 뭐. 빌이랑 그러다니, 내 친구이기도 하고, 또 뭐야? 자기보다 나이가 세배는 많을 텐데……"

"설마."

"글쎄, 대충 그 정도 돼." 나는 제임스를 응시했지만 그를 보는 것은 아니었다. 내가 얼마나 그 상황에 대해 깜깜했는지 깨달음이 왔다. "근데 내가 이거 진작에 알아챘어야 해. 전에도 빌이 퀸스베리 근처에서 배회하는 걸 봤거든──물론 그가 필을 굉장히 좋아한다는 것도, 내가 필하고 사귀기 전부터 그랬다는 것도 알고 있었지. 사실 빌의 관심 때문에 나도 관심을 가지게 됐고 필이 얼마나 괜찮은지 알게 된 거지. 그리고 지난주엔 내가 필을 샤프트에 데리고 갔었는데 뭔가 수상한 일이 일어나고 있다는 걸 알 수 있었어. 우리가 대영박물관 바깥에서 장난을 좀 치고 있는데 누가 길 건너편에서 우리를 지켜보더라고. 필이 그를 본 것 같지는 않지만, 이제 보니 그건 빌이었던 게 틀림없어."

"좀 오싹하네, 안 그래(n'est-ce pas)?" 제임스가 내 곁을 떠나 창밖을 내다보며 말했다. 그는 내 유일한 친구였지만 내 연애가 마침내──얼마 만인가, 두달?──어그러지는 것을 보고 일종의 서글픈 만족감을 느끼리라는 것을 나는 알고 있었다. "그런 일이 있었다고 해서 다 끝났다고 보는 건 아니겠지, 분명?" 그가 말했다.

나는 한참 동안 술잔만 들여다보았다. "모르겠어. 그래, 꼭 그렇다는 뜻은 아니지. 내 생각엔 그 둘이 뭘 하고 있었든 그건 이미 끝났다는 뜻이야. 너는 모르고, 빌은 내가 안다는 걸 모르는 사실이 하나 있어. 빌은 이미 미성년자 간음 혐의로 감옥에 갔다온 적이 있거든." 하지만 그런 실화는 제임스에겐 절대 충격이 될 수 없었다. 그에게 충격을 줄 수 있는 건 오로지 환상의 영역에서 일어나는 일뿐이었다. "아마 빌은 이 상황에 대해 꽤 겁을 먹고 있을걸."

"글쎄, 하지만 네가 경찰에 신고할 수는 없잖아, 안 그래?"

"어, 몰라." 나는 서글프게 웃으며 말하고서 술을 마저 들이켜고 다시 텀블러 반잔을 채우려고 일어났다. 나는 제임스의 뒤로 가서 등 뒤에서 껴안으며 그의 어깨에 턱을 괴었다. "17세기의 끔찍한 묘비명 같은 거야. '난 윌을 가졌고, 필을 가졌고, 이제 빌이라는 청구서를 받았다' 어쩌고."

"뭐 먹을래?"

"그냥 술이나 계속 마시고 싶어, 실은. 달링, 오늘밤 여기 좀 있어
도 돼? 집에는 정말 가고 싶지 않아서―걔가 나한테 전화를 하려
고 할 거고, 그럼 너무 끔찍할 거 같아."

"그럼, 물론 그래도 되지." 나는 제임스가 누군가와 함께 있게 될
것이 확실한 데서 오는 불안한 쾌감을 느끼고 있다는 것을 알았다.
그는 내 팔에 안긴 채 몸을 돌려 나를 꽉 안아주고 콧등의 약간 주
저앉은 부분에 입맞춤을 해주었다.

"사실은 훨씬 더 끔찍한 사건이 있었어. 방금 알게 된 거야." 내
가 그의 포옹을 풀고 안락의자로 가면서 말했다. "전부 낸트위치
의 옛날 기록들 중에서 나온 거야. 낸트위치가 나를 오랫동안 살살
유혹해서 1954년의 일기를 딱 안긴 거지. 그걸 읽어보니까, 간단히
말해서 그는 성매매 제의와 또 뭐라나 하는 추행 모의 혐의로 반년
동안 감옥생활을 했더라고. 그것만으로 모자라 그 배경에 있는 인
물이―알고 보니 온갖 종류의 동성애자 숙청이 있었더군―우리
할아버지였어. 검찰총장일 때 말이야."

제임스가 맞은편 의자에 털썩 앉더니 나를 유심히 보았다. "B
경." 그가 조용히, 계산하듯이 말했다.

"그래, 네 말마따나 B경. 그 사건에 대해 알고 있었어? 물론 그
사건 때문에 모든 게 망가졌지, 모든 게 다. 장차 B경이 될 우리 할
아버지는 아주 성공적으로 변태를 숙청하고 그 덕분에 재빨리 상
원으로 옮겨간 것 같던데. 할아버지의 경력 전부가 그 사건 덕분에
가능했던 거야." 우리는 계속해서 서로의 눈을 바라보았다. "물론
찰스는 감옥에 있을 때 빌 호킨스를 만난 거야. 그는 미성년자와

연애를 했기 때문에 아까 말한 옥살이를 하는 중이었지. 당시엔 물론 본인도 애였고. 그리고 내가 아는 다른 사람들과도 온갖 관련이 있더라. 그런 사실 모두를 끔찍하게도 한꺼번에 알게 됐어. 그러니 우리도 그저 애송이일 뿐이지." 내가 씩씩거리며 말했다.

제임스는 전문가의 언어를 써야 한다고 느낀 모양이었다. "그런 일들이 쌓이고 또 쌓이다보면 그게 한꺼번에 분출될 때는 좀 난장판이 될 수밖에 없겠지. 얽은 자국이 생기게 된다고." 그가 계속해서 17세기식으로 말했다.

나는 긍정적인 음악, 좀 궁정악적이고 차분한 하이든의 음악을 틀어달라고 했다. 그런 뒤엔 억지로 더 평범한 주제로 화제를 돌렸다. 우리는 텔레비전의 재미도 없는 코미디를 처음부터 끝까지 다 보았다. 내가 원래 하던 이야기로 돌아간 것은 마침내 잠자리에 들어 이제 술 때문에 목이 칼칼하고 머리도 띵해진 다음이었다.

"그런 사실에 대해 몰랐다는 게 참 기가 막혀," 내가 중얼거리듯 말했다. "그 무지의 부조리가 끔찍해."

"누구나 일종의 맹점이 있는 거 아니겠어?" 제임스가 말했다. "자신이 태어나기 바로 전 시기에 대해서는 말이야. 2차대전에 대해서도 알고, 수에즈운하 사건에 대해서도 알지만…… 자신이 무대에 등장할 때까지의 빈 시간, 어떤 동기도 없는 빈 시간이 있는 거지. 우리가 자기 가족에 대해서 대체 뭘 알겠어? 가족이란 건 너무나 비밀스러운 유기체들이라서 난 그걸 감당할 수가 없다고."

나는 그가 발기한 것을 알았다. 오늘의 상징으로 딱 알맞은 멍청한 일이었다, 내 허벅지에 기대어 욕구를 느끼다니. 나는 그의 손이 내 손을 향해 다가오는 것을 체념한 듯 기다렸다. 그것은 좀 이상한 경험이었다. 제임스가 어루만지는 손길은 본능적으로 쓰린 신장이나 부은 분비샘을 찾듯이 약간 눌러가며 다른 증상을 찾는 것 같았기 때문이다. 자신의 목표물에 닿았을 때도 그의 손길은 상당히 꼼꼼했다.

나는 앞으로 돌아누웠고, 그는 웃음기 섞인 한숨을 약하게 내쉬었다. 그리고 내가 그의 집으로 오는 지하철 안 내 바로 앞에서 일어난 일에 대해 이야기해주는 동안 자신의 이마로 내 이마를 툭 건드렸다. 그것은 평범한 일이었고 소용돌이치던 내 기분과는 무관하게 차분한, 사실 놀라울 정도로 자기완결적인 일이기도 했다. 토트넘 코트 로드에서 올라탄 많은 사람들 가운데 아기를 안은 흑인 부부가 있었다. 그들이 유리 칸막이 너머 두자리를 차지하고 앉아서 나와 그 남자는 좀 전의 가브리엘과 나처럼 무릎과 무릎을 맞대게 되었다. 그는 내가 자신을 위해 조금 비켜주었을 때 공손하게 한번 바라본 뒤에는 나한테 전혀 아무런 관심이 없었고 나 역시 그에게 별 관심이 없었다. 그의 아내는 무표정한 갓난아기를 팔에 안고 있었다. 아기는 더운 날씨에도 불구하고 퀼트로 된 아기 우주복을 입었고 모자는 뒤로 젖혀져 있었다. 내 생각은 온통 다른 데 가 있었는데, 그 남자, 서른살 정도 되어 보이는 그가 드러난 아기의 완벽한 얼굴을 내려다보며 순수한 기쁨과 사랑으로 미소를 짓는 것이 보였다. 그가 부드러운 수염으로 둘러싸인 자신의 입 주변에 있던 손가락을 내려 아기의 머리 전체를 쥐다시피 하고 축 늘어진 머리카락 몇가닥을 부드럽게 쓰다듬었다. 하지만 조금 후에 보니 무릎에 느슨히 놓인 그의 다른 손은 점잖은 회색 바지 속의 발기한 성기를 가린 채 어루만지고——그렇다——있었다. 그것을 본 나는 흥분하기보다 그들의 환하고 풍성한 친밀감 앞에서 잠시라도 위축되었던가? 아마도 그랬던 것 같다.

잠들기 전에 마지막으로 한 일은 제임스의 고발 사건에 대해 이야기한 것이다. 제임스는 자신의 혐의를 벗겨줄 뿐 아니라 콜린을 망하게 할 내 계략을 듣고 반가워하지 않았다. 제임스는 체포된 다음 날 아침 판사 앞에서 자신은 유죄가 아니라고 주장함으로써 시간을 벌었고 공판은 연기되었다. 좋은 변호사도 구했는데, 홀랜드 파크의 환자 중 하나로 본인도 동성애자이고 어떤 식으로 싸워야 하는지, 그런 싸움에서 지면 무슨 일이 벌어지는지도 아는 사람이었다. 우리는 과연 법정에서 예술작품을 증거로 채택할 것인지, 그게 결정적 영향을 미칠지 궁금했다. 더욱이 스테인스의 사진을 예술작품으로 받아들일지도. 모든 게 불확실한 가운데 잠이 든 나는 그들이 스테인스의 사진을 모조리 몰수하는 대신 그를 감옥에 보내는 꿈을 꾸었다. 나는 해가 뜨기도 전에 목이 타고 머리도 아파서 깼는데, 기분이 멍했다. 만일 필요하다면, 제임스를 구할 수만 있다면 내가 콜린과 한 일에 대해 법정에서 증언해야겠다고, 그럼으로써 비록 멀고 상징적인 행위라 해도 찰스를 위해서, 그리고 B경의 다른 희생자들을 위해서 뭔가를 해야겠다고 결심했다. 극심한 압박감이 느껴졌다, 어떤 시험이 다가오고 있다는 느낌이.

　제임스는 아침 일찍 병원에 나갔고, 나는 깨어나고 있는 거리를 통과해 집으로 갔다. 집을 청소하며 혼자서 필한테 화를 내고 그를 나무라기도 했다. 그와 백가지 상상 속의 대화를 하면서 종종 큰소리로 말했다. "무슨 소리야, 동정심 때문에 해줬단 말이야?"라든지 "내가 모를 거라고 생각했어?" 혹은 "그렇게 터무니없는 소리는 한번도 들어본 적이 없다……" 등등. 하지만 전화벨이 울리자 수화기를 들기가, 그래서 비열하고 비참한 언쟁에 말려들까봐 너무나 두려웠다. 나는 침대에 걸터앉아 전화기를 바라보며 마음을 다잡으려 노력했다. 하지만 막상 수화기를 들어보니 전화를 한 사람은 윈체스터에서 함께 공부했던 친구 중 하나―도심에서 일하고 있었다―였고, 전화의 목적은 그다지 좋아하지 않았던 교수의 추도식 소식을 알려주려는 것이었다.

코리에도 가기가 두려웠다. 하지만 하루 종일 안절부절못하고 게으르고 무기력하게 보내다가 그냥 가기로 했다. 나쁜 놈들은 필과 빌이니까 내가 그들한테 기죽을 필요는 없었다. 기분이 엉망진창이었고, 화장실에 가보니 검은 털 한올(내 것이기엔 색이 너무 진했다)이 트림 일병[1]이 막대기를 들고 하는 과장된 인사처럼 길게 꼬부라진 고리를 그리며 비누에 박혀 있는 게 보여서 기분이 더 나빠졌다. 혐오감과 서글픔으로 이미 기분을 완전히 잡친 상태였는데 그냥 문지르니 떨어지지 않아서 손톱으로 긁어 빼내야 했다. 그건 내 아파트에 남겨진 필을 연상시키는 물건들―운동복, 일회용 면도기, 보던 신문 등―중에서도 가장 무심하고도 가장 친밀한 것이었고, 우리의 관계가 완전히 끝난 것과는 거리가 멀다고 고집하고 있었다. 물론 코리에서도 여기저기서 그가 연상됐지만 실물은 아무 데서도 보이지 않았고, 그가 왔다면 당연히 알았을 나이절이 수영장에는 오지 않았다고 단언했다. 불쑥 체육관을 들여다보았지만 빌의 근심 어린 모습조차 보이지 않았다.

하지만 코리를 나가는 길에 찰스를 마주쳤다. 우수 어린 까페떼리아에 앉아서 판유리를 통해 아래쪽 체육관을 들여다보고 있었다. 조악한 플라스틱 잔에 담긴 뜨거운 커피를 어렵게 마시고 있는 것 같았다. 나는 무거운 마음으로 그의 맞은편에 앉았다.

---

1 Corporal Trim, 로런스 스턴(Laurence Sterne, 1713~68)의 소설 『신사 트리스트램 샌디의 생애와 의견』에 나오는 하인.

"매혹적인 운동선수군, 저 아래 저 젊은이." 그가 말했다. 그의 시선을 따라가보니 상의를 벗은 채 샌드백 앞에서 춤을 추고 있는 인물이 보였다. "맞아요, 모리스군요. 꿈같죠? 하지만 음악적이지는 않네요."

"그렇군, 정말 그래. 저 녀석에게 일자리를 구해줘야 해."

"이미 있는 것 같던데요." 내가 조소 섞인 어조를 흐리며 말했다. 찰스는 나를 유심히 보고 있었고, 나는 눈을 내리깔고 다시 자신을 지켜보는 사람들과 그들의 곤경을 전혀 의식하지 않은 채 멋지게 치고 찌르고 하는 모리스의 모습을 보았다.

"내가 다 망쳐버렸군, 그렇지." 찰스가 말했다.

나는 고개를 저었다. "다 망치셨다니요! 무슨 말씀이세요, 찰스. 그 문제를 계속 생각하고 있는데, 아직도 뭐라 말해야 좋을지 모르겠어요. 하지만 다 망치신 건 전혀 아니죠. 물론 제가 그 책을 쓸 순 없지만."

"쓸 수 있지."

"못 합니다."

그는 다시 모리스를 바라보았다. "자넨 내가 자네가 누군지 알고 나서 느꼈던 너무나 특별하고 강력하며, 글쎄, 완벽하게 신중하게 느껴진 확신, 이 상황의 정당성에 대한 확신을 전혀 짐작도 못할 거야. 너무나 완벽한 생각이었어. 너무나 완벽해서 점잖은 사람이라면 실행에 옮기지 못했겠지. 저 펀치 훌륭하군! 굉장한 녀석이야! 하지만 아마도, 자네 조부가…… 돌아가시고 나면―그리고 나도 죽고―그럼 할 수 있을 거야."

"지금 제가 쓸 수 있는 거라곤," 내가 말했다. "제가 왜 그 책을 쓸 수 없느냐에 대한 책뿐일 겁니다." 나는 어깨를 으쓱했다. "그런

유의 책은 쓰인 게 없으니 흥밋거리가 될 수도 있겠네요.”

찰스는 내가 무슨 말을 하는지 이해하지 못 하는 것 같았다. “내가 그렇게 많은 사실을 말해주지 않은 건 좀 심했지. 하지만 그 모든 걸 다른 사람에게 들어서라도 곧 알게 될 거다 싶더구먼. 예를 들어, 우리의 친구 빌이 무심코 말해버릴 것 같다고 확신했지.”

“빌은 꽤 조심스럽고 은밀한 사람이던데요.” 그렇게 말하는데 갑자기 내가 그를 유순하게 보고 경멸했던 사실이 떠올랐다.

“그래도 우린 아주 친한 친구로 지낼 수 있겠지, 안 그래? 그러니까, 그만한 가치가 있었지, 그 모든 일들에도 불구하고 말이야……”

“물론 그렇죠.” 나는 그 모든 것을 굳이 당장 생각하고 싶진 않았다. “클럽엔 왜 오신 거예요?”

“아―약속이 있었네. 아주 재미없는 일이었지만. 아마 자네는 수영하고 있었겠지. 참 얼마나 부러운지.” 그가 부자연스럽게 서두르며 말했다. “그만한 운동도 없지, 안 그런가? 정말 사람의 체질에 딱 맞는 운동이야. 내적으로 몹시도 끔찍이 그리워하는 거지―알다시피.”

“그렇죠.”

“이 커피는 정말 역겹다고 말할 수밖에 없네. 이 사람들한테 좀 나은 것으로 가져다놓으라고 해야겠어. 모리스라고 했던가? 물론 전에도 봤던 친구지. 이제 허위허위 집에나 가야겠군. 좀 도와주지 않겠나?”

나는 그를 부축해 천천히 계단을 올라 현관 쪽으로 갔다. 나는 그가 약속 때문에 거기 왔고 커피를 바꾸도록 할 힘도 있지만 그에게 더 중요한 것은 자신이 젊은 남자와 함께 있는 모습을 남들에게 보여주는 것, 자신이 그 장소에 속하며 다른 사람의 욕망의 대상이라는 느낌이라는 것을 알고 있었다. 그와 함께 있을 때면 느끼곤 하던 당혹감이 다시 들었고, 우리의 만남은 내가 바라던 것과는 전혀 달랐다는 생각이 들었다. 너무나 짧았고 아무런 소득도 없었다.

"내가 말하면 믿기 힘들 테지만," 그가 말했다. "내 친구 로니 스테인스가 정말로 굉장히 흥미로운 걸 발견했어. 자네가 생각하는 그런 건 전혀 아니야. 사실 완전히 반대지, 모든 면에서. 내일 점심 먹고 가보려고 하네. 실은 로니가 자네도 왔으면 하던데. 그리고 내 생각엔—더이상은 말할 수 없는데—자네가 말했던 그 친구를 데려오는 게 좋을 것 같네. 그「껑충거리는 깜둥이」애호가 말이야."

"평소라면 거절할 수도 있는 초대지만 로니가 사진을 좀 보여주기로 약속을 했고 어차피 제가 그걸 가지러 가려고 했으니까, 두 마리 토끼를 잡을 수 있겠네요." 이어서 찰스는 자신을 체계적으로, 십년 단위로 완전히 드러내 보였는데 나는 나한테 정말로 중요한 일에 대해서는 그에게 전혀 이야기하지 않았다는 데 생각이 미치자, 그게 나와 찰스 사이의 우정의 성격을 그대로 반영하고 있다는 생각이 들었다. "말씀드리려던 참이었는데요, 제 친구 제임스, 퍼뱅크 애호가인 그 친구가 사법부와 문제가 좀 생겼어요. 마침 로널드의 포르노 모델이었던 경찰관에게 체포됐거든요. 모르긴 해도 그 사진들을 제출하면 도움이 될지도 모르죠."

찰스가 실눈을 뜨며 인간의 이중성이 더이상 놀랍지 않다는 듯 고개를 끄덕였다. 하지만 아무 말도 하지 않았다.

"그러니까 갈게요. 하지만 솔직히 찰스, 전 더이상 벨보이들이 서로 엉덩이에 대고 하는 거에는 관심 없어요. 최근에 완전히, 아니 그 이상으로 질려버렸거든요."

"그런 게 아니라고 약속하네." 그가 질릴 정도로 솔직하게 말했다.

제임스는 스테인스에 대해 관심을 표했고 콜린의 사진에 대해서도 추잡하고 앙심 섞인 관심을 표했다. 나는 그가 착해빠진 비운의 주인공처럼 굴지 않는 그런 상태를 좋아했고, 우리는 술에 취해 이 사람 저 사람 마구 씹어댔다. 나는 그가 그 사진가의 집을 기꺼이 방문할 것을 알았다.

그날 밤, 필에게서는 아무런 연락도 없었다. 나는 긴장되고 멍한 상태였는데 포도주를 한병 마시고 간신히 잠이 들었다. 하지만 꿈속의 내 삶은 엉망진창이었다. 내가 아주 늙어버린 아름다운 노인 타하를 만나 찰스와 그들이 함께 보낸 시간에 대해 인터뷰를 시작하는 꿈도 있었는데, 거의 기억나지 않았다. 그것보다 좀더 생생했던 꿈에서는 필과 빌이 함께 휴가 여행을 떠났다. 그들은 내 낡은 피아트의 루프랙에 텐트 막대와 양동이와 삽을 싣고 길에 서 있었고 내 아파트에서 가져온 여러 물건도 옆에 있었다. 나는 도우려 했지만 계속 방해만 되었다. "그거 놓을 때 조심해." 내가 말했다. "사각지대를 잊지 마." 필은 벌써 손바닥만 한 수영복을 입고 있었고, 빌은 필의 엉덩이를 짓궂게 툭 쳐서 기름기 묻은 커다란 손자국을 남겼다. 앞유리 윗부분에는 '필과 빌'이라고 쓰인 스티커가 가로로 붙어 있었다. 잠에서 깨면서 나는 그동안 '개리와 크리스'라든지 '랜스와 데릭'이라고 써 있는 차를 한번도 본 적이 없다는 건 웃기는 일이라고 생각했다. 그랬으면 아마 누가 박살을 냈겠지.

제임스가 점심을 함께 먹으려고 왔고, 나는 특별히 애를 써서 속을 채운 가지요리와 약간 쌉싸름한 맛이 나는 독창적인 샐러드를 만들었다. 스트레스를 받을 때면 가끔 나타나는 가정적이고 모성애적인 충동을 좀 느꼈던 것 같다. 처량한 행색으로 치커리와 미나리를 가지고 이리저리 주무르다보면 거의 **창조적**이라는 느낌까지 들었다. 제임스는 물론 여러시간 동안 열심히 일했을 테고, 나는 일이라는 것이 훌륭한 마취제가 될 수 있다는 생각을 했다. 게다가 자기가 쓸 돈도 스스로 버는 것이다.

"좀 어때?" 그가 물었다.

"너무 무기력한 느낌이야. 흉한 말다툼 같은 걸 하지 않은 건 잘한 일이라고 생각했지만, 일종의 계약 같은 게 있었으면 좋겠어. 너무 말도 안 돼. 난 대체 무슨 일인지도 전혀 모르잖아. 그 망할 자식은 왜 전화도 안 하는 거야? 한참 동안은 화가 치밀고, 그다음엔—글쎄, 난 그 녀석을 엄청 사랑한단 말이야—다시 함께 있고 싶은 거야. 그다음엔 또 내가 사기당한 일종의 팬털룬[2]이 된 것 같고. 사실 뭐라도 하려면 누구라도 위엄을 좀 잃지 않을 순 없겠지."

"그냥 호텔로 찾아갈 수도 있지."

"뭐, 그래서 그놈들이 그짓 하는 거 또 보라고? 그건 싫어."

"지금까지 계속 그러고 있다곤 너도 생각 안 하잖아."

나는 오븐의 문을 연 다음 두짝이 연결된 오븐장갑의 석면 주머니 속에 손을 넣고 꽉 끼는 옷을 입은 미치광이처럼 몇번 탁탁 마주쳤다. 마늘이 섞인 아주 훌륭한 냄새가 피어올랐다. "솔직히 그들이 연애를 하고 있다고는 믿지 않아." 내가 신중하게 말했다. "오히려 가슴은, 그리고 특히 성기는 아주 이상한 면이 있다고 생각하지. 그러니까," 내가 쭈그려 앉으며 인정하듯 말했다. "잘생긴 열여덟살 애가 나처럼 아름답고 물건 좋은 사람보다 비척비척 걷는 쉰살 중년을 더 좋아할 수도 있는 거야."

2 pantaloon, 이딸리아 희극에 나오는 발목을 묶는 벙벙한 바지(판탈롱)를 입은 어리석은 노인, 늙은 광대.

제임스가 쑥스러운 듯 내 윗머리를 마구 헝클었다. 하지만 나는 "비켜!"라고 외치며 식탁으로 갔다. 오븐장갑은 한번도 제구실을 한 적이 없었다.

점심 후에 우리는 제임스의 미니에 올라타고 스테인스의 집까지 이분 동안의 여행을 했다. 루퍼트가 아서와 해럴드가 딴 거래를 하는 장면을 본 거리였다. 꽤나 우스꽝스럽고 미신적이지만 나는 혹시 그들이 보이나 싶어 찾아보았다. 아서를 구해주고 싶었다. 적어도 그게 내가 그에게 해주고 싶은 일 같다. 일종의 후견인으로서 나는 그애들의 삶을 어떻게든 개선해줄 수 있을 거라는─특히 그들의 현재 방식으로는 전혀 불가능하니까─엉뚱한 확신을 가지고 있었다.

스테인스는 내 눈은 속일 수 없었지만 최대한 점잖게 처신했다. 하지만 예의 바르게 대하면서도 제임스가 더 아름다운 남자가 아니라서 약간 실망한 것을 알 수 있었다. 스테인스의 자부심은 단추가 잘 채워진 멋진 옷 속에 감춰져 있었고, 사진가가 플래시를 터뜨리기 전에 잠깐 우스꽝스럽게 놀래주는 것 같은 일이 언제 갑자기 함부로 튀어나올지는 알 수 없었지만, 그 순간 그의 모습에서 가장 폭발적인 것은 핑크빛 양말 정도였다. 찰스는 이미 도착해서 점심을 먹고 손에 술잔을 들고 있었고, 나는 그에게 제임스를 소개했다. 제임스는 그에 대해 나한테 들어 잘 알고 있다는 사실을 감추기 위해 무척 기뻐하는 시늉을 했다. 우리가 찰스의 속도에 맞춰 천천히 스튜디오로 들어가는 동안 그가 제임스에게 "그래, 퍼뱅크를 좋아한다는 그 친구로군? 물론 내가 알던 사람이지─아주 잘 아는 사이는 아니었지만. 그렇진 않았어……"라고 말하는 소리가 들렸다.

스테인스는 천장에서 돌돌 만 하얀 종이를 풀어내리고 우리를 높은 탁자에 놓인 영사기 앞에 한줄로 앉혔다. 그가 대충 불을 끄고 이야기를 시작하자 형사에게 브리핑을 하느라 대개는 움직이는 차 안에서 찍힌 용의자들의 모습을 보여주는 스릴러물 속의 장면이 강하게 연상됐다.

"이제 짧은 영상을 보여드리려고 하는데, 아마 다들 흥미를 느끼실 거라고 생각합니다. 내가 크리스티에서 사들인 수많은 자가제작 영화의 일부죠. 대부분은 말하기 힘들 만큼 지루합니다. 아시다시피 젊은 동성애자들이 아무 수치심 없이 남을 괴롭히는 장면 같은 것들이죠. 나는 그냥 재미있을 것 같았고 20년대나 30년대에 대한 일종의 아이디어, 어, 내가 만들 영화에 대한 아이디어를 좀 얻을 수 있을 것 같았습니다. 그런데 그것들 중에서 이 부분이—아주 예외적입니다……"

우리가 바라보던 밝은 흰색 사각형에서 번뜩이는 검은색과 회색, 흰색 빛줄기가 경련을 일으키고 있었다. 처음 알아본 것은 뾰족뾰족한 숲으로 둘러싸인 호수의 정경이었는데, 짧고 정적이었다. 영화 속의 빛줄기는 이상하리만치 어둡고 수백개의 작은 선들이 화면의 위아래로 나타났다. 그렇긴 해도 검게 보이는 둥근 물은 어딘가 신비한 느낌을 주었다. 전에 읽은 책들로 미루어 사화산을 찍은 것 같았다. "아하," 찰스가 무척 우쭐한 어조로 말했다. 카메라의 각도가 실수인 듯 갑자기 초창기 모델로 보이는 자동차의 보닛으로 건너뛰었다.

"어딘지 아시겠죠, 찰스." 스테인스가 웅웅거리며 돌아가는 영사기 뒤에서 말했다.

"아, 알지—네미 호수. 못 알아볼 수가 없지."

그다음에는 함석 표지판을 찍은 장면이 터무니없이 오래 화면에 잡혔는데 "젠짜노──치따 인피오라따"[3]라고 쓰여 있었다.

"이제 다들 어딘지 아실 텐데요." 스테인스가 수긍하듯 덧붙였다. 모자를 쓰고 자기만큼이나 키 큰 막대기를 든 늙은 농부가 절룩거리며 나타났는데, 어떤 어려움을 겪고 있는 것처럼 보였다.

이어지는 장면들은 젠짜노의 가파른 거리에서 찍은 것으로 짐작되었다. 차가 다시 나타났고, 그곳에서 가장 멋진 까페로 보이는 곳 앞에 섰다. 주민들 몇몇은 카메라를 의식하고 몇몇은 전혀 의식하지 않는 것으로 보였는데, 미소 짓거나 찌푸린 얼굴을 잠깐씩 드러내며 뻣뻣하게 보도를 오르락내리락했다. 몇명은 차양 아래 야외 탁자에서 일어섰고, 몇쌍은 분주하게 멀어져갔으며, 다른 사람들은 모자를 들고 완전히 깜깜한 실내로 들어갔다. 이어 화면 한쪽이 어떤 사람의 등에 가렸다. 그는 카메라맨의 항의에 응하는 것이 분명한 태도로 고개를 반쯤 돌리고 망설이더니 얼른 왼쪽으로 갔다. 이어 좀 떨어진 곳에서 같은 사람이 전신을 드러냈는데, 차 하나에 기대선 채 채플린처럼 팔짱을 꼈다가 발판에 대고 발목을 틀었다가 숙녀 흉내를 내며 좌우로 머리를 돌렸다가 하면서 꼼지락댔다.

그 인물이 찰스가 아닌 것은 분명했다. 물론 상식적인 사람도 카메라에 촬영을 당하면 이런 식으로 안절부절못할 수도 있긴 하다. 하지만 그는 찰스보다 키가 크고 더 마른 사람이었다. 또한 진짜배기 동성애자였다. 그는 우아하고 영국스럽지 않은 밝은색 양복을 입고 있었고, 나비넥타이를 매고 챙이 넓은 밀짚모자를 써서 얼굴

---

3 Città Infiorata, 이딸리아어로 '꽃피는 도시'라는 뜻. 인피오라따는 젠짜노에서 매년 열리는 꽃축제의 이름이기도 하다.

을 가리는 한편으로 달콤하게 목가적인 느낌을 주었다. 이어서 그는 당황한 나머지 카메라를 향해 빠른 걸음으로 다가와 일이초 동안은 너무나 가까운 자리에서 클로즈업되었고, 높은 광대뼈, 긴 매부리코, 우스꽝스럽게 작은 입을 드러냈다.

제임스가 내 팔을 꽉 잡았다. "로널드 퍼뱅크군요." 그가 말했다.

"의심의 여지가 없는 것 같죠?" 스테인스가 말했다.

"분명히 그 사람이군." 찰스가 선언했다.

"제 짐작이 맞는다면," 제임스가 말했다. "돌아가시기 얼마 전이겠네요." 이어지는 화면에서는 그가 웃더니 갑자기 모든 게 엉망이 되었다. 그는 기침을 하고 또 하면서 허리까지 숙이고 긴 손으로 카메라를 치우라고 손짓했다.

다음 장면을 보니 그가 왜 그렇게 연약해 보였는지, 그럼에도 불구하고 위협에 저항하는 사람처럼 보였는지 이해할 수 있었다. 그가 자갈 깔린 가파른 언덕을 올라가는데 꼭대기에서 석양빛 속에 교회 하나가 윤곽을 드러냈다. 그의 걸음걸이 전체가 좀 특이해 보였다. 똑바로 가지 않았고, 손이 너울거리고 발걸음은 잿으며, 그러면서도 도망칠 수 없는 상황임이 분명해 보였다. 걷는 모습이 그랬다. 길가에서 어린아이 두명이 그가 지나가는 것을 지켜보다가 뒤를 따르기 시작했다. 그렇게 특이하게 걷는 것이 재미로나 행진을 위해 일부러 그러는 것이라고 생각한 것이 틀림없었다. 누더기를 입은 열살 정도의 키 큰 소년이 그 소설가의 걸음걸이를 흉내내며 그들 무리에 합류했다. 꼬마들은 점차 더 대담해져서 그의 옆에서 깡충거리다가 그를 지나쳐 뛰어가서 그가 다가오는 모습을 보기도 하고, 대놓고 그에 대해 궁금해하며 짤막한 질문도 던지는 것 같았다. 화면이 숨 가쁘게 덜컥거려서 환상적으로 들썩들썩한 활력이 느껴졌다. 이어 퍼뱅크의 손이 주머니로 들어가더니 5실링짜리 동전들을 뒤로 던졌다.

당연하게도 다음 장면은 약 스무 명은 될 듯한 무리를 보여주었다. 언덕 꼭대기에 거의 다다랐는데, 일부는 껑충거리고 일부는 거의 행진을 하는 것처럼 보이기도 했지만 퍼뱅크적인 변덕스러운 모습이었고, 원시적인 디스코처럼 보이기도 했다. 그들은 큰 소리로 외치고 손을 흔들었으며 그러다가 함께 뭔가를 합창했다──이름이나 별명 같은 것을. 카메라는 다소 예술적이고 화려하게 아이들에게 초점을 맞췄다. 어딘가 우스꽝스럽도록 진지한 표정의 어린애들과 개구쟁이들, 어린아이의 옷을 벗어던진 시끌벅적한 사춘기 소년들, 군중과 함께 걷는 둥 마는 둥 하며 렌즈를 응시하는, 내면의 감정에 충실한 큰 눈의 이딸리아인의 얼굴들.

하지만 매혹적인 것은 분위기였다. 인생의 마지막 순간을 맞이한 이 꼭두각시 같은 모습의 사내는 군중의 놀림감이 되고 있었지만, 그럼에도 불구하고 그들이 그를 조롱하는 모습에는 축하의 느낌도 있었다. 그는 아마도 잠시 자신이 항상 원했던 것, 연예인이 된 듯했다. 어린아이들의 표정은 잔인함과 애정이 무심히 뒤섞인 너무나 솔직한 감정을 보여주고 있었다. 그들의 조롱에는 공포도 섞여 있었지만, 그들의 시끌벅적한 소동 한가운데에 있는 인물은 어릿광대일 뿐 아니라 수호성인 같은 느낌도 주었다. 그것은 즉흥적인 거친 승리였다.

다소간 강요된 질서가 엿보이는 짧막한 활인화活人畵가 있었다. 퍼뱅크 주변을 둘러싼 어린아이들은 카메라를 노려보면서도 짓궂은 미소를 짓고 있었다. 퍼뱅크는 모자를 손에 들고 펄럭대는 모습이 덥고 귀찮아하는 것처럼 보였다. 어린 소녀가 바지를 잡아당기자 그는 주머니를 뒤집어 보이며 풀 죽고 기운 없는 몸짓으로 더이상은 줄 게 없다고 알렸다. 미소도 지었지만 이제는 그만하라는 뜻도 내비치고 있었다. 자식이 없는 독신 남자에겐 피곤할 상황이었다. 마지막 몇초 동안은 혼자 걸어가는 모습이 잡혔다. 그에게서는 과단성 있고 사무적인 면모가 보였다. 그 모든 과정에도 불구하고 서두르고 있었고, 뭔가 할 일이 있다는 태도였다. 이어 밀짚모자를 쓴 뚱뚱한 남자와 양산을 쓴 여자가 "승무원"이라는 단어가 적힌 천막 옆을 걸어가는 장면이 나왔다. "아, 끝이군." 스테인스가 말하고 영사기의 불을 껐다. 우리는 몇초 동안 거의 완벽한 어둠 속에 남겨졌는데, 제임스가 내 손을 쥐자 그의 감동이 내게도 전해졌다.

"이렇게 멋진 건 처음 봅니다." 그는 상투적인 인사말을 했지만 진심이었다.

"굉장한 발견이죠?" 스테인스가 불을 켜며 동의를 표했다. "괜찮다면 브룩 씨, 자네 주석을 덧붙여서 단편영화를 만들고 싶은데."

"그렇게 하신다면 저도 할 얘기는 좀 있을 것 같습니다." 제임스가 말했다.

"물론 난 젠짜노에 가본 적이 있지." 찰스가 빠지기 싫은지 한마디 했다. "거기서는 꽃축제가 벌어지고 중심가 도로는…… 어…… 완벽하게 꽃장식이 되어 있어."

"무척 퍼뱅크적이군요." 내가 뻔한 말로 거들었다.

"그러니까 다른 날이었으면," 제임스가 말했다. "다른 날이기만 했다면 그의 발밑에서 꽃을 볼 수도 있었다는 말씀이시네요."

그 말에 대해 이러쿵저러쿵 이야기가 이어졌고, 나는 스테인스에게 콜린의 사진에 대해 은밀히 물어보았다. "어이쿠, 내가 잊었군." 그가 자책하듯 이마를 손으로 짚으며 말했다. "그걸 찾을 수 있을지 모르겠는데?"

"너무 번거로우실까요?" 내가 공손하게 말했다. "그냥 마침 제가 왔고, 또 친절하게 말씀하시길······"

"아, 알아. 그런데 자네도 잘 기억하겠지만 내가 아무런 체계를 안 갖춰놔서."

"실은 대충 어디 있는지 제가 기억이 날 것도 같아요."

그는 필(아이고!)과 내가 몇주 전에 들여다보았던 커다란 필름 서랍을 열어보도록 허락해주었다. "보는 건 환영이야." 스테인스가 그다지 희망적이진 않다는 듯 말했다.

하지만 거기 분명히 있었다. 메이페어[4] 초상화들, 보비―오늘은 아무 데서도 볼 수 없는, 품행 조항에 따라 추방된 게 분명한 보비―를 모델로 찍은 매력적이지만 사회적으로 용납될 수 없는 사진들이 기억났고, 모든 사진은 전과 똑같이 뒤섞인 채였다. 하지만 바닥까지 다 뒤지고 마지막 보호용지까지 들춰본 뒤에 나는 콜린의 사진, 예술적으로 음란한 구성품은 단 한장도 보이지 않는다는 사실을 인정해야 했다. 위와 아래의 서랍도 찾아봤지만 희망은 점점 줄어들었다. 찰스가 큰 소리로 "뭘 찾고 있는 건가?" 하고 물었다. 그리고 "내가 콜린이라는 녀석의 사진을 몇장 찾아주기로 약속했거든요. 하지만 어디 있는지 모르겠네요"라는 스테인스의 대답을 들으며 나는 그가 거짓말을 하고 있다는 것을 깨달았다.

"콜린?" 찰스가 말했다. "아, 난 모르는 녀석인 모양이군. 내가 아는 사람인가?"

나는 그게 바로 내가 그에게 말했던 사람, 나한테 무척 중요한

---

4 Mayfair, 영국 런던 하이드파크 동쪽의 고급 주택가.

인물이라는 것을 알리기 위해 그에게 고개를 끄덕해 보였다. 하지만 그의 표정은 읽기가 불가능했고 짐짓 모른 체하는 게 역력했다. 반시간 후에 악수를 하고 헤어질 때는 나와 눈을 맞추지 않았다.

"흠, 반만 성공했네." 제임스가 계단을 내려와 차에 오를 때 내가 열린 차 문에 기대선 채 말했다.

"콜린 문제는 걱정하지 마." 그가 말했다.

나는 차의 지붕을 툭툭 쳤다. "난 그놈을 잡고 싶단 말이야! 달리 할 일도 없는 것 같고."

"내 차 탈 거야?"

"아니, 집으로 가려고. 그다음엔 수영장에 갈 거야. 영혼이 아니면 육체라도 잘 간수해야지."

"곧 보자."

"그래, 또 봐, 달링."

한낮의 코리에 도착했을 때 그곳은 무척 조용했다. 거기 있던 몇몇 사람들은 서로를 경쟁자로서가 아니라 사려 깊은 관심을 갖고 바라보았다. 다양한 다른 일상들이 동등하게 겹친다는 느낌이 들었다. 노인이 몇 명 있었는데 한둘은 찰스만큼 늙어 보였고, 의심할 바 없이 다들 특이하지만 또 신기하게 비교도 가능한 자기만의 이야기가 있을 것 같았다. 그리고 샤워실에 들어가자 내 마음에 드는 하늘색 수영복을 입고 햇볕에 그을린 피부를 가진 젊은 애가 보였다.

| 옮긴이의 말 |

2018년 『아름다움의 선』의 번역 출간 이후 앨런 홀링허스트는 한국의 독자들에게 더이상 아주 낯선 작가는 아닐 듯하다. 『수영장 도서관』은 "부커상을 받은 최초의 퀴어소설"이라는 수식어가 따르는 『아름다움의 선』(2004)처럼 동성애자를 주인공으로 내세운 소설이며, 시인으로 출발한 앨런 홀링허스트가 소설가로 전환한 뒤 처음 발표한 장편소설이다. 1983년에 집필된 이 작품은 1988년까지 출판사를 찾지 못해 고전했지만, 일단 출간된 뒤에는 즉각적으로 문단의 인정을 받은 그의 출세작이기도 하다. 출간 이듬해인 1989년에 서머싯몸상을 수상했고 1991년에는 미국문예아카데미에서 주는 E.M.포스터상을 수상했으니, 홀링허스트를 단숨에 유명작가로 만들어준 셈이다.

『수영장 도서관』의 성공에 대해, 그의 작품을 읽지 않은 사람은 얼핏 작품의 중심인물이 모두 동성애자이기 때문에 소재의 특이성이 발표 시기와 운 좋게 맞아떨어져 그런 인정을 받은 것은 아닌가 오해를 할지도 모른다. 그러나 우리나라에서는 이 작품보다 먼저 소개되었지만 더 최근작인『아름다움의 선』처럼『수영장 도서관』도 소재의 특수성과는 별개로 영국 사회 전반, 나아가 근대 서구문명과 관련된 더 큰 문제를 핵심적이고도 섬세하게 성찰한 작품이다. 물론 중심인물이 모두 동성애자인 만큼 20세기 영국 사회에서 동성애와 동성애자가 겪은 역사와 경험을 구체적이고도 생생하게 우리에게 알려주는 것은 당연하다. 하지만 작품에 그려진 중심인물들의 경험과 영국 사회의 동성애에 대한 태도는 2차대전 무렵까지 전세계를 경영했던 가장 강력한 제국으로서의 영국, 이후의 신제국주의적인 영국에까지 이어지는 서구중심주의, 그리고 그 기반이 되는 세계관, 즉 차이를 차별로 만드는 억압의 논리와도 뗄 수 없는 관계에 있다. 구체적으로 어떤 면에서 그럴까?

　『수영장 도서관』의 기둥 줄거리는 동성애자인 20대 중반의 주인공 윌리엄 벡위스가 1983년의 어느날 집 근처 공원을 산책하다가 공중화장실에서 심장마비로 쓰러진, 역시 동성애자인 80대 노인 찰스 낸트위치를 심폐소생술로 구하는 데서 시작한다. 함께 런던 시내의 신사 클럽 '코리'의 회원인 두 사람은 얼마 후 다시 클럽 수영장에서 조우하고, 서로에 대해 더 알게 되면서 찰스는 윌리엄에게 자신의 전기를 써달라고 부탁한다. 작품은 윌리엄이 읽는 찰스의 일기와 윌리엄의 현재 생활을 함께 엮어나가는 방식으로 이루어져 있다. 윌리엄이 찰스의 생애에 대해서 알아가는 이 과정은 또한 영국 사회에서의 동성애의 역사, 거기 스며 있는 근대주의·제국주의의 역사에 대해 잘 모르는 채 비교적 자유로운 성생활을 누리던 윌리엄이 그런 행복한 무지 상태에서 추락 혹은 각성하는 과정이며, 그런 의미에서 이 소설은 일종의 성장소설이기도 하다.

　이 작품의 주인공 윌리엄과 찰스는 동성애자라는 점, 코리의 회원이라는 점 외에도 많은 공통점을 가진 인물들이다. 무엇보다도 찰스는 귀족으로서, 윌리엄은 귀족의 손자로서 두 사람 다 영국 사회의 특권층에 속하며, 그 점은 둘 다 영국 최고의 엘리트 교육기관인 사립중·고교 윈체스터 칼리지와 옥스퍼드 대학 출신이라는 사실을 통해서 구체적으로 나타난다. 하지만 두 사람이 사는 시기의 차이로 인해 영국 사회를 살아가는 동성애자로서 두 사람의 삶은 공통점 못지않게 차이도 제법 크다.

　1900년생으로 "〔20〕세기와 같이 나이를 먹는"(383면) 인물인 찰스는 빅토리아 여왕(재위 1837~1901)이 죽기 한해 전, 다시 말해 빅토리아 시대가 최고조에 달한 시기에 태어난 인물이다. 그리고 동성애에 대한 영국 사회의 태도라는 관점에서 보면, 영국 동성애사에 한 획을 그은 사건이자 빅토리아 시대의 성격을 전형적으로 보여주는 사건인 1885년의 라부셰르 개정법 통과 이후에 태어났다. 1885년 개정법 이전까지는 광범위한 동성애 박해에도 불구하고 그 처벌의 법적 근거가 분명하지 않았다면, 공적·사적인 모든 동성애 행위를 범죄로 간주한 이 법의 통과 이후 영국에서는 좀더 체계적이고 당당하게 소수자인 동성애자들을 박해할 수 있게 되었다. 이 법으로 인해 오스카 와일드를 비롯한 많은 동성애자가 무자비한 탄압의 희생자가 된 것은 이제 널리 알려진 사실이다. 이 법의 엄격한 적용으로 법 제정 이래 80여년 동안 동성애자들은 단지 다른 방식으로 사랑을 나눈다는 이유만으로 정치적 필요에 따른 탄압의 대상이 되었다. 생애의 대부분을 식민지 관리로 보낸 귀족 찰스 역시, 그 신분과 지위에도 불구하고 동성애자이기 때문에 1950년대

초 이 법에 따라 재판을 받고 징역형을 살게 된다.

반면 1958년생인 윌리엄은 1950년대 함정수사에 의한 마녀사냥식의 법집행에 대한 반동으로 라부셰르법의 적용이 느슨해진 시기에 나서 자랐다. 1950년대 초반의 강력 단속 이후 대두한 여론 덕분에 1957년에 이 법의 완화를 권고하는 울펜든 보고서(Wolfenden Report)가 작성되었고, 1967년에는 21세 이상 성인 간의 사적인 동성애 행위는 처벌하지 않는 새로운 성범죄법이 제정된 것이다. 물론 이성 간 성행위의 법적 허용 연령에 비하면 이 법 역시 10대 후반 청년들과 관련한 성행위에 가혹한 법이었고, 어디까지가 사적 성행위인지에 대한 규정이 모호해서 동성애자 탄압은 정치권의 필요에 따라 지속되었다. 특히, 이 소설의 배경인 1983년 이후에도 빅토리아 시대를 방불케 하는 동성애자 마녀사냥이 부활한다. 1984년 무렵 시작해서 10여 년 이상 계속된 에이즈 유행을 빌미로 대처의 보수당 정권이 집권 3기인 1988년에 공공기관에서 동성애 장려활동 금지를 규정한 법안 '섹션 28'을 통과시켰기 때문이다. 하지만 적어도 이 소설의 이야기가 전개되는 시점까지는, 윌리엄의 '절친' 제임스의 체포나 스킨헤드족에 의한 윌리엄의 구타 같은 사건에도 불구하고, 영국의 동성애자들은 과거와는 비교할 수 없을 정도로 자유로운 성생활을 누린다. 소설이 시작되는 시점의 윌리엄은 젊은 시절의 찰스와는 전혀 다르게, 그리고 찰스의 시기는 현실성이 없는 먼 이야기라는 착각 속에서 자유롭고 방종한 "아름다운 시절"(belle époque, 13면)을 구가하고 있다.

작품에서 윌리엄에게 억압적 현실에 대한 각성을 가져다주는 가장 충격적인 사건은 물론 그의 조부 벡위스 경이 1950년대에 검찰총장으로서 동성애 박해에 앞장섰으며 찰스를 본보기로 감옥에 넣은 장본인이고, 그 덕분에 귀족이 되고 특권과 지위를 누리고 있다는 사실을 발견하게 되는 일이다. 윌리엄이 경제적 걱정이 없는 한량으로서 방만한 생활을 만끽할 수 있는 배경에 동성애자 박해자로서의 조부가 있다는 사실은 크나큰 아이러니이며 당사자인 윌리엄에게는 더할 나위 없이 충격적인 사건이다. 하지만 윌리엄의 각성 내지 교육 과정은 그같은 개인적 과거사의 폭로와만 관련되지 않는다. 그보다는 그와 같은 발견에 이르기까지 찰스의 일기를 읽고 찰스의 친구들과 어울리면서 윌리엄이 느끼고 배우고 경험하며 깨닫는 내용, 그리고 그것을 지적하는 작가의 시선과 더 관련이 깊다.

윌리엄이 찰스의 일기를 읽어나가며 느끼는 가장 큰 감정 중의 하나는 당연히 공감이다. 둘 다 특권층 출신으로 특권층 특유의 학창 시절을, 특히 사춘기를 같은 학교에서 동성애자로서 보냈기 때문에 두 사람의 경험은 많은 면에서 병렬적이다. 더욱이 두 사람은 수영을 좋아하고 예술을 즐기는 등 취미조차도 상당히 닮았다. 하지만 그런 공통점과 공감에도 불구하고 찰스의 일기를 읽으면서 윌리엄이 강하게 느끼는 또다른 감정은 거부감이다. 특히, 식민지에서 제국의 경영자로 일하던 찰스가 흑인과 순수하게 공감하고 그들을 친절하게 대하는 것은 훌륭하다고 하더라도 흑인의 순진함, 자발성, 아름다움 등을 미화하는 것은 터무니없다고 생각한다. 또한 저소득층 청소년들을 위해 찰스가 큰 재산을 내놓고 자선사업을 하는 모습을 보고 감탄하면서도 불우한 젊은이들 일부를 유혹해 동성애 포르노를 찍는 등의 일에 아무렇지도 않게 가담하는 모습에서는 역겨움과 혐오감을 느낀다. 찰스의 그런 경향과 행동은 분명 제국주의 시대 식민지 피지배민인 유색인을 성애의 대상으로 객체화하던 서구중심주의의 힘의 논리, 세계관의 연장선상에 있는 것이니, 탈식민지 시기의 영국에서 자라고 생활한 윌리엄이 즉각적으로 거부감을 느끼는 것은 당연할 것이다. 그리고 그런 의미에서 윌리엄이 찰스의 일기를 읽고 그와 어울리는 경험은 윌리엄뿐 아니라 독자에게도 소위 선한—그리고 본인이 박해를 받기까지 한—제국주의자의 한계나 허구성을 생각하게 해준다.

동성애자 찰스가 보이는 서구중심주의적, 강자와 다수 중심의 시선은 무엇보다도 찰스와 가깝게 지내는 로널드 스테인스에 대한 윌리엄의 냉정한 인식을 통해 비판된다. 찰스와 가까이 지내는 사진작가인 그에 대해 윌리엄은 처음부터 "흠잡을 데 없는 옷차림 (…) 속에는 신기하리만큼 열정적이고 **비굴한** 사람이 숨어 있"(271면, 강조는 인용자)다고 느낀다. 사실 스테인스의 사진과 비디오는 피식민자들을 성적 대상화를 통해 객체화하는 철저히 제국주의적인 시선의 유산이다. 그리고 찰스와 스테인스의 초대로 간 모임에서 포르노 촬영을 목격한 윌리엄의 다음과 같은 반응과 진단은 그들의 시선에 내재한 권력관계에 대한 예리한 비판이다.

찰스와, 그리고 스테인스도 실제로는 그곳〔웍스〕의 종업원들을 다른 데로 유인해서, 본인들이 기름진 쇠고기와 잘 씻은 채소와 삶은 푸딩을 먹으며 교활한 눈짓을 교환하며 고안해낸 환상을 연기시킨다는 사실을 생각하니 머리가 띵해지는 기분이었다. (…) 이 모든 게 참가자들에게는 정상적이지만 외부인의 눈에는 악마적인 엽기성을 가진 것으로 보였다.(324면)

〔압둘은〕 종아리까지 내려오는 화려한 모피 코트를 입고 있었는데,

침대 위에 기대앉아 코트 앞섶이 열리자 그 안에 아무것도 입고 있지 않다는 것이 드러났다. 납작한 배에는 나는 한번도 본 적 없는 긴 흉터가 나 있었고, 오래전에 누군가가 조악한 도구로 그의 내부를 전부 제거해버렸을 것 같은 느낌을 주었다. 두툼한 검은색 모피 코트 속에서 드러난, 내가 경탄의 눈으로 보던 사람의 상처 난 검은 피부를 보니 마치 그가 진귀한 사냥감 같았다. 껍질을 반쯤 벗겼지만 아직 숨을 쉬는, 한구석에 내던져진 동물.(325면, 강조는 인용자)

하지만 윌리엄의 경험은 찰스와 스테인스 등 이전 세대의 동성애자들이 무의식중에 체현하고 있는 제국주의적 시선에 대한 비판에만 머물지는 않는다. 여기서 더 중요한 것은 윌리엄의 친구 제임스가 찰스에게 거부감을 표하는 윌리엄을 향해 즉각적으로 지적하듯, 작품의 처음에 등장하는 연인 아서의 성적 본능과 아름다운 머리카락 등을 운운하는 윌리엄 자신도 유색인을 성애의 대상으로 객체화하는 시선에서 전혀 자유롭지 않다는 사실이다. 자기보다 나이도 훨씬 어리고 지적으로 미성숙한 유색인, 혹은 유색인이 아니더라도 하층계급의 젊은이를 선호하는 그의 성적 취향도 이전 세대의 시선에서 자유롭다고 할 수 없는 것이다. 윌리엄과 아서의 관계가 그런 성격을 띠고 있음은 나아가 그가 자신과 아서의 관계가 깊어질수록 아서가 점점 더 자신의 "노예이자 장난감이 되어가고 있다는 사실"(61면)을 깨닫는 데서도 드러난다. 물론 이 시점까지도 그는 아직 그 관계를 근본적으로 규정하는 힘의 논리, 그것이 여전히 영국 사회를 지배하고 있는 역학이며, 자신이 그 수혜자로서 그런 권력구조를 당연한 것으로 받아들이고 있다는 모순을 확실히 이해하고 있지는 못하다. 이 모순은 가령 윌리엄이 아서에 대한 값싼 동정심에서 그의 가족에게 선행을 베푸는 자신을 상상하며 아서의 집을 방문했다가 스킨헤드족의 무자비한 구타를 경험하는 일을 통해 좀더 현실적인 경험으로 그에게 다가온다. 이 경험을 통해 윌리엄은 특권층의 일원인 자신조차도 다수인 이성애 중심주의의 성적 권력구조 안에서 전적으로 무력한 존재임을 깨달으면서 그것의 바탕이 되는 세계관에 대한 비판적 인식에 눈뜨게 되는 것이다.

강자와 다수 중심의 권력구조를 온존하고 있는 탈식민주의 시기 영국 사회에서 교육을 덜 받은 하층계급의 젊은 연인에게 혜택을 베푼다는 윌리엄의 착각에 담긴 성적 객체화는 백인이지만 아직 10대 청년인 필과의 연인 관계에서도 지속된다. 동등함과는 거리가 먼 이 관계에서 윌리엄은 연인인 필에게 교양을 전달함으로써 자신이 시혜를 베푼다고 생각하며 흐뭇해하지만, 그것이 둘 사이의 세력 불균형을 미화한 객체화의 한 양상에 불과하다는 것은 깨닫지 못하고 있으며, 그 깨달음은 작품 끝부분에 필의 배신에 대한 발견을 거치면서야 좀더 분명해진다. 이때 윌리엄은 연인으로서의 배신감도 배신감이지만 필이 자신처럼 어느 모로 보나 우월한 사람을 두고 나이도 훨씬 많고 교양도 부족한, 즉 조건이 비교할 수 없이 처지는 빌과 외도를 한다는 사실에서 큰 충격을 받는다. 이런 충격이야말로 윌리엄에게 영국 사회를 지속적으로 지배해온 강자와 다수 중심의 세계관과 구조에 대한 반성이 부족했음을 알려주는 지표다.

이런 상태의 윌리엄에게 결정적으로 새로운 각성의 계기가 되는 사건은 조부와 찰스의 관계, 필의 배신에 대한 발견과 거의 동시에 닥치는 또다른 경험, 친구 제임스의 체포 사건이다. 제임스의 체포는 1967년의 성범죄법에 남겨진 억압적 요소를 극명하게 보여주는 사례다. 공적 장소에서 동성애를 시도했다며 제임스를 체포한 경관 콜린은 사실 동성애자로서 윌리엄과 동의하에 성애를 나누기도 했던 사이이다. 윌리엄은 이 사태를 해결하기 위해 콜린이 동성애자임을 알려주는 사진을 가진 스테인스와 찰스의 도움을 청하지만, 막강한 권력에 대항하는 방법으로 개인적 자선이나 선행 정도를 택하는 그들은 권력과 정면충돌해야 할지도 모르는 싸움에 끼어들 의사가 없다. 윌리엄은 이 좌절을 통해 비로소 동성애자를 억압하는 권력구조에 자신이 직접 부딪혀야만 한다는 사실을 깨달으며, 그와 동시에 기꺼이 그런 부담을 지리라 다짐한다. 찰스와 만난 이래 윌리엄이 경험한 여러 일들이 가져온 반성과 성찰이 자신 또한 그동안처럼 현재의 권력구조에 안주할 수만은 없다는 인식, "나 같은 사람들과의 연대의식"(382면)과 동시에 "제임스를 구할 수만 있다면 내가 콜린과 한 일에 대해 법정에서 증언해야겠다고"(478면) 하는 실천의지로 이어지는 것이다. 물론 독자인 우리는 이 인식과 의지가 이후에 어떤 양상으로 전개될지 쉽게 전망할 수 없다. 하지만 윌리엄이 겪어온 남다른 직간접 경험을 통해 그가 동성애 박해로 나타나는 사회구조의 문제에 대해 더 깊은 인식을 갖게 됐음은 부정할 수 없을 것이다.

좀 단순하다면 단순한 요약을 통해 살펴보았지만, 한 동성애자의 경험과 각성이라는 가장 개인적이고 사적인 이야기를 통해 영국 사회, 나아가 서구 근대문명의 근간인 강자와 다수 중심의 세계관과 권력구조를 성찰한다는 면에서 『수영장 도서관』은 영국 근대소설 전통의 연장선상에 있는 걸작이다. 이 작품은 또한 영어권 소설의 독자들에게는 이미 널리 알려진 홀링허스트 특유의 섬세하고 아름다우며 효과적인 문체로도 주목을 요한다. 아울러, 이 작품을 읽어나갈 때 재미를 주는 또 하나의 요인으로 작품 군데군데 박혀 있는 뼈있는 풍자도 빼놓을 수 없다. 작품의 두 중심인물 이름이 찰스와 윌리엄으로 영국 왕세자와 왕위 계승 다음 순위인 그의 장남의 이름과 같다는 것도 두 사람이 영국 지배계층의 서양 중심, 강자 위주의 세계관을 어느정도 체현하고 있다는 점에서 결코 우연은 아니다. 흑인을 성적 페티시화한 사진과 비디오를 업으로 삼고 있는 로널드 스테인스의 성이 오점, 얼룩 등을 뜻하는 스테인(stain)을 포함하는 것이나, 찰스의 젊은 시절 친구였던 샌디 라부셰르의 성을 라부셰르법에서 따온 것도 그 상징성에서 주목을 요하는 작지만 재치 있는 장치다. 이 작품에서 가장 우스꽝스러운 장면은 아마 작품 끝부분에서 윌리엄이 호텔에서 조우한 아르헨띠나 청년 가브리엘과 성적 밀회를 시도하다가 실패로 끝나는 장면일 것이다. 이 부분은 그 자체로도 우스꽝스럽지만 아르헨띠나인인 가브리엘이 포클랜드 사태를 언급하며 윌리엄을 때리기를 제안한다거나, 얼굴에 가면을 쓴 채 눈만 카메라 셔터처럼 깜빡이며 윌리엄을 객체화하는 장면 등은 우스운 만큼이나 의미심장하다. 아르헨띠나인인 그가 서구문명에 내재한, 약자·소수자를 객체화하는 근대 제국주의자의 시선을 영국인 윌리엄에게 되돌려주는 데서 발생하는 코믹한 효과가 그 시선의 부조리성을 효과적으로 보여주기 때문이다.

작품의 번역을 시작한 지 벌써 3년이 되었다. 그사이에 인류는 날로 심해지는 환경위기와 더불어 팬데믹이라는, 우리 세대로서는 초유의 재난을 겪고 있는 중이고, 서구 중심의 근대문명이 가져온 인류 생존의 위기에 대한 돌파구를 찾는 일을 더이상 늦출 수 없는 상황에 몰렸다. 안타깝게도, 너무나 큰 위기를 맞아 오히려 과거로 회귀하자고 하는 시대착오적이고 자기파괴적인 큰 목소리들이 인류 모두의 생존을 더욱더 위협하고 있지만, 위기를 기회 삼아 지혜를 구하는 차분한 목소리들도 적지는 않다. 지금이야말로 그런 이들 모두가 동의하듯 인간 중심, 강자 위주 근대문명의 근본 전제를 차분히 반성하고 지상의 모든 존재들이 공존공영하기 위해 지혜를 모아야 할 때라는 생각이 절실하다. 이 작품의 소재인 동성애와 관련해 우리 사회를 돌아보면, 우리나라에서는 모든 차별을 제거하기 위한 차별금지법이 2007년 제17대 국회에서 처음 발의되었고 이후의 국회에서 지속적으로 발의되고 있음에도 불구하고 아직 제정되지 못하고 있다. 국가인권위원회에서 2020년 리얼미터에 의뢰해 조사한 바에 따르면 이 법의 제정을 찬성하는 인구 비율이 88.5%에 달한다고 한다.(『한겨레』 2020.6.23.) 그럼에도 불구하고 일부 목소리 높은 종교인과 보수단체의 저항 때문에 안타깝게도 많은 소수자들이 우리 헌법에서 정하고 있는 기본적인 평등권, 인간다운 대우의 권리를 보장받지 못한 채 곤고한 나날을 보내고 있다. 이 작품을 한국 사회에 내보내면서, 이 뛰어난 작품의 호소력이 소수자와 약자의 권리를 보장하고 보호함으로써 모두 함께 잘 살기 위한 우리 사회의 노력에 작은 물결이라도 보태주기를 희망해본다.

2021년 봄
보스턴에서
전승희

수영장 도서관

초판 1쇄 발행 / 2021년 5월 25일

지은이 / 앨런 홀링허스트
옮긴이 / 전승희
펴낸이 / 강일우
책임편집 / 정편집실 양재화
조판 / 전은옥
펴낸곳 / (주)창비
등록 / 1986년 8월 5일 제85호
주소 / 10881 경기도 파주시 회동길 184
전화 / 031-955-3333
팩시밀리 / 영업 031-955-3399 편집 031-955-3400
홈페이지 / www.changbi.com
전자우편 / lit@changbi.com

한국어판 ⓒ (주)창비 2021
ISBN 978-89-364-7868-1 03840